本书出版获得安庆师范大学皖江历史文化研究中心经费资助

司空图诗学渊源考论

郑淑婷◎著

人民东方出版传媒
People's Oriental Publishing & Media

图书在版编目（CIP）数据

司空图诗学渊源考论 / 郑淑婷著 . -- 北京 : 东方出版社 , 2025. 1. -- ISBN 978-7-5207-4083-8

I. I207.227.424

中国国家版本馆 CIP 数据核字第 2024UD4331 号

司空图诗学渊源考论

SIKONG TU SHIXUE YUANYUAN KAOLUN

作　　者：郑淑婷
责任编辑：张永俊　王金伟
责任审校：赵鹏丽
出　　版：东方出版社
发　　行：人民东方出版传媒有限公司
地　　址：北京市东城区朝阳门内大街 166 号
邮　　编：100010
印　　刷：北京联兴盛业印刷股份有限公司
版　　次：2025 年 1 月第 1 版
印　　次：2025 年 1 月第 1 次印刷
开　　本：710 毫米 ×1000 毫米　1/16
印　　张：24.5
字　　数：366 千字
书　　号：ISBN 978-7-5207-4083-8
定　　价：88.00 元
发行电话：（010）85924663　85924644　85924641

序言

郑淑婷君2012年考取中国古代文论专业方向的博士研究生时，已是大学副教授和学术研究上具有一定成就的年轻学者了。她先后在安徽大学哲学专业读本科和硕士研究生，兴趣偏好于中国古代哲学和美学专业领域，师从宛小平教授，做过关于钱穆先生美学思想方面的研究，读过不少书；她性格娴静，作为博士研究生入学后，学习格外勤奋刻苦，在中国古代文学和中国文学批评史方面狠下了一番功夫，并顺利完成其博士学位论文《司空图诗学渊源考论》。今郑君对其博士学位论文又做了修订，作为专著，将予以正式出版，向我索序。遂欣然允之，因为责无旁贷。

首先，谈谈该著选题的缘由与意义。近二十年来，我为硕士研究生开设有“司空图与唐代诗学研究”这门课程，同时也要求博士研究生参加听课。授课中，介绍了我自己关于司空图的系列研究计划和有关文献问题的考证等，自然也包括对有关研究资料所作的长期搜集与整理工作的情况。其中要研究的一个最突出的问题，就是《二十四诗品》作者是否为司空图。这需要花大力气去检阅大量的文献并作细致周密的考辨。考证司空图是否为《二十四诗品》的作者，要用“文学事实”来分析，用文献证据来立论，无疑具有内证和外证两大方面。外证就是指通过有关文献研究，努力寻找与发掘《二十四诗品》流传历史以及题署司空图为作者的确切的直接文献记载与文献证据；而内证就是要从司空图生平思想与其存世的可靠的诗文集作品中，尤其是其“论诗杂著”中，考证分析其与《二十四诗品》是否存在一致性与直接相关性等诸多复杂问题。

司空图的诗学，在中国古代的文学批评史、美学史、文艺思想史上均具有重要地位。现在或有质疑者认为《二十四诗品》既非司空图所作，那么司空图的诗学便没有以前说得那么重要，司空图的影响也没有那么广泛；或认为清代文坛普遍推崇司空图及其诗学，其原因可能只是误以为《二十四诗品》是司空图所作，才把司空图提到很高的地位；甚至认为晚唐五代以后的文学批评史和美学史因此要被重新认识乃至改写。经过长期的研究，我现在可以严肃而负责地说，这些观点难以成立，也是没有文献依据的论述，应予以纠正。

司空图为人、为文与论诗，其在世时就受到朝廷和时人的赞誉，卒后从五代到宋、元、明、清历代文人士大夫多有非常推崇他的人，仅从明嘉靖五年丁守中负责裒辑的《王官谷集》三卷所收录的宋、金、元、明四朝人的诗文作品，就可以得到很好的说明，足见其影响之大而广、其诗学传承之久而深。关于《王官谷集》，几年前我就已经完成其笺校与研究工作（即将予以正式出版），并在《中国文论》第7辑上（山东人民出版社2020年版），发表近7万字的长篇论文——《〈王官谷集〉与明代司空图研究的兴盛——兼考〈二十四诗品〉应为司空图所作之问题》，对有关问题做了较为详细的考辨与说明。《王官谷集》今存二本，一为明嘉靖五年的初刻本，有吕柟的序和丁守中的跋，该本今藏中国社会科学院文学所图书馆；一为明嘉靖二十年的重刻本，该本今藏上海市图书馆，缺丁守中的跋，仅增加《〈王官谷书院图集〉跋》和张舜臣《刻王官谷续序》二文，另外就是卷首附有王官谷的地图，其他与初刻本完全相同，只是所录作品在文字上有差异而已。《王官谷集》实际裒辑者是临晋县训导官张玗，有文12篇（其中司空图的文2篇），诗160首（其中司空图的诗8首），合计172篇诗文作品，另有明人编辑是书而写的4篇序跋，合计宋、金、元、明的作者有70位之多。《王官谷集》是一部主要为吟咏王官谷风景和颂扬司空图的地方文艺总集，虽然作品数量不多，但却具有丰富的文献价值和研究意义。其所裒辑的诗文，包括司空图的作品，都是王官谷中当时即明嘉靖五年时存在的书写或刻录在建筑物壁间和石上（主要为诗文碑石）的作品。这些传世的诗文作品，不仅对了解司空图长期生活的王官谷风景、居住环境具有重要的意义，而且对司空图的研究，对认识司空图在宋、金、元三朝至明代嘉靖初年为文人士大夫所接受的情况，提供了切实的文献依据，具有重要的研究价值。《王官谷集》中一些作者的诗文，仅见于是书。《全宋诗》等总集失收多篇，应据是书增补或辑佚。具体情况是《全宋文》《全辽金文》《全元文》各失收作者1人、文1篇，合计失收作者3人、文3篇；《全宋诗》失收作者3人、诗8首；《全辽金诗》（其中的《全金诗》）失收作者2人、诗7首；《全元诗》失收作者2人、诗4首。以上共合计失收作者7人，失收诗19首。研究《王官谷集》，能够使我们在原先的基础上，对司空图及其诗学的重要地位与影响有新的更进一步的认识。

明代著名理学家、诗人吕柟，其《刻〈王官谷集〉序》说："王官谷，在中条山北麓之内，为临晋县地。往者秦败晋师于此，而是地以衰。及司空表圣避朱梁之逆，构亭隐居于是。宋元以来，名卿硕儒数寻其胜，而歌咏其事，则是地又益重矣。然则山谷之盛衰，隐显亦系于人乎。巡按潜江初公按部至是，以壁间多古诗文，皆阐表圣之幽者也，乃命临晋尹丁君仲本裒辑梓行。则是谷以一表圣又显于天下，后世不殁矣。然则人之计意于穷达，遗辱乡土者，读是集独无所感乎！"丁守中《刻〈王官谷集〉后语》说："守中自正德辛巳知临晋，来六年矣。中间数因送迓尊官，身至此谷，每瞻表圣遗像，思起高风，及遍读宋元以来文诗，而其志益切切然好也，常欲刻行而未及。乃巡按山西潜江初公，按部至是，见断碑仆石，甚悯前休，命寿诸梓。守中遂托训导张君玗，录集刊布焉。若表圣履历之详，集已具，不列也。"这两篇文章交代了《王官谷集》裒辑成书的原因与过程，都强调宋元以来名卿硕儒们寻访王官谷而歌咏司空图事迹的重要意义。仅就北宋来说，《王官谷集》卷三所录诗歌中，就裒辑其时的作者 18 位、诗 43 首。其中与苏轼同时代而曾任虞乡县令的俞充，就作有《王官谷十咏并序》（附有《王官谷十咏奉寄诸友》五古一首）和《贻溪怀古十篇并序》（附有《邀诸君和篇》五古一首）二组诗，实为 22 首诗作。其《贻溪怀古十篇并序》的序文云："予近得表圣所著《一鸣全集》，观之，至于一觞一咏，一亭一榭，意皆有谓非若世之隐者，自弃于山林之中，无心于及物也。信乎全出处之大节，踵夷齐之高风矣。复成《贻溪怀古十篇》，亦别吟一篇，求和于诸贤。"对司空图推崇备至。明代著名文学家与文论家杨慎评司空图说："胡致堂（胡寅）评其清节高致，为晚唐第一流人物，信矣！"（《升庵诗话》卷四），即此可见司空图及其诗学对宋代文坛的重要而广泛的影响，绝非仅限于苏轼等少数作家。

自 1994 年中国大陆学界提出《二十四诗品》非司空图所作之说以来，司空图诗学研究遭遇新的问题，遂至少须作三大向度的进一步研究。一是对司空图生平思想、文学创作与诗歌理论批评作全面的研究，特别是要从文献上全面详细考证《二十四诗品》是否为司空图所作。二是向前研究，即全面深入探究其诗学渊源。三是向后研究，即力求全面挖掘并"描述"其诗学在后代的历史影响。中国文学批评史学的奠基人郭绍虞先生曾说：司空图《与李生论诗书》与《二十四诗品》是姐妹篇，"在某种意义上说，二者是相互补充，相互说明的"（《中国历代文论选》）。我们认为大体可以论断：即使《二十四诗品》不是司空图所作，司空图诗学在中国文学批评史上的地位也不至于受到根本性的动摇。以上所述，可以说明以"司空图诗学渊源考论"作为选题，有其重要的研究缘由和理论意义。

其次，谈谈《二十四诗品》的作者问题，以便与该著有关论述作一点呼应。二十多年前，我主要在老师祖保泉先生指导下，开始对司空图及其诗学进行研究，其中一个重点，就是想通过系列的全面的文献研究，解决《二十四诗品》是否为司空图所作的问题。这个系列研究的计划包括司空图年谱汇考、司空图研究资料汇编、司空图诗文集校注、《二十四诗品》作者考辨与文本集释等。而这些计划都在时断时续的进程之中，都还没有完成。前文提到我近年新发表的《〈王官谷集〉与明代司空图研究的兴盛——兼考〈二十四诗品〉应为司空图所作之问题》一文，如果说我在完成《司空图年谱汇考》以及协助祖先生完成《司空表圣诗文集笺校》两本书时，对《二十四诗品》为司空图所作的问题还持有一定的怀疑态度，那么在这篇论文中，我已经明确表达《二十四诗品》作者应为司空图，理由我在文中结合文献考据作出了论证。但在这篇论文中，由于对有关文献我还没有写完考辨的论文予以发表，所以并没有将发现的所有文献证据全部拿出来。这并非有意藏私，而是为了对学术研究和读者负责。现在部分考证内容已经写进《王官谷集》的整理与研究的书稿中；全部的研究，我将在《〈二十四诗品〉考释》一书中完成。这里，我想先负责任地再次强调两点。一是《二十四诗品》的文本早在南宋严羽、戴复古时期之前已经流传，这可以说明《二十四诗品》虽然被录入《诗家一指》（即《虞侍书诗法》）中，但其作者不是编撰这部诗法的作者（尚不能确定是谁），更不可能是虞集所作、戴复古所作等等。学界先前研究的一些结论和推断，如《二十四诗品》对严羽诗学没有影响、作者可能是戴复古或虞集等说法，均无法成立。当然这些先在的研究仍然具有重要的学术意义，因为正是这些研究论著推动了此问题的进展。二是主张司空图著《二十四诗品》为“伪托”说者，认为晚明毛晋、钱谦益等人，是根据苏轼《书黄子思诗集后》评论司空图有所谓“盖自列其诗之有得于文字之表者二十四韵”的“二十四韵”一语，附会《二十四诗品》作者为司空图的。这一说法有很大的迷惑性，学界争论不休。从文意上看，在没有其他佐证的文献证据下，苏轼这里所谓“二十四韵”确有可能就是指司空图《与李生论诗书》中自列所得的诗句。然而通过进一步深入研究，可以说，即使这里“二十四韵”是指司空图自己所列举的诗句，而由此否定《二十四诗品》的作者为司空图的所谓考辨结论，也是不能成立的。

盖晚明崇祯三年或稍前，著名藏书家与出版家毛晋应该是先获得署名为司空图撰的《二十四诗品》（或其所获本之书名原为《诗品二十四则》），遂加以研究确认，可能请教并获得钱谦益等人的认定，才收入《津逮秘书》第八集中，还撰写了一篇著名的题跋，附录其后。这篇题跋，毛晋《汲古阁书跋》题为《表圣诗品》，其全文为："此表圣自列其诗之有得于文字之表者二十四则也。昔子瞻论黄子思之诗，谓表圣之言：美在咸酸之外，可以一唱而三叹。於乎！崎岖兵乱之间而诗文高雅，犹有承平之遗风。惟其有之，是以似之，可以得表圣之品矣。"毛晋对《东坡题跋》很熟悉，并刻到《津逮秘书》中，但并不能就此得出毛晋由此故意附会，而将《二十四诗品》伪托为司空图的结论。我发现毛晋《李翰林集纪略》一文，已经说明他应该是先获得题署为司空图撰的《二十四诗品》一书，再加以研究确认，从而认为是司空图所作无误，才收入《津逮秘书》。毛晋《李翰林集纪略》这一重要文献证据，却被主张《二十四诗品》作者为后人伪托司空图说者严重忽略了，也未曾有其他学者研究该问题时予以关注。

《津逮秘书》将书名题为《诗品二十四则》，极可能是毛晋所改，根据已经发现的宋人《二十四诗品》文本来看，书名作《二十四诗品》(或《诗二十四品》等）可能性更大。但不能排除毛晋所获得本，原就题名为《诗品二十四则》。毛晋崇祯三年所撰《李翰林集纪略》全文云："此吴门旧本也。余总发受诗，辄读此本，遇千干、扬杨、顶项、乌鸟、癖僻、妄忘等不可数计。形类之别，音义之差，反复出逸，去者即朱窜而玄诠之。藏之箧中，已十余年，购古本磨对，亦不下数十余过。妄意出一定本，公之四方，未遑也。迩订韦端己、孙可之、李公垂、司徒表圣（引按：应为司空表圣）、皇甫持正辈二十余家秘本，次第传之。因念两大家如李杜者，未一修明，为未快事。辄出旧时点定者，展读一过，至李翰林'取掇世上艳，所贵心之珍。相思传一笑，聊欲示情亲'及杜工部'骅骝入穷巷，必脱黄金辔。一论朋友难，迟莫恐失坠'，为之掩卷三叹。顾安得好事者与之扬扢千古哉？今年春抱戚村居，开荒坐雨，百念俱废。忽有客自吴门连舻而来，持此本求售。不禁喜动于中，为之捐缗谢客。挹昆湖之水而洗涤焉，残缺亦过半矣。命良工缮修之，印可于尚卿。如月曙，如气秋，山川草木，色色明媚，余小子抱影衔思，十余年来未了之衷，于焉少慰已。第念海内嗜古之士，云蒸霞起，于两先生评注序跋者不啻千余家，而顾待予修明邪？余湖曲之波臣也，知见笑于海若云尔。皇明崇祯岁在上章敦牂，笃素居士毛晋偶记。”（《李翰林集》卷首）所谓“上章敦牂”岁即庚午年，亦即崇祯三年。据此文略可作如下考据分析。

其一，毛晋该文中说他在写这篇文章时，获得所谓“迩订韦端己、孙可之、李公垂、司徒（空）表圣、皇甫持正辈二十余家秘本，次第传之”。司空表圣即司空图，表圣乃其字。原文中作“司徒表圣”，应属于刻印错误。这里所谓“迩订”的“次第传之”的“秘本”书，即包括在崇祯三年刚刚修订完成之一的司空表圣所作的“秘本”，应该就是《二十四诗品》无疑，其与韦端己（韦庄）、孙可之（孙樵）、李公垂（李绅）、皇甫持正（皇甫湜）辈二十余家秘本同时期（或可能略有先后）被毛晋收藏。因此，毛晋获得的《二十四诗品》，应该是原有署名为“唐司空表圣撰”的文本。

其二，其所谓“次第传之”，就其中“秘本”《二十四诗品》而言，应该就是指《津逮秘书》本题署“唐司空表圣撰”的《诗品二十四则》。因为该文中，毛晋说“如月曙，如气秋”两句话，就是《二十四诗品》之“清奇”品中“如月之曙，如气之秋”的略引，这是无可怀疑的。因此，毛晋所得本应是本来明确题署司空表圣撰的《二十四诗品》或《诗品二十四则》，而且应是宋元的流传本。也就是说，毛晋获得题署为司空表圣撰的《二十四诗品》文本在先，然后才写《二十四诗品》跋文，在此跋文中才认为苏轼《书黄子思诗集后》说的“二十四韵”，就是指此书即《诗品二十四则》，“二十四韵”等于“二十四则”之韵文，即一韵为一首（一品之韵文可以视为一首或一篇），古人有此惯例之用法，这也是毛晋的理解。进一步说，苏轼这个所谓“二十四韵”是不是肯定指《诗品二十四则》呢？即使仅为毛晋的推断，即使说苏轼原意确实不是指《诗品二十四则》，毛晋也不是先从苏轼的话推证出《二十四诗品》的作者为司空图的！

我们有什么文献依据作为理由，否认毛晋所获得的题为“唐司空表圣撰”的《诗品二十四则》之“秘本”，不是司空图所撰呢？而且他的老师钱谦益可能鉴定过，因为钱氏在明末崇祯十四年所作《邵幼青诗序》中说："古云诗人，不人其诗而诗其人者，何也？人其诗，则其人与其诗二也，……诗其人，则其人之性情诗也，形状诗也，衣冠笑语，无一而非诗也。……司空表圣之论诗曰：'晴雪满竹，隔溪渔舟。可人如玉，步屧寻幽。'吾之遇二邵（按：指邵梁卿与邵幼青叔侄二人）于斯也，表圣之所云，显显然在心目间，称之曰诗人焉其可矣。"（《初学集》卷三十三）可见，钱谦益在这篇文章中毫不怀疑地引用了"清奇"品中的话，直接说"司空表圣之论诗曰"云云。

其三，毛晋所获得的署名为"唐司空表圣撰"的《二十四诗品》文本，应为宋元流传本，可以与已经发现的宋代流传的《二十四诗品》文本相互印证。总之，结合《二十四诗品》在宋代已有独立流传文本以及其他诸多文献依据来看，毛晋获得题署司空表圣为作者的《二十四诗品》"秘本"，就得到了有力支持。故我们现在可以说司空图应为《二十四诗品》的作者，当然这还需要有更多的文献证据来加以考定。此前提出的"伪托"说，实际上本没有一条铁证。换句话说，"伪托"说顶多可以否认毛晋题跋中把苏轼《书黄子思诗集后》一文中说的"二十四韵"等同于《二十四诗品》，是错误的，是附会的说法，却不能以此作为核心证据来否认司空图为《二十四诗品》的作者！而且由此而言，"伪托"说者围绕这个核心证据所延展的种种考证依据，也就随之难以成立。这里就不再多论。

又次，谈谈该著取得的研究成绩。此前，学界对司空图的"论诗杂著"所表达的诗学命题，往往结合《二十四诗品》研究加以论述。由于《二十四诗品》是否为司空图所作存有争议，为了严肃学术规范，遵循科学研究的规律，作者该著把《二十四诗品》的研究作为独立的附录章节处理，而主体部分研究的立论依据，以司空图的"论诗杂著"和其诗文作品中包括诗文理论与评论内容的篇章为主，这就保证了在文献问题上的真实可靠性。我认为郑淑婷君该著主要取得了如下几点研究成绩。

第一，通过文学批评发展史意义上的梳理分析，认为即使将《二十四诗品》暂且置于一边，司空图的诗学仍然具有"潜在的"理论体系。当然就这个重要问题而言，也是仁者见仁，智者见智的。作者从司空图的“诗贯六义”说、“思与境偕”说、诗歌“韵味”说和关于唐诗发展论及其对具体诗人的评论这四大方面，力图研究说明司空图诗学在诗歌的观念论、艺术思维与创作论、审美特征与鉴赏论和唐代诗史论方面具有较为系统的理论批评内容。

第二，进一步分析考论了上述司空图的“诗贯六义”说、“思与境偕”说、诗歌“韵味”说等诗学命题的内涵以及理论渊源，既尽力概述先在的研究现状，又结合历史发展和创作实际，予以新的讨论与总结，有不少创获。例如，作者研究说明在六朝到唐代的意象论向意境论发展过程中，晚唐司空图提出“思与境偕”“象外之象”“景外之景”“韵外之致”“味外之旨”诸说，对意境说作出更高度、更凝练的分析与总结，由此可见司空图对唐代的意境论所作出的突出贡献；认为司空图第一次明确提出“六义”说具有讽谕、抑扬、渟蓄、温雅四个基本特征，突出了“六义”说的审美性与艺术性，通过历史渊源的考查分析，认为司空图既继承了儒家“诗贯六义”说的诗学思想，又对其做了新的发展、阐述，实际上是融合了佛、道二家的思想与精神，使得“六义”说更具有审美的意义，并成为司空图的基本诗歌观念，贯穿在其整个诗论之中，与他的诗歌艺术思维论、创作论、诗歌的审美特征与鉴赏论及其诗学批评实践，相互影响、相互渗透。又如，作者通过对司空图所评论的唐代沈佺期、宋之问、王昌龄、李白、杜甫、王维、韦应物、韩愈、柳宗元、白居易、元稹、贾岛等十几位诗人诗作的具体评语的理论诠释，认为从中可以看出司空图对唐代诗人的批评，表达出其审美批评理想与其诗学思想、诗学理论是统一的；这种审美批评标准，既代表了司空图个人的审美欣赏趣味，在某种程度上又代表了唐代诗学批评的主流倾向，即坚持艺术的标准、审美标准，简要言之就是坚持其“辨味”批评；这一注重艺术的审美标准，秉承了唐代诗论家殷璠、王昌龄、高仲武、皎然等人的基本线路，往上可追溯到魏晋六朝陆机、刘勰、钟嵘等人重视诗歌艺术性的批评传统。再如，认为司空图的唐诗史论已有“四唐”说的初步概念，由此可见司空图具有深厚的诗学理论修养与宏观的批评视野。如此等等的论述，都较为稳当。

作者由此得出司空图具有一套较为完整（体系性）的诗学思想，也可谓立论有据。

第三，作者在附章《〈二十四诗品〉及其思想渊源研究平议》中，对海内外有关《二十四诗品》的研究做了较为全面的综述评论，其中港台地区的不少文献是作者亲赴台湾学习时调查所得，概括较为得当。另外，作者结合主体部分有关研究论述，对《二十四诗品》的思想渊源着力考述，强调这也是研究《二十四诗品》是否为司空图所作的一个内证的分析，立足点在于就《二十四诗品》思想渊源的角度看其与司空图诗学思想是否具有一致性的问题。其所谓平议，也就是想要力求科学、客观。作者还特别说到，通过对相关文献的分析与论证，她自己认为《二十四诗品》与司空图的思想是有一定的相关度的，同时也慎重地说：在现有文献还不够充分的条件下，这仅仅是从内证的角度进行的一个逻辑推论，究竟《二十四诗品》的作者是否为司空图，还有待新的文献资料的发现与论证云云。这对于学界或主张司空图思想主要属于儒家，而与《二十四诗品》充满道、禅意味不同，并就此确立司空图并非《二十四诗品》作者的论断，是具有纠正意义的。

以上三点，是我对该著所作的一些简要的评述。但该著或还存在这样那样的不足，特别是作者有些表达可能不够精要或准确。不过，我想作者还很年轻，现在又在安庆师范大学文学院从事中国古代文论等课程的教学和研究工作，有良好的科研条件，可以继续对司空图及其诗学作出进一步的研究；该著的未尽之处，当可以在新的研究论文中加以补充论述。

最后，在此要诚挚感谢合作指导教师台湾政治大学中文系曾守正教授！感谢当时在台湾淡江大学中文系任教的前辈颜崑阳教授！我与守正教授和崑阳先生初识于 2004 年春淡江大学中文系举办的一次国际学术研讨会上，从此结下深厚的友情。越年春，由我的老师张少康先生建议，具体由我发起并参与操持举办的“北京 2005 中国古代文艺思想国际学术研讨会”，在首都师范大学国际文化大厦召开。此次研讨会，我们邀请了台湾地区十余所大学的老师来参会。守正教授和崑阳先生也拨冗与台湾地区代表团一起，欣然而至。其后我们还有数次学术会议上的交往，留下许多美好的回忆。守正教授和崑阳先生治学各有专长，对中国古代文论具有精深的研究。郑淑婷君在学期间，当时学校研究生院有一个要求，就是鼓励指导教师为博士生推荐境外的同专业的合作导师。学校对合作导师没有任何劳务补贴，属于无偿指导；但有专项经费支持学生到合作导师所在的大学访学。希望通过这种联合培养的方式，提高博士生的培养质量。考虑到台湾的专家学者对司空图及其诗学等方面的专门研究论著在大陆图书馆尚难以全部觅得，故经过认真思考，我便联系曾守正教授，聘请他担任郑淑婷君和另一位博士生的联合培养导师，同时也联系崑阳先生接洽这两位博士生前去访学的事宜，得到守正教授和崑阳先生的慨然允肯。郑淑婷君等两位博士生遂于 2013 年秋季学期赴台湾访学，并被守正教授收入门下，得到亲切指导。守正教授还为她们介绍台湾大学等多所高校的专家学者与之相识，接待她们的访学；她们还从台北乘车到淡江大学聆听崑阳先生为他的研究生开设的课程。这件事情，可谓切实谱写了一段海峡两岸学术交流的佳话，令人感念不已。据郑淑婷君跟我讲，守正教授不仅对她们在台湾学习期间的专业研究、到图书馆查阅文献以及日常生活予以多方照顾，而且在其回来后，多次来信询问她们博士学位论文的写作情况，继续给予关怀和指导。郑君对于曾教授的师恩也牢记在心，念念在心。

守正教授文雅博学，初次见面，我就在心中想，谦谦君子即谓斯人乎！崑阳先生比我年长，实属学界前辈名家，却待我为忘年之交，其论学精思体大，每聆其论，令人绝倒。郑淑婷君能够幸运地被守正教授收入门下，又能获得崑阳先生亲自授业，也是她难得的学术缘分。因为郑淑婷君的博士学位论文的完成，今又修订为学术专著出版，其中有守正教授参与合作指导的功劳，故略说其原委。

谨如上，是为序。

陶礼天，写毕于壬寅秋九月廿三日夜

目录

绪论

一、司空图生平及著述简介

司空图（837—908），字表圣，晚唐著名诗人兼诗论家。王禹偁《五代史阙文》本传谓其"河中虞乡人"，《旧唐书》本传谓其"本临淮人"，《新唐书》本传谓其"自言泗州人"，乃言其祖籍，其祖籍今属安徽省泗县。[①]在对司空图诗学及其渊源做研究综述之前，先对司空图的生平及其著述做一简要介绍。

---

① 关于司空图的籍贯，大概有三种说法。第一种说法，认为其是临淮人，《旧唐书》本传、《资治通鉴》均持此说，司空图本人在诗文集中也常自称"泗水司空氏"。据祖保泉、陶礼天先生考证，泗州，晚唐时，治所在临淮县（今江苏省泗洪县东南），至清康熙十九年，泗州城塌陷，沉入洪泽湖中，寄治盱眙。乾隆四十二年，移治安徽泗州（今泗县）。临淮或泗水乃司空图的祖籍（参见祖保泉、陶礼天笺校：《司空表圣诗文集笺校》，合肥：安徽大学出版社 2002 年版，前言，第 1—2 页。本书所引用司空图诗文集的内容均出自祖保泉、陶礼天笺校：《司空表圣诗文集笺校》本，参见该笺校本前言，第 11 页："我们选择《四部丛刊》缩印旧钞本《司空表圣文集》和《唐音戊签》七十四——《司空表圣诗集》为底本。"若笺校本引用有误或特殊情况，则另加以说明）。第二种说法，认为司空图是山东临淄人，当是据《旧唐书》"临淮人"误刻为临淄。第三种说法，认为司空图是山西省永济县（现为永济市）人，这应是司空图的出生地、居住地。会昌五年，发生了唐武宗灭佛事件，司空图的父亲司空舆于该年或下年购得中条山王官谷别业，此时司空图 9 岁，其父尚任河东道盐铁处巡院一职。

（一）司空图生平简介

司空图的一生大概可分为五个阶段。

第一阶段：唐文宗开成二年（837）到唐懿宗咸通十年（869）。这一阶段可归为司空图中进士之前，即司空图的童年、少年、青年时期，主要为其读书、游学、赶考时期。这一阶段司空图主要生活在山西省虞乡县[①]居所和中条山王官谷别业。在这一阶段他的著作较少。

第二阶段：唐懿宗咸通十年（869）到唐僖宗乾符五年（878），司空图33—42岁，即从其中进士到其恩师王凝去世。这一阶段，司空图主要跟随王凝。咸通十年，司空图33岁，这年的二月，司空图参加进士科考并以第四名的成绩中进士第。这一年的知贡举为礼部侍郎王凝。王凝也因司空图考中进士而为人所诽谤，不久被贬为商州刺史，后转升为宣州观察使。司空图为感激王凝的知遇之恩，一直在王凝幕府任职。这期间司空图被朝廷任命为殿中侍御史，但因其未能及时赴任，被贬为洛阳光禄寺主簿。

第三阶段：唐僖宗乾符五年（878）到唐昭宗龙纪元年（889），司空图42—53岁，这十一年时间，司空图过着亦官亦隐的生活。广明元年（880）司空图结识卢渥（时任礼部侍郎），被任命为礼部员外郎。这一年的十二月黄巢起义军攻克京师，司空图有幸得到昔日家仆段章之助逃离京城，回到王官谷，并在此后四年左右时间均待在王官谷，直到中和五年、光启元年（885）被任命为知制诰、中书舍人。

第四阶段：唐昭宗龙纪元年（889）到天复二年（902），司空图53—66岁，这十几年的时间，司空图基本隐居在陕西华阴。司空图有诗赠诗僧虚中：“十年太华无知己，只得虚中两首诗”，大概描述了他这十几年隐居华阴的状况。这期间，司空图又几次被朝廷任官，其中，景福元年（892）被征为谏议大夫，景福二年被任为户部侍郎，均托辞不赴或赴任数日即归。

第五阶段：天复二年（902）到后梁开平二年（908），司空图66—72

① 虞乡在唐代时是县，现在是山西省永济市的一个镇。

岁，这六七年的时间，司空图主要隐居在王官谷。这期间，唐昭宗天祐二年（905）朱温谋划篡唐，杀害昭宗诸子。同年十二月，在柳璨、李振的鼓动下，朱温制造了白马驿之祸，杀害朝廷被贬官员三十余人，投之于黄河。这一年的八月，柳璨以诏书征司空图入朝廷，司空图佯装堕笏失仪，方才免祸，被柳璨放还归山。唐天祐四年、后梁开平元年（907），朱温灭唐即帝位，改国号大梁，召司空图为礼部尚书，未赴任。后梁开平二年（908），司空图闻哀帝为朱温所杀，不食而卒。①

（二）司空图著述简介

司空图曾先后两次为自己的诗文编集，分别为唐僖宗光启三年（887），即其51岁时所编的"前集"《一鸣集》，以及唐昭宗天复二年（902），其66岁时编的"后集"《绝麟集》。《一鸣集》本为三十卷，但流传下来的只有十卷，从《司空表圣文集序》中所载"因捃拾诗笔"，可知《一鸣集》有诗有文，但今天所见《一鸣集》十卷皆为文。《一鸣集》和《绝麟集》均有集序，记载了编此集的概况、目的及文风特点等，如从《司空表圣文集序》（即《一鸣集》序）②可看出作者人生观及对诗文态度的转变，"知非子雅嗜奇，以为文墨之伎，不足曝其名也。盖欲揣机穷变，角功利于古豪"，可见司空图年轻时满怀政治热情，希望能够辅佐帝王，一展政治抱负，扬名显声。然而"及遭乱窜伏，又顾无有忧天下而访于我者，曷以自见平生之志哉"，国家遇难，自己的鸿鹄之志无从施展，无奈只能"捃拾诗笔……庶警子孙耳"。另，作者在《与王驾评诗书》文末道出了《一鸣集》的文风特点："吾适又自编

---

① 司空图的生平简介参考了《五代史阙文》本传，《旧唐书》本传，《新唐书》本传，《唐才子传》司空图传，罗联添《唐司空图事迹系年》（台湾《大陆杂志》第39卷第11期，1969年。此文后来收入罗联添先生的著作《唐代诗文六家年谱·司空图年谱》，高雄：学海出版社1986年版），高仲章先生的《司空图选集注·年谱》（王济亨、高仲章选注：《司空图选集注》，太原：山西人民出版社1989年版），《司空图年谱新编》（祖保泉、陶礼天笺校：《司空表圣诗文集笺校》，合肥：安徽大学出版社2002年版，第331—387页）。

② 因在《司空表圣文集序》中，司空图写道："因捃拾诗笔残缺亡几，乃以中条别业'一鸣'以目其前集……"所以，此文被认为即是《一鸣集》序。祖保泉、陶礼天先生《司空表圣诗文集笺校》对此亦有说明，参见该书第173页《司空表圣文集序》"笺"。

一鸣集，且云撑霆裂月，劼（劫）作者之肝脾。”从《〈绝麟集〉述》[①]看，此集乃为作者发愤之作：“盖此集杂言，实病于负气，亦犹小星将坠，则芒焰骤作，且有声曳其后，而可骇者，撑霆裂月，挟之而共肆，其愤固不能自戢耳。”从中可看出司空图虽自知此集的弊病在于“负气”，这与他在《白菊三首》中主张“莫向诗中著不平”是相一致的，但仍对此集雄健刚劲的文笔，以及所抒发的强烈思想感情颇为自负。可见，这两个集子的共同特点，作者自认为皆是“撑霆裂月”之作，怀有强烈的爱憎情感。但通读留存下来的司空图著作，“撑霆裂月”应该说只代表了其部分作品的风格特征。他的作品中同样也有一些描写山水自然及闲适情怀的静雅之作，尤其是其退隐华山及中条山王官谷后的作品更是如此。《一鸣集》已经散佚的作品，其风格特征无从全面了解；《绝麟集》所收的诗文也无从得知。现存的司空图诗文从各版本收录情况来看，以《四部丛刊》缩印旧钞本《司空表圣文集》和明胡震亨所编《唐音戊签》七十四《司空表圣诗集》所收诗文较全。[②]其中，《四部丛刊》缩印旧钞本《司空表圣文集》十卷，共计七十一篇，《唐音戊签》七十四收录司空图诗三百六十五首。据祖保泉、陶礼天两位先生考释，《唐音戊签》中有六首在《全唐诗》的司空图诗中注为互见诗，这六首均不是司空图所作，[③]所以司空图的诗大概有三百五十九首。

二、司空图诗学及其渊源研究综述

近百年来，对司空图的研究由最初单纯的《二十四诗品》研究，逐步发展到对其诗学的更广泛、更深入细致的研究。尤其是20世纪90年代中期

① 祖保泉、陶礼天笺校：《司空表圣诗文集笺校》，第224页。

② 祖保泉、陶礼天两位先生的《司空表圣诗文集笺校》即以这两个本子为底本，两位先生就司空图诗文集的各版本流传及收录情况做了大概的介绍，尤其是就《司空表圣诗集》的由来及《唐音戊签》七十四中的互见诗做了较详细的考释。参见该书前言，第9—28页。

③ 祖保泉、陶礼天笺校：《司空表圣诗文集笺校》，前言，第16—28页。

以来，随着《二十四诗品》的作者遭质疑，一场规模较大的关于《二十四诗品》是否为司空图所作的讨论被引发了，学者们各抒己见，或从文献资料、考据学、目录学、音韵学的角度，或从隋唐五代的诗文品第、诗格研究、象征批评的大背景，或从中国文学史的整体发展历程、《二十四诗品》的儒道佛背景以及《二十四诗品》与司空图诗文集中诗学思想的内部联系等角度进行论证，主要形成了三派意见：或赞成或反对或存疑。这在一定程度上推动了司空图诗学的研究。或许《二十四诗品》的作者是谁本身并不重要，重要的是一部作品为何能够引起这么广泛的关注，或者说《二十四诗品》本身的文学理论批评价值、美学价值，其"以诗论诗"的"象喻批评"的独特形式在中国文学批评史上所树的典范才更重要。再者，司空图就算不是《二十四诗品》的作者，他留给后人的还有很多重要的论诗杂著及"论诗诗"，其中他提出的一些重要诗学命题在中国文学批评史上同样有着举足轻重的地位，并且已经能够反映其潜在的诗学体系。本书主要依据这些没有争议的文献来论析司空图的诗学渊源问题。

下文先简要综述司空图及其诗学研究概况，然后再对其诗学渊源研究情况加以述评，其中关于司空图《二十四诗品》研究及其思想渊源与倾向诸问题的研究，主要放在本书附录中（也可以视为本书的第五章）予以评介和讨论。另外需要说明的是，由于 20 世纪 90 年代中期以前（即司空图《二十四诗品》"辨伪说"之前），研究者们更多的是将司空图诗文集中的诗论和《二十四诗品》中的诗学思想联系起来进行讨论，所以绪论和附录中的内容难免有交叉的部分。

（一）司空图及其诗学研究概况

近百年来司空图及其诗学的研究历程，大概可以分为三个阶段。

第一阶段：20 世纪 80 年代之前的司空图诗学研究（1920—1979）。在此阶段，司空图诗学研究的特点主要有以下几方面。第一，从研究重心来说，1920—1965 年研究重心在大陆，1965—1979 年研究重心转到台湾地区。

1965—1979 年这十几年大陆司空图的研究几乎陷于停滞，是由于 1966—1976 年的“文化大革命”时期，大陆的学术研究几乎处于停滞状态。第二，从研究内容来说，以《二十四诗品》为研究中心，兼论其他，如：“韵外之致”“味外之旨”，司空图事迹系年等。第三，从研究数量来说，此阶段研究成果不多，却为后来的研究奠定了基础。其中，20 世纪 20—40 年代，《二十四诗品》研究的论文很少，只在一些文学批评史论著中提到。

第二阶段：20 世纪 80—90 年代中期（1980—1994）。在此阶段，人们从思想桎梏中解放出来，学术界恢复了正常的研究活动。在这个大的时代背景下，关于司空图的研究也呈现欣欣向荣的景象。具体来说，此阶段司空图的研究有如下特点。第一，研究成果颇丰，研究重心在大陆。除了有大量期刊论文发表外，研究专著也较多。除《二十四诗品》研究出现多部著作之外，主要还有：祖保泉先生的《司空图的诗歌理论》，王济亨、高仲章先生的《司空图选集注》等。第二，研究内容更丰富，范围更广泛，开始了对司空图诗学的全面研究。除《二十四诗品》外，主要有如下几方面：一是对司空图论诗杂著的研究，主要有“四外”说[①]等的研究；二是有关司空图的生平思想、年谱等的研究；三是对司空图诗文创作等的研究。

第三阶段：20 世纪 90 年代中期（1994 年后）迄今。除《二十四诗品》外，此阶段司空图研究的专著，主要有：祖保泉先生的《司空图诗文研究》，祖保泉、陶礼天两位先生的《司空表圣诗文集笺校》，张少康先生的《司空图及其诗论研究》，陶礼天先生的《司空图年谱汇考》，王宏印先生的《〈诗

① “四外”说，即“象外之象”“景外之景”“味外之旨”“韵外之致”，有些研究者认为是“三外”说，即认为“象外之象”与“景外之景”是一个意思，但实际上二者还是有区别的。“象”源自先秦老庄的哲学论著及《易传》，如“大象无形”“象罔”“立象以尽意”“观物取象”等，进而发展到魏晋南北朝时期玄学家提出的“得意忘象”论，画论中谢赫提出的“象外”说，再逐渐发展到唐代诗论及书画论对“象外”的重视，最终由司空图提出“象外之象”说。“景”在唐代以前使用得比较少，在宋元以后的文论中使用较多，如南宋范晞文的“情在景中，景在情中”，清王夫之的“情景”说等。一般来说，“象”与“意”并列使用较多，而“景”与“情”并列使用较多。“象”与“景”的共同点是强调文学艺术中的形象思维，区别在于，“象”主要是指诗歌所描述的整体的、眼前所见的境象，“景”主要是指诗歌所描述的眼前的具体物象。“象外之象”是指读者由眼前的境象所引发的想象中的境象，“景外之景”是指读者由眼前的具体物象所联想到的更多的物象。

品〉注译与司空图诗学研究》等。

1994 年，司空图研究有了新的转折。该年 11 月，陈尚君、汪涌豪两位先生在“中国唐代文学学会第七届年会暨唐代文学国际学术讨论会”上提交论文《司空图〈二十四诗品〉辨伪（节要）》，并随后发表于《唐代文学研究》（第六辑），指出《二十四诗品》不是司空图所作，此说法在学界引起轩然大波。陈、汪两位先生的这一说法引发了之后十几年间关于《二十四诗品》作者归属问题的讨论，同时也极大推动了对司空图及其诗学的全面研究。此阶段研究者主要有：陈尚君、汪涌豪、张少康、张健、祖保泉、陶礼天、张国庆等学者，还有中国香港陈胜长，新加坡萧驰，中国台湾吕正惠、黄景进，韩国俞俊英、李钟虎等学者。此阶段的研究主要有以下几方面：第一，关于《二十四诗品》的作者是否为司空图和《二十四诗品》文本的研究等（详见本书附录所论）；第二，从更广阔、更深入的角度研究《二十四诗品》及司空图诗论的理论渊源等；第三，关于“四外”说、诗“境”论等的研究；第四，关于司空图的生平思想及诗文创作的研究；第五，有关司空图及其诗学学术史等的研究。

（二）司空图诗学渊源研究综述

学界关于司空图诗学渊源的研究较多，主要散见于论文或著作章节中，但大部分作者均局限于题为司空图所作之《二十四诗品》的思想渊源的论述，关于司空图诗文集中的诸多诗学命题的渊源，除诗“境”论、“四外”说、“澄澹精致，格在其中”论等研究得较多外，其他的诗学命题，如“诗贯六义”、“醇美”、“全美为工”、“直致所得，以格自奇”、“缘情纷状、触兴冥搜”以及司空图的诗歌史观等研究得很少。以下专门就司空图诗学渊源做一简要综述。

1. 司空图思想及总体诗歌理论的渊源

有学者从司空图的生平、思想及诗文集中的诗学思想来探究其诗学渊源，认为司空图的思想受儒、道、佛三家的影响，他的诗论，如诗“境”论、“四外”说等受唐代之前的诗论家及佛、道思想的影响。代表性的观点如下。

第一，认为司空图的思想受儒、道、佛三家的影响，且这些思想常发生矛盾，但总体来看司空图的思想主要受儒家的影响。如朱东润先生认为司空图的思想主要为儒家思想，同时又受佛、道思想的影响，且常常有矛盾冲突。[①]祖保泉先生指出司空图的诗文集中，就其所表现的思想看，儒、释、道三者兼而有之，中年以后，佛教（禅宗）、老庄的思想影响较深。[②]吴调公先生认为司空图的思想，前期以儒家为主，后期以释、道为主。[③]李泽厚先生指出司空图、严羽这些诗论家明明倾向于王孟诗派，却仍要将李（白）、杜（甫）或“雄浑”品列为标准或首位，主要还是受传统的儒家思想及诗论观的影响，即秉承了《诗大序》要求诗必须为政教伦理服务的传统。[④]

第二，认为司空图的诗学思想受道家思想影响。如郭鹏先生的《简论司空图的文学理论及其所受道家思想的影响》，指出总体上讲司空图的文学理论具有浓厚的道家美学理论色彩，可以说是中古以后最具道家美学精神的文学理论和思想。[⑤]杨芙蓉的《司空图诗论中的“道”意境》认为司空图“以老庄之道为理论依据，形成其论诗及作诗的思想基调及追求，并认为统领万物乃至诗歌品格的乃是自然之‘道’‘真’”。[⑥]

第三，认为司空图的诗学思想受佛家思想影响。如台湾地区李丰楙先生的《司空图与佛教的因缘》，分别论述了司空图诗文与佛教的关系、诗论

---

① 朱东润：《中国文学论集》，北京：中华书局1983年版，第7页（据作者本书后记，此文写于1931—1935年间）。

② 祖保泉：《司空图的诗歌理论》，上海：上海古籍出版社1984年版，第47页。在《司空表圣诗文集笺校》前言中，祖先生再次强调：“在司空图的思想里，是儒、释、道三者兼而有之，融合互补的。”

③ 吴调公：《司空图的生平、思想及其文艺主张》，参见《古典文论与审美鉴赏》，济南：齐鲁书社1985年版，第204页。

④ 李泽厚：《华夏美学·美学四讲》（增订本），北京：生活·读书·新知三联书店2008年版，第41—42页。

⑤ 郭鹏：《简论司空图的文学理论及其所受道家思想的影响》，《南阳师范学院学报》（社会科学版）2005年第2期，第55—59页。

⑥ 杨芙蓉：《司空图诗论中的“道”意境》，《中南民族学院学报》（哲学社会科学版）1995年第3期，第18页。

与佛教的关系，认为司空图“虽集儒道佛三家于一身，行事虽儒，而论诗旨趣，则近于释家。诗品是这样，其他也是这样”。[①] 这篇文章比较深入地探讨了司空图诗学渊源，对后人的进一步研究具有很好的借鉴意义。郭绍虞先生认为“司空图之讲味外之旨，正足以代表诗佛（王维）之诗论”[②]，即认为司空图的诗论受佛家影响较深。

第四，从儒、释、道对司空图不同方面的影响来阐述司空图思想渊源的复杂性。如张少康先生认为，司空图身上儒、释、道的思想均有，从政出仕以儒家思想为指导，修身养性以释老思想为主，从诗歌创作来说，释老思想也成为他隐居生活的生命支柱之一。[③] 陶礼天先生认为司空图“出身以儒家思想为准则而贯穿一生”，但“其修身可谓崇佛而兼道”，中晚年更是如此，其思想可谓“外儒家而内释老”[④]。

第五，认为司空图正是受道家及玄学的影响，建立了以审美为中心的文艺理论。如成复旺、黄保真、蔡钟翔先生认为司空图的思想中积极方面是其儒家的政治思想，消极方面是道家的人生观，总体看来，儒、道、释三家的成分都有。退隐之后道家、佛家，主要是禅宗的思想对其影响增大，特别是儒道合一的魏晋玄学对他的影响很深。且认为司空图的主要成就，在于突破了前人以政教目的为指归的传统文学思想，自觉运用道家、玄学的哲学，建立了完整的诗歌哲学，推动了以审美为中心的文艺理论。[⑤] 三位先生所说的司空图的诗歌哲学或诗歌美学主要是指题为司空图所作《二十四诗品》，兼而谈及其论诗杂文，肯定了司空图诗学理论以审美为中心，是他们的主要论点。

另外，台湾地区吕兴昌先生的《司空图诗论研究》[⑥]，其中第二章《司空

---

① 李丰楙：《司空图与佛教的因缘》，台北：《慧炬杂志》1974 年第 128 期，第 12 页。

② 郭绍虞：《中国文学批评史》（上册），北京：商务印书馆 2010 年版，第 315 页。

③ 张少康：《司空图及其诗论研究》，北京：学苑出版社 2005 年版，第 3—23 页。

④ 陶礼天：《司空图家世、信仰及著述诸问题综考》，《中国诗歌研究》（第一辑），中华书局 2002 年版，第 152 页。

⑤ 成复旺、黄保真、蔡钟翔：《中国文学理论史》（二），北京：中国人民大学出版社 2009 年版，第 163 页。

⑥ 吕兴昌：《司空图诗论研究》，台南：宏大出版社 1980 年版，第 21—47 页。

图诗论之先声》，论述了司空图诗论的渊源主要有三方面：书画理论的启示，文学观念的激发，佛、道思想的影响。最有创见的是，他认为中国传统书画理论对司空图诗论的影响。

2. 诗“境”论、“四外”说的理论渊源

香港黄维樑先生的《中国诗学纵横论》[①]，其中的一章《中国诗学史上的言外之意说》，论述了“言外之意”说从发现到提倡的发展历程，从刘勰发现，到钟嵘、皎然发展，再到司空图提倡，作者认为司空图提出的“不著一字，尽得风流”及“咸酸之外”的诗味，“韵外之致”说，可以说是“言外之意说的先导”。

吴调公先生在其论文《关于古代文论中的意境问题》[②]中简要论述了意境论的渊源和发展演变，认为真正最先触及文艺的意境问题的是皎然，皎然的意境说侧重于佛家妙悟中的“神会”和“意”，司空图则比较全面地认识到“意”和“境”的总体，并提出了“象外之象”“景外之景”的概念。司空图的意境说主要受佛家思想的影响，同时王、孟田园诗派的创作实践及殷璠、高仲武的诗歌理论亦对其产生了深刻影响。此文为追溯司空图诗“境”论渊源提供了一定借鉴。

新加坡王润华先生的论文《晚唐象征主义与司空图的诗歌》[③]，指出晚唐诗歌象征主义盛行，如传贾岛所作的《二南密旨》、虚中的《流类手鉴》等均重视象征主义手法，表现多重意思，司空图的诗歌反映了晚唐象征主义的新趋势，即善用象征的手法表现言外之意。

关于意境论的形成及发展，中国台湾学者黄景进进行了系统研究，其论

---

① 黄维樑：《中国诗学纵横论》，台北：洪范书店 1982 年版，第 127—132 页。

② 吴调公：《关于古代文论中的意境问题》，《社会科学战线》1981 年第 1 期，第 237 页。

③ ［新加坡］王润华：《晚唐象征主义与司空图的诗歌》，参见《司空图新论》，台北：东大图书公司 1989 年版，第 227—262 页。

文《唐代意境论初探——以王昌龄、皎然、司空图为主》[①]认为司空图的贡献在于融合了王昌龄与皎然的诗论，提出“思与境偕”，设了二十四种诗境。同时继承了皎然“境象非一，虚实难明”的说法，提出了“象外之象，景外之景”，并且进一步提出诗味在咸酸之外。作者比较客观地评价了王昌龄、皎然、司空图在唐代意境论形成与发展中的作用。

另外，黄景进先生还有一本关于意境论研究的专著——《意境论的形成——唐代意境论研究》，作者重点论述了意境论在唐代的发展，指出司空图的贡献在于综合了王昌龄、皎然、权德舆、刘禹锡等诗论家的研究成果。司空图的“‘思与境偕’是继承王昌龄、权德舆的观念，而‘味外之旨’取自皎然，‘象外之象，景外之景’取自刘禹锡，如此，既注意言象与意境的结合，亦区分不同的层次”。[②]并且认为司空图提出的辨味、醇美的观点，对宋代的神韵派诗论产生了重大影响。这里，黄先生认为司空图的贡献仅在于综合了几位诗论家的研究成果，有点低估司空图的作用。司空图不仅综合了前人关于意境论的成果，且在更高层次上创造性地提出了几个高度凝练的诗学命题，从而将唐代的意境论推向最高峰，也为唐以后意境论的进一步发展起了很好的奠基作用。

陶礼天先生的《“味外之旨”说——司空图“诗味”说新论》[③]，论述了“味外之旨”说与禅学的关系。作者通过考证，认为洪州禅百丈禅师怀海（720—814）所说的“我有一句子，百味具足”，及庐山归宗寺智常禅师的“一味禅”可能启迪了司空图提出“味外之旨”说。赵德坤的《“韵味说”疏正》[④]，认为“韵味说”并非司空图首创，“韵味说”自草创至完成经历了三个阶段：从魏晋六朝时期钟嵘的“滋味说”，到晚唐司空图的“四外”说，再

---

① 黄景进：《唐代意境论初探——以王昌龄、皎然、司空图为主》，《文学与美学》第二集，台北：文史哲出版社 1991 年版。

② 黄景进：《意境论的形成——唐代意境论研究》，台北：台湾学生书局 2004 年版，第 226 页。

③ 陶礼天：《“味外之旨”说——司空图“诗味”说新论》，《中国文化研究》2003 年第 4 期，第 115—126 页。

④ 赵德坤：《“韵味说”疏正》，《文艺评论》2013 年第 2 期，第 5 页。

到北宋苏轼的“至味说”。三者呈正、反、合之关系。湛芬的《司空图三外说中的佛禅道之内蕴》[①]，对司空图诗论中的核心观点“三外”说所包含的佛、禅、道思想进行了分析，认为司空图的“三外”说既是对前人创作实践及诗歌理论的总结发展，也是佛、禅、道思想影响的结果。

综上所述，研究者们认为司空图诗“境”论的渊源，要追溯到先秦时期“言”和“意”及魏晋时期的“言”“意”“象”等命题，同时还受佛学的影响。“四外”说深受佛、道、禅思想及前人相关学说的影响。

3. 司空图诗歌史观的研究

王运熙先生的《司空图论唐代作家作品》[②]，对司空图论唐代作家作品进行了简要的论述。另外，王步高先生在《司空图评传》[③]第八章中也对司空图的唐诗论做了简要的论述，分别就司空图对白居易、韩愈及王维、韦应物诗之评价原因做了简要分析。但是两位作者的论述均不够具体详细。

（三）研究现状中存在的问题和本书研究的主要路径

学界关于司空图诗学的研究较多，对司空图诗学渊源的研究也较多，但主要散见于一些期刊论文或有关著作的章节中。大部分作者局限于《二十四诗品》之渊源的研究，而对司空图诗文集中诸多诗学命题的渊源的关注，则集中于诗“境”论、“四外”说、“澄澹精致，格在其中”论，其他的诗学命题及司空图的诗歌史观等研究得很少。研究者们在论述司空图的诗学渊源时，多从个别的诗学命题入手，主要从儒、道、佛思想的影响及前人诗学理论的影响来论述，很少有研究者将司空图的诗学渊源与其批评实践结合起来进行研究。本书前三章对司空图提出的几个重要诗学命题的渊源进行考论，

---

① 湛芬:《司空图三外说中的佛禅道之内蕴》,《湖北大学学报》（哲学社会科学版）1999 年第 1 期，第 41—45 页。

② 王运熙:《司空图论唐代作家作品》,《河北师院学报》（社会科学版）1994 年第 2 期，第 55—58 页。

③ 王步高:《司空图评传》（下），南京：南京大学出版社 2011 年版，第 363—376 页。

重点讨论司空图的诗歌观念论和他的艺术思维论与创作论、韵味说，第四章结合司空图诗学批评实践，分析其诗歌史观，进而分析其诗学理论与诗学批评实践的内在联系，力图更为全面地了解司空图的诗学思想及其诗学渊源。

三、选题意义、主要内容与研究方法

纵观近百年的司空图研究，题为司空图所作的《二十四诗品》的研究始终是其重心，这肯定了《二十四诗品》在文学理论、文学批评发展史上的重要地位，但司空图的贡献不仅仅在《二十四诗品》（如果《二十四诗品》为司空图所作的话）。司空图有多首论诗诗和论诗文章，我们可以统称为论诗杂著。其中，论诗诗，如：《力疾山下吴村看杏花十九首》之十五："亦知王大是昌龄，杜二其如律韵清。还有酸寒堪笑处，拟夸朱绂更峥嵘"，《白菊三首》之二："诗中有虑犹须戒，莫向诗中著不平"，《翟光大师草书歌》："看师逸迹两相宜，高适歌行李白诗"，《退居漫题七首》之五："诗家通籍美，工部与司勋。高贾虽难敌，征官偶胜君"等。论诗文章如《与李生论诗书》《与王驾评诗书》《与极浦书》《题柳柳州集后》《书屏记》《诗赋赞》《注〈愍征赋〉述》《注〈愍征赋〉后述》《〈擢英集〉述》《〈绝麟集〉述》《李翰林写真赞》等十几篇。在这些论诗杂著中，他提出了许多极为重要的诗学命题，具有丰富且较为系统的诗学思想，如"思与境偕"说，"象外之象""景外之景""韵外之致""味外之旨"，当然这些诗学理论已为学界所重视，研究的成果也较多。此外，司空图论诗杂著中还有一些重要的诗学思想，如其对"诗贯六义"说之新解，"全美为工"说，"直致所得，以格自奇"，以及唐诗史观等，这些思想都有很重要的意义，但是没能引起之前的研究者们足够的重视。

总体来说，学界对司空图一些重要诗学命题的渊源研究得较多，尤其是"思与境偕"说、"四外"说，但对其进行深入、系统研究的专著与学位论文较少，多散见于期刊论文中。司空图的诗学思想是很丰富的，他对唐代诗歌创作理论做了很好的批评与艺术的总结。他提出的一些重要的诗学理论，对宋元明清乃至今天的诗学理论、艺术理论均产生了重大的影响。

本书前三章选取了司空图论诗杂著中的几个重要的、代表性的诗学命题："诗贯六义"说、"思与境偕"说（包括"象外之象"说）、韵味说，以之统率司空图的整体诗学思想，通过对司空图的这几个诗学命题的具体语境与渊源进行考述，以点带面，力求全面地论述司空图的诗歌观念论、艺术思维和创作论等核心诗学理论内容。第四章论述司空图诗学的批评实践及其渊源。附录部分是关于《二十四诗品》的作者问题及其思想渊源的研究平议。具体如下。

第一章重在论述司空图对"诗贯六义"说内涵新的阐释，并追述其传统渊源与逻辑发展。"诗贯六义"说是学界多忽略、研究较少的，却是司空图诗学的基本指导思想，体现了其诗歌观念，所以放在第一章进行研究。司空图赋予了传统儒家"六义"说新的内涵，对传统的"六义"说有新的发展，使其融会了道家及禅宗精神。

第二章主要从三个方面来进行论述："思与境偕"说的基本内涵，"思与境偕"说在唐以前的哲学及文论基础，唐代儒、道、佛思想及文论对"思与境偕"说的影响。"思与境偕"说是前人研究较多的，但因其是司空图的一个重要的不可回避的诗学命题，故本书将其单列一章。主要论述"思与境偕"说在唐代以前的思想观念基础及其发展演变，进而论述唐代儒、道、佛三教融合及诗歌理论批评对"思与境偕"说的影响，以此来追溯司空图艺术思维论与创作论的思想渊源，包括先秦到两汉"象"思维的形成与发展，由先秦"象"思维到魏晋南北朝时期对"思"的重视，唐代意象论向意境论的发展，"象"思维如何与诗"境"论在唐代得以融会贯通，直至司空图提出两个重要诗学命题"思与境偕"说与"象外之象"说，其内在有何深入的联系。

第三章论述司空图的韵味说及其渊源。司空图的韵味说不仅代表了其对诗歌审美特征的基本看法，也代表了他的诗歌鉴赏论。本章将对司空图韵味说的渊源做较为系统的考论，论述先秦、两汉的诗味论发端，魏晋南北朝诗味论的发展演变，司空图提出韵味说及其思想理论背景。对每个发展阶段诗味论的一些代表性看法，诗味论在各个时代的内涵特征的变化，以及诗味论与特定时代的思想理论背景的联系等展开论述，从而分析司空图提出韵味说的历史必然性。

第四章论述司空图诗学的批评实践及其渊源。在《与王驾评诗书》等论诗杂著中，司空图对唐代不同时期的十几位诗人给予了言简意赅的评论，已初露“四唐”说的雏形。本章从司空图所评论之诗人的具体作品入手，联系唐人选唐诗及相关批评理论对诸位作家作品的收录、接受与评价，并结合司空图诗文集中相关的论述与司空图的审美趣味，对后世影响较大的诗人如李、杜、王、韦等，以及其评论遭到后人质疑的元、白的评论等，做重点论析。分析司空图对唐代这些诗人评论之缘由，并判别其评论是否精准。通过司空图对这些诗人的评论探析其诗学思想、审美批评的标准并追述其渊源，进而分析司空图唐诗歌史观与其诗学思想、审美理想是否一致，是否有一以贯之的标准。

结语是对司空图诗学渊源考论做宏观的总结。略论司空图诗学思想的内在联系，指出其诗学思想具有一定的潜在的系统性；简要论述司空图诗学对后世的影响，包括对宋元明清各朝的诗学理论及书画理论的影响。

附录为《二十四诗品》及其思想渊源研究平议。其一,《二十四诗品》研究概况；其二,《二十四诗品》思想渊源研究及其平议。笔者把《二十四诗品》的有关研究独立出来，主要考虑目前《二十四诗品》的作者是否为司空图尚存争议。为了保证本书研究的有效性与科学性，本书的立论依据是建立在到目前为止确凿无疑的文献资料基础之上的。从目前的研究成果来看，既没有确凿的证据（这里主要是指外证）证明《二十四诗品》是司空图所作，亦没有确凿的证据证明《二十四诗品》非司空图所作，因此本书还是遵从传统的观点，把《二十四诗品》仍归为司空图名下。本书致力于“司空图诗学渊源”问题的考论，而对《二十四诗品》作者辨伪不是本书的写作主旨，而且关于《二十四诗品》作者辨伪的相关史料，学界已经研究得相当充分，在外证上没有发现新的史料证据之前，讨论的余地不大，所以本书对其作者问题的外证史料研究方面不作重点讨论，而是除对《二十四诗品》一般研究作出总体综述平议外，将重点放在对《二十四诗品》思想渊源研究的分析上——因为这个重要问题，是关于《二十四诗品》是否为司空图所作的内证，并且与本书大论题至为相关，故先对此问题的研究现状进行综述，然后予以较为充分的考述，目的是以现有文献为依据，对学界关于司空图诗学思想与《二十四诗品》思想的渊源及倾向是否存在一致性的问题，提出自己的看法。

本书每一章均从司空图的一些代表性的诗学命题出发，分两条线进行论述：横向上联系司空图及其所评论诗人的具体作品，评析司空图提出这些诗学命题的合理性，进行作品诠释；纵向上从司空图的具体诗学命题出发，寻根究源，探究这些命题的源头及逻辑演变，进行理论诠释，从而较全面、系统地分析司空图诗学渊源。

司空图诗学理论的形成有其特定的思想理论背景，既与唐代及其之前的哲学、文学创作及文学理论、文学鉴赏的整体发展相关，又与书画乐论的发展相关。因此，司空图的诗学理论有着承前启后的作用。他的这些重要诗学理论的提出并非偶然，而是有着深厚的历史渊源。对司空图诗学渊源进行考论，既能够看出其诗学思想的来龙去脉，又能够更深刻地理解其诗学思想的内涵，还能够通过这些诗学理论渊源的梳理，看出中国古代相关诗论（主要为司空图之前）的渊源流变、发展脉络，并从中管窥中国诗学批评范式、批评标准的发展演变，以及文学与哲学、文论，诗论与书画乐论等之间的内在联系。

司空图及其诗学思想受儒、道、佛三家的影响。总体来说，其为人处世受儒家思想影响较深，尤其是早期，而其诗学思想受佛、道影响更深。就其诗学思想来说，“诗贯六义”说、“思与境偕”说、“四外”说、“全美为工”、“醇美”说、“莫向诗中著不平”、“辨味”批评等共同体现了儒、道、佛思想。司空图的诗歌批评已由儒家的政教批评转而倾向审美批评，当然其中也贯穿了一些儒家政教批评的思想，但已不是主流。从其诗文集的整体思想及其对唐代诗人的评论来看，司空图不排除诗歌有“讽谕”的作用，但更注重诗歌应有“象外之象”“味外之味”“韵外之致”的“醇美”，认为这样的作品才能够“近而不浮，远而不尽”。

本书的研究，主要借用了刘勰在《文心雕龙·序志》篇所说的“原始以表末，释名以章义，选文以定篇，敷理以举统”[①]的方法，这实际上也是现代诠释学方法的一种具体表现和运用。具体来说，“原始以表末”，就是对司空图几个代表性的诗学命题追根溯源，论述其发展演变的基本历程。“释名以章义”，即阐释相关的诗学命题在不同时代的不同含义。“选文以定篇”，即选取司空图所评论诗人的相关诗作对其诗学理论进行阐释、分析。“敷理以举统”，即通过以上三个方面的具体论述，归纳、总结司空图的诗学理论及其突出贡献。另外，在探讨一些重要诗学命题和诗学观念的渊源时，还运用历史与逻辑相统一的方法，以考察其理论观念的逻辑发展和演变。本书之所以命名为“司空图诗学渊源考论”，即通过对司空图的代表性的诗学命题的文本语境、历史语境与时代语境进行考论，以点带面，既对与这几个重要诗学命题相关的概念的逻辑发展有一个宏观的把握，又对司空图提出这些诗学命题的意义与突出贡献进行论析。最后对这些诗学命题之间内在的联系进行分析、阐释，从而对司空图的诗学思想有一个整体的把握。

---

① （南朝梁）刘勰著，范文澜注：《文心雕龙注》，北京：人民文学出版社 2008 年版，第 727 页。

第一章

儒家诗学“诗贯六义”说之新解及其渊源

——司空图的诗歌观念论

在《与李生论诗书》中，司空图主张“诗贯六义”。“六义”说起源于先秦两汉时期，是儒家的重要诗学理论。司空图的“六义”观与传统的“六义”观是有差异的。在司空图眼中，“六义”应具有讽谕、抑扬、渟蓄、温雅的特征。此外，他还提出“全美为工”、“醇美”说、“四外”说，都是强调诗歌的韵味，崇尚诗歌的艺术性、审美功能。所以，司空图的“六义”观已不纯粹是儒家的诗学思想，还容纳了道家及禅宗的精神。本章主要论述司空图对“诗贯六义”说的内涵新解，并追溯“诗贯六义”说的渊源。主要包括以下两节内容：“诗贯六义”说的文论渊源与逻辑发展，司空图对“诗贯六义”说之内涵新解及其思想渊源。

在论述“诗贯六义”说之前，先简要介绍一下司空图的思想概况及其家世背景。司空图追求的是士大夫的雅文化，深受儒家思想的影响。他年轻时满怀政治抱负，试图建功立业。他忠君尊师，追随王凝、卢携，闻哀帝被杀，不食而亡，均说明儒家思想对司空图的影响是根深蒂固的，且终其一生。在唐代，儒、道、佛三教融合贯通，士大夫们既受儒家思想的影响，同时又受佛、道思想的影响。司空图亦如此，尤其是晚年，他常与道士、僧人相往来并以诗相赠答。据《书屏记》记载，司空图王官谷别墅中藏有佛、道图记共七千四百卷，说明司空图对佛、道思想深有研究。

司空图的家境、家学渊源影响了他的审美趣味。司空图出身仕宦之家，家学渊源深厚，祖上声名显赫。曾祖父司空遂，曾任河南道密县县令；祖父司空彖，官至水部郎中；父司空舆，曾先后任安邑两池榷盐史、商州刺史、司门员外郎、户部郎中等职；母为唐中兴名臣刘晏之曾孙女[①]。司空图家境殷实，祖上留有王官谷别墅，生活无忧。其父交游甚广，且学识渊博。

在其深厚家学的熏染下，司空图诗、书、画、乐兼善，有着高雅、不俗的艺术品位。其家中藏书甚多，除《书屏记》相关记载之外，《退栖》诗“得剑乍如添健仆，亡书久似忆良朋”，当指其王官谷藏书被陕军化为灰烬一事，司空图视“书”为“良朋”，书烧毁后他痛心疾首，犹失良朋。司空图生活情调高雅，以吟诗为业，“此生只是偿诗债”“业是吟诗与看花”“世间万事非吾事，只愧秋来未有诗”等诗句足见他对诗之酷爱。司空图与其父均是书法家，据《宣和书谱》卷九《司空图》小传记载，图擅长行书，“妙知笔意”[②]。另据《书屏记》记载，图父因得唐书法家徐浩真迹一屏，“凡四十二幅”，其中一幅为徐浩手书《文选》五言诗之一——王赞的“朔风动秋草，边马有归心”，“先公清旦批玩，殆废寝食”，对此屏大加赞叹道：“正长诗英，吏部笔力，逸气相资，奇功无迹，儒家之宝，莫逾此屏也。”[③]图父视此屏若瑰宝，由此可见其父高超的艺术鉴赏力及对艺术的热爱。另从司空图自己所作相关诗句及后人诗句可看出其琴画兼善：“匣涩休看剑，窗明复上琴”（《即事九首》），“十年难逃别云林，暂辍狂歌且听琴”，“分泊一场云散后，未胜初夜便听琴”（《歌者十二首》），“落日琴樽，前朝图画”（《〈寿星集〉

---

① 关于“图母乃刘晏之曾孙女”，陶礼天教授在其著作《司空图年谱汇考》中有详细汇考（北京：华文出版社 2002 年版，第 7—9 页）。

② 王群栗点校：《宣和书谱》，杭州：浙江人民美术出版社 2012 年版，第 92 页。

③ 祖保泉、陶礼天笺校：《司空表圣诗文集笺校》，第 220—221 页。

序》)，“破琴伤逝，无复知音”(《注〈愍征赋〉述》)，“草堂琴画已判烧，犹托邻僧护燕巢”(《光启丁未别山》)，“优游向泉石，琴酒聊自资”[1]等，足见司空图琴艺颇高，且以琴会友。他高雅的生活品位及较高的艺术修养，对其赏诗品文均会产生一定影响，所以他才格外注重“韵外之致”“味外之旨”的“醇美”诗作。

司空图的思想受儒、道、佛的影响，且这几种思想常常交织，使他陷于矛盾之中。司空图年轻时抱负不凡，一心想在仕途有所发展，但是由于时局动荡，恰逢晚唐宦官专权，藩镇割据，黄巢起义，唐王朝岌岌可危，像司空图一样本来怀有治国平天下理想的士大夫阶层终感觉无力回天，或悲观失望，感叹怀才不遇；或消极避世，退隐山林。司空图就在几次应诏又几度弃官之后，选择了隐居，过上了与世无争、“业是吟诗与看花”的日子。老年的司空图更是常与僧人、道士相往来。但是退隐的司空图并非真能做到无念无挂，心无旁骛。他依然很关心时局的变化，退隐初期仍希望能接到朝廷的委任诏书，说明此时他的思想是矛盾、纠结的。他渴望年老之后过一种逍遥自在的日子，但是骨子里儒家忠君报国的思想又没有完全消停，两种思想有时候激烈地交锋。如《偶书五首》之五：“有名人易困，无契债难还”[2]，感叹自己报国之心债难还。另外《偶书五首》之二写道：

> 自有池荷作扇摇，不关风动爱芭蕉。只怜直上抽红蕊，似我丹心向本朝。[3]

可见其对君王、唐王朝的耿耿忠心。

综上所述，司空图的处世思想深受儒、道、佛三家的影响，其诗学思想亦是儒、道、佛三家交互影响的产物。他将三家思想很好地融会贯通，既提

---

① (宋)郑滋：《游王官谷》，引自祖保泉、陶礼天笺校：《司空表圣诗文集笺校》附录三，第401页。

② 祖保泉、陶礼天笺校：《司空表圣诗文集笺校》第44页。

③ 祖保泉、陶礼天笺校：《司空表圣诗文集笺校》第80—81页。

倡“诗贯六义”，又提倡“全美为工”“醇美”“直致所得，以格自奇”；既提倡诗歌应含蓄、温雅，“莫向诗中著不平”，彰显儒家温柔敦厚的诗风，又提倡“不知所以神而自神”“韵外之致”“味外之旨”“近而不浮，远而不尽”。

再来看司空图对“诗贯六义”说的内涵新解。他从诗歌的讽谕功能到声律的抑扬顿挫、表达方式的含蓄、表达效果的温和雅正，概括了他认为的“六义”的四个显著特征，即讽谕、抑扬、渟蓄、温雅。他的“六义”观已不纯粹是儒家的诗学思想，还容纳了道家及禅宗的精神。

历代对“六义”内涵的理解也在不断变化发展。例如比兴，王运熙先生认为：“汉儒解释比兴，有两种不同说法，一种认为比兴是指诗歌的表现手法。”如郑众，其后唐孔颖达，南北朝钟嵘、刘勰，宋朱熹均从比兴的艺术性的角度来进行论述。“另一种说法不仅把比兴当作表现手法，还把它同诗歌的政治倾向联系起来”，如郑玄就是典型的代表，唐宋以来这种说法占主导地位。唐代把比兴同美刺结合起来，如陈子昂、李白均主张诗歌应有兴寄的功能。中唐的白居易更是主张诗歌应有讽谕的功能，并且他所主张的比兴寄托，“重在美刺内容，不在比兴手法”，这固然提升了诗歌的思想性和现实性，却忽视了比兴的艺术特色。到了清代，常州派词论家“继承了唐代诗论重寄托、重通篇寓意的传统，一方面又重视含蓄不露的表现手法”。[①] 王先生简要凝练地概括了历代比兴说的发展与演变。

司空图的“六义”说显然属于第一种，他崇尚诗歌的艺术性、审美功能，也即朱东润先生所说的“为艺术而艺术”。[②] 司空图提出“全美为工”说，“醇美”“四外”说，都强调诗歌的韵味、含蓄、高雅，他批评元稹、白居易的诗歌，认为其乃“都市豪估”。司空图反对的不是他们诗歌的现实性，而是他们所写的一些诗过于通俗、浅露、直白，缺乏韵味，因而不符合他的审美标准。

---

① 王运熙：《中国古代文论中的比兴说》，《中国古代文论管窥》，济南：齐鲁书社 1987 年版，第 68—84 页。

② 朱东润：《司空图诗论综述》，《中国文学论集》，第 2 页。

以下将从诗之“六义”说的原始出处与本义着手，论述司空图对“六义”说的内涵新解，并追溯“六义”说的逻辑渊源与发展。

第一节 “诗贯六义”说的文论渊源与逻辑发展

一、先秦、两汉“六义”说的提出与发展

“六义”说代表了儒家正统的诗学思想，对古代的诗歌创作产生了重要影响。“六义”渊源久远。从《周礼·春官》提出“六诗”说，到《毛诗大序》明确提出“诗有六义”，再到唐代孔颖达《毛诗正义》提出“三体三用”说，“六义”说经历了一个漫长的发展过程。“六义”说在发展过程中，由于受政治、文化、文学自身发展规律，以及文学批评、审美趣味、审美风尚等各种因素的影响，其内涵也在不断地发展、演变。上古时期始有乐诗的概念，汉儒用政治教化的观点来阐释“六义”，南北朝诗论家逐渐摆脱政教观念的束缚，从审美批评的角度来解释，唐代诗论家进一步从文学自身的角度来发挥，直至宋代朱熹等几乎完全摆脱了“六义”说的政教色彩，从纯文学的角度来阐发“六义”思想。可以说，“六义”说经历了一个曲折的发展历程。

从现存文献来看，“六义”说最早见于《周礼·春官·宗伯》的“六诗”说，即：“教六诗：曰风，曰赋，曰比，曰兴，曰雅，曰颂……以六德为之本……以六律为之音。”[①]“六诗”理论，本是指乐诗的，是太师用以教授学生

① 李学勤主编：《十三经注疏·周礼注疏》，北京：北京大学出版社 1999 年版，第 610—611 页。

音乐的教材，汉儒郑众、郑玄分别予以不同的解释。郑众指出：“比者，比方于物也。兴者，托事与物。”[①] 根据郑众的解释，“比”是比方，“兴”有寄托、托寓的意思，他认为“比显而兴隐”。可见，郑众释“比”“兴”，无美刺的意思。而郑玄则认为：“风，言贤圣治道之遗化也。赋之言铺，直铺陈今之政教善恶。比，见今之失，不敢斥言，取比类以言之。兴，见今之美，嫌于媚谀，取善事以喻劝之。雅，正也，言今之正者，以为后世法。颂之言诵也，容也，诵今之德，广以美之。”[②] 由此可见，郑玄认为风、雅、颂是诗歌（或音乐）所表现的内容，而赋、比、兴是借诗歌（或音乐）来进行政教美刺的不同表现手法，其中，“比”即刺，“兴”即美或赞，郑玄用政教美刺论来解释“六诗”，尤其是“比”“兴”，具有牵强附会的特征，忽略了诗歌本身的文学艺术性，代表了汉儒诗歌政教批评的特色，对汉代的诗歌理论产生了深远影响。郑众和郑玄对比、兴的理解虽有不同，但他们都认为比、兴是一种表现手法，“没有更多注意诗的抒情特征，没有从抒情的角度来释比兴”[③]。

《毛诗大序》在“六诗”说的基础上进一步提出了“六义”说：“故诗有六义焉：一曰风，二曰赋，三曰比，四曰兴，五曰雅，六曰颂。”[④] 从文字可以看出，“六义”说承《周礼》的“六诗”说而来。这样，本来指乐诗的“六诗”就发展成为《诗经》的“六义”。郑玄用“六诗”的注解来解释“六义”，依然带有政教美刺的色彩。汉代的经学称为汉学，“它不是把《诗经》当作文学作品，分析作品本身的思想性和艺术性，而是通过对《诗经》的解释和论述，附会引申儒家的教义，把一部古代的诗集，变成封建政治伦理的教科书”[⑤]。因此汉儒对《诗经》“六义”的解释在后代颇有争议。但是“六义”说对中国古代的诗学理论与诗学批评却产生了非常深远的影响，它的内

---

① 李学勤主编：《十三经注疏·周礼注疏》，第 610 页。

② 李学勤主编：《十三经注疏·周礼注疏》，第 610—611 页。

③ 罗宗强：《隋唐五代文学思想史》，北京：中华书局 2003 年版，第 46 页。

④ 李学勤主编：《十三经注疏·毛诗正义》（上），北京：北京大学出版社 1999 年版，第 11 页。

⑤ 夏传才：《诗经研究史概要》，郑州：中州书画社 1982 年版，第 72 页。

涵也随着时代的变化而不断发展变化。

二、魏晋南北朝与唐代“六义”说的发展与演变

继两汉之后，魏晋南北朝与唐代的一些文学评论家也纷纷对“六义”说进行阐释。最有代表性的有南北朝时期的刘勰、钟嵘及唐代的孔颖达、皎然等，以下将对他们的阐释分别予以论述。

（一）魏晋南北朝

南北朝时期刘勰对“六义”的阐述。刘勰在《文心雕龙》之《诠赋》《颂赞》《比兴》等篇章对“六义”说之颂、赋、比、兴做了较详细的论述，阐明了其源头及发展、变化。其中赋由最初的一种诗歌表达法，经由屈原、荀况、宋玉等的发展而成为一种独立的文体，从而与诗区别开来。颂作为一种文体，其内容和形式也发生了很大的变化。关于比兴，刘勰在《比兴》篇中，认同“比显而兴隐”，但是他关于比兴的说法，明显受《毛诗大序》及郑玄的影响，认同比兴有美刺的功能。但是，刘勰的理解比郑玄更宽泛些，郑玄认为“比”即“刺”，是因为“不敢斥言”，而刘勰则在《比兴》篇“赞”里认为：“诗人比兴，触物圆览。物虽胡越，合则肝胆。拟容取心，断辞必敢。”刘勰认为“断辞必敢”，即措辞一定要果敢。刘勰还把比兴与人的情感联系起来，尤其是兴。他指出：“兴者，起也……起情者依微以拟议。起情故兴体以立……兴则环譬以托讽。”刘勰已不仅把兴看作一种表现方法，还把兴的产生与物及人的情感联系起来，并且起兴之后，又将人的情感借助兴这种特殊的表现方式以隐喻的方式表现出来。总之，刘勰对比、兴的理解，受《毛诗大序》及郑玄的影响较深，仍从美刺的角度来理解。但是，与他们不同的是，刘勰已看到了比、兴这种手法的抒情性及艺术性，这一点是难能可贵的。

与刘勰几乎同时代的钟嵘对“六义”说也做了新的阐释。钟嵘关于赋、比、兴的解释与前人有了很大的不同，尤其是对“兴”的理解有了很大的变化。他认为“兴”这种表达法的特点在于“文已尽而意有余”，指出了“兴”这种表达法所取得的特殊艺术效果，即具有含蓄性和委婉性，让人回味无穷。关于比、赋的理解也逐渐摆脱前人美刺的色彩。

（二）唐代

唐孔颖达对“六义”观也持不同的见解。他提出“三体三用”说：“然则风、雅、颂者，诗篇之异体；赋、比、兴者，诗文之异辞耳。大小不同，而得并为六义者，赋、比、兴是诗之所用，风、雅、颂是诗之成形，用彼三事，成此三事，是故同称为义，非别有篇卷也。”[①]孔颖达已明确指出，风雅颂是指诗歌的三种不同体裁，而赋、比、兴是指诗歌的三种不同表现手法。在对“六义”的理解上，孔颖达也不同于郑玄。首先是对比、兴的理解，孔颖达反对郑玄比兴刺美的说法，认为郑玄“于比、兴云‘不敢斥言’、‘嫌于媚谀’者，据其辞不指斥，若有嫌惧之意。其实作文之体，理自当然，非有所嫌惧也”[②]。这样就纠正了郑玄对于比、兴的狭隘、功利的理解，突出了比、兴作为诗歌表现手法的艺术性、纯粹性。其次，他还认为“风、雅、颂者，皆是施政之名也”。这一点与郑玄的意思倒是相当。

继孔颖达之后，中唐的皎然在《诗议》中也对“六义”做了阐述[③]：“体一国之教谓之风”，“赋者，布也。象事布文，以写情也”，“比者，全取外象以兴之”，“兴者，立象于前，后以人事谕之”，“正四方之风谓雅，正有小大，故又大小雅焉”，“颂者，容也。美盛德之形容，以其成功告于神明也”。“以六义为本，散乎情性。有君臣讽刺之道焉，有父子、兄弟、朋友规正之义焉。降及游览、答赠之例，各于一道，全其雅正。”皎然对于“六义”的

---

① 李学勤主编：《十三经注疏·毛诗正义》（上），第12—13页。

② 李学勤主编：《十三经注疏·毛诗正义》（上），第12页。

③ 张伯伟：《全唐五代诗格汇考》，南京：江苏古籍出版社2002年版，第218—219页。

理解，重在“情性”，同时他认为“六义”在不同题材的诗歌中作用也不尽相同，有“讽刺”、“规正”及“雅正”等功能。从皎然对“六义”的解释，可以看出他偏向于从艺术的角度、抒发情性的角度来理解“六义”。尤其是对“赋”“比”“兴”的解释颇有特色，均引入“象”这一概念，如：“赋者，布也。象事布文，以写情也”，除了强调“赋”具有铺陈的特征外，更强调其用形象来描述事物，铺陈文辞，以抒发情感。另外，对于“比”的理解，皎然认为，“比者，全取外象以兴之”，可见，他认为“比”的一个重要特征是“取象”。对于“兴”的理解，他认为，“兴者，立象于前，后以人事谕之”，“兴”包括两个部分：“象”与“人事”，立“象”的目的在于引出后面的“人事”。

皎然在《诗式·用事》中也对比、兴做了论述：“今且于六义之中略论比兴：取象曰比，取义曰兴，义即象下之意。凡禽鱼草木人物名数，万象之中义类同者，尽入比兴。”[①] 这里皎然主要是为了说明征古并非就是用事，征古有时是比兴。另外，关于比兴的理解，与《诗议》中的解释是相一致的，“取象曰比”，“比”须“取象”，须借助于“象”来进行表达。钟嵘认为：“因物喻志，比也”，皎然的“象”即相当于钟嵘的“物”，钟嵘认为“比”在于借助外物来表达作者的志向，因此“物”只是手段，“喻志”才是目的。“取义曰兴，义即象下之意”，“兴”取其“义”，应有“象下之意”，也即象外之意，“情在言外”。这与其《诗议》中对“兴”的理解是相吻合的，“兴者，立象于前，后以人事谕之”，对于“兴”而言，重点不在于“立象”，而在于“人事”，在于“象下之意”，这是对钟嵘关于兴的理解“文已尽而意有余”的进一步发展。皎然指出作者在使用“兴”这种表达法时，应有意识地取其“义”，从而能够达到“象下之意”的艺术效果。

皎然非常重视“境”、“取境”、情与境的统一，他指出：“诗人之思初发，取境偏高，则一首举体便高；取境偏逸，则一首举体便逸。”[②] 可见，“取境”

---

① （唐）皎然著，李壮鹰校注：《诗式校注》，北京：人民文学出版社 2003 年版，第 31 页。

② （唐）皎然著，李壮鹰校注：《诗式校注》，第 69 页。

决定了诗的整体格调，这个境，即意境，它与情相交融，借助于“禽鱼草木人物名数”等“万象”来表现。皎然将比兴与意境联系了起来，“所以他所说的比兴，实际是属于意境的范畴。有比兴即有象外之奇，文外之旨，言外之情，以此区别于单纯取象作比喻而不能融境入情的属于修辞范畴的比”。[①]

皎然对于“赋”“比”“兴”之解释的贡献在于指出了这三种表现手法所具有的形象思维特征，无论是“赋”，还是“比”和“兴”，都须借助于“象”来表现，其最终目的是表现“情”，且将比兴与意境范畴联系起来。所以，皎然继刘勰、钟嵘之后，进一步摆脱了前人用政教美刺的观点来解释“六义”的传统，虽然他不否认“六义”的讽刺、规正功能，但更注重其艺术性、抒情性。

第二节　司空图对“诗贯六义”说之内涵新解及其思想渊源

一、从司空图论诗杂著看其对“诗贯六义”说的内涵新解

上文已经说过，司空图的思想较复杂，受儒、道、佛三家的影响。从其为人处世来说，主要受儒家思想的影响，而从其诗学思想来说，主要受道、佛思想的影响。整体来看，司空图强调诗歌的艺术性。从其论诗杂著与其对唐代诗人的评论来看，司空图不排除诗歌具有“讽谕”的功能，但他更注重诗歌应有“象外之象”“味外之味”“韵外之致”的“醇美”，认为这样的作品才能够“近而不浮，远而不尽”。在对“六义”的理解上，同样表现出类

① 郭绍虞主编，王文生副主编：《中国历代文论选》（第二册），上海：上海古籍出版社 2001 年版，第 84 页。

似的倾向。

较之前人，司空图进一步从艺术的、审美的角度来阐释“六义”。总体来说，他对“六义”说的内涵新解主要体现在以下几个方面。首先，他明确指出“诗贯六义”主要体现在四个基本特征上，即讽谕、抑扬、渟蓄、温雅，分别从诗歌的功能、形式美、表达方式、表达效果这几个方面赋予了“六义”说的新内涵。其次，指出“诗贯六义”应以“直致所得，以格自奇”为其前提，强调诗歌创作应即景会心，自然表达，并且要有独特的诗境品格，从而能够独树一帜。再次，诗歌若能很好地贯穿“六义”，就能达到“韵外之致”“味外之旨”的艺术表达效果，最终是为了达到“全美为工”的目标。

（一）从《与李生论诗书》等文看司空图对“诗贯六义”说的内涵新解

1.“诗贯六义”说的提出

在《与李生论诗书》中，司空图论道：

> 文之难，而诗之难尤难。古今之喻多矣，愚以为辨于味，而后可以言诗也。……知其咸酸之外，醇美者有所乏耳。……诗贯六义，则讽谕、抑扬、渟蓄、温雅，皆在其间矣。然直致所得，以格自奇。前辈诸集，亦不专工于此，矧其下者耶！王右丞、韦苏州，澄澹精致，格在其中，岂妨于遒举哉？贾浪仙诚有警句，视其全篇，意思殊馁，大抵附于蹇涩，方可致才，亦为体之不备也，矧其下者哉！噫，近而不浮，远而不尽，然后可以言韵外之致耳。……盖绝句之作，本于诣极，此外千变万状，不知所以神而自神也，岂容易哉？今足下之诗，时辈固有难色，倘复以全美为工，即知味外之旨矣。[①]

① 祖保泉、陶礼天笺校：《司空表圣诗文集笺校》，第193页。

《与李生论诗书》这篇文章表达了司空图重要的诗学观念和他的诗学审美批评标准，即认为诗歌的艺术效果应该“醇美”，有“味”。要做到这一点，则须“诗贯六义”，诗歌若能以“六义”贯穿其中，自然就会“讽谕、抑扬、渟蓄、温雅，皆在其间矣”，这样的诗就有“味”；反之，诗若没“味”，就没能贯穿“六义”，或者说没能真正贯穿“六义”。做到“诗贯六义”，还有一个必要前提就是“直致所得，以格自奇”，也就是强调诗歌创作凭直觉自然会心、直抒胸臆的表达，以各自诗作的独特品格为其个性特征，形成各自的诗歌风格，从而达到“全美为工”的目标，最终实现“韵外之致”“味外之旨”的艺术效果。

2. 讽谕、抑扬、渟蓄、温雅——“诗贯六义”说的四个基本特征

司空图认为诗的讽谕功能与抑扬、渟蓄、温雅的特征，都包含在“六义”之中。“六义”观，是传统儒家诗学的一个重要理论，即风、雅、颂、赋、比、兴。其中，风、雅、颂是指诗的不同类别，赋、比、兴是指诗的不同表现手法，其含义随时代的变化而变化。司空图对“六义”说加以继承并发展，赋予了其新的内涵，认为诗歌若能贯穿“六义”，那么自然就能做到“讽谕、抑扬、渟蓄、温雅”，也就是就诗歌的作用来说，应具有讽谕性，这无疑肯定了《毛诗大序》的基本思想。“渟蓄”，指诗歌的表达方式应清淡而含蓄委婉。“温雅”，指诗歌的审美特征应温和而雅正。关于“抑扬”，司空图没有明确指出其含义。以下将联系司空图诗文集的相关内容及司空图之前的文学、文论作品对“抑扬”的含义作出辨析。

首先，从司空图诗文集中其他几处“抑扬”，看其含义。司空图诗文集中除了《与李生论诗书》一文出现“抑扬”一词外，另外还有三处出现“抑扬”一词。《复安南碑》一文：“……元戎然后抑扬英武，啸咤风云。援旗而激愤冲星，徇国而抽诚驾日。”[①] 此处“抑扬”应是称扬的意思。《连珠》篇：

① 祖保泉、陶礼天笺校：《司空表圣诗文集笺校》，第 279 页。

"盖闻济世者材，存神者道。各系遭逢之运，并著抑扬之效。"① 此处"抑扬"是浮沉、进退的意思。《注〈愍征赋〉述》："自体变江南，气凌邺下。胪分工拙，讵可抑扬。"② 此处"抑扬"应是褒贬的意思。可见，在司空图诗文集中，"抑扬"有多种含义，并非仅局限于一种意思。

其次，看司空图之前的文学、文论作品中"抑扬"的含义，大抵有以下几种：其一，"按下与上举"，如汉贾谊《新书·容经》："手有抑扬，各尊其纪。"其二，"声音高低"，如温庭筠的《感旧陈诗》："抑扬中散曲，漂泊孝廉船。"其三，"文气起伏"，如《西京杂记》卷四："及其序屈原、贾谊，辞旨抑扬，悲而不伤，亦近代之伟才。"南朝梁萧统《〈陶渊明集〉序》："其文章不群，辞彩精拔，跌宕昭彰，独超众类，抑扬爽朗，莫之与京。"③ 其四，"褒贬"，如晋葛洪《抱朴子·行品》："士于难分之中，而无取舍之恨者，使臧否区分，抑扬咸允。"④ 唐刘知几《史通·浮词》："至于本事之外，时寄抑扬，此乃得失禀于片言，是非由于一句，谈何容易，可不慎欤！"⑤ 另外，"抑扬"还有"浮沉、进退""称扬""贬抑""控驭自如貌"等含义，不一一举例。《与李生论诗书》一文中出现的"抑扬"一词的含义，有可能是第二、三、四种之一，其他几种含义均可排除。因在《与李生论诗书》一文中，司空图说："诗贯六义，则讽谕、抑扬、渟蓄、温雅，皆在其间矣。"而"讽谕"本身即包含有"褒贬"的意思，表达了作者对所述内容褒贬的态度，因此，此处的"抑扬"应另有其义。是否指"文气起伏"？"文气"主要是指人，即作者的才气，而此处司空图明显是指诗歌本身，不是指人。另外，联系上下文，司空图是指诗歌创作中，若能将"六义"贯穿其中，这样的诗才有"味"，也才能达到"全美为工"的目标。何谓"全美"？应该既指诗歌的内容，又指形式，当然还包括表达方式、表达效果、表达风格等，"讽谕、抑扬、

① 祖保泉、陶礼天笺校：《司空表圣诗文集笺校》，第 292 页。

② 祖保泉、陶礼天笺校：《司空表圣诗文集笺校》，第 319 页。

③ 郁沅、张明高编选：《魏晋南北朝文论选》，北京：人民文学出版社 1996 年版，第 335 页。

④ （晋）葛洪著，庞月光译注：《抱朴子外篇全译》，贵阳：贵州人民出版社 1997 年版，第 477 页。

⑤ （唐）刘知几著，姚松、朱恒夫译注：《史通全译》，贵阳：贵州人民出版社 1997 年版，第 303 页。

渟蓄、温雅”四者之中，“讽谕”是指诗歌的内容，“渟蓄”“温雅”分别指诗歌的表达方式、表达效果。因此，这里的“抑扬”当更有可能指诗歌的形式美，本意当是“声音高低”，引申为诗歌声律的高低起伏、抑扬顿挫。这从唐代诗人普遍重视诗歌的声律美及司空图本人也很重视诗歌的声韵可得到印证，如在《注〈愍征赋〉述》等文中，司空图就非常重视诗歌的韵律美。

如何来表达“六义”，司空图认为需目击可图、即景会心的自然表达，从而以独特的诗境品格来独树一帜，即“直致所得，以格自奇”。接着，司空图以王维、韦应物及贾岛为例，认为“王右丞、韦苏州，澄澹精致，格在其中，岂妨于遒举哉？”。他对王、韦诗歌的赞赏溢于言表，认为二人的诗清淡深远，语言精工，一首诗即传达出一个圆融的、浑然一体的意境，与那些语言遒劲的诗比起来，具有另一番独特的艺术风格。贾岛的诗因过于雕琢个别字句而显得内容空洞，整体艺术效果欠佳。另外诗歌若能做到“近而不浮，远而不尽”，就能做到有“韵外之致”；若能做到“全美为工”，即可知“味外之旨”。“近而不浮，远而不尽”是指诗歌所表达的意象虚实相生、有无相成，近在眼前却不流于浮泛，深远却“言有尽而意无穷”，这其实就是指诗歌的含蓄性。“全美为工”是指诗歌不仅要做到文辞、声韵优美，而且要有内涵、意蕴深微，这实际上也包含了司空图所指的“诗贯六义”的四个基本特征。以下将结合司空图所论之相关诗人的作品来重点论述司空图对“诗贯六义”说的理解。

3. 从司空图对王、韦等人的评价看其对“诗贯六义”说的内涵新解

从《与李生论诗书》及《与王驾评诗书》等相关诗文可以看出司空图非常欣赏王维、韦应物的诗，而对贾岛等人的诗虽有肯定的方面，但更多的是否定。以下略举王维、韦应物、贾岛的诗来加以说明，为什么司空图倾向于王、韦的诗，二人诗的特点何在以及与“诗贯六义”之间有何内在联系？贾岛的诗为何显得“意思殊馁”，因而不为其所欣赏？

先看王维的《送别》：

下马饮君酒，问君何所之。君言不得意，归卧南山陲。但去莫复问，白云无尽时。①

此首诗虽然简短，语言看似平淡无奇，却意境深远，耐人寻味。这首送别诗，从其表达方式来说，“直致所得”，即景会心；从其思想内涵来说，表达了诗人与朋友之间的真挚情谊，心灵默契；从其语言表达来说，素朴精致，自然清新。整首诗意境清新而绵远，是诗犹画，温婉含蓄，有“韵外之致”。这即是司空图所崇尚的“醇美”“全美为工”。

再看王维的另一首诗《酬张少府》：

晚年惟好静，万事不关心。自顾无长策，空知返旧林。松风吹解带，山月照弹琴。君问穷通理，渔歌入浦深。②

此首诗描述了作者晚年隐居辋川旧居，清心寡欲、陶醉自然、修心养性、颐养性情，以体悟人生、生命的豁达情怀。整首诗节奏舒缓，意境清新恬淡却悠远，尤其是最后两句“君问穷通理，渔歌入浦深”，又运用了上一首诗《送别》中类似的“欲言又止”“不点破”的含蓄表达法，要问人生的道理为何，不直接作答，而是用佛家惯用的暗示、象征的手法让读者自己去体悟，人生的道理犹如“渔歌入浦深”，使整首诗意境浑融、极富禅理、耐人回味。

再如韦应物的《秋夜寄丘二十二员外》：

怀君属秋夜，散步咏凉天。空山松子落，幽人应未眠。③

---

① （清）彭定求等编:《全唐诗》卷一二五，北京：中华书局 1960 年版，第 1242 页。

② （清）彭定求等编:《全唐诗》卷一二六，第 1267 页。

③ （清）彭定求等编:《全唐诗》卷一八八，第 1924 页。

韦应物的五言绝句，向来为诗家所赞赏。胡应麟在《诗薮》中说："苏州五言古，优入盛唐，近体婉约有致，然自是大历声口。"[①] 又说："王、韦五言，秀丽可挹。"[②]沈德潜在《说诗晬语》中说："五言绝句，右丞之自然，太白之高妙，苏州之古淡，并入化机。而三家中，太白近乐府，右丞、苏州近古诗，又各擅胜场也。"[③] 可见，韦应物的诗以"古淡"著称。上面是一首作者怀念友人的诗。诗人与丘丹在苏州时交往甚密，丘丹隐于临平山学道时，诗人写此诗以寄怀。整首诗虚实结合，恬淡醇美，尤其是"空山松子落"一句，古淡清雅，极富禅意，意境隽永，有司空图所说的"味外之旨"。

再来看贾岛的《送无可上人》：

> 圭峰霁色新，送此草堂人。麈尾同离寺，蛩鸣暂别亲。独行潭底影，数息树边身。终有烟霞约，天台作近邻。[④]

贾岛的诗以斟字酌句而闻名。在此诗之后，作者又附了几句诗。诗曰："两句三年得，一吟双泪流。知音如不赏，归卧故山秋"，指的是"独行潭底影，数息树边身"这两句花了三年才吟得，真可谓苦吟派诗人的代表。该诗也是一首送别诗，描写了诗人在秋雨初晴之际，送别从弟无可禅师时的情景，表达了诗人对从弟的依依惜别之情，同时也表达了诗人内心的孤独。这首诗写得比较清新，感情很深沉。尤其是作者颇为得意的两句"独行潭底影，数息树边身"，很有禅意。但总体来看，缺乏王维、韦应物诗那种整体圆融的意境，虽每句单独来看都较精彩，但多了几分雕琢，少了几分自然。

综上所述，王维、韦应物的诗即景会心，自然清新又不乏温婉含蓄，意境圆融而富有禅意，有"韵外之致""味外之旨"。贾岛的诗则因过于雕琢，

---

① （明）胡应麟：《诗薮》内篇卷四，北京：中华书局 1958 年版，第 76 页。

② （明）胡应麟：《诗薮》内篇卷四，第 71 页。

③ （清）沈德潜撰，王宏林笺注：《说诗晬语笺注》，北京：人民文学出版社 2013 年版，第 252 页。

④ （清）彭定求等编：《全唐诗》卷五七二，第 6633 页。

虽个别字句因锤炼而精彩，但整体效果欠佳，缺乏意境和“余味”。而司空图所崇尚的正是“直致所得，以格自奇”的作品。王、韦的诗意境亲切鲜明，似近在眼前，却又不过于直白；意境悠远，却含蓄、温雅、耐人寻味，即司空图所说“近而不浮，远而不尽”。与王、韦的诗比起来，贾岛的诗则过于“蹇涩”，因过度陷于个别“警句”的苦思中，而忽略了全篇的整体意境，因而读起来不够自然、顺畅，自然就少了几分“韵味”。

在《与李生论诗书》中，司空图还特意列举了自己颇为得意的二十几联诗句，有直抒胸臆的写景，自然清新，兴象玲珑，如“草嫩侵沙短，冰轻著雨销”“坡暖冬生笋，松凉夏健人”“川明虹照雨，树密鸟冲人”“远陂春早渗，犹有水禽飞”。描写塞下、战乱的则含蓄、委婉，“怨而不怒”，如“马色经寒惨，雕声带晚饥”“骅骝思故第，鹦鹉失佳人”。描写道宫、佛寺的则幽静、富于禅机，“言有尽而意无穷”，如“棋声花院闭，幡影石幢幽”“解吟僧亦俗，爱舞鹤终卑”。感情质朴的，如“得剑乍如添健仆，亡书久似忆良朋”。感叹时光流逝的，如“殷勤元日（旦）日，歌舞又明年”。这些诗句清新流畅、感情细腻、温婉含蓄、音律抑扬顿挫，一些诗句不乏委婉的讽谕。苏轼对司空图的诗评价道：“唐末司空图崎岖兵乱之间，而诗文高雅，犹有承平之遗风，其论诗曰：‘梅止于酸，盐止于咸，饮食不可无盐梅，而其美常在盐酸之外’。”① 正如苏轼所说，司空图的大部分诗文确很高雅，他也努力使自己的诗歌创作能够达到其所倡导的“诗贯六义”“味外之旨”的意境。

（二）从《注〈愍征赋〉述》看司空图对“诗贯六义”说的内涵新解

司空图的论诗杂文《注〈愍征赋〉述》很好地阐释了司空图的“诗贯六义”说的基本思想。《注〈愍征赋〉述》：

① （宋）苏轼：《东坡题跋》，出自王云五主编：《丛书集成初编 · 元丰题跋　东坡题跋》卷二，据《津逮秘书》本影印，北京：商务印书馆 1935—1937 年版，第 46 页。

……观其才情之旖旎也，有若霞阵叠鲜，金缕晴天。鸳塘匣碧，芙蓉曙折。浓艳思芳，琼楼诧妆。烟霏晚媚，鲛绡拂翠。其雅调之清越也，有若缥缈鸾（虹）[鸿]，罾罾袅空。瑶簧凄戾，羽磬玲珑。幽人啸月，杂佩敲风。其道逸之壮冠也，则若云鹏回举，势陷天宇。鳌抃沧溟，蓬瀛倒舞，百万交锋，雄棱一鼓。其寓词之哀怨也，复若血凝蜀魄，猿断巫峰。咽水警夜，冤[郁]霭空。日魂惨澹，鬼哭荒丛。其变态之无穷也，则若月吊边秋，旅恨悠悠。湘南地古，清辉处处。花映秦人，玉洞扃春……①

此文是司空图为唐会昌中进士卢献卿的《愍征赋》作注后的序文，但此赋与注均失传。司空图对《愍征赋》一文分别从五个角度进行了全面的、多视角的评价："观其才情之旖旎也""其雅调之清越也""其道逸之壮冠也""其寓词之哀怨也""其变态之无穷也"，认为其才华柔美、婀娜多姿；格调高雅，犹如音乐清澈激扬；其文风遒劲飘逸，又雄壮美丽；其隐喻之词凄怆哀怨；其物色、意象变幻多端。分别从才情、格调、文风、表现手法及意象五个方面对卢赋给予了高度肯定。

可以看出司空图的"诗贯六义"说的四个基本特征均贯穿在他对卢献卿《愍征赋》的评论中，也就是"讽谕、抑扬、渟蓄、温雅，皆在其间矣"。首先，司空图指出此赋"其寓词之哀怨也，复若血凝蜀魄，猿断巫峰。咽水警夜，冤[郁]霭空。日魂惨澹，鬼哭荒丛"，可以看出此赋是作者的发愤之作，文中深切地流露出作者的哀怨之情，若杜鹃啼血，猿声哀鸣，强烈的怨恨之气直冲云霄，连日色都显惨淡，这其实就是指此文具有强烈的讽谕色彩，深切地表达了作者内心对因受人迫害而无辜致罪的强烈不满。其次，文中多次提到此赋符合音律美、音乐美，抑扬顿挫，有余音余味："锵洋在听""其雅调之清越也，有若缥缈鸾（虹）[鸿]，罾罾袅空。瑶簧凄戾，羽磬玲珑。幽

① 祖保泉、陶礼天笺校：《司空表圣诗文集笺校》，第318页。

人啸月，杂佩敲风”“符雅律之未裁，八音叶畅”“洞节奏于旋宫”等，均可看出卢赋极富明快、清丽、和谐的音乐美，同时又有着高雅的情调，这即是司空图所说的“抑扬”“温雅”。最后，司空图还指出此赋有言外之意：“怅征秦而寓旨”“旨远之机，已尽汲深之力”，指文章言近而旨远，寓意深远，即是司空图所说的“渟蓄”“近而不浮，远而不尽”，有“味外之旨”“韵外之致”。因此，从司空图的这篇序可以看出他很欣赏卢的这篇赋，可惜此赋已佚，今人无从看到。另外也可看出司空图把“诗贯六义”的四个基本特征深入贯彻到其诗文批评中，均是从艺术的角度、审美的角度出发，全文多用象喻批评的形式，语言优美，极富想象力，不觉让人联想起《二十四诗品》的赞体形式，二者的语言风格非常相似，说明司空图很擅长写赞体文。

以上根据司空图论诗杂著论述了其对传统儒家诗学“诗贯六义”说的内涵新解，可以看出，司空图对“诗贯六义”说的理解与汉儒对“六义”的解释已有很大的区别。要求诗中体现“六义”，这是他跟前人，包括自先秦至六朝及唐代的诗论家是一致的，但是司空图更注重从审美的、艺术的角度来理解“六义”说，淡化了“六义”说的政教美刺色彩，这一点是对南北朝的刘勰、钟嵘及唐孔颖达、皎然等人“六义”说的继承与发展。总体来看，他对传统儒家诗学“诗贯六义”说的新解主要体现在三个方面。第一，他用非常凝练的四个词引申出了“诗贯六义”说的艺术效果，即诗的讽谕功能和抑扬、渟蓄、温雅的特征，这是其一大贡献，前人没有明确、完整指出“六义”说的这几个特征。第二，就如何来表达“六义”，司空图认为要“直致所得，以格自奇”，即诗歌要有目击可图、即景会心的自然表达，而不应过于雕琢、苦思，这样才能以其独特的诗境品格来独树一帜。不论像王维、韦应物所写的“澄澹精致”的作品，还是风格“遒举”的作品，只要整体看来能够表达“近而不浮，远而不尽”的意境，就可视为有韵味的佳作。第三，就如何表现风雅精神，他认为要有“诗味”，也就是强调诗歌应含蓄、温雅，不应过于直白、低俗，这就是他推崇王、韦、李、杜，而贬低元、白的原因。主张“辨于味而后可以言诗”是司空图的另一贡献，即要求诗歌应有“韵外之致”“味外之旨”，这样才能表现“六义”说所要体现的含蓄蕴藉之美。可见，司空图继承了前人关于“六义”说的一些合理的理解，又对其做了新的阐释与发挥。

（三）司空图对“诗贯六义”说之内涵新解的意义及影响

整体来看，司空图强调诗歌的艺术性、审美性。在对“六义”的理解上，也同样贯穿此思想。“六义”说虽是传统的儒家诗学思想，但司空图对其理解已融合了佛、道精神。从司空图的论诗杂著与其对唐代诗人的评论来看，“六义”说已融合于其整体诗学思想之中。

1. 司空图对“诗贯六义”说之内涵新解的意义

司空图对“诗贯六义”说之内涵新解突出表现在他从审美的、艺术的角度来理解“六义”。在对“六义”的理解上，司空图不仅受传统儒家诗学的影响，同时还赋予了其佛、道的精神。

首先，司空图的诗论受传统的儒家诗论影响很深。他继承了诗歌应具有讽谕功能这一说法。但是与先秦儒家及汉儒诗论家纯粹从政教美刺、现实功利的角度来评论诗歌不同的是，他更多是从艺术的、审美的角度来看待诗歌。司空图认为诗歌的表达效果应“温雅”，即温和、雅正。“温雅”反映了儒家对温柔敦厚的中和之美的追求。儒家不仅把“温柔敦厚”当作道德伦理的准则，同时也作为一个重要的艺术准则。要求艺术表达应含蓄蕴藉、温婉柔美，内容上应质朴深邃，形式上又要讲求文采，要做到“文质彬彬”“尽善尽美”。同时，艺术表现上既要揭示社会问题，又不能过于直白激烈，要做到“怨而不怒”。魏晋南北朝，文论中重“温雅”之风尚存，只是更多从艺术的角度来看，政教的色彩淡化，且在强调“雅”的同时，还注重“艳”及情感的重要性。唐代文坛同样很重“雅”，且这种重“雅”之风持续到晚唐，司空图亦继承了这种文风。从司空图诗文集的一些诗句中也可以看出来，如《白菊三首》（其一）：“诗中有虑犹须戒，莫向诗中著不平。”表明了司空图深受儒家温柔敦厚思想的影响，认为不可在诗歌中抒发内心对社会的忧愤、不满情绪。此外，他在诗文集中还多次提到“雅”“风雅”，由此可以看出儒家温柔敦厚、“风雅”思想对司空图的影响很深，尤其是对其早期思想。

其次，司空图对“诗贯六义”说之内涵新解融合了佛、道精神。晚年的司空图多与僧人、道士相往来，另据《书屏记》记载，司空图家藏有佛、道图记共七千四百卷，他的思想受佛、道的影响也是很自然的。佛、道思想对司空图的影响，不仅表现在对其心态、处世态度上，也表现在对其诗学思想的渗透上，包括对“诗贯六义”说的影响。佛经重声律、重“意在文外”，道家崇尚朴素自然，“得意忘言”的言外之意，对司空图重诗歌的“抑扬”“渟蓄”，推崇“直致所得”“澄澹精致”“醇美”“近而不浮，远而不尽”之作，均产生了潜移默化的影响。司空图很重视诗歌的韵律美，这突出表现在《注〈愍征赋〉述》一文中，短短的一篇序，司空图多次赞赏卢献卿的文章富有音乐美。司空图认为诗歌表达应“渟蓄”，“渟蓄”即含蓄。无论是《毛诗大序》，还是《礼记·乐记》，抑或孔子，最终均是从儒家政教美刺的目的出发来提倡诗教、乐教的。司空图继承的是“谲谏”的委婉性、含蓄性，扬弃的是其政教美刺的功利性。魏晋南北朝到唐代，刘勰、钟嵘、皎然等人也很重视诗歌的含蓄性，司空图对此继承并加以发展。他提出的“四外”说，即“象外之象”“景外之景”“韵外之致”“味外之旨”，以及“近而不浮，远而不尽”等诗学思想，都是强调诗歌应含蓄，有韵味，应“言有尽而意无穷”。

通过以上分析，可以看出司空图继承了儒家“诗贯六义”说的诗学思想，他重视诗歌的讽谕功能，强调诗歌应温和雅正。在此基础上，司空图又赋予“诗贯六义”说新的内涵。他特别强调诗歌应有“韵外之致”“味外之旨”，并指出诗歌创作中“直致所得，以格自奇”的重要性。他尤为欣赏王维、韦应物“澄淡精致，格在其中”，“趣味澄夐”的诗风。在诗歌的形式美上，他亦注重诗歌抑扬顿挫的韵律美、节奏感。可见，司空图在继承了儒家

“诗贯六义”说的基础上，又对其做了新的发展、阐述，实际上是融合了佛、道的思想与精神，使得“六义”说更具有审美的意义，并成为司空图的基本诗歌观念论，贯穿在其整个诗学理论中，与他的诗歌艺术思维论、创作论、诗歌的审美特征与鉴赏论及诗学批评实践相互影响、相互渗透。

2. 司空图对“诗贯六义”说之内涵新解的影响

司空图对“诗贯六义”说之内涵新解对宋、元、明、清文论及书画论产生了深远的影响，特别是他提倡的诗歌应“渟蓄”，有“韵外之致”“味外之旨”，诗歌应“醇美”“全美为工”，这些诗学理论对唐以后的艺术批评坚持审美的标准均有直接或间接的影响。司空图提倡诗歌应含蓄温婉，有韵味，这种诗学思想在宋、元、明、清诗论及书画理论中得以延续和发展。宋、元、明、清诗论及书画理论中还常常以“韵”“味”论“艺”。

司空图对“六义”说的理解是在继承传统“六义”说的基础上，进一步发展并赋予其新内涵的。当然，“六义”说的内涵本来就随着时代的发展而不断发展变化，由先秦两汉重政教美刺，到魏晋六朝逐渐从审美的角度赋予其新的内涵，再到唐代对“六义”的理解产生了分歧：一方面，初唐、中唐又重倡“六义”的政治功能；另一方面，孔颖达及中唐皎然等明显倾向于魏晋六朝的理解，也就是从艺术的角度去理解“六义”。晚唐的司空图没有继承中唐的说法，却沿着魏晋六朝钟嵘、刘勰及唐孔颖达、皎然对“六义”理解的路线向前发展，并第一次明确提出“六义”说具有讽谕、抑扬、渟蓄、温雅四个基本特征。司空图还突出强调诗若能做到贯穿“六义”，还须以“直致所得，以格自奇”为其创作的必要前提，方能达到“全美为工”的目标，取得“韵外之致”“味外之旨”的艺术效果，突出了“六义”说的审美性与艺术性。这些诗学思想对唐以后的诗论、书论、画论均产生了深远的影响。

二、“诗贯六义”说所蕴含的四个基本特征的思想渊源

（一）提倡诗歌“讽谕”功能的思想渊源

最早提出诗歌讽谕功能的，可追溯到《毛诗大序》：“风，风也，教也。风以动之，教以化之。”[①]《毛诗正义》：“沈云：上风是《国风》，即《诗》之六义也。下风即是风伯鼓动之风。君上风教，能鼓动万物，如风之偃草也。”[②]依据沈氏的理解，前一“风”即《国风》，后一“风”即有比喻的意思，喻君主教化民众犹如温和的风。孔颖达疏：“风训讽也，教也。讽谓微加晓告，教谓殷勤诲示。讽之与教，始末之异名耳。言王者施化，先依违讽谕以动之，民渐开悟，乃后明教命以化之。”[③]孔颖达认为，“风”即讽，教。“讽”即讽谕，委婉地劝讽。“教”即教化，直言相告。君王实施教化，先委婉地劝讽民众以感动之，待民众明白君王的意思之后，再直言相告。说明君王实施教化非常讲求艺术性，借助《国风》用委婉的言语劝说、教化民众。

司空图继承了诗歌应具有讽谕功能这一观念。但是与先秦儒家及汉儒诗论家纯粹从政教美刺、现实功利的角度来评论诗歌不同的是，司空图更多地从艺术的角度、审美的角度来看待诗歌。可以肯定的是，司空图的思想深受儒家思想的影响，其诗论亦受到儒家诗论的一定影响，尤其是早期。这既可从其对恩师王凝的追随中看出，也可从其诗文中看出来。如《与惠生书》，他提出“侮儒必止，泥儒必削”，认为对于儒家思想和典章制度，既不能轻视之，又不能死守之，这是司空图步入仕途之前，针对当时唐王朝的现状，提出的关于国家兴亡盛衰的看法，说明年轻时的司空图有着远大的政治抱负，在这封书信中，他论说了救国方案——“故便文之外，往往探治乱之本……壮心未决，俯仰人群……愿修本讨源。”另一篇杂文《文中子碑》，“道，制治之大器也。儒，守其器者耳。……天其或者生文中子以致圣人之

---

① 李学勤主编：《十三经注疏·毛诗正义》（上），第6页。

② 李学勤主编：《十三经注疏·毛诗正义》（上），第6页。

③ 李学勤主编：《十三经注疏·毛诗正义》（上），第6页。

用，得众贤而廓之，以俟我唐，亦天命也。故房、卫数公，皆为其徒。恢之文武之道，以济贞观治平之盛……”，此碑文中，司空图对“隋末大儒”王通极尽赞美之词。王通代表了儒家的正统思想，重道轻文，重视文章的政教作用，忽视文章的审美功能，对齐梁以来的浮夸文风大加批判。此碑文大概撰于884年，司空图47岁，司空图对文中子的大力赞颂，甚至尊称其为“圣人”，将其与孔子相提并论，说明此时司空图还深受儒家思想的影响。《三贤赞》与《文中子碑》文意紧密相连，指出“三贤同志，夙尚儒风，以植公忠”，对曾向王通学习的初唐三位名臣房玄龄、李靖、魏徵平素崇尚儒家思想和道德风范极富赞赏之意。《将儒》一文，将古之儒与今之儒进行比较，赞赏古之儒善于用人，善于治理国家，而今之儒傲慢固执、独断专行。因此，为了避免唐王朝的危机，司空图劝朝廷“将儒”，将儒生统一起来并重用，希望儒生能够重振儒家仁义之道，拯救国家。另外司空图晚年（51岁）所作的《山居记》，其中提到的“拟纶”“修史”“三诏之堂”等概念，以及《与惠生书》也透露出报国的理想，表明他对曾经在朝廷中的任职仍感自豪并念念不忘，这些均说明当时司空图的思想仍然有儒家思想的影子。

（二）提倡诗歌“抑扬”特征的思想渊源

司空图认为诗歌应具有“抑扬”的特征。早在《毛诗大序》就提出“主文而谲谏”说，即“上以风化下，下以风刺上，主文而谲谏，言之者无罪，闻之者足以戒，故曰风”。[①]《毛诗正义》解释道：“主文，主与乐之宫商相应也。谲谏，咏歌依违，不直谏。”[②]孔颖达疏：“其作诗也，本心主意，使合于宫商相应之文，播之于乐，而依违谲谏，不直言君之过失，故言之者无罪。”[③]可见，所谓“主文”，即要求诗歌应符合宫商五音的节拍，有韵律，节奏感强。《诗经》三百首均为曾经入乐的歌词，只不过春秋后期，新

① 李学勤主编：《十三经注疏·毛诗正义》（上），第13页。
② 李学勤主编：《十三经注疏·毛诗正义》（上），第13页。
③ 李学勤主编：《十三经注疏·毛诗正义》（上），第13—14页。

声兴起，古乐失传，因此只有诗歌流传了下来。司空图在此提出“抑扬”的概念，即认为诗歌应符合音乐的节奏，要抑扬顿挫，有起伏，读起来朗朗上口。

对诗歌声律之美的自觉追求起于南朝齐武帝永明年间（483—493），这种以讲究声律和对偶为主要特征的新体诗因而又称“永明体”，它严守“四声八病”之说。所谓“新体诗”，是与“古体诗”相对而言，其主要特征是讲究声律和对偶。实际上，对偶的诗句，《诗经》中已有，魏晋以来渐增，宋齐之际，诗人更着意追求。[①] 再加上南朝时佛教盛行，佛经翻译中考文审音以及佛徒诵经、唱导时也很注重声律之美，声律论的提出成为新体诗产生的关键。在齐梁声律论产生之前，诗赋创作亦讲求声韵，只不过是自然的声韵，没有太多的人为要求，而且多与音乐有关。如晋代陆机及南朝宋范晔就对语音应和谐变化提出了要求，陆机指出：“暨音声之迭代，若五色之相宣”（《文赋》），范晔提出“性别宫商，识清浊”（《狱中与诸甥侄书》），他们所讲的都属于自然的声韵。音乐根据宫、商、角、徵、羽的排列组合，可奏出各种优美的乐曲。无论是诗三百，还是乐府诗，均是入乐的。随着五言诗创作的不断发展与繁荣，五言古诗已逐步脱离乐府而独立发展，因此诗歌本身应寻求一条符合诗之声律要求的发展道路，已成为必然的趋势。《南齐书·陆厥传》载：“永明末，盛为文章，吴兴沈约、陈郡谢朓、琅琊王融以气类相推毂；汝南周颙，善识声韵。约等文皆用宫商，以平上去入为四声，以此制韵，不可增减，世呼为永明体。”永明体的代表人物有王融、谢朓、沈约，其中沈约对声律论所作的贡献最大。声律论的具体要求，即四声、八病。所谓四声，即平、上、去、入，是汉语中各个音节的声调，将这四种声调按一定的规则排列组合，使之富于节奏感，读起来朗朗上口。将四声自觉地运用到诗歌创作之中，使诗歌富于音乐的美感，是永明体的一个重要特色。所谓八病，即平头、上尾、蜂腰、鹤膝、大韵、小韵、旁纽、正纽，即

① 袁行霈、罗宗强主编：《中国文学史》第二卷，北京：高等教育出版社 2014 年版，第 101 页。

八种声律运用上的弊病。

永明体声律论的提出，对于诗歌音节的巧妙运用，增强诗歌的节奏感、音乐美，尤其是对于后来格律诗的发展及盛行，均功不可没。但由于沈约等人对于声律的要求过于烦琐、苛刻，对诗歌创作也带来一些负面影响，前人已多有评价。如刘勰、钟嵘、殷璠、皎然等。

刘勰在《文心雕龙·声律》篇里专门论述了诗歌的声律问题。他虽没有直接指出“四声”“八病”之说，但对永明体的声律论基本持肯定态度，他指出音律的重要性：

> 故言语者，文章关键，神明枢机，吐纳律吕，唇吻而已。古之教歌，先揆以法，使疾呼中宫，徐呼中徵。夫商徵响高，宫羽声下；抗喉矫舌之差，攒唇激齿之异，廉肉相准，皎然可分。

认为吐辞发音要符合音律，并以古代教歌为例，要使强弱音符合宫徵音，使之有节奏感。另外，刘勰还特别提出飞沉问题及双声叠韵问题：

> 凡声有飞沉，响有双叠。双声隔字而每舛，叠韵杂句而必睽；沉则响发而断，飞则声飏不还：并辘轳交往，逆鳞相比，迂其际会，则往蹇来连，其为疾病，亦文家之吃也。……是以声画妍蚩，寄在吟咏，吟咏滋味，流于字句，气力穷于和韵。异音相从谓之和，同声相应谓之韵。韵气一定，故余声易遣；和体抑扬，故遗响难契。

“声有飞沉”，即声调应有高低抑扬，大致相当于沈约《宋书·谢灵运传论》中所说的“若前有浮声，则后须切响”，即要求声调的抑扬应协调配合，避免“双声隔字”“叠韵杂句”。刘勰还特别注重声律的和谐和押韵，“异音相从谓之和，同声相应谓之韵”，这恰是后来格律诗特别强调的。可见，刘勰对于声律的看法与沈约的观点很相似。

钟嵘对“四声”“八病”说持反对态度，在《诗品序》中，他指出：

> 昔曹、刘殆文章之圣，陆、谢为体贰之才。锐精研思，千百年中，而不闻宫商之辨……尝试言之，古曰诗颂，皆被之金竹。故非调五音，无以谐会。若“置酒高堂上”“明月照高楼”，为韵之首。故三祖之词，文或不工，而韵入歌唱，此重音韵之义也，与世之言宫商异矣。今既不被管弦，亦何取于声律耶？……故使文多拘忌，伤其真美。余谓文制，本须讽读，不可蹇碍，但令清浊通流，口吻调利，斯为足矣。至平、上、去、入，则余病未能；蜂腰、鹤膝，闾里已具。

钟嵘以曹氏父子及建安诗人等为例，说明诗歌音韵的重要性，但是他所说的音韵与沈约等人提出的“四声”“八病”说不是一回事。古代的诗歌由于要配乐演唱，所以要讲求宫商五音，当今的诗歌不再入乐了，又何必讲究声律？当然，他所说的声律是指沈约等人提出的过于严格、烦琐的“四声”“八病”。对于诗歌这种特有的文学形式，他认为利于诵读，“清浊通流，口吻调利”，就够了。钟嵘认识到“四声”“八病”说过于精细、苛刻，反而伤了诗歌的自然真美，这一点是正确的，但是他没有考虑“四声”“八病”说对齐梁声律论及后代格律诗所作的贡献而对其全盘否定，这是不恰当的。对于声律论的看法，钟嵘没有刘勰视野开阔。

到了唐代，诗人们在实践中进一步将声律论与诗歌创作结合起来，“至武则天、唐中宗时期，李峤、杜审言、沈佺期、宋之问等所作的五言诗，大多平仄调谐，对偶工稳，标志着律体诗的正式成立”。[①] 尤其是沈佺期、宋之问更是使律诗得以规范化。元稹在《唐故工部员外郎杜君墓系铭序》说：

---

① 王运熙、顾易生主编：《中国文学批评史新编》（第二版），上卷，上海：复旦大学出版社 2011 年版，第 178 页。

“唐兴，官学大振，历世之文，能者互出。而又沈、宋之流，研练精切，稳顺声势，谓之为律诗。”继沈、宋之后，唐代的格律诗进一步发展。格律诗又称近体诗，或今体诗，对诗篇中句数、字数、平仄、对偶、押韵等都有严格的要求。格律诗成为唐代以后最重要的诗体，代表诗人有李白、杜甫、李商隐等。格律诗是诗歌史上的一大创举，由古体诗，到新体诗，再到格律诗，诗歌的形式发生了很大变化。相对于古体诗、新体诗来说，格律诗的形式更规范，对诗歌形式及声韵的考究，使其读起来更朗朗上口，抑扬顿挫。唐代的格律诗得到很好的发展，尤其是盛唐，更是达到辉煌的顶峰，说明诗人们认识到了诗歌的声律、节奏感、音乐感等形式美的重要性。

盛唐诗论家殷璠亦很重视诗歌的声律、形式美，其《河岳英灵集》首推“兴象”“风骨”之作，同时，他认为诗歌的声律亦不容忽视，如他非常推崇唐玄宗时代诗人之作，认为“开元十五年后，声律风骨始备矣”。[①]他甚至认为声律是文章的根本，文章的文气、节奏、作者的才情均离不开声律：“昔伶伦造律，盖为文章之本也。是以气因律而生，节假律而明，才得律而清焉。宁预于词场，不可不知音律焉。”[②]同钟嵘一样，殷璠也反对“四声”“八病”说，如他认为“曹、刘诗多直语，少切对”。“夫能文者，匪谓四声尽要流美，八病咸须避之，纵不拈缀，未为深缺。即‘罗衣何飘，长裾随风还’，雅调仍在，况其他句乎？故词有刚柔，调有高下，但令词与调合，首末相称，中间不败，便是知音。……璠今所集，颇异诸家，既闲新声，复晓古体。文质半取，风骚两挟。言气骨则建安为俦，论宫商则太康不逮。”[③]由此可见，殷璠认为只要符合“雅调”且“词与调合，首末相称，中间不败”，就可以说是懂得音律。从他的选集标准：“既闲新声，复晓古体。文质半取，风骚两挟”，可以看出殷璠诗学视野之开阔，诗学思想之开放。他讲究内容与形式并美，既要有《诗经》的质朴典雅，又兼具《楚辞》的辞采华茂，所选诗

---

① 王克让：《河岳英灵集注·河岳英灵集叙》，成都：巴蜀书社 2006 年版，第 1 页。

② 王克让：《河岳英灵集注·集论》，第 4 页。

③ 王克让：《河岳英灵集注·集论》，第 4 页。

歌多是盛唐时期风骨与声律兼备之代表作。

中唐皎然对声律亦有自己的看法，在《诗式·明四声》里，他指出："乐章有宫商五音之说，不闻四声。近自周颙、刘绘流出，宫商畅于诗体，轻重低昂之节，韵合情高，此未损文格。沈休文酷裁八病，碎用四声，故风雅殆尽。"[①] 可以看出，皎然对宫商五音持肯定态度，但对过分强调四声八病持反对态度。在《诗式·邺中集》中，皎然指出："邺中七子，陈、王最高。刘桢辞气偏；王得其中。不拘对属；偶或有之，语与兴驱，势逐情起，不由作意，气格自高，与《十九首》其流一也。"皎然认为曹植等人大多不拘于对偶，即便有，其言语与文势也是随着兴寄与情感的变化而变化，不会刻意追求，因而其"气格自高"。可见，皎然与钟嵘的看法比较接近，崇尚自然的声韵。

司空图也很重视诗歌的韵律美。上文已提到，在《注〈愍征赋〉述》一文中，短短的一篇序，司空图多次赞赏卢献卿的文章富有音乐美。"锵洋在听"，指其文章的音节动听悦耳。"其雅调之清越也，有若缥缈鸾（虹）[鸿]，謵謵臮空。瑶簧凄戾，羽磬玲珑。幽人啸月，杂佩敲风"，比喻卢的文章犹如高雅的音乐音调清澈高亢（激越）。实指其文章格调高雅、激扬，如同鸾鸿在高空展翅翱翔并发出如美玉制成的乐器般的凄凉而强劲的鸣叫，又如同隐士在月下长啸，时而又若衣带上的饰物在风中发出悦耳的声音。"符雅律之未裁，八音叶畅"，指卢信手拈来，写出的文章节律高雅，富于节奏感、音乐美；同时，音韵和谐、流畅、富于变化。"洞节奏于旋宫"，卢的文章如同富丽堂皇的宫殿里飘出的美妙的音乐。可见，司空图非常注重文章的音乐感、节奏感。

（三）提倡诗歌"渟蓄"特征的思想渊源

司空图认为诗歌表达应"渟蓄"，即含蓄。对诗歌含蓄性的强调也起

① （唐）皎然著，李壮鹰校注：《诗式校注》，北京：人民文学出版社 2010 年版，第 14 页。

于《毛诗大序》。上文已说过,《毛诗大序》提出“主文而谲谏”，所谓“谲谏”，即间接、委婉地讽谏。古人常借助诗歌、音乐这种独特的艺术形式来委婉地进行劝谏。“下以风刺上”，百姓亦通过诗歌劝谏帝王将相，使其认识到施政的不足，体察到百姓的心声，因诗歌比较含蓄，因而“言之者无罪，闻之者足以戒”，这种委婉、艺术的规劝比起直露的谩骂所起的效果要好得多。“上以风化下”，反过来，帝王将相亦借助诗歌、音乐来教化民众，因为他们认识到诗歌、音乐有无可取代的强大而特殊的功能:“故正得失，动天地，感鬼神，莫近于诗。先王以是经夫妇，成孝敬，厚人伦，美教化，移风俗。”[①] 正因为如此，他们在选择音乐时非常慎重，“是故先王慎所以感之者，故礼以道其志，乐以和其声，政以一其行，刑以防其奸。礼、乐、刑、政，其极一也”。[②]“乐”成为统治者统治人民的四大重要工具之一，所以统治者要精心选择“正乐”来谐和人民的声音。其最终的意图为何? “是故先王之制礼乐也，非以极口腹耳目之欲也，将以教民平好恶，而反人道之正也。”[③] 先王制定礼乐并非为了满足人民的感官需要，而是为了教导人民辨别好恶，从而返归正直的“人道”，因此其最终目的还是便于统治者的统治。孔子也认为:“移风易俗，莫善于乐。”[④] 古代的诗与乐往往是相通的，诗往往入乐，刘勰亦认为:“诗为乐心，声为乐体;乐体在声，瞽师务调其器;乐心在诗，君子宜正其文。”[⑤]因此，君王通过诗歌、音乐这种特殊的艺术形式来巧妙地、委婉地教化民众，既能够愉悦民众使其欣然接受，又不至于因直接的指责或刑罚引起民众的反感、抗议。

关于“六义”之“渟蓄”特征，司空图之前的文论家刘勰、钟嵘、皎然等也都有论述。刘勰《文心雕龙》之《隐秀》篇就对文章的“隐”与“秀”做了专门探讨。“隐”即是指文章的含蓄性，“弦外之音”，也即“遗音遗

---

① 李学勤主编:《十三经注疏 · 毛诗正义》(上)，第 10 页。

② 李学勤主编:《十三经注疏 · 礼记正义》(中)，北京:北京大学出版社 1999 年版，第 1076 页。

③ 李学勤主编:《十三经注疏 · 礼记正义》(中)，第 1081 页。

④ 李学勤主编:《十三经注疏 · 孝经注疏》，北京:北京大学出版社 1999 年版，第 42 页。

⑤ (南朝梁)刘勰著，范文澜注:《文心雕龙注 · 乐府》，第 102 页。

味”。《隐秀》篇：“隐也者，文外之重旨者也”，“隐以复意为工”，“夫隐之为体，义主文外，秘响傍通，伏采潜发，譬爻象之变互体，川渎之韫珠玉也。……使玩之者无穷，味之者不厌矣”，“词怨旨深，而复兼乎比兴”。刘勰指出了“隐”的几个特征：“隐”是文外所蕴含的言外之意；“隐”的独特艺术效果能让读者玩味无穷；“隐”往往兼用比兴的手法。在其他篇章中，刘勰对文章的含蓄性也进行了论述，如《原道》篇“符采复隐，精义坚深”，《宗经》篇“辞约而旨丰，事近而喻远。是以往者虽旧，馀味日新”，《明诗》篇“婉转附物，怊怅切情”等，均指出了文章含蓄性的艺术特征在于言辞简约而旨意深远，有余音余味。

钟嵘也很看重诗歌的含蓄有味。《诗品序》：“五言居文词之要，是众作之有滋味者也。”钟嵘提出的“滋味”说，即诗歌应内涵丰富，耐人寻味。他评西晋永嘉时的诗歌：“理过其辞，淡乎寡味。”（《诗品序》）可见，他认为永嘉时诗人们崇尚玄言诗，诗中玄理胜过文辞，因此就显得索然寡味。另外，钟嵘对“六义”提出了独到的见解，尤其是兴，“文已尽而意有余，兴也”（《诗品序》），“兴”的独特艺术效果就是“意在言外”，正因其表达委婉含蓄，不平铺直述，所以才让人咀嚼、回味。但同时他又强调赋、比、兴三者应该酌情用之：“弘斯三义，酌而用之，干之以风力，润之以丹彩，使味之者无极，闻之者动心，是诗之至也。”诗歌的至高境界乃是风骨与文采并长，这样的作品才能使读者回味悠长，心神摇荡。他评阮籍的《咏怀》诗：“言在耳目之内，情寄八荒之表。洋洋乎会于风雅，使人忘其鄙近，自致远大……厥旨渊放，归趣难求。”[①] 认为阮籍的《咏怀》诗旨趣深远旷达，言近意远，其美妙的意境有《诗经》“风”“雅”的遗韵。

皎然也非常重视诗歌的含蓄性。在《诗式·辩体有一十九字》[②]中他论述了诗歌的十九种风格，其中，“缘境不尽曰情”；“气多含蓄曰思”；“远：非如渺渺望水，杳杳看山，乃谓意中之远。”“情”“思”“远”这三种风格均涉

① （清）何文焕辑：《历代诗话·诗品》，北京：中华书局1981年版，第8页。
② （唐）皎然著，李壮鹰校注：《诗式校注》，第69—71页。

及诗歌的含蓄性。皎然有诗："诗情缘境发"（《秋日遥和卢使君》），指诗人之情因感于外境而生，同时又须借境来抒情，正因诗中之景寄托了诗人特有之情，所以其情思已超越了诗中所描绘之景，而是有言外之情。"气多含蓄曰思"，李壮鹰注："志气充满而含蓄不露。"[①]从皎然注明为"思"的例句中可以看出，这些诗大多采用比兴的手法，情融于景，交相辉映，温婉含蓄，不露痕迹。至于"远"，并非指景物物理距离之远，而是"意中之远"，即意境之高远，以及所寄托的作者情思之深远，这种意境妙不可言，似乎只可意会不可言传。另外，皎然还指出："两重意已上，皆文外之旨……但见情性，不睹文字，盖诣道之极也。"[②]又举例有"一重意""二重意""三重意""四重意"的前人诗句，其意在于指出诗重在有"言外之旨"，又举其非常推崇的谢灵运为例，认为其诗"但见情性，不睹文字"。这些均说明皎然很看重诗歌的含蓄有韵味，意境高远，引人入胜之美。皎然为一诗僧，其思想主要受佛家思想之影响，佛家主张"不立文字""明心见性"，体悟佛理，这些显然都影响了皎然的诗论。司空图提出的"近而不浮，远而不尽"的理论与皎然的这些理论是一脉相承的。

综上，无论是《毛诗大序》，还是《礼记·乐记》，抑或孔子，其最终均是从儒家政教美刺的目的出发来提倡乐教的，司空图继承的是"谲谏"的委婉性、含蓄性，扬弃的是其政教美刺的功利性，可见，他继承并发展了刘勰、钟嵘、皎然等人对诗歌含蓄性的理解。司空图提出的"四外"说，即"象外之象""景外之景""韵外之致""味外之旨"，以及"近而不浮，远而不尽"等，都是强调诗歌应含蓄，有韵味，应"言有尽而意无穷"，不可太直白，这也是司空图很欣赏王维、韦应物的诗，而对元稹、白居易的诗颇有微词的原因，认为"元、白力勍而气孱，乃都市豪估耳"。白居易主张"文章合为时而著，歌诗合为事而作"。元、白的诗均以反映现实生活、揭露社会黑暗、语言通俗明了见长，然而却不符合司空图的审美标准，他倒

① （唐）皎然著，李壮鹰校注：《诗式校注》，第 80 页。
② （唐）皎然著，李壮鹰校注：《诗式校注》，第 42 页。

并非排斥诗歌反映社会现实，从其欣赏同样反映社会现实的杜甫的诗就可看出来。然而与元、白比起来，杜甫的诗却是集思想性与艺术性于一体，这并不是说元、白的诗缺乏艺术性，只不过其诗因太通俗直白而余音余味不足。关于司空图对元、白诗的评价本书第四章还将重点论述，在此不作展开。

（四）提倡诗歌“温雅”特征的思想渊源

司空图认为诗歌的表达效果应“温雅”，即温和、雅正。《毛诗大序》：“雅者，正也，言王政之所由废兴也。”孔颖达疏：“雅者训为正也，由天子以政教齐正天下……王之齐正天下得其道，则述其美，雅之正经及宣王之美诗是也……诗之所陈，皆是正天下大法，文、武用诗之道则兴，幽、厉不用诗道则废。此雅诗者，言说王政所用废兴，以其废兴，故有美刺也。”[①]这里是对作为诗歌表现内容“风雅颂”之一的“雅”所作的阐释。雅，即正，所言说的是关乎王政兴衰存亡的大事，正因为其所陈的均是“正天下大法”的“美诗”，所以君王用之则兴，不用则废。当然，雅有大雅、小雅之分，“王者政教有小大，诗人述之亦有小大，故有小雅焉，有大雅焉”。[②]无论是大、小雅，还是颂，都是君王费尽心思，“遍览天下之志，总合四方之风而制”[③]，正如《乐记》所说：“先王耻其乱，故制《雅》《颂》之声以道之，使其声足乐而不流，使其文足论而不息。”[④]先王为了不让天下大乱，故制定《雅》《颂》这样的正声来引导民众，使民爱乐，却不至太流逸放荡，使乐的篇章足可谈论义理而不止息。因此，《诗经》中的大小雅，既指诗歌，又指由诗而编排的乐曲，它们均是正诗、正乐，是先王为了统治天下、稳定民心，泄导人情而特意编订，因此其政教美刺的色彩很浓厚，反映了儒家温柔敦厚的思想。

---

① 李学勤主编：《十三经注疏·毛诗正义》（上），第17页。
② 李学勤主编：《十三经注疏·毛诗正义》（上），第17页。
③ 李学勤主编：《十三经注疏·毛诗正义》（上），第18页。
④ 李学勤主编：《十三经注疏·礼记正义》（中），第1144页。

古代的统治者已经认识到诗歌、音乐的重大功能,《毛诗大序》:“故正得失，动天地，感鬼神，莫近于诗。先王以是经夫妇，成孝敬，厚人伦，美教化，移风俗。”[①]《礼记·乐记》:“乐也者，圣人之所乐也，而可以善民心。其感人深，其移风易俗，故先王著其教焉。”[②]在古代，诗和乐本是两位一体的，因为诗一般都是入乐的。《毛诗大序》《礼记·乐记》均指出“先王”认识到诗、乐具有不同于儒家其他传统统治工具礼、刑、政的特殊功能，“先王”看到的正是诗、乐的这种巨大的“移风易俗”，使民能够遵循儒家传统道德风尚的“润物细无声”的作用，所以精心选择正诗、正乐来“泄导人情”。但是这种做法功利性太强，使诗、乐偏离了艺术本身的审美本质。

“温雅”反映了儒家对温柔敦厚的中和之美的追求。《论语》集中体现了儒家的这种思想。《八佾》篇:“《关雎》，乐而不淫，哀而不伤。”孔子认为:《关雎》快乐而不至于放荡，悲哀而不至于痛苦。儒家对中和之美的追求，既表现在人格心性上，又表现在艺术的审美标准上。具体来说，要求做人应不温不火，在理智与情感之间找到一个平衡点，不走极端，兼容两极。在艺术上，要“怨而不怒”，也就是艺术表现应含蓄、温雅，将两种对立的情感因素，如文质、哀伤、阴阳、刚柔等调和、统一到一个最佳点，不过之亦无不及，从而表现出一种温柔敦厚、雍容大度的中和之美。如《雍也》篇:“质胜文则野，文胜质则史。文质彬彬，然后君子。”这是对君子为人的要求，要文雅而朴实。所谓“温柔敦厚”，孔颖达疏:“温，谓颜色温润；柔，谓情性和柔。《诗》依违讽谏不指切事情，故云‘温柔敦厚’，是《诗》教也……《诗》主敦厚，若不节之，则失在于愚。”[③]这是儒家传统的诗教观，其特点在于对现实矛盾不直接尖锐地批判，而是委婉地讽谏，强调“止乎礼义”，这种“温柔敦厚”的诗教观当然有利有弊。儒家不仅把“温柔敦厚”当作道德伦理的原则，同时也作为一个重要的艺术准则。要求艺术表达应含蓄蕴藉，

---

① 李学勤主编:《十三经注疏·毛诗正义》(上)，第 10 页。

② 李学勤主编:《十三经注疏·礼记正义》(中)，第 1103 页。

③ 李学勤主编:《十三经注疏·礼记正义》，第 1368—1369 页。

温婉柔美，内容上应质朴深邃，形式上又要讲求文采，要做到“尽善尽美”。同时，艺术表现上既要揭示社会问题，又不能太浅显直白，要做到“怨而不怒”。

季札论诗，和孔子非常接近，注重文学的中和之美。他称《周南》《召南》“勤而不怨”，《邶》《鄘》《卫》“忧而不困”，《豳》“乐而不淫”，《魏》“大而婉，险而易行”，《小雅》“思而不贰，怨而不言”，《大雅》“曲而有直体”。更突出的表现是他对《颂》的评论：“直而不倨，曲而不屈，迩而不逼，远而不携，迁而不淫，复而不厌，哀而不愁，乐而不荒，用而不匮，广而不宣，施而不费，取而不贪，处而不底，行而不流。”[①]竟从多达十四个方面来形容《颂》的中和之美。

由此可以看出，先秦两汉以儒家为代表的文坛受礼乐文化影响很深，认为政治的清明与否直接反映在音乐上：“治世之音，安以乐，其政和。乱世之音，怨以怒，其政乖。亡国之音，哀以思，其民困。声音之道，与政通矣。”[②]和平年代的音乐，平和又欢乐，说明其政清民和；乱世之音充满怨愤，是政治乖戾所导致；亡国之音充满哀怨、愁思，说明人民困苦。声音之道与政治是相通的。反过来，通过音乐也可以看出政治是否稳定，人民是否幸福。所以《左传》所记载季札观乐，能从周王室的乐舞中看出各国“风俗之盛衰”。这也即是孔子所说的“诗，可以兴，可以观，可以群，可以怨”。另外这种礼乐观还突出反映在《礼记·乐记》中：

> 乐至则无怨，礼至则不争。揖让而治天下者，礼乐之谓也。[③]
>
> 是故先王本之情性，稽之度数，制之礼义，合生气之和，道五常之行，使之阳而不散，阴而不密，刚气不怒，柔气不慑，四畅交

---

① 郭丹、程小青、李彬源译注：《左传》，北京：中华书局2012年版，第1469—1470页。

② 李学勤主编：《十三经注疏·礼记正义》（中），第1077页。

③ 李学勤主编：《十三经注疏·礼记正义》（中），第1086页。

于中，而发作于外，皆安其位，而不相夺也。[①]

故乐者，审一以定和。[②]

从中可看出《礼记·乐记》继承了先秦儒家的“中和之声”“中和之美”的礼乐文化思想。另外，汉代重“温雅”还表现在汉武帝命淮南王刘安作《离骚传》，以为“《国风》好色而不淫，《小雅》怨诽而不乱”。

魏晋南北朝，文论中重“温雅”之风尚存，只是更多是从艺术的角度来看，政教的色彩淡化，且在强调“雅”的同时，还注重“艳”及情感的重要性。如陆机《文赋》很崇尚“雅”，提倡文章要雅而艳，反对“悲而不雅”“雅而不艳”之作。刘勰也很重“雅”“艳”，《文心雕龙·辨骚》评论《离骚》：“《国风》好色而不淫，《小雅》怨诽而不乱，若《离骚》者，可谓兼之。蝉蜕秽浊之中，浮游尘埃之外，皭然涅而不缁，虽与日月争光可也。”且盛赞《楚辞》：“故能气往轹古，辞来切今，惊采绝艳，难与并能矣。”可见，刘勰对《离骚》《楚辞》既“雅”且“艳”的高度赞赏。另外，钟嵘也很肯定“雅”，如评曹植的诗“情兼雅怨，体被文质”。

唐代文坛同样很重“雅”。这表现在初唐唐太宗及其重臣反齐梁绮丽文风并主张文质并重。如魏徵在《隋书·文学传序》中对梁代文学的批评：“梁自大同之后，雅道沦缺，渐乖典则，争驰新巧。”[③]认为梁文学雅道沦丧，与儒家传统经典相背离。初唐重“雅”还表现在陈子昂对“兴寄”与“风骨”的重视，他在《与东方左史虬修竹篇·序》中论道：“仆尝暇时观齐、梁间诗，彩丽竞繁，而兴寄都绝，每以永叹。思古人常恐逶迤颓靡，风雅不作，以耿耿也。”[④]盛唐李白、杜甫同样重“雅”。如李白《古风》五十九首：

---

① 李学勤主编：《十三经注疏·礼记正义》（中），第1105页。

② 李学勤主编：《十三经注疏·礼记正义》（中），第1145页。

③ （唐）魏徵等撰：《隋书》卷七六《列传第四十一·文学传序》，《隋书》（第六册），北京：中华书局1973年版，第1730页。

④ 《四部丛刊》影明本《陈伯玉文集》卷一。

大雅久不作，吾衰竟谁陈？王风委蔓草，战国多荆榛。龙虎相啖食，兵戈逮狂秦。正声何微茫，哀怨起骚人。扬马激颓波，开流荡无垠。废兴虽万变，宪章亦已沦。自从建安来，绮丽不足珍。圣代复元古，垂衣贵清真。群才属休明，乘运共跃鳞。文质相炳焕，众星罗秋旻。我志在删述，垂辉映千春。希圣如有立，绝笔于获麟。（其一）①

……《大雅》思文王，颂声久崩沦……（其三十五）②

杜甫在《戏为六绝句》中也写道："纵使'卢、王操翰墨，劣于汉魏近风骚'"，"别裁伪体亲风雅，转益多师是汝师。"均可看出盛唐诗人对"雅""风雅"的重视。殷璠在《河岳英灵集叙》里也说："开元十五年后，声律风骨始备矣。实由主上恶华好朴，去伪从真，使海内词场，翕然尊古，南风周雅，称阐今日。"③可见，自唐玄宗开始，其好朴崇真，使得当时文坛尊古重雅之风兴起。

唐代这种重"雅"之风持续到晚唐，司空图也继承了这种文风。这从司空图的一些诗句中可以看出来，如：《白菊三首》（其一）：

自古诗人少显荣，逃名何用更题名。
诗中有虑犹须戒，莫向诗中著不平。

尤其是最后两句，表明了司空图深受儒家温柔敦厚思想的影响，认为不可在诗歌中抒发内心对社会的忧愤、不满情绪。此外，他在诗文集中还多次提到"雅""风雅"：

---

① （唐）李白著，（清）王琦注：《李太白全集》，北京：中华书局 1999 年版，第 87 页。
② （唐）李白著，（清）王琦注：《李太白全集》，第 133 页。
③ 王克让：《河岳英灵集注 · 河岳英灵集叙》，第 1 页。

上有日星，下有风雅。（《诗赋赞》）

国初，上好文章，雅风特盛。（《与王驾评诗书》）

侮儒必止，泥儒必削，则士大夫虽有自负雅道者，既不足以镇之，而又激时时之怨耳。（《与惠生书》）

韵笙簧于骚雅，资粉泽于风流。（《〈擢英集〉述》）

而大璞久雕，迷风益扇。浮音薄思，雅曲沉英。（《成均讽》）

盛德何观，雅风凋丧。（《成均讽》）

由此可以看出儒家温柔敦厚、“风雅”的思想对司空图的影响还是很深的，尤其对其早期思想。

综上，司空图所理解的“诗贯六义”说的四个基本特征——讽谕、抑扬、渟蓄、温雅，在传统诗论中均可找到源头。且通过对这四个基本特征渊源及发展逻辑线索的梳理，可以看出其源头主要是先秦儒家所倡导的诗学思想，主要强调诗歌的政教功能。但是随着历史的发展，其含义也在慢慢发生变化，尤其是魏晋六朝以来，一方面文学本身的独立性越来越明显；另一方面，受玄学、佛学及道家思想的影响，对文学的讽谕、抑扬、渟蓄、温雅的重视更多从文学本身的特征出发，其审美特征越来越突出，而功利性越来越淡化。也就是说，司空图所理解的“诗贯六义”说的这四个基本特征已更多地融入了佛道的思想，与传统儒家的“六义”说已有了很大区别。

三、佛、道思想对“诗贯六义”说之新解的影响

（一）佛家思想对“诗贯六义”说之新解的影响

司空图所处的时代，尤其是黄巢起义后，唐王朝岌岌可危，司空图等曾怀有报国理想的士大夫阶层对唐王朝彻底失望，很多人选择了消极避世或

隐居，他们看淡名利，过起了与世无争的生活。如司空图所说："名利本来疏"，他先后选择在华山和其家乡王官谷隐居。世事沧桑，加上兵荒马乱，经常处在逃难的状态，晚年的司空图世界观、人生观发生了很大变化。他晚年多与僧人相交往，据《旧唐书》记载："图日与名僧相往来"，其思想受他们影响亦很深。他的诗集中有很多与僧人相赠答的诗歌。

以下诗句描述了诗人超然、闲适的心态，功名利禄已看淡，常与僧人相往来的情形：

笑破人间事，吾徒莫自欺。解吟僧亦俗，爱舞鹤终卑。竹上题幽梦，溪边约敌棋。旧山归有阻，不是故迟迟。(《赠舍贻友人》，《司空表圣诗文集笺校·司空表圣诗集笺校》卷一)

云根禅客居，皆说旧无庐。松日明金像，山风（一作苕龛）响木鱼。依栖应不阻，名利本来疏。纵有人相问，林间懒拆书。

高鸦隔谷见，路转寺西门。塔影荫泉脉，山苗侵烧痕。钟疏含杳霭，阁迥亘黄昏。更待他僧到，长如前信存。(《上陌梯寺怀旧僧二首》,《司空表圣诗文集笺校·司空表圣诗集笺校》卷一)

溪僧有深趣，书至又相邀。(《下方二首》之二,《司空表圣诗文集笺校·司空表圣诗集笺校》卷一)

久无书去干时贵，时有僧来自故乡。不用名山访真诀，退休便是养生方。(《华下》,《司空表圣诗文集笺校·司空表圣诗集笺校》卷一)

自考槃高卧，日与名僧高士游咏其中。(《旧唐书·司空图传》)

全家与我恋孤岑，踢得苍苔一径深。逃难人多分隙地，放生麋大出寒林。名应不朽轻仙骨，理到忘机近佛心。昨夜前溪骤雷雨，晚晴独步数峰吟。(《山中》,《司空表圣诗文集笺校·司空表圣诗集笺校》卷一)

乌纱巾上是青天，检束酬知四十年。谁料平生臂鹰手，挑灯自

送佛前钱。（《修史亭三首》之三，《司空表圣诗文集笺校·司空表圣诗集笺校》卷四）

乐退安贫知是分，成家报国亦何惭。到还僧院心期在，瑟瑟澄鲜百丈潭。（《漫书》，《司空表圣诗文集笺校·司空表圣诗集笺校》卷三）

司空图与僧人书法家䛒光大师有往来，且很欣赏其草书，并有两首诗相赠：《䛒光大师草书歌》《䛒光大师草书诗》[①]。司空图与日本的东鉴禅师亦有往来，不过此诗的作者存在争议，一说是郑谷[②]：

故国无心度（一作渡）海潮，老禅方丈倚中条。夜深雨绝松堂静，一点飞（一作山）萤照寂寥。（《赠日东鉴禅师》，《司空表圣诗文集笺校·司空表圣诗集笺校》卷五）

由以上诗文可见司空图晚年与僧人交往甚繁，且对他心态及处世态度均产生了很大影响，由年轻时怀抱忠心报国的理想到晚年功名利禄皆看淡："笑破人间事，吾徒莫自欺""名应不朽轻仙骨，理到忘机近佛心"。由年轻时的积极向上到晚年的闲适慵懒："纵有人相问，林间懒拆书""不用名山访真诀，退休便是养生方"。字里行间均流露出佛家，尤其是禅宗对其晚年心境的影响，亦表达出他对禅静境界的向往与追求："乐退安贫知是分""瑟瑟澄鲜百丈潭"。

另外，从司空图的好友诗僧齐已、虚中、尚颜等人与其唱和、相赠的诗亦可看出禅宗对其影响：

配剑已深扃，茅为岳面亭。诗犹少绮美，画肯爱丹青。换笔修

① 祖保泉、陶礼天笺校：《司空表圣诗文集笺校》之《附录一：司空表圣诗集辑佚》，第155—156页。

② 参见祖保泉、陶礼天笺校：《司空表圣诗文集笺校》，第124—125页。

僧史，焚香阅道经。相邀来未得，但想鹤仪形。[①]

天下艰难际，全家入华山。几劳丹诏问，空见使臣还。瀑布寒吹梦，莲峰翠湿关。兵戈阻相访，身老瘴云间。[②]

门径放莎垂，往来投刺稀。有时开御札，特地挂朝衣。岳信僧传去，仙香鹤带归。他年二南化，无复更衰微。[③]

逍遥短褐成，一剑动精灵。白昼梦仙岛，清晨礼道经。黍苗侵野径，桑椹污闲庭。肯要为邻者，西南太华青。[④]

其中第一首尚颜赠诗描述了多面的司空图，诗文绮美，亦善绘画，佛、道兼修，既修僧史，又阅道经，这与《书屏记》中记载的其家藏有佛、道图记共七千四百卷是相吻合的，说明晚年的司空图醉心于佛、道的研究，对仕途已心灰意冷，与他退隐的心态是相契合的。其他几首均可看出晚年司空图潜心修道、佛，如“岳信僧传去，仙香鹤带归”“白昼梦仙岛，清晨礼道经”。但从中也可看出司空图对朝廷依然眷恋的矛盾心态：“有时开御札，特地挂朝衣。”司空图也不无感慨：“十年太华无知己，只得虚中两首诗。”[⑤]

以上通过司空图诗文集中的相关诗文大概了解了佛家思想对其影响。这不仅表现在对其心态、处世态度的影响上，也表现在对其诗学思想的渗透上，包括“诗贯六义”说，尤其是对“抑扬”“渟蓄”两个特征的理解上。

首先来看对司空图重“抑扬”的影响。佛经翻译及吟诵非常重视声律之美，因为佛经本身起于印度梵文，梵文就很讲究声韵，罗什与僧叡论西方辞体时说：“天竺国俗甚重文藻，其宫商体韵，以入弦为善……但改梵为

---

① （唐）尚颜：《寄华阴司空侍郎》，参见（清）彭定求等编：《全唐诗》卷八四八，第 9599 页。

② （唐）齐己：《寄华山司空图》，参见（清）彭定求等编：《全唐诗》卷八四〇，第 9482 页。

③ （唐）虚中：《寄华山司空侍郎二首》之一，参见（清）彭定求等编：《全唐诗》卷八四八，第 9606 页。

④ （唐）虚中：《寄华山司空侍郎二首》之二，参见（清）彭定求等编：《全唐诗》卷八四八，第 9606 页。

⑤ （唐）司空图：《赠虚中》，参见（清）彭定求等编：《全唐诗》卷六三四，第 7289 页。“十年太华无知己，只得虚中两首诗。”（王禹偁云：人多以四皓、二疏目图，惟僧虚中赠图诗云：“道装汀鹤识，春醉野人扶。”言其操履检身，非傲世也。又云：“有时看御札，特地挂朝衣。”言其尊戴存诚，非邀君也。故图诗云云，言得其意趣。）

秦，失其藻蔚，虽得大意，殊隔文体。有似嚼饭与人，非徒失味，乃令呕哕也。”[①]这一方面说明梵文重“文藻”“藻蔚”，一方面说明把梵文翻译成汉文其本身的困难造成了“失味”，但即便这样，佛经翻译时依然很讲究行文及声律的韵味，因为这样便于传诵，“译经文体是韵散兼行的。汉译佛典多用四字一顿的形式，少用虚词，这主要是为了朗诵方便，特别是齐诵时音节和谐整齐”[②]。所以佛典的传译和吟诵对中国古代，尤其是南朝齐梁以来诗歌创作中重声律之美产生了一定的影响。“佛教著述和佛典吟诵推动了声明及语言文字之学的发展……更直接促进了古代汉语反切规律的总结，推动了汉语音韵学的进展；更间接影响到中国诗文对于声律的应用，包括促进近体诗格律的形成。”[③]

另外，佛经重声律从《出三藏记集》中大量使用“韵”的概念和术语也能窥见一斑。其中一部分就是指佛经吟诵时的韵律之美或指佛经的重辞藻，如：

维摩诘不思议经者……法身无像，而殊形并应；至韵无言，而玄籍弥布。（释僧肇《维摩诘经序第十二》，《出三藏记集》卷八）

始可谓微言兴咏于真丹，高韵初唱于赤县，梵音震响于聋俗，真容巨曜于今日。（凉州释道朗作《大涅槃经序第十六》，《出三藏记集》卷八）

起清言于名教之域，散众微于自无之境，超超然诚韵外之致，愔愔然覆美称之实，于是诏令传译。（释道标《舍利弗阿毗昙序第五》，《出三藏记集》卷十）

① （南朝梁）释僧祐撰，苏晋仁、萧錬子点校：《鸠摩罗什传第一》，参见《出三藏记集》卷十四，北京：中华书局 1995 年版，第 534 页。

② 孙昌武：《佛教与中国文学》（第 2 版），上海：上海人民出版社 2007 年版，第 37 页。

③ 孙昌武：《佛教与中国文学》（第 2 版），前言，第 3 页。

由此可见，佛经传译非常重视音韵之美，也就是声律的和谐、抑扬顿挫，这不仅影响了南朝齐梁间沈约等人的“四声八病”说，对唐代格律诗重声律也产生了一定影响。司空图晚年潜心研读佛、道经典且频繁与僧人相往来，受佛经重声律的影响而重视诗歌之“抑扬”也是很自然的事。

正如殷璠在《河岳英灵集叙》里所说：“开元十五年后，声律风骨始备矣。”格律诗的渐趋完善，与唐代佛教盛行、佛经的大量传译不无关系。而这对司空图重视诗歌声韵的抑扬顿挫同样有影响，从司空图高度赞赏卢献卿之文富有音乐美即可看出。

其次来看佛教对司空图重“诗贯六义”之“渟蓄”特征的影响。《出三藏记集》僧卫赞鸠摩罗什的翻译：“抚玄节于希声，畅微言于象外……每苦其文约而致弘，言婉而旨玄。”[①]慧观也赞鸠摩罗什的翻译：“语现而理沉，事近而旨远。”[②]荆州隐士刘虬称无量义经：“忘象得意，顿义为长。”[③]慧远在《大智论抄序第二十一》中论般若经“意在文外”“理蕴于辞”[④]，僧叡法师以“文外之言”[⑤]来论佛经，《四阿含暮抄序第十》作者赞扬四阿含暮经“文约义丰”[⑥]。另外，《坛经·跋》赞六祖慧能所说之《坛经》“言近指远，词坦义明”[⑦]等，均可看出佛经及佛教翻译很注重“意在文外”“言近指远”，也就是语言的含蓄、委婉，重文外之意、象外之义。另外禅宗主张“不立文字”“直指人心”“见性成佛”“言外之意”，强调佛法的含蓄等，对于长期研读佛经的司空图来说，受其潜移默化的影响是很有可能的。

（二）道家思想对“诗贯六义”说之新解的影响

司空图的思想也深受道家的影响。《书屏记》里记载其家藏有佛、道图

① （南朝梁）释僧祐撰，苏晋仁、萧錬子点校：《出三藏记集》卷九，第328—329页。
② （南朝梁）释僧祐撰，苏晋仁、萧錬子点校：《出三藏记集》卷八，第306页。
③ （南朝梁）释僧祐撰，苏晋仁、萧錬子点校：《出三藏记集》卷九，第354页。
④ （南朝梁）释僧祐撰，苏晋仁、萧錬子点校：《出三藏记集》卷十，第389页。
⑤ （南朝梁）释僧祐撰，苏晋仁、萧錬子点校：《出三藏记集》卷八，第312页。
⑥ （南朝梁）释僧祐撰，苏晋仁、萧錬子点校：《出三藏记集》卷九，第340页。
⑦ 丁福保笺注：《六祖坛经笺注》，北京：国际文化出版公司2014年版，第359页。

记共七千四百卷，其晚年除了多与僧人往来之外，还多与道士相往来，“丹方频试更堪疑”（《五十》），并且从其不少诗句中也可看出道家崇尚清静、自然、无为的思想对其的影响。以下简要分析道家思想对其“诗贯六义”说的影响。司空图的“家训”即为道家的处世哲学：

我祖铭座右，嘉谋诒厥孙。勤此苟不怠，令名日可存。媟衒士所耻，慈俭道所尊。松柏岂不茂，桃李亦自繁。众人皆察察，而我独昏昏。取训于老氏，大辩欲讷言。（《自诫》，《司空表圣诗文集笺校·司空表圣诗集笺校》卷一）

以下诗句道出了司空图爱清静无为、满足于闲云野鹤的日子：

凡鸟爱喧人静处，闲云似妒月明时。世间万事非吾事，只愧秋来未有诗。（《山中》，《司空表圣诗文集笺校·司空表圣诗集笺校》卷四）

茶爽添诗句，天清莹道心。只留鹤一只，此外是空林。（《即事二首》其一，《司空表圣诗文集笺校·司空表圣诗集笺校》卷二）

忘机渐喜逢人少，览镜空怜待鹤疏。（《归王官谷次年作》，《司空表圣诗文集笺校·司空表圣诗集笺校》卷一）

另外还有一些诗句，如“年随历日三分尽，醉伴浮生一片闲”（《重阳山居》），“得于道宫，则有：‘棋声花院闭，幡影石坛高。’得于夏景，则有：‘地凉清鹤梦，林静肃僧仪。’”（《与李生论诗书》）从中均可看出道家思想对中晚年司空图影响很深。其一表现在他的处世态度上，崇尚自然、虚静、无为，与社会政治采取不合作的态度，司空图中晚年退隐山林，看淡名利，陶醉于山水，万事不关心。其二表现在他对诗歌的鉴赏及审美趣味上，他喜王维、韦应物的“直致所得”“澄澹精致”“趣味澄夐”“醇美”“全美为工”

之作，这与先秦道家老庄提倡朴素自然，所谓“道法自然”“大音希声”“大象无形”“天地有大美而不言”“朴素而天下莫能与之争美”等思想是一脉相承的。另外司空图重诗之“渟蓄”“近而不浮，远而不尽”，追溯其最早的源头即是庄子提出的“得意忘言”说。由此可见道家思想对司空图“诗贯六义”说新解的影响，诗如何做到贯“六义”，其前提是须做到“直致所得，以格自奇”，只有这样才有可能达到“全美为工”的目标，从而最终实现“韵外之致”“味外之旨”的艺术效果。

四、晚唐诗歌创作、审美风尚对“诗贯六义”说之新解的影响

晚唐诗歌创作崇尚精致婉约之美，整体上缺乏盛唐尚风骨、兴象之诗风，缺乏气势，有些诗流露出作者消极、避世的心态，包括司空图的诗歌创作亦表现出此倾向，这当然受整个时代背景的影响。唐王朝走到末期，内忧外患，岌岌可危，知识分子感觉无力回天，再也没有盛唐诗人的自信明朗、力挽狂澜、雄浑昂扬的豪迈气概，也不像中唐诗歌那样现实色彩强烈，主张诗歌的“补察时政”“文章合为时而著，歌诗合为事而作”的重功利倾向，晚唐诗人的这些消极心态均反映在他们的诗歌作品当中。当然这个时期也涌现了一些优秀诗人，如李商隐、杜牧等，他们的诗构思精巧、情感细腻温婉，他们创作了大量反映个人情感、生活的浓情小诗，一些爱情诗写得缠绵悱恻，凄婉动人。但是与盛唐诗人题材丰富、明朗开阔、雄浑豪迈的诗风比起来，晚唐诗人的题材较狭隘，多局限于个人的情感、生活，风格秾丽而凄婉。整体来看，晚唐诗歌创作除了追求形式美，讲究诗歌韵律、对仗工整之外，艺术表现上情感细腻、表达朦胧、含蓄。

司空图的审美欣赏趣味当然会受时代大氛围的影响，另外他也有自己的审美偏好。他欣赏王昌龄、李白、杜甫、王维、韦应物、韩愈、柳宗元，轻元稹、白居易、孟郊、贾岛。李杜诗歌的豪迈气概、慷慨激昂、浓烈情思，

既具有深刻的人文关怀，又具有近乎完美的艺术表达，所以司空图赞扬唐诗“宏肆于李杜，极矣”[①]，王维、韦应物的“澄澹精致”“趣味澄夐”，韩柳的“驱驾气势”“深搜之致”之诗风亦深得司空图的赞赏，而以通俗、针砭时政见长的元白诗歌则不甚为司空图所欣赏，被斥为“力勍而气孱，乃都市豪估耳”，孟贾等“苦吟”派诗人在司空图看来“诚有警句，视其全篇，意思殊馁”抑或“时得佳致，亦足涤烦。厥后所闻，徒褊浅矣”，可见司空图的审美欣赏趣味与晚唐人大体相似，从儒家重功利的诗歌批评转而倾向重诗歌本身的艺术性，重诗歌的“抑扬”、“渟蓄”、韵味、浓烈的情感、自然的表达，即“直致所得”。

另外，唐意境说的形成与渐趋成熟亦对司空图的审美批评有深刻影响。自王昌龄首次提出意境论，经由殷璠、皎然、权德舆、刘禹锡等人的发展，到司空图提出“思与境偕”说、“四外”说，意境说已渐趋成熟。“‘意境’是中国古典美学的一个重要范畴。从逻辑的角度看，意境说在中国古典美学中占有重要的地位；从历史的角度看，意境说的发展构成了中国美学史的一条重要的线索。”[②]应该说，意境说的提出不仅是中国古典美学的一个重要范畴，也是中国古代文学批评、文学理论的一个重要范畴，从诗歌创作的角度来说，诗人力求诗能有意境；从诗歌鉴赏角度来说，有无意境成为衡量作品优劣的一个重要标准。在《与王驾评诗书》中，司空图写道：“今王生者，寓居其间，沉渍益久，五言所得，长于思与境偕，乃诗家之所尚者。”[③]可见，他认为王驾的五言诗之所以写得好，是因为能够做到“思与境偕”。在《与极浦书》中，司空图写道：“戴容州云：‘诗家之景，如蓝田日暖，良玉生烟，可望而不可置于眉睫之前也。’象外之象，景外之景，岂容易可谭哉。”[④]此处司空图提出的重要诗学命题“象外之象，景外之景”应该说是对其“思与境

---

① （唐）司空图：《与王驾评诗书》，祖保泉、陶礼天笺校：《司空表圣诗文集笺校》，第189页。

② 叶朗：《中国美学史大纲》，上海：上海人民出版社1999年版，第265页。

③ 祖保泉、陶礼天笺校：《司空表圣诗文集笺校》，第190页。

④ 祖保泉、陶礼天笺校：《司空表圣诗文集笺校》，第215页。

偕”说的重要补充与完善，可以看出司空图在论诗时，既看重作者之情思与艺术构思是否与“境”相谐和，同时又注重诗歌是否能表达出“象外之象”，也类似于我们通常所说的诗歌是否有“言外之意”，是否有“韵外之致”“味外之旨”，如果能够做到这几点，那么就真正做到了“诗贯六义”，使“讽谕、抑扬、渟蓄、温雅，皆在其间”，这样的作品才算是有“醇美”之味，也真正达到了“全美为工”的艺术标准。

小结

本章从儒家传统诗学“诗贯六义”说的原始出处出发，对“诗贯六义”说的理论渊源与逻辑发展进行考论，并结合司空图论诗杂著的相关内容，对其赋予传统“六义”说新的内涵——讽谕、抑扬、渟蓄、温雅四个基本特征进行了分析阐述。首先对“六义”说的渊源及逻辑发展进行了梳理，包括从先秦、两汉“六义”说的提出与发展，到魏晋南北朝及唐代“六义”说的进一步发展、演变；接着论述了司空图“诗贯六义”说四个基本特征的思想渊源；进而论述了佛、道思想以及晚唐诗歌创作、审美风尚对“诗贯六义”说的影响，从而对司空图赋予“诗贯六义”说新的内涵有一个大概的了解。

通过以上分析，可以看出司空图继承了儒家“诗贯六义”说的诗学思想，又对其做了新的发展、阐述。他实际上是融合了佛、道的思想与精神，使得“六义”说更具有审美的意义。这一思想成为司空图的基本诗歌观念论，贯穿在其整个诗学理论中，与他的诗歌艺术思维论、创作论、诗歌的审美特征和鉴赏论及诗学批评实践相互影响、相互渗透。

第二章

司空图“思与境偕”说及其渊源

——诗歌的艺术思维论与创作论

“思与境偕”说与“象外之象”说有着密切的联系，均涉及诗歌的艺术思维论与创作论。在艺术构思过程中做到“思与境偕”，即作者之“思”与世界之“境”相交融，是诗歌能创造出“象外之象”的前提。反之，诗歌若能表现出“象外之象”，就能做到“思与境偕”。“象外之象”说与“思与境偕”说均涉及诗歌意境的创造问题，这两个诗学命题从源头上说有其共通性，“思与境偕”说之“境”论受禅宗影响较大，“象外之象”说之“象”论可追溯到道家、玄学之“象”，二者最终的根源均可追溯到道家，尤其是庄子的自然论。

前人关于“思与境偕”说的研究较多，且成果颇丰。但就“思与境偕”说理论渊源的研究来说，却较少。本章联系“思与境偕”说在唐代以前的哲学与文论基础，梳理了中国古代诗歌艺术思维论与创作论的整体发展逻辑，即沿着先秦两汉“观物取象”“立象以尽意”“大象无形”“得意忘言”的“象”思维路线，到六朝玄学“得意忘象”论的提出，艺术理论开始重视艺术想象、艺术构思，借助“神思”使得传统的“象”思维的领域得以扩展，开始由“象内”向“象外”拓展；六朝到初唐随着佛教尤其是禅宗对文学、文论的影响越来越大，以及儒、道、佛的融合，“境”与文学等艺术创作观念日益结合，具体表现在“境”与“物”的结合、“境”与“象”的结合；到了盛唐、中唐，伴随着唐诗的繁荣，王昌龄、皎然、权德舆、刘禹锡等文论家对汉魏到唐代诗歌理论进行了总结与回顾，重在对诗歌意境论的探讨，从而为晚唐司空图提出“象外之象”说、“思与境偕”说奠定了深厚的理论基础。

本章从两条线索展开论述，一条是“象”论的路线，另一条是“境”论的路线。在六朝到初唐，“象”与“境”相结合，为唐代意境论的最终形成奠定了基础，进而到盛中晚唐诞生了一系列诗“境”论的命题，如“意境”“取境”“诗情缘境发”“意与境会”“境生象外”“象外之象”“思与境偕”等，标志着唐代意境论的最终形成。简单表示即为：

象→象外→象外之象

境（本义为土地的疆界）→境与艺术创作结合（境与象、境与思结合）→思与境偕

象外之象、思与境偕→意境论的形成

意境论是中国古代文学、文论领域一个非常重要的理论，最初诞生于古代诗歌批评理论中，进而逐渐被运用到书、画、乐、词等艺术理论中，成为中国古代美学的最高范畴。就文学艺术来说，有无意境成为衡量其优劣之标准，王国维说：“文学之工不工，亦视其意境之有无与其深浅而已。”[①]作为唐代意境论的重要组成部分，司空图提出的“思与境偕”说在意境理论上起着非常重要的作用。所以，对“思与境偕”说进行溯源具有很重要的意义。首先，可以探究中国古代意境理论的基本发展线索与脉络，有助于我们更深入地理解意境理论的发生、发展及其内涵。其次，也可以了解与意境理论相关的一些诗学概念、命题、范畴的发展演变与相互关系。再次，还可看出诗学

① 王国维著，徐调孚校注：《人间词话》（樊志厚叙），北京：中华书局 2009 年版，第 82 页。

的意境论与书、画、乐等艺术领域的意境论之相互渗透、相互影响、相互融合。最后，还可看出意境论的发生、发展与儒、道、佛等哲学思想之间的相互联系、相互渗透。

第一节 “思与境偕”说的基本内涵

一、学界对“思与境偕”说的几种解释

何为“思与境偕”？学界有几种不同的解释。吴调公先生认为“思与境偕”包括两层含义：“触景生情”及“思融于境”[①]。祖保泉先生认为：“‘思’指诗由形象所显现的情思；‘境’指诗所创设的意境；‘偕’者，两相侔合也。此即中唐人所说的‘意与境会’。”接着，他又指出，所谓“思与境偕”，“即是诗人在创作过程中，必须使自己的思想、感情和自己所描绘的客观事物、环境完全融合，成为主观与客观完全和谐的统一体”[②]。持类似说法的还有王运熙、顾易生两位先生，他们认为“思与境偕”大致上也就是情景交融。[③]

叶朗先生认为司空图的“思与境偕”是对王昌龄关于意境说思想的概括。他认为“思”不应理解为情意，而是指“诗人的艺术灵感和艺术想象”，即刘勰的“神思”，与荆浩“六要”中的“思”含义相近 。因此，他理解的“思与境偕”，是“诗人的艺术灵感和艺术想象不能脱离客观的‘境’（‘象

① 吴调公：《司空图的生平、思想及其文艺主张》，参见《古典文论与审美鉴赏》，济南：齐鲁书社1985年版，第209页。

② 祖保泉：《司空图诗文研究》，合肥：安徽教育出版社1998年版，第61页。

③ 王运熙、顾易生主编：《中国文学批评通史》（隋唐五代卷），上海：上海古籍出版社2011年版，第677页。

外之象’），而要依赖于审美观照中‘心’与‘境’的契合”[①]。台湾地区黄景进先生认同叶朗先生的说法，且做了进一步说明。他指出：“思”是六朝文论中的一个重要概念，陆机《文赋》中多次提到“思”，沈约在《怀旧诗·伤谢朓》及《（梁）武帝集序》中提到的“思”，都可以看出其基本含义是思虑、构思。接着他又指出唐朝的诗人及诗论家也很重视文章的构思活动，如刘禹锡《金陵五题》小序中的“生思”，王昌龄的《诗格》中首先提到的思与境的融合，皎然对苦思的重视，并联系司空图的相关诗文，认为司空图提出的“思与境偕”之“思”，“指的是感物兴情之后的构思活动，那是一种需要专注、耗费精神的想象过程，而其目的则在取得理想诗句（或文句）”。[②]他还指出，最先提出思与境合作的，是王昌龄而不是司空图。所以，他认为“思与境偕”“实指构思活动能与照境活动相偕行一致（即等待一理想境物出现再从中构思取象），如此，所取物象乃来自某理想境物，物象中即蕴藏有所要表达的情志，二者达到契合无间”。[③]

张少康先生在其著作《司空图及其诗论研究》中，专辟一文《〈与王驾评诗书〉——论唐诗的发展和“思与境偕”》[④]，指出“思与境偕”说是文学创作中主客体的关系，是对心与物关系的发展。其中，“思”指创作主体，“境”是“经过作家主体化了的客体”，思和境即是主客体的“和谐的、水乳交融的结合。因此，从根本上说，‘思’和‘境’的统一是主体的心（或情）和客体的物的结合，或者说是内心和外境的结合”。他认为“‘思与境偕’是从文学本体论的角度对意境本质的概括”，并论述了中国文学本体论的源流及发展。第一阶段从先秦时期提出的“诗言志”到西汉初期《乐记》提出“人心感物”。第二阶段是魏晋南北朝时期，陆机和刘勰对其进一步发展。其中，陆机提出了物、意、文的关系，刘勰提出了“意象”概念及思、意、

① 叶朗：《中国美学史大纲》，第272—273页。

② 黄景进：《意境论的形成——唐代意境论研究》，第214—215页。

③ 黄景进：《意境论的形成——唐代意境论研究》，第215页。

④ 张少康：《司空图及其诗论研究》，第43—61页。

言的关系。第三阶段是唐代的情和境、思和境的和谐统一论，特别是意境论的提出。第四阶段是宋元明清时期，情景交融论。张先生从文学本体论的角度，高屋建瓴，简略论述了“思与境偕”说的源流，指出了“思与境偕”说与“诗言志”、“人心感物”、“意象”论之间的内在联系，对笔者梳理“思与境偕”说的渊源有很大启发和帮助。

而在《〈与极浦书〉——论“象外之象，景外之景”》[1]一文中，张少康先生进一步对“象外之象，景外之景”进行了论述。他认为司空图提出的该命题是对“诗歌意境的特殊美学特征之概括”，并认为该命题是对艺术创作中虚境的突出强调。张先生认为意境就是“象外之象，景外之景”，“是在中国传统文化的孕育下逐渐形成的”，因此应当从“中国古代的哲学、美学和文学艺术的历史发展中来加以考察”。接着张先生便论述了从先秦提出“象”到唐宋意境论形成的大概发展历程：从《周易》“象”概念、“观物取象”命题的提出，到老庄提出“大音希声”“大象无形”“得意忘言”，王弼对老庄言意说的发展，再到刘勰的“隐秀”说对意境美学特征的概括，最终到唐宋意境论的形成。这里，张先生已看到了“象”与“意境”之间的内在联系，二者最初沿着各自的轨迹向前发展，到唐朝最终汇合。只是作者没有深入论述其内在的关联及其融合，这即是本章所要具体深入论述的。

综上，关于“思与境偕”基本内涵的理解关键在于对“思”的理解，对于“境”的解释基本能达成共识，研究者们多认为指主体所认识的对象。对于“思”的含义，主要有两种理解：其一，以祖保泉、张少康、王运熙、顾易生等人为代表的认为“思”指情思、内心；其二，以叶朗、黄景进等为代表的认为“思”指艺术想象、艺术构思。“思”究竟应如何理解？以下将从司空图诗文集的相关论述看“思与境偕”的基本内涵。

---

① 张少康：《司空图及其诗论研究》，第61—72页。

二、从司空图论诗杂著看“思与境偕”说的基本内涵

（一）从“思与境偕”说的原始出处看其基本内涵

以下将从“思与境偕”说的原始出处看其基本内涵。在《与王驾评诗书》一文中，司空图提出了一个重要的诗学命题——“思与境偕”：

> 河、汾蟠郁之气，宜继有人。今王生者，寓居其间，沉渍益久，五言所得，长于思与境偕，乃诗家之所尚者，则前所谓必推于其类，岂止神跃色扬哉？经乱索居，得其所录，尚累百篇，其勤亦至矣。吾适又自编《一鸣集》，且云撑霆裂月，劼（劫）作者之肝脾，亦当吾言之无怍也。道之不疑。

此文是司空图写给友人王驾的一封讨论诗歌的书信，具体写作年份不详。但从文中“吾适又自编《一鸣集》”[①]来看，大约作于唐僖宗光启三年（887）[②]。此书信主要讲了三层意思。首先，指出了当时文坛的弊病。其次，对唐朝的诗歌发展史做了简要的评价（该问题将在第四章重点论述）。最后，对王驾的诗给予了高度评价，认为其诗以“思与境偕”见长。

文中最后一段司空图肯定了其同乡王驾的诗。王驾（851—？），晚唐诗人，大顺元年（890）登进士第，仕至礼部员外郎，后弃官归隐。《全唐诗·王驾》记载道：“王驾，字大用，河中蒲州（今属永济市）人，与司空图为同乡。大顺元年登进士第，仕至礼部员外郎，自号守素先生。集六卷，今存诗六首。”司空图所看到的王驾的诗大概有近百篇，但据《全唐诗》，王

---

① 据《全唐文》卷八〇七题作《中条王官谷序》：“因捃拾诗笔，残缺亡几，乃以中条别业‘一鸣’以目其前集，庶警子孙耳……有唐光启三年，泗水司空氏中条王官谷濯缨亭记。”转引自祖保泉、陶礼天笺校：《司空表圣诗文集笺校》，第173页。

② 关于《与王驾评诗书》的写作年代，学术界有争议，罗联添先生的《唐司空图事迹系年》、傅璇琮先生主编的《唐五代文学编年史》等皆认为该文写于光启三年（887）。陶礼天先生认为其可能作于光启四年（888），但更可能作于天复三年（903）。要之作于其诗学思想成熟的后期。具体论述见其著作《司空图年谱汇考》（北京：华文出版社2002年版，第97—105页）。

驾的诗仅存六首[①]，另外，《全唐诗补编》一首[②]。司空图指出，王驾生活于蒲州地区，西有黄河，中有涑水，北有汾水。此地物产丰富，植物茂盛，人杰地灵。王驾长期寓居此地，受这种良好自然环境、文化氛围的熏陶，因此，其五言诗，以“思与境偕”取胜。由于王驾现存的诗仅七首[③]:《夏雨》《古意》《社日》《雨晴》《乱后曲江》《过故友居》[④]《次韵和卢先辈避难寺居看牡丹》。其中,《社日》一说为张演所作;《乱后曲江》一说为羊士谔所作;《古意》又名《寄夫》[⑤]，一说为王驾夫人陈玉兰所作。确定为王驾所作的仅四首，且只有《夏雨》及《次韵和卢先辈避难寺居看牡丹》两首为五言律诗。《全宋诗》卷三八〇收疑为王驾所作的《永和县上巳》[⑥]，此诗亦收入《全唐诗补编·全唐诗续补遗》卷九。以下试以王驾的几首诗为例，看司空图的评价是否恰当，并以此分析其所说的“思与境偕”说的基本内涵。

《夏雨》:

> 非惟消旱暑，且喜救生民。天地如蒸湿，园林似却春。
> 洗风清枕簟，换夜失埃尘。又作丰年望，田夫笑向人。[⑦]

总体来看，此诗采用的是白描直述的手法，描述了一场及时的夏雨，消解了酷暑，解除了旱情，使得花草树木及庄稼欣欣向荣，使种田人看到了收获的希望。整首诗写得清新活泼、生机盎然。尤其是中间四句“天地如蒸湿，园林似却春。洗风清枕簟，换夜失埃尘”，把万物久旱逢雨而得生机生

---

① （清）彭定求等编:《全唐诗》卷六九〇，第 7918 页。

② 《全唐诗·补遗四》，卷八八五，第 10005 页。王驾著《次韵和卢先辈避难寺居看牡丹》:“乱后寄僧居，看花恨有余。香宜闲静立，态似别离初。朵密红相照，栏低画不如。狂风任吹却，最共野人疏。”

③ （清）彭定求等编:《全唐诗》卷六九〇，第 7918 页。

④ 以上六首诗出自（清）彭定求等编《全唐诗》，卷六九〇，第 7918—7919 页。

⑤ 《寄夫》:“夫戍边关妾在吴，西风吹妾妾忧夫。一行书信千行泪，寒到君边衣到无。”参见（清）彭定求等编:《全唐诗》卷七九九，第 8990 页。与《古意》仅差一字，即第一句,《古意》为:“夫戍萧关妾在吴。”

⑥ 《永和县上巳》:“记得兰亭祓禊辰，今朝兼是永和春。一觞一咏无诗侣，病倚山窗忆故人。”

⑦ （清）彭定求等编:《全唐诗》卷六九〇，第 7918 页。

动地描述了出来，天地因久旱差点蒸发干了，喜得夏雨，万物得以滋润，园林里的花草树木似又回到了春天。清风吹得人睡枕簟都有些凉意。一场及时的夏雨让空气顿时变得清新。最后两句将农人的喜悦之情表达出来，夏雨除了让自然万物得以滋润，久旱的庄稼终得救，同时也消除了农人的担忧，让农人逢人就笑逐颜开，看到了庄稼丰收的希望。

另外一首七言绝句《雨晴》，写得颇有韵味：

雨前初见花间蕊，雨后兼无叶里花。蛱蝶飞来过墙去，却疑春色在邻家。

这首诗亦写得生动活泼。雨前还见幼嫩的花蕊，雨后花儿都凋谢了，连采花的蜜蜂和蝴蝶都很失望，它们竟然飞过墙到邻家的院子里去，让人怀疑邻家的春色是否依旧。整首诗描述了两幅画面，先是通过雨前、雨后作者所见景色的对比，描述了一场大雨让花儿纷纷坠落，作者惜春之情油然而生。另一幅画面：失落的不仅是诗人，连“蛱蝶”都很失望，它们盼着采蜜却不见作者院中的花儿，于是飞到邻人的院落，作者于是心生疑惑，难道邻家的花儿尚在？一个“疑”字，意境顿生，让人跟随诗人的疑惑而心生好奇，浮想联翩。此处的“景”包括雨前稚嫩、芬芳的花蕊，雨后初晴，花儿被雨打落，只剩满树的绿叶，蛱蝶飞过墙去邻家探春。此“景”引发作者之“思”，包括惜春，叹春易逝，也让人联想到青春短暂，时光易逝。蛱蝶的离去又让诗人生“疑”，邻家的小院里难道花儿真没凋谢吗？否则蛱蝶为何要飞过去？描述了诗人恨不得跟蛱蝶一起飞过去探个究竟的愿望。一首晚春赏花的小诗，通过作者巧妙的构思、奇特的想象，使得两幅画面连贯成一幅生动的画面。花儿、绿叶、雨儿、阳光、蛱蝶，这一系列的“景”形成一个完整的“境”，通过作者的感受、想象串联起来，构成一幅完整的、妙趣横生的画面，使雨前的景与雨后的景、眼前的实景与想象的虚景、蛱蝶的“感受”与作者的感受相互对比、映衬，使得情与景、思与境、人与物相互交融。

再来看《次韵和卢先辈避难寺居看牡丹》：

乱后寄僧居，看花恨有余。香宜闲静立，态似别离初。朵密红相照，栏低画不如。狂风任吹却，最共野人疏。

此诗写作背景不详，因王驾与司空图、郑谷同时期，“避难”“乱后”或指黄巢起义，此诗描述了诗人在乱后寄居在寺庙看牡丹的情形。乱后时局动荡，作者逃难于寺庙，在此种心境下来欣赏盛开的牡丹，令作者的内心异常复杂，美丽的牡丹应当有美好的心情才能尽情欣赏，所以作者“看花恨有余”，痛恨时局动荡，有家不可归。“香宜闲静立”，牡丹依然是香气袭人，闲静地盛开，与作者和亲人别离时没什么不同，“态似别离初”。“朵密红相照，栏低画不如”，朵朵红牡丹肆意地开放，这种天然的美是丹青妙手所描绘不出的。最后两句尤妙，“狂风任吹却，最共野人疏”，盛开的牡丹任凭狂风吹打，终逃不过飘零的命运，身世如同作者一样是避难的“野人”。这里作者巧妙地运用了比拟、象征的表现手法，看到了牡丹被狂风吹打不免心疼，想到了自己飘零的命运，有种“同是天涯沦落人”的共鸣与无奈，同时又表达了作者对时局的不满，渴望过上安稳、太平日子的美好愿望。此诗还多次运用对比的手法，如将乱后、乱前盛开的牡丹，乱后、乱前作者欣赏牡丹的心境，眼前的牡丹与画中的牡丹进行对比，表达了作者在乱后欣赏牡丹的矛盾、复杂的心情，以及对美好事物的向往、对美好生活的向往。从其表达的艺术手法来看，此诗表达含蓄、委婉，句句看似写牡丹，但其实句句都在借景抒情，作者之“思”与牡丹之“境”相互交融，境中有情，情中有境；另外此诗亦有讽谕的功能，借诗表达作者对时局的不满。尤其是最后一句“狂风任吹却，最共野人疏”更是有言外之意，“野人”，除了指自己因乱寄居寺庙、漂泊不定之外，还似指作者对社会、对统治者的不满，为百姓鸣冤，敢于直陈时弊的狂放、豁达、坦荡的胸襟。另外此句除了借牡丹被狂风吹却的悲惨命运如同自己的身世一样之外，似还表达了作者对美好事物的追求不会因时局的混乱而改变的坚定决心，此句妙在有“言外之重旨”，耐人咀嚼、品味，这也正符合司空图的审美欣赏标准，有“象外之象”“味外之旨”。

另外，司空图以及与王驾同时期的郑谷[①]均有诗赠答王驾，不妨一看：

白菊初开卧内明，闻君相访病身轻。樽前且拨伤心事，谿上还随觅句行。幽鹤傍人疑旧识，残蝉向日噪新晴。拟将寂寞同留住，且劝康时立大名。[②]

直应归谏署，方肯别山村。勤苦常同业，孤单共感恩。醉披仙鹤氅，吟扣野僧门。梦见君高趣，天凉自灌园。[③]

失意离愁春不知，到家时是落花时。孤单取事休言命，早晚逢人苦爱诗。度塞风沙归路远，傍河桑柘旧居移。应嗟我又巴江去，游子悠悠听子规。[④]

前山微有雨，永巷净无尘。牛卧篱阴晚，鸠鸣村意春。时浮应寡合，道在不嫌贫。后径临陂水，菰蒲是切邻。[⑤]

从这几首诗可看出王驾与司空图、郑谷交情甚深，司空图闻王驾来访，竟然“病身轻”。从郑谷的几首赠答诗，可看出王驾是个有着高雅志趣的人。王驾酷爱诗，他晚年弃官归隐，过着淡泊名利、清贫乐道的生活。可能正是因为他们三人经历相似，晚年均归隐，再加上诗风相近，所以彼此很欣赏。

---

① 郑谷（约 851—约 910），唐末著名诗人，字守愚。唐僖宗时进士，官都官郎中，人称郑都官。又以《鹧鸪诗》得名，人称郑鹧鸪。曾与许棠、张乔等唱和往还，号“芳林十哲”。原有集，已散佚，存《云台编》。

② （唐）司空图：《喜王驾小仪重阳相访》，参见（清）彭定求等编：《全唐诗》卷六三二，第 7251 页。

③ （唐）郑谷：《次韵和王驾校书结绶见寄之什》，参见（清）彭定求等编：《全唐诗》卷六七四，第 7707 页。

④ （唐）郑谷：《送进士王驾下第归蒲中（时行朝在西蜀）》，参见（清）彭定求等编：《全唐诗》卷六七六，第 7744 页。

⑤ （唐）郑谷：《题进士王驾郊居》，参见（清）彭定求等编：《全唐诗》卷六七六，第 7756 页。

由于王驾的诗现存不多，五言诗仅两首，所以无法全面判断司空图对王驾诗之评价是否公允。仅能从其现存的几首诗及与友人的赠答诗略窥王驾其人其诗的风貌特征。从现存的七首诗来看，王驾的诗有描写自然风光的，有怀念友人的，有描写爱情的。从以上分析的几首比较有代表性的诗歌来看，王驾的确能够从日常生活中的一些看似平凡的景色、事件中挖掘其美的一面，且善于借景抒情，如惜春之情、感叹时光易逝、怀念故人而感伤物是人非、妇人思念戍边的夫君、借花喻人等，感情真挚，善于借助对比、联想、想象、象征等表达手法，表达含蓄、婉转，耐人寻味。王驾能够将情与当前的景很好地结合起来，并且善于通过眼前之景触兴生情，进而发挥想象、联想，使作者眼中之“实景”与其想象之“虚景”相融合，构成一幅完整的“境”的画面，进而引发读者的联想。所以司空图评价其诗“思与境偕”之“思”当既指情思，又指艺术想象、艺术构思。

（二）从司空图诗文集对“思”的相关论述看“思与境偕”说的基本内涵

再来看司空图诗文集中有关文思的诗文，以进一步理解其“思与境偕”的内涵：

《题柳柳州集后》：

> 思观文人之为诗，诗人之为文，始皆系其所尚，既专则搜研愈至，故能炫其工于不朽，……今于华下方得柳诗，味其深搜之致，亦深远矣。俾其穷而克寿，玩精极思，则固非琐琐者轻可拟议其优劣。

文中司空图谈到无论是擅长写文章的人写诗，还是擅长写诗的人写文章，都须“搜研愈至”，即用心搜求、钻研、构思诗文最佳的意境并用恰当的语言表现出来。并认为柳宗元的诗“深搜之致，亦深远矣”“穷而克寿，玩精极思”，意为柳的诗是通过深思熟虑，甚至用尽全部精力构思出来的，所以意境深远。可见司空图非常推崇柳宗元的诗，认为这得益于其“苦思”，正是由于用心思索，才得出意境深远的好诗。

《擢英集述》：

> 涵经天纬地之源，胸襟万象；骄晤月吟风之态，嵩华一毫。固当触兴牢笼，忘情蒂芥。……夫著言纪事，在演致于全篇；赋象缘情，或标工于偶句。虽豹文必备，方成隐雾之姿；而翠羽已零，犹称凌波之玩。诚欲兼搜于笔海，亦当间掇于兰丛。

此文作者讲到了创作的具体过程，包括创作前容纳天、地、风、月“万象”于胸襟，触兴起情，进而“赋象缘情”，挥之一毫，用文笔将眼中所见、心中所感之情抒发出来。这里，作者讲的是“象”与“情”之间的关系，“情”因“象”起兴，“兼搜于笔海”，从而创作出生动的作品。实际上，这里就是讲“思”与“境”之间的关系。这里的“境”即是“万象”；“思”既包括触兴起情，又包括“兼搜于笔海”。“思”是一个连续的过程，情感因外物触动而兴发，随之而起的是丰富的艺术想象、艺术构思，最终创作出满意的作品。

《注〈愍征赋〉述》：

> 斯盖缘情纷状，触兴冥搜，回景物之盛衰，制人臣之哀乐，穷微尽美，□古排今。……竟耘寂以搜奇，则思荣飞动；徒牵庸而缀学，则格滞沉埋。

这里作者通过对卢献卿的《愍征赋》的评价，讲到了诗歌创作中的几个重要问题：缘情、比兴和艺术构思。诗歌通过不同的艺术形象表达不同的情感，这离不开作者触景生情，经过潜心凝神苦思，使得才思涌动，最终寻求最佳的艺术表现。

另外，《诗赋赞》写道："研昏练爽，戛魄凄肌。神而不知，知而难状。挥之八垠，卷之万象。"其中，"研昏练爽，戛魄凄肌"是指创作时的艰辛，为寻觅佳句身心均需投入并受到强烈的震撼。"神而不知，知而难状"是指创作心理的复杂、玄妙不可言。"挥之八垠，卷之万象"是指艺术想象的广阔无垠。陆机和刘勰也分别有所论述。陆机《文赋》："精骛八极，心游万仞"；"笼天地于形内，挫万物于笔端。"刘勰《文心雕龙·神思》："寂然凝虑，思接千载；悄焉动容，视通万里。"王羲之《兰亭集序》也写道："仰观宇宙之大，俯察品类之盛，所以游目骋怀，足以极视听之娱，信可乐也。"这里，司空图除了描述艺术创作、艺术想象的艰辛之外，同时描述了创作、想象过程极其玄妙的状态：虽艰难，然一旦思路畅通，又如同神助。作者的想象、思虑可以突破时空的限制，无限广阔，这就是艺术想象的玄妙之处，但这个想象离不开"万象"，也就是"境"。这里司空图强调的是艺术想象和"境"之间的关系。

另一首诗《下方二首》之二："雨微吟足思，花落梦无憀"，这里的"思"指诗思。细雨中，花儿纷纷谢落，此景让作者感怀，诗兴浓厚。

综上所述，司空图很重视诗文创作中的"思"。这个"思"有时候指"苦思"，更多的时候既指触兴起情，又指艺术构思，也就是说，它既指作者的情感活动，又指思想活动，情感因外境的触动而生，引起作者的思维活动，包括艺术想象、艺术构思，这是一个前后连贯、不可分割的过程。因此，"思与境偕"是指作者的思想情感和思维活动与外境的相协调一致，特定的"境"引起特定的情感，进而引发作者的艺术想象、艺术构思，从而创造出特定的作品。这样理解应该更合司空图之本意。"思与境偕"虽然是司空图用来评价王驾五言诗的，却是贯穿在司空图的整个诗学思想中的一个重要批评理论。无论是从司空图本人的诗歌创作、他的相关论诗杂文，还是他对其他诗人的评价，都可以看出他非常重视诗歌的艺术思维及艺术创造。

第二节 “思与境偕”说在唐代以前的哲学与文论基础
——兼论“象”思维的形成与发展

本节将重点论述“思与境偕”说在唐代以前的哲学、文论基础以及发展演变，包括从先秦到六朝艺术思维论的逻辑发展。首先论述“象”思维的形成、发展及其演变，即由“象”到“意象”，再到“象外”的逻辑发展，以及象、意、言的关系，重点论述“象”如何由哲学概念逐渐被运用到文学创作中，并成为中国古代文学创作中的一个重要的概念。本节将分两个阶段进行论述：先秦到两汉“象”思维的萌芽及发展；魏晋南北朝“得意忘象”论对文论重“神思”“象外”的影响。

一、先秦到两汉“象”思维的萌芽及发展

（一）先秦“象”思维的萌芽

中国古代文学思想一直很重视艺术思维，并提出了相应的理论。从先秦到六朝，“象”是艺术思维、艺术创造的一个重要范畴。先秦时期是“象”思维的萌芽时期。《周易》中的“象”，为古人对天地万物的观察而作。《周易》的作者为谁已不可考，传说庖牺氏始作八卦，周文王拘而演《周易》，《易传》是对《易经》的解释，二者合称《周易》。二者的区别在于，《易经》是一部卜筮的书，而《易传》则是一部哲学著作。当今，对《易经》及《易传》的年代及作者问题尚未有定论，“较有影响的看法是卦爻辞作于周初，《易传》作于春秋战国间，经传作者均非一人，当是经过多人多时加工编纂

而成的"[①]。

整个《易经》都是"象"，遵循的是"观物取象"的原则。《易传·系辞下传》："古者庖牺氏之王天下也。仰则观象于天，俯则观法于地，观鸟兽之文，与地之宜，近取诸身，远取诸物，于是始作八卦，以通神明之德，以类万物之情。"[②]庖牺氏通过对自然万物的观察作八卦，可见八卦得于万"象"，并以特定的象征符号来表示"象"。《系辞下传》紧接着说道："是故《易》者，象也。象也者，像也。"[③]唐代孔颖达《周易正义》："易卦者，写万物之形象。"[④]"凡易者象也，以物象而明人事，若《诗》之比喻也。或取天地阴阳之象以明义者……或取万物杂象以明义者……如此之类，《易》中多矣。"[⑤]另据《左传·昭公二年》载："晋侯使韩宣子来聘……见《易》、《象》与《鲁春秋》。"[⑥]可见先秦的人们早已视《周易》为"象"。"象"是事物的形象，《易经》的八卦及衍生的重卦即通过对"天地阴阳之象"及"万物杂象"的描摹来表明义理。当然，这里的"象"，不仅指事物的原本形象，而有引申、象征、比喻的含义，将自然界事物的形象加以提炼、概括，并将其内在的、本质的特性加以归类。"六十四卦的卦形、爻形，以及相应的卦辞、爻辞，均是特定形式的'象征'：前者依赖卦爻符号的暗示，后者借助卦爻辞文字的描述——两者相互依存，融会贯通，共同喻示诸卦诸爻的象征义理。"[⑦]《易传》遵循的"观物取象"的原则实质上是通过对自然界事物及社会生活的观察并以具有一定象征意义的"象"——特定的符号、概念及语言，即卦形、爻形、卦辞、爻辞来表示特定的含义，最终目的是借助自然界万事万物的变化来说明人事的道理，体现了作者辩证的哲学观。这实际上已涉及"象"与"意"之间的关系问题，将作者之"意"借助一定的"象"来传达。为何要借

① 黄寿祺、张善文撰：《周易译注·前言》，上海：上海古籍出版社1989年版，第12—13页。
② 李学勤主编：《十三经注疏·周易正义》，北京：北京大学出版社1999年版，第298页。
③ 李学勤主编：《十三经注疏·周易正义》，第303页。
④ 李学勤主编：《十三经注疏·周易正义》，第303页。
⑤ 李学勤主编：《十三经注疏·周易正义》，第27页。
⑥ 郭丹、程小青、李彬源译注：《左传》，第1583页。
⑦ 黄寿祺、张善文撰：《周易译注·前言》，第21页。

助“象”来传达？是因为“书不尽言，言不尽意……圣人立象以尽意，设卦以尽情伪”[①]。所谓“书不尽言，言不尽意”，是指文字不能完全表达语言，而语言又不能完全表达思想，所以圣人以“象”来表达思想，“象”具有形象性、象征性，能够表达语言所不能表达的内在深意。当然这里的“象”“意”与六朝及后来文学创作的“意象”还是有很大差别的。这里的“象”“意”是哲学范畴，“象”不是指文学艺术创作的审美形象，它具有一定的象喻特征。“意”也不具有审美特征，而是指作者一定的哲学思想、哲学观念。且“象”“意”还分别是两个独立的概念，与六朝时期已融合为统一的审美范畴的“意象”有着本质的区别。但是，这却意味着此阶段“象”思维的萌芽，以及“象”“意”最先作为两个并列的范畴同时出现，对后来的艺术创作、艺术思维论，包括先秦时期的“诗言志”说、汉朝的“心物交感”说以及六朝时期的“意象”论、唐朝的“意境”论等均有着不可忽略的影响。

继《易传》之后，老庄也进一步从哲学的角度对“象”的概念加以阐释，诸如老子提出的“大象无形”[②]“无状之状，无物之象”，老子的“象”与其提出的哲学范畴“道”“气”是紧密相连的。在老子看来，“道”是万物的本源：“道生一，一生二，二生三，三生万物。万物负阴而抱阳，冲气以为和。”“道”是“有”和“无”的统一。“天下万物生于有，有生于无。”“道之为物，惟恍惟惚。惚兮恍兮其中有象；恍兮惚兮其中有物。窈兮冥兮，其中有精，其精甚真，其中有信。自古及今，其名不去，以阅众甫。”这里，老子指出“道”中包含“象”、“物”、“精”（即“气”）、“真”、“信”，所以“道”不是虚空，它是“虚”和“实”的统一。万物的本体是“道”，但是“道”离不开“气”“象”“物”。其中，“气”是看不见的，而“象”“物”是能看得见的。所以，“道”又是有形和无形的统一。

老子关于“象”的理解有以下特点。首先，“象”是一个哲学范畴，

---

① 李学勤主编：《十三经注疏·周易正义》，第 291 页。

② 朱谦之撰：《老子校释》第四十一章，《新编诸子集成》本，北京：中华书局 1984 年版，第 171 页。以下所引用《老子》原文均出自该版本，不再一一注明。

“象”和“道”互相依存，无形的“道”包含有形的“象”，“象”是“道”的体现。其次，老子提出的“大音希声”“大象无形”，体现了其崇尚自然的美学思想和审美理想。最美的声音、最美的形象是超越具体的声音、具体的形象，给人以无声、无形的感觉。王运熙、顾易生认为“大音希声”即“音响悠宏而混沌窈渺，没有雕琢声律的痕迹”，“大象无形”即“形象丰满而隐约含蓄”[①]，体现了道家对自然而然的、不矫饰、含蓄温婉的艺术美的追求，对中国古代的文学、美学均产生了重大影响。这里，“音”也是“象”，它是以声音、韵律的形式来表现物象、表现道的。再次，老子提出的“象”应该是受《易传》关于“象”思维的影响。《易传》的“观物取象”的思维方式及暗含的审美思想体现了先秦时期人们对自然美的追求。这种具有象征意义的“象”不是凭空臆想而得，而是通过对世界、自然的仰观俯察所得，带有辩证唯物主义的色彩，而老子的“大音希声”“大象无形”同样体现了一种辩证法的思想。至美的声音、至美的形象恰恰给人一种似有若无，若即若离的感觉，如同《庄子》中讲的“天籁之音”、《礼记·乐记》里讲的“大羹不和，有遗味者矣”。这种对自然而含蓄、丰韵而幽眇、让人回味悠长之美的追求，以及对艺术想象的强调，均对魏晋以来的中国古代美学、文学及艺术思维论产生了深厚的影响。“象”范畴的提出，说明了中国古人对形象思维的重视，对后来的诗歌、音乐、书画等艺术创作及理论都产生了深厚的影响。虽然老子提出的“象”还只是一个抽象的哲学范畴，还不是真正意义上的艺术形象，但却为后来的艺术创作奠定了深厚的哲学基础。

最后，老庄发展了《易传》的“象”思维。《易传》认为“立象以尽意”，而关于言意之辨，老庄均否认语言在得道上所起的作用，提出“得意忘言”论，将《易传》的“象”思维向前推进了一步。具体来说，他们认为“知者不言，言者不知”，所以主张行“不言之教”[②]“不言之辩”[③]“天地有

---

① 王运熙、顾易生主编：《中国文学批评通史》(先秦两汉卷)，第15页。

② (清)郭庆藩撰：《庄子集释·知北游》，《新编诸子集成》本，北京：中华书局2012年版，第728页。

③ (清)郭庆藩撰：《庄子集释·齐物论》，第90页。

大美而不言"[①]。为何语言不可靠？首先因为"道"本身是不可言说的，"道不可闻，闻而非也；道不可见，见而非也；道不可言，言而非也"。[②]其次因为语言本身的局限性，语言往往因为华而不实的辞藻而富有欺骗性，"巧言偏辞""道隐于小成，言隐于荣华"[③]"道昭而不道，言辩而不及……孰知不言之辩，不道之道？若有能知，此之谓天府。"[④]因此，在得"道"方面，语言显得苍白无力。所以，要学会"忘言"。《外物》篇："荃者所以在鱼，得鱼而忘荃；蹄者所以在兔，得兔而忘蹄；言者所以在意，得意而忘言。"[⑤]成玄英疏："此合喻也。意，妙理也……鱼兔得而筌蹄忘，玄理明而名言绝。"[⑥]另外，庄子借轮扁斫轮的故事，说明语言文字只能表达事物外在的特征，而不可表达"道"之真"意"。因此，事物的真"意"只可意会，不可言传。

老庄的"言不尽意"、"得意忘言"、行"不言之教"是对《周易》的"言不尽意，立象以尽意"的进一步阐释，虽然还是哲学命题，却对后来的文学创作产生了深厚的影响。可以说先秦时期的"言不尽意"说是中国古代艺术创作重含蓄委婉及"言外之意"的源头，也是中国古代艺术重"象"思维的源头。先秦时期的"象"范畴，既指具体的、可感的形象，又是一种象征性的符号、暗示。

（二）赋比兴的提出——"象"思维在"诗言志"说中的体现

"象"思维在"诗言志"说中亦得到体现。先秦时期的"诗言志"说，最早见于《尚书·尧典》："诗言志，歌永言，声依永，律和声。八音克谐，无相夺伦，神人以和。"[⑦]继而《毛诗序》中做了更详细的阐释："诗者，志之

---

① （清）郭庆藩撰：《庄子集释·知北游》，第 732 页。
② （清）郭庆藩撰：《庄子集释·知北游》，第 753 页。
③ （清）郭庆藩撰：《庄子集释·齐物论》，第 86 页。
④ （清）郭庆藩撰：《庄子集释·齐物论》，第 89—90 页。
⑤ （清）郭庆藩撰：《庄子集释·外物》，第 936 页。
⑥ （清）郭庆藩撰：《庄子集释·外物》，第 938 页。
⑦ （清）孙星衍撰，陈抗、盛冬铃点校：《尚书今古文注疏·尧典》，北京：中华书局 1986 年版，第 69—71 页。

所之也。在心为志，发言为诗。情动于中而形于言，言之不足故嗟叹之，嗟叹之不足故永歌之，永歌之不足，不知手之舞之，足之蹈之也。”[①]“诗言志”说是中国古代一个重要的诗学理论，朱自清先生在《诗言志辨·序》中指出这是中国历代诗论的“开山的纲领”[②]，对中国诗学理论产生了重要的影响。“诗言志”说既说明了诗歌的本质特征，又说明了诗歌的功能。诗歌借助一定的艺术形象来表达诗人的情志，以其优美的语言、富有韵律的文字表达作者内心的思想、情感，并以赋比兴的表达手法，将作者内心的感受细腻、婉转地传达出来，进而感染读者，给人以美的享受。孔子认为“诗三百，一言以蔽之，曰：‘思无邪’”（《论语·为政》），在孔子看来，诗歌表达的是人内心的一种纯粹、无瑕的情感。作者借助语言文字将其诗意地表达出来，再加上受封建政教的影响，要求诗歌应“发乎情，止乎礼义”，因此这种情感的表达应合乎度，应“温柔敦厚”，符合儒家的中庸之道，应“乐而不淫，哀而不伤”。

如何将人内心复杂的情感既能够很好地表达出来，同时又能合乎“礼义”？恰当的表达手法就很重要。赋比兴即是诗歌很好的表达方式。赋比兴概念的提出是“象”思维的进一步发展，尤其是比兴，能够将作者内心的情志委婉、含蓄地表达出来。前一章已对赋比兴做了比较全面的论述，从东汉郑玄将赋比兴赋予政治色彩，到六朝刘勰、钟嵘等逐渐摆脱政教色彩，以至唐朝孔颖达、皎然、司空图及宋代朱熹从纯艺术的角度来解释赋比兴，如朱熹认为：“赋者，敷陈其事而直言之者也”[③]，“比者，以彼物比此物也”[④]，“兴者，先言他物以引起所咏之词也”[⑤]，从而使赋比兴恢复了其作为文学表达法的本意。另外比较有代表性认识的文学家是钟嵘，他认为“兴”即“文已尽而意有余”。皎然对赋比兴的解释皆引入“象”这一概念，“赋者，布也。象

---

① 李学勤主编：《十三经注疏·毛诗正义》（上），第6页。

② 朱自清：《诗言志辨　经典常谈》，北京：商务印书馆2011年版，第7页。

③（宋）朱熹注，赵长征点校：《诗集传》，北京：中华书局2011年版，第4页。

④（宋）朱熹注，赵长征点校：《诗集传》，第6页。

⑤（宋）朱熹注，赵长征点校：《诗集传》，第2页。

事布文，以写情也”[①]，“取象曰比，取义曰兴，义即象下之意。凡禽鱼草木人物名数，万象之中义类同者，尽入比兴”[②]。可见，赋比兴在《诗经》中的广泛运用，是对“象”思维的进一步发展，使得先秦时期的“象”开始向文学作品的“象”过渡，即由《周易》中具有符号象征意义的“象”及老庄学说中具有哲学意义的“象”向审美形象过渡。诚如章学诚先生所说：“《易》象通于《诗》之比兴。”[③] 具体来说，从表达手法看，《易》象具有象征、暗示、比喻及引申的含义，《诗》之比兴亦是一种比喻、暗示、引申的表达法。从其表达目的看，《易》象是为了达“意”，《诗》之比兴是用一种艺术的手法，委婉地表达作者内心的思想感受。《易》之象与《诗》之比兴有相通之处，钱锺书、陈骙等学者亦有类似看法。[④]

（三）“心物交感”说——“象”思维在乐论中的延伸

先秦时期，诗、乐、舞三位一体，《诗经》三百篇均入乐，并配以舞蹈，所以早期的诗论与乐论是相通的。中国古人早已发现文学艺术需借助生动的形象来表达，或借助语言以诗歌来表达，或借助旋律以音乐来表达，或借助肢体语言以舞蹈来表达，从而达到抒发个体情感的目的。由此，《周易》及老庄哲学中的“象”过渡到《诗经》中的文学，艺术的“象”，即诗、乐、舞，说明了“象”思维已由抽象向具象转化。

先秦时期的乐论是“诗言志”说的延伸。《荀子·乐论》对音乐有比较深入的描述。首先，它注意到音乐是人的情感的表达：“夫乐者，乐也，人情之所必不免也。”[⑤] 其次，它明确提到乐“象”，并初步提到人心感物的问

---

① 张伯伟：《全唐五代诗格汇考》，南京：江苏古籍出版社 2002 年版，第 218—219 页。

② （唐）皎然著，李壮鹰校注：《诗式校注》，第 31—32 页。

③ （清）章学诚撰，吕思勉评，李永圻、张耕华导读整理：《文史通义》，上海：上海古籍出版社 2008 年版，第 8 页。

④ 王运熙、顾易生主编：《中国文学批评通史》（先秦两汉卷），第 93 页。

⑤ （清）王先谦撰，沈啸寰、王星贤点校：《荀子集解·乐论》，《新编诸子集成》本，北京：中华书局 1988 年版，第 379 页。

题。“先王恶其乱也……使其声足以乐而不流，使其文足以辨而不諰。”[①]这里的“文”，是指音乐的文辞，意指“使乐之文辞足以明了而不邪”[②]，音乐的文辞，即音乐的语言，也即音乐的旋律、节奏。紧接着又指出：“凡奸声感人而逆气应之，逆气成象而乱生焉。正声感人而顺气应之，顺气成象而治生焉。”[③]这里已明确提出“成象”。物茂卿指出：“成象，谓形于歌舞。”[④]不同的声音感动于人，使人内心产生不同的“气”以与之相应，形成不同的“象”，即表现于不同的歌舞，从而产生不同的效果。乐“象”概念的提出，是对“象”思维的进一步引申。

在《荀子・乐论》的基础上，代表儒家礼乐思想的《礼记・乐记》对乐论做了更具体、更详细、更系统的阐释。首先，《礼记・乐记》继承并发展了《乐论》中的乐“象”论。“凡奸声感人，而逆气应之。逆气成象，而淫乐兴焉。正声感人，而顺气应之。顺气成象，而和乐兴焉。”这段话，除了个别地方稍加改动外，几乎照搬了《乐论》的原文。可见，《礼记・乐记》肯定了《乐论》关于乐“象”的说法，并在此基础上从音乐的角度进一步阐释了言、意、象之间的关系：“乐者，心之动也。声者，乐之象也。文采节奏，声之饰也。君子动其本，乐其象，然后治其饰。”[⑤]孔颖达疏：“心动而见声，声成而为乐，乐由心动而成……乐本无体，由声而见，是声为乐之形象也……声无曲折，则太质素，故以文采节奏而饰之使美。”[⑥]可见，“本”即作者之心，内在情感因感物而动，借助于声音，即乐象来表现，又辅之以旋律节奏使音乐听起来更美，正如张少康先生所说，这里的“本”“象”“饰”，即相当于文学形象的“意”“象”“言”[⑦]。其次，《礼记・乐记》明确提出心物交感说，“凡音之起，由人心生也。人心之动，物使之然也。感于物而

---

① （清）王先谦撰，沈啸寰、王星贤点校：《荀子集解・乐论》，第379页。

② 郭绍虞主编，王文生副主编：《中国历代文论选》（第一册），上海：上海古籍出版社2001年版，第56页。

③ （清）王先谦撰，沈啸寰、王星贤点校：《荀子集解・乐论》，第381页。

④ 转引自郭绍虞主编，王文生副主编：《中国历代文论选》（第一册），第56页。

⑤ 李学勤主编：《十三经注疏・礼记正义》（中），第1113页。

⑥ 李学勤主编：《十三经注疏・礼记正义》（中），第1113页。

⑦ 张少康：《司空图及其诗论研究》，第55页。

动，故形于声”。[①] 又曰："凡音者，生人心者也。情动于中，故形于声，声成文，谓之音。"[②] 音乐的产生，是由于人心因外物的触动而起兴，从而将内心的感受形之于声。《礼记·乐记》从心理发生学的角度，论述了音乐之所以产生的原因。心物交感的理论将"象"思维及"诗言志"理论更向前推进了一步，指出人的情感是心、物相互作用的结果，是对比兴概念的进一步发挥。音乐同诗歌一样，是心对物起兴所产生。再次，《乐记》已认识到艺术所表达的感情应是真实、深沉的，并借助于诗、乐、舞这些生动的艺术形式来表达，如《礼记·乐记》所云："诗，言其志也。歌，咏其声也。舞，动其容也。三者本于心，然后乐器从之。是故情深而文明，气盛而化神，和顺积中，而英华发外，唯乐不可以为伪。"[③] 足见内心真实、质朴的情感是前提，借助诗、乐、舞诸"象"，抒发作者内心的情怀，只有真实的情感所创作出来的音乐才能打动人，虚伪的、矫揉造作的音乐是不可能达到这一审美效果的，这其实也是对老庄崇尚自然美的继承和发扬。对于"乐象"的论述，《毛诗序》也有类似的表达："诗者，志之所之也。在心为志，发言为诗。情动于中而形于言。言之不足故嗟叹之，嗟叹之不足故永歌之，永歌之不足，不知手之舞之，足之蹈之也。"[④] 这进一步说明了在艺术创作中，形象思维的重要性。

综上，先秦到汉朝，诗论进一步发展，尤其是"诗言志"诗学理论的提出，赋比兴的表现手法在诗歌创作中的广泛运用，使得"象"思维由萌芽走向发展。这一阶段诗论的另一个重要特色，即很多重要的诗学观点突出表现在相关乐论中，尤其是《荀子·乐论》对音乐与人情关系的强调及乐"象"概念的提出，继而《礼记·乐记》心物交感说的提出及对"乐象"理论的进一步发挥，使得先秦时期的"象"思维进一步向前发展。

---

① 李学勤主编：《十三经注疏·礼记正义》(中)，第 1074 页。
② 李学勤主编：《十三经注疏·礼记正义》(中)，第 1077 页。
③ 李学勤主编：《十三经注疏·礼记正义》(中)，第 1112 页。
④ 李学勤主编：《十三经注疏·毛诗正义》(上)，第 6 页。

这些均为魏晋南北朝时期“象”思维进一步拓展奠定了深厚的基础，即沿着先秦两汉“观物取象”“立象以尽意”“大象无形”“得意忘言”的“象”思维路线，到魏晋六朝玄学“得意忘象”论的提出，艺术理论开始由“象内”向“象外”拓展。进而到唐代“境”与文学等艺术创作观念日益结合，王昌龄、皎然等文论家对意境论的探讨，直至晚唐司空图提出“象外之象”“思与境偕”说，意境论最终得以形成。

二、魏晋南北朝“得意忘象”论对文论重“神思”“象外”的影响

（一）魏晋南北朝文论对“神思”的重视

魏晋南北朝时期，文论进一步向前发展，出现了如陆机《文赋》、刘勰《文心雕龙》、钟嵘《诗品》等重要的、具有系统性的文学理论作品。这些作品有一个共同特点，即非常重视言、意、象之间的关系，重视艺术想象、艺术构思，从而将“象”思维推向更广阔的领域。特别是魏晋玄学“得意忘象”论的提出，使得艺术创作更重视“神思”，艺术借助天马行空的“神思”打破了有限之“象”，向“象外”扩展，为唐代意境论的提出奠定了基础。

魏晋南北朝时期文学理论繁荣，首先离不开先秦到两汉时期深厚的文学理论的影响，其次与这一时期丰富的文学创作实践也有密切的关系。魏晋是政治动荡的时期，各种社会矛盾突出，政权更迭频繁，然而，这种动乱的年代，却又是一个“文学的自觉时期”（鲁迅语）。建安风骨犹存，两晋谈玄之风盛行，南朝山水诗兴起，如刘勰《文心雕龙·明诗》篇所述：“张潘左陆，比肩诗衢……江左篇制，溺乎玄风，嗤笑徇务之志，崇盛忘机之谈……宋初文咏，体有因革，庄老告退，而山水方滋。”[①] 诗人们从崇尚清谈，到忘情山水，从西晋张潘左陆等热衷于玄言诗，东晋袁宏、孙绰、许洵相继之，诗被

---

① （南朝梁）刘勰著，范文澜注：《文心雕龙注·明诗》，第67页。

当作表达玄理的工具，导致“理过其辞，淡乎寡味”[①]。东晋末谢混开始钟情于山水诗，南朝宋谢灵运更是大量创作山水诗，从而一改魏晋以来以玄理入诗的玄言诗风。东晋陶渊明创作了大量田园诗，诗人们发现玄理其实就在山水、田园间，从而醉心于山水田园，自觉或不自觉地远离政治，创作了大量优秀、唯美的作品。文学创作内容及创作风格的变化，极大地推动了文学理论的发展，这一时期的文学理论重艺术构思、重“缘情”。主要表现在陆机《文赋》提出“诗缘情”说及对“思”的重视，刘勰《文心雕龙》提出“神与物游”说及“意象”说，钟嵘《诗品》对诗歌创作、诗歌构思理论的贡献。

1. 陆机《文赋》提出“诗缘情”说及对“思”的重视

文学创作的兴盛为这一时期文学理论的繁荣注入了活力。首先促成了我国古代文学批评史上第一篇系统的理论文本——陆机《文赋》的诞生。陆机《文赋》从“意不称物，文不逮意”立论，从文学构思的角度，深入阐述了意、物、文（辞）之间的关系。全文以优美的赋，深入、细致地论述了构思过程的始末，突出了文学创作过程中艺术想象的重要性，提出了很多独创性的文学理论。

首先，他提出的“诗缘情”说，是对先秦两汉“诗言志”说的突破，突出了诗歌表情达意的本质特征。陆机注意到了长期被忽略的诗歌本身抒情的功能，因此，“诗缘情”说的提出在文学批评史上具有里程碑的意义。如朱自清先生在《诗言志辨》里说道：“‘诗言志’一语虽经引申到士大夫的穷通出处，还不能包括所有的诗……可是缘情的五言诗发达了，‘言志’以外迫切地需要一个新目标。于是陆机《文赋》第一次铸成‘诗缘情而绮靡’这个新语。”[②]陆机在《文赋》里，有十处提到“情”，“每自属文，尤见其情”“伫中区以玄览，颐情志于典坟”“情曈昽而弥鲜，物昭晳而互进”“信情貌之不差，故每变而在颜”“诗缘情而绮靡”“言寡情而鲜爱”“因宜适变，曲有微

① （南朝梁）钟嵘著，曹旭集注：《诗品集注·诗品·序》，上海：上海古籍出版社 2011 年版，第 28 页。
② 朱自清：《诗言志辨　经典常谈》，北京：商务印书馆 2011 年版，第 40 页。

情”“练世情之常尤，识前修之所淑”“及其六情底滞”“是以或竭情而多悔”[①]，这些“情”，或指内在真实的情感、性情，或指才情、情志、文情。可见，陆机认为诗歌重在抒情，且这种情发自作者内心真实的情感。这是对先秦诗“无邪”说及汉代“唯乐不可以为伪”说的继承。

其次，《文赋》对艺术构思、艺术想象的过程做了详尽而深入的描述。包括下笔前睹物兴情的艺术想象，“遵四时以叹逝，瞻万物而思纷”。想象过程中思绪的天马行空、一泻千里：“精骛八极，心游万仞”“观古今于须臾，抚四海于一瞬”，情因物兴，构思突破时空的限制，畅通无阻，任由心绪驰骋飞跃，描述了神思的玄妙性。构思过程中情感由朦胧到渐趋鲜明，物象渐趋清晰：“情曈昽而弥鲜，物昭晢而互进。”最后艺术形象成竹于胸并挥之于毫，意转化为文：“笼天地于形内，挫万物于笔端。”陆机以诗意的语言把构思的完整过程——物使情发，情使文生，描述得玲珑剔透、丝丝入扣。当然艺术构思并非总能畅通无阻，他同样注意到了思路的阻塞，构思过程之艰辛，由物及意、由意到文的成功转化的艰难。同样，他也论及了创作过程有可能出现的一些常见问题，诸如词艳情寡、“悲而不雅”、“雅而不艳”、格调低俗等，若不是有亲身的创作经历，是不可能有如此深切之体会的。

再次，陆机对艺术构思过程中物象的重视。文思来源于对万物的细心观察：“伫中区以玄览”；睹物兴情，四时万物的变迁对诗人内心的触动：“遵四时以叹逝，瞻万物而思纷。悲落叶于劲秋，喜柔条于芳春。”构思过程中，神思驰骋于“八极”“万仞”“古今”“四海”“天地”“万物”之中。可见，在整个艺术构思过程中，从情因物兴，到辞以情发，均离不开“物象”。因此，艺术创作的过程实际上就是形象思维的过程，这可以说是先秦“象”思维的延续。从先秦“象”思维的萌芽到两汉的进一步发展，到西晋以陆机为代表对艺术构思、艺术想象的重视并对其深入论述，并结合创作过程对意、物、文（即意、象、言）三者的关系做了更生动、具体的论述。陆机《文赋》

① （西晋）陆机：《文赋》，参见（清）严可均辑：《全上古三代秦汉三国六朝文 · 全晋文》卷九七，北京：商务印书馆 1999 年版。

对诗“思”的重视开文学批评史的先河，说明魏晋时期的诗论家对诗歌创作理论的重视已走向自觉，大量的诗歌创作实践使文学批评家们开始探索文学创作的规律并将其上升到理论的高度，可以说是对这一阶段成熟的诗歌创作实践的高度总结，也使得魏晋时期的文学批评理论渐趋成熟。但是，从《文赋》来看，陆机所指的“物”主要指自然事物，不免有些局限。

陆机还注意到艺术构思离不开对古圣先贤典籍的研阅；艺术创作过程中审美心胸的重要性，要心存高洁，“心懔懔以怀霜，志眇眇而临云”；应凝神静思：“耽思傍讯”“罄澄心以凝思，眇众虑而为言”。另外，从审美趣味上来说，陆机亦崇尚有余味之作品，“阙大羹之遗味，同朱弦之清氾”；他提倡理、辞并重，作品应“雅而艳”，代表了魏晋时期普遍的审美风尚。这些对刘勰及后来的文学创作及审美欣赏理论均有很大的影响。

2. 刘勰《文心雕龙》提出“神与物游”说及“意象”说

刘勰《文心雕龙》中关于艺术构思、艺术想象的理论很多受陆机《文赋》的启发，且在《文赋》的基础上，更深入、更全面、更系统地对艺术创作及艺术构思进行了全方位的论述。陆机的《文赋》侧重于艺术构思活动的完整过程，包括对物、意、文之间关系的深入论述，及对“情”“思”等的重视。刘勰则从更高的理论视角，更深入地挖掘、洞悉艺术创作及艺术想象的规律、特点、方法及技巧。刘勰的艺术构思理论有继承又有创新，主要体现于《神思》篇，另外在《物色》《养气》《诠赋》《通变》《明诗》《时序》《体性》《隐秀》等篇也均有所涉及。除了强调“情以物迁，辞以情发”之外，他还提出了两个重要的概念：“神与物游”[①]与“意象”。

黄侃先生在《文心雕龙札记》中解释道：“神与物游，此言内心与外境相接也。”[②]郭绍虞先生认为：神，指作者的想象；物，指事物的形象；游，一起活动。“神”与“物”联系在一起，用语本于《易・说卦》：“神也者，

---

① （南朝梁）刘勰著，范文澜注：《文心雕龙注》，第 493 页。

② 黄侃：《文心雕龙札记》，北京：中华书局 2006 年版，第 114 页。

妙万物而为言也。”本是古代哲学用语，这里指艺术构思的妙用在于想象活动与事物的形象紧密结合。[①]

综合两位先生的观点，“神”，指作者的内心感受与想象活动；“物”，指事物的形象与特定的情境。“神与物游”即是指作者的内心感受、想象活动与事物的形象、特定情境的紧密结合。

紧接着刘勰指出：“神居胸臆，而志气统其关键；物沿耳目，而辞令管其枢机。”这里强调了“志气”及“辞令”的重要性。“志气”很重要，范文澜先生注解：据《礼记》的解释，“志气”当作“气志”解[②]；郭绍虞先生解释为“情志气质”[③]，陆侃如、牟世金先生的《文心雕龙译注》同此解；周振甫先生解释为“意志和体气”[④]；张健先生认为，“志气实是偏指气，所谓志气对神思的影响其实就是气对神思的影响……这里的气是一种生命的生理状态。他这里说到的气即人的生理状态与人的心理之间的关系，生理状态影响到心理状态”[⑤]。以上几位先生的解释，笔者比较认同张健先生的观点，根据刘勰的《神思》篇与《养气》篇，可以看出刘勰认为文学创作过程中的“气”非常重要。“枢机方通，则物无隐貌；关键将塞，则神有遁心”（《神思》篇），这里的“关键将塞”，实指内心的“气”一旦堵塞，想象就无法顺畅进行，所以《养气》篇中，刘勰专门论养气的重要性，主张写作应自然，要保养精力，反对劳神苦思、呕尽心血来写作。所谓“率志委和，则理融而情畅；钻砺过分，则神疲而气衰：此性情之数也”。写作应心气和顺，心情舒畅，不可过分伤神。并指出：是以吐纳文艺，务在节宣，清和其心，调畅其气，烦而即舍，勿使壅滞，意得则舒怀以命笔，理伏则投笔以卷怀，逍遥以针劳，谈笑以药倦，常弄闲于才锋，贾余于文勇。使刃发如新，凑理无

① 郭绍虞主编，王文生副主编：《中国历代文论选》（第一册），上海：上海古籍出版社2001年版，第235页。

② （南朝梁）刘勰著，范文澜注：《文心雕龙注》，第497页。

③ 郭绍虞主编，王文生副主编：《中国历代文论选》（第一册），第235页。

④ 周振甫：《文心雕龙今译》，北京：中华书局2011年版，第248页。

⑤ 张健：《文道、才性与心术——〈文心雕龙〉几个理论命题及其在中国文论史上的地位》，《学术研究》2009年第3期，第126页。

滞，虽非胎息之迈术，斯亦卫气之一方也。(《养气》篇)

写作应顺其自然，不可勉强；体气需调节疏导，精力需用心保养，这样才能如新发之刃。另外，刘勰还强调艺术构思时保持内心的宁静及高洁心志的重要性："故寂然凝虑，思接千载；悄焉动容，视通万里"(《神思》)，"是以陶钧文思，贵在虚静，疏瀹五藏，澡雪精神"(《神思》)。刘勰的论述包含两层意思。一方面，要求作者内心要保持虚静，不能躁动。《物色》篇中，刘勰亦写道："是以四序纷回，而入兴贵闲。"另一方面，性情要纯净，要心无杂念。只有内心虚静、性情纯净的人，才能够真切地感受到外物的美。

正因为"养气"很重要，所以刘勰反对苦思，并多次指出如若心和气畅，则神思过程往往有着不可言说的玄妙性。《神思》篇："意翻空而易奇，言征实而难巧也"；《物色》篇："然物有恒姿，而思无定检，或率尔造极，或精思愈疏"；《隐秀》篇："并思合而自逢，非研虑之所求也"；《明诗》篇："然诗有恒裁，思无定位，随性适分，鲜能通圆。若妙识所难，其易也将至；忽之为易，其难也方来。"总之，刘勰强调艺术创造过程往往"言不尽意"，有时越是过于"精思""研虑"，越是离题万里；绝妙的佳境在于"思合而自逢"，即情思和辞令自然巧妙地契合。这也即是司空图所说的"神而不知，知而难状"的境界。如何达到这种佳境，恐怕就是宋代严羽所说的"妙悟"，当作者有了一定的功夫的积累，加上"神"与"思"的结合，就能创造出优秀的作品。

神思的过程，不管是"志气"，还是"辞令"，均离不开平时的积累与功夫修养，"积学以储宝，酌理以富才，研阅以穷照，驯致以怿辞"(《神思》)，即学识的积累、不断提高自己的理论水平、对客观事物的认真观察、对文辞的锤炼，即《体性》篇强调的才、气、学、习[①]，艺术构思、艺术想象是一个相对短期的，甚至瞬间的过程，然而志气的养成、辞令的锤炼却功在

① 《文心雕龙·体性》："才有庸俊，气有刚柔，学有浅深，习有雅郑。"

平时。当然构思时的技巧也很重要，《神思》篇："若夫骏发之士，心总要术，敏在虑前，应机立断"，即思维应敏锐；另外要"博而能一"："博见为馈贫之粮，贯一为拯乱之药，博而能一，亦有助乎心力矣"，即要求作者既要有丰富的社会阅历，又要在写作过程中不能偏离中心。《通变》篇："是以规略文统，宜宏大体。先博览以精阅，总纲纪而摄契；然后拓衢路，置关键，长辔远驭，从容按节，凭情以会通，负气以适变"，强调写作过程中，应抓住文章总的纲领，立足全局，从大的方面去考虑、布局文章，然后就能做到从容挥毫，即作文应"意在笔先"。

"神与物游"，当作者内心的感受、想象活动与事物形象，特定的情境相融合时，作者随意地驰骋想象，从而产生特定的"意象"。

> 是以陶钧文思，贵在虚静，疏瀹五藏，澡雪精神。积学以储宝，酌理以富才，研阅以穷照，驯致以怿辞，然后使玄解之宰，寻声律而定墨；独照之匠，窥意象而运斤；此盖驭文之首术，谋篇之大端。(《神思》篇)

关于此处的"意象"，黄侃先生的《文心雕龙札记》、范文澜注、周振甫注均未做说明。蓝华增先生认为：此"意象"，"指的是创作构思时浮在脑际的一种艺术悬想，是客观现实反映在作家诗人脑中所形成的一种创造性表象。这是意境说的先声"[①]。蓝先生的解释是有一定道理的。这是中国古代文论中首次提到"意象"一词，此处的"意象"与唐代、与意境范畴相关的"意象"还是有区别的。刘勰的"意象"，概念还比较模糊。联系《神思》篇上下文，此处的"意象"是指进入作者审美视野的、承载作者情志的形象可感的物象，此时的物象还只是一种朦胧的状态，大致相当于刘勰所说的"情以物迁""意授于思"的过程中"物"在脑海中形成的一种朦胧氤氲的、附

① 蓝华增:《意境论》，昆明：云南人民出版社 1996 年版，第 49 页。

着作者情感的“象”，这是从作者创作的角度来说的，这是唐代作为审美范畴的“意象”之雏形。唐代的“意象”已成为一个特定的美学范畴，指的是主体与客体、心与物、神与思、意与象的水乳交融，意象是“形象和情趣的契合”[①]，“‘意象’乃是诗的本体”[②]，作为审美范畴的“意象”，是既从审美创作的角度，又从审美鉴赏的角度来说的。

刘勰提出的意象，首次将中国古代文学、文论长期讨论的两个独立概念“意”与“象”结合了起来，作为客体的“象”不再是独立的物象，而是打上了主体情志烙印，并作为审美主体情志载体的“意象”。从《周易》提出“言不尽意”“立象以尽意”之“象”，老庄哲学中的“象”，到汉代的“乐象”，陆机《文赋》中讨论的意、物、言之间的关系，至刘勰提出的“意象”，由“象”到“意象”，“象”概念的内涵发生了质的变化，因而也将“象”思维进一步向前推动。这标志着先秦时期作为哲学范畴之“象”，经两汉时期渐趋与艺术创作结合，到南北朝时期已与文学创作、艺术创作紧密结合而成为一个审美范畴。

3. 钟嵘《诗品》对诗歌创作、诗歌构思理论的贡献

与刘勰同时代的钟嵘亦重视诗歌的创造、构思及形象思维，并在前人基础上有新的论述，其《诗品》就五言诗的创作及特点等提出了独到的见解。就诗歌创作及艺术构思而言，其创新观点主要表现在如下两方面。

第一，对赋比兴予以新的解释。在《诗品序》中，他指出：“文已尽而意有余，兴也；因物喻志，比也；直书其事，寓言写物，赋也。”本书第一章已经指出，钟嵘关于赋比兴的理解逐渐摆脱前人美刺的色彩。尤其是对于“兴”的理解，“兴”所表达的意思意犹未尽、隐约含蓄，含“言外之意”，钟嵘在此已露“兴”能表达“象外”之意的看法，虽然他没有用“象外”这个词，但其意很切近。钟嵘进一步认为赋比兴这三种表达手法应兼而用之：

① 叶朗：《中国美学史大纲》，第265页。
② 叶朗：《中国美学史大纲》，第453页。

“弘斯三义，酌而用之，干之以风力，润之以丹彩，使味之者无极，闻之者动心，是诗之至也。若专用比兴，则患在意深，意深则词踬；若但用赋体，则患在意浮，意浮则文散，嬉成流移，文无止泊，有芜漫之累矣。”（《诗品序》）从一个侧面表达了他对意、象（赋比兴）[①]、言（文辞）的看法，兼用这三种表达法，就能使诗歌既含蓄又不至于艰涩，内容容易了解又不至于文辞松散。因此，赋比兴这种借助物象的形象表达法在诗歌中的运用是为了使“言”能最大限度地表达“意”。钟嵘对赋比兴新的阐释，将“象”思维进一步向前推动。

第二，钟嵘提出“滋味”说。“五言居文词之要，是众作之有滋味者也，故云会于流俗。岂不以指事造形，穷情写物，最为详切者耶？”（《诗品序》）五言诗为何是众多文学体裁中最有“滋味”者？比起四言诗来，五言诗多了一个字，因而其“指事造形，穷情写物，最为详切”，也就是说，五言诗在描述事物，抒情写景方面更为详尽贴切，因而有“滋味”。钟嵘反对“理过其辞，淡乎寡味”的玄言诗。因此可以看出，钟嵘的“滋味”说，实际上是强调文学作品应言之有物，重在抒情写景，而不应像玄言诗大谈空洞的玄理、忽略文学作品的形象性。这里的“物”，不仅指自然事物，亦指社会事物。气候的变化使得自然景物发生变化，景物的盛衰触动人的情感，“气之动物，物之感人，故摇荡性情，形诸舞咏……若乃春风春鸟，秋月秋蝉，夏云暑雨，冬月祁寒，斯四候之感诸诗者也。”（《诗品序》）钟嵘的可贵之处在于将“物”的范围由自然事物推广到社会事物，“嘉会寄诗以亲，离群托诗以怨。至于楚臣去境，汉妾辞宫……凡斯种种，感荡心灵，非陈诗何以展其义？非长歌何以骋其情？故曰：‘诗可以群，可以怨’”（《诗品序》）。对诗歌“群”“怨”功能的强调，说明他注意到社会事物同样可以触发人的情感。刘勰在《文心雕龙》中多次强调文学作品与自然事物的关系，如《物色》等篇，但其《时序》篇论述了文学与时代的关系，说明他也注意到文学

① 第一章已经说过，章学诚认为“《易》象通于《诗》之比兴”。

与社会之间的联系，所以他指出“时运交移，质文代变，古今情理，如可言乎？”“故知歌谣文理，与世推移，风动于上，而波震于下者也”“文变染乎世情，兴废系乎时序”[①]。其实，早在先秦《易传》所指的“象”，就既指“天文”，又指“人文”:“刚柔交错，天文也。文明以止，人文也。观乎‘天文’，以察时变；观乎‘人文’，以化成天下。”[②]只不过后来的人们对“物象”的理解狭隘了，如西晋的陆机就只理解为自然事物。钟嵘、刘勰对于“物象”范围的理解突破了这种局限，应该说是对两晋、齐梁以来崇尚清谈，诗作偏于寄情山水之风起了拨乱反正的作用。

总之，钟嵘对赋比兴予以新的阐释，是对“象”思维的进一步发展，已有“象外”说的萌芽。其“滋味”说，是对文学作品重在抒情写物的强调；其将“物象”的范围由自然事物推广到社会事物，亦是对两晋、齐梁以来崇尚玄言诗、山水诗的批驳与纠正，从而引导诗人们除了关注自然景物，关注现实、关注社会现象同样很重要。

综上，陆机、刘勰、钟嵘在其文学理论中提出了一系列的关于文学想象与文学构思的理论，说明了魏晋南北朝时期文论越来越重视探索文学本身的发展规律，包括创作规律。这一时期的文论虽然没有直接提到意境论，但是却孕育了意境论的种子。“《文赋》从美学的角度提出了诗歌创作动因——‘缘情’，这是意境理论的源头;《文心雕龙》初步揭示出诗歌创作的基本审美范畴——‘意象’，这是意境理论的萌芽；钟嵘《诗品》从效果上提出了诗歌审美趣味标准——‘滋味’，这是意境理论的先河[③]。”

（二）玄学“得意忘象”论对魏晋六朝艺术创作重“象外”的影响

玄学是魏晋这一特殊历史时期的产物。魏晋是一个社会动荡的时期，然而也是学术思想发生深刻变化的时期。该时期的文学创作及文学理论深受这

---

① （南朝梁）刘勰著，范文澜注:《文心雕龙注》，第 671—676 页。

② 李学勤主编:《十三经注疏·周易正义》，第 105 页。

③ 蓝华增:《意境论》，第 49—50 页。

一时期时代精神的影响，而这一时期的时代精神突出表现为人们对自由的向往与追求，对宇宙精神、生命本质的探索。玄学正是这一大的时代背景下的产物。魏晋文人士大夫阶层崇尚清淡玄远之风，一方面为了逃避现实，另一方面也是为了在形而上的思辨中寻求精神慰藉。

玄学的方法论即是言意之辨，其来源于汉魏之际评论人物的名理之学。名家提出“言不尽意”说，王弼作为玄宗之始，对此种方法加以融会变通，主“得意忘象”。王弼认为“尽意莫若象，尽象莫若言”，然而“言者所以明象，得象而忘言；象者所以存意，得意而忘象”。“是故，存言者，非得象者也；存象者，非得意者也。”恰恰是“忘象者，乃得意者也；忘言者，乃得象者也”[①]。因此，王弼认为言象乃得意之工具，必要之媒介，并非最终之目的，得意才是目的。因此力主“得象忘言”“得意忘象”，要做到忘言、忘象，才能体悟言、象所蕴含的真意。可见，王弼是重意轻言的。然而若要传达意，又必须借助言、象这两个工具，言和象均有局限性，意则韵味悠长，能真正表达作者之情思与理想。意又是微妙的、难以表达的。因而如何使有限的言、象传达出无尽的意，是魏晋文学家及文论家们长期思考、探索的问题。虽然先秦庄子也认识到语言的局限性，提出“得意忘言”论，但并没有做充分的论述，王弼则对“得意忘象”做了深入、系统的论述。

玄学“得意忘象”的方法论对魏晋六朝的诗、书、画、乐等艺术创作及理论均产生了重要影响，主要体现在这一时期的艺术创作及理论对“象外”的重视。具体如下：从艺术创作的心境上来说，注重“寂然凝虑”“澡雪精神”；从艺术构思的角度，注重艺术想象、“意在笔先”；从艺术传达的效果来说，注重“言近旨远”“以形传神”“言有尽而意无穷”的神韵。艺术创作对“象外”的重视，是对自先秦以来传统的“象”思维的突破与拓展。《易传》提出“言不尽意”“立象以尽意”，先秦到两汉人们认识到了“象”对“尽意”的重要性，诗歌“六义”中有“赋”“比”“兴”，汉字“六

---

① （三国魏）王弼撰，楼宇烈校释：《周易注校释》，北京：中华书局 2012 年版，第 284—285 页。

书”中有“象形”“指事”“会意”“形声”，书法注重结体用笔、运墨章法，绘画讲求“应物象形”“随类赋彩”，音乐强调“乐象”。“象”成为诗、书、画、乐等诸种艺术形式表情达意的载体。到了魏晋时期，在玄学等因素的影响下，艺术创作越来越有意识地突破“象”的局限，力图追求“象外”之“意”。“言”“象”是艺术创作不可或缺的工具，但艺术的最高境界是追求只可意会不可言传的“言外之意”。

1.“得意忘象”论对魏晋六朝文学创作及文论重“象外”的影响

从张潘左陆、孙绰、许洵等人的玄言诗开始，魏晋时期的玄言诗人只是把诗作为表达玄理的工具，忽略了“象”的作用，因而“理过其辞，淡乎寡味”[①]。在王弼提出“得意忘象”论，以及当时人物品藻常借助山水来表达等因素的影响下，人们发现山水更能表达玄理，“宋初文咏，体有因革，庄老告退，而山水方滋”[②]，于是刘宋初年山水诗、山水画兴起。谢灵运是这一时期山水诗人的杰出代表，其诗借助山水景物等“象”来表达玄理，然而时人评论谢山水诗又常常拖着一条玄言的尾巴，意指其诗还未能完全摆脱玄言诗的影响。山水诗、山水画的兴起，山水诸“象”成为诗人、画家表达对生命感悟的主要媒介，“从人物画到山水画可谓为宇宙意识寻觅充足的语言。人类觉悟到发揭生命源泉、宇宙秘密，山水画比人物画为更好的媒介或语言”[③]。与山水诗同时盛行的还有以陶渊明诗作为代表的田园诗。陶诗清新、自然、洒脱，寄情于山水田园。花草树木，飞鸟虫鱼，躬耕劳作，都是诗人常写的物象。诗人借这些物象抒发情怀，感叹人生的艰辛与美好，物象实则是一种象征、寄托、载体，诗人真正想表达的是内心的情思，正如作者所言：“此中有真意，欲辨已忘言。”陶诗在魏晋南北朝时期真正做到了“得意忘言”“得意忘象”。

---

① （南朝梁）钟嵘著，曹旭集注：《诗品集注・序》，第 28 页。

② （南朝梁）刘勰著，范文澜注：《文心雕龙注・明诗》，第 67 页。

③ 汤用彤撰，汤一介等导读：《魏晋玄学论稿》，上海：上海古籍出版社 2001 年版，第 125 页。

当然魏晋的山水田园诗、山水画还均未能普遍做到“得意忘象”，这一局限性直至唐代以王、孟诗作为代表的山水诗才真正得以突破。唐代山水诗人其山水诗中“象”的内涵与外延进一步扩大了，艺术作品中的象与象之间结合得非常紧密，构成一种整体的意象，这种整体的意象营造出一个意蕴深远，让人神思、回味无穷的空间，而这个空间正是作者想要表达的“意”，达到“意”与山水融为一体，至理即在山水间的境界。山水诸“象”不仅是诗人表情达意的工具，更是诗人表达无尽的宇宙精神、生命精神的载体，也是诗人感悟自然之美、生命本体、生命本质的寄托。诗人借助于有限的“象”“思接千载”“视通万里”“笼天地于形内，挫万物于笔端”，从而与天地合一，达到一种只可意会、不可言传的、人与宇宙交相合一的美妙境界。

玄学对魏晋六朝文学理论的影响也很大。主要表现在“得意忘言”的言说方式，追求“言外之意”的艺术表达效果，以及对文之本质的深入探讨等方面。汤用彤先生认为，陆机《文赋》与刘勰《文心雕龙》两部文学理论著作最能体现魏晋南北朝的思想特点，表现玄学与文学理论的关系，都是以“得意忘言”为立论基础的。并指出魏晋时期的人们多认为万物皆以自然之道为本体或本源，但这种本源又不可言，文是本源之表现，但文又有所偏。① 于是文人们试图解决这个矛盾，陆机提出“伫中区以玄览”，以空灵之心来静观自然，使文能“课虚无以责有，叩寂寞以求音”，意即使文能超越“有”而得“弦外之音”“言外之意”。钟嵘在其《诗品序》中认为文学创作应遵循自然的法则，即“直寻”“真美”。这样的作品才有“滋味”，也才会有“文已尽而意有余”的艺术表达效果。刘勰《文心雕龙》对文之用、文之本质等有更深入的论述。《原道》篇提出“文之为德也大矣”，可“与天地并生”，文是道的显现，可见“文”之伟大。不过刘勰所认为的文之本质已不再是两汉所盛行的文以载道说，而是主文以寄兴，即不再从实用的角度看文，而是从美学的角度来看文，“‘文’是对生命和宇宙之价值的感受，是对自然的玩

① 汤用彤撰，汤一介等导读：《魏晋玄学论稿·导读》，第40—42页。

赏和享受”[①]。《原道》篇中刘勰进一步指出：“心生而言立，言立而文明，自然之道也。”文是心与自然之间的媒介，但是这种文，须是有文采的，“言之文也，天地之心哉”，如孔子所说“言之不文，行之不远”。所以刘勰主张的是一种文采自然，“傍及万品，动植皆文……夫岂外饰，盖自然耳”。何为道？自然即道，所以古圣先贤“莫不原道心以敷章，研神理而设教……观天文以极变，察人文以成化”。在刘勰看来，只有圣人的文章才能说明自然之道：“故知道沿圣以垂文，圣因文而明道。”所以他提倡“征圣”“宗经”。可见，“当时的文学理论与玄学一样，有合儒道为一的倾向”[②]。

2. “得意忘象”论对魏晋六朝书、画、乐论重“象外”的影响

魏晋六朝的艺术创作，除诗文外，书、画、乐论等也深受玄学的影响，均很重视“象外”，且彼此相互渗透、相互影响，共同推动了这一时期艺术创作及艺术理论的发展。

（1）“得意忘象”论对魏晋六朝书论重“象外”的影响

书论方面，魏晋六朝的书法家非常重视书法艺术的整体构思，重书法艺术表达的含蓄性和其内在的精神风貌。东晋时期著名书法家王羲之在《题卫夫人〈笔阵图〉后》提出“凝神静思”“意在笔前”[③]。在《书论》中，王羲之亦强调“大抵书须存思”“凡书贵乎沉静，令意在笔前，字居心后，未作之始，结思成矣……每书欲十迟五急，十曲五直，十藏五出，十起五伏，方可谓书”[④]。足见王羲之认为书法艺术中构思的重要性，书法创作过程中应保持内心“沉静”，未“书”之前字的意象已在心中，已“胸有成竹”。而且“书”宜迟重，不宜急。曲多于直，藏多于露，即书须含蓄、婉转，这样的

---

① 汤用彤撰，汤一介等导读：《魏晋玄学论稿·导读》，第 42 页。

② 汤用彤撰，汤一介等导读：《魏晋玄学论稿·导读》，第 42 页。

③ 王羲之在《题卫夫人〈笔阵图〉后》写道：“夫欲书者，先乾研墨，凝神静思，预想字形大小，偃仰平直，振动令筋脉相连，意在笔前，然后作字。”参见华东师范大学古籍整理研究室选编校点：《历代书法论文选》，上海：上海书画出版社 2014 年版，第 26 页。

④ （东晋）王羲之：《书论》，参见华东师范大学古籍整理研究室选编校点：《历代书法论文选》，第 28—29 页。

书法才能耐人寻味。在《自论书》中，王羲之特别强调书法中“意”的重要性，在论及钟繇、张芝的书作时，认为其“点画之间皆有意，自有言所不尽”[①]，认为二人的书法一点一画都有“言所不尽”之“意”，这里的“意”是指“书法作品的意趣、气韵、风格”[②]，与书者内在的精神气质、审美趣味密不可分。

魏晋六朝的书法家很重视书法艺术的内在精神风貌，南朝齐书法家王僧虔在《笔意赞》中说：“书之妙道，神彩为上，形质次之，兼之者方可绍于古人。”[③]王僧虔认为，书法艺术之精妙的道理，精神风采为上，形质为次，兼而有之方可继承古人，他认为书法艺术应重神轻形，如果形神能兼备，则可继承古人。可见书法艺术受玄学的影响也很深。

魏晋六朝书法艺术对“象外”的重视还表现在对飞动之美、虚实之美的追求。

西晋书法家索靖《草书状》用象喻批评的方式描述了草书的飞动之美：“盖草书之为状也，婉若银钩，漂若惊鸾，舒翼未发，若举复安。”[④]草书的笔势遒劲婉转有如银钩，飘逸如惊鸾，似惊鸾展开翅膀欲飞未飞。草书刚柔相济的笔势，飘逸飞动之美跃然纸上。对书法艺术虚实之美的追求早在汉代崔瑗就有描述，他在《草书势》中描述点画的时候写道：“或黝黚点黮，状似连珠；绝而不离。”有的黝黚点黮的下点笔势，形状像连珠，笔画完了墨迹相连，指的是草书中有的点画笔断意连的虚实之美。西晋卫恒在《四体书势》中全文引用了崔瑗《草书势》，说明卫恒非常赞同崔瑗《草书势》中关于草书的描述，包括对草书中虚实之美的崇尚。

（2）“得意忘象”论对魏晋六朝画论重“象外”的影响

画论方面，以顾恺之、谢赫、宗炳等为代表的画论家均很重视绘画艺术

---

① （东晋）王羲之：《自论书》，参见潘运告主编，云告译注：《汉魏六朝书画论》，长沙：湖南美术出版社1997年版，第105页。

② 潘运告主编，云告译注：《汉魏六朝书画论》，第104页。

③ （南朝齐）王僧虔：《笔意赞》，参见华东师范大学古籍整理研究室选编校点：《历代书法论文选》，第62页。

④ （西晋）索靖《草书状》，参见潘运告主编，云告译注：《汉魏六朝书画论》，第88页。

"以形写神"，表现"象外"之"象"。玄学对绘画的影响首先表现在画家们注重传神和超逸的艺术想象。东晋画家顾恺之的人物画笔墨飘逸，其画人数年不点睛，人问其故，顾曰："四体妍蚩本无关于妙处，传神写照，正在阿堵中。"[①]顾恺之认为画人物重在"以形写神""传神写照"，用点睛之笔画出人物的神采与个性才是人物画的关键，而不仅只是"四体妍蚩"。在《魏晋胜流画赞》中，顾恺之还提出"迁想妙得"[②]，指出绘画中艺术想象的重要性。"传神"离不开"迁想妙得"，只有不局限于具体物象，肆意放飞想象，才能有神来之笔。无怪乎张彦远在《历代名画记》中评顾恺之的画"意存笔先，画尽意在，所以全神气也"[③]。

除了人物画重视神思之外，这一时期的山水画也很重视神思。署名南朝梁萧绎所作的《山水松石格》写道："夫天地之名，造化为灵。设奇巧之体势，写山水之纵横。或格高而思逸，信笔妙而墨精。"[④]天地蕴含了造化自然的灵气，山水画借助奇巧的体式布局，将山水的千姿百态生动形象地描绘出来。格调高雅的画作同样离不开飘逸的神思。

绘画艺术对想象力、"传神"、"画尽意在"的重视，与同一时期的文论是一致的。陆机、刘勰、钟嵘等文论家强调"神思""言有尽而意无穷"，说明魏晋六朝时期重神轻形，追求艺术的"象外"之"象"、余音余味是普遍的审美风尚，与这一时期玄学"得意忘象"论有着直接的联系。

南朝谢赫在《古画品录》中提出绘画"六法"[⑤]。其中，"气韵生动"居首，即绘画应表现对象的精神状态，把其内在的气韵、生气，生动形象地表现出来。"六法"还包括"骨法用笔"、"应物象形"和"随类赋彩"，绘画中的用笔、形象和色彩也不容忽视。要想体现绘画形象的内在精神风貌，须

---

① （南朝宋）刘义庆著，（南朝梁）刘孝标注，余嘉锡笺疏：《世说新语笺疏》，北京：中华书局2007年版，第849页。

② 潘运告主编，云告译注：《汉魏六朝书画论》，第273页。

③ （唐）张彦远撰：《历代名画记》，杭州：浙江人民美术出版社2012年版，第26页。

④ 潘运告主编，云告译注：《汉魏六朝书画论》，第316页。

⑤ （南朝齐）谢赫：《古画品录》，参见俞剑华编著：《中国古代画论类编》（修订本），北京：人民美术出版社1998年版，第355页。所评的以下几位均引自该著作。

准确生动地描绘对象的外形。另外，谢赫在《古画品录》中评张墨、荀勖的画："风范气候，极妙参神，但取精灵，遗其骨法。若拘以体物，则未见精神；若取之象外，方厌膏腴，可谓微妙也。"[①] 谢赫认为二人的画风格气韵，极其美妙，究其原因，在于二人绘画取景能突破个别的、孤立的物象，而能"取之象外"，善于取其精神灵气，遗其骨相。另外，评陆探微："穷理尽性，事绝言象"[②]，陆探微绘画穷尽物象的情理和特性，能超越言象之外。评陆绥"体韵遒举，风彩飘然"，袁蒨"比方陆氏，最为高逸"，毛惠远"力遒韵雅，超迈绝伦"，戴逵"情韵连绵，风趣巧拔"，陆杲"体致不凡，跨迈流俗"，其中不乏以"韵""高逸""超迈""跨迈"评画，把绘画能否表现对象的精神灵气，是否飘逸洒脱作为评画的主要标准，这与顾恺之重绘画的"传神"是一脉相承的。魏晋六朝时期盛行的玄学、佛学均重神轻形，深刻影响了这一时期人们的审美趣味和审美标准。

南朝宋山水画家对山水画的审美意境也提出了独特的看法。宗炳在其画论著作《画山水序》中提出了"澄怀味像""应目会心""应会感神，神超理得"等审美理论[③]，强调绘画时应以澄净的审美心胸去感受、体味山水，眼观心会，从而心物交融，神思飘逸，方得神理。这与刘勰《文心雕龙》《神思》篇论述作文如出一辙："故寂然凝虑，思接千载；悄焉动容，视通万里……故思理为妙，神与物游……是以陶钧文思，贵在虚静，疏瀹五藏，澡雪精神。"他们均强调艺术创作时应保持内心的纯净，充分发挥想象力。宗炳还提出了"山水以形媚道""山水质有而趣灵"[④]，山水以其特有的感性形象呈现"道"，且与"道"相互交融，不分彼此，所以画家笔下的自然山水充满着生机与灵气。与宗炳差不多同一时期的王微在《叙画》里也说道："本乎形者融灵，而动变者心也"，山水的外形是融入了神灵的，这里的神灵，其

① （南朝齐）谢赫：《古画品录》，参见俞剑华编著：《中国古代画论类编》（修订本），第357页。

② （南朝齐）谢赫：《古画品录》，参见俞剑华编著：《中国古代画论类编》（修订本），第356页。

③ 参见（唐）张彦远撰：《历代名画记》，杭州：浙江人民美术出版社2012年版，第103—104页。

④ 参见（唐）张彦远撰：《历代名画记》，第103—104页。

实也是“道”，所以欣赏画的人内心会深受触动。在《画山水序》篇末，宗炳还描绘了一幅画家欣赏山水画时的生动画面：

> 于是闲居理气，拂觞鸣琴，披图幽对，坐究四荒。不违天励之藂，独应无人之野。峰岫峣嶷，云林森眇。圣贤映于绝代，万趣融其神思。余复何为哉？畅神而已。神之所畅，熟有先焉！[①]

独坐欣赏画卷，而能感受古圣先贤的“万趣融其神思”，自身也能从山水画中感受“畅神”，皆说明人与自然、人与山水融为一体，在领略山水美的时候，人的精神备感舒适畅快。王微在《叙画》中关于欣赏山水画也有类似的描述：“望秋云，神飞扬；临春风，思浩荡”[②]，欣赏美妙的山水画时，让人有一种身临其境的感觉，令人神采飞扬，思绪浩荡。可以看出，宗炳与王微在关于山水画的艺术本质以及欣赏山水画给人带来的审美享受方面有着非常相似的领悟。山水是“道”的显现，画家借助山水表现“道”，感受与山水相交融、与“道”为一的“畅神”，山水能达“意”，能传达、表现画家内心的真情实感。张彦远在《历代名画记》中给予宗炳的《画山水序》与王微的《叙画》以很高的评价，称其“意远迹高”[③]。

在魏晋六朝的画家看来，不管是绘画还是欣赏画，只有保持澄净的内心和飘逸的思绪，才能真正体会到“山水以形媚道而仁者乐”。犹如刘勰所说的“登山则情满于山，观海则意溢于海”（《文心雕龙・神思》）。六朝时的画论、文论均受玄学注重玄思、畅神山水之精神的影响。

（3）“得意忘象”论对魏晋六朝乐论重“象外”的影响

玄学对魏晋六朝的音乐理论影响也很大。三国曹魏著名乐论家嵇康提出“声无哀乐”论的音乐美学命题，指出音乐本身无所谓哀乐，音乐也不能

---

① 参见（唐）张彦远撰：《历代名画记》，第 104 页。

② （南朝宋）王微：《叙画》，参见俞剑华编著：《中国古代画论类编》（修订本），第 585 页。

③ 参见（唐）张彦远撰：《历代名画记》，第 106 页。

使听者产生哀乐的情感，音乐的本质在于其形式美。正如汤一介、孙尚扬先生所认为的："嵇康立论以为'声无哀乐'，虽然，其理论仍亦系于'得意忘言'之义。正因为'声无哀乐'（无名），才可由之而'欢戚自见'，正如道体无名超象，而万象由之并存一样。故八音无情，纯出于律吕之节奏，而自然运行，亦全如音乐之和谐。"[①] 音乐以其优美的节奏、旋律表现一种自然的和谐之美，让人在欣赏音乐之时，能够忘言忘象，得其意，亦即从其形式美中体悟"宇宙本体"和"自然之道"。

综上，先秦以来的"象"思维到魏晋时期发生了很大的变化，正是在玄学及佛学等因素的影响下，魏晋六朝的艺术创作开始有意识地追求"象外"，文论及书、画、乐论也将"象"思维向更广阔的空间推进。同时，这一时期诗、书、画、乐论对"象外"的重视还彼此相互渗透、相互影响。

首先，在文学创作及文论方面，南朝宋开始涌现大量的山水田园诗。在文论方面诞生了陆机《文赋》、刘勰《文心雕龙》与钟嵘《诗品》等著作。魏晋六朝时的文论家知道"言""象"的局限性，所以尽力突破这种局限性，特别强调"神思"、艺术想象，艺术构思，使"隐""秀"结合，追求"文已尽而意有余"的艺术效果，以期借助"言""象"而传达"象外"之"意"。

其次，在书、画、乐论方面，艺术家们也努力突破"象"的局限性，由"象"向"象外"拓展。书论方面，王羲之强调"凝神静思""意在笔前"。画论领域，谢赫提出"取之象外"，顾恺之提出"传神写照""迁想妙得"，宗炳提出"澄怀味像""万趣融其神思"。乐论方面，嵇康提出"声无哀乐"论。可见，正是在魏晋玄学"得意忘象"的思维方式及佛学相关理论的影响下，该时期的艺术家及艺术理论家开始有意识地对传统的"象"思维进行突破，从"立象以尽意"到"得象忘言""得意忘象"，借助神思从有限之"象"达无限之"象"，从"象内"向"象外"拓展。魏晋六朝时期艺术创作

---

① 汤用彤撰，汤一介等导读：《魏晋玄学论稿·导读》，第 39 页。

对“象外”的重视说明了这一时期文人对自由和艺术生命精神的向往，并已开始自觉追求艺术的审美性。

“得意忘象”的思维方式对唐代意境论亦产生了重要影响。可以说，正是“得意忘象”论的提出，使得人们开始在艺术创作时有意识地追求“言外之意”“象外之象”“景外之景”，加之佛学相关理论对其的影响，最终促成了唐代意境论的形成。唐代大规模山水诗、山水画的兴起，亦得益于玄学的推动。

第三节　唐代儒道佛思想及文论对“思与境偕”说的影响——意象论向意境论的发展

从先秦、两汉到魏晋南北朝，文学创作与文学理论中始终贯穿着“象”思维，“象”思维由先秦时期的萌芽状态，到两汉的发展，到魏晋南北朝“象”思维已深入到文学创作、文学理论中，陆机的《文赋》与刘勰的《文心雕龙》对此做了较深入的论述，陆机的《文赋》强调艺术构思及“诗缘情”，刘勰提出意象论及“神与物游”说。在玄学、佛学的影响下，尤其是王弼提出的“得意忘象”命题的影响下，魏晋南北朝时期的文人越来越重“意”、重“神”，强调文学的审美性，艺术创作的“神似”，从而摆脱之前文学创作过于重实用的局限。也正是在此种大背景下，文学家及文论家开始追求“象外”之“境”，如刘勰的“隐秀”说，钟嵘对“兴”的重新解释。

本节将进一步论述魏晋南北朝到唐代，由于受玄学、佛教的进一步影响，“象”思维逐渐向“象外”发展，“境”开始渗透到文学等艺术创作领域，并与“象”开始结合。随着这一时期儒道佛三教融合的趋势，“境”的含义也发生了很大变化，最终使意象论向意境论发展。

一、“境”内涵的发展演变及其与艺术创作观念的结合

（一）“境”内涵的发展演变

以下将简要梳理一下“境”内涵的逻辑发展历程。关于“境”的本义及演变，刘畅先生在其论文《探索“境界”的历程》① 中做了很细致的考论。他根据许慎《说文解字》及段玉裁注，指出“境”本为“竟”。许慎《说文解字》：“竟”指“乐曲尽”，段注：“曲之所止，引申凡事之所止，土地之所止皆曰竟。毛传曰：疆，竟也。俗别制境字，非。”所以，“竟”最早是一个时间概念，指乐曲终止。段注：“乐曲尽为竟，引申为凡边竟之称。”刘先生进一步指出，在先秦诸子文献中，境和竟通用，多指边境、国界。此外，还有少数地方有抽象的含义，其中《庄子》中有两处指精神现象。《逍遥游》：“辨乎荣辱之境”，《秋水》：“且夫知不知是非之竟，而犹欲观于庄子之言……”其中，“是非之竟”是指一种体悟道家真理的精神境界。六朝时文学中的“境”“境界”用法多与先秦相同。但“境”字用于书法领域始于东汉。东汉末，蔡邕在《九势》中始用“境”形容书法：“此名九势……即造妙境耳”，从而将本指现实土地边界的概念移用来指书法艺术，这“可能是艺术评论中最早使用‘境’字的例子”②。由此，从先秦到六朝，“境”由现实的土地边界演变到精神现象，再演变到艺术领域的边界。

---

① 刘畅：《探索“境界”的历程》，参见南开大学中文系古典文学教研室编：《意境纵横探》，天津：南开大学出版社 1986 年版，第 262—264 页。

② 黄景进：《意境论的形成——唐代意境论研究》，第 14—15 页。

（二）佛教之“境”对诗“境”的影响

盛唐及中、晚唐文论家普遍重视以“境”论诗，如王昌龄、皎然、权德舆、刘禹锡、司空图等。这些人均受佛教的影响，其中，皎然本就是诗僧。可见，以“境”论诗，一方面与唐代文学，尤其是诗歌创作的繁盛及文学理论本身的逻辑发展相关，另一方面也与佛教的影响相关。

佛学上有“六境”之说，即色、声、香、味、触、法，又称为“六尘”，它们是“六根”，即眼、耳、鼻、舌、身、意的缘虑对象。另外还有“六识”，即眼识、耳识、鼻识、舌识、身识、意识，“六识”与“六境”、“六根”共同成为“十八界”。

此外，佛教各宗派均常使用“境”“境界”，如《景德传灯录》：“一切境界本自空寂，无一法可得。”[①]唯识宗之《成唯识论述记》：“心与境冥，智与神会，名之为圣。”[②]“内识转似外境。”[③]《集沙门不应拜俗等事》：“冥神绝境，故谓之泥洹”[④]等等。《坛经》更是多处论“境”：“对境心不起”[⑤]“万境自如如”“著境生灭起……离境无生灭”“悟无念法者，见诸佛境界”“念念之中，不思前境”“外于一切善恶境界……外离相为禅，内不乱为定……本性自净自定，只为见境思境即乱”“一切尘劳爱欲境界，自性皆不染著，名众中尊”“贪爱尘境”“对法外境”。这些“境”多指与“心”相对的“外境”，即外部世界；但同时“又强调其虚幻性及主观色彩”[⑥]。另外据吴调公、蓝华增、王达津、孙昌武、陈洪、范宁等诸位先生的研究[⑦]，他们均认为中国古代文学的意境论受佛教的影响。其中，孙昌武先生认为中国古代以“境”论诗，主

① （宋）释道原：《景德传灯录》，常熟瞿氏铁琴铜剑楼藏宋刻本，第八卷，第130页。

② （唐）窥基：《成唯识论述记》，清光绪二十七年刻本，第二卷，第35页。

③ （唐）窥基：《成唯识论述记》，清光绪二十七年刻本，第三卷，第52页。

④ （唐）彦悰：《集沙门不应拜俗等事》，大正新修大藏经本，第二卷，第21页。

⑤ 丁福保笺注：《六祖坛经笺注》，北京：国际文化出版公司2014年版，第17页。以下所引《坛经》内容均出自该版本。

⑥ 陈洪：《意境——艺术中的心理场现象》，参见南开大学中文系古典文学教研室编：《意境纵横探》，第31页。

⑦ 参见南开大学中文系古典文学教研室编：《意境纵横探》。诸位先生的论述还可见各自的相关论文，如吴调公《关于古代文论中的意境问题》，王达津《古典诗论中有关诗的形象思维表现的一些概念》、蓝华增《古代诗论意境说源流刍议》等。

要受佛教，尤其是慈恩宗所弘扬的法相唯识之学和禅宗的影响。陈洪先生在《意境——艺术中的心理场现象》中，就佛学中的“境”“境界”之说对文论的影响也有较深入的论述，指出尤其值得注意的是天台宗“境”对文论之“境”影响更甚，如其所说的“禅即是其境”“不可思议境者……一切世间中，莫不从心造”“境寂智亦寂，智照境亦照”等观点，都是强调“境”之主观性，指出“境”是心理功能的表现。

据丁福保编纂的《佛学大辞典》，“心之所游履攀缘者，谓之境。如色为眼识所游履，谓之色境，乃至法为意识所游履，谓之法境”。所以佛学的“境”是指主体对客体的认知或感受，如色为眼所感知，那么被眼所感知的客观对象就是色境。但是佛学之“境”与中国传统的“境”的内涵是有区别的。中国传统的“境”如前所述，是指疆界或乐曲终止，继而引申到精神现象或艺术的边界。而佛学的“境”却把主观世界与客观世界联系起来。所以，“佛家之‘境’的这种含义对人们思考艺术创作中的心与物、情与景的关系等问题无疑是有启发和帮助的”。[①] 孙昌武先生认为，佛学之“境”对诗“境”的影响主要表现在以下几个方面。首先，佛学的境界观是唯心主义的世界观和认识论的产物，但对诗歌理论的影响表现在使其发展为重视主观情思构想的诗境理论。如“取境”论、“境由心造”论等。其次，佛家要求解脱尘境，主张诸法性空，表现为超脱之境，影响了诗歌从内容、风格、方法等方面追求超然的艺术美。再次，佛家讲到语言的有限性以及语言及其表现内容的矛盾，对于诗歌追求“言外之意”的理论有一定启发。[②] 此外，佛家强调禅定之功夫，“六根涉境不随缘，名定。心境俱空，照鉴为慧”[③]，“对境心不起”[④] 等，这对六朝至唐强调文学创作、想象过程须保持内心的虚静亦产生了一定的影响，如陆机在《文赋》中指出：“罄澄心以凝思，眇众虑而为

① 刘畅：《探索“境界”的历程》，参见南开大学中文系古典文学教研室编：《意境纵横探》，第 266 页。

② 孙昌武：《佛的境界与诗的境界》，参见南开大学中文系古典文学教研室编：《意境纵横探》，第 7—16 页。

③ 丁福保笺注：《六祖坛经笺注》，第 177 页。

④ 丁福保笺注：《六祖坛经笺注》，第 274 页。

言。”刘勰在《文心雕龙·神思》篇指出：“故寂然凝虑，思接千载；悄焉动容，视通万里。”“是以陶钧文思，贵在虚静，疏瀹五藏，澡雪精神”等。

（三）从儒、道、佛三教融合看“境”与文学创作观念的融合

从六朝到唐代，随着儒、道、佛三教融合，境与文学创作观念逐渐相结合。首先表现为境与物的结合。黄景进先生从该时期儒、佛的融合中，通过一些精通三教的高僧、帝王或大儒的典籍（他们或将佛教特有的、作为心的感知对象的“境”与“物”对应起来，或以佛教概念解释儒家经典），从中梳理出“境”概念与传统创作论之“物”相结合，笔者深表赞同。如：东晋高僧慧远是精通三教的人物，他在《沙门不敬王者论》第五论《形尽神不灭》中提到心对境物的感应关系；在《沙门不敬王者论》第三论《求宗不顺化》中提到“冥神绝境”，物、情、神三者的关系，其实就是境、情、神的关系。另外一位精通三教的人物梁武帝萧衍在《净业赋》中也论述了心、物的感应关系，另在《立神明成佛义记》中多次提到心识与境的感应关系。此外，六朝著名高僧僧祐其传末亦将佛教戒律等同于儒家之礼制。到唐初孔颖达的《礼记正义》解释《乐记》时，既称物为外物，又用“外境”解释“物”。因此，借着共同的感应观点，儒佛思想在一定程度上实现互补，从而为意境论的产生奠定了一定基础。另外，从道教与佛教的融合谈境与物的结合，道教徒常援引佛教用语来解释老庄，如成玄英的《道德经义疏》中，可以看出佛教的十八界概念，六根、六尘、前境、尘境等概念已完全被吸收进道教徒著作中。另成玄英的《庄子疏》中，常将物境、万境与空、空幻、虚幻、虚空这些字眼联系起来，可以看出他受到佛教教义（尤其是三论宗）的影响。另外一位与成玄英时代极为接近的道教徒李荣的《道德经注》及其他道教徒的道书中亦常吸收佛教之概念，如“万境皆空”，心识、尘、境等概念，亦有“物、境”结合及“心、境”相感的例子。由此，在儒、释、道三教的融合过程中，佛教的“境”概念已经与传统的感物创作论相结合。境与物相结合，心与境、情与境的感应关系也建立起来，物境、取境等概念也被提出，这些均是

意境论的重要内容。尤其是孔颖达以“外境”解释《礼记·乐记》之物，可能是正式结合境概念与中国传统感物创作论的第一人。①

其次表现为境与象的结合。孔颖达的《周易正义》，对如何“观物取象”“立象以尽意”及卦象之结构原则均做了详细说明，“经由孔疏的解释，卦象不是直接取自外在物象，而是取自人们在观念上赋予人事意义的境象，经由此一转折，所取才是足以尽意的卦象——简称意象。可以说：因为受到佛、道影响，在孔疏中，传统的观物取象，已经转变为观境取象；从文论的角度来看，亦可说：孔疏在无意中使意象论转变为意境论”②。意象论向意境论的转化，通过上文对“象”思维的萌芽与发展的梳理也可略见一斑。

综上，唐代意境论的形成与佛教尤其是禅宗的影响紧密相关，儒道佛三教的融合又进一步使“境”与文学创作观念相结合。正如蓝华增先生所说：“从唐代禅宗可以上溯到魏晋玄学，因为禅宗是披着袈裟的玄学；而从玄学又可上溯到老庄，因为玄学是道家思想的再版。佛教的‘空无’，玄学的‘贵无’，老庄的‘无’，一线相通；禅宗的‘境’，玄学——道家的‘象’，一脉相承，禅宗和玄学都继承发扬了先秦道家特别是庄子崇尚自然、‘万物与我为一’，对现实人生抱着审美观照态度，在无我无为中追求人格独立和精神自由的思想。”③但蓝先生又指出，如果认为意境说只是佛、道思想的产物，就片面了，他认为意境说是“以儒为主、道佛相补的传统文化的诗学结晶”。并以皎然为例，指出皎然《诗式》虽“采撷禅宗心境之说，但从其思想实质看，却是以儒为主，兼收佛、道”。因为皎然说过：“夫诗者，众妙之华实，六经之菁英，虽非圣功，妙均于圣。”“夫诗者志之所之也。”④

对此问题，笔者另有看法。因为在研究司空图诗学过程中也遇到类似问题，司空图、皎然这些诗论家的诗学思想明显受佛、道思想影响较深，但

① 黄景进：《意境论的形成——唐代意境论研究》，第64—95页。

② 黄景进：《意境论的形成——唐代意境论研究》，第103页。

③ 蓝华增：《意境论》，第34页。

④ 蓝华增：《意境论》，第34—35页。

为何同时又提出“讽谕”“莫向诗中著不平”“诗言志”等儒家诗学思想，这似乎就形成了一个悖论。钱锺书先生、李泽厚先生均注意到了此问题。李泽厚先生对此有较深入的解答，他说道：“为什么在绘画领域里，所谓‘南宗’成了正统，与南宗画相当的王孟诗派却永远不能夺取李（白）杜（甫）正宗的地位？的确这样，即使像司空图、严羽这些明明倾向于王孟诗派的诗论家，却仍然要以李、杜或将‘雄浑’列为标准或首位，与董其昌等人明目张胆地捧出南宗为画派正宗迥不相同。为什么？我认为，这就是上述传统在起作用。”[①]他所说的传统即儒家倡导的“诗言志”，诗以“载道”，即诗歌必须为政教伦理服务的礼乐文化传统。但是随着时代的发展，要求美、善统一的传统，即“社会的理性、伦理政教的要求与个体身心情欲这两方面并不能真正统一融合在这种‘情感的形式’——艺术中”[②]。因此艺术需要挣脱传统的枷锁，要求按照自身的规律向前发展。这样对于中国古代像司空图这样长期受传统儒家思想影响的文人士大夫来说，内心的矛盾在所难免。“唐代统治阶级明白儒以治外、佛以治内的道理，又尊道教始祖老子为先祖，因此兼容三教，交互为用。”[③]对于司空图、王维这样的士大夫来说，他们在乱世的困顿中同样在寻找心灵的出路，即遵循“外儒家，内释老”的处世态度。就司空图来说，笔者在前文绪论中及第一章中均有论述，司空图的思想总体来说受儒、道、佛三家的影响，其为人处世主要受儒家思想影响，而其诗学思想受佛、道思想影响较深，但是并不否认也受儒家思想影响，只是相对于佛、道思想来说影响较少。他提出的“思与境偕”说当然主要受佛、道思想的影响。

因此，从以上的分析可以看出，意境论从其哲学基础来说，主要还是佛、道，同时又离不开儒、道、佛三教融合的影响。

---

① 李泽厚：《华夏美学·美学四讲》（增订本），第41—42页。

② 李泽厚：《华夏美学·美学四讲》（增订本），第38—41页。

③ 孙昌武：《佛教与中国文学》（第2版），第72页。

（四）从书画论对意境的重视看"境"与创作观念的结合

除了诗歌艺术，书画艺术理论也很重视意境论，从书画论对意境的重视可以进一步了解"境"与艺术创作观念的结合以及与诗学意境论的相互渗透、相互影响。黄景进先生在其著作《意境论的形成——唐代意境论研究》的附录《书画艺术与唐代意境论》[①]中已有对书画艺术理论与意境论相关理论的较详细论述，但还需作一些补充。中国古代书画艺术理论早就注意到意境问题，虽然最初有些理论没有直接用"境"或"意境"，但重视书画的艺术构思，强调"意先笔后"的创作技巧，强调创作时须保持"澄神静虑"的宁静状态，艺术构思时强调"思"与"境"偕，诸如"境与心会""外师造化，中得心源"等命题、概念的提出，以及重视书画作品的"神似""象外""言不尽意"等，说明书画艺术对意境的重视由来已久。书画艺术的意境论与诗歌艺术的意境论相互影响、相互渗透，最终使意境论在唐代得以诞生。

书画论对意境的重视主要表现在以下三个方面。

首先，书画论很看重艺术构思及艺术构思时保持虚静的心理，这实际上是为创造有意境的作品奠定基础。

先看画论。东晋顾恺之是著名画家兼画论家，他很重视艺术想象。他在《魏晋胜流画赞》中提出"迁想妙得"[②]说，就是指绘画时要充分发挥艺术想象，把作者的思想感情移入对象之中，达到"物我一体"的状态，并且以艺术的形象将物象生动地表达出来。顾恺之后，南朝宋宗炳在《画山水序》中也多次提到"神思"的重要性："圣人含道暎物，贤者澄怀味像……旨微于言象之外者，可心取于书策之内……夫以应目会心于理者"[③]"贤圣暎于绝代，万趣融其神思"[④]等。南朝宋王微在《叙画》中也以诗的语言描述了绘画时

---

① 黄景进：《书画艺术与唐代意境论》，参见《意境论的形成——唐代意境论研究》，第248—255页。

② （东晋）顾恺之：《魏晋胜流画赞》，参见俞剑华编著：《中国古代画论类编》（修订本），第347页。

③ （南朝宋）宗炳：《画山水序》，参见俞剑华编著：《中国古代画论类编》（修订本），第583页。

④ （南朝宋）宗炳：《画山水序》，参见俞剑华编著：《中国古代画论类编》（修订本），第584页。

神思随物飞扬浩荡的状态："以一管之笔，拟太虚之体……望秋云，神飞扬；临春风，思浩荡。"[①]

再看书论对艺术构思及虚静心理的重视。上文提到自东汉蔡邕在《九势》中提出"即造妙境耳"，开启以"境"论"书"的先河，其后很多书论家均很重视书论中意境的创造。书法艺术的意境创造首要表现在对艺术构思的重视。东晋书法家兼书论家王羲之很重视书法创作之前的整体构思："凝神静思，意在笔前"[②]"大抵书须存思……凡书贵乎沉静，令意在笔前"[③]。他多次提到"意在笔前"，可见，书前"胸有成竹"很关键。唐欧阳询在《八诀》中也有类似的观点："澄神静虑……秉笔思生……意在笔前，文向思后。"[④]虞世南在《契妙》中说："欲书之时，当收视反听，绝虑凝神，心正气和，则契于妙……故知书道玄妙，必资神遇，不可以力求也。机巧必须心悟，不可以目取也……必在澄心运思至微妙之间，神应思彻……学者心悟于至道，则书契于无为。"[⑤]此段论述，均说明了书道之"玄妙"，在于"神遇""心悟"，这不觉让人想到《庄子·养生主》中"庖丁解牛""以神遇不以目视"。李世民在《笔法诀》中与虞世南有着几乎同样的论述："夫欲书之时，当收视反听，绝虑凝神。心正气和，则契于玄妙。"[⑥]李世民还提出了"字以神为精魄……以心为筋骨"[⑦]等理论。张怀瓘对书法艺术构思也很重视，指出："伯英之气，穷神尽思；妙物远矣，邈不可追"[⑧]"清心率意，虚神静思"[⑨]。另外

---

① （南朝宋）王微：《叙画》，参见俞剑华编著：《中国古代画论类编》（修订本），第 585 页。

② （东晋）王羲之：《题卫夫人〈笔阵图〉后》，参见华东师范大学古籍整理研究室选编校点：《历代书法论文选》，第 26 页。

③ （东晋）王羲之：《书论》，参见华东师范大学古籍整理研究室选编校点：《历代书法论文选》，第 28—29 页。

④ （唐）欧阳询：《八诀》，参见华东师范大学古籍整理研究室选编校点：《历代书法论文选》，第 98 页。

⑤ （唐）虞世南：《笔髓论·契妙》，参见华东师范大学古籍整理研究室选编校点：《历代书法论文选》，第 113 页。

⑥ （唐）李世民：《笔法诀》，参见华东师范大学古籍整理研究室选编校点：《历代书法论文选》，第 117 页

⑦ （唐）李世民：《指意》，参见华东师范大学古籍整理研究室选编校点：《历代书法论文选》，第 120 页。

⑧ （唐）张怀瓘：《书断下》，参见华东师范大学古籍整理研究室选编校点：《历代书法论文选》，第 195 页。

⑨ （唐）张怀瓘：《书断下》，参见华东师范大学古籍整理研究室选编校点：《历代书法论文选》，第 202 页。

李华《二字诀》也指出："意在笔前，字居笔后。"[①] 这是对王羲之"意在笔前"的继承。综上，书法艺术非常重视艺术构思及"意""笔""字"三者之间的关系。未书之前，应凝神静虑，使"心正气和"，以"神遇"不以"目取"，当字的整体意象在脑海中已形成方才书写，这样才能达到一种理想的"妙境"。书道同于文道。刘勰在《文心雕龙·神思》中写道："是以陶钧文思，贵在虚静，疏瀹五藏，澡雪精神"，即强调作文之前需保持内心虚静，另《文心雕龙·养气》曰："是以吐纳文艺，务在节宣，清和其心，调畅其气"，指出调神养气的重要性。

直接以"境"论书的还有南朝齐王僧虔："谢静、谢敷并善写经，亦入能境。"[②]"此以'能境'评书法，是就书法艺术所达到的层级言，在此，境字义同境界，指艺术造诣。"[③] 张怀瓘在《文字论》中评陆机《文赋》："若不造其极境，无由伏后世人心"[④]，指出为书犹如为文，达到"极境"是最高境界。张怀瓘还说："公且自评书至何境界，与谁等伦……书不尽言"[⑤] 等，都是直接以"境"或"境界"来论书。

其次，强调书画艺术在构思、创作时，"心"与"境"应相互交融。

先看画论。不少画论家很重视艺术构思与自然，"心""性"与"造化""境"之间的关系，如唐张怀瓘《画断》："思若涌泉，取资天造。"[⑥] 指出自然是绘画艺术构思不竭的源泉。唐张璪在《文通论画》中提出了重要的命题："外师造化，中得心源"[⑦]，这也是强调画家将眼中的物象转化为艺术形象之前，必须先经过画家主观情思的熔铸与再造，即作品所反映的艺术形象必然带有画家主观情思的烙印。唐符载在《观张员外画松石序》中也强调了绘画艺术"神思"的玄妙性："天纵之思，欻有所诣，……遗去机巧，意冥

---

① （唐）李华：《二字诀》，参见华东师范大学古籍整理研究室选编校点：《历代书法论文选》，第 282 页。

② （南朝齐）王僧虔：《论书》，参见华东师范大学古籍整理研究室选编校点：《历代书法论文选》，第 60 页。

③ 黄景进：《书画艺术与唐代意境论》，参见《意境论的形成——唐代意境论研究》，第 254 页。

④ （唐）张怀瓘：《文字论》，参见华东师范大学古籍整理研究室选编校点：《历代书法论文选》，第 209 页。

⑤ （唐）张怀瓘：《文字论》，参见华东师范大学古籍整理研究室选编校点：《历代书法论文选》，第 210 页。

⑥ （唐）张怀瓘：《画断》，参见俞剑华编著：《中国古代画论类编》（修订本），第 402 页。

⑦ （唐）张璪：《文通论画》，参见俞剑华编著：《中国古代画论类编》（修订本），第 19 页。

玄化，而物在灵府，不在耳目。故得于心，应于手……与神为徒。”[①] 类似还有王维在《山水诀》中所说的：“肇自然之性，成造化之功。”[②] 张彦远在《历代名画记·论画山水树石》中说：“……吴兴茶山，水石奔异，境与性会”[③]，盛赞徐表仁所画的吴兴茶山风景图，表现了外“境”与画家性情的交相融会。可见，画论与诗论同样强调“境”与“性”、“意”、“思”的交融。

再看书论。李世民除了强调书法创作中要“绝虑凝神，心正气和”外，还提出了“思与神会”[④] 的理论。“所谓思，指对书意、笔意的构思、想象，与权德舆之‘意与境会’实可相通。”[⑤]

再次，书画论很重视“取之象外”及艺术作品的“神似”、“神气”和高雅的格调。

先看画论。南朝谢赫在《古画品录》中提出“取之象外”[⑥] 说，宗炳在《画山水序》中亦指出“旨微于言象之外者，可心取于书策之内”[⑦]，均强调绘画不应局限于个别的物象，而应表现“象外”之“象”，也即强调绘画贵在“神似”，而不仅仅是“形似”，应表现画中人或物的“神气”。南朝梁萧绎很重视绘画的高雅格调和构思时飘逸的思绪，他提出：“或格高而思逸，信笔妙而墨精”[⑧]，这样画出来的画笔法才显精妙。唐窦蒙在《画拾遗录》中评尉迟乙僧之画时说：“气正迹高，可与顾、陆为友”[⑨]，是赞赏其画“心气正画迹高”[⑩]。唐张怀瓘在《画断》中评顾恺之的画：“顾公运思精微，襟灵莫测……其神气飘然在烟霄之上……象人之美：张得其肉，陆得其骨，顾得其

---

① （唐）符载：《观张员外画松石序》，参见俞剑华编著：《中国古代画论类编》（修订本），第 20 页。

② （唐）王维：《山水诀》，参见俞剑华编著：《中国古代画论类编》（修订本），第 592 页。

③ （唐）张彦远：《历代名画记·论画山水树石》，参见俞剑华编著：《中国古代画论类编》（修订本），第 603—604 页。

④ （唐）李世民：《指意》，参见华东师范大学古籍整理研究室选编校点：《历代书法论文选》，第 121 页。

⑤ 黄景进：《书画艺术与唐代意境论》，《意境论的形成——唐代意境论研究》，第 253 页。

⑥ 潘运告主编，云告译注：《汉魏六朝书画论·古画品录》，第 303 页。

⑦ （唐）张彦远撰：《历代名画记》，杭州：浙江人民美术出版社 2012 年版，第 104 页。

⑧ （南朝梁）萧绎：《山水松石格》，参见俞剑华编著：《中国古代画论类编》（修订本），第 587 页。

⑨ （唐）窦蒙：《画拾遗录》，参见俞剑华编著：《中国古代画论类编》（修订本），第 392 页。

⑩ 潘运告主编，云告译注：《唐五代画论》，长沙：湖南美术出版社 1997 年版，第 28 页。

神”[①]，称赞顾恺之描画人物像能够得其“神”，即达到出神入化的境地。张怀瓘评陆探微的画：“陆公参灵酌妙，动与神会”[②]，也是赞扬陆画能够与神灵相通，重“神会”。这些均说明绘画艺术对“神似”“形神兼备”之意境的重视，虽然没有直接用“意境”一词，但却表达了对绘画艺术至高境界的追求。

再看书论对“境”“意象”“得意忘象”的重视。唐窦臮在《述书赋》中评康帝之书：“康帝则幼少闲慢，迥出凡境。”[③]称康帝的书超出平常之境界。另外他评山涛之书：“巨源正书朴略仍余，染翰忘筌，寄情得鱼。”[④]称赞山涛的书能够做到“忘筌得鱼”。另外窦臮在《述书赋》中还多次以“气有余高”“气格凌云”等词评书，此“气”与谢赫的“气韵生动”之“气”当是同义。另外唐代画论家还常以“意象”评书，如张怀瓘的“探彼意象”[⑤]、蔡希综的“声被寰中，意象之奇”[⑥]等，亦说明唐人重诗之意象、意境之美。

由此可见，中国古代书画论很早就重视意境问题，尤其是魏晋南北朝到唐代，间接或直接以“境”论书画的理论逐渐增多，诸如强调“意先笔后”“取之象外”“外师造化，中得心源”“气韵生动”“神似”“象外”“言不尽意”等，另外直接以“境”论艺的理论或命题有“能境”“极境”“境与心会”等，与诗论中提出“意与境会”“思与境偕”遥相呼应，且相互渗透，最终使意境论在唐代得以诞生。

---

① （唐）张怀瓘：《画断》，参见俞剑华编著：《中国古代画论类编》（修订本），第402页。
② （唐）张怀瓘：《画断》，参见俞剑华编著：《中国古代画论类编》（修订本），第402页。
③ （唐）窦臮：《述书赋》，参见华东师范大学古籍整理研究室选编校点：《历代书法论文选》，第240页。
④ （唐）窦臮：《述书赋》，参见华东师范大学古籍整理研究室选编校点：《历代书法论文选》，第240页。
⑤ （唐）张怀瓘：《文字论》，参见华东师范大学古籍整理研究室选编校点：《历代书法论文选》，第211页。
⑥ （唐）蔡希综：《书法论》，参见华东师范大学古籍整理研究室选编校点：《历代书法论文选》，第273页。

二、意境论在唐代的初步形成与发展

（一）王昌龄、殷璠、皎然、权德舆、刘禹锡等人对意境论的贡献

在司空图之前，唐人对意境论作出阐述的主要有王昌龄、殷璠、皎然、权德舆、刘禹锡等人。以下将简要论述意境论在唐代的发展以及对司空图提出“思与境偕”说的影响。

1. 王昌龄对意境论的论述

王昌龄（约698—757）为唐代著名诗人及诗论家。《诗格》，旧题为其所撰。《诗格》流传至今有两种：其一为日本入唐僧人遍照金刚（空海）所编《文镜秘府论》征引部分，此部分有学者认为是王昌龄本人所作，亦有人认为是其门人所作，难免掺入一些后出文献[①]。其二为今存宋陈应行重编宋蔡传《吟窗杂录》所收王昌龄《诗格》，学者们多认为其为后人整理窜改增益之作，但其与《文镜秘府论》引文在内容、文字上也有不少相通之处[②]。以下是王昌龄的主要诗论观[③]，从中可看出他对唐意境论所作的开创性贡献。

王昌龄强调作诗重立意，他在《诗格》及《诗中密旨》中多次提到。如《诗格》中，他指出“凡作诗之体，意是格，声是律，意高则格高，声辨则律清，格律全，然后始有调。用意于古人之上，则天地之境，洞焉可观”。[④]在《诗中密旨》中他也提出类似的观点：“诗意高谓之格高，意下谓之格下。”[⑤]可见，他认为作诗，立意很重要，所立文意高则格调高；反之，文

① 王运熙、杨明认为：“《文镜秘府论》所引王昌龄诗论，当出自王昌龄原著，比较可靠。”［王运熙、顾易生主编：《中国文学批评通史》（隋唐五代卷），第204页］。张伯伟认为，《文镜秘府论》可能并非王昌龄本人撰写，而是出自其门人笔录汇辑，难免掺入某些后出文献（张伯伟撰：《全唐五代诗格汇考》，第147页）。

② 参考罗根泽《中国文学批评史》隋唐部分第二章；王利器《文镜秘府论校注》；李珍华、傅璇琮《谈王昌龄的诗格》（载《文学遗产》1998年第6期）；王运熙、杨明著：《中国文学批评通史》（隋唐五代卷），第204页；张伯伟撰：《全唐五代诗格汇考》，第147页。

③ 此文所引用王昌龄诗论观均出自张伯伟著《全唐五代诗格汇考·诗格》及《全唐五代诗格汇考·诗中密旨》，旧题均为王昌龄撰，本书按传统归王昌龄名下。

④ 张伯伟撰：《全唐五代诗格汇考·诗格》，第160—161页。

⑤ 张伯伟撰：《全唐五代诗格汇考·诗中密旨》，第194页。

意低则格调低。用意在古人之上，则可洞察“天地之境”。另外王昌龄还重视作诗的“势”，“作势”关键在于立意，“高手作势，一句更别起意，其次两句起意。意如涌烟，从地升天，向后渐高渐高，不可阶上也。下手下句弱于上句，不看向背，不立意宗，皆不堪也”。[①] 高手作势，前一两句就须“起意”，且文意如烟涌起，越升越高。反之，“下手”因“不立意宗”，作势便会失败。所以，作诗的高手与低手“作势”成败的关键还是在“立意”。且“诗头即须造意，意须紧，然后纵横变转”[②]，造意要从诗头起，句与句间的“意须紧”，且要富于变幻。另外，他还强调了“意”与“境”，“境”与“思”之间的关系：“夫作文章，但多立意。令左穿右穴，苦心竭智，必须忘身，不可拘束。思若不来，即须放情却宽之，令境生。然后以境照之，思则便来，来即作文。如其境思不来，不可作也。”[③]“造意”时要达到“忘身”的境界，但又不能拘束，“思若不来，即须放情却宽之，令境生”，这里的“思”，当指艺术构思、思虑，须放松心情，“境”方能“生”，然后即可“以境照之，思则便来，来即作文”，这里，王昌龄论述了艺术构思的过程，放松心态，令“境”水到渠成地产生，方可作文，若“境思”不来，切不可勉强而作。王昌龄已经初步将“意”与“境”，“思”与“境”联系了起来，这当是唐代意境论的萌芽阶段。王昌龄还指出“作意”时凝心静虑、写作前构思的重要性，“凡属文之人，常须作意。凝心天海之外，用思元气之前，巧运言词，精练意魄”[④]，这里的“凝心天海之外，用思元气之前，巧运言词，精练意魄”，其实就相当于陆机《文赋》里所说的“耽思旁讯，精骛八极，心游万仞”“观古今于须臾，抚四海于一瞬”“罄澄心以凝思，眇众虑而为言，笼天地于形内，挫万物于笔端”[⑤]，也即刘勰所说的“神思”：“寂然凝虑，思接千载；悄焉动容，视通万里；吟咏之间，吐纳珠玉之声；眉睫之

① 张伯伟撰：《全唐五代诗格汇考·诗格》，第 161 页。
② 张伯伟撰：《全唐五代诗格汇考·诗格》，第 163 页。
③ 张伯伟撰：《全唐五代诗格汇考·诗格》，第 162 页。
④ 张伯伟撰：《全唐五代诗格汇考·诗格》，第 163 页。
⑤ （西晋）陆机著，张少康集释：《文赋集释》，北京：人民文学出版社 2002 年版，第 36、60 页。

前，卷舒风云之色；其思理之致乎！故思理为妙，神与物游。”[①] 另外此段话中，他还将佛教用语境照、凝心等引用到文学理论批评中，亦说明其文论思想深受佛教的影响。王昌龄所说的“立意”之“意”究竟指什么？他接着解释道：“诗有三宗。一曰立意。二曰有以。三曰兴寄。立意一。立六义之意，风、雅、比、兴、赋、颂。”[②] 可见他所指的“意”，就是“六义之意”，即风、雅、颂、赋、比、兴，说明他对作文的总体指导思想还是遵从传统的儒家文论思想，即“六义”说。

另外，王昌龄还重视物色与意兴统一，“凡诗，物色兼意下为好。若有物色，无意兴，虽巧亦无处用之。如‘竹声先知秋’，此名兼也。凡高手，言物及意，皆不相倚傍”[③]，他认为作诗，物色与意兴应相互交融，言下之意，言物色不仅仅只写物色，要有所兴寄，表达作者的情感、意志。他还指出诗中的景与意应相称：“诗贵销题目中意尽。然看所见景物与意惬者当相兼到。若一向言意，诗中不妙及无味。景语若多，与意相兼不紧，虽道通亦无味”[④]，景与意只言其一，有所偏颇，均使诗“无味”。

王昌龄论诗还重感兴，“凡诗人，夜间床头，明置一盏灯。若睡来任睡，睡觉即起，兴发意生，精神清爽，了了明白。皆须身在意中”[⑤]。睡眠充足之后，神清气爽，“兴发意生”，即可作出好诗。另外要想使“兴发意生”，还应注意方法，“凡作诗之人，皆自抄，名为随身卷子，以防苦思。作文兴若不来，即须看随身卷子，以发兴也”[⑥]，随身携带“古今诗语精妙之处”以便随时观看，触发意兴，以防苦思，便是一种较为可取的方法。

王昌龄论诗重自然、天然。他指出：“自古文章，起于无作，兴于自然，感激而成，都无饰练，发言以当，应物便是。”[⑦] 诗应“兴于自然”，“诗有天

---

① （南朝梁）刘勰著，范文澜注：《文心雕龙注·神思》，第 493 页。
② 张伯伟撰：《全唐五代诗格汇考·诗格》，第 182 页。
③ 张伯伟撰：《全唐五代诗格汇考·诗格》，第 165 页。
④ 张伯伟撰：《全唐五代诗格汇考·诗格》，第 169 页。
⑤ 张伯伟撰：《全唐五代诗格汇考·诗格》，第 164 页。
⑥ 张伯伟撰：《全唐五代诗格汇考·诗格》，第 164 页。
⑦ 张伯伟撰：《全唐五代诗格汇考·诗格》，第 160 页。

然物色，以五彩比之而不及。由是言之，假物不如真象，假色不如天然”[①]，作诗还应重“天然物色”“真象”，不可过于修饰。

他还反对苦思，重养神。“凡文章皆不难，又不辛苦。”[②]“意欲作文，乘兴便作。若似烦即止，无令心倦……凡神不安，令人不畅无兴。无兴即任睡，睡大养神。”[③]“夫作文章，但多立意。令左穿右穴，苦心竭智，必须忘身，不可拘束。思若不来，即须放情却宽之，令境生。然后以境照之，思则便来，来即作文。如其境思不来，不可作也。”[④]这些均指出作文须乘兴而作，意兴须玲珑活泼，境思若不来，不可勉强硬作。

“夫置意作诗，即须凝心，目击其物，便以心击之，深穿其境。如登高山绝顶，下临万象，如在掌中。以此见象，心中了见，当此即用……文章是景，物色是本，照之须了见其象也。”[⑤]此段文字，除了强调作诗须凝心静思的重要性外，还指出了意、物、境、象、文之间的关系，这是对陆机、刘勰等人相关文论思想的发展。

王昌龄对艺术构思很重视，认为：“诗有三思。一曰生思。二曰感思。三曰取思。生思一。久用精思，未契意象。力疲智竭，放安神思。心偶照境，率然而生。感思二。寻味前言，吟讽古制，感而生思。取思三。搜求于象，心入于境，神会于物，因心而得。”[⑥]“生思”，即苦思之后，放松身心，“心偶照境，率然而生”，指久思不得，放松心神之后灵感突现，又类似于妙悟。“感思”，指研阅古人文章，有感而生思。“取思”，主动寻求意象、意境的生成，将心神融于象、境、物之中，即可“因心而得”，这里，王昌龄已将象、境、物三概念融合。

王昌龄指出：“诗有三境。一曰物境。二曰情境。三曰意境。物境一。

① 张伯伟撰：《全唐五代诗格汇考·诗格》，第166页。
② 张伯伟撰：《全唐五代诗格汇考·诗格》，第161页。
③ 张伯伟撰：《全唐五代诗格汇考·诗格》，第170页。
④ 张伯伟撰：《全唐五代诗格汇考·诗格》，第162页。
⑤ 张伯伟撰：《全唐五代诗格汇考·诗格》，第162页。
⑥ 张伯伟撰：《全唐五代诗格汇考·诗格》，第173页。

欲为山水诗，则张泉石云峰之境，极丽绝秀者，神之于心。处身于境，视境于心、莹然掌中，然后用思，了然境象，故得形似。情境二。娱乐愁怨，皆张于意而处于身，然后驰思，深得其情。意境三。亦张之于意，而思之于心，则得其真矣。”[①]“物境”，指诗歌作品中自然山水之境，作者身临其境，用心观照，进行艺术构思，以形象的语言描绘当前的境象。“情境”，指人的情感、经历之境。“意境”，指“内心意识的境界”[②]，描绘出内心真实的感受。这是王昌龄明确提出意境概念，当然这个意境与我们通常所说的意境论的“意境”不是同一概念。王昌龄这里所说的“意境”是他认为“诗有三境”之中的一境，“对于艺术创造的主体来说，它和其他两种‘境’一样，都属于审美客体。而意境说的‘意境’，则是一种特定的审美意象，是‘意’（艺术家的情意）与‘境’（包括王昌龄说的‘物境’‘情境’‘意境’）的契合”。[③]

综上，王昌龄的诗学思想很丰富，主要表现在如下几方面。首先，反复强调作诗应重立意，他所说的“意”，就是“六义”之意，并且将“意”与“格”、“意”与“景”、“意”与“境”（“象”）、“境”与“物”等概念联系了起来，在讲到如何“立意”时，他指出应使物色与意兴、景与意相称，作诗时不可苦思，要充分休息，放松心神，方能使境生。另外，须排除干扰，凝心静思。其次，他很重视感兴。如何使“兴”起？一方面要养好神，使自己神清气爽，兴象才会玲珑活泼；另一方面要随时带上“古今诗语精妙之处”的“卷子”以备随时观看。感兴同样不是靠苦思而得，须顺其自然。再次，他对艺术构思很重视，他指出诗有“三思”，即“生思”“感思”“取思”，另外他也反复强调作诗切不可苦思，养神、放松身心，反而可使兴象产生而得妙悟，虽然他没有用妙悟这个词，但“生思”所指的正是艺术灵感的产生。同时，要注意多研阅古人的诗句，还要积极主动寻求意象、意境

① 张伯伟撰:《全唐五代诗格汇考·诗格》，第 172—173 页。

② 叶朗:《中国美学史大纲》，第 267 页。

③ 叶朗:《中国美学史大纲》，第 267—268 页。

的生成。最后，王昌龄诗论的最大贡献当是提出“意境”论，他指出诗有三“境”，“物境”“情境”“意境”，虽然他所说的“意境”并非我们通常所指的意境论的“意境”，但是他首次将意境的概念引入到诗论中，并且多次强调诗歌创作中“境”的重要性，包括他对“境”与“象”、“境”与“思”、“境”与“意”之间关系的阐释等，对唐代意境论的发展与完善有重要的奠基作用。他提出的“境”与“思”、“境”与“象”应统一，当在某种程度上对司空图提出“思与境偕”说也有一定的启示意义。

2. 殷璠对“境”的论述

王昌龄之后，殷璠在其著作《河岳英灵集》[①]中也以“境”评诗，在其对王维的诗进行评价时，说道：“维诗词秀调雅，意新理惬。在泉成珠，着壁成绘。一句一字，皆出常境。”[②]这里的“境”显然是指意境，他认为王维的诗用词秀丽，格调高雅，意理清新惬意，如泉水中的珍珠、墙壁上的彩绘，一句一字，均超出寻常的意境。王维晚年一心向佛，其诗澄澹精致，富于韵味、禅机。殷璠在《河岳英灵集》里选了王维十五首诗，仅次于王昌龄（十六首），说明殷璠对王维的诗所创造的独特意境甚为欣赏。

3. 皎然对意境论的论述

皎然（约 720—约 800），是继王昌龄之后另一位对唐意境论作出杰出贡献的诗论家。皎然是唐代著名的诗僧，俗姓谢，字清昼，吴兴（今浙江省湖州市）人。南朝谢灵运十世孙。皎然在诗论中有突出的成就，著有《诗式》《诗议》《诗评》等诗论著作，尤其是《诗式》为诗格一类作品中很有价值的一部。因皎然是诗僧，他的诗论常借助于佛教用语。在他的《诗式》等

---

① 殷璠曾编《河岳英灵集》两卷。后通行本为三卷，选录唐开元二年（714）至天宝十二载（753）期间常建、李白、王维、高适、岑参、孟浩然、王昌龄等二十四人诗二百三十四首（今本实存二百二十八首，每人各有评语）。

② 王克让：《河岳英灵集注》，第 66 页。

著作中，对意境论做了较深入的阐释。

首先，皎然重视诗歌创作中“情”与“境”之间的关系，在《秋日遥和卢使君游何山寺宿敭上人房论涅槃经义》这首诗中，他提出了著名命题“诗情缘境发”：

> 江郡当秋景，期将道者同。迹高怜竹寺，夜静赏莲宫。古磬清霜下，寒山晓月中。诗情缘境发，法性寄筌空。翻译推南本，何人继谢公。①

“诗情缘境发”，是指诗歌中的情是由诗人当时所处的环境所引发而产生的，即我们通常所说的触景生情。另外他在《辩体有一十九字》中，又说道：“情：缘境不尽曰情”②“缘境本为佛家语，指内心趋向事物之作用”③，这里，皎然借用佛家用语“缘境”一词说明情与境的关系，可以说是对上文“诗情缘境发”的进一步阐发，情因境而生，但是情又非境的完全真实写照，情在境中，又在境外，这是指诗人在表达感情时需借助对境的描写，但往往又有“言外之意”，诗人对情感的表达具有含蓄性，需读者去慢慢领悟。皎然接着又说：“思：气多含蓄曰思”④“谓志气充满而含蓄不露”⑤，进一步阐释了诗歌在表达情感时的含蓄性与委婉性。

其次，皎然对“象”与“意”的关系做了较深入的阐述，尤其可贵的是他提出了“象外”这个概念。在《诗式·用事》中，他说：“今且于六义之中略论比兴：取象曰比，取义曰兴，义即象下之意。”⑥又，据《文镜秘府论·地卷》，皎然认为：“比者，全取外象以兴之，‘西北有浮云’之类是

---

①（唐）皎然著，李壮鹰校注：《诗式校注》（附录三：皎然诗文选录），第385—386页。

②（唐）皎然著，李壮鹰校注：《诗式校注》，第70页。

③（唐）皎然著，李壮鹰校注：《诗式校注》，第78页。

④（唐）皎然著，李壮鹰校注：《诗式校注》，第70页。

⑤（唐）皎然著，李壮鹰校注：《诗式校注》，第80页。

⑥（唐）皎然著，李壮鹰校注：《诗式校注》，第31页。

也；兴者，立象于前，后以人事谕之，《关雎》之类是也。”[①]可见，皎然对比、兴有新的认识。在他看来，“兴”较之“比”有更多的含义，除了先要“立象”之外，还要谕人事，后面的谕人事才是最重要的，这才是作者所要取的“义”，即“象下之意”，也就是说，“象”是表，“意”才是里。据李壮鹰先生理解，认为“象下”即“象后”[②]，笔者认为理解为“象外”可能更准确。因为皎然又说道：“或曰：诗不要苦思，苦思则丧于天真。此甚不然。固须绎虑于险中，采奇于象外，状飞动之句，写冥奥之思。夫希世之珠，必出骊龙之颔，况通幽名变之（文）哉？”[③]这里，皎然显然认为作诗须苦思，只有“绎虑于险中，采奇于象外，状飞动之句，写冥奥之思”，才有可能写出“通幽名变之文”，只不过这种“苦思”须不露痕迹。他接着指出：“其作用也，放意须险，定句须难，虽取由我衷，而得若神授。至如天真挺拔之句，与造化争衡，可以意冥，难以言状，非作者不能知也。”[④]这里，“作用”指的就是艺术构思，构思时“放意须险，定句须难”，但是要“得若神授”，据王梦简先生的《诗要格律》云：“夫初学诗者，先须澄心端思，然后遍览物情，所以昼公云‘放意须险，定句须难，虽取由我衷，而得若神授’。”[⑤]也就是说，作诗时深入的艺术构思很重要，需要澄澈心胸，冥心静思，遍览物情，要“采奇于象外”，这样才能有神来之笔，这样得来的“天真挺拔之句”，方能“与造化争衡”，只可意会，难以言表。这里皎然把作诗时作者艺术构思过程的艰辛、喜悦与奇妙性生动地描述了出来，一方面强调了作诗“作用”的重要性，另一方面又不能显露“作用”之痕迹，这就要求作者有深厚的文学修养功底，包括澄澈的心胸、对物情观照的功夫、“采奇于象外”的能力、对语言的锤炼能力等，方能锻造出可意会难言表的“天真挺拔之句”。值得一提的是，皎然所说的“象外”极有可能对司空图的“象外之象”

① 转引自（唐）皎然著，李壮鹰校注：《诗式校注》（附录二），第381页。

② （唐）皎然著，李壮鹰校注：《诗式校注》，第33页。

③ （唐）皎然著：李壮鹰校注：《诗式校注》（附录二），第376页。

④ （唐）皎然著，李壮鹰校注：《诗式校注·诗式序》，第1页。

⑤ （唐）皎然著，李壮鹰校注：《诗式校注·诗式序》，第6页。

有所启示。

皎然亦很重视“文外之旨”。他指出：“两重意已上，皆文外之旨，若遇高手如康乐公，览而察之，但见情性，不睹文字，盖诣道之极也。”① 他接着列举了一些具有“一重意”“二重意”“三重意”“四重意”的代表性诗句，显然他很重视诗歌的“文外之旨”，即诗歌应有“言外之意”，而真正能领略到这种“文外之旨”，如谢灵运这样的高手鉴赏者才能达到透过文字直达情性、“得意忘言”的高超境界。这里，皎然既是从诗歌创作，亦是从诗歌鉴赏的角度指出诗歌应具有含蓄蕴藉的特征、应具有“文外之旨”。皎然的“文外之旨”说、“但见情性，不睹文字”的观点对司空图的“味外之旨”“韵外之致”说应该具有深刻的启示。

再次，皎然很重视诗歌创作中的“取境”。他指出：“夫不入虎穴，焉得虎子？取境之时，须至难至险，始见奇句。成篇之后，观其气貌，有似等闲，不思而得，此高手也。有时意静神王，佳句纵横，若不可遏，宛如神助。不然。盖先积精思，因神王而得乎！”② 此段文字与上文所述其对艺术构思的描述如出一辙，同样强调作诗时“苦思”的重要性，这里的“取境”即相当于上文所说的“采奇于象外”“取境之时，须至难至险，始见奇句”，即“其作用也，放意须险，定句须难”“固须绎虑于险中，采奇于象外，状飞动之句，写冥奥之思”，即构思时苦思冥想的过程，“有时意静神王，佳句纵横，若不可遏，宛如神助”，即“虽取由我衷，而得若神授。至如天真挺拔之句，与造化争衡，可以意冥，难以言状，非作者不能知也”。如何才能做到佳句纵横不可遏止的境界，关键在于“先积精思”，即平常功夫的积累、精密的构思，才能做到厚积薄发，“宛如神助”。皎然还指出：“夫诗人之思初发，取境偏高，则一首举体便高；取境偏逸，则一首举体便逸。才性等字亦然。”③ 这里皎然认为诗人的构思取境决定了诗作的品格、格调，接着他概

① （唐）皎然著，李壮鹰校注：《诗式校注》，第 42 页。
② （唐）皎然著，李壮鹰校注：《诗式校注》，第 39 页。
③ （唐）皎然著，李壮鹰校注：《诗式校注》，第 69 页。

括出了“文章德体风味”，即贞、忠、节、志、气、情、思、德、诚、闲、达、悲、怨、意、力、静、远等。皎然既看到了构思取境与文章风味之间的关系，亦涉及了“思”与“境”之间的关系，同时也将诗按不同的风格进行分类，这些对司空图提出“思与境偕”说及《二十四诗品》将诗划分为二十四种风格或许均有所启示，至少从意境说的逻辑发展来说，有历史的传承性。

综上，皎然对唐意境论作了较为突出的贡献，他重视诗歌创作中“情”与“境”的关系，提出了“诗情缘境发”“缘境不尽曰情”等命题。他对“象”与“意”的关系及“比”“兴”等概念也做了较深入的阐述，提出了“义即象下之意”“采奇于象外”等命题。皎然还重视“文外之旨”及诗歌创作中的“取境”，对意境论的进一步发展起了很大的推动作用。他的这些诗学命题在一定程度上直接或间接地影响了司空图的“思与境偕”“象外之象”“景外之景”“味外之旨”“韵外之致”等命题。

4. 权德舆对意境论的论述

比皎然稍晚的权德舆（759—818）在其文集中，亦多次提到“境”，并且提出了著名的诗学命题“意与境会”，对唐意境论的发展起了进一步的推动作用。

在《送灵澈上人庐山回归沃洲序》中，他多次提到“境”：

昔庐山远公、钟山约公，皆以文章广心地，用赞后学，俾学者乘理以诣，因言而悟，得非元津之一派乎？吴兴长老昼公（皎然），掇六义之清英，首冠方外，入其室者，有沃洲灵澈上人。上人心冥空无，而迹寄文字，故语甚夷易，如不出常境，而诸生思虑，终不可至。其变也，如风松相韵，冰玉相叩，层峰千仞，下有金碧。耸鄙夫之目，初不敢视，三复则淡然天和，晦于其中。故睹其容览其词者，知其心不待境静而静。况会稽山水，自古绝胜，东晋逸民，多遗身世于此。夏五月，上人自炉峰言旋，复于是邦。予知夫拂方袍，坐轻舟，溯沿镜中，静得佳句。然后深入空寂，万虑洗然，则向之境物，又其稊稗也。鄙人方景慕企尚之不暇，焉敢以离群为叹？[①]

灵澈上人是中唐时期著名诗僧，俗姓杨，字源澄，会稽（今浙江省绍兴市）人，出家的本寺在会稽云门山云门寺。中唐诗人刘禹锡、刘长卿、卢纶、吕温、张祐等均有诗与灵澈相赠答[②]。权德舆与皎然、灵澈上人同时，皎然有诗、书与灵澈、权德舆相赠答：《山居示灵澈上人》[③]《妙喜寺高房期灵澈上人不至，重招之一首》[④]《灵澈上人何山寺七贤石诗》[⑤]《答权从事德舆书》[⑥]，可见三人有交往。上文权德舆盛赞灵澈"心冥空无"，其文字平易却能超出"常境"（平常之意境），而"诸生"纵使思虑，也不可达到这种境界。为何？关键在于灵澈的心静，况且其居于会稽，此地山水涵养了他的心性，使他能够在畅游山水时，"静得佳句"，并且能够摒弃万虑，凝心静思，"向之境物"。此段文字中，"境"字出现三次，"常境"之"境"指诗的意境，"其心不待境静而静""向之境物"，这两处"境"均是指外部环境、事物。这段文字的中心观点是"强调禅心有益诗心……这段话既牵涉到心与外境的关系，也牵涉到心与诗境的关系，而心的空寂平静尤其受到重视"[⑦]，据黄景进先生研究，根据权德舆的《唐故洪州开元寺石门道一禅师塔铭》[⑧]一文，可知权德舆曾在

① （清）董诰等编：《全唐文》卷四九三，北京：中华书局1983年影印本，第5027页。

② 刘禹锡《送僧仲剬东游兼寄呈灵澈上人》[（清）董诰等编：《全唐文》卷三五六]、《澈上人文集纪》[（清）董诰等编：《全唐文》卷六〇五]、刘长卿《送灵澈上人》[（清）彭定求等编：《全唐诗》卷一四七]，卢纶《酬灵澈上人（一和口号戏赠灵澈上人时奉事人城）》[（清）彭定求等编：《全唐诗》卷二七七]，吕温《戏赠灵澈上人》[（清）彭定求等编：《全唐诗》卷三七〇]，张祐《寄灵澈上人》[（清）彭定求等编：《全唐诗》卷五一〇]。

③ （唐）皎然：《山居示灵澈上人》："晴明路出山初暖，行踏春芜看茗归。乍削柳枝聊代札，时窥云影学裁衣。身闲始觉隳名是，心了方知苦行非。外物寂中谁似我，松声草色共无机。"[（清）彭定求等编：《全唐诗》卷八一五]

④ （清）彭定求等编：《全唐诗》卷八一五，第9171页。

⑤ （清）彭定求等编：《全唐诗》卷八二〇，第9245页。

⑥ （唐）皎然著，李壮鹰校注：《诗式校注》（附录三），第393页（据《四部丛刊》影宋本《吴兴昼上人集》卷九）。

⑦ 黄景进：《意境论的形成——唐代意境论研究》，第202—203页。

⑧ （清）董诰等编：《全唐文》卷五一〇，第5106—5107页。

马祖道一座下听过心法，而马祖道一在禅宗史上的地位极高，因此可推知权德舆的诗论深受禅宗的影响[①]。

权德舆的另外一篇文章《左武卫胄曹许君集序》，写道："有许氏子者，名经邦，字某……君天授纯静，不迁于物，修检之中，须有夷旷……凡所赋诗，皆意与境会，疏导情性，含写飞动，得之于静，故所趣皆远。"[②]这里，权德舆除了对许君的性情加以赞美之外，对其诗亦颇多溢美之词，认为其诗表达了作者主观之"意"与客观之"境"的相互交融，能够疏导人的情性，语言飘逸灵动。为何能达到这般境界？主要是诗人之心纯静，所以能达到一种高远的诗境。作者此文的诗学观点与上文是相一致的，皆认为禅心有益诗心、静能致远。此文的突出贡献是提出了一个重要的诗学命题"意与境会"，"意"即作者之心、情，"境"即作者所处之环境、所览之物，诗所达到的至高境界即作者之心、情与外物之境的交融会通，无有阻隔，使人吟咏之若身临其境，达到一种飘远、宁静的境界。权德舆提出的"意与境会"以非常精练的语言对意境论做了概括，权氏是继王昌龄、皎然之后对唐意境论作出重大贡献的诗论家。

5. 刘禹锡对意境论的论述

与权德舆同时代的刘禹锡（772—842）对意境论亦有很大贡献。他在《董氏武陵集纪》中写道："诗者其文章之蕴邪？义得而言丧，故微而难能，境生于象外，故精而寡和。千里之缪不容秋毫，非有的然之姿可使户晓，必俟知者然后鼓行于时。"[③]所谓"义得而言丧"，类似于《易传》里的"得象忘言""得意忘象"。"境生于象外"，这里刘禹锡将"境"与"象"联系起来，

① 黄景进：《意境论的形成——唐代意境论研究》，第201页。

② （唐）权德舆：《左武卫胄曹许君集序》参见（清）董诰等编：《全唐文》卷四九〇，第5003页。

③ （唐）刘禹锡：《董氏武陵集纪》，《四部丛刊》集部，影印武进董氏影宋本《刘梦得文集》卷二三。

这是继王昌龄在《诗格》中初次论述“境”与“象”之间的关系之后[①]，对境、象关系做的最凝练的表述。所谓“境生象外”，是指“语言文字所描写的象是有限的，其背后实有更丰富甚至无限的象”[②]，“象”与“境”的区别何在？“在于‘象’是某种孤立的、有限的物象，而‘境’则是大自然或人生的整幅图景。‘境’不仅包括‘象’，而且包括‘象’外的虚空。‘境’不是一草一木一花一果，而是元气流动的造化自然。”[③]可见，刘禹锡更看重“象外”所隐含的“境”，这种“境”不是文字所表现的表层含义，而是藏在文字背后，需要读者去认真琢磨、挖掘的深层含义，也即“言外之意”，实质是强调文学的含蓄性，含蓄性的前提是语言的精练，这即是他所说的“片言可以明百意”[④]，这些审美标准与他自己的诗歌创作特色是相一致的，刘氏诗歌的特点是“取境优美，精练含蓄，韵律自然”。[⑤]他善于用典，如《乌衣巷》:“朱雀桥边野草花，乌衣巷口夕阳斜。旧时王谢堂前燕，飞入寻常百姓家”，施补华的《岘佣说诗》评这首诗的三、四句认为“用笔极曲”，颇能代表刘氏诗歌的特色，刘氏的“怀古诗最多韵外之致”[⑥]。另外刘禹锡的散文同样很注重精练含蓄，如柳宗元所评“文隽而膏，味无穷而炙愈出”[⑦]。刘氏对诗文创作隐微含蓄性的强调体现在他的诗学思想上即是对“境生象外”的重视。中国的艺术，包括诗歌、绘画、书法等向来追求“言外之意”的含蓄美，先秦时期的老子即提出“大象无形”，南朝画家、绘画理论家谢赫在《古画品录》中提出的“取之象外”说，艺术之美就在于其含蓄蕴藉、耐人寻味。司空图的“象外之象”“景外之景”说是对刘禹锡“境生于象外”说

---

① 王昌龄说:“夫置意作诗，即须凝心，目击其物，便以心击之，深穿其境。如登高山绝顶，下临万象，如在掌中。以此见象，心中了见，当此即用……文章是景，物色是本，照之须了见其象也。”(张伯伟撰:《全唐五代诗格汇考·诗格》，第162页)。

② 黄景进:《意境论的形成——唐代意境论研究》，第209页。

③ 叶朗:《中国美学史大纲》，第270页。

④ (唐)刘禹锡:《董氏武陵集纪》,《四部丛刊》集部，影印武进董氏影宋本《刘梦得文集》卷二三。

⑤ (唐)刘禹锡撰,《刘禹锡集》整理组点校，卞孝萱校订:《刘禹锡集》(全二册)，北京：中华书局1990年版，前言，第9页。

⑥ (唐)刘禹锡撰,《刘禹锡集》整理组点校，卞孝萱校订:《刘禹锡集》(全二册)，前言，第11页。

⑦ 此处出自刘禹锡的《犹子蔚适越戒》引柳宗元评论自己的散文特色。

的进一步发展。

（二）司空图对意境论的高度总结——“思与境偕”说与“象外之象”说的提出

司空图提出“思与境偕”说对诗歌创作中的艺术思维论做了高度的艺术总结，也对唐意境论做了高度的总结。艺术创作中只有做到“思与境偕”，也就是只有心与境，艺术构思、艺术想象与“境”才能达到高度的交融会通、不分彼此。这里有两层含义，一是作者之“思”需要特定的“境”的触动，才能引发特定的感兴，即“情动于中”，也即触景生情。二是情动之后引发作者艺术之“思”，当然这里的“境”不仅仅是当前之“物”“景”，还包含更深沉、更广阔的内容，是当前实景与作者想象虚景的结合，是有限与无限的结合，是有形之“象”与无形之“象”的结合，是近与远的结合，是言内之意与言外之意的结合，甚至是作者所能言与不能言的结合。艺术家需要具有敏锐的洞察力、感悟力，极高的艺术涵养与艺术表现力，方能将所感形之于言，从而创造出具有“象外之象”的艺术作品。司空图在《与极浦书》中说：

> 戴容州云：“诗家之景，如蓝田日暖，良玉生烟，可望而不可置于眉睫之前也。”象外之象，景外之景，岂容易可谭哉。然题纪之作，目击可图，体势自别，不可废也……

司空图用“象外之象”高度概括出了艺术创作所具有的“言不尽意”的含蓄性。诗歌等艺术创作的魅力在于其对生命意义含蓄不尽的表达，从“六义”的“比”“兴”之说，到《诗大序》的“主文而谲谏”、《易传》提出“言不尽意”“立象以尽意”，庄子提出“得意忘言”，到王弼的“得意忘象”，无不主张诗歌等艺术创作的含蓄委婉性。到了魏晋南北朝时期，陆机、刘勰、钟嵘等对意、象（物）之间关系的进一步阐发，再到唐王昌龄对物色与意兴、景与意及“境”与“象”、“境”与“思”、“境”与“意”等概念之间关系的阐释，进而提出“三境”“三思”说，皎然提出“诗情缘境发”“缘境不尽曰情”“义即象下之意”“采奇于象外”等命题，并提出“文外之旨”说及对诗歌创作中的“取境”的重视，这些对意境论的进一步发展起了很大的推动作用。权德舆提出“意与境会”，刘禹锡提出“境生于象外”，再到司空图提出“思与境偕”说，以高度凝练的语言对唐意境论进行了总结与概括。当然他提出的“思与境偕”说，离不开前人相关诗学理论的积淀，到了晚唐，司空图提出此诗学命题应该说除了他个人的学识修养以及他在诗歌创作及诗歌理论方面的实践经验与理论经验之外，更是意境论历史逻辑的必然发展结果。

司空图生活于晚唐，站在诗歌创作曾经无限辉煌的唐王朝的末端，盛唐丰富的诗歌创作实践，大量优秀诗人创作出的各类题材的不朽诗歌作品，均为中晚唐诗歌理论的发展做了很好的铺垫。具体来说，唐朝意境论的最终形成离不开以下一些因素。

首先，唐朝诗歌创作的丰硕成果是其实践基础。从形式上来说，唐朝近体诗日臻完善；从内容上来说，题材越来越丰富；从表现风格上来说，越来越多元化，虽然到了中晚唐诗歌创作逐渐走下坡路，但是盛唐余韵犹存，盛唐诗歌重“风骨”“兴象”的审美理想影响力仍在；从诗歌创作及审美鉴赏上来说，逐渐摆脱先秦到两汉儒家政教美刺的审美标准，越来越注重诗歌的艺术性。

其次，唐代儒、道、佛三教融合，尤其是道教、禅宗的影响，一些道教及佛教用语被借鉴、引入到诗学理论中，如“境”概念等。另外，佛教、道教提倡个体心性的修养，主张内心的平静，静心、凝心、心法、明心见性、顿悟等概念亦被引用到诗学领域，静心是为了排除外界的干扰，从而能够对外部“境”“象”更好地进行观照，达到“心”与“境”的交融谐和。佛法提倡心与物、心与境的交融等心性论亦被引入诗歌创作中，一些诗人及诗论家往往兼为道教徒或佛教徒或者深受佛、道思想的影响，如皎然为僧人出身，却又是诗人、诗论家，又如与司空图同时代的僧人齐己、虚中、尚颜等同时又是诗人。王昌龄、权德舆、刘禹锡、司空图等均与道教徒、僧人交往甚密，且喜读佛、道经典。佛、道思想对这些诗人、诗论家产生了潜移默化的影响，亦渗透到他们的诗歌创作及诗学思想中，使得唐代诗学理论更丰富、更深邃，也更博大精深。道教、佛教（尤其是禅宗）的一些思维方式亦对诗学思想产生了深刻的影响。如道教、玄学关于言、意、象之间关系的阐述对魏晋以来至唐代的诗学关于言、意之间的关系，意、象，意与境之间的关系均产生了深厚的影响。禅宗主张的“不立文字”“不涉理路”“不落言筌”“绕路说禅”等思维方式对文学理论的“言外之意”说、对皎然提出的“文外之旨”说、权德舆的“意与境会”、刘禹锡的“境生于象外”、司空图的“象外之象”“景外之景”“味外之旨”“韵外之致”说等都有深刻的影响。禅宗主张“不著文字”与文学艺术重含蓄温婉是相一致的。

再次，魏晋南北朝至唐代艺术创作形式日益丰富，诗、书、画、乐等艺术创作实践及理论的相互影响、渗透、借鉴，使得唐代诗歌艺术创作与理论更丰富、完善。如绘画理论中谢赫在《古画品录》中提出的“取之象外”说；中晚唐诗歌理论越来越丰富，有不少诗格类的作品诞生，如皎然的《诗式·辩体有一十九字》、齐己的《风骚旨格》、虚中的《流类手鉴》、徐寅的《雅道机要》，还有已散佚的李洞辑《贾岛诗句图》、郑谷的《国风正诀》等，为中晚唐诗歌理论的总结奠定了深厚的实践基础，加上众多诗歌理论的产生与发展，诗论家提出的诗学理论，尤其是上文重点论述的王昌龄、皎然、权德舆、刘禹锡等在意境论方面作出突出贡献的诗学理论家提出的相关诗学理论或多或少地启发、影响了司空图的诗学理论。

司空图提出的“思与境偕”说与“四外”说是紧密相关的。“四外”说是对“思与境偕”说必要的、有益的补充与理论延伸，也是对诗“境”说进一步的完善。在艺术构思过程中做到“思与境偕”，即作者之“思”与世界之“境”相交融，是诗歌能创造出“象外之象”的前提。反之，诗歌若能表现出“象外之象”“景外之景”，则必然能做到“思与境偕”。诗歌在艺术想象与艺术构思时做到“思与境偕”，在诗“境”创造时做到“象外之象”“景外之景”，才能使诗歌具有“韵外之致”“味外之旨”。所以，司空图的“思与境偕”说与“四外”说是相互融合、相互渗透的，共同构成了司空图的诗“境”理论，奠定了他在中国古代文学批评史上的突出地位。

小结

本章通过对司空图关于诗歌的艺术思维论与创作论——“思与境偕”说的论述及其理论渊源的逻辑梳理，并联系与“思与境偕”说密切相关的“象外之象”说的理论来源，大概论析了司空图提出的这两个重要诗学命题的历史的、逻辑的来源与发展。学界多把这两个诗学命题割裂开来研究，多把“象外之象”说与“景外之景”“韵外之致”“味外之旨”说联系起来研究，但笔者通过研究发现，“思与境偕”说与“象外之象”说从理论的逻辑渊源上来说有着更密切的联系，理当放在一起进行研究。因此，本章分别从两条基本路线展开论述。一条路线是追述“思与境偕”说在唐代以前的思想观念基础，即对“象”思维的形成与逻辑发展展开论述，包括先秦两汉“象”思维的萌芽与发展，六朝“得意忘象”论的提出，对“象”思维的拓展，即六朝时期对艺术想象、艺术构思的重视，由“象”向“象外”扩展；另一条路线，是追溯“境”的历史源头及逻辑发展，包括“境”如何从本义到六朝至初唐逐渐与艺术创作相结合，境与物、境与象、境与思的结合。这样本来属于两条发展路线的“象”与“境”在唐代三教融合的大背景下，在各艺术门类的繁荣发展及相互融合、渗透下逐渐交融、汇合。进而经王昌龄、皎然、权德舆、刘禹锡等人对意境论的相关论述，唐意境论逐渐形成，最终由司空图提出“象外之象”说、“思与境偕”说，对意境论做了高度的总结与提升，为唐意境论画上了一个完美的句号。意境论是中国古代文学理论、艺术理论的最高审美范畴，是对唐代及之前繁荣的诗歌艺术之美的高度总结，进而渗透到其他艺术领域，成为中国古代艺术的最高审美标准，并成为衡量诗歌等艺术的一个标尺，对唐以后的艺术理论具有深厚的影响。

文学理论的发展是一个动态演变的过程。对“思与境偕”说等相关诗学理论进行溯源，一方面可以了解其基本的发展脉络，以及其与相关理论的交融、渗透，了解中国古代相关诗学命题、范畴发展的基本路线，从中看到司空图对此诗学理论的突出贡献，也可看到前人所作的贡献。另一方面可以通过对“思与境偕”说及其相关理论渊源的论析，探究中国古代诗学与哲学、美学及其他艺术理论之间的相互关系，使我们能够进一步认识文学艺术的审美标准的发展变化与一定时代的思想理论背景、审美风尚之间的内在联系。

第三章

司空图韵味说及其渊源

——诗歌的审美特征与鉴赏论

在《与李生论诗书》中，司空图提出了两个重要的诗学命题：“韵外之致”与“味外之旨”，我们可以统称为“韵味说”，因为二者均是从诗歌的审美特征与鉴赏论的角度来论诗的，都是强调诗歌文本整体上所体现出来的一种含蓄蕴藉、让人回味不尽的美感。

关于诗歌的韵味说，尤其是诗味论，前人研究成果较多，其中专著有三部，分别为陈应鸾先生的《诗味论》[①]、张利群先生的《辨味批评论》[②]、陶礼天先生的《艺味说》[③]。一些文学批评史中也有论及，代表性的如王运熙、顾易生先生主编的《中国文学批评通史》之隋唐五代卷部分对此做了较好的论述[④]。不少学术论文对此也做了阐述。

总体而言，前人关于韵味说，尤其是诗味论取得了丰硕的研究成果，主

① 陈应鸾：《诗味论》，成都：巴蜀书社 1996 年版。

② 张利群：《辨味批评论》，桂林：广西师范大学出版社 2000 年版。

③ 陶礼天：《艺味说》，南昌：百花洲文艺出版社 2009 年版。

④ 王运熙、顾易生主编：《中国文学批评通史》（隋唐五代卷），第 671—676 页。

要表现在诸如诗味论的历史发展演变及前后继承，诗味论与中国古代饮食文化的关系，从中西文论比较的角度，论述了“味”是具有中华民族特色的审美范畴，诗味论在宋、元、明、清的发展延续等。不足主要表现在如下几点：其一，不少学者仅局限于就“味”论“味”，忽略了“味”“韵”审美范畴内涵的变化与时代审美风尚及艺术独立性的关系。其二，一些学者忽略了诗味论与书、画、乐论之间的相互影响、渗透。诗味论不是单线发展的，是伴随着艺术的繁荣以及其他相关审美范畴、审美理论的发展而发展的，如意境论、澄澹说等范畴和理论的发展对韵味说的形成均起了非常重要的作用。其三，一些学者虽然看到了佛、道思想对韵味说的影响，但论述不够详细，尤其是佛学思想对韵味说的影响论述得较少。应该说韵味说主要受佛、道、玄思想的影响，唐代儒、道、佛融合的文化背景为其提供了适合的土壤。其四，前人对韵味说与文学批评发展新趋势的内在关系的论述亦不够深入。先秦两汉注重伦理、本事意义，魏晋南北朝、唐代注重选本批评、文本批评，均遵从艺术标准，注重诗歌的含蓄性、言外之意、文本之外的内涵。其五，前人关于“味”“韵”论研究得较多，但关于“味”与“韵”两个范畴的结合研究得较少。本章不是简单地为韵味说溯源，也不是单纯地谈前人诗味论对司空图韵味说的影响，而是立足于大的历史背景，将审美范畴的发展演变与时代精神、审美风尚联系起来，从历史发展的角度来考察韵味说的逻辑发展，并重点论述韵味说形成的哲学基础，且从文论与书、画、乐论的相互影响来论述韵味说形成的思想理论背景，论述司空图提出韵味说的历史必然性。本章力图在前人研究的基础上做一些补充与扩展，前人研究较多的部分将简要论述，前人研究较少或忽略的部分将重点展开论述。

本章将对司空图韵味说的渊源做较为系统的考论，首先从司空图韵味说的提出及其基本内涵着手，接着追溯“味”“韵”说的渊源，论述先秦、两汉的诗味论到魏晋南北朝、唐代韵味说发展的基本历程，各个时代所表现出的特征以及思想理论背景。具体来说，每个朝代又分别从内、外因两个方面来分析韵味说的渊源流变，内因主要从韵、味范畴内涵的变化符合艺术本身的发展规律来进行分析，外因从玄学、佛、道思想以及书、画、乐论对韵味说的渗透与影响来进行分析。

司空图提出的“味外之旨”“韵外之致”说均强调诗歌所表现出的整体的、含蓄不尽的艺术美感。诗歌应有“言外之意”“弦外之音”，要有“留白”“不说尽”，应“虚实相生”，能给人无限联想、想象的空间，这与佛、道的精神是相契合的。加上这一时期各种艺术门类前所未有的繁荣，彼此相互渗透，以“味”论诗、以“味”论书、以“味”论画较频繁地出现在各种艺术批评理论之中。就以“味”论诗来说，离不开唐诗的创作实践，唐诗的鼎盛，促进了唐诗歌理论的繁荣。另外，唐诗歌批评亦呈现多元化，选本批评、文本批评、韵味批评繁盛，文学理论日益丰富，促进了诗歌意境论的形成，使得这一时期的文学批评日臻成熟、系统。正是在这种特殊的时代背景与审美风尚的熏染下，“味”“韵”这种较玄虚、空灵的审美范畴出现频率才越来越高，而先秦的“兴观群怨”“尽善尽美”“知人论世”、两汉的“诗言志”“审乐知政”等诗学命题越来越淡出诗歌批评理论，魏晋南北朝时期对诗歌之“味”的重视，诸如陆机的“遗味”说、钟嵘的“滋味”论、刘勰的“余味”说，到唐代王昌龄、皎然、刘禹锡等人对诗之“味”进一步加以阐释，直至晚唐司空图提出“味外之旨”“韵外之致”说，对唐诗歌理论做了高度凝练的艺术总结。因此，韵味说最终的确立与这一特殊历史背景与文化密切相关，是这一时期大的时代背景、多元文化的产物。尤其佛、道思想的影响，以及对诗、书、画、乐论的借鉴吸收，均是司空图提出韵味说不可或缺的历史条件。

第一节　司空图韵味说的基本内涵

晚唐的司空图对诗味论作出了杰出的贡献。他提出“味外之旨”“韵外之致”说（统称为韵味说），以凝练的文字对前人的诗味论做了高度的总结，使得韵味理论最富美学的意味。“味外之旨”“韵外之致”说与他提出的“象外之象”“景外之景”“思与境偕”说等是其诗学理论的有机组成部分，从而使其韵味批评与诗“境”理论彼此相互渗透，体现了司空图较完整、系统的诗学思想，也体现出司空图诗学理论的一个重要特色，即从纯艺术的、美学的角度来论诗。

司空图韵味说的提出不是偶然的，首先是唐以前以“味”论艺、以“韵”论艺的历史积淀，包括先秦两汉诗味论的发端、魏晋南北朝诗味论的进一步发展，均为唐代对诗之“味”“韵”的重视奠定了一定基础。其次，韵味论的提出离不开唐代特定的时代背景。主要表现在三个方面。第一，唐诗的繁荣为唐诗学理论的繁盛奠定了实践基础。唐诗歌等艺术异常繁盛，艺术的独立性越来越高，虽然唐代，尤其是中唐，如元稹、白居易等人也提倡诗歌的社会政治功能，但从整体来看，唐代文人士大夫更多是从艺术的角度去评诗、论诗。唐代前期政治的相对稳定、经济的繁荣、文化的多元化，为唐诗歌的繁荣创造了必要条件。诗人们凭借诗歌抒发情感，诞生了李白、杜甫、王昌龄、王维等大批风格各异的优秀诗人及不朽诗篇。这为唐代诗歌批评、诗歌理论的繁荣奠定了必要前提。第二，唐代诗学批评理论注重审美批评为韵味说的提出奠定了理论基础。唐代诞生了殷璠的《河岳英灵集》、王昌龄的《诗格》、皎然的《诗式》等较系统的诗学理论，从诗歌的创作、鉴赏、意境等方面提出了非常有价值的理论，既对唐诗歌进行理论总结，又进一步促进了诗歌的创作。这些诗学理论的一个共同特色就是多从艺术、美学的角度去论诗。这为晚唐司空图对唐代诗学理论作出高度总结奠定了一定的基础。第三，唐佛、道思想的繁盛以及向诗学等艺术理论的渗透为韵味说的形成奠定了思想基础，唐书、画、乐论的繁荣以及各门类艺术理论的相互渗透也对韵味说的形成产生了很大影响。

司空图的诗学离不开前人的铺垫，其韵味说同样离不开前人对诗味论作出的贡献，彼此有着内在的历史的逻辑联系。另外，司空图个人的诗学修养及较高的鉴赏品位，也与其韵味说的提出有着密不可分的联系。司空图是创作型的诗论家，自身创作了不少优秀的作品，且其诗、书、画、乐兼善，加上中晚年的他淡泊名利、隐居田园、远离尘嚣及对诗的酷爱，也使他更容易从唯美的角度去品诗、论诗。同时，唐书、画、乐论的丰富及其与诗论的相互渗透，唐代佛、道思想的兴盛，以及这一时期审美观念、时代精神及审美范畴的变化等与韵味说的提出也有着千丝万缕的潜在联系。以下将联系司空图诗文集相关内容看“味外之旨”“韵外之致”说的基本内涵。

一、从司空图论诗杂著看韵味说的基本内涵

“味外之旨”“韵外之致”说这两个诗学理论均出自司空图的论诗杂文《与李生论诗书》：

> 文之难，而诗之难尤难。古今之喻多矣，愚以为辨于味，而后可以言诗也……诗贯六义，则讽谕、抑扬、渟蓄、温雅，皆在其间矣。然直致所得，以格自奇。前辈诸集，亦不专工于此，矧其下者耶！王右丞、韦苏州，澄澹精致，格在其中，岂妨于遒举哉？贾浪仙诚有警句，视其全篇，意思殊馁，大抵附于蹇涩，方可致才，亦为体之不备也，矧其下者哉！噫，近而不浮，远而不尽，然后可以言韵外之致耳……盖绝句之作，本于诣极，此外千变万状，不知所

以神而自神也，岂容易哉？今足下之诗，时辈固有难色，倘复以全美为工，即知味外之旨矣。[①]

《与李生论诗书》主要阐述的是司空图韵味说的理论及辨味批评的理论，书中指出诗歌批评重在辨“味”，即诗歌的好坏主要看其是否有味道，并以王维、韦应物及贾岛为正反两方面的例子。王、韦二人的诗歌“澄澹精致，格在其中”；贾岛的诗从其全篇来看，则显“蹇涩”，且“体之不备”。由此可见，王、韦二人的诗有“味”。进而指出，若能做到“近而不浮，远而不尽”，则可言“韵外之致”；如能达到“全美为工”，即可知“味外之旨”。由此可见，司空图非常看重诗歌的“韵”“味”“韵外之致”“味外之旨”。以下将联系其相关诗论简要分析其“韵外之致”“味外之旨”的内涵。

（一）“韵外之致”说的基本内涵

在论述“韵外之致”说的基本内涵之前，先来看“韵外之致”之“韵”的内涵。司空图诗文集中出现多处“韵”字，“韵”的含义大致可分为三类。

其一，与音乐、声响有关，指声韵、韵律：

阿母亲教学步虚，三元长遣下蓬壶。云韶韵俗停瑶瑟，鸾鹤飞低拂宝炉。（《步虚词》）

人不陋今，才惟振滞。韵笙簧于骚雅，资粉泽于风流。（《〈擢英集〉述》）

喜闻三字耗，闲客是陪游。白鸟闲疏索，青山日滞留。琴如高韵称，诗愧逸才酬。（《寄考功王员外》）

亦知王大是昌龄，杜二其如律韵清。还有酸寒堪笑处，拟夸朱绂更峥嵘。（《力疾山下吴村看杏花十九首》）

---

① 祖保泉、陶礼天笺校：《司空表圣诗文集笺校》，第193—194页。

其二，指高雅、闲适的生活情调或韵致、韵味：

箨冠新带步池塘，逸韵偏宜夏景长。扶起绿荷承早露，惊回白鸟入残阳。久无书去干时贵，时有僧来自故乡。不用名山访真诀，退休便是养生方。(《华下》)

率怕人言谨，闲宜酒韵高。山林若无虑，名利不难逃。(《漫题三首》)

闲韵虽高不衒才，偶抛猿鸟乍归来。夕阳照个新红叶，似要题诗落砚台。(《偶诗五首》)

景物诗人见即夸，岂怜高韵说红茶。牡丹枉用三春力，开得方知不是花。(《红茶花》)

孤屿池痕春涨满，小栏花韵午晴初。酣歌自适逃名久，不必门多长者车。(《归王官次年作》)

诗家偏为此伤情，品韵由来莫与争。解笑亦应兼解语，只应慵语倩莺声。(《杏花》)

春添茶韵时过寺。(《抚事寄同游（句）》，以上诗残句录据童养年《全唐诗续补遗》卷十三，原辑录自元李治《敬斋古今黈·逸文二》。)

其三，用于人物品藻，指脱俗、雅致的神韵、情致或才气：

人中则韵仰神仙，席上则价饶鹦鹉。破琴伤逝，无复知音。梦笔摛祥，频惊借彩。(《注〈愍征赋〉述》)

某甲郎不夸才韵，小娘子何暇调妆。(《障车文》)

可以见出，司空图诗文集中“韵”字的出现频率非常高，且多指高雅、闲适的生活情调、韵致、韵味或脱俗、雅致的神韵、情致，可见司空图非常看重“闲韵”“高韵”“逸韵”。“韵外之致”之“韵”显然与第二、三种含义较接近。

再来看“韵外之致”说的基本内涵。陶礼天先生在其著作《艺味说》中专门就“韵外之致”进行了较仔细的分析。他认为，司空图的“韵外之致”之“韵”，与皎然《诗式》中的“风韵”意思相当，“就是诗歌的境界品格所显现出来的风致美，一种艺术魅力；‘韵外之致’就是对诗歌的境界品格所显现出来的这种风致更高一层境界的要求，是风致之外的风致——就是说不仅要有艺术魅力，而且还要有一种别具的令人品味无穷的美”。[①] 笔者基本赞同陶先生的说法，此外，联系上下文，笔者认为司空图的“韵外之致”还含有优秀诗歌所流露出来的一种只可意会、不可言说的美。司空图指出“近而不浮，远而不尽，然后可以言韵外之致耳”，所谓“近而不浮，远而不尽”是指诗歌所表现的一种有时虽切近却意境亲切、鲜明，有时虽幽深却含蓄不尽，给人无限联想、想象的空间，令人回味的意境，也就是通常所说的“言有尽而意无穷”。这种意境之美饱含了作者的情感，对人生的领悟，表现了作者从容、闲适的生活态度，开阔的胸襟，并以简约、清丽、澄澹精致的诗的语言将其表达出来。在《与李生论诗书》中，司空图极力称赞王维、韦应物的诗“澄澹精致，格在其中”，联系王、韦二人的诗的确可以看出二人诗之“韵外之致”。如王维的“白云回望合，青霭入看无”“但去莫复问，白云无尽时”“行到水穷处，坐看云起时”“君问穷通理，渔歌入浦深”“古木无人径，深山何处钟”；韦应物的“空山松子落，幽人应未眠”“落叶满空山，何处寻行迹”“浮云一别后，流水十年间”等诗句无不给人一种意犹未尽的感觉，同时又有一种含蓄蕴藉、只可意会不可言传的意境之美，留给读者无限遐想的空间。这种意境之美，不仅仅表现在文字的形式，即文辞优美、对仗工整、韵律和谐上，更表现在其欲言又止，传达出一种言而未尽的深层的

① 陶礼天：《艺味说》（上卷），第 185 页。

情致上，这就需读者用心去体悟、揣摩、咀嚼其文字之外的无穷情致、风韵，也就是其“韵外之致”。

（二）“味外之旨”说的基本内涵

在论述“味外之旨”说的基本内涵之前，先来看“味外之旨”的“味”。司空图诗文集中“味”字的使用也较多，与诗“味”相关的主要有以下几处：

> 文之难，而诗之难尤难。古今之喻多矣，愚以为辨于味，而后可以言诗也。(《与李生论诗书》)
>
> 今于华下方得柳诗，味其深搜之致，亦深远矣。(《题柳柳州集后》)
>
> 十年难逃别云林，暂辍狂歌且听琴。转觉淡交言有味，此声知是古人心。(《歌者十二首》其五)

其中，“辨于味，而后可以言诗”，是指诗歌的鉴赏重在辨别其是否有味道，若其有“咸酸之外”的“醇美”之味，方是好诗。也就是说，诗之“味”，不能只有一种单调的味道，或“咸”或“酸”，而应如美味佳肴，酸甜苦辣咸各种滋味相交融，才能给人以“醇美”的享受。司空图在这里明确提出好诗如美味，不仅能满足人们感官上的需求，更能给人精神上的享受。“味其深搜之致”，这里的“味”是品味、咀嚼的意思，言下之意，通过对柳宗元的诗进行认真品味，方能体会作者作诗是经过认真思考揣摩的，因此才有如此深远的情致。“转觉淡交言有味”①，是指诗人因逃难告别王官谷寓居华阴，过着悠闲的日子，淡于社交，听琴品诗，静下心来能品出古人诗之深厚

① 上引《歌者十二首》组诗与《题柳柳州集后》均为作者自广明元年（880）因黄巢起义逃难至华阴时所作，由“十年难逃别云林”及“今于华下方得柳诗”等句可推知，此十几年间，作者过着隐居山林，品诗、听琴，与山林为伍的悠闲自在时光。此种心境的确适合吟诗品诗，领悟人生。

的韵味。

当然这只是几处从字面上来看直接以“味”论诗的诗句。另外还有一些间接以“味”论诗的，如《与李生论诗书》中，他指出美好的诗要“醇美”，即甘醇的美；他评王维、韦应物的诗“澄澹精致”，意思指二人的诗味“澄澹”，可见他崇尚平淡之味的诗，诗因平淡、自然，才更耐人寻味。这也是前文所论对老庄主张“平淡”之味的继承发扬。

在《与李生论诗书》中，司空图列举了自己颇为得意的二十几首诗，其中不乏“味”之诗句，如：“草嫩侵沙短，冰轻著雨消。”通过对嫩嫩的小草慢慢破土和薄冰遇春雨即融化的形象描绘，把早春的气息生动传达出来。司空图颇为自负的这些诗句，其中一些也为后人所欣赏，如本书第一章就提到宋苏东坡即认为司空图“诗文高雅，犹有承平之遗风”，又说“司空表圣自论其诗，以为得味外之味。‘绿树连村暗，黄花入麦稀’，此句最善。又云‘棋声花院静，幡影石坛高’[①]，吾尝独游五老峰，入白鹤院，松阴满庭，不见一人，惟闻棋声，然后知此句之工也，但恨其寒俭有僧态”[②]。其中，第一联指的是司空图所作之《独望》：“绿树连村暗，黄花入麦稀。远陂春早渗，犹有水禽飞”，第二联“棋声花院静，幡影石坛高”为残句。可见，苏东坡甚是欣赏司空图的诗句，认为其诗文高雅有味，尤赞赏所引两句，非身临其境不能体会其妙。

再来看“味外之旨”说的基本内涵。“味外之旨”的前提是诗歌要有“味”，在此基础上才有可能有“味外之旨”。“味外之旨”主要是从诗歌鉴赏的角度说的，重在指诗歌“言有尽而意无穷”。陶礼天教授指出“味外之旨”包含两个层次的美感，第一层次的美感是指诗歌所运用的语言、声韵以及主客体的理、事、情、景等构成整体的意象，共同构成诗的意境；第二层

---

① “棋声花院静，幡影石坛高”出自司空图文集《与李生论诗书》，此句引自王云五主编：《丛书集成初编·元丰题跋　东坡题跋》之《东坡题跋》卷二，据《津逮秘书》本影印，与四部丛刊本“棋声花院闭，幡影石幢幽”文字上略有出入（《司空表圣文集》卷二，第 2 页。台北：台湾商务印书馆印行）。

② （宋）苏轼：《书司空图诗》，参见王云五主编：《丛书集成初编·元丰题跋　东坡题跋》之《东坡题跋》卷二，据《津逮秘书》本影印，第 43 页。

次的美感是指读者赏玩此诗之意境，品其“味”，并结合自己的审美经验和想象，获得一种咀嚼不尽、久浸于心的“味”之享受[①]。也就是说“味外之旨”包含作者的诗“境”创作与读者审美体验两个过程，更侧重于读者的审美接受与鉴赏。此外，笔者认为“味外之旨”除了强调读者对诗“境”的审美鉴赏之外，主要还是指读者能够充分发挥自己的想象，用心体会诗中所蕴含不尽的、作者未直接言说的意蕴。从文字表面所看到的是“味内味”，文字内层所蕴含的意思才是作者真正想表达的、需读者去体味的“味外味”，而诗歌之美就在于其含蓄、委婉，不说透，也就是美在其有“味外味”。

在司空图提出“味外之旨”说之前，中唐皎然就提出过“文外之旨”说，所谓“两重意已上，皆文外之旨”[②]，是指诗句若具有两重意蕴以上，即可说具有“文外之旨”。“文外之旨”与“味外之旨”意思已非常接近，均是突出诗歌的多义性、含蓄美。其区别在于“味外之旨”说除了强调诗歌的多义性外，还重在强调读者的审美参与、审美鉴赏，诗歌的含蓄美唯有读者的成功“接受”才真正能体现出来。所以，司空图的“味外之旨”说并不是对皎然“文外之旨”说的简单重复，而是在其基础上的进一步发挥。

那么诗歌如何具有“味外之旨”？联系《与李生论诗书》上下文，首先从诗歌创作上来说，需要作者有丰富的人生体验、丰富的情感及高超的创作技巧。《与李生论诗书》写道：“盖绝句之作，本于诣极，此外千变万状，不知所以神而自神也，岂容易哉？今足下之诗，时辈固有难色，倘复以全美为工，即知味外之旨矣。”在此文中，作者还详列了自己所创作的二十几首甚为满意的诗句，从季节上来看，有春、夏、秋、冬；从地点来看，有“得于山中”“得于江南”“得于塞下”“得于道宫”“得于佛寺”“得于郊园”；从情绪上来看，有“得于寂寥”“得于惬适”，描述了作者不同时期、不同地点的不同感受。其中不乏具有“味外之味”的佳句，上文已有阐述，不再赘述。司空图此文所论，主要是指绝句，绝句短小精悍，却言简意赅，且富

① 陶礼天：《艺味说》（上卷），第183页。

② （唐）皎然著，李壮鹰校注：《诗式校注》，第42页。

于变化，即司空图所说“千变万状”，恰如钟嵘所说“四言文约意广……每苦文繁而意少……五言居文词之要，是众作之有滋味者也……岂不以指事造形、穷情写物，最为详切者耶？”。绝句有五言、七言之分，唐代绝句的创作达到登峰造极的程度。这里司空图肯定了唐代绝句的成就，“盖绝句之作，本于诣极”，指绝句的创作需作者具有高深的艺术造诣。在此基础上，需要作者进入一种极佳的、忘我的创作境界，“不知所以神而自神”，将自己丰富的人生感受、体验用精美的诗句表达出来，这就需作者充分发挥艺术想象，即所谓“神而不知，知而难状。挥之八垠，卷之万象”（《诗赋赞》）。进而提炼文字、组织语言，将眼中之景、心中之情用贴切、含蓄的文字传达出来，这就是“全美为工”，精美的语言加上美好的意境，从而创作出具有“味外之旨”的诗句。

其次，从读者鉴赏的角度来说，需要读者用心、仔细体会诗句的含义，努力发现、挖掘其深藏的意旨，这非高超的鉴赏者莫能，这也即皎然所说的“若遇高手如康乐公览而察之，但见情性，不睹文字，盖诣道之极也”。[①] 也就是说如谢灵运这样的鉴赏高手方能做到透过文辞表面，直达“文外之旨”，这才真正能够品其“味外之旨”。因此对读者的要求也很高，需其有丰富的人生经验、很好的鉴赏力，也是上文所说为什么苏东坡体会到司空图诗句“棋声花院静，幡影石坛高”之工，是在其经历了相似境况之后才深味其诗之美。所以，诗歌“味外之旨”只有通过作者、读者的共同努力，方能显现。

二、韵味说与司空图相关诗论的内在联系

接下来看“味外之旨”“韵外之致”说与司空图相关诗论的内在联系。从总体上看，司空图的韵味说与其相关诗论有着密切的联系，彼此渗透，共

① （唐）皎然著，李壮鹰校注：《诗式校注》，第 42 页。

同构成司空图的审美诗学理论。司空图的韵味说重视诗歌的多义性、含蓄美以及诗歌所传达的“言有尽而意无穷”的意境美，这种只可意会不可言传的美带给读者无限遐想的空间。这和先秦两汉所强调的诗歌等艺术的政教功能是截然不同的。先秦儒家主张诗歌兴观群怨的功能，认为诗歌应温柔敦厚。汉儒秉承儒家的诗学思想，强调“诗言志”“发乎情，止乎礼义”“主文而谲谏”，诗歌成为政治的附庸。魏晋六朝艺术日益独立，加上玄学、佛教的影响，文人士大夫逐渐追求诗歌等艺术的审美功能，越来越重视艺术的“味”“韵”。唐代诗歌等艺术异常繁盛，艺术的审美功能愈加凸显，从殷璠、李白、王昌龄到皎然、高仲武等无不高唱诗歌的艺术美。晚唐的司空图延续、继承了这种诗歌审美批评的标准，对唐代的诗歌艺术做了完美的总结，提出了丰富的诗学理论，形成了其个性鲜明、颇具特色的诗学思想。这就是从纯艺术的、审美的角度来评诗、论诗。韵味说是司空图诗学理论的重要组成部分，与他提出的“象外之象”“思与境偕”“诗贯六义”“醇美”“澄澹精致”“缘情纷状”等诗学理论一起构成其丰富的、较为系统的诗学体系。司空图对唐代及之前的诗学理论做了高度的总结，对中国古代的诗学理论产生了深远影响。

以下简要剖析司空图韵味说与其诗文集中相关诗论的内在联系，以从整体上更好地理解、把握其诗学理论。司空图的诗学理论是建立在辨味批评基础上的，他的诗学核心内容即是韵味说，韵味说与其他诗学理论有着密切的联系。

（一）“韵味说”与“思与境偕”说的联系

前文已经论述过，在诗歌创作论上，司空图提出“思与境偕”说，即主张作者的思想感情和思维活动与外境应交相熨帖、和谐交融，情思因“境”而触发，也就是司空图所说的“缘情纷状”“触兴冥搜”（司空图:《注〈愍征赋〉述》），从而引发作者的艺术想象、艺术构思。因此，在司空图看来，诗歌是抒情的艺术，情感是其基础，情因境而起，这也是刘勰《文心雕龙·物色》篇所说的“情以物迁，辞以情发”，作者尽情发挥自己的艺术想象力，进入“神而不知，知而难状。挥之八垠，卷之万象”（司空图:《诗赋赞》）的神思状态，将眼中的“境”与心中的“情”以美好的言辞、巧妙的构思、美妙的韵律艺术地、贴切地表达出来，但是这种表达又不是直白的抒情，而是婉转、含蓄的表达，从而创造出一种“象外之象”“景外之景”的美好意象，使诗歌呈现出缥缈、朦胧之美。这需要作者有深厚的艺术修养、强烈真实的情感、丰富的人生体验、纵横驰骋的想象力、源源不断的才情、高超的艺术表现力。诗歌的韵味美就在于其美好意象、意境的生动而又含蓄不尽的表达，给人一种余音绕梁之感。所以诗歌的巧妙的艺术构思、生动意象的生成以及诗歌创作中做到“思与境偕”是诗歌有“韵味”的第一步。

就具体意境的创造来说，并非所有“思与境偕”的作品都有韵味，唯有达到“近而不浮，远而不尽”的境界的诗作方能让人回味不尽。前文已经分析过，“近而不浮，远而不尽”是指诗歌的多重意象，有的意象切近、鲜明而生动，有的则深远而含蓄，恰如司空图非常欣赏的王维、韦应物的诗歌，语言澄澹却让人回味悠长，有禅意禅味，也即佛教上常讲的“言近旨远”。司空图思想深受禅宗及道家的影响，而禅宗的思想又与道家、玄学的思想相互交融，道家的“得意忘言”、玄学的“得意忘象”、佛教的“不立文字，直指人心”等崇尚“言外之意”“弦外之音”的意境，追求空灵、恬淡、澄静、自然的“醇美”，这些均表现在司空图诗学理论的字里行间。司空图也喜李白、杜甫、王昌龄等人的诗，他论道“杰出于江宁，宏肆于李杜”“亦知王大是昌龄，杜二其如律韵清”，但从其诗文集总体来看，他更喜王维、韦应物，多次提到二人的诗“澄澹精致”“趣味澄敻”，二人的诗歌均富有禅理，说明司空图诗学思想受道、佛的影响更深。司空图也提倡“诗贯六义”。第一章已分析过，他眼中的“六义”已不同于传统儒家的“六义”，他赋予了“六义”新的内涵，所谓“诗贯六义，则讽谕、抑扬、渟蓄、温雅，皆在其间矣”。他不否认诗歌的讽谕功能，但也注重诗歌的音律美及含蓄、温雅之美，这从其对元稹、白居易诗之评价就可看出。元、白的诗向来以通俗、直白、易懂著称，但是却不合司空图的胃口，他更喜王、韦那种藏而不露、含蓄蕴藉、耐人回味的诗风。另外，他也对贾岛、刘得仁辈诗歌提出了中肯批评，认为“视其全篇，意思殊馁，大抵附于蹇涩，方可致才，亦为体之不备也”，其虽“时有佳致，亦足涤烦。阙后所闻，逾褊浅矣”等言论均可看出他诗歌的审美倾向，即崇尚自然，反对过分雕琢，崇尚“澄澹精致”，反对“力勍而气孱”之作，欣赏“全美为工”的“醇美”之作，反对思路狭窄、文辞浅薄之作。

（二）“韵味说”与诗人“才”“格”的关系

司空图还很看重诗人的才、格，应该说才、格是诗歌韵味必不可少的条件之一。在其诗文集中，他多次论才、格：“然直致所得，以格自奇”（《与李生论诗书》），“作者为文为诗，才格亦可见”（《题柳柳州集后》），“人之格状或峻，其心必劲；心之劲，则视其笔迹，亦足见其人矣”（《书屏记》）。这里的“格”总体而言，是指诗人的风度、气韵、品格，“才”是指诗人的才气，也就是说诗歌或书法等艺术的创作风格与诗人的气质、风度、品格及才气密切相关，这也即前文所说的皎然主张的“文章关其本性，识高才劣者，理周而文窒；才多识微者，句佳而味少”，认为作者“才”“识”兼备方能创作出有“味”的诗句。曹丕主张“文以气为主”，司空图进一步发挥，认为作者的才、格在艺术创作中有重要作用。当然他还主张诗人情感在诗歌创作中的重要性，即“缘情纷状”，继承了六朝陆机、刘勰、钟嵘等人主张的“诗缘情”说及唐代殷璠、王昌龄、皎然等人肯定诗歌抒情性的传统。诗人才格兼备、情感丰富，方能创作出富有韵味的作品，反之，诗歌的韵味也同样能够折射、反映出诗人的才情气韵。所以，司空图认为人品与诗品是相统一的。诗人若气韵非凡，其创作的作品也应韵味十足。可见，他以韵味论诗在某种程度上是以韵味论人，反映出唐代一些伟大诗人往往是才情兼备、气格高尚的，诸如他称赞李白“气澄而幽，万象一镜。擢然［诩］然，傲睨浮云。仰公之格，称公之文”（《李翰林写真赞》）。前文也说过他多次以

“韵”“味”论人、论诗，应该说与《世说新语》的人物品藻以及佛家也常以“韵”“味”论经、文有某种潜在的联系。

第二节 唐代以前“味”“韵”概念的提出与其逻辑发展

本节主要论述唐代以前“味”“韵”概念的提出与其逻辑发展的基本历程，主要分为两个阶段，即先秦、两汉诗味论的发端和魏晋南北朝诗味论（包括以“韵”论诗）的发展。

一、先秦、两汉诗味论发端

（一）先秦诗味论的萌芽

先秦、两汉诗味论大概有两条基本线索，“和味”论与“无味”“淡味”论。其中，“和味”论主要表现在先秦早期，尤其是西周、春秋时期的一些经典著作中，如《尚书》《左传》《国语》等，为后来儒家所借鉴、吸收并继承发展。这个时期的“味”论主要是指“乐”味，由于这个时期的诗、乐、舞往往是三位一体的，所以“乐”论其实也是广义上的“诗”论。“无味”“淡味”论主要为道家的思想。

关于儒家的“和味”论与道家的“无味”“淡味”论，陶礼天教授在其著作《艺味说》中做了非常详细的考论，从“声亦如味”论的产生开始论述，追根溯源，进而对儒、道思想中的“艺味”观念进行了阐述[①]，认为“声亦如味”论把音乐的“和味”美感与主体“心平德和”相结合，从而将音乐的“和味”美感与“善”的伦理价值统一起来。且认为“声亦如味”论等相关思想，是与当时主要由儒家所倡导的礼乐文化传统紧密相连的[②]。

本节的论述思路受陶礼天先生的启发，但论述角度、重点有所不同。陶先生的《艺味说》主要论述了“味”这一审美范畴的历史逻辑的发展过程，并从这一独特的角度，对中国古代的艺术精神和审美理论做了阐述。本书除了论述“味”范畴如何向审美范畴转化外，还论述了“韵”范畴如何向审美范畴转化，并论述了这种转化与时代审美风尚和艺术独立性之间的内在联系，以及“味”“韵”范畴在南北朝如何逐渐相结合。另外还在陶先生相关论述的基础上，补充了一些佛、道思想对韵味说产生的影响，以及诗、书、画、乐论中的“味”论、“韵”论的相互结合、渗透。

由于先秦、两汉时期“韵”概念还未诞生，所以这一阶段主要阐述“味”论。先从先秦儒、道之前的“和味”论开始论述，并且结合先秦典籍，重在论述四个方面的问题，分别是：本属于感官的“味”如何与“乐”相结合，二者之间有何共性；“和味”与“和乐”又是如何与“礼”“政”相结合，并如何对儒家产生影响且为其所吸收借鉴的；与儒家相抗衡的道家的“无味”“淡味”论有何特点；儒、道两家的“味”论有何异同，对后世分别产生了哪些影响，究竟何为司空图韵味说的哲学理论基础。

1. 儒、道之前的诗味论

先看儒、道之前的“和味”论。我国古代最早的文献总集《尚书》中就有一些很有价值且对后世影响甚远的诗、乐论，如《尧典》记载：帝曰：“夔，命汝典乐，教胄子。直而温，宽而栗，刚而无虐，简而无傲，诗言志，

---

① 陶礼天：《艺味说》（上卷），第9—73页。

② 陶礼天：《艺味说》（上卷），第26—27页。

歌咏言，声依咏，律和声，八音克谐，无相夺伦，神人以和。"[①] 这段文字首先表现了一种"中和"的美学思想，"直而温，宽而栗，刚而无虐，简而无傲"，直接被后来儒家所继承，儒家提倡"乐而不淫，哀而不伤"的温柔敦厚之美。其次，指出了诗与乐之间的内在联系，都是用来表达人的情感、意志的，且它们的突出特点在于"和"，既表现在诗与歌的和谐；又表现在"律和声，八音克谐"，即律吕、八音不同乐器的和谐，乐器与音声的和谐；还表现在"神人以和"，古人认为神与人通过歌、诗可以相互交流、和谐共处。这种"中和"的美学思想对儒家乃至对中国古代提倡"和为贵"的思想产生了深厚的影响，对儒家的"和味"论亦产生了深刻的影响。

《尚书》之后，《左传》《国语》亦有不少关于"乐味"论的论述，且将"味"与阴阳五行说相结合，强调味之"和"、乐之"和"，"和味""和乐"能"平其心，成其政"[②]，并提出"声亦如味"[③] 说，将"乐"与"味"相统一，同时强调味、乐之"和"关键在于有所节制，通过什么来节制？须通过"德"与"礼"来节制，"故《诗》曰：'德音不瑕'"[④]，"于是乎道之以中德，咏之以中音"[⑤]，"是故为礼以奉之"[⑥]。

在儒家之前，"味"与"乐"就经常相提并论。"味"与"乐"之间有何内在的共性？以下结合《左传》《国语》来具体分析。

第一，西周、春秋时期，人们认为"味""乐"与阴阳五行说密切相关。如《国语》中载史伯提出"和实生物，同则不继"[⑦]，这是古代朴素唯物主义辩证法。史伯还将五行的观点推而广之，提出"五味""六律"说，百物生成，五味调口、六律聪耳，关键都在于"和"，而不是"一"，因此，"声一

---

① （清）孙星衍撰，陈抗、盛冬铃点校：《尚书今古文注疏・尧典》，北京：中华书局 1986 年版，第 69—71 页。

② 郭丹、程小青、李彬源译注：《左传》（下册），第 1902 页。

③ 郭丹、程小青、李彬源译注：《左传》（下册），第 1902 页。

④ 郭丹、程小青、李彬源译注：《左传》（下册），第 1902 页。

⑤ 陈桐生译注：《国语》，北京：中华书局 2013 年版，第 139 页。

⑥ 郭丹、程小青、李彬源译注：《左传》（下册），第 1967 页。

⑦ 陈桐生译注：《国语》，第 573 页。

无听，物一无文，味一无果，物一不讲”[①]，只有一种声音奏不成美妙的乐曲，只有一种味道也不可能有美味。

第二，先秦时期，人们认为无论是“五味”还是“五声”，均应有所节制，否则就会生疾。《左传·昭公元年》载医和为晋平公看病[②]，指出其病因在于亲近女色没有节制，并指出先王的音乐是中和之声，就是用来节制百事的，君子应该听这种音乐。“六气”产生了“五味”“五色”“五声”，若用之过度就会产生“六疾”。医和也将“五味”“五声”并列而论，且认为女色、音乐等皆应该用之有度，否则就会导致“六疾”。

第三，“五味”“五声”功能相同，且均与国家政事密切相关。如《左传·昭公二十年》载晏婴与齐侯论“和与同异”[③]，晏婴详细论述了“和”的意义与功能，并将“味”之“和”与“声”之“和”进行了比较。“羹”之所以美味，在于“和”，君子食“和羹”，能够使内心平和，并且推而论之，君臣关系、“政平”、民与民的关系莫不在于“和”。晏婴还提出“声亦如味”[④]说，认为声音跟味道的道理是一样的。声音之所以动听，在于各种因素的“相成”“相济”，也即在于“和”，君子听了“和”声之后，内心得以宁静，内心宁静，就会“德和”，“德和”也会使“政平而不干，民无争心”。所以，“声亦如味”说有几层含义：美“声”与美“味”二者都具有“和”的特性；二者的功能相同，君听之、食之后内心平和，继而使得“德和”、“政平”、民和、君臣和，也就是说“和味”“和声”最终是为了达到政通民和的目的。这就把味、声与“礼”“政”联系了起来。另据《国语》记载，周景王将铸无射钟，单穆公与伶州鸠纷纷进谏铸钟之害[⑤]，从反面说明了“和声”的重要性。单穆公认为铸无射钟劳民伤财，且破坏了音乐本身的和谐，伤君民之和，又“无益于乐”，因此持反对态度。伶州鸠进一步指出音乐与

---

① 陈桐生译注:《国语》，第 573 页。

② 郭丹、程小青、李彬源译注:《左传》(下册)，第 1575 页。

③ 郭丹、程小青、李彬源译注:《左传》(下册)，第 1902 页。

④ 郭丹、程小青、李彬源译注:《左传》(下册)，第 1902 页。

⑤ 陈桐生译注:《国语》，第 132 页。

政治的关系，提出“道之以中德，咏之以中音”[①]，要讲中庸之德，歌咏中和之音，道德和音乐是相互影响的，强调美善的统一性，“德音”方能“以合神人，神是以宁，民是以听”，这里是对《尚书·尧典》“神人以和”的天人感应观的继承发挥，以此说明“和乐”的重要性。

第四，“五味”“五声”如何才能达到政通民和的目的？这就需要“礼”来奉行和节制。《左传·昭公二十五年》载赵简子向子太叔问什么是“礼”，子太叔将“礼”抬到了至高无上的地位，认为“礼”是“天之经也，地之义也，民之行也”[②]，因此民众应该效法“礼”。“五味”“五色”“五声”都须以“礼”来奉行和节制才不至于用之过度。进一步将“五味”“五声”与“礼”联系起来，这与上文《左传·昭公二十年》载晏婴与齐侯论“和与同异”同为先秦提倡礼乐文化的初端。此文还有天人感应说的萌芽，认为百姓的“六志”秉承“六气”而生，因此需要制定“礼”来制约“六志”，不使其过度。

既然“礼”是用来奉行和节制“乐”的，而且“乐”与政事密切相关，由此反过来通过“乐”，也能从中洞察“礼”与“政”。《左传·襄公二十九年》载季札通过“审乐”以“知政”[③]。季札观乐，由此判断各国的政治兴衰，他把音乐看成政治、道德的象征，从中可以看出季札“中和”的音乐思想，尤其是观《颂》，更是连续用了十四个词来赞赏《颂》乐的“温柔敦厚”。《颂》乐是指《诗经》中的《周颂》《鲁颂》《商颂》，是祭祀的乐歌，季札认为：“五声和，八风平。节有度。盛德之所同也！”[④]《颂》乐之美在于其“和”、温婉含蓄，且“节有度，守有序”，由此种“和”乐可观其“盛德”之人，“盛德”之政。季札观乐，继承了《尚书·尧典》以来重“和”的音乐思想，同时也较完整地提出了“审乐知政”观。他的“和乐”思想直接为儒家所借鉴吸收。

---

① 陈桐生译注：《国语》，第137—139页。

② 郭丹、程小青、李彬源译注：《左传》（下册），第1967页。

③ 郭丹、程小青、李彬源译注：《左传》（中册），第1469—1470页。

④ 郭丹、程小青、李彬源译注：《左传》（中册），第1469—1470页。

综上，可以看出“和味”论思想渊源久远，儒、道之前的“味”论主要体现在乐论中，但是先秦的诗、乐、舞往往是三位一体的，所以，乐味论也是广义上的诗味论。由于“味”与“乐”均属人的感官感受，且通常与阴阳五行说结合，所以“味”与“乐”常常相提并论，二者又有共同的特性——“和”，味之美在于五味之“和”，乐之美在于五音之“和”，“和味”“和乐”有共同的功能、作用，食之、听之后使人能“平其心”，进而使政通民和、“神是以宁，民是以听”。反之，味与乐要用之有度，否则就会“生疾”，君王若用之无度，就会破坏君民之“和”，进而危及国家统治，因此要有所节制，这就需要“礼”来制约和奉行。由此可以看出，儒、道之前的乐味论起源于先秦早期的“中和”思想，进而与阴阳五行说相结合，强调美善统一，有很强的政治伦理色彩，直接为儒家所借鉴吸收并继承发展。

2. 诗味论与儒、道思想

先秦战国时期，百家争鸣，是我国古代思想文化史上第一个最为繁荣的时期，儒、道、法、墨等主要流派均提出较为系统的思想理论，其中也包含了对后世影响甚远的文学理论，在这些思想流派中，最为活跃且对后世影响最大的当数儒、道两家，就诗味论来说，两家也有自己不同的见解。儒家主要继承了先秦早期的“和味”论思想，将诗、乐与政治紧密相连，注重诗教、乐教。而道家则提出“无味”“淡味”论，否定儒家所提倡的艺术的政教功能。儒、道两家的文艺观对后世影响均很深远，具体来说，道家思想在汉初到汉武帝提出“罢黜百家，独尊儒术”之前影响很大，而在此之后，儒家思想占统治地位，直至魏晋南北朝玄学兴起，儒家思想的影响渐小，道家思想的影响渐甚。但总体来看，“儒家文艺思想及其文学理论批评的特点是着眼于文艺的社会政治与伦理道德价值，因此他们对文艺的论述注重于其外部规律的探讨……而较少属于审美方面的批评”[①]，而“道家文艺思想的基本

① 张少康、卢永璘编选:《先秦两汉文论选》，北京：人民文学出版社 1996 年版，前言，第 12 页。

特点是着眼于文艺的审美特性以及文艺的创造过程，特别是对文艺创作的主体修养问题……所以，道家文艺思想更多的是研究艺术内部规律问题，他们的文艺批评主要是一种审美的、心理的批评”[①]。

（1）诗味论与儒家思想

儒家主张“和味”论，这直接秉承了先秦早期据《尚书》《左传》《国语》等经典所记载的“中和”思想。首先看孔子关于“味”的论述。孔子直接论“味”的言论记载很少，常为后世所称道的是：“子在齐闻《韶》，三月不知肉味。”（《论语·述而》）应该说这还不算严格意义上的“乐味”论，但至少把“乐”与“味”联系起来了，孔子感叹道：“不图为乐之至于斯也！”可见，孔子对《韶》乐欣赏之至。

据《论语》等文献记载，孔子精通音乐，不仅专门学过音乐，还很会欣赏音乐，另外还对音乐做了一些整理工作。对此徐复观先生做过较详细的论述[②]，此不赘述。这里简要介绍一下《韶》乐。《韶》乐，起源于五千多年前，相传为上古舜帝之乐，是汉族传统宫廷音乐，是一种集诗、乐、舞于一体的综合古典艺术。陈玉琛先生在《韶乐》一文中对《韶》乐的相关文献记载、特点、来源、流传等做了较详细的考证论述[③]，舜作《韶》主要是用以歌颂示范为帝的德行。此后，夏、商、周三代帝王均把《韶》作为国家大典用乐。周初，周公把《韶》定为“天子礼乐”，春秋时期，周朝衰败，周礼周乐散于诸侯列国，先后传至鲁、齐，所以就有季札在鲁观《韶濩》，子在齐闻《韶》。《隋书·何妥传》载：“秦始皇灭齐，得齐《韶》乐。汉高祖灭秦，《韶》传于汉，高祖改名《文始》，以示不相袭也。”[④]可知秦汉均曾把《韶》定为庙乐，使《韶》在国乐中的位置达到了极致。然而历经唐宋，便不再见《韶》乐的相关记载，《韶》乐已佚，对于我们研究探讨之带来了很大困难，

---

① 张少康、卢永璘编选：《先秦两汉文论选》，前言，第 14 页。

② 徐复观：《中国艺术精神》，上海：华东师范大学出版社 2001 年版，第 3—5 页。

③ 陈玉琛：《韶乐》，张桂林主编：《传统音乐》，济南：山东友谊出版社 2008 年版，第 391—396 页。

④ （唐）魏徵等撰：《隋书》卷七五《何妥传》，北京：中华书局 1973 年版，第 1714 页。

但是据之前的史料记载，我们仍然可以想象其宏伟、壮观。《尚书·尧典》载舜命夔典乐以教胄子，夔曰："戛击鸣球……凤凰来仪"[①]，可见《韶》乐能使"阴阳调达，和气均通"[②]。

孔子为何对《韶》乐推崇备至？因《韶》乐有"味"，且其"味"比"肉味"更浓烈、更沁人心脾。阮籍在《乐论》中论道："……故孔子在齐闻韶，三月不知肉味。言至乐使人无欲，心平气定，不以肉为滋味也。以此观之，知圣人之乐和而已矣。"[③]阮籍认为，孔子闻《韶》忘肉味，原因在于《韶》这种"圣人之乐"，因其"和"，故让人听之能忘却感官上的欲望，使人心平气和，让人达到一种物我两忘的境界，可见《韶》乐之"味"这种精神食粮带给人的艺术享受是"肉味"远远达不到的，它能渗入到人的内心深处，让人回味无穷。另外，这里应该也涉及审美通感的问题，听觉与味觉的互通，《韶》乐之"味"让人内心平和，精神满足，以致让人忘却了味觉所带给人的感官享受。孔子虽没直接说《韶》乐有味，但其隐含的意思是很明显的，那么，这里的《韶》乐之"味"就有别于"肉味"了，已隐隐有"艺术"之味的胚芽了。以下再结合孔子的相关乐论，来看看孔子的音乐理念。

子谓《韶》："尽美矣，又尽善也。"谓《武》："尽美矣，未尽善也。"（《论语·八佾》）

颜渊问为邦。子曰："行夏之时，乘殷之辂，服周之冕，乐则《韶》《舞》。放郑声，远佞人，郑声淫，佞人殆。"（《论语·卫灵公》）

子曰："《诗》三百，一言以蔽之，曰：'思无邪'。"（《论语·为政》）

子曰："《关雎》，乐而不淫，哀而不伤。"（《论语·八佾》）

子曰："人而不仁，如礼何？人而不仁，如乐何？"（《论语·八

---

① （三国魏）阮籍著，陈伯君校注：《阮籍集校注·乐论》，北京：中华书局 2012 年版，第 95 页。
② （三国魏）阮籍著，陈伯君校注：《阮籍集校注·乐论》，第 95 页。
③ （三国魏）阮籍著，陈伯君校注：《阮籍集校注·乐论》，第 95 页。

佾》)

子曰:“兴于《诗》,立于礼,成于乐。”(《论语·泰伯》)

子曰:“恶紫之夺朱也,恶郑声之乱雅乐也,恶利口之覆邦家者。”(《论语·阳货》)

孔子不止一次赞赏《韶》乐,因其“尽美”又“尽善”,“美”是审美的范畴,“善”是道德伦理的范畴,可见,孔子认为“至乐”不仅要符合“美”的艺术规范,还要符合“善”的道德规范,这与他的政治伦理思想是相吻合的。孔子提倡“礼乐”文化,“仁”的境界,“乐由中出,礼自外作”,“乐”与“礼”最终的目标都是实现“仁”,所以,“人而不仁,如礼何?人而不仁,如乐何?”而“仁”最终是为了“政”。《诗》,可以“兴”“观”“群”“怨”,要“迩之事父,远之事君”(《论语·阳货》),“诵《诗》三百,授之以政,不达;使于四方,不能专对;虽多,亦奚以为?”(《论语·子路》)这显然提倡音乐等艺术理当为政治服务,实现其社会功能。那么,什么样的音乐可以既“尽美”又“尽善”,实现“乐”与“礼”、“乐”与“仁”的和谐统一?那就是要“思无邪”、要“乐而不淫,哀而不伤”,思想要纯正,既能让人感官上得到愉悦,又不至于过度,让人沉迷其中而不能自拔,即便悲哀也不至于痛苦不堪。“郑声”虽美,却“淫”,太过,让人流连忘返,迷失自我;《武》乐虽美,却“未尽善”。唯有《韶》乐这样的“中和”“雅正”之乐才能达到这种“乐而不淫”、恰到好处的艺术效果。这种“和”乐包含了很多内容,既有阴阳之和、诗乐舞之和,又有心定神和、“神人以和”、人与自然之和、美善之和。由此可以看出,上古“和乐”“和味”的思想对孔子产生了深刻影响,最终使人的“道德理性的人格”[①]得以实现,也使艺术实现其政治教化的功能。儒家的“和乐”“和味”思想经孟子、荀子又得到了进一步的发展。

---

① 徐复观:《中国艺术精神》,第8页。

其次，孟子继承了孔子“和乐”“和味”的思想，进一步指出五种感官与仁、义、礼、智是相互统一的，且明确指出“言”“辞”的含蓄性，隐含“知言”就是应知其“言外之意”。先看孟子的“和乐”“和味”论。孟子主张“与民同乐”。《孟子·梁惠王》载：孟子与王讨论音乐，孟子问：“独乐乐，与人乐乐，孰乐？”王曰：“不若与人。”孟子又问：“与少乐乐，与众乐乐，孰乐？”王曰：“不若与众。”①这里可以看出孟子继承了先秦早期单穆公、伶州鸠等人的“和乐”思想。孟子也多次提到“味”，但基本限于感官之“味”。在《告子章句上》②中，孟子注意到了审美共同性的问题，在《尽心章句下》③中，孟子将味、色等感官的感受与仁、义、礼、智及性、命联系起来，这是将孔子的美善统一的“和味”论进一步具体化。孟子同样将礼、乐与政、德联系起来，指出“见其礼而知其政，闻其乐而知其德”④，这是季札“观乐”能“知政”思想的延伸，也是“和乐”思想的延伸。

另外，孟子首次提出“知言”论：“诐辞知其所蔽，淫辞知其所陷，邪辞知其所离，遁辞知其所穷”，说明其善于察言观色，能洞察说话者的“言外之意”。孟子还说：“言近而指远者，善言也”，这也是说明语言的含蓄性，孟子是较早提出语言的含蓄之美的。

再次，荀子对儒家的“和乐”论进行了更深入的发挥，辟专篇《乐论》来论其音乐思想，明确提出“礼乐”论，且对“和乐”的作用予以了充分肯定。荀子的“和乐”论是建立在其心性论基础上的。他也常把“味”与“乐”联系起来，但基本局限在感官之“味”上。以下做一简要分析。

荀子的《乐论》篇从批判墨子出发，因墨子反对音乐，提出“非乐”观，荀子则持完全相反的观点，充分肯定了音乐的社会作用，提出“礼乐”“和乐”观，且对礼与乐、“礼乐”与“邪音”做了区分。而且难能可贵

---

① 杨伯峻译注：《孟子译注·梁惠王章句下》，北京：中华书局 2010 年版，第 24 页。

② 杨伯峻译注：《孟子译注·告子章句上》，第 241—242 页。

③ 杨伯峻译注：《孟子译注·尽心章句下》，第 309 页。

④ 杨伯峻译注：《孟子译注·公孙丑章句上》，第 58 页。

的是，他从心性论、音乐发生学的角度提出了独特的观点："夫乐者，乐也，人情之所必不免也，故人不能无乐。"[①] 音乐就是快乐，是人的情感所不可避免的，所以人不能没有音乐，从而肯定了音乐产生的必然性与必要性，充分肯定了音乐在抒发人的情感方面的重要作用，他反复强调音乐对人、对社会风俗潜移默化的、无可取代的作用："夫声乐之入人也深，其化人也速"，"乐者，圣人之所乐也，而可以善民心，其感人深，其移风易俗"，"故乐行而志清，礼修而行成，耳目聪明，血气和平，移风易俗，天下皆宁，美善相乐"。当然他这里所说的"乐"是"雅颂之声"，是"礼乐""和乐"，"先王恶其乱也，故制雅颂之声以道之，使其声足以乐而不流，使其文足以辨而不諰，使其曲直繁省廉肉节奏，足以感动人之善心，使夫邪污之气无由得接焉……"[②]，显然这是对孔子"乐而不淫"的"中和"之乐的进一步发挥。他还提出"先王贵礼乐而贱邪音""乐和同，礼别异""和乐而不流""以道制欲"等"和乐""礼乐"思想，对汉代《礼记·乐记》产生了重大影响。

荀子也多处论"味"，且常与"声""色"并列而论，以下略引几条：

> 夫人之情，目欲綦色，耳欲綦声，口欲綦味，鼻欲綦臭，心欲綦佚，此五者人情之所必不免也……重色而衣之，重味而食之……又是人情之所同欲也。而天子之礼制如是者也……故人知情，口好味而臭味莫美焉，耳好声而声乐莫大焉……[③]（《王霸篇第十一》）

以上所引"味"论，基本是指人的感官之味，且均是从心性论的基点去论述的，口好味，耳好声是人的本性，所以需"礼制"去制约，与他的礼乐思想是相联系的。

---

① （清）王先谦撰，沈啸寰、王星贤点校：《荀子集解·乐论》，第 379 页。

② 以上几条引文均出自（清）王先谦撰，沈啸寰、王星贤点校《荀子集解·乐论》，《新编诸子集成》本，第 379—385 页。

③ （清）王先谦撰，沈啸寰、王星贤点校：《荀子集解·王霸》，第 211 页。

综上，通过对先秦儒家“和乐”“和味”思想的梳理，可以看出儒家的“味”论与“乐”论是紧密相连的，当然，其乐论也是诗论，继承了先秦早期的“和味”思想并进一步加以阐释，将“乐”与“礼”联系起来，可以看出，儒家的“和味”论具有很强的政治功利色彩，主要是建立在其礼乐文化的基础上的，经孟子、荀子的发展，建立了一套较完整的“和乐”“和味”思想体系，孟子的突出贡献在于提出了“知言”论，“言近指远”说，是“言外之意”说的雏形。荀子除了强调“礼乐”及音乐的社会作用之外，其突出贡献在于看到了音乐在抒发人的情感方面的重要作用，这是儒家向来强调礼乐文化、“克己复礼”之外，对音乐的抒情性及对人的情感重视的另一较温情的方面，应该说对后来陆机提出“诗缘情”说有一些潜在影响。

（2）诗味论与道家思想

道家提倡“淡味”“无味”论，这与道家的哲学思想是相一致的。道家哲学上主张自然论、齐物论，政治思想上提倡无为而治，处世态度上力主逍遥游，在“味”论上，老子提出了“大音希声”的“无味”说，庄子又进一步提出“朴素”之美说，与儒家的“和味”论形成了很大反差。以下简要分析道家“无味”论思想的根源及意义。

首先是老子。老子的“无味”论是建立在其以“道”为核心的哲学思想体系基础上的。他反对感官上过度的物欲享受，认为：

> 五色令人目盲；五音令人耳聋；五味令人口爽；驰骋畋猎，令人心发狂；难得之货令人行妨。是以圣人为腹不为目。故去彼取此。

这里，老子看到了过度贪图物质生活享受的害处，他倒不是完全反对“五色”“五音”“五味”等物质生活，只是说不能过度，若过度，那就会适得其反，让人行为不轨，迷失自我。因此，他提出“圣人为腹不为目”，圣人但求温饱而不贪求声色之娱，“为‘腹’，即求建立内在宁静恬淡的生活；

为‘目’，即追求外在贪欲的生活”。[①]

老子接着提出了“无味”说，他将“道”与音乐、美食联系起来，指出音乐、美食的巨大魅力，但是与“道”比起来，他更看重“无味”的“道”所表现出的无穷魅力：

执大象，天下往。往而不害，安平太。乐与饵，过客止。道之出口，淡乎其无味，视之不足见，听之不足闻，用之不足既。

老子先指出音乐和美食能以它们的五声、五味之美吸引过路的人，然而大“道”虽淡而无味，视之不见，听之不闻，但是用它却用不完，因此“无味”的“道”比“和味”的“乐”“饵”力量更强大。老子接着说：“大音希声；大象无形；道隐无名”，最大的声音反而是听不见其声，最大的形象反而是看不见其形象，道幽隐而没有名称，是对其形而上的“道”之“无味”说的进一步阐发。当然老子的“无味”论还不是真正意义上的美学范畴，他是从哲学的角度来论大“道”之“味”的，但是却深刻影响了六朝、隋唐的以“味”论诗、书、画、乐，尤其是其“无味”说更是对六朝、唐宋以来文学、文论重自然、本色、朴素之美产生了深远影响，同时也是中国古代艺术精神推崇“平淡出真味”的源头。应该说道家开辟了一条与儒家相对的审美之路，儒家重礼乐文化，主张文艺应承载一定的历史使命、为政治服务，就“味”论来说，只有中和雅正、尽善尽美的“和乐”才能真正打动人。道家则持无为而治的施政方针，认为最美之味即是“无味”，最美之声即是无声。

老子还提出“道法自然”“不言之教”“信言不美，美言不信”等自然观，以及强调“涤除玄览”“致虚极，守静笃”“为无为，事无事，味无味”等审美虚静心理，并提倡“虚实相生”“有无相成”的辩证思想，这些与他的“淡味”论对魏晋以来的重视自然美、艺术美的思想都产生了重要影响。

---

① 陈鼓应著：《老子注译及评介》修订增补本，北京：中华书局 2009 年版，第 106 页。

其次是庄子。他继承了老子的道家学说且进一步加以发挥。他也提倡“淡味”“无味”论，他的相关学说对后世以“味”论艺产生了很大影响。突出表现在他提出的自然论、齐物论的天人合一思想及其对自然美、朴素美的极力推崇；他的清静无为的审美心胸论，他的“得意忘言”论及其“三言”（寓言、重言、卮言）的行文风格均对后世，尤其是魏晋以来崇尚自然美、平淡美产生了深远影响，可以说是中国古代文学、艺术追求自然美的源头，也是后世以“淡味”论文、论艺的文艺批评的源头，奠定了与传统儒家所倡导的“温柔敦厚”“中正平和”之美相对立的另一条审美风格路线，即“平淡自然”“飘逸洒脱”之美。以下具体分析。

第一，庄子哲学一个重要思想是“天人合一”的自然观。这种自然观主要包括两个方面。其一，从人生境界来说，庄子提倡自然的、本真的生存状态及人生境界，反对人为破坏自然。他提出“天地与我并生，万物与我为一”（《庄子·齐物论》）的“天人合一”的自然观，认为天人、物我、生死以至万物，都是同一无差别的，因而主张齐物我、齐是非、齐生死、齐贵贱。若能达到这种人生境界，方能逍遥自适，物我两忘，由“有待”进入“无待”，从而进入最高的“道”的境界。“道”的境界是一种审美的人生境界，正是在这种人生境界的指导下，他提倡“无以人灭天，无以故灭命，无以得殉名，谨守而勿失，是谓反其真”（《庄子·秋水篇》）。即不要以人工灭天然，不要为了世故去毁灭性命，不要为了贪得去身殉名利，谨守天道而不离失，这就是返璞归真。他的“浑沌”说（《庄子·应帝王》）同样是主张自然论，勿以人为灭自然，保持自然本色。人若能达到一种自然的人生境界，就能做到逍遥自适，如同鲲鹏展翅，无所挂碍。这种自然的境界也是一种艺术的境界，对中国古代艺术及理论产生了深远的影响。其二，从审美观来说，庄子崇尚朴素美、自然美，提出“朴素而天下莫能与之争美”（《庄子·天道》），“天地有大美而不言”（《庄子·知北游》），“澹然无极而众美从之……圣人休，休焉则平易矣，平易则恬惔矣。平易恬惔，则忧患不能入，邪气不能袭，故其德全而神不亏。……虚无恬惔，乃合天德”（《庄子·刻意》）等观点，这是对老子“淡味”论的继承与发展，认为朴素无言之美、平易恬淡之美乃大美，能与“天德”相和。所以，庄子把“‘天籁’、‘天乐’、‘解衣盘礴’、言意之表，视为音乐、绘画、文学应当追求的最高目标”[①]。

第二，从审美心胸的涵养来说，他主张“心斋”“坐忘”的虚静无为的审美心胸，认为要去除外界的干扰，达到物我两忘的境界才能真正回归本我的本真状态、回归自然、返璞归真。他借老子之口提出体悟“至道”之途径：“汝齐戒，疏瀹而心，澡雪而精神，掊击而知。”（《庄子·知北游》）体“道”需要斋戒，疏通心灵、洗涤精神，去除智识。这种体“道”之径，正是审美的心胸，后来刘勰在《文心雕龙·神思》篇中进一步阐述为“是以陶钧文思，贵在虚静，疏瀹五藏，澡雪精神”。

第三，“得意忘言”论及其“三言”（寓言、重言、卮言）的行文风格。庄子提出的“得鱼忘筌”“得兔忘蹄”“得意忘言”论（《庄子·外物》），成为魏晋时期王弼“得象忘言”“得意忘象”的先导，“是后代以‘味’论‘艺’者追求‘言外之意’‘味外之旨’‘韵外之致’的重要理论根据”。[②]另外庄子“三言”的言说方式，“寓言”：寄托寓意的言论，“重言”：借重先哲时贤的言论，“卮言”：无心之言。这三种独特的言说方式是《庄子》一书论说的主色调，也符合庄子所说的“得意忘言”论，“言”只是“意”的工具，“得意”才是最终的目的，这在某种程度上启发了后世文学艺术追求“言外之意”。

另外，庄子的“形神”论、“有无”论、“虚实”论均对魏晋以来的诗、书、画重神轻形、虚实结合产生了很大影响，也是唐代意境论得以形成的源头。

总体来讲，这一时期儒家的“和味”论思想占主导地位，强调乐、诗等艺术形式的社会政治功能。主要原因是这一时期艺术还未独立，艺术与

---

① 张少康、卢永璘编选：《先秦两汉文论选》，第 114 页。

② 陶礼天：《艺味说》（上卷），第 44—45 页。

政治、哲学常常紧密相连，且担当一定的社会政治功能，因此这一时期的“味”还不是真正的美学范畴，但已处于萌芽阶段。“味”与“乐”、“文”常相提并论，“五味”常与“五声”“六律”联系起来，因为它们有共同的特性——“和”，与儒家强调的“中和”思想正相吻合，所以儒家的“和味”论的基础是其“中庸”“中和”的政治伦理思想，“和味”论是其礼乐文化的表现。

但是，从对中国古代自魏晋以来以“味”论“艺”的传统来说，道家的“无味”说、“淡味”说显然比儒家的“和味”说影响更大。道家的自然论、虚静无为论、“得意忘言”论、有无论、形神论、虚实论为中国古代文学艺术追求自然美、平淡美，重“言外之意”“虚实结合”，追求艺术之“神韵”“韵外之致”“味外之旨”奠定了深厚的哲学理论基础。道家的“无味”说、“淡味”说，重视自然美等是魏晋南北朝、隋唐以来中国古代艺术理论重视审美境界的源头，道家的“淡味”说、“重神轻形”的思想亦是司空图韵味说的最早源头。

（二）两汉诗味论的发展

到了汉代，诗味论得到了进一步发展，主要表现在《礼记·乐记》及《诗大序》的相关论述中。《礼记·乐记》的“遗音”“遗味”说，继承了先秦儒家“和味”“和乐”的思想，虽然仍强调“乐”的社会政治功能，却将“味”论向前推进了一步，提出了“遗音”“遗味”说。《诗大序》虽表现了汉儒牵强附会地诠释《诗经》，赋予《诗经》以政教美刺的色彩，却提出了“诗言志”“主文而谲谏”“发乎情，止乎礼义”“六义”等重要的诗学思想、理论，其“以礼论诗”的思想与《礼记·乐记》中“以礼论味”的思想是相统一的，都是对儒家诗“味”论的进一步发展。此外，扬雄、《淮南子》等对“味”论也有一些见解。

1.《礼记·乐记》的“遗味”说

《礼记·乐记》是汉武帝时汉儒加工编订的一部重要的论述音乐的文献，比较全面系统地论述了儒家的音乐思想，同时又表现了汉儒对先秦儒家文艺思想的继承和发展。《礼记·乐记》对先秦以孔子为代表的儒家礼乐思想加以发挥，论述了音乐的重要社会作用，明确提出“审乐以知政”的思想，同时将阴阳五行思想与礼乐思想联系起来，并且还创造性地提出了音乐发生学的原理，提出“人心感于物而动”的思想，突出了人的情感在音乐创作中的作用。就对“味”论的贡献来说，提出了“遗音”“遗味”说：

> 是故乐之隆，非极音也；食飨之礼，非极味也。《清庙》之瑟，朱弦而疏越，一倡而三叹，有遗音者矣。大飨之礼，尚玄酒而俎腥鱼，大羹不和，有遗味者矣。是故先王之制礼乐也，非以极口腹耳目之欲也，将以教民平好恶而反人道之正也。[①]

此处提出了两个重要的概念“遗音”“遗味”说。关于“遗音”“遗味”说所表现的贵“德”贵“本”的礼乐意义，以及其对后代文艺理论批评中“余味”说的影响，陶礼天先生在其《艺味说》中做了较翔实的论述[②]，故不赘述。

这里有一点值得注意，儒家提倡《清庙》之瑟、大飨之礼有“遗音”“遗味”，关键在于其质素、简易，所谓“大乐必易，大礼必简”[③]，这与道家的“大音希声”“大象无形”有何异同？其相同点在于，汉儒在形式上也提倡礼乐须简易，“《清庙》之瑟”“大飨之礼”“大羹不和”，其共同特点是简易、平淡。但是这种简易的形式下所包含的内容却并不简单，是赋予了厚重的“礼教”“乐教”意义的。它实质上还是强调乐之“和”，即“礼”

---

① 李学勤主编：《十三经注疏·礼记正义》（中），第1081页。

② 陶礼天：《艺味说》（上卷），第62—69页。

③ 李学勤主编：《十三经注疏·礼记正义》（中），第1086页。

与“乐”之“和”，是“礼乐”与阴阳五行之“和”。“是故乐之隆，非极音也；食飨之礼，非极味也”，孔颖达疏：“乐之隆盛，本在移风易俗，非崇重于钟鼓之音，故云‘非极音也’……礼之隆重，在于孝敬也，非在于致其美味而已。”[①]“是故先王之制礼乐也，非以极口腹耳目之欲也，将以教民平好恶而反人道之正也”，均说明汉儒所说的“大乐必易，大礼必简”只是形式上的简单，其最终目的是想以简单、淳朴的音乐、食飨来教化民众，使其能“平好恶而反人道之正”，使乐能够移风易俗、成孝敬。但是道家的“大音希声”“大象无形”却从哲学的、形而上的角度说明了其崇尚自然美，既包括形式，又包括内容。这种自然美是一种天人合一的、物我两忘的，自然、质朴的美，不赋予任何政治色彩的天然的美。所以儒、道所说的“质素”并非一回事。因此，儒家的“大羹不和”之淡味与道家的“道之出口，淡乎其无味”之淡味内涵也不尽相同。

《礼记·乐记》还特别突出“人心感物而动”的“物感论”，同时强调情感在音乐中的重要作用。

> 凡音之起，由人心生也。人心之动，物使之然也。感于物而动，故形于声。声相应，故生变，变成方，谓之音。比音而乐之，及干戚、羽旄，谓之乐。乐者，音之所由生也，其本在人心感于物也。是故其哀心感者，其声噍以杀……[②]

孔颖达疏：“‘其本在人心感于物也’者，欲将明乐随人心见，故更陈此句也。本，犹初也。物，外境也。言乐初所起，在于人心之感外境也……若外境痛苦，则其心哀。哀感在心，故其声必踧急而速杀也……人生而静，天之性也。性本静寂，无此六事。六事之生，由应感外物而动，故云非

① 李学勤主编：《十三经注疏·礼记正义》（中），第1082页。
② 李学勤主编：《十三经注疏·礼记正义》（中），第1074—1075页。

性也。”[①]

首先指出人心动是由于外境的触发，且人性本来是寂静的，人心的哀、乐、喜、怒、敬、爱此“六事”是由外境的变化而引发的；其次指出音乐的产生是人抒发情感的需要，自然而然产生的，“感于物而动，故形于声”，“情动于中，故形于声”[②]，都是表达类似的意思。《礼记·乐记》接着指出：“……是故情深而文明，气盛而化神，和顺积中，而英华发外，唯乐不可以为伪。”[③] 如果情志深远则文采鲜明，如果内心志意盛大则会潜移默化地感化外物，和顺的品德积淀于内心，才能使雅正的音乐表现于外，音乐是来不得虚伪的。这里强调了人的情感、内心道德品质对音乐的雅正与否有着直接的影响，换句话说，内心有什么样的情感、道德素养，就决定了有什么样的音乐，正如孔颖达疏：“若善事积于中，则善声见于外。若恶事积于中，则恶声见于外。”[④] 所以说音乐是来不得虚伪的。

突出心对于外境的感应作用，以及情感因素在音乐创作中的作用，这是《礼记·乐记》的一大特色。其中，强调情感的作用在一定程度上是对《荀子·乐论》的继承，《乐论》就反复强调“乐者，乐也，人情之所必不免也”，而且《礼记·乐记》的很多音乐思想是直接对《荀子·乐论》的继承发挥，很多篇幅是直接照搬过来的。当然《礼记·乐记》在继承《乐论》思想的基础上，有自己的独立体系，有自己独创的部分。总体来说，还是对先秦儒家礼乐思想的进一步发挥。其提出的“遗音”“遗味”说，“物感论”及强调情感在音乐中的重要作用，均对魏晋隋唐以“味”论“诗”、以“味”论“艺”有一定的影响。

---

① 李学勤主编：《十三经注疏·礼记正义》（中），第1076页。
② 李学勤主编：《十三经注疏·礼记正义》（中），第1077页。
③ 李学勤主编：《十三经注疏·礼记正义》（中），第1112页。
④ 李学勤主编：《十三经注疏·礼记正义》（中），第1113页。

2. 两汉其他的诗味论

除了以上所论述的儒家的"以礼论味"说之外，汉代还有一些对"味"论的阐述。其中，扬雄、《淮南子》的论述比较富有代表性，扬雄、《淮南子》的"味"论主要倾向于道家。关于扬雄、《淮南子》的"味"论，陈应鸾先生、陶礼天先生已有较详细的论述[①]，此处只做简要介绍。道家思想在汉初到汉武帝提出"罢黜百家，独尊儒术"之前影响很大，扬雄继承了道家的"淡味"论，在《解难》篇，他提出"大味必淡，大音必希；大语叫叫，大道低回"[②]，这是对老子"大音希声""道之出口淡乎其无味"说、庄子"大美不言"说的继承与发展。所谓"大味必淡"，是指真正令人回味的、历久弥芳的味道必淡，并且将"大味"与"大音"、"大语"、"大道"联系起来，暗示了味与音、语、道之间的某种联系。

《淮南子》关于"味"的论述，主要有："无味而五味形焉"[③]"古人味而弗贪，今人贪而弗味"[④]"至味不慊，至言不文，至乐不笑，至音不叫"[⑤]"太羹之味，可食而不可嗜也。朱弦漏越，一唱而三叹……无味者，正其足味者也。吠声清于耳，兼味快于口，非其贵也"[⑥]等。可见，一方面，《淮南子》的"味"论思想主要是继承道家的，提出"无味""至味"论；另一方面又试图调和儒、道思想，将道家的"无味"与儒家的"太羹之味"联系起来，提出"无味者，正其足味者也""吠声清于耳，兼味快于口，非其贵也"，看到了儒、道两家"味"论的共同点，形式都提倡"淡味"。

另外值得一提的是王充的乐论，他虽没有直接论"味"，却将礼乐与人的情性联系起来，提出"情性者，人治之本，礼乐所由生也……礼所以制，

---

① 参见陈应鸾先生的《诗味论》，第51—53页；陶礼天先生的《艺味说》（上卷），第59—61页、第69—70页。

② 扬雄：《解难》，参见文化部文学艺术研究院音乐研究所编：《中国古代乐论选辑》，北京：人民音乐出版社1981年版，第91页。

③ 刘安编：《淮南子》，参见张少康、卢永璘编选：《先秦两汉文论选》，第302页。

④ 刘安编：《淮南子》，参见张少康、卢永璘编选：《先秦两汉文论选》，第313页。

⑤ 刘安编：《淮南子》，参见张少康、卢永璘编选：《先秦两汉文论选》，第320页。

⑥ 刘安编：《淮南子》，参见张少康、卢永璘编选：《先秦两汉文论选》，第327页。

乐所为作者，情与性也……”[①]。他还强调了音乐与阴阳之间的关系，提出“风雨暴至，是阴阳乱也，乐能乱阴阳，则亦能调阴阳也”[②]，指出乐既能使阴阳“乱”，又能使之“调”，突出了音乐的重大作用。应该说王充的乐论是倾向于儒家的“和乐”思想的，将乐与人的情性、与阴阳学说联系起来。

3. 两汉诗味论的特点

总体来看，两汉诗味论的特点是“以礼论味”，主要表现在《礼记·乐记》中，是对先秦儒家“和味”论的进一步发展，依然带有浓厚的政教色彩，应该说“以礼论味”与汉代大的时代背景及审美风尚密切相关。

《礼记·乐记》虽是一部儒家论乐的典籍，却代表了汉儒的基本文艺思想与审美观念，突出了儒家重视文艺对人的教化作用。具体来说，主要体现在如下几点。第一，其认为音乐与政治密切相关，“声音之道，与政通矣”[③]，因此，特别强调礼教、乐教，“礼乐不可斯须去身”[④]。第二，“以礼论味”实质上仍然是“和乐”论，继承了荀子“审一以定和”[⑤]的和乐思想。《礼记·乐记》尤其突出礼乐与阴阳五行的对应关系，如指出：“乐者，天地之和也。礼者，天地之序也。”[⑥]“大乐与天地同和，大礼与天地同节。”[⑦]“是故先王本之情性，稽之度数，制之礼义。合生气之和，道五常之行，使之阳而不散，阴而不密，刚气不怒，柔气不慑。四畅交于中，而发作于外，皆安其位而不相夺也。”[⑧]“宫为君，商为臣，角为民，徵为事，羽为物。五者不乱，则无怗懘之音矣。”[⑨]这些关于

---

① 王充：《论衡》，参见张少康、卢永璘编选：《先秦两汉文论选》，第102页。
② 王充：《论衡》，参见张少康、卢永璘编选：《先秦两汉文论选》，第103页。
③ 李学勤主编：《十三经注疏·礼记正义》（中），第1077页。
④ 李学勤主编：《十三经注疏·礼记正义》（中），第1139页。
⑤ 李学勤主编：《十三经注疏·礼记正义》（中），第1145页。
⑥ 李学勤主编：《十三经注疏·礼记正义》（中），第1090页。
⑦ 李学勤主编：《十三经注疏·礼记正义》（中），第1087页。
⑧ 李学勤主编：《十三经注疏·礼记正义》（中），第1105页。
⑨ 李学勤主编：《十三经注疏·礼记正义》（中），第1078页。

礼乐与阴阳五行的对应关系是对先秦相关音乐思想的继承和发展，强调了乐之“和”。第三，发展了儒家的“比德”思想，儒家提出“仁者乐山，智者乐水”(《论语·雍也》)，以山水比德，《礼记·乐记》提出“仁近于乐，义近于礼”[①]，以礼乐比德，并且还进一步指出了礼、乐的区别，“乐统同，礼辨异”，是对荀子“乐和同，礼别异”思想的发展。第四，将音乐与人性联系起来，提出“以道制欲”说，“人生而静，天之性也。感于物而动，性之欲也。物至知知，然后好恶形焉。好恶无节于内，知诱于外，不能反躬，天理灭矣”[②]，那么如何来制欲？“乐者乐也。君子乐得其道，小人乐得其欲。以道制欲，则乐而不乱；以欲忘道，则惑而不乐”[③]，以道制欲，其实也就是以礼制欲。

另外，“以礼论味”说与汉代的诗学思想密切相关。汉代的诗学思想突出表现在《诗大序》中。《诗大序》可以说是先秦儒家诗论的总结，对诗歌的特征、作用、表现方法等做了言简意赅的表述。其中的很多诗学思想对后世影响深远，不少观点与《礼记·乐记》是遥相呼应的，如关于诗的作用、诗与政治的关系、诗与情感的关系等与《礼记·乐记》如出一辙。

《诗大序》的突出贡献在于明确提出“诗言志”[④]，并且认为诗歌是人情感的表达：“情动于中而形于言。”另外提出“主文而谲谏”说，所谓“上以风化下，下以风刺上，主文而谲谏，言之者无罪，闻之者足以戒，故曰风”。“主文而谲谏”，其本义是借助诗歌对君主进行委婉的讽谏，后来引申为诗歌应委婉含蓄地表达作者的情感意志，这对中国古代诗歌创作注重含蓄性、言外意产生了深远的影响。为何要“主文而谲谏”？汉儒仍然从礼教的角度去解释，认为诗歌应该“发乎情，止乎礼义”，诗歌的确是为了抒发人的情感，但是要有度，这个度就是“礼义”，不能超过“礼义”这个规范，要“乐而

① 李学勤主编：《十三经注疏·礼记正义》(中)，第1093页。

② 李学勤主编：《十三经注疏·礼记正义》(中)，第1083页。

③ 李学勤主编：《十三经注疏·礼记正义》(中)，第1111页。

④ 李学勤主编：《十三经注疏·毛诗正义》(上)，第6页。该段所引《诗大序》部分均出自该版本第4—21页。

不淫，哀而不伤”。可见汉儒的诗教、乐教始终是在礼教的规范之内的，不能越过“礼”的雷池。所以，汉代“以礼论味”说与“以礼论乐”“以礼论诗”是相统一的。

总之，两汉诗味论以儒家的“和味”为主，道家的“无味”论在汉初被提及但影响不大，这与汉武帝提倡“独尊儒术”的政策不无关系。因此，从汉代儒家的“味”论与礼乐文化的密切联系可以看出艺术与政治是紧密相连的，说明汉代的艺术仍然没有独立，依然是政治教化的工具。

二、魏晋南北朝诗味论的发展及“韵”范畴的兴起

魏晋南北朝时期文学理论逐渐繁盛，先秦、两汉时期诗论的伦理、本事意义淡化了，开始由“以意逆志”、以“礼”论诗到重“言外之意”，并且逐渐重视诗歌等文学形式的抒情功能及文学内在规律的探讨。在这一大的历史背景下，“味”也开始由感官之“味”向审美范畴转化，“韵”范畴逐渐兴起，并且“味”与“韵”开始逐渐结合，这些为唐代韵味说的提出奠定了一定基础。

（一）魏晋南北朝诗味论的发展

魏晋南北朝诗味论的研究成果，突出表现在陆机的《文赋》、钟嵘《诗品》与刘勰的《文心雕龙》等几部著作中。其中，陆机在《文赋》中明确以“味”论“文”，标志着“味”已由先秦两汉时期的感官之味向审美范畴转化。钟嵘在《诗品》中也多次论到“味”，并开始把“味”作为动词使用，使“味”有“品味”“欣赏”的意思，进一步标志着“味”已成为一个审美范畴。刘勰《文心雕龙》中以“味”论诗文的部分更是多达十几处，并且还将“味”与“韵”并列而论，说明“味”与“韵”这两个审美范畴开始逐渐结合。关于这部分的研究，前人已有丰富的成果，故本书不做太多重复性的

论述[①]。但为了便于读者清晰地了解这一阶段“味”“韵”论的发展历程，以及本书论述的完整性，故将这一阶段韵味说的发展做一简要概述。

首先，陆机在《文赋》里明确以“味”来论“文”。他指出文章的几种弊病，其中的一条即是：“或清虚以婉约，每除烦而去滥，阙大羹之遗味，同朱弦之清汜。虽一唱而三叹，固既雅而不艳。”[②]陆机认为文章应该“雅而艳”，指出有的文章虽然清淡质朴，委婉简约，并且能够去除文词的繁杂，但却缺少古代宗庙祭祀时大羹的遗味，“阙大羹之遗味，同朱弦之清汜”出处为《礼记·乐记》[③]。《礼记·乐记》提出“遗音”“遗味”说对“味”论的贡献，“《清庙》之瑟”简约素朴，中和雅正，却有“遗音”，“大羹”之味虽淡却有“遗味”，二者均符合儒家的审美标准，是儒家礼乐文化的表现，形式虽简单却包含了“礼”的内容，故能让人回味。但是《礼记·乐记》的“遗音”“遗味”说还不算真正的审美范畴，还是属于感官的内容。陆机在这里直接以“遗味”来论“文”，以“大羹”“朱弦”来比喻那些“清虚以婉约，每除烦而去滥”的文章，认为它们“固既雅而不艳”，言下之意，只有既“雅”且“艳”的文章才有“遗味”，从而一改先秦两汉一味尚雅之风。以孔子为代表的先秦儒家提倡“文质彬彬，然后君子”，当然孔子的本义并非指文章的“文”与“质”，而是指君子的人格修养，后来被人们引申为文章的内容与形式应并重。孔子赞赏《韶》乐“尽善尽美”，说明他既看重艺术的道德内涵，又看重其形式之美。另据《左传·襄公二十五年》载，孔子曰：“言之不文，行而不远。”[④]说明孔子对文章文采的重视。但总体看来，孔子更看重艺术的内容，如他指出“辞达而已矣”（《论语·卫灵公》）、“绘事后素”（《论语·八佾》）等，均是强调先质后文。到了汉代，汉儒继承发展了先秦儒家尚“质”的文艺传统且有过之而无不及，如《诗大序》强调“治

---

① 这部分的研究成果代表性的有陈应鸾先生的《诗味论》，详见该书第 54—60 页；陶礼天先生的《艺味说》（上卷），详见该书第 110—116 页，120—133 页，143—157 页。

② （西晋）陆机著，张少康集释：《文赋集释》，第 183 页。

③ 李学勤主编：《十三经注疏·礼记正义》（中），第 1081 页。

④ 郭丹、程小青、李彬源译注：《左传》，第 1363 页。

世之音”、“雅”“颂”之音;《礼记·乐记》亦推崇雅颂之声:“先王耻其乱，故制《雅》《颂》之声以道之”[①]，“故听其雅颂之声，志意得广焉”[②]，这与汉儒主张“经世致用”、文艺应为政治服务的礼乐文化背景密切相关。“魏晋时代是思想自由解放的时代，士大夫们由经世致用转为个人之逍遥抱一或出世。”[③]汉人持“文以载道”观，而魏晋人则持“文以兴寄”观[④]。因此，魏晋文人倡导文艺的独立性，日益要求文艺摆脱政治的束缚、为政治服务，并开始探索文艺本身的规律性及审美性，说明魏晋时期艺术的独立性日益增强。加上受这一时期兴起的玄学的影响，文学等艺术越来越追求“言外之意”，也就是越来越注重艺术的含蓄性。因此，陆机以“味”论“文”，主张文章应该“雅而艳”即是这种时代大背景的产物，陆机以“味”论“文”亦标志着“味”已由先秦两汉时期的感官之味发展成为审美范畴。陆机的这种审美标准符合六朝时的审美风尚，刘勰也很提倡“艳”。陆机在这里论述的实际上就是文章的质与文的关系，反对那些重质轻文的文章，认为文、质应并重。

其次，钟嵘在《诗品》中也多次提到“味”。“永嘉时，贵黄老，尚虚谈。于时篇什，理过其辞，淡乎寡味。”[⑤]指西晋永嘉时期，黄、老之学盛行，崇尚玄虚的清谈，使得当时的诗篇抽象的玄理盖过了辞采，淡而无味。就四言诗、五言诗来说，钟嵘更推崇五言诗:“夫四言文约意广……每苦文繁而意少……五言居文词之要，是众作之有滋味者也，故云会于流俗。”[⑥]钟嵘认为五言诗是众多诗歌体裁中最有味道的，所以合乎人们的口味。另钟嵘评张协诗:“词彩葱蒨，音韵铿锵，使人味之，亹亹不倦。”[⑦]认为张协的诗辞采丰富，音韵响亮而富有节奏，让人欣赏品味起来，感觉美好而不知疲倦。可

① 李学勤主编:《十三经注疏·礼记正义》(中)，第 1144 页。
② 李学勤主编:《十三经注疏·礼记正义》(中)，第 1145 页。
③ 汤用彤撰，汤一介等导读:《魏晋玄学论稿·导读》，第 38 页。
④ 汤用彤撰，汤一介等导读:《魏晋玄学论稿·导读》，第 41—42 页。
⑤ (南朝梁)钟嵘著，曹旭集注:《诗品集注·序》，第 28 页。
⑥ (南朝梁)钟嵘著，曹旭集注:《诗品集注·序》，第 43 页。
⑦ (南朝梁)钟嵘著，曹旭集注:《诗品集注》，第 185 页。

见，钟嵘认为辞采与音韵可使诗歌更有味。刘勰在《文心雕龙·明诗》篇中也讲到四言诗、五言诗的区别："若夫四言正体，则雅润为本，五言流调，则清丽居宗；华实异用，唯才所安。"[①] 钟嵘、刘勰均对四言诗、五言诗的不同做了比较，说明南朝时期人们越来越关注诗歌体裁、形式，注重对诗歌内部规律、本身发展、各种诗歌形式的不同特征及艺术效果的探索，先秦两汉时期诗歌的伦理、本事意义淡化了。钟嵘进一步说道："故诗有六义焉：一曰兴，二曰比，三曰赋。文已尽而意有余，兴也；因物喻志，比也；直书其事，寓言写物，赋也。宏斯三义，酌而用之，干之以风力，润之以丹彩，使味之者无极，闻之者动心，是诗之至也。"[②] 这里钟嵘讲到兴、比、赋三种不同的诗歌表现手法应酌情用之，再以风力为骨干，以辞采来润色，就能使品味诗歌的人感到趣味无穷，听到诗歌的人因之动心，这才是诗歌的极品。钟嵘所说的"使味之者无极"，这里的"味"与前两个"味"已明显不同，意为"品味""欣赏"，进一步标志着"味"已成为一个审美范畴。

再次，刘勰在《文心雕龙》中亦多次使用"味"。"刘勰和钟嵘通过'味'的范畴的运用，对文学作品的美感和审美特性，做了独到的分析，不仅代表了六朝'艺味'说形成时期的最高水平，也推动了以'味'论'艺'的批评风气的进一步发展。"[③] 陈应鸾先生指出，《文心雕龙》中多次论及诗文自身的味，做名词用时，"都是指诗文自身的美感"[④]，而"《明诗》篇中'张衡《怨》篇，清典可味'的'味'乃动词，说明这时'味'已正式成为对诗进行审美鉴赏的术语"[⑤]，并且指出《文心雕龙》中对"味"的论述虽然很零散，但已提出了一些关于"味"的理论原则，这些理论原则对后来诗味论产生了直接影响。陶礼天教授在其著作《艺味说》中专辟一节对《文心雕龙》中的"味"论做了非常详细的论述。首要的，对《文心雕龙》中"味"的范

---

① （南朝梁）刘勰著，范文澜注：《文心雕龙注·明诗》，第 67 页。

② （南朝梁）钟嵘著，曹旭集注：《诗品集注·序》，第 47 页。

③ 陶礼天：《艺味说》（上卷），第 120 页。

④ 陈应鸾：《诗味论》，第 56 页。

⑤ 陈应鸾：《诗味论》，第 57 页。

畴及其特点和美学内涵进行了分析[①]。《文心雕龙》中作为动词的"味"已具有审美的逻辑内涵；作为名词的"味"，尤其"余味"论，是对作品整体美感的分析，着重从"意象""情采"的角度予以分析。另外，《文心雕龙》在论述声律、对偶、字句、章法等问题时也使用"味"，使作品的美感得到了超越前人的"细部分析"。

《文心雕龙》中已具有审美意义的"味"范畴至少十七处[②]。可见，刘勰所生活的齐梁时期作为审美范畴的"味"已较广泛地应用于文学理论中。"味"既做动词用，又做名词用。《文心雕龙》中提到的"味"，约有六个做动词用，十一个做名词用。做动词用时，"味"有品味、咀嚼、欣赏等含义，做名词用时，均有比喻文学作品阅读起来有味道、回味无穷的含义。文中多次提到"余味""遗味"，这是对《礼记·乐记》中"遗音""遗味"说的进一步发展。关于以上两点，陈应鸾先生和陶礼天先生分别在其著作《诗味论》与《艺味说》中已做了较详细的分析，故不赘述。此外，《文心雕龙》中的"味"论还有几个方面值得注意。

其一，刘勰突出了"情"在文学作品中的重要性，没有"情"就没有"味"。在"采"与"情"中，他更看重"情"，如上所列："研味《孝》、《老》，则知文质附乎性情"（《情采》），"繁采寡情，味之必厌"（《情采》），"使味飘飘而轻举，情晔晔而更新"（《物色》）等，均强调"情"的重要性。刘勰反对"繁采寡情"的作品，认为"文质"应"附乎性情"（《情采》），这也正好说明了刘勰为什么提倡"为情而造文"，反对"为文而造情"，只有发自真情的作品才能真正有"味"，也才能真正打动人。

其二，刘勰很重视"言外之意"，认为文章若含蓄、委婉，有"弦外之音"，则往往让人"味之不厌"。《隐秀》篇："始正而末奇，内明而外润，使

---

① 陶礼天：《艺味说》（上卷），第121—133页。

② 关于《文心雕龙》中论"味"的句子，陈应鸾先生的《诗味论》列出了一部分并做了言简意赅的评述；陶礼天先生的《艺味说》不仅详细列出以"味"论诗的句子，而且做了很详细的论述（参见陈应鸾先生的《诗味论》第56—57页；陶礼天先生的《艺味说》上卷第122—130页）。

玩之者无穷，味之者不厌矣”“深文隐蔚，余味曲包”;《宗经》篇:“至根柢槃深，枝叶峻茂，辞约而旨丰，事近而喻远。是以往者虽旧，余味日新”;《体性》篇:“子云沈寂，故志隐而味深”;《史传》篇:“其《十志》该富，赞序弘丽，儒雅彬彬，信有遗味”。正是因为文章写得深沉、含蓄，有“言外之意”，所以才有“余味”“遗味”，让人回味不尽。刘勰在《隐秀》篇中指出:“隐也者，文外之重旨者也；秀也者，篇中之独拔者也。隐以复意为工，秀以卓绝为巧……夫隐之为体，义主文外，秘响旁通，伏采潜发，譬爻象之变互体，川渎之韫珠玉也。”这里，刘勰指出文章的写作“隐”与“秀”缺一不可，“隐”是文辞所表达的表层含义之外的深层含义，也就是说“隐”句具有多重含义，需作者去用心挖掘，就如同川流里蕴藏着珠玉，不像“秀”句的含义往往一目了然。这样，“奇”“正”“明”“润”交错，因此能使人品来韵味无穷。此外，刘勰一直强调儒家经书的典范作用。《宗经》篇:“经也者，恒久之至道，不刊之鸿教也。故象天地，效鬼神，参物序，制人纪，洞性灵之奥区，极文章之骨髓者也。”“故文能宗经，体有六义：一则情深而不诡，二则风清而不杂，三则事信而不诞，四则义贞而不回，五则体约而不芜，六则文丽而不淫。”刘勰认为若文能宗经，则各种文体就有六个法则，即对“情”“风”“事”“义”“体”“文”六个方面的规范要求。因此，他主张作文应效法经书，“若禀经以制式，酌雅以富言，是即山而铸铜，煮海而为盐也”，经书乃作文用之不尽、取之不竭的源泉、宝藏，因其“根柢槃深，枝叶峻茂，辞约而旨丰，事近而喻远”，其文辞简约而意义丰富，叙事切近而寓意深远，所以“往者虽旧，余味日新”。因此，刘勰认为有“言外之意”的文章应该宗经，并且做到文与质、辞与情、奇与正、隐与秀的配合，从而使得文章耐读，涵韵不尽、余味无穷。

其三，“味”与“韵”并列而论。刘勰的诗味论，开始将诗之“味”与诗之“韵”相结合，这一点特别值得注意。刘勰在《声律》篇写道:“是以声画妍蚩，寄在吟咏，吟咏滋味，流于字句。气力穷于和韵。”因此文章声韵的好坏，寄托在吟咏上，吟咏时产生的滋味，又通过字句流露出来，气力尽用在求和谐和押韵上，也就是说文章的“滋味”与“和韵”密切相关，所谓“异音相从谓之和，同声相应谓之韵”，不同的音调相配合协调叫作和谐，句末相同的声韵相呼应叫作押韵。南北朝时期人们已懂得把音律运用到文章写作中，南朝齐梁时期的沈约提出“四声八病”说，把四声和双声叠韵运用到创作中，从而产生了格律诗。刘勰亦受当时思想理论背景的影响，注意到声律在文章、诗歌创作中的重要作用，提出“声有飞沉，响有双迭”说。从《文心雕龙》中的诗味论来看，刘勰不仅将“味”与“韵”相结合，还常把“味”与“气”、“道”、“义”、“性”、“情”、“气力”等概念并列而用，进一步说明这一时期的“味”已经成为一个审美范畴。这些均为唐代诗味论的进一步发展奠定了一定基础，包括对司空图提出“味外之旨”“韵外之致”说做了一定的铺垫。

（二）魏晋南北朝“韵”范畴的兴起

下面来看“韵”在魏晋南北朝时期的兴起及内涵的变化。据徐复观先生研究：“经籍上无韵字，汉碑亦无韵字。韵字盖起源于汉魏之间。”①并且指出，“钧”“均”字即古韵字，皆与音乐有关，但是直接用到音乐方面的不多，魏晋时，由于声律论的产生，加上佛典的翻译及声韵学的成立，“韵”字用到文学上较之用到音乐上的多②。“韵”在魏晋时期开始运用到文学、文论中，“曹植《白鹤赋》‘聆雅琴之清韵’，此或为今日可以看到的韵字之始”③，陆机、陆云、沈约、范晔、钟嵘等的著作中也均有使用。

陆机《文赋》中就有两处使用“韵”字：“收百世之阙文，采千载之遗韵”④“或托言于短韵，对穷迹而孤兴，俯寂寞而无友，仰寥廓而莫承”⑤。引文第一处“遗韵”，郭绍虞先生解释道：“遗韵，犹言遗文。阙文指散体，遗

① 徐复观：《中国艺术精神》，第100页。

② 徐复观：《中国艺术精神》，第100—101页。

③ 徐复观：《中国艺术精神》，第100页。

④ （西晋）陆机著，张少康集释：《文赋集释》，第36页。

⑤ （西晋）陆机著，张少康集释：《文赋集释》，第183页。

韵指韵体”[①]，所以这里的“韵”指的是韵体文。引文第二处“短韵”，指“小文”，即短小的文章。可见“韵”在晋代主要指韵体文或文章。

陆云在《与兄平原书》中也多次用到“韵”[②]：“《喜霁》俯顺习坎、仰炽重离，此下重得如此语为佳，思不得其韵，愿兄为益之”“彻与察皆不与日韵，思惟不能得，愿赐此一字”“《九悲》多好语，可耽咏，但小不韵耳”“今易上韵，不知差前不？”“李氏云：‘雪与列韵，曹便复不用？’”陆云所用的“韵”主要指诗文创作中的声韵、韵律、押韵。

沈约《宋书·谢灵运传》亦多次提到“韵”[③]：“缀平台之逸响，采南皮之高韵”“一简之内，音韵尽殊”“正以音律调韵，取高前式”“至于高言妙句，音韵天成”，其中，“高韵”，指吴质、阮瑀等人的诗赋风格[④]，另外三个“韵”，均是指韵律、押韵。

范晔《狱中与诸甥侄书》[⑤]：“文患其事尽于形，情急于藻，义牵其旨，韵移其意”“年少中谢庄最有其分，手笔差易，文不拘韵故也”，这两处“韵”均指音韵，范晔反对以“韵移其意”，“韵”要为“意”服务，并且用韵要自然，文不能受韵的约束。

钟嵘《诗品序》中的“韵”：“若‘置酒高堂上’、‘明月照高楼’，为韵之首。故三祖之词，文或不工，而韵入歌唱，此重音韵之义也，与世之言宫商异矣。今既不被管弦，亦何取于声律邪？”[⑥]前两个“韵”均是指韵律和谐，赞赏曹植及魏之三祖的诗韵律和谐，可以入乐，第三个“韵”指的是韵律，魏时诗歌要入乐所以讲求声律，但钟嵘所在的时代诗歌已不再配乐演唱了，所以他认为还一味地追求声律就没必要了。钟嵘反对沈约等人所倡导的“四声八病”说，认为过多地讲究声律，反而“使文多拘忌，伤其真美”，

---

① 郭绍虞主编、王文生副主编：《中国历代文论选》（第一册），第 177 页，注［26］。

② （西晋）陆云：《与兄平原书》，参见（清）严可均辑：《全上古三代秦汉三国六朝文·全晋文》卷一百二，第 1074—1083 页。

③ （南朝梁）沈约撰：《宋书·谢灵运传》，北京：中华书局 1974 年版，第 1778—1779 页。

④ 郭绍虞主编、王文生副主编：《中国历代文论选》（第一册），第 218 页，注［28］。

⑤ （南朝梁）沈约撰：《宋书·范晔传》，1829—1830 页。

⑥ （清）何文焕辑：《历代诗话·诗品》，第 5 页。

“但令清浊通流，口吻调利，斯为足矣”，认为文章的自然美才是最重要的，只要使清、浊音通顺流畅就足矣。

刘勰在《文心雕龙》中大量使用“韵”，达三十几处，绝大部分“韵”是音韵、押韵、韵律的意思，如《声律》篇：“异音相从谓之和，同声相应谓之韵”；《总术》篇：“无韵者‘笔’也，有韵者‘文’也”；《明诗》篇：“孝武爰文，柏梁列韵……联句共韵，则柏梁余制”；等等。另外还有几处“韵”含义有所不同。如《原道》篇：“泉石激韵，和若球锽”，此处是“韵调”的意思。《诠赋》篇：“彦伯梗概，情韵不匮”，指袁宏的赋虽略举大概，却情致、韵味无穷。《丽辞》篇：“丽句与深采并流，偶意共逸韵俱发”，此句的“韵”与上句的意思相当，“逸韵”指飘逸的情致、韵味。《时序》篇：“应傅三张之徒，孙挚成公之属，并结藻清英，流韵绮靡”，此处“韵”指“风韵、气度”。可以看出刘勰对“韵”的理解已不仅仅局限于前人所理解的音韵、押韵，或仅仅与音乐、声音相关，而是突破了音韵、声音，对“韵”有更形而上的理解，已有情致、韵味、风韵等含义，也就是开始从审美的角度来理解“韵”，这与司空图所说的“韵外之致”之“韵”的内涵已相当接近了。

另外萧子显在《南齐书·文学传论》中也以“韵”论文。他说：“文章者，盖性情之风标，神明之律吕也。蕴思含毫，游心内运，放言落纸，气韵天成。”[①] 可见他认为文章的作用之大，乃“性情之风标，神明之律吕”，从构思到创作，均要表现对象的生气、精神，而且要浑然天成。这与差不多同一时期的谢赫在画论中提出“气韵生动”遥相呼应，均认为文章、绘画等艺术要表现内在的精神、性情。

综上可以看出，“韵”在魏晋南北朝时期已开始普遍在文学、文论中使用，主要是指诗歌的韵律、音韵、押韵。“韵”在南北朝时期尤其盛行，应该说与南朝齐永明体诗歌对音韵的要求密切相关，沈约与谢朓、王融、范云

① （南朝齐）萧子显：《南齐书·文学传论》，参见郁沅、张明高编选：《魏晋南北朝文论选》，北京：人民文学出版社 1999 年版，第 340 页。

等人将四声的区别与传统的诗赋音韵知识相结合，规定了一套五言诗创作时应避免的声律上的毛病，就是后人所说的“四声八病”说，这为后来近体诗的产生奠定了基础。永明体诗歌对声律的讲究促进了“韵”这一范畴在文学作品中的使用。“韵”最初的含义与音乐相关，据《王力古汉语字典》：“韵同韻”，“韻”有“和谐的声音”“字的除去声母的部分”“指文章”“风度，情趣”“风雅”“美”等义，另“按，说文无韻字，新附有之，云：‘韻，和也。’古作‘均’”。[①]刘勰在《文心雕龙》中广泛地使用“韵”，并且开始突破前人的用法，“韵”已不仅仅与音响、音韵有关，有评品诗歌所表现的风韵、韵味及由此体现了作者的精神气度、情志的含义。可见，魏晋南北朝时期的“韵”已成为一个审美范畴，已有表现作品及作者精神风貌的端倪了。

但实际上，“韵字在当时用在人伦鉴识上，又多过于用在文学之上”。[②]徐复观先生详列了《世说新语》及其“注”中所用的“韵”字达十九处[③]，其中，四处与音响有关，其余均与人伦鉴识有关。与人伦鉴识有关的“韵”，如“拔俗之韵”“天韵标令”“风韵遒迈”“雅正之韵”“风韵疏诞”“风韵迈达”“思韵淹济”“高韵”“性韵方质”“风气韵度”“大韵”等。并且指出，“韵”作为一个当时在人伦鉴识上所用的重要观念，指的是“一个人的情调、个性，有清远、通达、放旷之美，而这种美是流注于人的形相之间，从形相中可以看出来的。把这种神形相融的韵，在绘画上表现出来，即是气韵的韵”。[④]

将以上用于文学上的“韵”与用在人伦鉴识上的“韵”相比较，可以看出其含义有很大不同。用于文学上的“韵”主要还是指韵律，而用在人伦鉴识上的“韵”则与音响、音韵没有任何关联，主要是指人的形神相统一所流露出的超凡脱俗的精神气貌，这与当时玄学盛行，魏晋南北朝时期名士崇尚

① 王力主编：《王力古汉语字典》，北京：中华书局2000年版，第1639—1640页。
② 徐复观：《中国艺术精神》，第102页。
③ 徐复观：《中国艺术精神》，第102—104页。
④ 徐复观：《中国艺术精神》，第106页。

清谈有密切关系。

综上，魏晋南北朝时期的“味”与“韵”均已向审美范畴过渡。“味”既有品味、鉴赏的意思，又有含蓄有味道、有“余味”的意思。作为审美范畴的“韵”有风韵、韵味的意思。“味”与“韵”虽然还是各自独立的范畴，但某种程度上其含义有相通之处，均指文学作品或人物含蓄有味、耐人回味或精神风貌超拔脱俗、有风韵，并且“味”与“韵”开始有结合的趋势，如上所述是刘勰在《文心雕龙·声律》篇所论。这些均为唐代“韵”“味”论的进一步发展及两个审美概念的结合，即“韵味说”的形成奠定了一定基础。

（三）魏晋南北朝诗味论的思想理论背景

1. 玄学对诗味论的影响

东汉末至两晋是历史上的乱世，人们追求思想自由。玄学便是这一特定历史朝代的产物。魏晋时期玄学盛行，玄学“祖述老庄”，试图调和儒道思想，玄学家从多方面论证道家的“自然”与儒家的“名教”的一致性。玄学家们对两汉经学、谶纬神学及儒家的三纲五常开始厌倦，他们醉心于形而上的哲学论辩，于是崇尚玄远的清谈之风逐渐盛行。玄学家们所讨论的内容包括本末、有无、言意、自然与名教等一系列具有哲学思辨性质的问题，玄学的方法论为言意之辨。王弼提出“得象忘言”“得意忘象”论[①]，“王弼得意忘象论是以言为象之代表，象为意之代表，二者均为得意之工具”。[②]“得意忘象”论虽然是玄学的方法论，却对文学艺术创作及理论产生了深刻的影响。“得意忘象”论秉承了庄子的“得意忘言”论，“得意”为其最终目标，“言”与“象”均为“得意”之媒介。

“得意忘象”论对文学的影响表现在重“言外之意”，即强调文学，在当时主要是指诗歌的含蓄性，重文本之外的内涵。魏晋六朝讲含蓄，侧重文学本身的艺术性、审美性，主张“言有尽而意无穷”。如：刘勰《文心

---

① 汤用彤撰，汤一介等导读：《魏晋玄学论稿·导读》，第26页。

② 汤用彤撰，汤一介等导读：《魏晋玄学论稿·导读》，第26页。

雕龙·隐秀》篇中所论的“隐”即是指文章的含蓄性，“隐也者，文外之重旨者也……隐以复意为工”，“隐”与“秀”交替使用，方能使“玩之者无穷，味之者不厌”，“隐”句的艺术效果能使文章耐人寻味，“若篇中乏隐，等宿儒之无学，或一叩而语穷”。所以文中的“隐”句能使文章深沉、耐读，余味无穷。另外刘勰也很重视比兴的艺术手法，在《比兴》篇中，他提出“‘比’显而‘兴’隐”，“‘比’则畜愤以斥言，‘兴’则环譬以托讽”，认为“比”较明显，“兴”则较委婉含蓄，“观夫兴之托谕，婉而成章，称名也小，取类也大”，进一步指出“兴”的表现手法旨在托物喻义，其所取的名物虽小，但寓意深远。可见刘勰非常推崇“兴”的艺术效果。此外，刘勰在《神思》篇中亦强调文章的含蓄性：“至于思表纤旨，文外曲致，言所不追，笔固知止。至精而后阐其妙，至变而后通其数，伊挚不能言鼎，轮扁不能语斤，其微矣乎！”意指文思以外的细微旨意，文辞以外的幽曲情致，往往是言语所难以表达的，只有达到最高的境界、懂得最精微的变化才能阐发它的妙处、理解它的技巧，就如同伊尹不能说出烹饪的妙处、轮扁不能说出斫轮的技巧，微妙之至。

与刘勰类似，钟嵘也对“兴”“比”“赋”提出了自己的看法，对三者重新进行阐释，且主张三者应“酌而用之”：

> 文已尽而意有余，兴也；因物喻志，比也；直书其事，寓言写物，赋也。弘斯三义，酌而用之，干之以风力，润之以丹彩，使味之者无极，闻之者动心，是诗之至也。若专用比兴，患在意深，意深则词踬；若但用赋体，患在意浮，意浮则文散，嬉成流移，文无止泊，有芜漫之累矣。[①]

钟嵘一方面对“兴”“比”“赋”作出不同于汉儒的新的阐释，尤其是

---

① （清）何文焕辑：《历代诗话·诗品》，第3页。

对“兴”的理解：“文已尽而意有余”，文辞已尽而意味无穷，这即是指诗的含蓄性，有“言外之意”，让人回味。另外还主张这三种表现手法应交替使用，不可偏颇，同时还应“干之以风力，润之以丹彩”，也就是以风力为骨干，以辞藻来润色，这样才能“使味之者无极，闻之者动心，是诗之至也”。不同表现方法的使用，既可避免文意太深奥而显晦涩难懂，又可避免内容太直白浅显而显松散，也就是刘勰所说的“隐”与“秀”应恰当使用，再加上有“风力”及华丽的辞藻，对“质”与“文”均提出了高要求，这才是“诗之至”，才使诗有“味”。

应该指出的是，刘勰和钟嵘对“兴”“比”“赋”的重新解释，使其有了新的内涵，从而有别于汉儒对“六义”之比兴的牵强附会的理解，汉儒主张“主文而谲谏”“发乎情，止乎礼义”，强调诗歌应委婉地讽谏，侧重从诗歌的社会作用来讲。而六朝时期的文论家重视诗歌本身的艺术表现效果，主张诗歌文与质的统一，提倡诗歌应有“味”“遗味”，令人读后要“味之不厌”“使味之者无极，闻之者动心”。诗歌因有“味”，才显含蓄，即是“得意忘象”，有“言外之意”。但与两汉相比，这种“言外之意”不是一味注重诗的政教作用，更多是从艺术本身出发，重视诗歌的抒情性与审美性，彰显了此时诗歌等艺术的独立性。

玄学对魏晋六朝文论的影响还表现在对自然及自然美的重视。玄学崇尚老庄之学，而老庄即重自然，老子指出：“人法地，地法天，天法道，道法自然”，“道”所反映的是“自然而然”的规律，这段话精辟地概括了宇宙天地间万事万物均效法或遵循“道”的“自然而然”的规律。玄学亦提倡回归自然，玄学家们常寄情于山水，从自然山水中体“道”、悟“道”。在诗歌创作领域有一个转变的过程，由晋代“永嘉时，贵黄、老，稍尚虚谈。于时篇什，理过其辞，淡乎寡味”（钟嵘《诗品序》），到“宋初文咏，体有因革，庄老告退，而山水方滋”（刘勰《文心雕龙·明诗》）。在绘画领域，由人物画到山水画，魏晋时期的文人开始关注自然及自然美，将情感投射于大自然，并借助自然来抒发情感，并且主张诗文创作应遵从自然的原则，反对过分雕琢。

陆机在《文赋》中写道："遵四时以叹逝，瞻万物而思纷。悲落叶于劲秋，喜柔条于芳春。"诗人的情感随四时景物的变化而变化。"笼天地于形内，挫万物于笔端"，诗人在创作构思时，思绪要尽情驰骋于天地万物之间，要与自然融为一体。可见，陆机非常重视自然与诗人情感之间的关系，诗人从构思到创作均离不开自然，自然也成为诗人托物喻情的载体。

刘勰在《文心雕龙》中也很重自然。《原道》篇写道：

> 傍及万品，动植皆文：龙凤以藻绘呈瑞，虎豹以炳蔚凝姿；云霞雕色，有逾画工之妙；草木贲华，无待锦匠之奇。夫岂外饰，盖自然耳。至于林籁结响，调如竽瑟；泉石激韵，和若球锽：故形立则章成矣，声发则文生矣。[①]

刘勰认为自然界的万物皆有文章，且自然美胜过人工美，自然美难道是外加的修饰吗？都是自然而然形成的。因此一旦形体确立、声韵激发就自然会形成文章。刘勰还进一步指出自然界的景物、人的情感与文辞之间是相互关联、相互触发的，即他所说的"岁有其物，物有其容；情以物迁，辞以情发"（《物色》）。诗人的创作离不开自然万象："是以诗人感物，联类不穷；流连万象之际，沉吟视听之区。"（《物色》）自然界的山山水水是诗人创作灵感的源泉："若乃山林皋壤，实文思之奥府，略语则阙，详说则繁。然则屈平所以能洞监《风》《骚》之情者，抑亦江山之助乎？"（《物色》）由此可见，刘勰非常重视自然及自然美，并且有意识地发现、关注自然美。可以说，没有自然美就没有诗人的创作。

钟嵘认识到诗歌创作应遵从自然的原则，反对过分用典及片面追求声律美，推崇"直寻""自然英旨""真美"。《诗品序》写道："观古今胜语，多

---

① （南朝梁）刘勰著，范文澜注：《文心雕龙注》，第1页。

非补假，皆由直寻……但自然英旨，罕值其人。词既失高，则宜加事义。虽谢天才，且表学问，亦一理乎！”[①]他举“思君如流水”“高台多悲风”等句说明古今佳句，大多并非拼凑或借助典故，而是随手拈来的“直寻”之句。钟嵘亦反对过分讲究声律，因其“使文多拘忌，伤其真美”，同样也是推崇自然美。

另外，受玄学影响，魏晋南北朝时期文学很重视象喻批评，如《世说新语》中出现频率较高的概念有“韵”“清”“远”“气”“自然”“风”“高”等，以自然万物的风貌来形容人的精神气貌或清心寡欲、超凡脱俗，或疏放豪迈、风清骨峻。

由此可见，魏晋六朝文人受玄学的影响，发现了艺术创作不竭的源泉——自然美，同时也给诗文在创作风格上带来了一股清新的风气，即诗文创作要自然、清新，要有“韵”，有“味”，才能令人回味隽永。

2.“诗缘情”说与文学的美学追求对诗味论的影响

魏晋六朝时期的文论从内容上来说，伦理、本事意义淡化了，更加重抒情。陆机在《文赋》中提出：“诗缘情而绮靡”，诗歌因情而生，文采绮丽，音调和谐。“诗缘情”说的提出，从本体论上说明诗歌的抒情性，从人的心理、情感的需求出发说明诗歌的功能，这是对两汉“诗言志”说的突破。“诗言志”说重在说明诗歌的政治功能，其目的是“主文而谲谏”，“诗缘情”说则是从文学本身出发说明其特征，所以具有重大的意义。这是魏晋南北朝时期重诗歌抒情性的一个里程碑。陆机之后，钟嵘、刘勰等文论家亦反复强调诗歌的抒情性。钟嵘在《诗品序》开篇即说道：“气之动物，物之感人，故摇荡性情，行诸舞咏。照烛三才，晖丽万有。灵祇待之以致飨，幽微藉之以昭告，动天地，感鬼神，莫近于诗。”季节的变化引起景物的变化，景物的变化引起人情感的变化，从而产生了舞蹈、诗歌。“动天地，感鬼神，莫

---

① （南朝梁）钟嵘著：《诗品》，参见（清）何文焕辑：《历代诗话·诗品》，第 4 页。

近于诗”，诗歌的抒情性无与伦比。钟嵘接着指出五言诗的特点：“五言居文词之要，是众作之有滋味者也，故云会于流俗。岂不以指事造形，穷情写物，最为详切者耶？”五言诗较之四言诗多一字，是众多诗歌体裁中最有滋味的，就是因为它叙事状物、抒发情感最为详尽贴切。刘勰在《文心雕龙》中对诗歌的抒情性着墨颇多：“人禀七情，应物斯感，感物吟志，莫非自然”（《明诗》）；“情以物迁，辞以情发”“物色尽而情有余者，晓会通也”（《物色》）；“夫铅黛所以饰容，而盼倩生于淑姿；文采所以饰言，而辩丽本于情性。故情者文之经，辞者理之纬；经正而后纬成，理定而后辞畅：此立文之本源也”（《情采》）。刘勰首先指出了情、物、辞三者之间相互触动的关系；其次认为若懂得通变的道理，则描写物色的形貌虽有穷尽，情思却写不尽；再次，提出了“情者文之经，辞者理之纬”的理论，并且提倡“为情而造文”，反对“为文而造情”。所以，在刘勰看来，诗文的出发点及根基均在于其抒情性。正是因为对文学抒情性的发现与自觉追求，所以才强调诗歌应写得深沉有味，因为人的情感是深沉且微妙又含蓄的，古人表达情感也往往是含蓄的，诗歌恰恰是表达人情感的一个很好的方式，好的诗歌有表层的含义又有深层的含义，有让人一看即明了的“言内之意”，又有需揣摩咀嚼的“弦外之音”，这种“弦外之音”“言外之意”恰恰就是诗歌的魅力所在，也正是诗歌耐人寻味之所在。所以对诗歌抒情性的发现及重视推动了诗味论的发展。

另外这一时期文学的美学追求亦推动了诗味论的发展。对文学的美学追求除了注重其抒情性之外，还表现在对文学本身规律的探讨，包括对文学形式美的重视，重文采、讲声律，还包括对艺术构思的重视，以及对“兴”“兴会”的重视等。

在对文学形式美的重视方面，越来越重视文采。曹丕在《典论·论文》中就提出“诗赋欲丽”，认为诗与赋要“丽”，要有文采。继而，陆机在《文赋》中提出诗歌应“雅”而“艳”，认为那种“雅而不艳”的作品，缺少“遗味”。钟嵘《诗品》指出：“干之以风力，润之以丹彩”，指出诗歌内容要有“风力”，形式要以辞采来润饰。刘勰同样推崇文采。他在《辨骚》篇中评《楚辞》：“故《骚经》《九章》，朗丽以哀志；《九歌》《九辩》，绮靡以伤情；《远游》《天问》，瑰诡而慧巧；《招魂》《大招》，耀艳而采深华……故能气往轹古，辞来切今，惊采绝艳，难与并能矣。”“朗丽”“绮靡”“瑰诡”“耀艳”“辞来切今”“惊采绝艳”这一系列的词均是赞颂《楚辞》辞采华美。另外，在《情采》篇中指出“情者文之经，辞者理之纬”“言以文远”等均表示在“文不灭质”的前提下，适当讲求文采是必要的。

南朝时期，文学家们对诗歌的声律亦很讲究，于是有了永明体的出现，永明体以讲究四声、避免八病、强调声韵格律为主要特征。永明体对于增强诗歌艺术形式的美感和艺术效果有一定的积极作用。刘勰在《文心雕龙·声律》篇中对声律给予肯定，指出“是以声画妍蚩，寄在吟咏，吟咏滋味，流于字句。气力穷于和韵”，认为声韵可增强诗歌的韵味。

魏晋六朝时期的文学家及文论家还很重视艺术构思，从陆机的《文赋》提出“精骛八极，心游万仞”“笼天地于形内，挫万物于笔端”，到刘勰的《文心雕龙·神思》提出“神与物游”说，均指出艺术构思的重要性，并且提出艺术构思需要凝神静心、“澡雪精神，疏瀹五藏”。艺术构思有利于从整体上把握文章的架构，既能够驰骋想象，又能够使文章“博而能一”，中心思想一以贯之，从而使文章更有味、耐读。

总之，“诗缘情”说及对文学的美学追求，包括重文采、声律，对艺术构思的重视，以及对“兴”“兴会”的重视等，说明这一时期文人们越来越重视对文学内在规律的探索，包括强调文学的抒情性、注重文学的形式美，以及文学创作的闲适性，逐渐摆脱先秦两汉文学的社会政治功能，也使得文人们越来越注重文学怡情养性的美学功能，因此使人们更多从文学本身创作的出发点、文学构思、文学的表现手法、文学与自然的关系、情与景的关系、文学的美学价值等方面进行有意识的探索。文学的理论实质是美学的，不是实用的，对文学的抒情性发现及美学价值的追求，就必然促使人们对文学表现方法的有意识探索。文学的魅力在于其“言有尽而意无穷”的含蓄蕴藉之美，若能使文学文质统一、情采相兼、情景交融、风清骨峻、既隐且秀、比兴并用、雅艳并举、音韵相谐，则此等文学必能深入人心、含蓄有味、令人“味之不厌”，如大羹之有“遗味”。这也就是为什么“诗缘情”说及对文学的美学追求促进了诗味论的发展，也是为什么魏晋南北朝时期的文人非常重视诗之“味”，且有意识地探索诗味论。诗味论的理论实质也是美学的、非功利的，不是实用的。这和文学的理论实质是相符合的。

3. 魏晋南北朝以“味”“韵”论书、画、乐与诗味论的相互渗透

魏晋南北朝书、画、乐论异常繁盛。由于受玄学“得意忘象”论影响，书、画、乐论亦重神轻形，重含蓄有味，且与诗味论相互渗透。

首先看以“味”“韵”论书。

据现有书法论文献记载，最早在书论中提到“味”“韵”的是东晋著名书法家王羲之[①]。他在《书论》中写道：“凡书贵乎沉静，令意在笔前，字居心后，未作之始，结思成矣。仍下笔不用急，故须迟，何也？笔是将军，故须迟重。心欲急不宜迟，可也？心是箭锋，箭不欲迟，迟则中物不入。夫字有缓急……每书欲十迟五急，十曲五直，十藏五出，十起五伏，方可谓书。若直笔急牵裹，此暂视似书，久味无力。”[②] 王羲之在此提出作书贵在沉稳庄静，要“意在笔前，字居心后”，未写之前，构思就已成熟。但下笔仍然不能急促，将“笔”喻为“将军”，“心”喻为“箭锋”，“笔”需谨慎稳重，“心”要急，若迟缓则中物不深，并且提出字有缓急，需安排妥当。作书要多迟少急，多曲少直，多藏少出，多起少伏，这才是书法。如果纵笔急促牵引束裹，乍看好像是书法，久一回味终觉无笔力。王羲之首次提出以“味”论书，与陆机《文赋》中以“味”论文意义相当，“久味无力”之“味”已是一个审美概念了，意为回味、品味、赏鉴。在《笔势论十二章并序・健壮

① 陶礼天先生在《艺味说》中就此有论述，上卷第 159 页。

② （东晋）王羲之：《书论》，参见华东师范大学古籍整理研究室选编校点：《历代书法论文选》，第 28—29 页。

章第六》中，王羲之论道："终始转折，悉令和韵，勿使蜂腰鹤膝。放纵宜存气力，视笔取势。"[①] 用笔的起止转折，都在和谐的韵律之中畅行，不要忽而轻细得像马蜂的腰，又忽而粗重得像鹤的膝关节。奔放纵笔要内存气力，看笔画的形状取势。这里的"韵"是比喻的用法，指的是用笔的起止转折需前后、上下保持一种和谐的韵律、节奏，就如同乐曲需保持和谐的韵律一样。"韵"本来是指声音之和谐的，王羲之用来比喻书法的和谐，这已超出了音响的范围，带有审美的意味。

南朝齐书法家王僧虔的书论有《书赋》《书论》《笔意赞》等，提出了一些重要的书法理论，尤其是书法创作中的情思与想象、"天然"与"功夫"、心手论、"神彩"与"形质"等均有较深入成熟的论述。受魏晋玄学的影响，他重神轻形，提出："书之妙道，神彩为上，形质次之，兼之者方可绍于古人。"[②] 并且他还擅长象喻批评，在《书赋》中论道："情凭虚而测有，思沿想而图空。心经于则，目像其容。手以心麾，毫以手从。风摇挺气，妍靡深功。尔其隶明敏婉，蠖绚蒨趋；将蒨文篚缛，托韵笙簧。"[③] "摛文斐缛，托韵笙簧"意为隶书"铺陈的色彩如错杂的锦缛，寄托的情韵像吹笙一样声调悠扬"。[④] 书法创作中伴随着作者的"情"与"思"，手依心，笔随手而麾动，情思牵引着手，手牵引着笔，笔又表达着作者心中的意象，因而使写出的字仿若有声有色，如"缛"似"笙"，余韵不绝。王僧虔以"文""韵"喻"书"，书若画、若乐，一则说明书如画、乐一样均是对作者情思的表达，另外也有通感的意味，说明绝妙的书法作品能展现鲜明的意象，令人展开想象

---

① （东晋）王羲之：《笔势论十二章并序·健壮章第六》，参见华东师范大学古籍整理研究室选编校点：《历代书法论文选》，第 33 页。

② （南朝齐）王僧虔：《笔意赞》，参见华东师范大学古籍整理研究室选编校点：《历代书法论文选》，第 62 页。

③ （南朝齐）王僧虔：《书赋》，参见崔尔平选编、点校：《历代书法论文选续编》，上海：上海书画出版社，2012 年版，第 20 页。"尔其隶明敏婉，蠖绚蒨趋；将蒨文篚缛，托韵笙簧"这几句疑断句有误，据《汉魏六朝书画论·书赋》（潘运告主编，云告译注，长沙：湖南美术出版社 1997 年版，第 157 页），应断句为"尔其隶也，明敏婉蠖，绚蒨趋将；摛文斐缛，托韵笙簧"且改了个别字。据文后注释，"此赋见载于《墨池编》卷四。《书苑菁华》卷二十载录此赋，有数处阙文"。今从后说。

④ 潘运告主编，云告译注：《汉魏六朝书画论》，第 158 页。

的空间、回味不尽，余韵不绝。

南朝梁书法家袁昂在其书论《古今书评》中以韵、味论书。他评书法家殷钧“书如高丽使人，抗浪甚有意气，滋韵终乏精味”[①]，意思是“殷钧的书法，犹如高丽派来的使者，缺乏清谈玄理的名士风度，虽表面上看来其言谈及风度具有激扬清厉的特点，但实质上缺乏拔俗的风韵神采，言谈也较乏味——不精核、不精微，没有做到‘辩答清析，辞气俱爽’”。[②] 陶礼天教授认为这是书论中较早明确提出“韵味”说的，并对此有较详细论述[③]，故不赘述。

南朝梁代书法理论家庾肩吾在其《书品》中亦写道：“……或巧能售酒，或妙令鬼哭。信无味之奇珍，非趣时之急务。”[④] 指出前贤的各种书法作品，有的因其巧妙而能售酒，有的能令鬼哭，真是无味的奇珍异宝，而非因赶时办事而急切书写之作。这里，庾肩吾把一些高妙的书法作品比喻为无味的“奇珍”，并把它们与平常的应急之书法相区别开来，认为这些高超的书法虽尝而无味，却若山珍海味，因此有无味之味，此味虽不能满足口腹之欲，却有无尽的价值，“能售酒”“令鬼哭”。此外，庾肩吾在论及卫宣等被其列为下之下品的二十三人的书法时说道：“此二十三人皆五味一和，五色一彩。视其雕文，非特刻鹄；观其下笔，宁止追响……”[⑤]认为这位居下之下品的二十几人的书法作品缺乏个性与创造性，基调较传统，缺少突破，所谓“五味一和，五色一彩”。这是继王羲之和袁昂之后又一以“味”论书的书法家。

其次看以“味”“韵”论画。

魏晋六朝时期，画论非常繁荣，加上受玄学及佛教的影响，论画重自然、神似，名士们崇尚清谈，同时又把眼光转向了山水自然，评画重画作所

---

① （南朝梁）袁昂：《古今书评》，参见华东师范大学古籍整理研究室选编校点：《历代书法论文选》，第 74 页。

② 陶礼天：《艺味说》（上卷），第 165 页。

③ 陶礼天：《艺味说》（上卷），第 159—171 页。

④ （南朝梁）庾肩吾：《书品》，参见华东师范大学古籍整理研究室选编校点：《历代书法论文选》，第 86 页。

⑤ （南朝梁）庾肩吾：《书品》，参见华东师范大学古籍整理研究室选编校点：《历代书法论文选》，第 91 页。

流露的精神、超凡的意趣，诸如“神气”“趣”“奇”“格高”“思逸”“象外”等范畴、概念的广泛运用，突出绘画的艺术美及画作所带给人的精神上的超脱与愉悦。如顾恺之在《画云台山记》中说：“画天师瘦形而神气远”[①]“凄怆澄清，神明之后……欲使自然为图”[②]；在《魏晋胜流画赞》中还提出一系列的概念对历代画作进行品评，如“迁想妙得”“超豁高雄”“骨趣甚奇”“亦有天趣”等[③]，均是强调画作所需神奇的想象以及其所流露的开阔境界、新奇的骨法趣味、自然的情趣等。南朝宋著名画家兼画论家宗炳在《画山水序》中提出了“山水质有而趣灵”、“圣人含道暎物，贤者澄怀味像”、“山水以形媚道而仁者乐”、“旨微于言象之外者，可心取于书策之内”、山水画能够“畅神”等理论[④]。说明这一时期的画家开始由人物画转向山水画，真正发现了绘画尤其是山水自然画的美，认为山水的感性形象更能体现“道”，通过山水画能使人摆脱现实的烦恼，求得心灵的超脱、精神的自由，也寄托了人们对自然的向往与热爱。

正是由于这一时期的画家注重以形写神、重神轻形，所以在论画时也很注重画所体现的“神韵”“韵”味。自南朝齐画论家谢赫开始，特别流行以“韵”论画。谢赫在《古画品录》中提出绘画“六法”，一为“气韵生动”[⑤]。何为“气韵生动”？唐画论家张彦远在《历代名画记·论画六法》中说道：“昔谢赫云：‘画有六法，一曰气韵生动，二曰骨法用笔，三曰应物象形，四曰随类赋彩，五曰经营位置，六曰传模移写。自古画人，罕能兼之。’彦远试论之曰：‘古之画，或能移其形似，而尚其骨气，以形似之外求其画，此难可与俗人道也；今之画，纵得形似，而气韵不生，以气韵求其画，则形似在其间矣……夫象物必在于形似，形似须全其骨气。骨气形似，皆本于立意，而归乎用笔。故工画者多善书……至于台阁、树石、车舆、器物，无生

---

① （东晋）顾恺之：《画云台山记》，参见俞剑华编著：《中国古代画论类编》（修订本），第 581 页。

② （东晋）顾恺之：《画云台山记》，参见俞剑华编著：《中国古代画论类编》（修订本），第 582 页。

③ （东晋）顾恺之：《魏晋胜流画赞》，参见俞剑华编著：《中国古代画论类编》（修订本），第 347—349 页。

④ （南朝宋）宗炳：《画山水序》，参见俞剑华编著：《中国古代画论类编》（修订本），第 583—584 页。

⑤ （南朝齐）谢赫：《古画品录》，参见俞剑华编著：《中国古代画论类编》（修订本），第 355 页。

动之可拟，无气韵之可侔，直要位置向背而已……至于鬼神人物，有生动之可状，须神韵而后全。若气韵不周，空陈形似，笔力未遒，空善赋彩，谓非妙也。’”[①] 由此可见，谢赫的“绘画六法”主要是指人物画，而六法中最重的即是居于首位的“气韵生动”。在张彦远看来，“气韵生动”与“形似”是相对的，而应表现人物的“生动”“神韵”。所以，“气韵生动”即是指“神似”，是对顾恺之“传神写照”的进一步发挥，旨在以活泼的笔法将画中人物的精神气貌淋漓尽致地表现出来。若能表现人物的“气韵”，“则形似在其间矣”。若要做到“形似”，须将“骨气”表现出来，而“骨气形似”关键在于“立意”，即他常强调的“意存笔先”，最终要归于绘画的技巧、笔力的娴熟运用。所以，从“笔力”“骨气”“形似”到“气韵”，这是一个层层递进的过程。谢赫提出的绘画“六法”，尤其是“气韵生动”对后世的绘画影响深远，成为画论的一条重要的美学批评标准。这显然是受当时玄、佛的影响，另外也受当时人以“韵”评鉴人物的影响。谢赫在《古画品录》中还多次以“韵”论画。他评第二品顾骏之的画，认为其“神韵气力，不逮前贤”[②]；评陆绥的画“体韵遒举”[③]；评第三品毛慧远的画“力遒韵雅，超迈绝伦”[④]；评戴逵的画“情韵连绵，风趣巧拔”[⑤]。“神韵”“情韵”，指的是画中人物的精神韵致、情致；“体韵”是通过体态所流露出的精神风貌、韵致；“韵雅”是指高雅的韵致、韵味。两者均是从人物画所体现的人物的风神雅趣、气质韵味来评品的，也即着重绘画的“传神”。如何做到“传神”？他提出“但取精灵，遗其骨法。若拘以体物，则未见精粹；若取之象外，方厌膏腴，可谓微妙也”。[⑥] 即不能“拘以体物”，应“取之象外”，要取其精神灵气，遗其骨法，不能局限于描摹的对象是否形似，要透过物象本身看到其“象

---

① （唐）张彦远撰：《历代名画记》，杭州：浙江人民美术出版社 2012 年版，第 16—17 页。
② （南朝齐）谢赫：《古画品录》，参见俞剑华编著：《中国古代画论类编》（修订本），第 358 页。
③ （南朝齐）谢赫：《古画品录》，参见俞剑华编著：《中国古代画论类编》（修订本），第 359 页。
④ （南朝齐）谢赫：《古画品录》，参见俞剑华编著：《中国古代画论类编》（修订本），第 361 页。
⑤ （南朝齐）谢赫：《古画品录》，参见俞剑华编著：《中国古代画论类编》（修订本），第 362 页。
⑥ （南朝齐）谢赫：《古画品录》，参见俞剑华编著：《中国古代画论类编》（修订本），第 357 页。

外”的精神情致。

另外南朝陈姚最在《续画品并序》中也有两处以“韵”评画。如评刘璞的画“体韵精研，亚于其父”[①]，指刘璞的画在体制神韵的精深方面不及其父。评谢赫的画：“至于气韵精灵，未穷生动之致。笔路纤弱，不副壮雅之怀”[②]，指谢赫的人物画缺乏神气韵致，未能达到穷尽生动极致的境界。笔法纤细柔弱，不符合骨法壮雅的要求。姚最指出谢赫作画虽很迅速且能达到形似，但并未达到他自己所说的最高境界“气韵生动”，说明“创造与批评，并非一定能够平行发展”。[③]

再次看以“味”“韵”论乐。

三国魏的两位文学家、音乐理论家阮籍、嵇康在其乐论中均有以“味”论乐的理论。阮籍在《乐论》中论道：“乾坤易简，故雅乐不烦；道德平淡，故五声无味。不烦则阴阳自通，无味则百物自乐，日迁善成化而不自知，风俗移易而同于是乐。此自然之道，乐之所始也。”[④]阮籍提出“五声无味”说，实指乐之淡味，这是对老子“大音希声”的“无味”“淡味”说的继承。阮籍接着说道：“故孔子在齐闻韶，三月不知肉味，言至乐使人无欲，心平气定，不以肉为滋味也。以此观之，知圣人之乐和而已矣……夫雅乐周通则万物和，质静则听不淫，易简则节制全，静重则服人心……乐者，使人精神平和，衰气不入，天地交泰，远物来集，故谓之乐也。”[⑤]阮籍认为孔子闻《韶》乐三月不知肉味，是因为至美的音乐使人没有欲望，让人心平气和。所以他认为圣人之乐的特点在于“和”，这又是儒家的音乐理论。可见，阮籍的音乐思想是兼有儒、道的，既以“无味”论乐，又提倡“雅乐”“和乐”。

嵇康是著名的音乐理论家且善鼓琴。在《琴赋》中他写道：“余少好音声，长而玩之。以为物有盛衰，而此无变；滋味有厌，而此不倦。可以导养

---

① （南朝陈）姚最：《续画品并序》，参见俞剑华编著：《中国古代画论类编》（修订本），第 371 页。

② （南朝陈）姚最：《续画品并序》，参见俞剑华编著：《中国古代画论类编》（修订本），第 371 页。

③ 徐复观：《中国艺术精神》，第 95 页。

④ （三国魏）阮籍著，陈伯君校注：《阮籍集校注・乐论》，第 81 页。

⑤ （三国魏）阮籍著，陈伯君校注：《阮籍集校注・乐论》，第 95—99 页。

神气，宣和情志，处穷独而不闷者，莫近于音声也。……览其旨趣，亦未达礼乐之情也”[①]，认为音乐的作用在于怡情，反对礼乐。在《琴赋》中，他还多次提到“遗音”“余音”“微音”“改韵易调”“声若自然”等概念或理论，说明他充分认识到了音乐的余音遗韵的审美作用。嵇康在《声无哀乐论》[②]中常以“味”与乐并列而论，或以“味”喻音声，如“音声之作，其犹臭味在于天地之间”，“夫曲用每殊，而情之处变，犹滋味异美，而口辄识之也。五味万殊，而大同于美；曲变虽众，亦大同于和。美有甘，和有乐；然随曲之情，尽于和域；应美之口，绝于甘境，安得哀乐于其间哉？然人情不同，各师所解”。同阮籍一样，嵇康也认为音乐之美在于“和”，音声无关于哀乐，所谓“音声有自然之和，而无系于人情”，“声音自当以善恶为主，则无关于哀乐”，“和声无象”。他认为音声有“自然之和”，却与人的情感无关，声音主要是表现善恶的，与哀乐无关。同时，他还对儒家历来批评的郑声予以赞美：“若夫郑声，是音声之至妙。”嵇康的《声无哀乐论》是对先秦、两汉以来的礼乐、审乐知政的音乐理论的强烈批判。

阮籍、嵇康是三国魏的名士，同为竹林七贤成员，他们性格豪放不羁，任情放达，思想深受玄学影响，崇尚清谈、精神自由，他们的文学成就斐然，刘勰《文心雕龙·明诗》篇中写道：“及正始明道，诗杂仙心；何晏之徒，率多肤浅。唯嵇志清峻，阮旨遥深，故能标焉。”他们的音乐理论，尤其是嵇康的“声无哀乐论”受玄学“得意忘象”论影响，具有极强的批判精神，对后世亦影响深远。

另外南朝齐书法家王僧虔也曾以“韵”论乐，提出“风味之韵”[③]说，但没有具体展开论述。

综上，由于受玄学、佛学的影响，魏晋南北朝时期的书、画、乐论也常

---

① （三国魏）嵇康：《琴赋》，参见文化部文学艺术研究院音乐研究所编：《中国古代乐论选辑》，第 112 页。

② （三国魏）嵇康：《声无哀乐论》，参见文化部文学艺术研究院音乐研究所编：《中国古代乐论选辑》，第 116—123 页。

③ （南朝齐）王僧虔：《王僧虔论乐》，参见文化部文学艺术研究院音乐研究所编：《中国古代乐论选辑》，第 130 页。另见《宋书·志·乐一》，中华书局点校本。

以“韵”“味”论艺，重视书、画、乐的神韵风貌、含蓄有味，与同一时期的诗论重“言有尽而意无穷”的含蓄之美相互渗透、相互影响。

4. 佛经翻译中的“味”“韵”论及对诗味论的影响

关于佛经传译中的“味”论与文论的关系一些研究者也涉及了，其中以陶礼天教授在《艺味说》中的论述最为详细，在论及“《文心雕龙》中的味论”时，作者辟一专题论述了“《文心雕龙》与佛经传译中的‘味’论的比较分析”[①]，通过对僧祐《出三藏记集》中的材料进行分析研究，指出“《文心雕龙》中所使用的‘味’的术语和范畴，在宋齐之前和当时的佛学研究论著中基本出现过，主要体现在一些高僧为佛经作‘解说’或为讨论翻译问题而撰写的经序中，这些经序很多都被僧祐收载于《出三藏记集》之中”。[②] 作者还对《出三藏记集》中“味”的术语和范畴做了三点分析。第一，关于佛学文章中用来比喻反复诵读经文有所体会的“味”和用来比喻吟诵佛经获得一种独特的难以言尽的“味”。第二，在佛学论著中，对佛经传译的“文质”“音义”等问题进行讨论时，以“味”来比喻翻译是否达“意”，言辞是否具有“美感”等。第三，在佛学著作中，“味”有时作为宣扬佛经思想的专门术语和范畴，用来说明佛教义理，对“味”成为纯粹的美学范畴也有一定的作用。文中还举出了不少例子进行说明论证。笔者基本赞同陶礼天教授所得出的三点结论，但通过对僧祐《出三藏记集》的进一步解读，笔者发现书中对“味”的术语和范畴的使用非常广泛，除了陶教授论述的之外，还有一些含义须加以补充。书中还有不少对“韵”的术语和范畴的使用，另外还有对佛经传译中“意在文外”的重视和强调，后两点本书也将加以补充论述。

首先，指对佛经翻译、注释或对佛理的领会、理解需要对佛经进行认真仔细的玩味、品味、研味，反复推敲、考究、字斟句酌，只有这样才能真正领会其义理和蕴含的旨意。

---

① 陶礼天:《艺味说》(上卷)，第 133—143 页。

② 陶礼天:《艺味说》(上卷)，第 133 页。

信佛法之奥区，穷神之妙境，其此经之谓乎，此经之谓乎！观少习归一之言，长味会通之要，然缅思愈勤，而幽旨弥潜。[①]（释慧观《法华宗要序第八》，《出三藏记集》卷八）

罽宾沙门僧伽提婆，少玩兹文，味之弥久，兼宗匠本，正关入神，要其人情悟所参，亦已涉其津矣。（释慧远《阿毗昙心序第十一》，《出三藏记集》卷十）

有游方沙门，出自罽宾，姓瞿昙氏，字僧伽提婆。昔在本国，豫闻斯道，雅玩神趣，怀佩以游。其人虽不亲承二贤之音旨，而讽味三藏之遗言，志在分德，诲人不倦，每至讲论，嗟咏有余。（释慧远《三法度经序第十二》，《出三藏记集》卷十）

其人开悟渊博，神怀深邃，研味钻仰，逾不可测。遂以乙丑之岁四月中旬，于凉城内苑闲豫宫寺，请令传译。理味沙门智嵩、道朗等三百余人，考文祥义，务存本旨，除烦即实，质而不野。（释道梃《毗婆沙经序第十六》，《出三藏记集》卷十）

使沉隐之义，彰于徽翰，讽味宣流，被于来叶。文藻焕然，宗涂易晓……有天竺沙门鸠摩罗什，器量渊弘，俊神超邈，钻仰累年，转不可测，常味咏斯论，以为心要。（释僧肇《百论序第三》，《出三藏记集》卷十一）

祖才思俊彻，敏朗绝伦。诵经日八九千言，研味方等，妙入幽微，世俗坟索，多所该贯。（法祚卫士度《法祖法师传第一》，《出三藏记集》卷十五）

关中沙门僧肇始注《维摩》，世咸玩味。及生更发深旨，显畅新异，讲学之匠，咸共宪章。（《道生法师传第四》，《出三藏记集》卷十五）

---

① （南朝宋）释慧观：《法华宗要序第八》，参见（南朝）僧祐撰，苏晋仁、萧錬子点校：《出三藏记集》卷八，第305页。

佛典的翻译是一项艰难的任务，这是由翻译本身的困难造成的。佛教起源于印度，“把梵文译成汉文，要找到与原文概念范畴相同的语言来表达，有时就很困难，因此不得不借用某些大体相当的语言，这就有可能走样了”。[①]汉魏到晋初，鸠摩罗什以前的佛经翻译大概主要采取两种方法[②]：“格义”和“六家”。所谓“格义”，即“以经中事数，拟配外书，为生解之例”，“即把佛书的名相同中国书籍内的概念进行比较，把相同的固定下来，以后就作为理解佛学名相的规范”。而“六家”之说，则“采取自由讨论的方式，只求意趣而不拘泥于文字”。这两种方法，各有利弊，“格义”法容易拘泥于文字，且不免流于章句是务。“六家”之说，不拘泥于文字，但又容易产生偏颇，不能契合本意。这种状况，随着鸠摩罗什（344—413）来华出现了改变。鸠摩罗什是印度籍，又会中国的语言文字，有很高的佛学修养，加上对翻译态度严谨，所以他的翻译，“不论技巧和内容的正确程度方面，都是中国翻译史上前所未有的，可以说开辟了中国译经史上的一个新纪元”。[③]僧肇评道：“什以高世之量，冥心真境，既尽环中，又善方言。时手执胡文，口自宣译。道俗虔虔，一言三复，陶冶精求，务存圣意。其文约而诣，其旨婉而彰，微远之言，于兹显然。”（释僧肇《维摩诘经序第十二》）“以弘始六年，岁次寿星，集理味沙门，与什考校正本，陶练覆疏，务存论旨。使质而不野，简而必诣，宗致划尔，无间然矣。”（释僧肇《百论序第三》）应该说是对鸠摩罗什翻译非常中肯的评价。

“长味会通之要”，是指长大后玩味贯通于佛法的要旨，然而对佛法要旨的思虑愈是精勤，佛法要旨愈加隐匿不显。“味之弥久”是指翻译佛经需研究、考究、品味很久。“讽味”“研味”“味咏”，均是指对佛经的钻研、考究、讽诵玩味。

其次，指佛教传译、理解是否符合其本来的意旨。

---

① 吕澂著:《中国佛学源流略讲》，北京：中华书局 1979 年版，第 2 页。

② 吕澂著:《中国佛学源流略讲》，第 44—47 页。

③ 吕澂著:《中国佛学源流略讲》，第 88 页。

顷者学徒罕有尊重，或时闻听不得经味。（大梁皇帝《注解大品序第三》,《出三藏记集》卷八）

《大般涅槃》者，盖是法身之玄堂，正觉之实称，众经之渊镜，万流之宗极……是故诵其文而不疲，语其义而不倦，甘其味而无足，餐其音而不厌。（凉州释道朗《大涅槃经序第十六》,《出三藏记集》卷八）

而恭明前译，颇丽其辞，仍迷其旨。是使宏标乖于谬文，至味淡于华艳。虽复研寻弥稔，而幽旨莫启。（释僧叡《思益经序第十一》,《出三藏记集》卷八）

此诸经律凡百余万言，并违本失旨，名不当实，依俙属辞，句味亦差。（释道慈《中阿含经序第八》,《出三藏记集》卷九）

安公先所出《阿毗昙》《广说》《三法度》等诸经，凡百余万言，译人造次，未善详审，义旨句味，往往衍谬。（《僧伽提婆传第十二》,《出三藏记集》卷十三）

余与法和对校修饰，武威少多润色。此经说三乘为九品，特善修行，以止观迳十六最悉。每寻上人之高韵，未尝不忘臭味也，恨窥数仞之门晚，惧失其宗庙之美，百官之富也。（未详作者《婆须蜜集序第八》,《出三藏记集》卷十）

其书言精理赡，思味易耽，顷遂赴蹈争流，重研相蹑。（周颙《抄成实论序第七》,《出三藏记集》卷十一）

相与无相，有如水火，二性相违，岂得共贯？虽一切圣人以无为法，三乘入空，其行各异。声闻以坏缘观观生灭空，缘觉以因缘观观法性空，菩萨以无生观观毕竟空。此则淄渑殊味，泾渭分流，非可以口胜，非可以力争。（大梁皇帝《注解大品序第三》,《出三藏记集》卷八）

其中，“不得经味”，是指不理解佛经的真正内涵。“甘其味而无足”是指《大般涅槃经》余味无穷，耐人咀嚼。“至味淡于华艳”之“至味”是最有味道的，佛经翻译的最高水平，是强调佛经翻译中质比文更重要。“句味”“臭味”“思味”“淄渑殊味”等或是指佛经所蕴含的深奥意旨，或是指佛经翻译能否达意，把句子的味道、韵味、思想恰当地表现出来。所以佛经的翻译是很考究的，需要文能达意，先质后文、质文结合，并且尽量以简约的文字把深奥、玄妙的佛理清晰、正确地传达出来，并使之有韵味，因为涉及两种文字、两种文化、两种思维方式，所以难乎其难。佛经翻译对文字的考究、推敲及对“经味”“句味”“至味”有意识的探索与追求，对当时的文论都有相当的启示。尤其是像刘勰这样既精通佛理，又擅长文论的佛家出身的文论家，其耳濡目染，对其文学理论及思维方式毋庸置疑都有渗透作用。

再次，指禅定的一种状态。

> 虚迷空醉，不知为幻，故以死尸散落自悟，渐断微想，以至于寂，味乎无味，故曰四禅也。瞋恚圄者，争纤芥之虚声，结沥血之重咎，恩亲绝于快心，交友腐于纵忿，含怒彻髓，不悛灭族。（释道安《十二门经序第八》,《出三藏记集》卷六）

释道安认为“定有三义焉，禅也，等也，空也”，禅定的一种状态，达到无念无想，将禅学与戒定慧联系起来。由于释道安的般若思想深受先秦道家“无为”说与魏晋玄学“本无”说的影响，因此他的禅法也明显表现出本无思想的特色，从而体现了玄佛合流、以玄解禅的倾向。这里的“味乎无味”，第一个“味”是动词，第二个“味”是名词，即表现了禅定与道家“无为”“无味”思想的结合。

最后，指研习佛法、佛教义理及佛教的专门术语。

> 汉末魏初，广陵彭城二相出家，并能任持大照，寻味之贤，始有讲次。（长安叡法师《喻疑第六》,《出三藏记集》卷五）

敢预希味之流，无不竭其聪而注其心，然领受之用易存，忆识之功难掌。（僧叡法师《毗摩罗诘提经义疏序第十四》，《出三藏记集》卷八）

以弘始六年，岁次寿星，集理味沙门，与什考校正本，陶练覆疏，务存论旨。（僧肇法师《百论序第三》，《出三藏记集》卷十一）

会稽太守孟凯深信真谛，以三宝为己任，素好禅味，敬心殷重。（《昙摩蜜多传第七》，《出三藏记集》卷十四）

僧祐漂随前因，报生阎浮，幼龄染服，早备僧数。而慧解弗融，禅味无纪，刹那之息徒积，锱毫之勤未基。（《释僧祐法集总目录序第三》，《出三藏记集》卷十二）

凡在三界，罔弗冠痴佩行婴，舞生死而趋阴堂，揖让色味，骖惑载疑，驱驰九止者也。（释道安《了本生死经序第七》，《出三藏记集》卷六）

"寻味之贤"，指有学问的僧人。亦即自从广陵彭城二相出家以后，有学问的僧人才得以宣讲佛经。"希味之流"，即敢于涉足慈悲理论的人，整句意思是指敢于涉足慈悲理论的人，无不竭尽智慧专注于此。然而接受领会容易，牢记不忘很难。"集理味沙门"，即召集研习佛教义理的僧人。"禅味"，当是指禅理，佛理。

另外，《出三藏记集》中"韵"的概念和术语使用也很多。归纳一下，主要包括两种基本含义。其一，指佛经吟咏、唱诵时的韵律、音韵之美或指佛经重辞藻且有的可以入乐，如：

《维摩诘不思议经》者……法身无像，而殊形并应；至韵无言，而玄籍弥布；冥权无谋，而动与事会。（释僧肇《维摩诘经序第十二》，《出三藏记集》卷八）

始可谓微言兴咏于真丹，高韵初唱于赤县，梵音震响于聋俗，

真容巨曜于今日。（凉州释道朗《大涅槃经序第十六》,《出三藏记集》卷八）

天竺国俗甚重文藻，其宫商体韵，以入弦为善。（《鸠摩罗什传第一》,《出三藏记集》卷十四）

起清言于名教之域，散众微于自无之境，超超然诚韵外之致，愔愔然覆美称之实，于是诏令传译。（释道标《舍利弗阿毗昙序第五》,《出三藏记集》卷十）

这里需重点解释上文所引最后一句释道标的“韵外之致”，这与司空图提出的“韵外之致”字同而意异。陶礼天先生解释为：“道摽（标）说的‘韵外之致’不是指人的风韵情致，而是昙摩崛多、昙摩耶舍与秦王等‘相与辩明经理’、诵读佛经的音韵之美，具有令人体会无穷的滋味。”[①]笔者基本赞同此解释。

其二，形容一些人或高僧、“上人”有拔俗之韵，因其整体形貌透露出一种清远旷达的精神气质，或清新闲适或刚烈不拘流俗或飘逸俊朗，给人一种见之忘俗的感觉。

大秦天王涤除玄览，高韵独迈，恬智交养，道世俱济。（释僧肇《长阿含经序第七》,《出三藏记集》卷九）

每寻上人之高韵，未尝不忘臭味也，恨窥数仞之门晚，惧失其宗庙之美，百官之富也。（未详作者《婆须蜜集序第八》,《出三藏记集》卷十）

未至里余，忽逢一道人，年可九十，容服粗素，而神气俊远。虽觉其韵高，而不悟是神人。（《法显法师传第六》,《出三藏记集》卷十五）

---

① 陶礼天：《艺味说》（上卷），第 136 页。

大秦司隶校尉安城侯姚嵩，风韵清舒，冲心简胜，博涉内外，理思兼通。（释僧肇《百论序第三》，《出三藏记集》卷十一）

朱士行，颍川人也。志业清粹，气韵明烈，坚正方直，劝沮不能移焉。（《朱士行传第五》，《出三藏记集》卷十三）

佛贤仪轨率素，不同华俗，而志韵清远，雅有渊致。（《佛驮跋陀传第四》，《出三藏记集》卷十四）

释宝云，未详其氏族，传云凉州人也。弱年出家，精勤有学行。志韵刚洁，不偶于世，故少以直方纯素为名。（《宝云法师传第八》，《出三藏记集》卷十五）

这些形容人的脱俗之风貌的“韵”与前文所论《世说新语》中用于人物品藻的“韵”如出一辙。首先说明了当时玄佛合流、相互影响，在人物品鉴上也相互借鉴。其次，从中可略窥玄、佛的一些共同特征，如都崇尚超凡脱俗的精神气韵，注重人的精神状态。再次，可以看出玄、佛均受道家影响，如上所引第一句“大秦天王涤除玄览，高韵独迈”，“涤除玄览”乃出自《老子》，如何能做到“高韵独迈”？需去除心中之妄念，保持素朴简单的生活方式，不过分追求世俗的喧嚣与繁华，专心修炼，方有可能达到“志韵清远”的超凡脱俗境界。

另外《出三藏记集》中记述的有关佛经传译时还经常论到对文采的考究，并且特别注重“言外之意”，以下一些强调语言含蓄、旨意幽远、意在文外的词句经常出现，如“意在文外”[①]“辞朴而义微，言近而旨远”[②]“语现而理沉，事近而旨远”[③]“文约而诣，旨婉而彰”[④]“其文微而婉，厥旨幽而

① （南朝梁）释僧祐撰，苏晋仁、萧錬子点校：《出三藏记集》，第 389 页。

② （南朝梁）释僧祐撰，苏晋仁、萧錬子点校：《出三藏记集》，第 391 页。

③ （南朝梁）释僧祐撰，苏晋仁、萧錬子点校：《出三藏记集》，第 306 页。

④ （南朝梁）释僧祐撰，苏晋仁、萧錬子点校：《出三藏记集》，第 310 页。

远”[①]“文外之言”[②]“领之文外”[③]“文约义丰”[④]等，与该时期文论中强调“言外之意”，应该说是相互影响、相互渗透的。

由此可见，佛经翻译中“味”“韵”“意在文外”等概念和术语的使用非常广泛，如“臭味”“讽味”“研味”等，很多与刘勰《文心雕龙》中的“味”论意思相同或相近。刘勰依僧祐居定林寺，十余年的时间研读、编订经藏，“遂博通经论”“为文长于佛理”[⑤]，足见刘勰深谙佛经、佛理，这对其《文心雕龙》的创作所产生的潜移默化的影响是不言而喻的，他吸收、借鉴佛经翻译中“味”“韵”论运用于文论也是顺理成章的。另外，“韵”范畴的大量使用，如“高韵”“至韵”“风韵”“气韵”“体韵”，一些与同一时期的《世说新语》“韵”的内涵很相似，还有一些与上文所论述的书、画、乐论的“韵”意思很相近。这些均说明佛经翻译中的“味”“韵”论与诗味论，以及书、画、乐论中以“味”“韵”论“艺”是相互借鉴、相互影响、相互渗透的。

第三节　司空图韵味说的唐代文论渊源和思想理论背景

到了唐代[⑥]，文学的独立性日盛，诗歌等艺术的含蓄美、言外之意也越发受到重视。唐代的文论大致可分为三个阶段：初盛唐、中唐、晚唐。初盛唐文论主要是在批判南朝绮丽文风的基础上树立新的艺术标准，即追求风骨和

---

① （南朝梁）释僧祐撰，苏晋仁、萧鍊子点校：《出三藏记集》，第310页。

② （南朝梁）释僧祐撰，苏晋仁、萧鍊子点校：《出三藏记集》，第312页。

③ （南朝梁）释僧祐撰，苏晋仁、萧鍊子点校：《出三藏记集》，第341页。

④ （南朝梁）释僧祐撰，苏晋仁、萧鍊子点校：《出三藏记集》，第340页。

⑤ （唐）姚思廉撰：《梁书·刘勰传》，北京：中华书局1974年版，第710—712页。

⑥ 因隋代短暂且文学批评成就较小，所以此节主要论述唐代的诗味论。

要求作品要关心社会现实，以陈子昂、李白为代表。中唐安史之乱后，唤起了文人要求诗文为政教服务的意识，以元、白的“新乐府”和韩、柳的古文运动为代表。晚唐可以说是唐代文学批评的总结时期，虽然这一时期的诗歌创作已走下坡路，但文学批评理论却收获颇丰，其中尤以司空图为代表的韵味说及诗境说理论最有价值，可以说对唐代及之前的诗学理论做了高度的总结。就诗味论来说，在唐代也进一步发展并结出了丰硕的成果，这就是司空图提出的“味外之旨”说、“韵外之致”说。当然在司空图之前，殷璠、王昌龄、皎然、权德舆、刘禹锡、柳宗元等人就诗味论也有一些论述。唐代繁荣的诗歌创作是韵味说最终形成的实践基础，唐代繁盛的文学理论是其理论基础。同时，韵味说的形成也离不开唐代书、画、乐等艺术理论的影响，佛、道思想的渗透以及这一时期审美观念、时代精神的影响。

一、司空图韵味说的唐代文论渊源

唐代比较兴盛的唐人选唐诗对韵味批评也有一定的影响。现存唐人选唐诗十余种，价值较高的有殷璠的《河岳英灵集》、高仲武的《中兴间气集》、姚合的《极玄集》等。其中，尤以《河岳英灵集》的价值最高，其所选皆盛唐开元、天宝时诗人。其次为《中兴间气集》，其选录了唐安史之乱后，肃宗、代宗（中唐）两朝诗歌（大历年间），与《河岳英灵集》时间上正好相衔接。这两部唐诗歌选集，对所选诗人均有大概的评论，且颇为精当。《河岳英灵集》在集前还有《叙》《集论》，表达了作者对诗歌批评的一些基本看法与见解。这些均在一定程度上体现了作者的诗学理论及思想。从殷璠的《河岳英灵集》和高仲武的《中兴间气集》这两部代表性的唐人选唐诗来看，其选诗均遵从的是艺术标准。

以下以《河岳英灵集》为例来分析唐人的选诗标准。《河岳英灵集》的选诗标准一为“风骨”，二为“兴象”；《中兴间气集》的思想艺术标准为

“体状风雅，理致清新”[①]。“风骨”并非殷璠首倡，最初由刘勰提出，在《文心雕龙》中刘勰专辟《风骨》篇，指出“怊怅述情，必始乎风，沉吟铺辞，莫先于骨。故辞之待骨，如体之树骸，情之含风，犹形之包气……故练于骨者，析辞必精，深乎风者，述情必显”。[②]可见，在刘勰看来，“风”主“情”，“骨”主“辞”，文章若文辞鲜明、精当，则犹如形体搭起骨架；若感情充沛、丰富，则犹如形体焕发出勃勃生机。“若能确乎正式，使文明以健，则风清骨峻，篇体光华。”[③]如若能够确立适当的体式，使文辞明晰、情感勃发，则能够达到“风清骨峻”的最高境界。殷璠的“风骨”当秉承刘勰，在《河岳英灵集叙》中，殷璠写道：“开元十五年后，声律风骨始备矣。实由主上恶华好朴，去伪从真……”《集论》中又写道：“言气骨则建安为传。”在评高适等人时，又多次讲到“气骨”“气魄”。可见，殷璠所说的“风骨”除了包含刘勰所说的华茂辞采、深沉情感所体现的“文明以健，风清骨峻”之外，还特别强调诗歌质朴无华、感情真挚及其所流露出的巨大的、昂扬向上的豪迈激情与气魄，以及向读者展现的积极向上的、震撼的精神力量。有建安风骨的意气风发，却少了几许悲怆凄凉。“兴象”，是指“情思景物一体浑融，形成非情非境，亦情亦景，物我同一，空灵而又涵泳不尽的艺术形象”。[④]

殷璠《河岳英灵集》除重“风骨”“兴象”之外，也很重“新”“奇”“幽”“雅”之境，崇尚高雅、飘逸、清新、脱俗之格调，以及追求宏大、开阔的气势。由此可见，殷璠的选诗标准纯粹是从艺术角度出发，伦理、本事意义进一步被淡化。注重作品本身的艺术价值，忽略诗歌的创作背景、社会环境、作者等因素，注重文本细读。这其实是从文本批评的角度出发的。此外，殷璠还特别注重诗歌幽远婉曲的情致。他评常建诗：“其旨远，其兴僻”；

---

① 王运熙、顾易生主编：《中国文学批评通史》（隋唐五代卷），第312—327页。

② （南朝梁）刘勰著，范文澜注：《文心雕龙注 · 风骨》，第513页。

③ （南朝梁）刘勰著，范文澜注：《文心雕龙注 · 风骨》，第514页。

④ 王克让：《河岳英灵集注》，第5页。

评王维："一字一句，皆出常境"；评刘眘虚："情幽兴远"；评张谓："行在物情之外"；评岑参："又'山风吹空林，飒飒如有人'，宜称幽致也"；评崔国辅："婉娈清楚，深宜讽味"；评储光羲："格高调逸，趣远情深"[①]。说明殷璠很看重诗歌表达的深远旨意，情致、兴象的幽远，富有讽谏的意味，这些其实就是要求诗歌表达应含蓄、婉转，做到"情幽兴远""趣远情深"，方能使诗富含韵味，耐人咀嚼。由此说明盛唐人在强调诗歌的"风骨"、豪迈时，又同时追求诗歌表达的含蓄之美。

殷璠的《河岳英灵集》代表了盛唐文人的诗歌批评理念，注重诗歌本身的抒情性、审美特征，强调诗歌的创新，情景交融，格调的飘逸，风格的清新，意象的鲜明，情感的真挚，气势的宏伟，以及表达的含蓄，这些均是对诗歌艺术本身特征的探讨，也是对诗歌艺术之美的进一步发现与探索。这些在某种程度上都直接或间接影响了中晚唐诗论家对诗歌韵味之美的探索。

以下将简要介绍王昌龄、皎然、权德舆、刘禹锡、柳宗元等人的诗味论。关于王昌龄、皎然、刘禹锡的论述，陈应鸾先生在《诗味论》中已有介绍[②]，且做了较精辟的分析，但较简单，且有所遗漏。本书在其基础上有所补充，并较详细地进行分析。

首先看王昌龄的论述。据《文镜秘府论》[③]记载，在地卷《十七势》中，王昌龄论道：

> 第十五，理入景势。
>
> 理入景势者，诗不可一向把理，皆须入景语始清味。理欲入景

① 以上所选均出自王克让《河岳英灵集注》。

② 陈应鸾：《诗味论》，第60—62页。

③ 《文镜秘府论》是中国古代文论史料。撰者为日本僧人遍照金刚（774—835），俗姓佐伯，名空海，遍照金刚是其法号。他于唐贞元二十年（804）至元和元年（806）在中国留学约三年，与中国僧徒、诗人有友好交往。该书是他归国后应当时日本人学习汉语和文学的要求，就带回的崔融《唐朝新定诗格》、王昌龄《诗格》、元兢《诗髓脑》、皎然《诗议》等书排比编纂而成。全书以天、地、东、南、西、北分卷。六卷中大部分篇幅是讲述诗歌的声律、辞藻、典故、对偶等形式技巧问题的。此外，该书也用了一定篇幅介绍创作理论。其所引之书，今多失传，所以保存了不少中国古代文论的史料。

势，皆须引理语，入一地及居处，所在便论之。其景与理不相惬，理通无味。[①]

第十六，景入理势。

景入理势者，诗一向言意，则不清及无味，一向言景，亦无味。事须景与意相兼始好。凡景语入理语，皆须相惬，当收意紧，不可正言。景语势收之便论理语，无相管摄。方今人皆不作意，慎之。[②]

以上两段是强调“景语”与“理语”要相互搭配使用，不可偏颇。其中第一段是指不可只用理语，理语需融入景语中，才会使诗有清丽的味道。但如果景语与理语不相契合，也使得理语索然寡味。第二段指出也不可只言景不言意，这里“意”与“理”意思相当。只言景，或只言意，诗均乏味。只有景与意配合恰当，诗方有味。王昌龄的意思大概就是诗中景语与理语要调配得当，若只言理，则诗显深奥、晦涩，恰如钟嵘所说“理过其辞，淡乎寡味”。但是若只言景，则显轻浅，似无中心意旨。因此，景与理要使用恰当，这类似于后人所说的情景交融。总之，只有景、理交融，诗方有味。

在《文镜秘府论》南卷《论文意》中，王昌龄又论道：

夫诗，一句即须见其地居处，如“孟夏草木长，绕屋树扶疏，众鸟欣有托，吾亦爱吾庐。”若空言物色，则虽好而无味，必须安立其身。[③]

诗贵销题目中意尽，然看当所见景物与意惬者相兼道。若一向言意，诗中不妙及无味。景语若多，与意相兼不紧，虽理通亦无味。[④]

---

① ［日］遍照金刚撰，卢盛江校考：《文镜秘府论汇校汇考》，北京：中华书局2006年版，第406页。
② ［日］遍照金刚撰，卢盛江校考：《文镜秘府论汇校汇考》，第408页。
③ ［日］遍照金刚撰，卢盛江校考：《文镜秘府论汇校汇考》，第1325页。
④ ［日］遍照金刚撰，卢盛江校考：《文镜秘府论汇校汇考》，第1365页。

这两段想要表达的意思与前两段相仿，还是强调景语与意语既要配合使用，同时又要彼此相交融，否则，诗将无味。

其次，皎然《诗议》中的诗味论，据《文镜秘府论》南卷《论文意》如下：

> 顷作古诗者，不达其旨，效得庸音，竞壮其词，俾令虚大。或有所至，已在古人之后，意熟语旧，但见诗皮，淡而无味。予实不诬，唯知音者知耳。[①]
>
> 且文章关其本性，识高才劣者，理周而文窒；才多识微者，句佳而味少。[②]
>
> 夫诗工创心，以情为地，以兴为经，然后清音韵其风律，丽句增其文彩。如杨林积翠之下，翘楚幽花，时时间发。乃知斯文，味益深矣。[③]

关于皎然的诗味论，陈应鸾先生分析得甚为精当，其中第一处强调诗味来自独创；第二处强调作家的才、识；第三处强调诗歌创作必须以情感为基础，以审美感受为主导。[④] 诗之味离不开这三者的结合。

皎然还论道："谢诗云：'江菼亦依依。'故知不必以冉冉系竹，依依在杨。常手旁之，以为有味，此亦强作幽想耳。"[⑤] 同样是强调诗味来自独创。

《文镜秘府论》西卷《文二十八种病》中论道："第三，蜂腰……若古诗云：'脉脉不得语'，此则不相废也。犹如丹素成章，盐梅致味，宫羽调音，炎凉御节，相参而和矣。"[⑥] 此处的"味"即味道的意思，是指古诗的平仄阴

① ［日］遍照金刚撰，卢盛江校考：《文镜秘府论汇校汇考》，第 1405 页。
② ［日］遍照金刚撰，卢盛江校考：《文镜秘府论汇校汇考》，第 1442 页。
③ ［日］遍照金刚撰，卢盛江校考：《文镜秘府论汇校汇考》，第 1446 页。
④ 陈应鸾：《诗味论》，第 61 页。
⑤ ［日］遍照金刚撰，卢盛江校考：《文镜秘府论汇校汇考》，第 1430 页。
⑥ ［日］遍照金刚撰，卢盛江校考：《文镜秘府论汇校汇考》，第 956 页。

阳声调未必完全对称，有时不对称，只要念起来顺口，也同样有味。

唐代文论家除了重视诗之“味”外，还非常重视诗之“韵”。《文镜秘府论》中有大量篇幅讲到诗歌的声律、音韵、对偶等形式技巧问题，其中论“韵”的内容很多。全书分天、地、东、南、西、北六卷。六卷中的天、东、西、南四卷的《调四声谱》《调声》《七种韵》《四声论》《论对》《二十九种对》《论文意》《论病》《文笔十病得失》《论对属》等分别从正反两面论及诗歌如何做到音韵优美、对仗工整、避免声律上常犯的错误等，对六朝至唐古近体诗声律学、修辞学均有深刻见解。其中所论之“韵”多指诗歌的音韵、韵律，属于声律学的范畴。现略举几例：

> 游、夏得闻之日，屈、宋作赋之时，两汉辞宗，三国文伯，体韵心传，音律口授。（《文镜秘府论》天卷《序》）
>
> 四声纽字，配为双声叠韵如后……（《文镜秘府论》天卷《调四声谱》）
>
> 从此之后，才子比肩，声韵抑扬，文情婉丽，洛阳之下，吟讽成群。（《文镜秘府论》天卷《四声论》）
>
> 若言不对，语必徒申；韵而不切，烦词枉费。（《文镜秘府论》东卷《论对》）
>
> 若文系于韵者，则量其韵之少多。（《文镜秘府论》南卷《论体》）
>
> 是故奎星主其文书，日月焕乎其章，天籁自谐，地籁冥韵。（《文镜秘府论》西卷《论病》）

《文镜秘府论》中如此广泛地论“韵”，说明唐代诗歌创作对声律非常考究，这也是唐代格律诗兴盛的结果。格律诗又称近体诗，是相对于古体诗而言的，对诗歌的平仄、对仗、押韵等均有严格的限制，是由南朝齐永明年间沈约等讲求四声、八病等声律、对偶的新体诗发展而来。格律诗对声韵的讲究，使得诗歌在形式上更加工整、完美，读起来朗朗上口。唐代，尤其是盛唐，格律诗的创作达到全盛时期，李白、杜甫等人格律诗的创作达到臻于完美的境地。

再次，除《文镜秘府论》所载之外，权德舆、刘禹锡、柳宗元等人也曾以“韵”“味”论诗、文。权德舆在《送灵澈上人庐山回归沃洲序》中写道：

> 上人心冥空无，而迹寄文字，故语甚夷易，如不出常境，而诸生思虑，终不可至。其变也，如风松相韵，冰玉相叩，层峰千仞，下有金碧。[①]

上文是指灵澈上人心境空冥，其文字简洁平易，但却超出寻常境界。所谓“风松相韵”，是指他的诗韵律富于变化，有时像风吹松树，发出和谐美妙的声响。

刘禹锡也多次以“韵”“味”论诗：

> 上人生于会稽……皎然以书荐于词人包侍郎佶，包得之大喜，又以书致于李侍郎纾。是时以文章风韵主盟于世者曰包、李，以是上人之名由二公而扬，如云得风，柯叶张王。以文章接才子，以禅理说高人，风议甚雅，谈笑多味……世之言诗僧，多出江左。灵一导其源，护国袭之；清江扬其波，法振沿之。如么弦孤韵，瞥入人耳，非大乐之音。[②]
>
> 闻名如卢、杜（卢员外象，杜员外甫），高韵如包、李（包祭酒佶，李侍御纾）。[③]

---

① （唐）权德舆：《送灵澈上人庐山回归沃洲序》，参见（清）董诰等编：《全唐文》卷四九三，第5027页。

② （唐）刘禹锡：《澈上人文集序》，《四部丛刊》集部，影印武进董氏影宋本《刘梦得文集》卷二三。

③ （唐）刘禹锡：《董氏武陵集纪》，《四部丛刊》集部，影印武进董氏影宋本《刘梦得文集》卷二三。

余吟而绎之，顾其词甚约而味渊然以长。气为干，文为支，跨跞古今，鼓行乘空，附离不以凿枘，咀嚼不以文字。[①]

上文三处言“韵”，其中第二处的“孤韵”之“韵”形容上人之诗犹如小琴弦弹出的清新、明丽之韵调。而“风韵”“高韵”意思相当，皆是指包、李二人的诗有着高雅的情志、韵味，并非指韵律。上文两处“味”，其中“谈笑多味”是指上人与才子高人的谈笑高雅有趣味；第二处“顾其词甚约而味渊然以长”，是刘禹锡赞扬柳宗元的两篇文章虽文辞简约，但却意味深远。可见在唐代，文人们除以“味”论诗外，也以“味”论文。

柳宗元在《读韩愈所著毛颖传后题》写道：

大羹玄酒，体节之荐，味之至者……韩子之为也……尽六艺之奇味以足其口欤！而不若是，则韩子之辞，若壅大川焉，其必决而放诸陆，不可以不陈也。[②]

柳宗元此处也是以“味”论文，赞美韩愈所著《毛颖传》极尽六艺之奇特“滋味”，能满足读者之口味。

综上可以看出，晚唐之前，唐代的文论家已非常普遍地以“味”“韵”论诗，并已开始以“味”论文。自殷璠标举诗歌应兼具“风骨”“兴象”，同时注重诗歌的含蓄蕴藉之美始，继而，王昌龄提出唯有景、理交融的诗句方才有味。皎然较系统地提出诗“味”论的主张，指出诗“味”所需具备的几个基本条件，即诗歌的创新，诗人的才、识兼备，诗人的情感等诸因素是诗有“味”之必不可少的前提。另外《文镜秘府论》有大量的篇幅论诗之韵律，说明唐人将对诗歌声韵之美的追求与探索进一步向前推移。诗歌的韵律之

① （唐）刘禹锡：《答柳子厚书》，《四部丛刊》集部，影印武进董氏影宋本《刘梦得文集》卷十四。

② （唐）柳宗元撰：《柳河东集》卷二一《读韩愈所著毛颖传后题》，上海：上海人民出版社（原中华书局版）1974年版，第366—367页。

美同样促进了诗之韵味，使诗歌形式、声律、对仗等更加工整、完美。权德舆、刘禹锡、柳宗元等人也对诗、文之“韵”“味”提出了一些看法，但显零散，不够系统。这些均为晚唐司空图的韵味说做了很好的铺垫。

二、佛、道思想与艺术理论批评等对司空图韵味说的影响

（一）佛、道思想对司空图韵味说的影响

司空图中晚年分别隐居于华山、中条山王官谷，过着“侬家自有麒麟阁，第一功名只赏诗”的悠闲生活，晚年的他潜心于佛、道，从其家藏有佛、道图记七千四百卷（据《书屏记》载）可见一斑，另外，他还与僧人、道士频繁往来，且有不少赠答诗。中晚年的司空图仕途屡遭挫折，由青年时期的胸怀报国理想到中晚年的淡泊名利，其人生观、世界观均发生了很大的变化。再加上长期受佛、道习染，以及一直以来所崇尚的审美的艺术观和很高的艺术鉴赏力等因素，其诗学思想受到了很大影响，这也表现在佛、道思想对其韵味说的渗透。

先看道家思想对其韵味说的渗透。首先，道家的“淡味”应是韵味说的最早源头。本章前面已经分析过，在审美趣味上，道家崇尚“淡味”“无味”的自然美、平淡美，这与道家的哲学思想与审美心理是一致的。道家哲学主张无为而治，提倡“涤除玄览”“心斋”“坐忘”的清静审美心理，提倡天人合一、物我合一，也就是庄子所说的“独与天地精神相往来”，“天地与我并生，而万物与我为一”，这是一种道的境界、审美的境界，成为中国古代艺术，尤其是魏晋以来追求自然美、艺术美的直接源头，这也是司空图提出的“思与境偕”、心物交融的真正源头。司空图的韵味说同样受其影响，前文已说过，司空图的祖训即为道家的思想，“我祖铭座右，嘉谋诒厥孙……众人皆察察，而我独昏昏。取训于老氏，大辩欲讷言”（《自戒》），另据《书屏记》记载，他家有佛、道图记七千余卷，中晚年与道士往来频繁，并且从其

诗文中可看出他不仅晚年的思想受道家的影响，其对诗歌的审美欣赏趣味也深受道家思想的影响。司空图崇尚自然、恬淡、含蓄的美，因其自然、含蓄才有韵味。

其次，道家“重神轻形”的思想对韵味说的渗透。老庄提出的虚实相生、有无相成、“得意忘言”、“大象无形”、“大音希声”、“大美无言”、“解衣盘礴”等思想开启了中国古代重神似的审美欣赏传统。因“言不尽意”，所以要“得意忘言”，追求“言外之意”，这应该说在一定程度上与司空图提出的“四外”说（即“象外之象”“景外之景”“味外之旨”“韵外之致”）是有内在一致性的。

再来看佛教思想对韵味说的渗透。唐代佛教在汉魏晋六朝的基础上进一步发展，达到鼎盛。佛教思想与中国古代传统的哲学、文化思想相碰撞、交融并结出丰硕成果，这就使佛教中国化的趋势越来越明显，禅宗就是佛教中国化的产物，它是汉传佛教中影响最大的一个宗派。一般认为，六祖慧能（638—713）是禅宗的创始人，禅宗的教义被记载在《坛经》里。禅宗主张不立文字，教外别传，直指人心，见性成佛。在唐代，慧能开创的南宗禅与以神秀为代表的北宗禅相抗衡，但南宗逐渐压倒北宗后来居上。就对唐代文人士大夫的影响来说，主要是南宗禅（以下简称禅宗）。禅宗兴起于初唐，在中晚唐达到全盛。虽然唐末武宗会昌年间（841—846）发生了毁佛事件，佛教受到沉重打击，但其影响还在。禅宗“把佛教的心性论与中国知识分子的人生理想、处世态度结合起来……特别是大乘佛教的居士思想发展为禅宗的通达自由、游戏三昧的人生态度，调和了世间与出世间的矛盾，给中国文人开创了一个理想的精神世界”[①]，所以唐代文人习禅之风盛行，如王维、韦应物、白居易等。司空图中晚年过着隐居生活，常与僧人往来，与齐己、虚中、尚颜等诗僧均有诗相赠答，另有诗文记载他与书法家晉光大师交情甚厚，他的诗文集中还有不少直接描写与佛相关的诗句，其中不乏富有禅理

① 孙昌武:《佛教与中国文学》(第2版)，第72—73页。

的，如“云从潭底出，花向佛前开”（《即事九首》），“到还僧院心期在，瑟瑟澄鲜百丈潭”（《漫书》），“松日明金像，山风（一作苔龛）响木鱼”（《上陌梯寺怀旧僧二首·其一》），“解吟僧亦俗，爱舞鹤终卑”（《赠舍贻友人》）等。另据《书屏记》记载他家有佛、道图记七千四百卷，应是与其父司空舆共同收藏，足见他信佛是有着家族传统的。因此，他的诗歌及诗学理论受佛学思想影响不足为奇，韵味说同样受禅宗的影响，主要表现在以下两个方面。

首先，禅宗主张的“不立文字，教外别传”对韵味说的渗透。在言意关系上，禅宗主张“得意忘言”，《坛经》载：“达摩不立文字，直指人心，见性成佛。”禅宗一方面主张“不立文字”，另一方面又认为需借助文字来表达旨意。看似矛盾，实则是在说明继庄子、玄学以来所讨论的文字在达意方面的有限性问题。庄子早就注意到文字的局限性，所谓：“蹄者所以在兔，得兔而忘蹄。言者所以在意，得意而忘言。”（《庄子·外物》）魏晋玄学进一步讨论言意问题，王弼提出“得意忘象”“得象忘言”，均是指出“言”的局限性，所以“言”只是得“意”的工具。禅宗也认识到了这一点，但为何又有《坛经》的问世？这实是一种不得已的“方便”行径。语言文字可以传达一般的思想，但是就佛教的高层次佛理来说，语言文字又显乏力，佛理只可意会，难以言传，佛理远在文字之外，因此，文字只是起到暗示、引导的作用，也就是“因指见月”，但又要“见月忘指”。禅宗实际上是强调佛理的深微含蓄，因此要善于体会文字之外更深的意旨，也就是要做到“得意忘言”。这与司空图提出的“韵外之致”“味外之旨”的意思是相当的。上文已经分析过，如何使诗歌有韵味，重在诗“境”的创造，在艺术构思时要做到“思与境偕”，同时要创造出“象外之象”“景外之景”，也就是诗歌要创造出多重意象，让读者有想象的空间，这样的诗才有韵味。如司空图非常欣赏的王维的诗就以理隐意深、意境幽深而闻名，清新平淡的诗句中蕴藏着让人体味不尽的禅理，如“木末芙蓉花，山中发红萼。涧户寂无人，纷纷开且落”（《辛夷坞》），“古木无人径，深山何处钟。泉声咽危石，日色冷青松”

(《过香积寺》),“空山不见人，但闻人语响。返影入深林，复照青苔上”(《鹿柴》)等佳句，无不内含深微的禅意，让人回味不绝。禅宗所说的韵味与司空图所说的韵味虽然都是强调要透过文字，捕捉文字之外的意蕴，但还是有区别的。禅宗主要是强调佛理的幽深含蓄，司空图所强调的是诗歌意境的含蓄委婉，禅宗的“不立文字”说或许对司空图提出韵味说在一定程度上有所启示。

其次，就如何能体味“文外之意”，禅宗提出要“直指人心”。南宗禅提出要“顿悟”,“顿悟”是指对自身佛性的顿然妙悟。佛家主张“一切众生皆有佛性”，竺道生进而提出“顿悟成佛”。佛性本在于众生之本性中，只因为世俗烦恼所遮蔽，若去除烦恼，即可顿然悟见自身的佛性。竺道生主张顿悟需经过长时间的修正，而南宗禅则强调一念之悟，这种顿悟，是直觉的、瞬间的，非逻辑的，所以显得非常神秘、玄妙。云门宗有“一字禅”,通过简单的文字即可激发人的悟性，而诗歌创作中也强调神思、灵感，司空图讲到“不知所以神而自神”,“神而不知，知而难状”就是指诗歌创作中所达到的非常玄妙的、难以言状的神思、灵感突现的一种近似“顿悟”的境界，这是强调诗歌创作中直觉的重要性，正是司空图所说的“直致所得”“目击可图”。他反对如贾岛等人因过分雕琢字句而显“蹇涩”的创作风格，虽然个别字句很精彩，但“视其全篇，意思殊馁”，他更喜王、韦那样“直致所得，以格自奇”的创作风格，因为“直致所得”的作品更能体现瞬间的“思与境偕”，物我的交融，也更能传达一种整体的、浑融的诗境，这是非拼凑、雕琢所能得的，需“顿悟”。虽然司空图没有直接用这个词，但他的意思很明显，要凭直觉去创作，这样的诗才显“澄澹精致”“趣味澄夐，若清沇之贯达”，才有“韵外之致”“味外之旨”。

(二)隋唐书、画、乐论对司空图韵味说的影响

隋唐(主要是唐代)书画乐论均很繁盛，也常以“韵”“味”论书、画、乐，尤其是书、画论，更重视其韵味之美，在一定程度上与诗论相互渗透，

从中反映出唐代艺术理论延续了魏晋六朝重“神似”、重韵味的特色。而且，唐代文人士大夫常常是诗、书、画、乐兼善，如王维，既是优秀的诗人，又是著名的画家，还有一些画论著作传世。司空图同样也多才多艺，他是诗人、诗论家，同时书法、绘画兼善，并且对书、画均有很高的鉴赏力，中晚年他与一些书画家常有往来，所以其韵味说汲取唐代书、画、乐论的成果是完全有可能的。

首先，唐代书论对书之“韵”“味”的重视。唐代涌现了很多著名的书法家，他们有的同时又是书论家。唐代书论家非常重视书法艺术的韵味，他们或直接以“韵”“味”论书或间接表达书法艺术重在韵味，如强调书法艺术的自然美、含蓄美、飘逸美。先看直接以“韵”“味”论书的论断，主要有孙过庭、李嗣真、张怀瓘、窦臮、窦蒙等书论家的相关理论。孙过庭在《书谱》中多次以“味”论书：“余志学之年，留心翰墨，味钟、张之余烈……”[①]“至于王、谢之族，郗、庾之伦，纵不尽其神奇，咸亦挹其风味。”[②]第一个“味”是品味的意思，“风味”是指风神韵味。李嗣真《书后品》在论下上品十三人，即陆机等人的书法时，说：“陆平原、李夫人犹带古风，谢吏部、庾尚书创得今韵。”[③]这里的“风”“韵”应是互文，“韵”是风格、风范的意思。张怀瓘更是多处以“韵”“味”论书。“惟逸少笔迹遒润，独擅一家之美，天质自然，丰神盖代。且其道微而味薄，固常人莫之能学；其理隐而意深，故天下寡于知音。”[④]赞美王羲之的字遒劲温润，有自然之质，而且因其书道玄远、意味清淡，所以一般人很难学到，他的书义理隐微情意深远，所以知音很少。张怀瓘评王僧虔的书：“……虽甚清肃，而寡于风味，子曰：‘质胜文则野’是之谓乎。”[⑤]认为王僧虔的书虽然清净素雅，但是却缺

① （唐）孙过庭：《书谱》，参见华东师范大学古籍整理研究室选编校点：《历代书法论文选》，第125页。
② （唐）孙过庭：《书谱》，参见华东师范大学古籍整理研究室选编校点：《历代书法论文选》，第126页。
③ （唐）李嗣真：《书后品》，参见华东师范大学古籍整理研究室选编校点：《历代书法论文选》，第141页。
④ （唐）张怀瓘：《书议》，参见华东师范大学古籍整理研究室选编校点：《历代书法论文选》，第145页。
⑤ （唐）张怀瓘：《书断中·妙品》，参见华东师范大学古籍整理研究室选编校点：《历代书法论文选》，第189页。

少风味、华美，也就是说他的书质过于文。在《文字论》中，他说："深识书者，惟观神彩，不见字形……虽功用多而有声，终天性少而无象。同乎糟粕，其味可知。不由灵台，必乏神气。其形悴者，其心不长。"[①]这里张怀瓘指出观书应透过字形而观其蕴含的神韵风采，然而书法的精神又是通过字形反映出来的。此处的"味"是指书法由字形所体现出来的风神、味道。在《评书药石论》中，他说："故大巧若拙，明道若昧，泛览则混于愚智，研味则骇于心神……"[②]"研味"是指对书法作品需仔细研究体味，方能鉴别优劣。《评书药石论》还说："知道味者，乐在其中矣，如不知者，妨于观赏……"[③]是指对于书法鉴赏者来说，若能明了书道的义理真味，就能乐在其中，否则就有碍于观赏。此处的"道味"是指书道的义理、意味。窦臮《述书赋》曰："宝光、谐之，同调和韵。差池去就，羽翮齐振。"[④]是指顾宝光、胡谐之二人的书法情趣相同，气韵相和。此处的"韵"与谢赫"气韵生动"之"韵"意思相同。窦蒙《〈述书赋〉语例字格》将书法作品分为不同的类型，并以一字或两字言简意赅地概括出其不同特点，其中不乏以韵味来论书[⑤]，分别为"妙""秾""鲁"三格："能：千种风流曰能。妙：百般滋味曰妙。"这里"风流"与"滋味"相对，均是比喻书法的多姿多态，指能纵横驰骋多种书迹，使书法艺术呈现各种风姿神态、蕴含百种不同风味。"秾：五味皆足曰秾"，窦臮《述书赋》中评王羲之的字"秾不短，纤不长"[⑥]，"秾"是指丰硕、丰满，此语出自宋玉的《神女赋》[⑦]，是指字迹看起来丰满圆润，使人感觉五味俱足。"鲁：本宗淡泊曰鲁"，是指一种恬淡、清新的书法风格。另

---

① （唐）张怀瓘：《文字论》，参见华东师范大学古籍整理研究室选编校点：《历代书法论文选》，第 209 页。
② （唐）张怀瓘：《评书药石论》，参见华东师范大学古籍整理研究室选编校点：《历代书法论文选》，第 230 页。
③ （唐）张怀瓘：《评书药石论》，参见华东师范大学古籍整理研究室选编校点：《历代书法论文选》，第 231 页。
④ （唐）窦臮：《述书赋》：参见华东师范大学古籍整理研究室选编校点：《历代书法论文选》，第 249 页。
⑤ （唐）窦蒙：《〈述书赋〉语例字格》，参见华东师范大学古籍整理研究室选编校点：《历代书法论文选》，第 266—268 页。
⑥ （唐）窦臮：《述书赋》：参见华东师范大学古籍整理研究室选编校点：《历代书法论文选》，第 243 页。
⑦ （先秦）宋玉：《神女赋》："振绣衣，被袿裳，秾不短，纤不长，步裔裔兮曜殿堂。"

外，林蕴在《拨镫序》中写道："吾昔受教于韩吏部，其法曰'拨镫'，今将授子，子勿妄传。推、拖、撚、拽是也。诀尽于此，子其旨而味乎！"[①]是指卢肇将他从韩愈那里学来的"拨镫"笔法秘诀传授给林蕴，并问林蕴是否能够体味、领悟其中的奥妙。由以上可以看出，唐代书论家以"韵""味"论书非常普遍，涉及书法艺术的创作、鉴赏、作品的风格类型、美学特征、书法艺术所蕴含的义理等方方面面。

以上所列是明确以"韵""味"论书的观点，另外唐代书法艺术重韵味还间接表现在对书法艺术的自然美、含蓄美及飘逸美的重视。唐代非常重视书法艺术的自然美，如孙过庭提出的"同自然之妙有"[②]，李嗣真的"自然之逸气"(《书后品》)，张怀瓘也多次以"自然"论书，如"草则行尽势未尽……同自然之功"(《书议》)，"此皆自然妙有"(《书断》)等。这与唐代诗歌提倡自然的文风是相一致的，诗、书均因自然才有天然之韵味。另外，唐代的书法艺术也很重视含蓄美，重视书法艺术的"余音""余味"。如孙过庭提出"得意忘言"(《书谱》)；张怀瓘的"道微而味薄……理隐而意深"(《书议》)，"筋骨藏于肤内。山水不厌高深，而此公稍乏清幽，伤于浅露"(《书断》)；窦臮提出的"笔势仍余"及"气有余兴"(《述书赋》)之说等。此外，唐代的书法艺术很讲究飘逸美。如孙过庭的"意先笔后……翰逸神飞"(《书谱》)，李嗣真提出的"超然逸品"(《书后品》)等。由此可见，唐代重视书法艺术的自然美、含蓄美、飘逸美，均说明对书法艺术精神的重视，是魏晋六朝书画重"神似"的延续，同样说明了对书法韵味的讲究，与同一时期的文论审美趣味是相吻合的。

其次，唐代画论对"韵""味"的重视。如窦蒙评钱国养的画："格律自高，足为出众"[③]，认为钱国养的画风韵致高雅，甚为出众。李嗣真评汉王元

① （唐）林蕴：《拨镫序》，参见华东师范大学古籍整理研究室选编校点：《历代书法论文选》，第 290 页。

② （唐）孙过庭：《书谱》，参见华东师范大学古籍整理研究室选编校点：《历代书法论文选》，第 125 页。以下几个概念均选自该版本，不一一详细标注页码。

③ （唐）窦蒙：《画拾遗录》，参见俞剑华编著：《中国古代画论类编》（修订本），第 393 页。

昌的画："天人之姿，博综技艺，颇得风韵，自然超举"[①]，指王元昌的画颇有风神气韵。张彦远在《历代名画记》中说道："……吴兴茶山，水石奔异，境与性会"[②]，此处是称赞一名为徐表仁的僧人所画的吴兴茶山风景图，表现了外"境"与画家性情的交相融会，情蕴境中，境现情内。这与诗论中权德舆提出的"意与境会"、司空图提出的"思与境偕"有异曲同工之妙，均是强调绘画艺术同样需要讲求"境"与"性"（情、心）的交融，方能使画作呈现出无穷韵味。

再次，隋唐乐论对"韵""味"的重视。《郑译论乐》论道："若依郑玄及司马彪，须用六十律方得和韵。今译唯取黄钟之正宫，兼得七始之妙义，非止金石谐韵……"[③]此处郑译提出两个概念"和韵""谐韵"，可见音乐重在各种乐器相配合而使韵律节奏和谐。唐白居易多次以"韵""味"论乐[④]，如"古声淡无味……遗音尚泠泠"（《废琴诗》）、"古琴无俗韵"（《邓鲂张彻落第诗》）、"楚丝音韵清，……入耳淡无味，惬心潜有情"（《夜琴》）、"心静即声淡"（《船夜援琴》）、"信意闲弹《秋思》时，调清声直韵疏迟"（《弹〈秋思〉》），等等，白居易对音乐有很高的鉴赏力，指出音乐艺术是很高雅的，应"无俗韵"，由以上诗句可以看出他很崇尚淡雅、清新的音乐。

综上，唐代艺术批评家非常重视书、画、乐论的"韵""味"，尤其是书论、画论。有的直接以"韵""味"论书、画、乐，有的间接表现对艺术韵味的重视，包括书、画、乐的创作、鉴赏、品评、风格、蕴含的义理等各方面。很多书画家同时又是书画理论家，如孙过庭、李嗣真、张怀瓘、窦臮、窦蒙等。有的书家同时兼善画论，如张怀瓘、窦蒙。有的诗、乐兼通，如白居易。有的诗、书、画、乐兼善，如王维。这一方面说明唐代政治经济的繁荣促进了文化艺术的繁荣，多元的、开放的文化促进了文人士大夫阶层对精神文化

---

① （唐）李嗣真：《续画品录》，参见俞剑华编著：《中国古代画论类编》（修订本），第 399 页。

② （唐）张彦远：《历代名画记・论画山水树石》，参见俞剑华编著：《中国古代画论类编》（修订本），第 603—604 页。

③ ［隋］《郑译论乐》，参见文化部文学艺术研究院音乐研究所编：《中国古代乐论选辑》，第 148—149 页。

④ （唐）白居易著，顾学颉校点：《白居易集》，北京：中华书局 1999 年版。

的向往与追求，使得各门类的艺术及艺术理论前所未有地繁荣。唐代艺术重韵味是对魏晋六朝以来注重艺术精神、艺术审美特征的继承和发扬，虽然唐代一些阶段，尤其是中唐文人重倡诗歌等艺术的社会功能，但总体看来，唐代的艺术更重审美性，艺术的功利性进一步淡化。另一方面，唐代文人的多才多艺，促进了各艺术门类之间打破疆界，为各门类艺术在创作、鉴赏等方面相互借鉴、相互渗透、相互影响奠定了良好基础。诸如上文所分析的，不仅诗歌重视韵味，书、画、乐等艺术均重视韵味，还有上一章所论述的，不仅诗歌艺术重意境美，书、画、乐等艺术也重意境美。无论是韵味说、意境论，还是对自然美、含蓄美、飘逸美的追求，均说明唐代是一个追求艺术生命精神的时代，这既是特定时代的特征，也是特定时代的产物，同时也说明艺术理论之间的相互借鉴是完全可能的，并且也进一步推动了各门类艺术及其理论的发展。司空图处在唐代末期，有着很高的艺术修养，为他纵览唐代艺术的成就，提出韵味说、诗“境”论等极富艺术色彩的诗学理论创造了先天的优势。他的诗学包括韵味说，吸收、借鉴书、画、乐论的相关成果是可能的。司空图的韵味说代表了唐代文人士大夫对雅文化精神及艺术形而上的追求。

（三）隋唐时代精神与审美观念对司空图韵味说的影响

自魏晋六朝到隋唐，无论是时代精神还是审美观念、审美趣味、审美范畴的内涵，较之先秦、两汉均发生了很大变化，主要表现在由先秦、两汉的重政治教化向魏晋六朝及隋唐的重艺术审美性的转化，也就是从崇尚艺术功利性到非功利性的转化。就诗学来说，具体表现在从主张“诗言志”、重诗歌的兴观群怨、“发乎情，止乎礼义”到提倡“诗赋欲丽”“诗缘情”。从审美趣味上来说，从提倡温柔敦厚、尽善尽美、文质彬彬到重“雅而艳”“醇美”，从重诗歌的“主文而谲谏”的政教功能到重诗歌情采，诗歌的形式美、含蓄美、意境美、韵味美及文学鉴赏。这些均说明“文变染乎世情，兴废寄乎时序”，时代在变化，时代精神也在变化，人们的审美观念、审美趣味、审美范畴的内涵也随之发生变化。以上通过对“味”“韵”范畴内涵变化的分析可略见一斑，说明艺术的独立性随着社会的发展越来越凸显，艺术的社会功能也由政教功能向审美功能转变，人们对艺术的探索也越来越注重其本身规律的发展。

艺术范畴、概念的变化总体来说是由“质实”向“虚幻”“玄妙”转化，就“味”范畴来说，是逐渐由感官之“味”向审美之“味”转化的过程，“韵”也由与音响、声音相关向情韵、风致的审美特征转化；另外，“味”还逐渐向“余味”、再向“味外之旨”转化，“韵”由声响之“韵律”“音韵”向“风韵”“高韵”，再向“韵外之致”转化。与“味”“韵”相关的美学范畴、概念也有一个由“实”向“虚”转化，如“雅”“志”向“丽”“情”的转化，“象”范畴向“象外”“象外之象”的转化，由先秦、两汉重中和之美，向魏晋六朝重艳丽之美，再向唐代重自然、兴象、风骨之美的转化。此外，无论是诗论还是书、画、乐论的审美批评范畴，在魏晋南北朝到唐代，越来越重视“神似”，除了以“韵”“味”论艺之外，诸如以“神”“妙”“能”“逸”“气”“格”“风”“趣”“清”“境”“隐　秀”“风神”“风骨”“骨气”“气韵生动”“澄澹精致”“意象”“意境”等概念、范畴论艺之风日盛。这均说明人们越来越注重艺术的生命精神，艺术的内涵以及艺术所饱含的韵味美、意境美。这说明时代精神、审美观念、审美趣味的变化无形中对韵味说也产生了潜移默化的影响，也说明这一时期的文人借助艺术表达对自由和精神境界的向往与追求。

小结

司空图韵味说的提出离不开时代的影响，他以最凝练的语言“总结唐代一家诗”，将诗歌的“只可意会不可言传”的意境诗意地表达出来，这是他对唐诗学的最大贡献。他的韵味说是六朝至唐诗论味历史的、逻辑的发展结果，是沿着魏晋六朝注重诗歌审美特征的路线发展下来的，代表性的理论与观点有：陆机的“大羹之遗味”、钟嵘的“滋味”说、刘勰的“余味”“遗味”说及其“情韵”“逸韵”“流韵”说，还有如《世说新语》中惯用的以“风韵”“高韵”“拔俗之韵”品藻人物等。另外，魏晋南北朝以“韵”论书、画、乐，佛经传译中对韵、味的重视对韵味说也产生了很大影响，主要表现在“讽味”“研味”“高韵”“风韵”“气韵”等的高频率使用，以及对“意在文外”“言近旨远”的重视等，都或多或少、直接或间接地渗透到文论中，彼此相互影响，形成了魏晋六朝至唐代兴起以“韵”“味”论艺之风。进而到唐代相关的文论为韵味说的形成进一步奠定了基础，主要有殷璠重诗歌的风骨、兴象及诗歌的含蓄性，王昌龄、皎然、刘禹锡等人以“味”“韵”论诗等，应该说直接启发了司空图韵味说的提出。

韵味说不仅代表了司空图对诗歌审美特征的理解，也代表了唐代的诗歌鉴赏论。司空图坚持“辨味”批评的原则，也即是审美的批评原则，所以，对其韵味说进行追根溯源有利于更深入地理解司空图的审美诗学理论。本章从司空图韵味说的基本内涵开始论述，紧接着论述了唐以前“味”“韵”概念的提出及其逻辑发展，重在论述“味”如何从感官之“味”逐渐向审美之“味”演变，“韵”又如何从与音乐相关的概念向审美范畴转化，以及“味”和“韵”是如何在六朝时期逐步相结合的。“味”“韵”概念逐步向审美范畴转化一方面说明了中国古代艺术逐渐摆脱政治的影响，其独立性越来越凸显；另一方面也说明了中国古代艺术自魏晋六朝、隋唐以来越来越注重含蓄美、艺术作品的精神内涵以及整体的审美意境。

本章除了追溯韵味说的文论渊源之外，还重点对其哲学渊源，包括魏晋玄学、佛、道思想对其影响，以及书、画、乐论中的相关理论对韵味说的渗透与影响做了较详细的论述，从而从更广阔的时代背景对司空图提出韵味说的历史必然性进行较深入、系统的分析。通过对司空图的韵味说进行溯源，不仅可以使我们更好地理解司空图的诗学理论，还可以使我们能通过韵味说的逻辑发展历程及其含义的变化，探析中国古代艺术理论与哲学、政治、时代精神及各个时代的审美趣味、审美风尚的变化之间的密切联系。从中也可看出随着时代的发展，艺术的独立性越来越明显。先秦两汉艺术附属于政治，到魏晋六朝、隋唐逐渐摆脱政治的束缚，诗歌等艺术的审美特征越来越显现。晚唐的司空图提出“韵外之致”“味外之旨”说离不开前人在相关思想理论方面的贡献，也与他独到的，始终坚持艺术的、审美的诗学批评标准密切相关，由此可以看出司空图的韵味说在诗学批评史上的突出贡献。

第四章

司空图诗学的批评实践及其渊源

——唐代诗人评语考释与唐诗史论

前三章主要分析了司空图几个重要诗学命题的思想渊源与理论渊源。本章主要对司空图诗学的批评实践及其渊源进行考释。诗学理论是从诗学批评实践中得来并用来指导批评实践的。在《与王驾评诗书》等论诗杂文中，司空图对唐代沈佺期、宋之问、王昌龄、李白、杜甫、王维、韦应物、“大历诗人”、元稹、白居易（以下简称其姓）等十几位唐代代表性诗人做了言简意赅的评价，这些评价体现了他的诗学批评思想，并反映了其唐诗史观。本章通过对司空图诗学批评实践进行考释，分析其批评实践与批评理论之间的内在联系。

本章将从司空图所评论之诗人的具体作品入手，联系司空图之前的唐代文论家对相关诗人作品的接受情况与评论，以及司空图之后的著名诗论家对相关诗人作品的评论，考述、阐释司空图诗学批评实践的历史继承性与批判性，指出其批评的特色、合理性与局限性，分析其所遵循的批评理论及其渊源，探究其诗学批评实践与前几章所论的批评理论是否相符，以及与唐代诗学批评的主流思想与理论是否相符，从而对司空图诗学批评有更深入、更全面的理解，并从中分析其诗学批评的标准与审美标准。

就司空图对唐代这些诗人的评论之考释，将根据不同情况进行论述，部分通过联系其所评论之诗人的具体作品及其诗作在历史上的影响，侧重对司空图的评论进行辨析，如对沈、宋的评论。部分既联系其所评论之诗人的具体作品，又联系这些诗人的作品在唐代的接受情况，侧重考释司空图对这些诗人的独到评价，如对李、杜的评论。部分还联系司空图之后的人对其所评论诗人的评论，如联系《旧唐书》《新唐书》《唐才子传》等，侧重评述司空图的独到审美批评眼光，如对王、韦的评论。部分通过联系其所评论之诗人作品的全貌及其在历史上的整体影响与地位，对司空图的评论进行疏证辨析，如对元、白的评论。总之，对这些诗人的评论的考释有轻重主次之分，对司空图在其论述杂著中多次评论到的诗人，将重点进行考释；对其评论较少的诗人，将简要论述。

司空图的诗学批评实践与诗歌史观主要见于其论诗杂文《与王驾评诗书》中，《与李生论诗书》《题柳柳州集后》也做了比较集中的论述，另外散见于其诗文集其他篇章。以下将就其《与王驾评诗书》及相关篇章中对唐代诗人的评论，对其诗学批评实践进行考论。具体来说，通过其对唐代一些代表性的诗人，尤其是其在诗文集中常提到的李、杜，其甚为欣赏的王、韦，以及元、白等人的评价，联系这些诗人的代表诗作，并参考唐人选唐诗对诸位诗人诗作的选录情况及唐代诗论家殷璠、高仲武等人对相关诗人的评论，分析司空图诗学的批评实践，进而分析、总结其诗学的思想渊源、理论渊源与批评实践之间的内在联系。

本章分三部分进行论述。第一部分：司空图对初、盛唐诗人之评论，包括对初唐沈佺期、宋之问，盛唐王昌龄、李白、杜甫、王维、韦应物的批评。第二部分：司空图对中、晚唐诗人之评论，包括对“大历诗人”、元稹、白居易、王驾等人的批评。第三部分：对司空图的诗学批评及其唐诗史论进行总结。通过第一、二部分的具体分析，总结司空图的诗学批评思想与批评方法，并通过其对初、盛、中、晚唐十数位代表性诗人的评论，分析其对唐代诗歌发展基本历程、各阶段基本概貌的宏观把握，进一步分析其唐诗史观。

在《与王驾评诗书》中，司空图写道：

> 国初，上好文章，雅风特盛。沈、宋始兴之后，杰出于江宁，宏（思）[肆]于李杜，极矣。右丞、苏州趣味澄敻，若清沇之贯达。大历十数公，抑又其次。元、白力勍而气孱，乃都市豪估耳。刘公梦得、杨公巨源，亦各有胜会。浪仙、无可、刘得仁辈，时得佳致，亦足涤烦。厥后所闻，徒褊浅矣。[①]

由此文可以看出，司空图对初唐至晚唐的十数位诗人大多持肯定、褒扬的态度，对贾岛、无可（贾岛从弟，著名诗僧）、刘得仁（一作刘德仁）三人有褒有贬，独对元稹、白居易的诗颇有微词。短短的一段文字，大概勾勒出了唐代诗歌发展的基本历程，加上其他诸篇对唐代诗人的评论，从中可探究司空图的诗歌审美标准与唐代诗歌史观。

以下将就司空图对唐代诸位诗人的评论一一进行辨析，重点分析其对沈、宋，李、杜，王、韦，元、白的评论。

① 祖保泉、陶礼天笺校：《司空表圣诗文集笺校》，第189—190页。

第一节　司空图对初、盛唐诗人之评论考释

一、“沈、宋始兴之后，杰出于江宁”

在《与王驾评诗书》中，司空图开篇论道：“国初，上好文章，雅风特盛。沈、宋始兴之后[①]，杰出于江宁……”指出唐朝建立之初，由于皇帝喜好诗文，一时间文坛尚雅之风盛行。唐初，自沈佺期、宋之问的诗作开始在诗坛兴起之后，接着，王昌龄表现突出。这里司空图肯定了沈、宋和王的成就。

本部分将分别结合沈佺期、宋之问二人及王昌龄的具体诗作来分析他们诗歌创作的特点及对唐代文学发展的贡献。在此基础上，对照司空图本人及其之前之后的人对三人的评价，来分析司空图的诗歌批评倾向。

（一）“沈、宋始兴之后”

1. 初唐文风的转变及沈、宋的贡献

沈佺期、宋之问是初唐两位杰出的诗人。在分析司空图对沈、宋的评论之前，先简要介绍一下唐代以前中国古代文学的基本倾向与初唐文风的转变。唐及唐以前的文学大概有两种倾向：一种是主张文学的社会政治功能，

---

① 关于“沈、宋始兴之后”的理解：学术界有两种观点：一种认为“始兴”是指封始兴伯的张九龄，以王运熙先生为代表，他在《隋唐五代文学批评史》（王运熙、杨明著，上海：上海古籍出版社 1994 年版，第 678 页）与其论文《司空图论唐代作家作品》中均谈到。另一种认为“始兴”作普通语词解，以陶礼天先生为代表，陶先生在其论文《司空图“味外之旨”说新论》（《中国文论研究丛稿》，北京：学苑出版社 2011 年版，第 252 页，脚注“按”）中对此专门加注说明，他认为王运熙先生的理解也很有道理，不过又指出“究竟‘始兴’作何理解，还可以再作研究”。另，王济亨、高仲章在《司空图选集注·与王驾评诗书》（山西人民出版社 1989 年版）一文文后“注释”“沈、宋始兴之后”并未对“始兴”作特殊注释，只对沈、宋作注，说明他默认“始兴”作普通语词解。笔者赞同后一种观点，正如陶礼天先生所说，因为“沈、宋始兴之后”一句“沈”“宋”皆是以姓代人，分别指沈佺期、宋之问，而若将“始兴”理解为被封为“始兴伯”官位的张九龄的话，这种将姓与官位放在一句话中并列而用似非符合古人用语习惯。

主要表现在两汉时期及中唐时期；另一种遵循文学自身的发展规律，主张文学的抒情功能、远离政教。后一种又有两个方向，一个是对文学本身艺术美的追求，如唐朝，尤其是初唐、盛唐、晚唐。一个则走向极端，追求纯粹形式上的华丽、绮艳，使文学走向浮华的娱乐的路子，这一支突出地表现在齐、梁期间。“魏晋之后，文学的艺术特质不断地得到体认与发扬。它在自己的发展过程中着眼于抒情与艺术技巧、艺术形式的完美，而一步步远离政教之目的。从建安的重抒情，到两晋之引入哲思，到宋、齐间复归于抒情，再到齐、梁间的走向娱乐，都是沿着远离政教这样一条道路发展的。”①

隋唐文学思想的发展是从反齐梁绮丽文风开始的。隋代理论家对齐梁文学采取全盘否定的态度，如李谔、王通等。但文风真正得到扭转，并走上开阔发展道路则是在唐代。唐初，唐太宗及其重臣们汲取隋朝灭亡的深刻教训，在政治、经济、文化等领域均采取了较开明的政策，为唐朝的繁荣昌盛奠定了深厚的基础。政治的开明、经济的繁荣为唐文学的繁荣做了很好的铺垫。统治阶层既主张文学必须为政教服务，反对绮丽文风，又重视文学本身的艺术特点，这为唐文学的发展奠定了很好的思想基础。

唐文学繁荣到来之前有三次思想准备工作。初唐仍受齐梁诗风的影响，宫体诗盛行，然而唐太宗及其重臣反对齐梁绮丽的文风，主张文学应有益于政教，提出文质并重的文学观，这为唐文学的发展做了第一次思想准备工作。初唐“四杰”的文学主张则为唐文学的繁荣做了第二次思想准备工作。他们在理论上反对绮丽文风，其创作的诗歌表现了浓郁真实的情感与壮大的气势。第三次思想准备表现在：创作的领域进一步扩大，追求充实内容和昂扬基调；艺术追求更丰富；追求声律美和趋向于写实②。沈、宋对唐诗的贡献可看作第三次思想准备阶段。

接下来，笔者将就沈、宋对初唐文学的贡献，以及司空图之前和之后的人对沈、宋的评价来对照分析司空图的诗歌批评倾向。

---

① 罗宗强:《隋唐五代文学思想史》，第 2 页。

② 罗宗强:《隋唐五代文学思想史》，第 18—49 页。

沈佺期、宋之问在诗坛所作的最为突出的贡献，是对诗歌声律美的自觉追求。其重点表现是在诗歌的格律形式方面，使五言律诗定型得以普遍化。本书第一章已简略介绍过，对诗歌声律美的自觉追求并非起源于沈、宋，而是起源于南朝齐武帝永明年间，该种诗体称为“新体诗”，又称“永明体”，强调声韵格律。永明体的代表人物之一沈约对声律论所作的贡献最大，提出“四声八病”之说。将声律论自觉运用于诗歌创作中，对于增强诗歌的音乐美以及格律诗的发展及盛行，均起着不可忽视的作用。沈、宋虽然并非首创律诗，但其对于五言律诗的定型却发挥了重要作用。

明王廷相在《沈佺期诗集·校唐沈詹事诗集序》中写道：

> 余读唐史云，唐初诗人，承陈隋风流，浮靡相矜，至宋之问、沈佺期等，研揣声音，浮切不差，号为律诗。及读六朝人诗，见所谓《爱妾换马》《秦王卷衣》《昔昔盐》等作，已皆研练精切，稳顺声势，全篇协律矣。谓二子始为之，非深索远考也。唐人知非雅典，不能裁而离之，反相尚焉。何哉？盖古之文章，上有所好，下必甚焉。以故务相沿袭，勉从时好，溺而不可回者众矣，此亦势云尔。二子为律精切，亦时所趋然也。呜呼，岂特律然哉！开元以来号称古作者，自子昂、太白真想妙解之外，几于寥寂无闻。余虽才有变化，教切风雅，而体格词气，已为齐梁后尘矣。苏、李、曹、刘之兴韵，夫其荒矣乎。善乎，朱子曰：“古之诗，虞、夏以来至汉、魏为一等；晋、宋之间，颜、谢以下至唐初为一等；沈、宋以下至今日为一等。”真知言哉！然则詹事、员外实唐一代之宗匠也哉！[①]

王廷相不认为律诗的创作始于二人，六朝已有，但他肯定了沈、宋在律

① （明）王廷相:《沈佺期诗集·校唐沈詹事诗集序》，明正德王廷相刻《沈佺期诗集》。

诗方面所作的贡献，“然则詹事、员外实唐一代之宗匠也哉！”[①]

沈、宋创作了大量格律精致的五律、七律及五言排律，对唐代律诗的发展与繁荣起了重要的奠基作用。历代对沈、宋在律诗方面所作的贡献一般持肯定态度。《旧唐书·沈佺期传》：“佺期善属文，尤长七言之作，与宋之问齐名，时人称为沈宋。”[②] 苏颋《授沈佺期太子少詹事等制》：“……沈佺期，才标颖拔，思诣精微，早升多士之行，独擅词人之律。”[③] 另据《新唐书·宋之问传》：“魏建安后迄江左，诗律屡变，至沈约、庾信，以音韵相婉附，属对精密。及之问、沈佺期，又加靡丽，回忌声病，约句准篇，如锦绣成文。学者宗之，号为‘沈、宋’。语曰：‘苏、李居前，沈、宋比肩’。”[④] 独孤及的《唐故左补阙安定皇甫公集序》：“……历千余岁，至沈詹事、宋考功，始裁成六律，彰施五色，使言之而中伦，歌之而成声，缘情绮靡之功，至是乃备。”[⑤]皎然亦评论道：“楼烦射雕，百发百中，如诗人正律破题之作，亦以取中为高手。洎有唐以来，宋员外之问，沈给事佺期，盖有律诗之龟鉴也。但在矢不虚发，情多、兴远、语丽为上，不问用事格之高下。宋诗曰：‘象溟看落景，烧劫辨沈灰。’沈诗曰：‘咏歌《麟趾》合，箫管《凤雏》来。’凡此之流，尽是诗家射雕之手。假使曹、刘降格来作律诗，二子并驱，未知孰胜。”[⑥]

由以上文献可以看出，诸家对沈、宋多持肯定、褒扬的态度，包括对其在律诗创作成就方面的肯定，以及对其诗歌内容“缘情绮靡”“情多、兴远、语丽为上，不问用事格之高下”的肯定。

除了在诗歌格律形式方面的贡献，沈、宋的另一重要贡献是拓宽了诗歌

---

① 另外从王廷相的文中还可看出其对律诗似有偏见，认为律诗发展的主要原因是“上有所好，下必甚焉”，且认为律诗的盛行当步齐梁之后尘；他更推崇陈子昂、李白的复古运动。但不管怎样，王廷相对沈、宋的艺术成就还是持肯定态度的。

② （后晋）刘昫等撰：《旧唐书》卷一百九十中《沈佺期传》，北京：中华书局 1975 年版，第 5017 页。

③ （清）董诰等编：《全唐文》卷二五二，第 2547 页。

④ （宋）欧阳修，（宋）宋祁撰：《新唐书》卷二百二《宋之问传》，北京：中华书局 1975 年版，第 5751 页。

⑤ （清）董诰等编：《全唐文》卷三八八，第 3940 页。

⑥ （唐）皎然著，李壮鹰校注：《诗式校注》，第 206 页。

创作的题材范围。初唐诗人未能完全摆脱齐梁诗风的影响，依然有刻意追求语言精致华丽的倾向，但是较之齐梁的宫体诗，他们的诗歌题材更趋向生活化。唐太宗及其重臣提出文质并重的文学主张，较之隋代文论家完全否定齐梁诗是一大进步。初唐“四杰”的艺术创作思路变宽又是一大进步，闻一多先生指出：“正如宫体诗在卢、骆手里是从宫廷走到市井，五律到王、杨的时代是从台阁移至江山与塞漠。”①

沈、宋的诗歌创作题材则在初唐“四杰”的基础上变得更为开阔，从而进一步摆脱了齐梁诗绮艳、浮靡的色彩，使得诗歌创作由对宫廷的描写转向对普通百姓、自然山水及戍边战事、迁谪经历及感受等的描写，由刻意的辞采雕琢转向对诗人内心真实情感的表达。虽然二人也写了不少宫廷诗、应制诗、侍宴诗，但在其诗歌创作总量中仅占一小部分，更多的是关于赠友人、爱情、出塞、慨叹时光流逝、挽歌、乡愁等多样化的内容，后期二人还写了不少描述遭贬谪之后苦闷心情的诗，其中很多情感真挚。皎然在《诗式》中指出：“陈子昂复多而变少，沈、宋复少而变多。”②可以说，沈、宋的作品“反映了唐诗由宫廷走向社会现实生活和个人情志抒写的历史发展总趋势”。③另外，沈、宋开始有意识地追求诗歌的意境美，能将情与景很好地交融。一些诗写得气势宏大，初露盛唐诗风端倪；除有一些佳句外，更有一些佳篇。

综合来看，沈、宋可以说是继初唐“四杰”及陈子昂之后，为继承和变革齐梁诗并对推进唐代诗歌繁盛做了重要铺垫的两位诗人。二人的诗，在唐代已具有一定的社会接受度。《珠英集》收录沈佺期诗十首④，如《驾幸香山寺应制一首》《古镜》《古意一首》等，数量较多，宋之问诗未收录。《国秀

---

① 闻一多撰：《唐诗杂论》，上海：上海古籍出版社 2006 年版，第 23 页。

②（唐）皎然著，李壮鹰校注：《诗式校注》，第 330 页。

③（唐）沈佺期、宋之问撰，陶敏、易淑琼校注：《沈佺期宋之问集校注》，北京：中华书局 2001 年版，前言，第 9 页。

④ 傅璇琮编撰：《唐人选唐诗新编》，西安：陕西人民教育出版社 1996 年版，第 49—54 页。

集》收录宋之问诗六首[①]，分别为《同姚给事寓直省中见赠》《九日登慈恩寺浮图应制》《题大庾岭一首》等；沈佺期诗五首[②]，分别为《三日侍宴梨园》《酬苏员外夏晚寓直省中见赠》《宿七盘岭》等。《玉台后集》分别选二人诗各一首[③]，是沈佺期的《古离别》和宋之问的《和赵员外桂阳桥遇佳人》。《又玄集》仅选宋之问一首诗《题梧州司马山斋》[④]。《才调集》选沈佺期两首诗《古意呈乔补阙知之》(又作《独不见》)、《杂诗》[⑤]。《搜玉小集》选沈佺期《古意》等四首，选宋之问《度大庾岭》等五首[⑥]。可见，在唐代沈、宋的诗歌还是较受欢迎的，尤其是抒情小诗，如《古意》《题大庾岭一首》等，以及离别诗、赠友诗入选较多。

2. 联系沈、宋诗作对司空图评论之辨析

以下将结合沈、宋二人的具体诗作来分析他们诗歌创作的特点，并就司空图对其评论进行辨析。

先来看沈佺期的诗。

月皎风泠泠，长门次掖庭。玉阶闻坠叶，罗幌见飞萤。清露凝珠缀，流尘下翠屏。妾心君未察，愁叹剧繁星。(沈佺期《长门怨》，《全唐诗》卷九六)

陇山飞落叶，陇雁度寒天。愁见三秋水，分为两地泉。西流入羌郡，东下向秦川。征客重回首，肝肠空自怜。(沈佺期《陇头水》，《全唐诗》卷九六)

---

① 傅璇琮编撰:《唐人选唐诗新编》，第224—226页。
② 傅璇琮编撰:《唐人选唐诗新编》，第227—229页。
③ 傅璇琮编撰:《唐人选唐诗新编》，第337—338页。
④ 傅璇琮编撰:《唐人选唐诗新编》，第600页。
⑤ 傅璇琮编撰:《唐人选唐诗新编》，第776页。
⑥ 傅璇琮编撰:《唐人选唐诗新编》，第989—1000页。

以上两首五言律诗对仗工整、以景衬情、情景交融，表达了作者的相思之情，感情深沉、细腻。

沈佺期的诗有的写得颇有气势，初露盛唐诗风端倪，如：

十年通大漠，万里出长平。寒日生戈剑，阴云拂旆旌。饥乌啼旧垒，疲马恋空城。辛苦皋兰北，胡霜损汉兵。（沈佺期《被试出塞》，《全唐诗》卷九六）

闻道黄龙戍，频年不解兵。可怜闺里月，长在汉家营。少妇今春意，良人昨夜情。谁能将旗鼓，一为取龙城。（沈佺期《杂诗》，《全唐诗》卷九六）

卢家少妇郁金堂，海燕双栖玳瑁梁。九月寒砧催木叶，十年征戍忆辽阳。白狼河北音书断，丹凤城南秋夜长。谁谓含愁独不见，更教明月照流黄。（沈佺期《独不见》，《全唐诗》卷九六）

以上三首诗均写戍边战事，但又不直接写战事，而是间接地，或以象征、借喻的手法，或以对比的手法，描写边塞战争频繁，战士眷恋家乡、思念亲人、厌倦战争，少妇思念戍边丈夫，期盼其早日回家团圆。这些诗从形式上看，韵律优美、富有节奏感，读起来朗朗上口。从内容上看，气势雄伟、磅礴大气，作者之情思与外境相交融，感情质朴、真挚，具有写实倾向，贴近生活，感人至深。

天长地阔岭头分，去国离家见白云。洛浦风光何所似，崇山瘴疠不堪闻。南浮涨海人何处，北望衡阳雁几群。两地江山万余里，何时重谒圣明君。（沈佺期《遥同杜员外审言过岭》，《全唐诗》卷九六）

这是沈佺期遭贬谪之后所写的一首抒情小诗，全诗借景抒情，除了描写与杜审言的真挚友情外，还描写了两人同遭贬谪之后同舟共济的经历及苦闷、抑郁的心理，流露出对时局的不满及对圣明之君的期盼。

另外，沈佺期诗中还有一些佳句，如：

> 无言谪居远，清净得空王。（沈佺期《乐城白鹤寺》，《全唐诗》卷九六）
>
> 树悉江中见，猿多天外闻。别来如梦里，一想一氛氲。（沈佺期《十三四时尝从巫峡过他日偶然有思》，《全唐诗》卷九六）
>
> 恍忽夜川里，蹉跎朝镜前。红颜与壮志，太息此流年。（沈佺期《览镜》，《全唐诗》卷九六）

这些佳句对仗工整，多是对遭贬谪之后苦楚心理的描写，饱含了对人生的深切感悟，和对时光流逝的叹息。

再来看宋之问的诗。宋的诗同样题材丰富，且有些诗清新活泼、用词亮丽，有些诗飘逸闲适，有些诗则情深意浓。

> 雨从箕山来，倏与飘风度。晴明西峰日，绿缛南溪树。此时客精庐，幸蒙真僧顾。深入清净理，妙断往来趣。意得两契如，言尽共忘喻。观花寂不动，闻鸟悬可悟。向夕闻天香，淹留不能去。（宋之问《雨从箕山来》，《全唐诗》卷五一）
>
> 洛阳城里花如雪，陆浑山中今始发。旦别河桥杨柳风，夕卧伊川桃李月。伊川桃李正芳新，寒食山中酒复春。野老不知尧舜力，酣歌一曲太平人。（宋之问《寒食还陆浑别业》，《全唐诗》卷五一）

《雨从箕山来》颇有禅意，《寒食还陆浑别业》景物描写清新。以下是宋之问的几首贬谪诗：

逐臣北地承严谴，谓到南中每相见。岂意南中歧路多，千山万水分乡县。云摇雨散各翻飞，海阔天长音信稀。处处山川同瘴疠，自怜能得几人归。（宋之问《至端州驿见杜五审言沈三佺期阎五朝隐王二无竞题壁慨然成咏》，《全唐诗》卷五一）

孤舟汴河水，去国情无已。晚泊投楚乡，明月清淮里。汴河东泻路穷兹，洛阳西顾日增悲。夜闻楚歌思欲断，况值淮南木落时。（宋之问《初宿淮口》，《全唐诗》卷五一）

金阁妆新杏，琼筵弄绮梅。人间都未识，天上忽先开。蝶绕香丝住，蜂怜艳粉回。今年春色早，应为剪刀催。（宋之问《奉和立春日侍宴内出剪彩花应制》，《全唐诗》卷五二）

妾住越城南，离居不自堪。采花惊曙鸟，摘叶喂春蚕。懒结茱萸带，愁安玳瑁簪。待君消瘦尽，日暮碧江潭。（宋之问《江南曲》，《全唐诗》卷五二。）

同样是描写有遭贬经历的几位友人的诗，《至端州驿见杜五审言沈三佺期阎五朝隐王二无竞题壁慨然成咏》中，苦闷、彷徨的心理溢于言表。《初宿淮口》用律灵活，不拘一格。《奉和立春日侍宴内出剪彩花应制》景色描写生动活泼。《江南曲》则表现了相思之情，情感真挚。

宋之问遭贬谪之后所写的一些描写思乡之情的诗，更是真切感人，如：

五岭恓惶客，三湘憔悴颜。况复秋雨霁，表里见衡山。路逐鹏南转，心依雁北还。唯余望乡泪，更染竹成斑。（宋之问《晚泊湘江》，《全唐诗》卷五二。）

阳月南飞雁，传闻至此回。我行殊未已，何日复归来。江静潮初落，林昏瘴不开。明朝望乡处，应见陇头梅。（宋之问《题大庾岭北驿》，《全唐诗》卷五二。）

岭外音书断，经冬复历春。近乡情更怯，不敢问来人。（宋之问《渡汉江》,《全唐诗》卷五三。)

特别是《渡汉江》,“这首诗，以自然朴素的语言，表现浓郁的感情，几乎可以与盛唐诗人的类似诗篇比美”[①]。

总体来说，沈、宋的诗歌创作起了承前启后的作用，辩证地吸收了齐梁诗风的艳丽文采，保持了文学的艺术性，扬弃了其浮靡的文风，在诗歌创作中逐渐走向写实的倾向。尤其是二人晚年均遭贬谪，坎坷的经历使得二人的创作更具浓厚的情感色彩，也更贴近生活。并且，二人在诗歌创作中也开始自觉追求审美意境，精心选择景致以烘托特定情感。同时，二人的诗作开始注意现实关怀，除了有大量描写个人情感的诗作之外，还有不少题材比较宏大的作品。沈佺期描写戍边、出塞等的作品，感叹时光流逝；宋之问的不少抒情诗，表达浓烈乡愁，感情真切，以及一些描述寺庙、禅师、道士的诗歌，富有禅意。二人创作的大量五律、七律及排律，使得诗歌更具韵律美、节奏感，为律诗在唐代的兴盛奠定了深厚的基础。且二人在用词上清新活泼，一些山水诗，有着飘逸闲适的情怀。

当然，沈、宋的诗歌也有一定的局限性，与盛唐诗作比较起来，情、境的交融还不够完美，感情还不够宏大。但是他们的诗歌创作却为盛唐诗风奠定了良好的基础，也预示着盛唐繁荣、宏伟壮阔的诗歌创作时代的到来。

司空图对沈、宋评论曰:“国初，上好文章，雅风特盛。沈、宋始兴之后……”简短的两句话，肯定了沈、宋对初唐文坛尚雅之风的兴起与推动所起的突出作用。结合以上分析，可以看出司空图对沈、宋的评论是较客观的。

首先，司空图较看重文学的艺术性。他提倡“醇美”“全美为工”之作，这在沈、宋的诗作中亦能表现出来。沈、宋对齐梁诗风的艳丽文采没有全盘否定，而是辩证地吸收，保持了文学的艺术性，扬弃了其绮靡的文风，这是

---

① 罗宗强:《隋唐五代文学思想史》，第42页。

司空图所欣赏的。司空图很尚“雅”，在其诗文集中多次提到。

其次，司空图提出“诗贯六义，则讽谕、抑扬、渟蓄、温雅，皆在其间矣”，他不排斥诗歌的写实性，对“六义”说加以新的阐释，认为诗歌应有“讽谕”的功能，沈、宋二人均有不少描写迁谪生活的诗歌及边塞诗，皆有一定的现实性。司空图主张“思与境偕”，沈、宋在诗歌创作中开始自觉地进行审美意境追求与创造，这也符合司空图的审美欣赏标准。另外，司空图很看重诗歌声律的抑扬顿挫，沈、宋在这方面恰恰作了最突出的贡献，亦颇为司空图所欣赏。

最后，沈、宋有不少表达浓烈乡愁的抒情诗，以及一些颇富禅意、有余音余味的作品，这与司空图所提倡的诗歌应有“味外之旨”“韵外之致”也是相符合的。

（二）“杰出于江宁”

司空图所言：“……国初，上好文章，雅风特盛。沈、宋始兴之后，杰出于江宁……”在肯定初唐沈、宋诗歌成就的同时，进一步指出了盛唐江宁的成就“杰出”。江宁，即王昌龄，年近不惑始中进士。初任秘书省校书郎，又中博学宏辞，授汜水尉，因事贬岭南。开元末返长安，改授江宁丞，因此又称王江宁。

从上述司空图所言可知他甚是欣赏王昌龄的诗歌。另外，在其七言绝句《力疾山下吴村看杏花十九首》[①]之十五中写道：“亦知王大是昌龄，杜二其如律韵清。”唐人喜按家中兄弟排行来称呼其人，王昌龄被称为“王大”，是因其在家中排行老大。与王昌龄交好的几位诗人亦称其王大，如孟浩然的《初出关旅亭夜坐，怀王大校书》（《全唐诗》卷一六〇），岑参的《送许子擢第归江宁拜亲，因寄王大昌龄》（《全唐诗》卷一九八），及《送王大昌龄赴江宁》（《全唐诗》卷一九八）等。王昌龄在开元天宝年间，诗名显赫，因其长

---

① 祖保泉、陶礼天笺校：《司空表圣诗文集笺校》，第 138 页。

于七绝，被称为“七绝圣手”，又有“诗家夫子王江宁”之称。

王昌龄的诗以三类题材居多，即边塞诗、宫怨诗和送别诗。他的诗以七绝见长，尤以登第之前赴西北边塞所作的边塞诗最为著名。其边塞诗气势雄浑，意境开阔，格调高昂，充满了斗志昂扬的精神。

以下看唐人选唐诗、《唐才子传》等对王昌龄诗的收录情况及评价。殷璠的《河岳英灵集》选了王昌龄的诗十六首，包括《咏史》《观江淮名山图》《斋心》《江山闻笛》《少年行》《长歌行》《塞下曲》《长信宫》等名篇，选入的数量居全集之首，足见殷璠对其诗的欣赏及其诗在当时诗坛的地位。《河岳英灵集·王昌龄》：“昌龄（一作元嘉[①]）以还，四百年内，曹、刘、陆、谢，风骨顿尽。顷有太原王昌龄、鲁国储光羲颇从厥游（一作迹），且两贤气同体别，而王稍声峻……斯并惊耳骇目。今略举其数十句，则中兴高作可知矣。”[②]可见，殷璠认为王昌龄、储光羲乃是自南朝宋以来至其生活的盛唐四百年来重振“风骨”的代表，王、储二人“气同体别”，且“王稍声峻”，即比起储光羲来，王昌龄的诗气势更显峻拔，并列举了其一些佳句佳篇，认为这些皆能“惊耳骇目”，实乃“中兴高作”。

另外，现存的十几种唐人选唐诗中，还有三种选了王昌龄的诗，分别是韦庄《又玄集》选了一首：《长信宫秋词》[③]（《长信宫》）。韦縠《才调集》选了五首：《长信愁》（《长信宫》）、《采莲》、《闺怨》[④]、《塞上行》、《少年行》[⑤]。芮挺章的《国秀集》选了五首：《赵十四兄见寻》《望临洮》《塞下曲》《从军古意》《古意》[⑥]。以上所选主要是其边塞诗及宫怨诗。

《唐才子传·王昌龄》论道：“昌龄工诗，缜密而思清，时称‘诗家夫子王江宁’，盖尝为江宁令。与文士王之涣、辛渐交友至深，皆出模范，其名

---

① 元嘉（424—453）是南朝宋皇帝宋文帝刘义隆的年号，共计 29 年。
② 王克让：《河岳英灵集注》，第 300—301 页。
③ 傅璇琮编撰：《唐人选唐诗新编》，第 588 页。
④ 傅璇琮编撰：《唐人选唐诗新编》，第 902—903 页。
⑤ 傅璇琮编撰：《唐人选唐诗新编》，第 937 页。
⑥ 傅璇琮编撰：《唐人选唐诗新编》，第 275—276 页。

重如此。”[①]“自元嘉以还，四百年之内，曹、刘、陆、谢，风骨顿尽。逮储光羲、王昌龄，颇从厥迹，两贤气同而体别也，王稍声峻，奇句俊格，惊耳骇目。”[②]后面这段话与《河岳英灵集·王昌龄》几乎相同，仅多了“奇句俊格”，少了“则中兴高作可知矣”。认为王昌龄作诗思维缜密，思路清晰，所以被尊称为“诗家夫子”，可见他在时人心目中的地位，且认为他的诗往往有“奇句俊格”，即有令人称奇的句子，风格俊朗，让人为之“惊耳骇目”，足见对其诗的高度赞赏。

以下联系王昌龄的诗作对司空图的评论做辨析。王昌龄留下了众多优秀的诗作，他的诗意境开阔、感情深沉，边塞诗气势雄浑，宫怨诗格调哀怨，送别诗情深意长。如《出塞》：“秦时明月汉时关，万里长征人未还。但使龙城飞将在，不教胡马度阴山。”[③]慨叹从古至今，边关与胡人征战不休，师劳力竭，渴望飞将在世，平息战事。全诗意境雄浑苍茫，有纵横古今的气概，表达了诗人忧国忧民的真挚情感，被誉为唐人七绝的压卷之作。另外，《塞下曲》《从军行》等，也都堪称边塞诗佳作。反映宫女们不幸遭遇的《长信宫》《春宫曲》《西宫春怨》等诗哀婉感人。描写天真烂漫的少妇微妙情感变化的《闺怨》等诗自然清新质朴明快、含蕴深厚，《芙蓉楼送辛渐》等送别诗感情真挚，均是不朽的佳作。无怪乎沈德潜说：“龙标绝句，深情幽怨，意旨微茫，令人测之无端，玩之无尽，谓之唐人骚语可。”[④]

在盛唐众多的著名诗人当中，司空图在诗文集中至少两次提到王昌龄，且均给予极高评价，说明其对王昌龄的赏识。王昌龄的诗在今天仍然为广大读者所喜爱，亦说明了司空图独特的艺术鉴赏眼光。

王昌龄的诗因题材不同而表现出不同风格，边塞诗写得气势雄浑、大

---

① 傅璇琮主编：《唐才子传校笺》第一册，北京：中华书局 1987 年版，第 258 页。另，该书“按”说道：“由今存昌龄诗观之，其所交友者有綦毋潜、李颀、岑参、王维、李白、刘昚虚等诗人，未有及王之涣者，之涣诗亦未有及昌龄……”

② 傅璇琮主编：《唐才子传校笺》第一册，第 261 页。

③ （唐）王昌龄：《出塞》，参见（清）彭定求等编：《全唐诗》卷一四三，第 1444 页。

④ （清）沈德潜选注：《唐诗别裁集》卷十九，上海：上海古籍出版社 1979 年版，第 645 页。

气磅礴，读来令人荡气回肠，如《出塞》等；描写宫怨闺情的诗，把封建制度下宫女们的悲惨命运，得宠失宠往往就在一夜之间的命运多变亦用艺术的语言委婉含蓄地表达出来，同时还将古时女性细腻、幽怨的心理，及柔美可爱的形象用清新活泼的语言表现得活灵活现，如《闺怨》:“闺中少妇不知愁，春日凝妆上翠楼。忽见陌头杨柳色，悔教夫婿觅封侯。”[①]少妇可爱、清纯、多情的形象跃然纸上。《采莲曲》之二:“荷叶罗裙一色裁，芙蓉向脸两边开。乱入池中看不见，闻歌始觉有人来。”[②]把采莲女欢欣雀跃的形象、采莲女的美及芙蓉的美交相辉映的画面用自然清新的语言刻画得生动活泼，玲珑剔透，完全是一幅美不胜收的画，真可谓“诗中有画”“画中有诗”，淡中有奇、淡中有味，这正是司空图所欣赏的“直致所得”，是一首富有“味外之旨”“韵外之致”的佳作。

此外，王昌龄的一些赠友、忆友诗亦写得含蓄温婉、感情真挚而质朴，如“洛阳亲友如相问，一片冰心在玉壶”(《芙蓉楼送辛渐》),“高卧南斋时，开帷月初吐。清辉澹水木，演漾在窗户。冉冉几盈虚，澄澄变今古。美人清江畔，是夜越吟苦。千里共如何，微风吹兰杜”(《同从弟南斋玩月忆山阴崔少府》)等，均是不朽的佳篇，这也符合司空图既尚奇，亦尚雅的审美欣赏趣味。

二、“宏肆于李、杜，极矣”

(一)司空图对李、杜的评论

在《与王驾评诗书》中，司空图对李白、杜甫给予了很高评价:“……沈、宋始兴之后，杰出于江宁，宏肆于李、杜，极矣。”[③]指出唐诗到了李白、

① (唐)王昌龄:《闺怨》，参见(清)彭定求等编:《全唐诗》卷一四三，第1446页。

② (唐)王昌龄:《采莲曲》，参见(清)彭定求等编:《全唐诗》卷一四三，第1444页。

③ 祖保泉、陶礼天笺校:《司空表圣诗文集笺校》，第189—190页。

杜甫时已取得了极高的成就，二人将唐诗的水平推向了极致，足见李杜在他心目中的地位。另外，司空图评李、杜时，将二人放在同等重要的地位，认为二人并驾齐驱。司空图对李杜的评价较之其他唐人对二人的评价有何不同？司空图遵循的批评标准为何？以下将联系李、杜诗作在唐代的接受情况及二人的具体诗歌作品进行分析。

除《与王驾评诗书》外，司空图诗文集中提到李、杜的还有几篇。

其中，提到李白的有如下几篇。《詧光大师草书歌》："看师逸迹两相宜，高适歌行李白诗"，对高适的歌行和李白的诗均加以赞赏，遗憾的是没有具体加以评论。《李翰林写真赞》中写道："水浑而冰，其中莫莹。气澄而幽，万象一镜。擢然［诩］然，傲睨浮云。仰公之格，称公之文"。此处赞扬李白"气澄而幽"，气质澄澈、涵养幽深。"万象一镜"，"就像一片光洁的镜子，可以清晰地反映各种形象。"[①]"擢然［诩］然，傲睨浮云"，"诩"，《说文》指"大言也"。指李白"仰视浮云，傲视王侯"[②]。本赞对李白的人品及诗文都很推崇，盛赞李白人品纯洁，极富修养，傲视权贵，诚如李白自己所说："且放白鹿青崖间，安能摧眉折腰事权贵？使我不得开心颜。"（《梦游天姥吟留别》），"达亦不足贵，穷亦不足悲"（《答王十二寒夜独酌有怀》），均形象刻画了李白看淡功名利禄、不向权贵低头的傲慢清高气质。

另外，司空图在《贺翰林侍郎二首》中写道："太白东归鹤背吟，镜湖空在酒船沉。今朝忽见银台事，早晚重征入翰林。"对李白飘逸、洒脱、豪放不羁的气质亦大加称颂。在《题柳柳州集后》中，司空图论述了"文人之为诗，诗人之为文"的问题，并提出其基本观点："作者为文为诗，格亦可见，岂当善于彼而不善于此耶！"所以司空图认为以文著称的人可以为诗，以诗著称的人可以为文，为文为诗，关键在于"格"。"格"[③]，《辞源》有来、

① 王济亨、高仲章选注：《司空图选集注》，太原：山西人民出版社1989年版，第142页。此处从王济亨、高仲章先生的解释。

② 祖保泉、陶礼天笺校：《司空表圣诗文集笺校》，第300页。此处从祖、陶二位先生的解释。

③ 《辞源》修订本，北京：商务印书馆2004年版，第1566页。

至；感通；风格、度量等义，此处当指风格、才格。诗文是相通的，均是作者才气、艺术风格的表现，善于彼当善于此。此文列举了以诗见长的李白、杜甫、张九龄之文，及以文见长的韩愈、柳宗元、皇甫湜之诗，他们诗文均工。其中，“李太白佛寺碑赞，宏拔清厉，乃其歌诗也”，认为以诗著称的李白，其文亦善，如碑文及赞体写得“宏拔清厉”。“宏”，巨大。“拔”①，据《辞源》，当指“超特”，即超出的意思。“清”②，《辞源》：有水澄澈；高洁；清楚、明晰等义，此处当指“水澄澈”。“厉”③，《辞源》：同“厲”，有振奋；飞扬、疾飞等义，此处当是“飞扬、疾飞”。“宏拔清厉”指李白的佛寺碑赞写得气势宏大，文采超群，笔锋清澈、激扬。

提到杜甫的亦有几篇，其中《力疾山下吴村看杏花十九首》之十五：“亦知王大是昌龄，杜二其如律韵清。还有酸寒堪笑处，拟夸朱绂更峥嵘。”罗宗强先生认为，“司空图虽肯定李、杜的成就，但认为更好的还是王、孟。他多处提到杜甫，但对杜甫的积极入世态度却持否定态度”④，从此诗中，罗先生理解为司空图“认为杜甫不如王昌龄的律韵清”。⑤此处，笔者与罗先生有不同理解。首先“王大”“杜二”当不是对王昌龄、杜甫诗歌成就的排行。看“杜二”，杜甫在唐代常被昵称为“杜二”，因唐人喜按家中排行来称呼其人。杜甫在几首诗中均被称为“杜二”，如唐代诗人严武的《酬别杜二》、高适的《人日寄杜二拾遗》等，均没有认为杜甫诗作排行第二的意思。王昌龄被称为“王大”，是因其在家中排行老大。其次，“杜二其如律韵清”，当是肯定杜甫的律诗写得好，而不是说杜甫不如王昌龄的律韵清。关于“律韵清”的含义，据《辞源》，“律”⑥，有用竹管或金属做成的定音或候气的仪器、律诗等含义，此处当作“律诗”解。“韵”⑦，同“韻”，有和谐的声音；

---

① 《辞源》修订本，第1232页。
② 《辞源》修订本，第1813—1814页。
③ 《辞源》修订本，第442—443页。
④ 罗宗强：《隋唐五代文学思想史》，第262页。
⑤ 罗宗强：《隋唐五代文学思想史》，第263页。
⑥ 《辞源》修订本，第1070页。
⑦ 《辞源》修订本，第3380页。

韵母或音节的收音；气韵、神韵等义。在此应作“气韵、神韵”解。“清”[①]，有水澄澈；高洁；清楚、明晰等义，此处应作“水澄澈，与浊相对”解。所以此句是肯定杜甫的律诗写得气韵生动、“风调清深”。杜甫对近体诗的贡献非常大，包括五律、七律、排律，他不仅扩大了今体诗的题材范围，在艺术上亦达到炉火纯青的境界。

在《题柳柳州集后》中，司空图写道：“又尝睹杜子美祭太尉房公文，李太白佛寺碑赞，宏拔清厉，乃其歌诗也。”同样称赞以诗著称的杜甫其文功力也相当深厚。《退居漫题七首》之五：“诗家通籍美，工部与司勋。高贾虽难敌，征官偶胜君。”工部乃杜甫，司勋乃杜牧，称赞二杜的诗美，但未做具体解释。

综上，可看出司空图在诗文集中提及李白、杜甫时，或盛赞其诗将唐诗水平推向高峰，或称颂二人诗文兼善、各体“全工”，或赞扬二人人品高洁。李白（701—762），杜甫（712—770），二人生活的时代几乎相同，为盛唐时期的两位伟大诗人[②]。司空图（837—908）生活于晚唐时期，距二人的生活时代七八十年，唐朝经过了盛唐“太平盛世”的辉煌时期，经历“安史之乱”过渡到千疮百孔的中唐时期，再到宦官专权和藩镇割据的晚唐乱世时期，政治的变化带来经济、文化、艺术创作、审美心理、文人心态等各个方面的变化。盛唐两位伟大诗人李、杜的诗作也在岁月的变化中，大浪淘沙，被人广泛认可，最终经受住时代的考验，二人直至今日依然被认为是唐代最伟大的两位诗人。司空图对李、杜的高度评价说明了其极高的艺术鉴赏力。

（二）李、杜诗作在唐代的接受情况

本部分主要从唐代一些著名诗人及唐人选唐诗对李、杜诗歌的接受及评价，简要介绍李、杜诗作在唐代的接受状况。

---

① 《辞源》修订本，第1813—1814页。

② 也有学者将杜甫视为由盛唐向中唐过渡时期的诗人，如罗宗强先生，详见其《隋唐五代文学思想史》第四章《转折时期（玄宗天宝中至代宗大历中）文学思想（上）》对杜甫的论述。

1. 唐代著名诗人对李、杜诗歌的评价

杜甫活着时，其诗少有人称道，今存唐人选唐诗十余种，仅韦庄《又玄集》选杜诗七首，除《春望》外，皆非名篇。[①]中唐开始，杜诗的价值逐渐被认可。唐人樊晃对杜诗给予了很高的评价："君有大雅之作，当今一人而已。"[②]稍后韩愈给予了更高的评价："屈指诗人，工部全美，笔追清风，心夺造化，'天光晴射洞庭秋，寒玉万顷清光流'。"[③]并对李、杜同时给予了极高的赞赏："李杜文章在，光焰万丈长。"（《调张籍》）这应该是最早对李、杜文章均持高度肯定、褒奖态度的文人，可见韩愈能够冲破世俗偏见，具有非凡的、前瞻性的艺术审美眼光。

至于杜甫诗歌为何长期不被人称颂，直至中唐时才被人发现其艺术价值，学界有不同说法，笔者较赞同郑庆笃先生的说法。郑先生认为主要因为"杜诗反映世上疮痍民间疾苦的题材，与当时诗坛的审美情趣尚颇有距离。自中唐始，世人经'安史之乱'后，痛定思痛，又目睹诸多社会弊端，杜诗之价值开始为一些有高识卓见的敏感诗人所发现"[④]。

白居易、元稹更是对杜诗推崇备至，且均有抑李扬杜的倾向。元、白是中唐现实主义的诗人兼诗论家，受时代影响，二人均提倡讽谕诗，且他们的讽谕诗与新乐府均受到杜诗很大影响。白居易对杜甫的评价："吟咏留千古，声名动四夷。"（《读李杜诗集因题卷后》）在《与元九书》中，白居易认为"诗之豪者，世称李杜之作，李之作，才矣奇矣，人不逮矣，索其风雅比兴，十无一焉。杜诗最多，可传者千余首，至于贯穿今古，覼缕格律，尽工尽善，又过于李"[⑤]。认为李白诗写得有才气，胜过他人。但是其诗符合风雅比兴标准的，却不到十分之一。然而杜甫的诗却能"贯穿今古"，格律精

---

① 傅璇琮编撰：《唐人选唐诗新编》，第583—585页。

② （唐）樊晃：《杜工部小集序》。（参见萧涤非主编：《杜甫全集校注》，北京：人民文学出版社2014年版，前言，第40页。）

③ （唐）杜甫著，（清）仇兆鳌注：《杜诗详注》，北京：中华书局1999年版，原序，第1页。

④ 萧涤非主编：《杜甫全集校注》，前言，第40页（前言为郑庆笃先生执笔）。

⑤ （唐）白居易：《与元九书》，参见（清）董诰等编《全唐文》卷六七五，第6889页。

美，这一点胜过李白。元稹更推崇杜甫，在《唐故工部员外郎杜君墓系铭序》中，对杜甫的诗歌给予高度赞赏：

> 唐兴，官学大振。历世之文，能者互出。而又沈、宋之流，研练精切，稳顺声势，谓之为律诗。由是而后，文变之体极焉。然而莫不好古者遗近，务华者去实；效齐、梁则不逮于魏、晋，工乐府则力屈于五言；律切则骨格不存，闲暇则纤浓莫备。至于子美，盖所谓上薄风骚，下该沈宋，古傍苏李，气夺曹刘，掩颜谢之孤高，杂徐庾之流丽，尽得古今之体势，而兼人人之所独专矣。使仲尼考锻其旨要，尚不知贵其多乎哉。苟以为能所不能，无可不可，则诗人以来，未有如子美者。[①]

元稹对杜甫善于借鉴、博采众家之长予以充分肯定。杜甫既能够学习先秦之风雅比兴，又能吸收汉魏六朝风骨辞采之精华，从而兼收并蓄，自成一体，形成其特有的沉郁顿挫的艺术风格，恰如杜甫本人所说："不薄今人爱古人，清词丽句必为邻。"[②]元稹还将李、杜的诗进行了比较：

> 时山东人李白，亦以奇文取称，时人谓之"李杜"。余观其壮浪纵恣，摆去拘束，模写物象，及乐府歌诗，诚亦差肩于子美矣。至若铺陈终始，排比声韵，大或千言，次犹数百，词气豪迈而风调清深，属对律切而脱弃凡近，则李尚不能历其藩翰，况堂奥乎！[③]

元稹肯定了李白诗之豪放旷达："壮浪纵恣，摆去拘束"，他对物象的描

---

① （唐）元稹：《唐故工部员外郎杜君墓系铭序》，《四部丛刊》影明嘉靖本《元氏长庆集》卷五六。

② （唐）杜甫：《戏为六绝句》，参见郭绍虞集解、笺释《杜甫戏为六绝句集解　元好问论诗三十首小笺》，北京：人民文学出版社 1978 年版，第 36 页。

③ （唐）元稹：《唐故工部员外郎杜君墓系铭序》，《四部丛刊》影明嘉靖本《元氏长庆集》卷五六。

写及乐府歌诗均可与杜甫比肩。但就长篇排律诗而言，李白则不如杜甫。这里可看出元稹有扬杜抑李的倾向，且非常欣赏杜甫的长篇排律诗，认为其“词气豪迈而风调清深，属对律切而脱弃凡近”。在当时扬李抑杜的时代氛围里，元稹得出与时人不同的结论，表明了其独特的艺术审美眼光。杜诗以现实主义见长，写了大量针砭社会时事的讽谕诗，这些恰好符合元稹的艺术欣赏口味，他和白居易均生活于中唐时期，社会矛盾凸显，因此认识到诗歌的社会作用，从而大力提倡现实主义的创作风格。元、白二人的讽谕诗与新乐府均受到杜诗的极大影响。二人主要是对杜诗的艺术创作善于兼容并包的个性及其长篇排律的肯定。当然，他们对李白的评价有失公允。李白是浪漫主义诗人，与杜诗显然是不同风格，且李白擅长写古体诗及绝句，其诗不受格律的约束，显得自由豪放、任性自然。另外，李白虽然创作风格豪放、浪漫，但其诗歌整体倾向仍然充满现实主义关怀，这一点与杜甫是相同的，元、白忽略了这一点。

晚唐诗坛不少诗人也同样认识到李、杜诗歌的贡献。如杜牧：“命代风骚将，谁登李、杜坛。”[①] 李商隐：“李杜操持事略齐，三才万象共端倪。”[②] 贯休：“造化拾无遗，唯应杜甫诗……命薄相如命，名齐李白名。”[③] 皮日休：“猗与子美思，不尽如转辁。纵为三十车，一字不可捐。既作风雅主，遂司歌咏权。谁知耒阳土，埋却真神仙。当于李杜际，名辈或溯沿。”[④] 杜甫的诗受到普遍重视，是在北宋仁宗以后，此不赘述[⑤]。杜牧、李商隐生活年代比司空图稍早一些，贯休、皮日休与司空图差不多是同一时代的。

可见，晚唐的一些著名诗人均已认识到李、杜诗歌的价值，但是像司

---

① （唐）杜牧：《雪晴访赵嘏街西所居三韵》，参见陈允吉校点《樊川文集》，上海：上海古籍出版社 2020 年版，第 41 页。

② （唐）李商隐：《漫成五章》之二。

③ （唐）贯休：《读〈杜工部集〉二首》，参见（清）彭定求等编：《全唐诗》卷八二九，第 9339 页。

④ （唐）皮日休：《鲁望昨以五百言见贻过有褒美内揣庸陋弥增愧悚……微旨也》，参见（清）彭定求等编：《全唐诗》卷六〇九，第 7024 页。

⑤ 关于杜诗在宋以后的影响详见萧涤非主编：《杜甫全集校注》，前言，第 41—46 页（前言为郑庆笃先生执笔）。

空图那样给予极高评价，认为其将唐诗水平推向高峰，且在文集中多次提到李、杜并予以高度赞赏的较少。司空图对李、杜的认识当然会受到前人及他所生活的时代的人们的影响，但最主要的还是他本人的远见卓识和高超的艺术鉴赏力。

2. 唐人选唐诗对李、杜诗作的选录及评价

以下将联系《河岳英灵集》等唐人选唐诗作品看李、杜诗歌在当时的接受状况。在《河岳英灵集》中，殷璠选了盛唐诗人 24 家，234 首诗。其选诗的艺术标准，一是风骨，二是兴象。因其评语精当，选诗亦富有代表性，所以在唐人选唐诗的诸多版本中历来最受重视。虽然其所选仅为盛唐诗人，但在某种程度上却代表了唐人对唐诗的审美鉴赏标准。

《河岳英灵集》没有选杜甫的作品，这说明当时的人们还没有注意到杜诗的价值。《河岳英灵集》选了李白诗十三首，殷璠评价道："白性嗜酒，志不拘检，常林栖十数载。故其为文章，率皆纵逸。至如《蜀道难》等篇，可谓奇之又奇。然自骚人以还，鲜有此体调也。"[①]殷璠指出李白性格豪放不羁，他的文章写得如同他的个性纵恣飘逸，《蜀道难》等篇，"奇之又奇"。自屈原以来，很少有这种文体格调。下面就以《河岳英灵集》选的几首代表性诗作来分析李白诗歌的特色。

《河岳英灵集》所选李白诗，从其体裁来说，以古诗为主，且多为乐府曲名。从其内容来说，有哀悼阵亡士卒的，如《战城南》；有借古喻今、讽谏帝王的，如《远别离》；有奉劝远离政治、避世忘机以保全自我的，如《野田黄雀行》；有宣泄不为世用的悲愤茫然情怀的，如《行路难》；有梦游仙境，却又不同于一般游仙诗且深含寓意的，如《梦游天姥山别东鲁诸公》（又名《梦游天姥吟留别》）。另外，《忆旧游寄谯郡元参军》描述了与好友元演的四聚四别，看似写的是与友人的聚别，实则有深刻的言外之意。

---

① 王克让:《河岳英灵集注》，第 36 页。

《咏怀》则感叹世态变化、富贵无常。《答俗人问》简短的七言绝句："问余何意栖碧山，笑而不答心自闲。桃花流水窅然去，别有天地非人间。"描写了诗人隐逸生活的幽静闲适、淡然自得，随手拈来，清新自然，余味隽永。《古意》描写了诗人奉诏入京，志得意满，欢喜雀跃的心情。尤其是最后两句"仰天大笑出门去，我辈岂是蓬蒿人"，更是将诗人得知抱负即将实现后的积极豪迈、自信洒脱，对前途充满期待之情生动、形象地刻画出来。《将进酒》是李白的另一代表作，将李白豪放洒脱、借酒宣泄、看淡功名利禄、自信乐观的精神表现得淋漓尽致。《将进酒》，郁贤皓谓："当是开元二十三年（735）从太原归家后又被元丹丘请至嵩山之作。"[①]整首诗气势磅礴、佳句连篇，读起来让人心潮澎湃，"君不见，黄河之水天上来，奔流到海不复回！君不见，高堂明镜悲白发，朝如青丝暮成雪！人生得意须尽欢，莫使金樽空对月。天生我材必有用，千金散尽还复来"。当然其中也包含了因不得志而及时行乐的消极情绪。《乌栖曲》为乐府旧题，作者一改旧题的歌咏艳情而讽刺宫廷奢靡生活，从侧面描写吴王日复一日纵情歌舞，沉溺其中不自拔，并通过具有象征意义的乌栖、落日、秋月等景物暗喻吴国即将如"秋月坠江波"。全诗寄兴深微，婉转含蓄，耐人回味。

综上，殷璠《河岳英灵集》所选李白的十三首诗，有的直抒胸臆、酣畅淋漓，有的含蓄婉转、意在言外，代表了李白不同的诗歌风格，但均表达了李白"志不拘检"，即任性自然、逍遥自适的个性，洒脱飘逸、豪放不羁的处世态度与自信乐观的精神，以及其文章"率皆纵逸""奇之又奇"的特点。所选李白这些诗歌从内容上来说"风骨""兴象"兼备；从形式上来说声律灵活、不拘一格，也均符合殷璠的选诗标准。这些诗以古乐府居多，且内容上多为讽谕诗，或借古喻今，或寓情于景，说明以殷璠为代表的唐代诗评家比较欣赏李白的讽谕诗。从中也可看出李白关心政治、忧国忧民、对腐朽势力的无情批判精神。

---

① 王克让：《河岳英灵集注》，第63页。

除殷璠的《河岳英灵集》外，韦庄《又玄集》选了李白诗四首，分别是《蜀道难杂言》《古意》《长相思》《金陵西楼月下吟》[①]。韦縠的《才调集》选了李白诗多达 28 首[②]，可见李白诗从盛唐到中晚唐时期已引起足够的重视。

杜甫的诗虽未入选《河岳英灵集》，却在另外三种唐人选唐诗中被高度重视，其中有两种被冠首。韦庄《又玄集》选杜诗七首，包括《西郊》《春望》等，其中仅《春望》后世流传较广。《又玄集》编于光化三年[③]（900），虽然仅选杜诗七首，却将杜诗置于选集最前，李白置于第二位，说明其对杜、李的重视。另据中国台湾吕光华先生考[④]，早于韦庄《又玄集》编选的顾陶的《唐诗类选》"取冠李杜"，可惜《唐诗类选》今已佚，但据宋曾季貍云，《唐诗类选》选录杜诗当在 28 首之上，包括五言排律、五律、七律、七绝、五古。《唐诗类选》早于《又玄集》编选四十余年，编于公元 856 年，共二十卷，1232 首，"其入选杜诗数量之多，体裁之备，令人咋舌，且取以与李白共冠其书，则顾氏之于杜诗，亦可谓推崇备至矣"。[⑤]另外稍后于《又玄集》的韦縠之《才调集》于自叙中写道："暇日因阅李、杜集，元、白诗，其间天海混茫，风流挺特，遂采摭奥妙，并诸贤达章句，不可备录，各有编次。"[⑥]可看出，韦縠非常喜爱李杜集，但集中却有李无杜，究其原因，明胡震亨等人认为是"有意独尊之"[⑦]，今从之。

综上，可以看出，晚唐至五代的唐人选唐诗，杜诗入选于韦庄的《又玄集》、顾陶的《唐诗类选》并冠首，并被韦縠之《才调集》自叙所称颂，再加上上文提到的杜诗在中晚唐被元稹、白居易、李商隐等诗人大力推崇，均

---

① 傅璇琮编撰：《唐人选唐诗新编》，第 585—586 页。

② 傅璇琮编撰：《唐人选唐诗新编》，第 832—840 页。

③ 傅璇琮编撰：《唐人选唐诗新编》，第 573 页。

④ 吕光华：《今存十种唐人选唐诗考》，台湾政治大学中国文学研究所硕士学位论文，1984 年，第 219—223 页。

⑤ 吕光华：《今存十种唐人选唐诗考》，第 223 页。

⑥ 傅璇琮编撰：《唐人选唐诗新编》，第 687 页。

⑦ （明）胡震亨：《唐音癸签》卷三一《唐人选唐诗》后原注，世界书局印行，第 268 页。转引自吕光华：《今存十种唐人选唐诗考》，第 226 页。

说明杜诗在中晚唐已逐渐被重视。

（三）联系李、杜诗作对司空图评论之辨析

唐代涌现的众多杰出诗人中，李、杜能够占据显赫位置、成为唐代诗坛两颗耀眼的明星既是时代使然，也离不开二人杰出的才华。李、杜二人均生活于盛唐时期，初唐文人为盛唐文学的到来做了思想、艺术上的准备，不仅积累了大量创作实践经验，也做了理论上的总结，加上经济繁荣、社会稳定，唐代迎来了文学巨大繁荣的盛唐时期。李、杜二人适逢盛世，时代为他们创造了良好的文学创作环境。同时，二人出类拔萃的创作才思，使其诗歌达到了思想性与艺术性的完美结合。

本部分从李、杜诗作出发，结合二人千古传诵的作品，具体分析他们诗歌的特色，就司空图对李、杜的评价进行考释。

1. 李白诗歌的特点及司空图对其评价

在《古风五十九首》其一中，李白表达了他的文学观："大雅久不作，吾衰竟谁陈……自从建安来，绮丽不足珍。圣代复元古，垂衣贵清真……一曲斐然子，雕虫丧天真……大雅思文王，颂声久崩沦。"[①] 这表明了李白重雅正、清真之作，反绮丽之音的创作倾向与文学史观。类似的观点还有"清水出芙蓉，天然去雕饰"[②]，崇尚自然清新的文章。"蓬莱文章建安骨"[③]，他虽反对建安以来的绮丽文风，却崇尚建安风骨，说明了李白文学观的辩证性。另外李白还善于从汉乐府民歌中汲取营养，包括灵活的体裁、夸张的手法、高超的叙事技巧及抒情性等，均说明了李白善于博采众长。司空图也很推崇诗歌的含蓄温雅，他提倡"诗贯六义"，则"讽谕、抑扬、渟蓄、温雅，皆

---

① 瞿蜕园、朱金城校注：《李白集校注》（上），上海：上海古籍出版社1980年版，第91页。

② （唐）李白：《经乱离后天恩流夜郎忆旧游书怀赠江夏韦太守良宰》，参见（清）彭定求等编：《全唐诗》卷一七〇，第1751页。

③ （唐）李白：《宣州谢朓楼饯别校书叔云》，（一作《陪侍御叔华登楼歌》），参见（清）彭定求等编：《全唐诗》卷一七七，第1809页。

在其间矣”（《与李生论诗书》），表达了对诗歌的讽谕、声律的抑扬顿挫、含蓄、温雅等特征的重视。

李白注重自然，司空图也主张“直致所得，以格自奇”，这些与李白均是相同的。李白很多写景抒情的小诗写得清新自然、玲珑剔透，如《关山月》《月下独酌》《听蜀僧濬弹琴》《静夜思》《怨情》《下江陵》《秋浦歌（白发三千丈）》《独坐敬亭山》等；赠别诗也写得情深意长，如《赠孟浩然》《送友人》《送孟浩然之广陵》《赠汪伦》《金陵酒肆留别》等，均表达了李白对友人深沉的感情。这些写景抒情小诗多为五、七言绝句，短小精悍，表现了李白丰富的情感与杰出的才华。

李白的诗歌题材广泛，思想丰富，表达其政治倾向的讽谕诗所占比重很大。虽然司空图没有明确指出欣赏李白诗的讽谕性，但从他对李白的高度赞赏可看出他是认同李白诗歌风格的。从《河岳英灵集》所选十三首诗看，李白是积极入世、有政治抱负的，且关心民众疾苦。只是在仕途遭受挫折后，他才有“功成身退”、纵酒求仙的意愿。

李白深受儒、道的影响，其诗歌思想受道家影响尤深。司空图亦然。李的《月下独酌》《宣州谢朓楼饯别校书叔云》《行路难》《庐山谣寄卢侍御虚舟》《梦游天姥吟留别》等均受道家思想的影响，诗中不乏借酒当歌、“举杯邀明月”、“金樽清酒斗十千”、寻仙同游、“霓为衣兮风为马”等浪漫，充满游仙色彩的意象，充分表现了浪漫主义诗人李白不愿为世俗所束缚的飘逸洒脱的情怀。这正是司空图所称许的“气澄而幽”“擢然诩然”的气质（《李翰林写真赞》）。司空图晚年也深受道家思想的影响，常与道士相往来，其家训即为道家的处世哲学“众人皆察察，而我独昏昏”（《自诫》），另外的几首诗也表达了他喜欢澄淡、清静之境的心理，如《山中》写道：“凡鸟爱喧人静处，闲云似妒月明时。世间万事非吾事，只愧秋来未有诗。”《即事二首》曰：“茶爽添诗句，天清莹道心。只留鹤一只，此外是空林。”这也是司空图很赞赏李白诗歌的原因之一。

2. 杜甫诗歌的特点及司空图对其评价

先看唐人选唐诗两部选杜诗的集子，韦庄《又玄集》选了杜诗七首，五律五首、七律二首，排律及古诗无入选。其中的五律、七律各一首同入选于顾陶的《唐诗类选》[①]，分别为《遣兴》[②]（五律）、《送韩十四东归觐省》[③]（七律）（《唐诗类选》题为《送韩十四江东省觐》），可见晚唐人较看重杜甫的律诗。这两首诗均是描写战乱后兄弟姊妹各自分散，有家不能回，“拭泪沾襟血，梳头满面丝”，表达了作者内心极度的悲痛。另外，这两首诗均注重以景衬情，“地卑荒野大，天远暮江迟”（《遣兴》），“黄牛峡静滩声转，白马江寒树影稀”（《送韩十四东归觐省》），“卑”“荒”“远”“迟”“静”“寒”“稀”等词反映了战乱后作者眼中的景色萧条、荒凉、悲凄，以衬托作者内心的悲痛与无奈。以景烘托情，情景交融，这也是司空图所提倡的“思与境偕”。

杜甫受儒家思想影响较深，经历了安史之乱，目睹了唐由盛而衰的过程，写了大量揭露社会现实的诗歌，其诗歌以沉郁顿挫见长，表现了与李白迥异的现实主义风格。他关心现实，关心社会，有强烈的社会责任感和人文关怀。杜甫的诗歌感情强烈、抒情色彩浓厚。代表性的写实诗歌如《三吏》《三别》《北征》《自京赴奉先县咏怀五百字》《春望》《闻官军收河南河北》《月夜》等，无不将写实与讽谕有机地结合，且风雅比兴皆在其间。

除了写实的诗歌外，杜甫的一些抒情小诗也写得清新明丽，如《绝句二首》写道：“迟日江山丽，春风花草香。泥融飞燕子，沙暖睡鸳鸯。江碧鸟逾白，山青花欲燃。今春看又过，何日是归年。”《绝句四首》之三曰：“两个黄鹂鸣翠柳，一行白鹭上青天。窗含西岭千秋雪，门泊东吴万里船。”《春夜喜雨》写道：“好雨知时节，当春乃发生。随风潜入夜，润物细无声。野径云俱黑，江船火独明。晓看红湿处，花重锦官城。”无不表现了作者对大

---

① 吕光华：《今存十种唐人选唐诗考》，第 227 页。

② 傅璇琮编撰：《唐人选唐诗新编》，第 584 页。

③ 傅璇琮编撰：《唐人选唐诗新编》，第 584 页。

自然细致入微的观察与热爱，用词清新活泼、对仗工整、节奏明快、富有韵味，恰如司空图所说“杜二其如律韵清”。也同样体现了杜诗“醇美”“全美为工”，富有“韵外之致”。也从另一方面表现了作者善感、纯真的美好心灵。杜甫善于博采众长，恰如其在《戏为六绝句》中所说“不薄今人爱古人，清词丽句必为邻”，“别裁伪体亲风雅，转益多师是汝师”[①]。

司空图与杜甫的诗学观有相似之处。首先，二人均欣赏雄健的作品。杜甫在《戏为六绝句》[②]中写道：“庾信文章老更成，凌云健笔意纵横。”[③]可见，他很欣赏庾信有凌云之气、笔力雄健、意境纵横开阔的作品。又写道“才力应难跨数公，凡今谁是出群雄？或看翡翠兰苕上，未掣鲸鱼碧海中”[④]，重申他对“鲸鱼碧海”的雄伟之意境的赞赏。司空图同样很重视阳刚、雄浑的作品。在《诗赋赞》中，他指出诗歌的两种不同的美的境界，其一为阳刚、雄健之美，他在《诗赋赞》中写道：“挥之八垠，卷之万象。河浑沇清，放恣纵横。涛怒霆蹴，掀鳌倒鲸。镵空擢壁，琤冰掷戟。”这里的“掀鳌倒鲸”与杜甫的“鲸鱼碧海”如出一辙。其次，二人均崇尚风雅之作。同在《戏为六绝句》中，杜甫写道：“纵使‘卢、王操翰墨，劣于汉魏近风骚’。”指出初唐四杰的诗不如汉魏之近风骚。“别裁伪体亲风雅，转益多师是汝师”，应该去伪存真、转益多师，以近风雅。由此可看出杜甫是非常注重诗歌之风雅精神的。在《诗赋赞》中，司空图指出“上有日星，下有风雅”，这与他在《与李生论诗书》中提出的“诗贯六义，则讽谕、抑扬、渟蓄、温雅，皆在其间矣”有异曲同工之妙。可见杜甫和司空图均很重视诗歌的雅正。

综上所述，在《与王驾评诗书》等文中，司空图对李白、杜甫给予了高度评价，盛赞李、杜将唐诗水平推向顶峰。在当时李、杜（特别是杜甫）还未受到普遍重视的时代背景下，司空图遵循艺术和审美的标准，对二人诗作

① 郭绍虞集解、笺释：《杜甫戏为六绝句集解　元好问论诗三十首小笺》，第 36 页。

② 转引自郭绍虞主编、王文生副主编：《中国历代文论选》（第二册），第 60 页。

③ 萧涤非主编：《杜甫全集校注》，第 2501 页。

④ 萧涤非主编：《杜甫全集校注》，第 2508 页。

及其人品的高度赞赏，说明了司空图极富前瞻性的审美眼光与高超的艺术鉴赏力。李、杜二人的诗歌特色迥异，李白的诗歌受道家影响较深，表现出浪漫、豪放、洒脱的气质；杜甫的诗歌受儒家影响更深，表现出强烈的现实主义色彩和人文关怀。司空图对二人均持高度的肯定的态度，也说明了他在诗歌鉴赏方面兼容并包的胸怀。

三、“右丞、苏州趣味澄敻，若清沇之贯达”

（一）司空图对王、韦的评论

在《与王驾评诗书》中，司空图写道：“右丞、苏州趣味澄敻，若清沇之贯达。”指王维、韦应物[①]的诗意境静谧、澄澈而深远，仿若清澈的泉水在山谷中欢快地流动。

另外，在《与李生论诗书》中，司空图指出：“王右丞、韦苏州，澄澹精致，格在其中，岂妨于遒举哉？……噫，近而不浮，远而不尽，然后可以言韵外之致耳。”再次强调王、韦二人诗歌风格澄澹、语言精致，与那些风格遒劲的诗歌比起来别有一番韵味。他们的诗歌有的意境鲜明生动，如近在眼前，却又不虚浮、浮夸；有的意境深远、含蓄，却有余音余味，耐人咀嚼。可见司空图是非常欣赏王、韦这种澄澹精致、温婉含蓄的诗歌风格的。司空图强调诗歌的“韵外之致”“味外之旨”，王、韦二人的诗风正好符合司空图的审美趣味。

（二）王、韦诗作在唐代的接受情况

首先结合史书及现存十余种唐人选唐诗来看王维的诗歌在时人心目中的位置，并剖析唐人选唐诗的一些共同标准。

---

① 韦应物（约 737—约 791），因为司空图是把王维与韦应物放在一起评论，这里也从之。但韦应物实际与大历十才子处于同一时期，不过显然司空图并不把韦应物与大历十才子等人置于一处。

新、旧唐书及《唐才子传》对王维给予了高度评价。《旧唐书·王维传》：王维“与弟缙俱有俊才，博学多艺亦齐名……维以诗名盛于开元、天宝间，昆仲宦游两都，凡诸王驸马豪右贵势之门，无不拂席迎之，宁王、薛王待之如师友。维尤长五言诗。书画特臻其妙”。[①]《新唐书·王维传》：王维“九岁知属辞，与弟缙齐名，资孝友……维工草隶，善画，名盛于开元、天宝间……画思入神，至山水平远，云势石色，绘工以为天机所到，学者不及也”。[②]可见，王维的诗在开元、天宝年间已名声大作，豪右贵势莫不钦佩之至。其尤擅长五言诗。王维不仅诗写得好，其书画亦善。《唐才子传·王维》：“九岁知属辞，工草隶，闲音律，岐王重之……维诗入妙品上上，画思亦然……自为诗云：‘当代谬词客，前身应画师’……别墅在蓝田县南辋川，亭馆相望。尝自写景物奇胜，日与文士丘丹、裴迪、崔兴宗游览赋诗，琴樽自乐。”[③]王维晚年过着亦官亦隐的生活，闲居风景秀美的辋川庄，与友人吟诗作画奏乐，自娱自乐，恬静、安逸的生活颐养了他的性情。王维天资聪颖，博学多艺，他在晚年写的很多山水田园诗展现的内容似一幅幅意境优美的画卷，其画作又似一首首韵味独特的小诗，无怪乎苏轼评论王维的作品：“味摩诘之诗，诗中有画；观摩诘之画，画中有诗。”[④]

现存十几种唐人选唐诗有多种选了王维的诗。

殷璠《河岳英灵集》评价王维道：“维诗词秀调雅，意新理惬。在泉为珠，着壁成绘。一句一字，皆出常境。”[⑤]该集共选王维十五首诗，包括赠友人的，如《赠刘蓝田》《淇上别赵仙舟》《初出济州别城中故人》《送綦毋潜落第还乡》等；描写妇女生活的，如《西施篇》（又名《西施咏》）、《息夫人怨》、《婕妤怨》、《春闺》等；早年描写边塞生活的，如《陇头吟》；描写晚年隐居生活的，如《入山寄城中故人》（又名《终南别业》）；描写陶渊明

---

① （后晋）刘昫等撰：《旧唐书》，第 5051—5052 页。

② （宋）欧阳修、宋祁撰：《新唐书》，第 5764—5765 页。

③ 傅璇琮主编：《唐才子传校笺》第一册，第 285—304 页。

④ （宋）苏轼：《书摩诘蓝田烟雨图》，《津逮秘书》本《东坡题跋》卷五。

⑤ 王克让：《河岳英灵集注》，第 66 页。

的，如《偶然作》。这些诗作以五言诗居多，其中五言律诗有五首。所选诗虽然只有十五首，但涵盖面较广，题材较丰富。所选的诗作用律灵活多变，有五律，五言、七言绝句，五言、七言排律，古体诗。这些诗中不乏名篇名句，如《西施篇》《送綦毋潜落第还乡》《入山寄城中故人》等都是脍炙人口的佳篇。“行到水穷处，坐看云起时”（《入山寄城中故人》），“天寒远山净，日暮长河急”（《淇上别赵仙舟》），正如殷璠评价的“一句一字，皆出常境”。

另外，芮挺章《国秀集》选王维诗七首：《河上送赵仙舟》（即殷璠《河岳英灵集》的《淇上别赵仙舟》）、《初至山中》（《终南别业》）、《途中口号》（《汜上寒食》）、《成文学》、《扶南曲》（《班婕妤》）、《息妫怨》、《送殷四葬》[①]。姚合《极玄集》选王维诗三首并冠首：《送晁监归日本》《送丘为》《观猎》[②]。韦庄《又玄集》选王维诗四首，居杜甫、李白之后，位居第三，分别是《观猎》《终南山》《敕借岐王九成宫避暑》《送秘书晁监归日本》[③]（即姚合《极玄集》所选的《送晁监归日本》）。韦縠《才调集》选王维诗两首：《送元二使安西》《陇头吟》[④]。

从以上唐人所选王维诗作来看，有以下特点：所选五言律诗较多；在题材上，送友人的诗较多；有若干篇多次被选，如《淇上别赵仙舟》、《入山寄城中故人》（《终南别业》）同为殷璠《河岳英灵集》与芮挺章《国秀集》所选，《观猎》《送晁监归日本》同为姚合《极玄集》与韦庄《又玄集》所选，《陇头吟》同为《河岳英灵集》与韦縠《才调集》所选，而这些诗作均是后世广为流传的名篇。这就说明唐人选诗有一些共同的标准与喜好。可惜除了殷璠《河岳英灵集》对王维诗做了精要的评价外，其他唐人选唐诗均未做评价。

---

① 傅璇琮编撰：《唐人选唐诗新编》，第 255—257 页。

② 傅璇琮编撰：《唐人选唐诗新编》，第 537 页。

③ 傅璇琮编撰：《唐人选唐诗新编》，第 586—587 页。

④ 傅璇琮编撰：《唐人选唐诗新编》，第 717 页。

其次，唐人及后世对韦应物诗歌的反馈。

现存十几种唐人选唐诗有三种选了韦应物的诗，它们是：令狐楚《御览诗》选韦应物诗六首，分别是《咏露珠》、《登楼》、《答王卿送别》、《登楼寄王卿》、《西涧》（《滁州西涧》）、《寒食寄诸弟》[①]。其中五言绝句三首，七言绝句三首。韦庄《又玄集》选韦应物诗三首，分别是《访李廓不遇》《西涧》《送宫人入道》[②]。韦縠《才调集》选韦应物一首《西涧》[③]。从内容上来看，所选诗主要为送友人及抒情小诗，且三种唐人选唐诗均选了《西涧》（《滁州西涧》）。韦应物送友人的诗写得情深意长，抒情小诗从身边一些小的景物着手，却意境别出。如《咏露珠》《西涧》，尤其是《西涧》更是意境空灵，历代广为传诵。

《唐才子传·韦应物》："论云：诗律自沈、宋之下，日益靡嫚，锼章刻句，揣合浮切，音韵婉谐，属对藻密，而闲雅平淡之气不存矣。独应物驰骤建安以还，各有风韵，自成一家之体，清新雅丽，虽诗人之盛，亦罕其伦，甚为时论所右。"[④] 其认为韦应物的诗以"清新雅丽"见长。

（三）联系王、韦诗作对司空图评论之辨析

以下将结合王维、韦应物的具体诗作来辨析司空图对他们的评价。先来看王维的《终南别业》：

> 中岁颇好道，晚家南山陲。兴来每独往，胜事空自知。行到水穷处，坐看云起时。偶然值林叟，谈笑无还期。[⑤]

王维晚年官至尚书右丞，但是由于唐朝的政局动荡，他看到仕途的艰

---

① 傅璇琮编撰：《唐人选唐诗新编》，第 407—408 页。
② 傅璇琮编撰：《唐人选唐诗新编》，第 633—634 页。
③ 傅璇琮编撰：《唐人选唐诗新编》，第 716 页。
④ 傅璇琮主编：《唐才子传校笺》第二册，第 182 页。
⑤ （唐）王维撰，陈铁民校注：《王维集校注》（一），北京：中华书局 1997 年版，第 191 页。

险，并对政治渐失信心。他吃斋奉佛，心境恬淡自适，大约四十岁后，即过着亦官亦隐的生活。《终南别业》是王维的代表作之一。这首诗描述了王维中年以后隐居终南山时自在自适、悠闲恬静、从容豁达的生活状态。诗人兴致来了就独自信步游山玩水，自得其乐。“行到水穷处，坐看云起时”，走到水的尽头，索性坐下来看云起云落。这两句诗把诗人从容不迫、闲适宁静、沉醉于自然美景、将自身融于自然的悠闲情趣描写得淋漓尽致。诗人回归自然之后，比起官场的明争暗斗，心态顿时放松下来，明净开朗了许多。“偶然值林叟，谈笑无还期”，偶然遇到山间老人，随意谈笑，把回家的时间都给忘了。可见诗人天性恬淡、超然豁达，享受着退隐之后回归自然的点点滴滴。此诗为五言律诗，语言平淡自然，澄澈精致，意境别出。尤其是“行到水穷处，坐看云起时”两句更是给读者展现出了一幅悠闲惬意的画卷，让人涤荡心胸，回味不尽。确如司空图所说“澄澹精致，格在其中”，“趣味澄夐，若清沇之贯达”，不乏“韵外之致”。

此外，王维众多其他作品也无不表现了清新、静谧，有很多看似随手拈来，却极具功力的佳篇、佳句。如描写宁静、秀丽山水田园的佳作：《青溪》《辋川闲居赠裴秀才迪》《归嵩山作》《山居秋暝》《终南山》《汉江临眺》《积雨辋川庄作》《渭川田家》等。融诗味、理趣及禅意于一身的诗作，如《鹿柴》《竹里馆》《过香积寺》《酬张少府》等。佳句更是唾手可得，如描写其恬淡心境的：“我心素已闲，清川澹如此。请留磐石上，垂钓将已矣”“松风吹解带，山月照弹琴”。描写其隐居处辋川及嵩山等地独特景观的：“渡头余落日，墟里上孤烟”“荒城临古渡，落日满秋山”“空山新雨后，天气晚来秋。明月松间照，清泉石上流”“白云回望合，青霭入看无”“江流天地外，山色有无中”“漠漠水田飞白鹭，阴阴夏木啭黄鹂”。另外还有一些极富禅意的诗句，如“泉声咽危石，日色冷青松”“深林人不知，明月来相照”等。总体看来，这些佳篇、佳句无不表现了诗人宁静、淡泊的心理及对大自然的向往与热爱。这些诗语言精练、风格恬淡、意境悠远，耐人回味。

再来看韦应物的诗，以《滁州西涧》为例：

独怜幽草涧边生，上有黄鹂深树鸣。春潮带雨晚来急，野渡无人舟自横。①

这首七言绝句是诗人任滁州刺史时，在滁州西涧边写的一首浓情小诗。诗中所写皆为平常景物，但经诗人的点染、锤炼，却构成一幅极有意境的优美画面，读来韵味无穷。诗人步行至西涧，看到涧边的“幽草”顿生爱怜之心。小草自甘寂寞、自生自灭，与诗人喜爱幽静、不趋时媚俗的个性正相吻合，所以独得诗人的怜惜。树上黄鹂鸣叫，衬托西涧的幽静。傍晚时分，一场急雨，春潮上涨，郊野渡口，无人摆渡，唯有空舟自横水中。西涧的静谧、荒凉更是跃然纸上。一“自”字，虽是写舟，更似写人，似乎描写了诗人随性自适、安贫守节的个性与恬淡豁达的心胸，同时也略带一丝忧伤的情怀。关于此诗有无寄托，历来众说纷纭。如南宋谢枋得认为：“幽草、黄鹂，比君子在野，小人在位。‘春潮带雨晚来急’乃季世危难，多如日之已晚，不复光明也”②，似有穿凿附会之嫌，如沈德潜即认为：“起二句与下半无关。下半即景好句，元人谓刺君子在下，小人在上，此辈难与言诗。”③因此，此诗更像诗人独游西涧触景生情所赋而得，同时也寄托了诗人热爱自然、喜欢幽静、随性自适的个性与情怀。全诗选景独具匠心，构思巧妙，意境恬淡、静谧、幽深，感情浓郁，令人回味。今存十几种唐人选唐诗有三种同时选了此诗，说明唐人对其甚是欣赏。直至今天此诗仍为广大读者所喜爱，亦说明了其艺术魅力。此诗是韦应物的代表作之一，代表了韦应物诗歌的特色，恰如司空图所评价“澄澹精致，格在其中”，“趣味澄夐，若清沇之贯达”，说明了司空图独到的审美眼光。

此外，韦应物还有不少佳篇，如他的寄送友人及送别诗写得情深意长，

① （唐）韦应物：《滁州西涧》，参见（清）彭定求等编：《全唐诗》卷一九三，第1995页。

② （明）高棅编选：《唐诗品汇》卷四九，上海：上海古籍出版社1988年版，第453页。

③ （清）沈德潜选注：《唐诗别裁集》卷二十，第661页。

善于借景抒情，如《寄李儋元锡》《秋夜寄丘员外》《初发扬子寄元大校书》《寄全椒山中道士》《长安遇冯著》《赋得暮雨送李曹》《淮上喜会梁州故人》等。一些抒情写景小诗写得冲淡自然，柔和婉丽，自然界的山水通过作者的匠心独运，呈现出一幅幅静谧、幽远而清新的画面，表达了作者向往自然、渴望宁静生活、宁静心境的愿望，这点与王维很相似。佳句亦颇多："世事茫茫难自料，春愁黯黯独成眠"（《寄李儋元锡》），"空山松子落，幽人应未眠"（《秋夜寄丘员外》），"落叶满空山，何处寻行迹"（《寄全椒山中道士》），"漠漠帆来重，冥冥鸟去迟"（《赋得暮雨送李曹》），"浮云一别后，流水十年间"（《淮上喜会梁州故人》）。

王、韦二人的诗歌创作风格与其生活习性有一定关联。《旧唐书·王维传》记载："维弟兄俱奉佛，居常蔬食，不茹荤血，晚年长斋，不衣文彩……与道友裴迪浮舟往来，弹琴赋诗，啸咏终日。尝聚其田园所为诗，号《辋川集》。在京师日饭十数名僧，以玄谈为乐……退朝之后，焚香独坐，以禅诵为事。"[①]《新唐书·王维传》亦记载："兄弟皆笃志奉佛，食不荤，衣不文彩。"[②]《唐才子传·韦应物》记载韦"为性高洁，鲜食寡欲，所居必焚香扫地而坐，冥心象外"。[③] 可见，王维、韦应物二人晚年均过着"鲜食寡欲""焚香独坐""冥心象外"的清心寡欲的日子，且常与道友、僧人相往来，"弹琴赋诗""以玄谈为乐"。这样的生活与心境亦影响了他们的诗歌创作风格，所以二人的山水诗写得澄澹精致、宁静淡泊、玲珑剔透、自然清新，很多诗读起来淡中有味，淡中有奇。

佛性的习染，也使得他们二人的诗歌富于禅意、耐人寻味。一些诗看似写自然山水、景物，却含蓄蕴藉，韵味无穷。除上文列举的一些诗句外，还有如"但去莫复问，白云无尽时"（王维《送别》），"君问穷通理，渔歌入浦深"（王维《酬张少府》），"空山不见人，但闻人语响。返影入深林，复

① （后晋）刘昫等撰：《旧唐书》，第5052页。

② （宋）欧阳修、宋祁撰：《新唐书》，第5765页。

③ 傅璇琮主编：《唐才子传校笺》第二册，第169页。

照青苔上”（王维《鹿柴》），“独坐幽篁里，弹琴复长啸。深林人不知，明月来相照”（王维《竹里馆》），“空山松子落，幽人应未眠”（韦应物《秋夜寄丘员外》），“春潮带雨晚来急，野渡无人舟自横”（韦应物《滁州西涧》）等。

从这些诗可以看出二人均深受佛教影响，尤其是禅宗的影响。禅宗主张“不立文字”“绕路说禅”。所谓“不立文字”，重点在强调禅宗“以心传心”的特质，亦即禅宗以为心法只能以心相传，故不须别立文字。所谓“绕路说禅”，即以不点破为原则，不直截了当，而是辗转地说明，极力避免说破语中意趣。这些均指禅宗强调佛理不应一语点破，其玄妙之处在委婉含蓄，佛理常借山水以显之。

司空图晚年退隐王官谷，亦信佛、道，常与僧人、道士相往来，且彼此赋诗相赠答。类似的经历、共同的审美趣味，也是司空图很欣赏王维、韦应物二人的诗歌“澄澹精致”“直致所得”的一个重要原因。

司空图的这种审美标准不是偶然的，有其历史渊源。早在先秦时期，老庄即崇尚自然、平淡的审美风格，如《老子》：“人法地，地法天，天法道，道法自然”，“道之出口，淡乎其无味，视之不足见，听之不足闻，用之不足既”，指出道效法自然，且淡而无味。不过老子所说的“自然”“味”“淡”等概念是从哲学的角度出发，还没有真正作为美学、文学的审美概念。庄子对其有所发展，《庄子》中多次提到“自然”“恬淡”“淡”“澹然”“朴素”等概念，这些概念大部分指淡然、平和的心境，如“汝游心于淡，合气于漠，顺物自然而无容私焉，而天下治”①“平易恬淡，则忧患不能入，邪气不能袭，故其德全而神不亏”②等。一些已涉及美学领域，如“朴素而天下莫能与之争美”③“澹然无极而众美从之”④。

---

① （清）郭庆藩撰:《庄子集释·应帝王》，第 300 页。
② （清）郭庆藩撰:《庄子集释·刻意》，第 539 页。
③ （清）郭庆藩撰:《庄子集释·天道》，第 463 页。
④ （清）郭庆藩撰:《庄子集释·刻意》，第 538 页。

老庄虽然没有明确将自然、平淡的审美风格运用到文学领域，却对后世的美学、文学、艺术创作及审美鉴赏、审美批评产生了深远影响。文学艺术领域对自然美的追求、反对过分雕琢成为中国古代美学共同的风尚，应该说源头起于老庄。当然这种自然美的内涵也随着时代的变化而不断变化，由最初先秦时期的朴素自然，到六朝时的文采自然，再到宋朝的平淡自然，对自然美的追求经历了一个否定之否定的过程。

司空图在诗文集中两次盛赞王维、韦应物二人的诗歌“澄澹精致”“趣味澄敻”“直致所得”，这一方面与司空图一贯的文学主张、审美理想是相一致的；另一方面也受当时社会整体审美风尚的影响，如司空图所崇尚的李白即喜“清水出芙蓉，天然去雕饰”（李白《经乱离后天恩流夜郎忆旧游书怀赠江夏韦太守良宰》）的纯美自然的诗，司空图亦如此。

第二节　司空图对中、晚唐诗人之评论考释

一、“大历十数公，抑又其次”

（一）司空图对大历诗人的评论及大历诗人在唐代的接受情况

在《与王驾评诗书》中，司空图在对初唐的沈佺期、宋之问，盛唐的王昌龄、李白、杜甫及王维、韦应物进行评价之后，紧接着说道：“……大历十数公，抑又其次。”即认为中唐的十几位大历诗人，其诗歌比起盛唐诸位诗人的作品来说，水平要逊色得多。大历诗人是对唐代大历（766—779）至贞元（785—805）年间活跃于诗坛上的一批有着共同创作风格的诗人的总

称，一般指钱起、卢纶等“十才子”诗人[①]，以及刘长卿、李嘉祐、戴叔伦等人。这些诗人在经历安史之乱（755—763）之后失去了盛唐诗人的昂扬精神风貌，他们的共同特点是偏重诗歌形式技巧，表现出孤寂、感伤的心境，追求清雅高逸的情调。

大历诗风与其前的盛唐诗风相比，有很大改变。《四库全书总目提要·钱仲文集十卷》写道：“大历以还，诗格初变。开宝浑厚之气，渐远渐漓。风调相高，稍趋浮响。升降之关，十子实为之职志。”[②]指出了大历诗风较之盛唐诗风的“浑厚之气”，转而“稍趋浮响”。文学风格的转变，当然有诸多影响因素，但就特定历史时期而言，主要是时代环境使然。大多数大历诗人，青少年时期是在开元太平盛世度过的，经历过盛唐时期经济的繁华，受过盛唐诗歌的熏陶。八年的安史之乱，唐朝由盛而衰，政局动荡，社会各种矛盾突起，他们的生活遭受巨大影响，同时也使他们的心理及诗歌创作发生了明显的变化。他们的诗，不再有盛唐李白那样的气宇轩昂和浪漫豪放的气势，也没有杜甫那样对社会现实的激愤之情和深刻的人文关怀，他们的诗更多秉承了王、孟山水田园诗派的清雅闲淡。这使得他们的诗歌创作由盛唐雄浑的“风骨”“兴象”并举转向清新婉丽、娴静淡远的情致，大多表现宁静淡泊的生活情趣。当然，部分诗人在经历了仕途不顺和战乱生活之后，也间或有一些反映现实的作品。他们都擅长五、七言近体，尤其是五律，善写自然景物及个人的身世遭遇等，词语优美，音律和谐，但题材风格比较单一，情绪偏向感伤与孤寂，与盛唐诗歌比起来，风格迥异，恰如胡应麟所说，“唐大历后，五七言律尚可接翅开元。惟排律大不竞。钱刘以降，篇什虽盛，气骨顿衰，景象既殊，音节亦寡”[③]。盛唐诗人那种充满自信、昂扬气概、救济沧桑的强烈责任感与建功立业的豪情壮志，在大历诗歌中已渐

---

① 据姚合《极玄集》和《新唐书》载：十才子为李端、卢纶、吉中孚、韩翃、钱起、司空曙、苗发、崔洞（一作峒）、耿湋、夏侯审。宋以后有异说，但多不可信。

② （清）纪昀总纂：《四库全书总目提要》，石家庄：河北人民出版社 2000 年版，第 3868 页。

③ （明）胡应麟：《诗薮》内篇卷四，第 75 页。

行渐远。

盛唐到大历诗风的变化，还可从殷璠的《河岳英灵集》与高仲武的《中兴间气集》的选诗标准略窥一斑。

殷璠的《河岳英灵集》选了盛唐开元、天宝时24位诗人的234首诗[①]，其选诗标准是“文质半取，风骚两挟”，既重“风骨”“兴象”，又重“声律”。高仲武的《中兴间气集》选了肃宗至德初（756）至代宗大历末（779）二十几年26位诗人的134首诗，其标举的选诗标准是“体状风雅，理致清新”。蒋寅先生还通过对殷璠的《河岳英灵集》、元结的《箧中集》及高仲武的《中兴间气集》的分析比较，得出了从盛唐到大历时期唐诗歌变化的如下结论：

> （1）在诗型上，由重古体诗（包括乐府）转向偏重近体诗，尤其是五律。
>
> （2）在审美趣味上，“移风骨之赏于情致”（《唐音癸签》），崇尚六朝清新婉丽、工于形似的诗风。
>
> （3）在创作倾向上，由风骚并举转向独倡风雅，继承《诗经》比兴怨刺的传统。
>
> （4）在题材选取上，由重乐府及“感兴”、“古意”之类直抒胸臆的咏怀内容，转向重交际、酬答、投赠、送别等日常生活的抒写。[②]

蒋寅先生对从盛唐到大历时期唐诗歌的变化做了比较全面的概括总结。以下将联系大历诗人的具体作品来探讨其诗歌特点，客观地分析其在历史上的地位与作用，以及司空图的评价是否合理。

---

① 《河岳英灵集》各种版本序言所提到的收入诗的数量均不同，详见傅璇琮编撰的《唐人选唐诗新编》第108页注释。本书征引的《河岳英灵集》与《中兴间气集》均出自该版本。

② 蒋寅：《大历诗风》，南京：凤凰出版社2009年版，第25页。

（二）大历诗歌特点

大历诗歌的特点主要有以下几点。

其一，大历诗人均经历过安史之乱，有少数诗篇描写战乱，但缺少浓烈情思。大历诗人目睹过盛唐的繁华，但突如其来的战乱让他们感受到了人生的无常和个人力量的有限，如韦应物所感叹的“生长太平日，不知太平欢”[①]。他们有极少数诗歌比较客观地描写了战乱所带来的生民痛苦，如钱起的《观村人牧山田》、卢纶的《逢病军人》、李端的《宿石涧店闻妇人哭》、耿湋的《路旁老人》等。这些诗描写了一些在战争中贫困潦倒的下层人民，包括因交不起税而开垦荒地的农民，因伤病退伍在还乡途中的军人，因丈夫在战争中牺牲而痛哭的妇人，亲人亡故、流离失所的老人等，并对他们表示了同情之心。但是在大历诗人的作品中，这样的诗作毕竟是少数，且缺乏像盛唐杜甫的《新安吏》《石壕吏》《潼关吏》那样对下层民众的深切同情，以及像《春望》《北征》《闻官军收河南河北》那样浓烈的情思。大历诗人虽也写了一些反映现实的作品，但是并没有激起他们强烈的救济沧桑的热情，对于残酷的现实，他们好像只是旁观者，勾起的是他们对自身生不逢时的感叹。

其二，大历诗人整体创作风格表现出一种追求娴静淡雅的美，但与王维、孟浩然等盛唐山水田园派诗人比起来，山水诗，缺乏他们那种清新、自然、纯净，又有着余音绕梁的韵味；送别诗，缺乏他们那样真挚的离愁别绪。同是写终南山，将王维的《终南山》与钱起的《自终南山晚归》做一下比较，差别即可看出：

太乙近天都，连山到海隅。白云回望合，青霭入看无。分野中峰变，阴晴众壑殊。欲投人处宿，隔水问樵夫。[②]

采苓日往还，得性非樵隐。白水到初阔，青山辞尚近。绝境胜

① （唐）韦应物：《广德中洛阳作》，参见（清）彭定求等编：《全唐诗》卷一九一，第 1968 页。

② （唐）王维：《终南山》，参见（清）彭定求等编：《全唐诗》卷一二六，第 1277 页。

无倪，归途兴不尽。沮溺时返顾，牛羊自相引。逍遥不外求，尘虑从兹泯。①

王维的诗将终南山的高远、云起的变幻、山域的广大以清新、流畅的语言描述得酣畅淋漓，末联不忘写游山的人，人在景中，景因人而生动，仿若一幅意境别出的山水画，人与山、人与景、人与人之间显得异常亲近，没有距离感，表现了诗人明朗、开阔的胸襟及对自然的热爱。再来看钱起《自终南山晚归》描述的景物也不少："白水""青山""牛羊"，但是读起来却平淡寡味，最后得出感叹"逍遥不外求，尘虑从兹泯"，显示了诗人的一种消极避世、沮丧的情怀。大历诗人的山水诗与盛唐诗人的差别由此可见一斑。

由于大历诗人多有生不逢时之感，社会的动荡使得他们大多心态消沉沮丧，诗歌亦显示出孤寂、冷落、凄清的苍凉感。如刘长卿尤其喜爱吟咏、感叹秋色、夕阳，像"山含秋色近，鸟度夕阳迟"（《陪王明府泛舟》），"寒渚一孤雁，夕阳千万山"（《秋杪干越亭》），"帆带夕阳千里没，天连秋水一人归"（《青溪口送人归岳州》），"万里通秋雁，千峰共夕阳"（《移使鄂州次岘阳馆怀旧居》）等。秋色、秋水、夕阳这样高频率地出现在刘长卿的诗歌中，秋天的寒冷、凄清加上"夕阳无限好，只是近黄昏"的萧索，更加让人感觉凄凉和孤寂，亦表明了诗人内心的失落、悲凉、沮丧。此外，耿湋的《常州留别》、司空曙的《深上人见访忆李端》、卢纶的《同李益伤秋》《白发叹》等，亦不乏对"夜浦凉云""秋塘""雁稀秋色""落日寒山""黄叶"等萧瑟景象的感叹与无奈。

其三，大历诗人的诗作往往有佳句无佳篇，缺乏完整意境。如钱起的《游辋川至南山，寄谷口王十六》：

山色不厌远，我行随处深。迹幽青萝径，思绝孤霞岑。独鹤引

① （唐）钱起：《自终南山晚归》，参见（清）彭定求等编：《全唐诗》卷二三六，第2609页。

过浦，鸣猿呼入林。褰裳百泉里，一步一清心。王子在何处，隔云鸡犬音。折麻定延伫，乘月期招寻。①

整首诗看来，主题不鲜明，辞藻堆砌，缺乏自然的意境。唯有“褰裳百泉里，一步一清心”可谓佳句。像《省试湘灵鼓瑟》②这样既有佳句“曲终人不见，江上数峰青”，又堪称佳篇的作品较少。

除钱起外，其他的大历诗人均有此不足，再如耿湋的《雨中留别》：

东西无定客，风雨未休时。悯默此中别，飘零何处期。青山违旧隐，白发入新诗。岁岁迷津路，生涯渐可悲。③

此诗是送别诗，独立看“悯默此中别，飘零何处期”“青山违旧隐，白发入新诗”均可谓佳句，但放在一首诗中，很难形成整体的、浑然一体的感觉。另外耿湋的《宋中》：

日暮黄云合，年深白骨稀。旧村乔木在，秋草远人归。废井莓苔厚，荒田路径微。唯余近山色，相对似依依。④

这首诗主题倒是较鲜明，均是围绕诗人回归故里所见荒凉景色来写，最后两句“唯余近山色，相对似依依”尤佳，将诗人的怅惘若失的心理刻画出来了。但从整首诗来看，依然缺乏一种圆融的意境效果。可见诗人无论在思想境界上，还是语言的提炼上，以及艺术表现手法上均有欠缺，与盛

① （唐）钱起：《游辋川至南山，寄谷口王十六》，参见（清）彭定求等编：《全唐诗》卷二三六，第2612页。

② （唐）钱起：《省试湘灵鼓瑟》：“善鼓云和瑟，常闻帝子灵。冯夷空自舞，楚客不堪听。苦调凄金石，清音入杳冥。苍梧来怨慕，白芷动芳馨。流水传潇浦，悲风过洞庭。曲终人不见，江上数峰青。”参见（清）彭定求等编：《全唐诗》卷二三八，第2651页。

③ （唐）耿湋：《雨中留别》，参见（清）彭定求等编：《全唐诗》卷二六八，第2977页。

④ （唐）耿湋：《宋中》，参见（清）彭定求等编：《全唐诗》卷二六八，第2976页。

唐诗人相比，差距不可谓不远。

其四，大历诗人的诗作整体来看，透露出一种消极避世、逃避社会责任、对人生失去信心的思想倾向，表现出对隐居山林、避开尘世生活的向往。盛唐诗人那种自信、济世经邦的豪迈气概已渐渐隐退。

如卢纶的《无题》："耻将名利托交亲，只向尊前乐此身。才大不应成滞客，时危且喜是闲人。"[①] 竟然因无须对时局危难负责而感到庆幸，反映了他逃避现实的消极心理。耿湋："浮世今何事，空门此谛真。死生俱是梦，哀乐讵关身。"（《春日游慈恩寺寄畅当》）表现了诗人绝望、消沉的情绪。司空曙："为郎头已白，迹向市朝稀。移病居荒宅，安贫着败衣。野园随客醉，雪寺伴僧归。"（《过钱员外》）诗人那种渴望隐退山林、与僧为伴、远离市朝的避世心理表露无遗。

再来对比一下盛唐诗人那种救济沧桑、以天下为己任的豪迈。李白："直挂云帆济沧海，长风破浪会有时"（《行路难三首》其一），"仰天大笑出门去，我辈岂是蓬蒿人"（《南陵别儿童入京》），把李白那种豪情壮志，以及在他奉旨征召进京，政治理想即将实现时的那种自信、踌躇满志表现得淋漓尽致，大历诗人再也没有那样的慷慨激昂了。再来看杜甫，"致君尧舜上，再使风俗淳"（《奉赠韦左丞丈二十二韵》），如果自己得到重用的话，可以辅佐皇帝实现超过尧舜的业绩，使已经败坏的社会风气再恢复到上古那样淳朴敦厚，表达了诗人至高的政治理想与抱负。"会当凌绝顶，一览众山小"（《望岳》），表现了诗人的雄心壮志。"国破山河在，城春草木深。感时花溅泪，恨别鸟惊心"（《春望》），国难当头，诗人面对国家危难而无能为力的痛心欲碎的感觉，以及强烈的爱国爱民的社会责任感跃然纸上。这些豪情壮志、强烈的社会责任感以及担当道义的精神在大历诗人身上已经看不到了。无怪乎胡震亨评价道："刘、郎、皇甫以及司空、崔、耿"等，"工于浣濯，自艰于振举，风干衰，边幅狭，专诣五言，擅长饯送，外此他大篇伟什岿望

① （唐）卢纶《无题》，参见（清）彭定求等编：《全唐诗》卷二七六，第 3130 页。

集中”（《唐音癸签》）。指出大历诗人缺乏远大的政治理想，诗歌内容狭窄，缺乏深广的社会内容，此种评价颇为中肯。

综上，大历诗歌可以说是特定时代的产物，部分诗歌虽有盛唐余韵，也有一些反映社会现实的作品，但总体看来，大历诗人已没有了盛唐诗人的自信、豪情壮志与远大的政治理想。他们的诗歌无论形式、内容，还是风格等都发生了很大的变化。从形式上来说，由盛唐的重古体诗到重近体诗，大历诗人尤其擅长五律。从内容上来说，受盛唐王孟诗派的影响较深，多题赠送别及山水田园诗，追求娴静淡雅的意境，但与王孟比起来，缺乏他们的那种清新、自然及韵味。且大历诗人的诗作往往缺乏浓烈的情思，有佳句无佳篇，缺乏整体意境，他们经历了唐朝的由盛而衰的过程，心理落差大，多表现出消极避世、逃避社会责任的心理倾向。因此，司空图认为“大历十数公，抑又其次”，将大历诗人与盛唐诗人比较，认为大历诗人的作品较盛唐诗人要稍逊一筹，是很客观、中肯的。司空图欣赏的是李、杜的大气磅礴，王、韦的“澄澹精致”“直致所得”，有余音余味的诗风，大历诗人纤弱、狭隘、惆怅、哀怨的诗风显然不是他特别赞赏的。当然大历诗也有其优点，如蒋寅认为主要表现在三个方面：“细腻深刻的情感表现”，“纯熟的律诗技巧”及“流利的语言风格”[①]。但是其缺点也是很明显的，所以导致其在历史上的影响并不大，不过大历诗倒是“通向中唐诗的一座桥梁”[②]“开了元白一派的先声”[③]。大历诗的局限性，除了特定的时代背景的限制外，当然也与诗人自身的才气不足有关，从某些方面来说，当时动荡的政局，腐朽的政权，宦官相互倾轧，压抑、黑暗的政治、历史背景也限制了诗人才智的发挥，盛唐开明开放、广招天下英才、百废待兴、包容大气的盛世胸怀与气象已随着安史之乱而渐趋消逝。大历时期，知识分子也不再像盛唐时期那样受重视，反而受排挤、压制，这些外在的环境条件均不利于知识分子才能的发挥。可见，

---

① 蒋寅：《大历诗风》，第237—238页。

② 蒋寅：《大历诗风》，第242页。

③ 蒋寅：《大历诗风》，第243页。

司空图对大历诗人的评价是公允的。

二、“元、白力勍而气孱”

（一）司空图对元、白的评论及二人诗歌的特点

司空图在《与王驾评诗书》中对元稹、白居易的诗评价道：“元、白力勍而气孱，乃都市豪估耳。”王运熙先生认为：“是说他们才力虽富，但气格卑弱，远不逮王、韦诗的气格高雅。”且认为司空图对元、白的贬抑，着眼点主要在艺术方面，主要是针对二人的律体诗而言，而不是指其讽谕诗[①]。笔者赞同王先生的观点，司空图认为元、白矜才使气，二人的诗虽有才力，但一以贯之于全篇的文气不足，比如元、白好作长篇至百韵的诗歌，互相唱和，有才力，但通篇文气常常不够融会贯通，且缺乏诗歌应有的含蓄、温雅。可见，司空图对元、白的诗持否定态度。司空图的这种评价历来具有争议，多数学者认为司空图低估了元、白诗歌的价值。司空图为何这么评价元、白的诗，他主要是针对元、白的哪类诗歌？他的评价是否公允？他的审美批评标准是什么？以下将结合元、白的诗作来具体分析。

白居易（772—846），字乐天。元稹（779—831），字微之。二人均出生于安史之乱（755—763）结束不久，生活于唐王朝由盛而衰的转折时期，是中唐两位著名的诗人。当时的社会矛盾激化，唐王朝岌岌可危，至贞元、元和年间，社会危机进一步暴露。政治上，一部分进步的中下层知识分子主张改革，中兴王朝。文学创作领域，出现了韩愈 、柳宗元倡导的古文运动和白居易、元稹倡导的新乐府运动。早年元稹和白居易共同提倡“新乐府”，又因他们文学观点相同，作品风格相近，世人常把他们并称为“元白”。元白诗派重写实、尚通俗，在思想深刻、主题集中、形象鲜明等方面，元稍

① 王运熙：《司空图论唐代作家作品》，第 56 页。

逊于白。白居易、元稹主张恢复古代的采诗制度，发扬《诗经》和汉魏乐府讽谕时事的传统，使诗歌起到“补察时政”“泄导人情”的作用。白居易在《与元九书》中提出：“文章合为时而著，歌诗合为事而作。”此口号成为新乐府运动的基本宗旨。在《新乐府序》中，他全面提出了新乐府诗歌的创作原则：“其辞质而径，欲见之者易谕也；其言直而切，欲闻之者深诫也；其事核而实，使采之者传信也。其体顺而肆，可以播于乐章歌曲也。总而言之，为君、为臣、为民、为物、为事而作，不为文而作也。”[①] 简而言之，即要求文辞质朴易懂，语言直截了当、切中时弊，叙事要有根据，词句通顺，合于声律，可以入乐。要为君、为臣、为民、为物、为事而作，不为文而作。

白居易、元稹开创了以长篇排律和次韵酬答来唱和的诗歌形式，并在当时广为流传且影响深远，他们的主要文学活动在唐宪宗元和年间（806—820），因而把他们创作的诗歌和仿效他们的作品统称为“元和体”。白居易在《余思未尽，加为六韵，重寄微之》中说道：“制从长庆辞高古，诗到元和体变新。”可见他对自己与元稹唱和诗之革新精神是充满自信的。

元、白二人均认识到诗歌的社会作用，他们的诗歌有强烈的现实色彩，尤其强调讽谕诗的价值。二人均主张诗歌要反映人民疾苦和社会弊病，如白居易在《与元九书》中提出“救济人病，裨补时阙”，“上以补察时政，下以泄导人情”，反对“嘲风雪、弄花草”之作；《寄唐生》中提出“惟歌生民病”；《读张籍古乐府》赞赏张籍诗歌“风雅比兴外，未尝著空文”；元稹在《乐府古题序》中提出“讽兴当时之事”等，均反映了他们进步的思想和现实主义的诗歌主张，一反大历以来逃避现实的诗歌倾向，继承、发扬了儒家自《诗经》、汉魏乐府以来“救济人病，裨补时阙”的优良诗风。

元、白二人提倡《诗经》中六义的标准，强调诗歌的风雅比兴在讽谕诗中所起的作用，认为诗歌应具有政教功能。二人均推崇杜甫的诗歌，赞赏杜甫诗歌的现实主义精神，如白居易在《与元九书》中写道：“杜诗最多，可

① （唐）白居易著，顾学颉校点：《白居易集》，第52页。

传者千余首，至于贯穿今古，𬘡缕格律，尽工尽善，又过于李。然撮其《新安吏》《石壕吏》《潼关吏》《塞芦子》《留花门》之章，‘朱门酒肉臭，路有冻死骨’之句，亦不过三四十首。杜尚如此，况不逮杜者乎！”[①]白居易对杜甫诗歌所涵盖内容之广、格律之精工、对社会现实黑暗之揭露大加赞赏，然而对杜诗反映现实的作品相对较少，又不免有些遗憾。元稹在《唐故工部员外郎杜君墓系铭序》中亦对杜甫诗歌给予了极高评价：“至于子美，盖所谓上薄风骚，下该沈宋，古傍苏李，气夺曹刘，掩颜谢之孤高，杂徐庾之流丽，尽得古今之体势，而兼人人之所独专矣。使仲尼考锻其旨要，尚不知贵其多乎哉。苟以为能所不能，无可不可，则诗人以来，未有如子美者。”[②]元、白二人的诗歌创作，尤其是讽谕诗和新乐府受杜甫的影响很大。

元、白等新乐府运动倡导者的诗歌理论与诗歌创作是基本相符的。他们积极从事新乐府诗歌的创作。白居易、元稹及他们之前使诗歌走向写实化、通俗化的张籍、王建等人的乐府诗及其他诗作，从各个方面揭露了当时的社会矛盾，提出了异常尖锐的社会问题。白居易的《新乐府》五十首中，其中描写民间疾苦的讽谕诗，如《卖炭翁》《杜陵叟》《缭绫》《红线毯》《宿紫阁山北村》《新丰折臂翁》《盐商妇》《上阳白发人》《井底引银瓶》等和《秦中吟》十首，元稹的《田家词》《织妇词》《和李校书新题乐府十二首》《夫远征》《估客乐》等是代表作。这些作品直接指向现实的民众，描写了普通百姓的艰难生存状态，揭露了统治阶级对民众的残酷剥削和压迫，爱憎分明，感情色彩强烈，通俗切近，表达了作者对下层劳动人民的同情和体恤，具有强烈的人文关怀，充分体现了他们诗歌的讽谕性和政教功能。他们本人也因写了大量揭露上层统治阶级腐朽与残暴的诗歌而受权贵排挤与憎恨，二人均屡遭贬谪。

当然，除了提倡讽谕诗外，元、白还创作了大量各体的诗歌作品，如白居易在《与元九书》中，将自己的诗分为四大类，分别为讽谕诗、闲适诗、

① （唐）白居易：《与元九书》，参见（清）董诰等编：《全唐文》卷六七五，第6889页。

② （唐）元稹：《唐故工部员外郎杜君墓系铭序》，《四部丛刊》影明嘉靖本《元氏长庆集》卷五六。

感伤诗和杂律诗。元稹在《叙诗寄乐天书》中将自己在元和七年前的作品总结为十体，凡二十卷。十体分别为：古讽、乐讽、古体、新题乐府、七言律诗、五言律诗、律讽、悼亡、五七言今体艳诗、五七言古体艳诗。就诗歌成就和对后世的影响来说，白居易的诗以讽谕诗和闲适诗的成就最高，元稹则以艳体诗和悼亡诗影响最大。

（二）历代史书对元、白诗作的评价及二人诗作在唐代的接受情况

对元、白的评价，历来有褒有贬。元稹在《白氏长庆集序》中赞白居易：

> 乐天《秦中吟》、《贺雨》讽谕等篇，时人罕能知者。然而二十年间，禁省、观寺、邮堠墙壁之上无不书，王公、妾妇、牛童、马走之口无不道。至于缮写模勒，炫卖于市井，或持之以交酒茗者，处处皆是。其甚者，有至于盗窃名姓，苟求自售。……大凡人之文各有所长，乐天之长，可以为多矣。夫以讽谕之诗长于激；闲适之诗长于遣；感伤之诗长于切；五字律诗、百言而上长于赡，五字七字、百言而下长于情，赋赞、箴戒之类长于当，碑记、叙事、制诰长于实，启奏、表状长于直，书檄、词策、剖判长于尽。总而言之，不亦多乎哉！[①]

由此文可以看出白居易的诗在当时是大受欢迎的，元稹对白居易的诗也甚为欣赏，认为其讽谕诗、闲适诗、感伤诗等各有所长。

白居易对元稹的诗也给予了很高的评价，除了上文提到的在《余思未尽，加为六韵，重寄微之》中说道“制从长庆辞高古，诗到元和体变新”外，在《酬微之》中赞赏元诗：“声声丽曲敲寒玉，句句妍辞缀色丝。”

---

① （唐）白居易著，顾学颉校点：《白居易集》第四册《白氏长庆集序》，第1—2页。

另外，历代史书对元、白二人也各立传，并对其诗作也作出了较高的评价。《旧唐书·白居易传》曰："若品调律度，扬榷古今，贤不肖皆赏其文，未如元、白之盛也……元之制策，白之奏议，极文章之壸奥，尽治乱之根荄。"[①] 肯定了元、白诗歌的韵律、评论古今之事，以及诗文雅俗共赏。且对元稹的制策、白居易的奏议给予了很高的评价。

《新唐书·白居易传》曰："居易于文章精切，然最工诗……其笃于才章，盖天禀然。"[②] 认为白居易的文章虽好，但其最擅长的还是诗。且认为其才气是上天赋予的。

《唐才子传》评价白居易的诗："公诗以六义为主，不尚艰难。每成篇，必令其家老妪读之，问解则录。后人评白诗如山东父老课农桑，言言皆实者也。"[③] 指出白诗以六义为标准，通俗易懂。

《唐才子传》评价元稹的诗："稹诗变体，往往宫中乐色皆诵之，呼为才子。然缀属虽广，乐府专其警策也。"[④]"人评元诗如李龟年说天宝遗事，貌悴而神不伤。"[⑤] 对元稹的乐府诗予以肯定，且认为元诗"貌悴而神不伤"，外表看来虽然憔悴，但气韵尚在。

此外，现存十几种唐人选唐诗，有两种选了元、白的诗，分别是韦庄的《又玄集》和韦縠的《才调集》。

韦庄《又玄集》选了元稹两首诗：《连昌宫词》《忘云骓马诗并序》[⑥]，白居易两首诗：《答梦得》《送鹤上裴相公》[⑦]。但这几首诗在后世影响都不大。

后蜀韦縠编的《才调集》选了白居易 27 首诗，并以白居易居首。在《才调集叙》中，韦縠讲道："暇日因阅李、杜集，元、白诗，其间天海混茫，风流挺特，遂采摭奥妙，并诸贤达章句。不可备录，各有编次。或闲窗展

---

① （唐）白居易著，顾学颉校点：《白居易集》第四册《旧唐书·白居易传》，第 1573 页。
② （唐）白居易著，顾学颉校点：《白居易集》第四册《新唐书·白居易传》，第 1578 页。
③ 傅璇琮主编：《唐才子传校笺》第三册，第 15 页。
④ 傅璇琮主编：《唐才子传校笺》第三册，第 28—29 页。
⑤ 傅璇琮主编：《唐才子传校笺》第三册，第 39 页。
⑥ 傅璇琮编撰：《唐人选唐诗新编》，第 626—628 页。
⑦ 傅璇琮编撰：《唐人选唐诗新编》，第 631—632 页。

卷，或月榭行吟，韵高而桂魄争光，词丽而春色斗美。”[①] 由此叙可看出韦縠曾广阅李、杜、元、白诗，并且对他们的诗大加赞赏，虽未选杜甫诗，但李白诗选了 28 首，元、白诗选的数量也颇多。所选白居易的诗包括其长篇排律和次韵酬答诗，如和元稹相唱和的《代书一百韵寄微之》等，还有《秦中吟并序》《无名税》《江南旱》等针砭时事、描写劳苦大众艰难生活的；另外还有一些闲适诗，如《五弦琴》；及赠友人的诗《玩半开花赠皇甫郎中》等[②]。所选元稹的诗包括《梦游纯七十韵》《桐花落》《离思六首》等，达 57 首[③]，但是后世流传甚广的《遣悲怀三首》却没选。

晚唐时期由于唐王朝进一步没落，长期的宦官专权和藩镇割据削弱了中央集权，唐王朝岌岌可危，知识分子的心态也发生了很大变化，他们对政局虽仍关心，但对朝廷已“敬而远之”，对政治也渐渐失去信心。这个时期的文学思想也随之发生了重大变化，中唐时期重功利的文学思想渐渐淡去，取而代之的是抒发诗人内心情感的诗歌兴起。这个时期的诗人“视野内向，很少着眼于生民疾苦、社会疮痍，而主要着眼于表现矛盾复杂的内心世界，表现个人生活情趣”[④]。此时诗人多数对善写元和体的元、白颇有微词。最先对元、白加以批评的是杜牧，在《唐故平卢军节度巡官陇西李府君墓志铭》中，引了李戡对元、白批评的一段话：

> 尝痛自元和已来有元、白诗者，纤艳不逞，非庄士雅人，多为其所破坏。流于民间，疏于屏壁，子父女母，交口教授，淫言媟语，冬寒夏热，入人肌骨，不可除去。[⑤]

此文李戡认为元、白诗“纤艳不逞”“淫言媟语”，大有伤风败俗的恶

---

① 傅璇琮编撰:《唐人选唐诗新编》，第 691 页。

② 傅璇琮编撰:《唐人选唐诗新编》，第 697—710 页、828—830 页。

③ 傅璇琮编撰:《唐人选唐诗新编》，第 808—820 页。

④ 罗宗强:《隋唐五代文学思想史》，第 224 页。

⑤ （唐）杜牧:《唐故平卢军节度巡官陇西李府君墓志铭》，参见陈允吉校点:《樊川文集》，第 142 页。

劣影响，杜牧引李戡此文说明其甚是赞同李的看法。但据陈寅恪先生考证，李戡所抨击的是当时甚为流行的元、白的元和体诗[①]中之“杯酒光景间之小碎篇章”部分，并不包括二人的讽谕诗，因为据元稹《上令狐相公诗启》所说，此类诗因“词直气粗，罪尤是惧，固不敢陈露于人”[②]。因此，李戡对元、白的批评并不全面。李肇（约公元813年前后在世）在《唐国史补》中也说道：“元和以后，诗章学浅切于白居易，学淫靡于元稹，俱名元和体。”[③]亦对元白开创的元和体在文学史上所造成的不良影响提出了批评。可见，虽然元和体在当时甚为流行，但也遭到了一些文学家及史官的贬斥。此外，罗宗强先生认为，李商隐为白居易写墓志铭，未有一字论及白的诗文，说明李商隐是不赞赏白诗的。罗先生还指出，唐末顾陶编《唐诗类选》，“选入与元、白同时的韩、孟诗派的诗，并加以肯定，而于元、白则无所取”，在《唐诗类选后序》中，顾陶说明其不选元、白，是因为其“家集浩大，不可雕摘，今共无所取，盖微志存焉（《全唐文》卷七六五）”，罗先生认为因“家集浩大”而不选二人诗是不成立的，真正的原因是“微志存焉”，即心有所非。[④]

综上可以看出，元、白的诗（尤其是白居易的诗）在中唐是很受欢迎的，但在晚唐逐渐遭到批评，批评主要针对的是他们的元和体诗。

（三）联系元、白诗作对司空图评论之辨析

以下将联系元、白具体诗作分析二人作品的优劣，并对司空图的评价进行评析。

元、白二人诗歌具有鲜明的特色，主要表现为语言优美、通俗易懂、音调和谐、形象鲜明。在诗歌内容、形式上，他们注重创新，创立了“元和体”。他们的诗歌现实主义色彩浓厚，很多诗触及时事，尤其是白居易的诗。

---

① 陈寅恪：《元白诗笺证稿》，北京：中华书局1962年版，第336—337页。

② 陈寅恪：《元白诗笺证稿》，第338页。

③（唐）李肇：《唐国史补》，上海：上海古籍出版社1979年版，第57页。

④ 罗宗强：《隋唐五代文学思想史》，第229页。

二人在理论上与诗歌创作实践上均强调诗歌的社会政治功能，均写了不少针砭时事的讽谕诗。

但是总体看来，元、白的诗歌创作亦有其局限性。首先，二人的部分诗歌过于通俗、直白，缺乏余音余味。诗歌的通俗性，利于其普及与流传，但诗歌毕竟是一种艺术表现形式，其最大特征就是含蓄、“意在言外”，从而留给读者想象、咀嚼、回味的空间。元、白二人的诗歌却过于“尚实、尚俗、务尽”，语言表达常常如大白话，缺乏诗歌艺术特有的温婉含蓄。白居易本人也意识到自己的缺点，在《和答诗十首序》中他对元稹说道：“顷者在科试间，常与足下同笔砚。每下笔时辄相顾，共患其意太切而理太周。故理太周则辞繁，意太切则言激。然与足下为文，所长在于此，所病亦在于此。”[①] 白的讽谕诗，“意激而言质”，他虽崇尚儒家的“救济人病，裨补时阙”精神，但由于意过激、言过实，却违背了儒家“温柔敦厚”的原则。元、白在中晚年由于得罪权贵均遭贬谪[②]，仕途的不顺导致他们思想的巨大转变，元和十二年（817）以后，二人的诗歌风格发生转变，由之前主张写讽谕诗而转向写身边琐事，有些诗趣味低俗。如白居易的一些描写其消极避世思想的诗，《江州赴忠州，至江陵已来，舟中示舍弟五十韵》《不二门》等，直至长庆元年（821），官位又逐渐恢复，一年内，三迁其官，但昔日“兼济天下”的理想已不复存在，更多是满足于“独善其身”，产生了“终当求一郡”的庸俗思想。白居易晚年很多诗是描写自己沉湎于当时富足、悠闲生活的，将之前所关心的社会现实、民众疾苦已置之一边。如：

《诏下》：“我心与世两相忘，时事虽闻如不闻。”（《白居易集》卷三〇）

《新昌新居书事四十韵寄元郎中张博士》：“囊中贮余俸，郭外

① （唐）白居易著，顾学颉校点：《白居易集》，第 40 页。

② 元和十年（815）三月，元稹被贬为通州司马。六月，白居易因上疏，请捕刺杀曾主持平定藩镇叛乱的宰相武元衡的真凶而得罪权贵，被贬为江州司马。

买闲田。”（《白居易集》卷一九）

《从同州刺史改授太子少傅分司》：“月俸百千官二品，朝廷雇我作闲人。”（《白居易集》卷三三）

由此可见，白居易后期的一些诗格调低俗。元稹的一些艳情诗也过于浮艳，如：

《春晓》：“半欲天明半未明，醉闻花气睡闻莺，狷儿撼起钟声动，二十年前晓寺情。”（《全唐诗》卷四二二）

《会真诗三十韵》：“……鸳鸯交颈舞，翡翠合欢笼。眉黛羞频聚，朱唇暖更融。气清兰蕊馥，肤润玉肌丰。无力慵移腕，多娇爱敛躬。汗光珠点点，发乱绿松松……”（《全唐诗》卷四二二）

另外还有《古艳诗二首》《襄阳为卢窦纪事》《舞腰》等艳情诗也表达过于直白、露骨，无怪乎北宋苏轼认为“元轻白俗”。

其次，强调诗歌的现实性及为政治服务，有其积极进步意义，但是过分注重诗歌的讽谕作用，必然削弱了诗歌的艺术性和风格的多样化。如罗宗强先生所说：“白居易的讽谕不是托讽，不是兴寄，而是直谏，缺乏艺术性。”虽然他崇尚《诗经》中的六义标准，却违背了《诗大序》中提倡的“主文而谲谏”的艺术表达法。

再次，二人的一些长篇排律诗及次韵唱和诗，动辄几十韵、上百韵，如白居易的《代书一百韵寄微之》《渭村退居，寄礼部崔侍郎、翰林钱舍人诗一百韵》、元稹的《梦游春七十韵》《酬翰林白学士代书一百韵》等，这些诗虽然表现了他们深厚的诗歌创作才华和高超的艺术表达技巧，但因过于冗长，叙事色彩太浓，缺乏浓烈情感，片面追求形式，无论思想上还是艺术上都有所欠缺。

最后，二人均崇尚并学习杜甫，但与杜甫比起来，二人的差距较远。杜诗是将现实性与艺术性完美结合的典范。元、白在这方面要逊色得多。当然，二人也有一些优秀的作品，但这些作品在他们的整个诗歌创作中所占比重偏小。

元、白的思想受儒、道、佛的影响，早年主要受儒家思想的影响，儒家的“穷则独善其身，达则兼济天下”深深影响了元、白。儒家提倡的诗歌政教功能也影响了二人，如二人均强调诗歌的讽谕性。另，白居易强调诗歌中风雅比兴的作用。元、白二人的诗歌具有强烈的时代特色，他们生活于中唐时期，唐王朝正一步步走向没落，作为具有进步思想的地主阶层，他们早年均有强烈的人文关怀，怀抱救国济民的良好愿望，他们的新乐府诗表达了对生民疾苦的同情及对统治阶层昏庸腐朽的谴责。但是当他们的仕途遇挫，遭贬谪时，他们的思想发生了很大变化，渐渐远离政治、逃避现实，诗歌创作也由之前的讽谕诗转向描写个人闲情逸致、贪图享受的诗风。很多诗思想艺术性不高，趣味低俗。

另外，白居易晚年信佛、道，《唐才子传》记载其“酷好佛，亦经月不荤，称‘香山居士’”[①]。“公好神仙，自制飞云履，焚香振足，如拨烟雾，冉冉生云。初来九江，居庐阜峰下，作草堂烧丹，今尚存。”佛家的消极避世思想也影响了他的处世态度及诗歌风格。

司空图对元、白的评价颇为严厉，认为“元、白力勍而气孱，乃都市豪估耳”。显然他对二人的诗歌持否定态度。司空图为何这么评价？是否有其合理性？是否全面？以下将做简要分析。司空图的诗学思想受儒家影响很深，在《与李生论诗书》中，他提出“诗贯六义，则讽谕、抑扬、渟蓄、温雅，皆在其间矣”，对儒家传统的“六义”观提出了自己的理解，认为诗歌要具有讽谕性，声律要抑扬顿挫，表达方式要含蓄，表达效果要温和雅正，概括了他认为的“六义”的几个显著特征。本书第一章已论证过，司空图的“六义”观已不纯粹是儒家的诗学思想，还兼容了道家及禅宗的精神，突出

① 傅璇琮主编:《唐才子传校笺》第三册，第 13 页。

表现在他指出的诗歌表达应“渟蓄”“温雅”。司空图的诗歌批评已由儒家的政教批评转向审美批评，当然其中也贯穿了一些儒家政教批评的思想，但已不是主流。从其诗文集的整体思想及其对唐代诗人的评论来看，司空图不排斥诗歌的“讽谕”功能，但更注重诗歌应有“象外之象”“味外之味”“韵外之致”的“醇美”，认为这样的作品才能够“近而不浮，远而不尽”。

由此看来，元、白的诗歌创作显然不符合司空图的审美标准，元、白二人均是现实主义诗人，共同提倡新乐府运动。白居易主张“文章合为时而著，歌诗合为事而作”。白居易指出新乐府诗歌的创作原则，要求“其辞质而径”“其言直而切”“其事核而实”“其体顺而肆”，要“为君、为臣、为民、为物、为事而作，不为文而作也”，过分强调诗歌为现实服务及其政治功能，势必限制了诗歌的艺术性。而司空图的诗学思想是主张诗歌的审美性、艺术性的。当然，司空图反对的并非元、白诗歌的现实性，从其对同样具有现实主义色彩的杜甫的诗予以高度赞赏就可看出，但是杜诗能将诗歌的现实性与艺术性高度结合，元、白则未能做到这一点。司空图主张诗歌表达应“温雅”“莫向诗中著不平”，而白居易的讽谕诗则“意激而言质”，言辞太激烈，不符合儒家“怨而不怒”的艺术标准，这也是司空图不欣赏二人诗作的另一原因。司空图要求诗歌应“含蓄”，要有“韵外之致”“味外之旨”，也就是要求诗歌要有“言外之意”，要耐人回味。元、白诗则达不到这样的高度，他们的长篇排律诗及唱和诗，冗长、烦琐，思想性、艺术性均谈不上，不符合诗歌的凝练、优美、简洁、言简意赅的最基本标准。另外，元、白中晚年创作的诗歌，如白居易的一些描写消极避世情怀的及安于享乐的诗、元稹的艳情诗，大多趣味低俗，根本谈不上艺术性，无怪乎司空图认为他们的诗作“力勍而气孱，乃都市豪估耳”。司空图欣赏的是“醇美”“全美为工”的诗，恰如王维、韦应物那样“澄澹精致，格在其中”“趣味澄敻，若清沇之贯达”的作品。

总而言之，司空图对诗歌的评价主要遵从的是艺术的标准、审美的标准，他对元、白诗作的不满也主要是针对其艺术性。元、白的诗歌从总体而言，以通俗易懂、形象鲜明、韵律和谐见长。但其优点某种程度上又是缺点，过于追求写实、通俗，导致“意太切理太周”，其部分讽谕诗也因“意过激”“言过实”而缺乏艺术性。二人的一些长篇排律诗和次韵唱和诗给当时的文坛带来一股清新之风，但因过于烦琐，也削弱了其艺术性。再加上白居易后期的一些诗格调不高，元稹的一些艳情诗又过于浮艳，这些均在一定程度上导致了后来文坛对二人诗作的偏见与指责，司空图对其的批评也当是从以上这几方面出发的。

当然，元、白也写了不少流传甚广的优秀作品，如白居易的《长恨歌》《琵琶行》《赋得古原草送别》等上乘之作，另外还有一些广为传诵的作品，如《卖炭翁》《钱塘湖春行》《忆江南》《暮江吟》《大林寺桃花》《同李十一醉忆元九》《长相思》《题岳阳楼》《问刘十九》《观刈麦》《望月有感》《买花》《放言》《缭绫》《池上》等。元稹亦有不少代表作，如《遣悲怀三首》《菊花》《离思五首》《兔丝》《夜池》《和裴校书鹭鸶飞》《感逝（浙东）》《送致用》《晚春》《靖安穷居》《夜坐》《宿石矶》《雪天》《酬乐天得微之诗知通州事因成四首》《夜别筵》《织妇词》《山枇杷》《斑竹（得之湘流）》《所思二首》《白衣裳二首》《竹部（石首县界）》《鱼中素》《酬许五康佐（次用本韵）》《一至七言诗》等，其中《菊花》、《遣悲怀三首》（其二）和《离思五首》（其四）三首流传最广。这些诗作中，不乏一些思想性、艺术性很高的作品。

因此，司空图认为他们“力勍而气孱，乃都市豪估耳”有中肯的一面，但也有失偏颇，未能全面评价元、白诗歌作品的价值，也未能看到二人在特定的时代背景下及诗歌史上所起的突出作用。

不过，晚年的司空图对白居易的看法已发生了很大的转变，在《休休亭［记］》中，他说道：“……且汝虽退，亦尝为匪人之所嫉，宜以耐辱自警，庶保其终始，与靖节、醉吟（白居易）第其品级于千载之下，复何求哉！”“靖节”即陶渊明，“醉吟”即白居易，某僧人奉劝司空图应以“耐辱”时时自警，这样才能与陶渊明、白居易一样，品格名扬千载。《休休亭

[记]》作于903年，此时司空图已66岁，距《与王驾评诗书》对元、白的评价已过去16年（《与王驾评诗书》作于887年或888年），说明晚年的司空图对白居易的看法已发生了很大转变，其将白居易与陶渊明并提，并且希望自己死后能像陶渊明、白居易一样名扬天下，足见他对陶、白的人品及诗作敬佩、赞赏之至。

三、对韩愈、柳宗元、贾岛、王驾等人评论之考辨

（一）对韩愈、柳宗元评论之考辨

唐代的诗人，除了上文提到的，司空图还很欣赏韩愈、柳宗元，虽然在《与王驾评诗书》中未提到韩、柳，但在其另一篇论诗杂文《题柳柳州集后》中花了不少篇幅论述二人的诗歌特色。他说道：

> 金之精粗，（效）[考]其声，皆可辨也，岂清于磬而浑于钟哉。然则作者为文为诗，格[①]亦可见，岂当善于彼而不善于此耶！愚观文人之为诗，诗人之为文，始皆系其所尚，既专则搜研愈至，故能炫其工于不朽，亦犹力巨而斗者，所持之器各异，而皆能济胜，以为勍敌也。
>
> 愚尝览韩吏部歌诗数百首，其驱驾气势，若掀雷抉电，撑抉于天地之间，物状奇怪，不得不鼓舞而徇其呼吸也。其次皇甫祠部文集[外]，所作亦为遒逸，非无意于渊密，盖或未遑耳。今于华下方得柳诗，味其深搜之致，亦深远矣。俾其穷而克寿，玩精极思，则固非琐琐者轻可拟议其优劣。又尝睹杜子美祭太尉房公文，李太白佛寺碑赞，宏拔清厉，乃其歌诗也。

① 格，宋本同。《唐文粹》《全唐文》作"才格"。

张曲江五言沈郁，亦其文笔也，岂相伤哉！噫，后之学者褊浅，片词只句，不能自辨，已侧目相诋訾矣。痛哉！因题柳集之末，庶俾后之诠评者，无（或）[惑]偏说，以盖其全工。[①]

该书实际上是阐述司空图的文学观——"文人之为诗，诗人之为文"的。作者认为诗、文实际上是相通的，以文著称的人可以为诗；同理，以诗著称的人也可以为文。他认为为文为诗，最终是由作者的才格、才气决定的，怎么能说善于此而不善于彼呢？并举例说明，认为因文而闻名的韩愈、柳宗元、皇甫湜的诗写得同样很好，而因诗闻名的李白、杜甫、张九龄的文亦很工。上文对李、杜已有论述，现主要就司空图对韩、柳二人诗的评价作出简要辨析。他对韩愈评价道："愚尝览韩吏部歌诗数百首，其驱驾气势，若掀雷抉电，撑抉于天地之间，物状奇怪，不得不鼓舞而徇其呼吸也。"对柳宗元评价道："今于华下方得柳诗，味其深搜之致，亦深远矣。俾其穷而克寿，玩精极思，则固非琐琐者轻可拟议其优劣。"韩愈（768—824）、柳宗元（773—819）同为中唐古文运动的倡导者，提倡"文以载道"，反对齐梁以来的骈体文。

首先看韩愈的诗。韩愈提倡以文为诗，他的诗整体来说，有两种类型，一种以平易为特色；一种则重新奇险怪，气势雄伟。他的代表作有《调张籍》《听颖师弹琴》《左迁至蓝关示侄孙湘》《山石》《八月十五夜赠张功曹》《南山诗》《答张十一功曹》《早春呈水部张十八员外》《春雪》《晚春》等。以《调张籍》为例说明其诗的特点。

李杜文章在，光焰万丈长。不知群儿愚，那用故谤伤。
蚍蜉撼大树，可笑不自量！伊我生其后，举颈遥相望。
夜梦多见之，昼思反微茫。徒观斧凿痕，不瞩治水航。

---

① 祖保泉、陶礼天笺校：《司空表圣诗文集笺校》，第196—197页。

想当施手时，巨刃磨天扬。垠崖划崩豁，乾坤摆雷硠。
唯此两夫子，家居率荒凉。帝欲长吟哦，故遣起且僵。
翦翎送笼中，使看百鸟翔。平生千万篇，金薤垂琳琅。
仙官敕六丁，雷电下取将。流落人间者，太山一毫芒。
我愿生两翅，捕逐出八荒。精诚忽交通，百怪入我肠。
刺手拔鲸牙，举瓢酌天浆。腾身跨汗漫，不著织女襄。
顾语地上友，经营无太忙。乞君飞霞佩，与我高颉颃。①

韩愈在此诗中以极尽夸张的语言和奇特的想象盛赞李白、杜甫的诗，表达了对他们的无限倾慕与向往之情。全诗气势浩荡、肆意纵横、想象奇特、引人入胜。尤其是“李杜文章在，光焰万丈长”“蚍蜉撼大树，可笑不自量”“巨刃磨天扬”“乾坤摆雷硠”“流落人间者，太山一毫芒”等以夸张的语言、丰富的想象描绘了他眼中的李、杜诗的巨大成就，其雄浑、一泻千里的气势读来让人心潮澎湃，热血沸腾，恰如司空图所说“其驱驾气势，若掀雷抉电，撑抉于天地之间，物状奇怪，不得不鼓舞而徇其呼吸也”。这也正符合司空图的审美趣味“嗜雅尚奇”，司空图在《与王驾评诗书》中写道：“吾适又自编《一鸣集》，且云撑霆裂月，劼（劫）作者之肝脾，亦当吾言之无怍也。”可见，他对自编的《一鸣集》也以差不多类似的语言来自评。《一鸣集》本三十卷，大部分已佚，只剩十卷。由此可看出，司空图既喜王、韦那样“澄澹精致”之作，对奇、险之作同样很欣赏，说明了他审美趣味的多样性。韩愈诗之雄奇由《调张籍》可略见一斑。此外，《答张十一功曹》《听颖师弹琴》等诗也以奇伟、想象丰富著称。韩愈还有一些抒情小诗写得也很清新，如《早春呈水部张十八员外》《春雪》《晚春》等。但是总体来看，韩诗的成就不如其文，其文雄奇奔放，说理透彻，逻辑性强，尤善锤炼词句，如论说文《原道》《原性》《原人》《师说》《马说》等。另外，还有杂文、传记、抒情散

① （唐）韩愈：《调张籍》，参见（清）彭定求等编：《全唐诗》卷三四〇，第 3814 页。

文等在古代文学史上影响也很大。韩愈被列为“唐宋八大家”之首，杜牧把韩文与杜诗并列，称为“杜诗韩笔”，苏轼称他“文起八代之衰”。可见后人更多是肯定其散文的成就。现存十几部唐人选唐诗只有韦庄的《又玄集》选了其两首诗，说明唐人对其诗不是很看重。不过韩愈诗对宋诗影响较大。

其次看柳宗元的诗。后人多认为柳诗继承了陶渊明及王、孟山水派的传统。其诗质朴清淡、意味深远、感情醇厚。以下将联系其代表作及其诗在唐代的接受情况就司空图的评价作出简要辨析。柳宗元诗歌代表作有《溪居》《江雪》《渔翁》《晨诣超师院读禅经》等。现以其脍炙人口的《江雪》为例来分析其诗的特点：

千山鸟飞绝，万径人踪灭。孤舟蓑笠翁，独钓寒江雪[①]。

此首诗是柳宗元被贬到永州之后，政治上受挫，于是借描写山水景物以抒发自己的苦闷之情。此诗意境幽僻、情调清冷、骨力遒劲，表现手法虚实相生、动静相成、对仗工整，俨然一幅清冷又唯美的江山雪景图，读后让人回味不已，以至千古传诵。诗人借独自垂钓的渔翁形象，来寄托自己清高、孤傲的情怀。下联的“孤”“独”正好与上联“千山”“万径”“绝”“灭”形成鲜明对照，渔翁形象跃然纸上，让人肃然起敬。看似随手拈来，作者笔力之精工可见一斑。无怪乎司空图评其诗“深搜之致，亦深远矣”“穷而克寿，玩精极思”。此首诗颇得后人赞赏。但现存十几部唐人选唐诗未见选录柳诗，说明唐人对其还不够重视。柳宗元最杰出的成就如韩愈一样，还是表现在散文上，其散文与韩愈齐名，有“韩柳”之称，他也是“唐宋八大家”之一。其提出“文道合一”“以文明道”观。其散文内容丰富、语言精练、技巧纯熟，尤其在游记和寓言等方面，留下了很多优秀散文，其寓言代表作有《黔之驴》《永某氏之鼠》等，游记代表作有《小石潭记》《石渠记》《石涧记》

---

① （唐）柳宗元:《江雪》，参见（清）彭定求等编:《全唐诗》卷三五二，第 3948 页。

《小石城山记》等“永州八记”。

司空图诗文兼善观有其合理的一面，但就实际情况来看，“兼善”者少，“偏工”者多，就算他举的李、杜，韩、柳等人，虽诗文“兼善”，但李、杜还是以“诗”著称，韩、柳还是以“文”著称。祖保泉先生对此也有论述：“古今作者，为文为诗，‘偏胜独得’者多，诗文兼善者少，这是历史事实，谁也否认不了。”[①]

（二）对贾岛、王驾等人评论之考辨

在《与李生论诗书》《与王驾评诗书》中，司空图还对贾岛、刘禹锡、杨巨源、无可、刘得仁等人做了简要的评论，在肯定其成果的基础上，亦提出了中肯的批评。《与李生论诗书》：“贾浪仙诚有警句，视其全篇，意思殊馁，大抵附于蹇涩，方可致才，亦为体之不备也，矧其下者哉！”《与王驾评诗书》：“刘公梦得、杨公巨源，亦各有胜会。浪仙、无可、刘得仁辈[②]，时得佳致，亦足涤烦。厥后所闻，徒褊浅矣。”这里，司空图两处提到贾岛。贾岛，字阆先，其诗以描写荒凉、苦寒之境而著称，与孟郊并称“郊寒岛瘦”，又因其喜雕琢字句，被誉为“苦吟诗人”。其代表作有《寻隐者不遇》《题李凝幽居》《剑客》《暮过山村》等。但总体来看，其诗过于雕琢个别字句，因而整体意境欠佳，所以司空图评其“诚有警句，视其全篇，意思殊馁，大抵附于蹇涩，方可致才，亦为体之不备也”“时得佳致，亦足涤烦。厥后所闻，徒褊浅矣”，是有一定道理的。此处仅以贾岛为例，其他诗人因篇幅所限，不作具体论述。

另外，在《与王驾评诗书》《与李生论诗书》《注〈愍征赋〉述》《注〈愍征赋〉后述》等论诗杂著中，司空图还对与其同时期的晚唐诗人王驾、李生、卢献卿及他本人的诗予以评价。

---

① 祖保泉：《〈题柳柳州集后〉注》，《司空图诗品解说》（修订本），合肥：安徽人民出版社 1980 年版，第 116 页“按”语。

② “浪先”句，宋本同。刘刊本作“阆先、无可、刘得仁辈”。

但遗憾的是，对晚唐与其差不多同时期的一些著名诗人，如李商隐（813—858）、杜牧（803—852）、温庭筠（812—866）等，司空图却只字未提。原因可能较复杂，如王步高先生认为，司空图未提及李商隐，可能有两种原因，一是由于动乱，司空图可能未读太多李商隐的著作；另一种原因可能是李商隐的诗在当时未受重视[①]。

总之，通过以上司空图对唐代诸诗人的评价之辨析，可以看出司空图对唐代诗人的评论虽不够全面，有些评论颇受争议，但用历史的眼光来看，他的评论还是很中肯、公允的，且主要遵循的是艺术、审美的标准，这与他的诗学理论是相一致的。

第三节　司空图的诗学批评特色与其唐诗史论

由以上分析可看出司空图的诗学批评实践与其诗学理论是基本一致的，他对唐代诸位代表性诗人的批评，除个别的较偏颇之外，绝大部分是精当的。由此可以看出司空图有着深厚的诗学理论修养、广泛的阅读实践与极高的艺术鉴赏力，他提出的诸多有价值的诗学理论是有深厚的实践基础的。他继承发展了殷璠、王昌龄、皎然等诗论家的批评路线，坚持艺术批评、审美批评的准则。另外，从《与王驾评诗书》等文中司空图对唐代一些代表性诗人的评论，可看出其唐诗史论。虽然所评论的诗人不多，但这些诗人在唐代各个阶段却极具代表性，从其对这些诗人的评论可看出司空图对唐代诗歌发展概貌与发展基本脉络的宏观把握，从中也可探究司空图高瞻远瞩的唐诗史观。

① 王步高：《司空图评传》（下），第 366—367 页。

一、司空图的诗学批评特色

司空图的审美欣赏趣味是多元的。他既欣赏李白浪漫主义的豪放，又欣赏杜甫现实主义的沉郁顿挫；既欣赏王维、韦应物的“澄澹精致”“趣味澄敻”的自然、清新、平淡的诗风，又欣赏韩愈的“驱驾气势”“物状奇怪”、柳宗元的“深搜之致”“玩精极思”；他既提倡“诗贯六义”，又推崇“象外之象”“景外之景”“味外之旨”“韵外之致”“近而不浮，远而不尽”的“醇美”之作；既尚雅，又尚奇；他的诗学思想既受儒家思想的影响，又受佛、道思想的影响。

但总体来看他的诗歌批评的理想，还是有一条主线的，即坚持“辨味批评”，司空图较看重诗歌是否有“味”，且是否有“味外之旨”“韵外之致”。可以说，司空图把诗歌具有“韵外之致”“味外之旨”看作衡量诗歌品质的最高标准。除了上文提到的他多次赞赏王、韦的作品之外，从他对元、白诗作的贬低也可看出其欣赏趣味，他认为“元、白力勍而气孱，乃都市豪估耳”，司空图不满的不是他们早期诗歌的现实性、讽谕色彩，而是他们的一些长篇律诗和一些艳情诗缺乏味道，且二人后期的一些作品视野狭隘，品位低俗，“元轻白俗”由此而来，这是诗歌的大忌，与司空图诗歌鉴赏的标准也正相违背，所以不甚为司空图所欣赏。

司空图还重视诗歌的“直致所得”，即自然流露。他在评王维、韦应物的诗歌时，说道：“直致所得，以格自奇。”钟嵘、皎然也重视诗歌的自然性，钟嵘提倡“自然英旨”；皎然亦重自然，反雕琢：“故皆合于语而生自然……违于天真，虽忘松容，而露造迹”，“律家之流，拘而多忌，失于自然，吾常所病也”[①]。司空图重视自然美是秉承钟嵘、皎然一脉的。

另外，司空图除了欣赏“澄澹精致”的作品，还特别欣赏“掀雷抉电”富有气势的作品，从他对韩愈诗作的极高赞赏，并且从他对自己一些比较满意

---

① （唐）皎然著，李壮鹰校注：《诗式校注·诗式序》，第 373—374 页。

的诗作的自负就可看出来。

司空图为何坚持这样的审美理想？从个人因素来说，与他的艺术修养有关。

首先，司空图酷爱诗。在众多的诗作中，他都表达了对诗的挚爱，如“侬家自有麒麟阁，第一功名只赏诗”（《力疾山下吴村看杏花十九首》之六）；“此生只是偿诗债，白菊开时最不眠”（《白菊杂书四首》之二）；“此身闲得易为家，业是吟诗与看花。若使他生抛笔砚，更应无事老烟霞”（《闲夜二首》之二）。把赏诗、写诗、吟诗看作生命中的第一要务、生活中不可或缺的部分，足见他对诗的酷爱。《全唐诗》评价司空图：“图少有俊才，晚年避世栖遁，自号知非子、耐辱居士，有先世别墅，泉石林亭，颇惬幽趣，日与名僧、高士游咏其中。有《一鸣集》三十卷，内诗十卷，今编诗三卷。”遗憾的是，《一鸣集》散佚，现存仅十卷。司空图对诗的热爱终其一生。晚年的司空图虽还对朝廷有所挂念，但退隐的决心未动摇。加上他的祖先留下的王官谷别墅，衣食无忧、生活在几乎与世隔绝的王官谷，使得他的生活悠闲、富足、自在自适，也使得他有时间来赏诗、作诗，过着较闲适的老年生活。司空图本身就追求一种唯美的生活境界，从他对诗歌的鉴赏亦可看出他对诗的批评是遵从唯美的、艺术的标准。

司空图写了不少堪称优秀的诗作。只是受时代的局限，他不太可能写出盛唐诗人那样慷慨激昂、荡气回肠的诗歌。当然同时也受他个人才力、思维方式等的影响，司空图似乎更擅长诗学理论的总结，这从其提出的众多具有高度的总结性、凝练性的诗学批评理论、诗学命题就可看出。如上文所论述的“诗贯六义”说、“思与境偕”说、“四外”说、“醇美”、“全美为工”等诗学命题，以及其对唐代十几位代表性诗人言简意赅的评论，均可看出他独到的、杰出的诗歌鉴赏品位与审美眼光。

其次，司空图还擅长书画等艺术。他有很高的艺术修养与艺术鉴赏品位。除了酷爱诗之外，他琴棋书画皆通。《书屏记》记载了其父得书法家徐浩一真迹视若珍宝，并记载：“所藏及佛、道图记，共七千四百卷，与是屏皆为灰烬。痛哉！”从其家所藏佛、道图记之多，以及这些图记与徐浩手书的屏被陕军化为灰烬之痛惜，可看出司空图及其父对艺术的热爱与极高的鉴赏力，也可略窥司空图深厚的家学渊源。司空图僧友尚颜赠其诗写道：“诗犹少绮美，画肯爱丹青。换笔修僧史，焚香阅道经。”[①]可见在尚颜看来，司空图不仅诗写得好，亦善绘画，佛、道兼修。《光启丁未别山》：“草堂琴画已判烧，犹托邻僧护燕巢。”《即事九首》之二：“十年深隐地，一雨太平心。匣涩休看剑，窗明复上琴。”《休休亭记》：“一局棋，一炉药。”《丁巳元日》：“移居荒药圃，耗志在棋枰。”这些诗均可看出司空图除了酷爱诗，擅长欣赏诗之外，还善琴棋书画，这也使得他具有较高的艺术品位与审美标准。

晚年的司空图隐居王官谷别墅，过着衣食丰足的娴雅生活，也使得他有大量的闲暇时间来写诗、品诗，研读佛、道经典，这些均使得他对诗歌等艺术有较高的鉴赏品位。

司空图既看重诗歌等艺术作品，亦看重艺术家的人品，如《书屏记》写道：“人之格状或峻，其心必劲。心之劲，则视其笔迹，亦足见其人矣”，即我们通常所说的“字如其人”。另外，他很欣赏李白的诗，亦赞赏李白的高洁人品，在《李翰林写真赞》中写道：“水浑而冰，其中莫莹。气澄而幽，万象一镜。擢然［诩］然，傲睨浮云。仰公之格，称公之文”，此处赞扬李白“气澄而幽”，气质澄澈、涵养幽深。在《贺翰林侍郎二首》中写道：“太白东归鹤背吟，镜湖空在酒船沉。今朝忽见银台事，早晚重征入翰林”，对李白飘逸、洒脱、豪放不羁的气质亦大加称颂。《修史亭三首》其二，其晚年对白居易的看法也有很大改变：“甘心七十且酣歌，自算平生幸已多。不似香山白居士，晚将心事著禅魔。”

总之，司空图坚持审美的、艺术的诗学批评标准，他具有多元的审美欣赏趣味，坚持“诗贯六义”的诗歌观念；在诗歌创作上，注重“直致所得”“象外之象”“景外之景”“思与境偕”；在诗歌的审美特征与鉴赏论上，

---

① （唐）尚颜：《寄华阴司空侍郎》，参见（清）彭定求等编：《全唐诗》卷八四八，第9599页。

注重诗歌的“韵外之致”“味外之旨”。这些诗学理论来自其诗学批评实践，对以上所列唐代各个阶段的十几位代表性诗人的评论，同样也指导了其诗学批评实践。

二、司空图的唐诗史论

司空图在《与王驾评诗书》等论诗杂著中对唐代代表性诗人的评论，也反映了其唐诗史论。司空图生活于晚唐，盛唐的诗歌余音未绝，对他的影响很深。唐代繁盛的诗歌创作实践为其理论奠定了深厚的基础。加之在他之前唐诗学理论已甚为丰富，为其“总结唐家一代诗”更是奠定了良好基础。

在众多唐代诗人当中，他在《与王驾评诗书》等文中选取了十几位代表性的诗人做了重点评论。他以高瞻远瞩的宏观视野，对这些诗人进行了非常凝练、精当的评论，反映了其对唐代诗歌发展基本历程的总的看法与观点。

司空图肯定了沈佺期、宋之问对初唐文坛尚雅之风的推动，赞颂盛唐王昌龄成就“杰出”，赞赏李白、杜甫将唐诗推向顶峰——“宏肆于李杜，极矣”，肯定了王维、韦应物的诗歌清新、自然，指出中唐大历诗人较之盛唐诗人要稍逊一筹，对元稹、白居易的部分诗歌过于强调其社会现实功能及过于通俗、缺乏韵味提出了中肯的批评，对韩愈诗之尚“奇”、柳宗元诗的质朴深远颇为赞赏。对贾岛、杨巨源、无可、刘得仁、王驾等人在肯定其成果的基础上，也指出了他们的不足。

由此可看出，司空图对唐代诗歌创作的发展历程及各阶段所呈现的基本特色把握得非常准确，其站在时代末端，以宏观的视野，对唐代诗歌创作的发展历程做了高屋建瓴的总结，体现了他对唐诗歌发展史的基本观点。虽然评论不过十几人，但从其所选各阶段诗人的代表性及其对这些诗人颇为精准的评论，均可看出其前瞻性的唐诗史论，以及对唐诗发展历程的宏观把握。正如明胡应麟所说：“按唐人评骘当代诗人，自为意见，挂一漏万，未有克举其全者。唯图此论，撷重概轻，由巨约细，品藻不过十数公，而初盛中晚，肯綮悉投，名胜略尽。后人综核万端，其大旨不能易也。”

小结

由以上对司空图所评论的唐十几位诗人诗作的具体考释，可以看出司空图对唐代诗人的批评涵盖了他的审美批评理想，与他的诗学思想、诗学理论是密切关联的。他的审美批评标准，既代表了他个人的审美欣赏趣味，在某种程度上又代表了唐代诗学批评的主流倾向，即坚持艺术的标准、审美的标准。这种批评标准既受当时特定文化背景的影响，又有其特定的理论渊源。他的诗学理论指导了其对唐代诗人的批评实践，反过来，他对唐代诗人的批评实践又是其诗学理论的基础。司空图诗歌批评的标准是“辨味”批评，这一标准秉承了唐诗论家殷璠、王昌龄、高仲武、皎然等人的基本路线。再往前可追溯到魏晋六朝陆机、钟嵘、刘勰等人重诗歌艺术性的批评传统，但其源头当是先秦道家。道家反对艺术的功利性，倡导“大音希声”、“大象无形”、大美无言、物我同化、重神轻形、“得意忘言”等纯艺术的审美标准，这些对司空图的诗学批评应当都产生了潜移默化的影响。同时，禅宗提倡空灵、“不立文字”、恬淡、含蓄的审美境界对司空图也产生了较大影响。因此，司空图诗歌批评实践既受唐代及之前诗歌批评理论与实践的潜在影响，又蕴含了其个人独特的审美趣味，从而形成了他独特的审美批评理论。司空图的唐诗史论已有“四唐”说的初步概念，由此可见他深厚的诗学理论修养与宏观的批评视野。

结语

生活于晚唐的司空图，作为诗人兼诗论家，写了不少优秀的诗文作品，总体来看，他的诗学思想较之其诗歌创作在诗学史上的贡献更大。司空图在前人的基础上，或提出了一些重要的诗学命题，或对前人的一些诗学思想进行了新的阐释，如“诗贯六义”、“四外”说、“思与境偕”、“醇美”、“全美为工”、“澄澹精致”等，对唐代的诗歌理论做了较全面系统的总结，形成了一套较为完整的诗学思想，为唐诗歌理论作出了重大的贡献。司空图代表了士大夫阶层对雅文化精神的追求，其诗学思想融会了儒、道、佛三家的思想。总体来说，他的为人处世受儒家思想影响较深，其诗学主要受佛、道思想影响，他的诗学批评已由传统的儒家政教批评转而倾向审美批评，他强调诗歌的艺术性。

一、司空图诗学具有较为完整的体系

司空图的诗学思想较为完整、系统。第一，从诗歌观念来说，他提出了

“诗贯六义”说，但与传统的儒家“六义”说又有很大区别，其融合了佛、道的思想。他指出“诗贯六义，则讽谕、抑扬、渟蓄、温雅，皆在其间矣”，他不否认诗歌的讽谕性，但更强调诗歌的含蓄、温婉、声律的抑扬顿挫，即更强调诗歌的艺术性，认为诗应“醇美”“全美为工”。

第二，从诗歌艺术思维论来说，他提出了“思与境偕”说，认为作者的情思及艺术构思应与特定的“境”相交融，使得唐代意境论最终形成。“意境”是诗歌的最高审美范畴，是对诗歌艺术性的高度凝练与概括。意境论首先运用于诗学理论中，相继被书、画、乐论所吸收、借鉴，是中国古代艺术的一个重要美学范畴，是衡量艺术作品优劣的一个重要审美标准。司空图将六朝时提出的意象论进一步向前推进了。

第三，从诗歌艺术创作论来说，司空图提出了“象外之象”“景外之景”说，这是对“思与境偕”说的有益补充，将先秦以来传统的“象”思维进一步提升。“意境”的突出表现就是要求诗歌艺术能表现“象外之象”“景外之景”。诗歌不仅有表层的含义，更有深层的含义；不仅表现诗中有限的场景，更表现文字之外的无限场景；不仅表现作者对某件事物的感慨，更表现作者对人生、生命的感悟。诗歌除了表现浓烈的情思之外，往往还包含某种哲理、禅机，如司空图甚为欣赏的王维的诗即是如此，平淡的文字却极富禅意，韵味无穷，表达了作者对生命的独特感悟。正如宋严羽所说“大抵禅道惟在妙悟，诗道亦在妙悟”[①]，能给读者强烈的情感触动与人生启迪。中国古代哲学、文学向来注重言、意、象之间的关系，从先秦《易传》提出“言不尽意”“立象以尽意”，庄子提出“得意忘言”，到魏晋的进一步发展，包括王弼提出“得意忘象”“得象忘言”论，陆机对言、意、物之间关系的深入阐述，钟嵘对“兴”（“文已尽而意有余”）的重新阐释，刘勰提出“意象”说，再到唐殷璠对“兴象”的重视，可以看出，中国古代文论非常重视“象”思维、意象论。从六朝到初唐，随着儒、道、佛三教的融合，佛教的

① （宋）严羽著，张健校笺：《沧浪诗话校笺》，上海：上海古籍出版社2012年版，第27页。

"境"概念与传统的感物创作论相结合，意象论逐渐向意境论转化。经由王昌龄、皎然、权德舆、刘禹锡等人的发展，唐意境论得以形成，到晚唐司空图提出"思与境偕"说、"象外之象"、"景外之景"、"韵外之致"、"味外之旨"，更是对意境说做了高度、凝练的总结。由此可见司空图对唐意境论所作的突出贡献，司空图使得唐意境论更深刻、更完善、更圆融。

第四，从审美批评标准来说，司空图坚持"辨味"批评，提出了"味外之旨""韵外之致"说。他重视诗"味"，认为诗应该有味道，这是继陆机、钟嵘、刘勰、皎然等人之后，强调诗"味"的又一人，且以凝练精切的语言表达了诗应有"言外之意"，应耐人寻味、咀嚼。诗歌艺术魅力的其中一个表现就在于其含蓄性、有曲笔。"味外之旨""韵外之致"说是对诗歌含蓄蕴藉之美的极贴切表达。

综上，可看出司空图具有一套较为完整的诗学思想。上述四个方面是紧密联系的，"诗贯六义"是其宗旨。在具体诗歌创作过程中，首先要发挥艺术想象的功能，要使作者的情感、艺术构思与外"境"相谐和、交融，做到"神而不知，知而难状。挥之八垠，卷之万象"[①]。只有使艺术想象尽情驰骋，再进行缜密的艺术构思，才有可能创造出具有"象外之象""景外之景"的作品。这样的作品，从读者鉴赏的角度才能体会到其"味外之旨""韵外之致"。所以司空图的诗学理论是自成体系的，这种诗学理论与他的思想是紧密相连的。司空图的思想受儒、道、佛三家的影响，他的儒家思想已道教化、禅宗化了。

二、司空图诗学思想的历史渊源

司空图的诗学思想不是偶然形成的，有其历史渊源。本书主要对其具

---

① （唐）司空图:《诗赋赞》，祖保泉、陶礼天笺校:《司空表圣诗文集笺校》，第 295 页。

有代表性且在诗学史上影响深远的几个诗学命题追根溯源，对其发展脉络做历史的、逻辑的梳理，以期追溯司空图诗学思想的源头和司空图提出的这些诗学命题的新意及其为中国古代诗学所作的贡献。通过对这几个诗学命题的溯源，可看出与这一命题相关的诗学命题的发展线索，也可透过这一线索大概了解中国诗学的基本发展脉络，其历史传承以及诗学理论与诗学创作的内在联系。司空图提出的这些诗学命题，从某种程度上说并不是他一个人的贡献，他是对前人的理论进一步总结、概括与凝练。这首先与他个人的素养、高度的审美鉴赏眼光有关，又与他生活的时代有关。唐诗歌创作的繁荣为其奠定了深厚的实践基础，唐诗歌理论的发展与兴盛是其理论基础，唐代儒、道、佛三教融合是其哲学基础。

司空图的诗学思想不是空穴来风、纸上谈兵，是有其实践基础的。唐代及以前的哲学思想、艺术批评理论是其诗歌批评实践的理论基础，唐代繁荣的诗歌创作是其诗歌批评的实践基础。他酷爱诗歌，并且创作了大量堪称优秀的作品。另外，从他对唐代十几位诗人的精辟评论就可看出他阅读甚广。他琴棋书画兼善，艺术修养甚高，加上唐代诗学理论的发展与丰富，均为他形成自己独特的艺术审美标准奠定了深厚基础。总体上说，司空图的诗学思想是精辟的，诗学视野是开阔的，诗学审美标准是明确的。他的诗歌史观与其诗学思想是一致的、相互贯通的。

儒家的立身处世的原则，“立德”“立功”“立言”的崇高理想，温柔敦厚、尽善尽美的审美标准，道家尚法自然、“心斋”、“坐忘”、大美不言的修身及艺术主张，禅宗所提倡的“不立文字”“直指人心”“明心见性”“凝心观照”等，儒、道、佛的这些处世哲学、审美理想被司空图巧妙融合。

当然，由于时代的局限性，司空图的思想中也有矛盾的方面。晚年的他对朝廷彻底失望，退隐王官谷，不愿与取代唐王朝的后梁合作，表明了他高洁的情怀、傲慢的气质，以及渴望过上宁静、安逸生活的理想，无怪乎在《自诫》中他写道：“取训于老氏，大辩欲讷言。”但如果认为退隐就说明他不关心朝政与唐王朝的命运，那就是对他的曲解，从其闻哀帝被杀遂绝食而亡，就足见他对唐王朝的耿耿忠心。而晚年朝廷几次征召他均不赴，他抗拒的不是唐王朝，而是唐王朝的宦官、军阀等专政的腐朽势力，从这一点看来，他又是一个赤胆忠心的儒生，他是有担当的。当然，同时又说明了他人生观的局限性，愿为腐朽的唐王朝帝王赴黄泉，说明了他为人处世还没有真正达到佛、道所倡导的超然境界。所以从整体看来，司空图的思想是复杂的、多面的且有时是矛盾的，其为人处世是儒家的做派，诗学思想主要受佛、道的影响。另外，司空图的诗学批评坚持"辨味"批评的原则，走的是"为艺术而艺术"的路子，其崇尚士大夫的雅文化、高雅的艺术，不免忽略了艺术的社会功能。不管怎样，瑕不掩瑜，他为后人留下的诗学理论是弥足珍贵的。

三、司空图诗学思想对后世的影响

司空图的诗学思想对宋、元、明、清文论及书论、画论产生了深远的影响。如上所述，司空图的诗学坚持审美的标准、艺术的标准，他提倡诗歌的意境美，诗歌应有"象外之象""景外之景"，要有"言外之意"，要有含蓄不尽的韵味。这些诗学理论对唐以后的艺术批评坚持审美的标准均有直接或间接的影响。

首先看意境论在宋、元、明、清的延续与发展。唐代王昌龄、皎然、权德舆、刘禹锡、司空图等人对诗歌意境论作出了不同程度的贡献。意境成为中国古代诗学的最高审美范畴，并相继渗透、延伸到书论、画论、词论等艺术理论中。关于意境论对后代的影响，学界已有不少相关的研究成果。代表性的如刘畅先生在《探索"境界"的历程》一文中，在论述了唐代及之前"境界"论的形成与发展之后，又对宋、元、明、清诗论中对"境界"论的发展进行了阐述[①]。作者指出自皎然、司空图等人对诗歌领域的“境界”论进行探索后，后代理论家沿着他们的路线进行了有效的探索。其中一条路线是从司空图的“象外之象”到严羽的“兴趣”说和王士祯的“神韵”说；另一条是从梅尧臣到谢榛，再到王夫之，从情景关系入手研究“境界”问题。刘先生较全面、系统地论述了“境界”论在宋、元、明、清的发展，如宋代梅尧臣提出的“状难写之景，如在目前，含不尽之意，见于言外”；苏轼对司空图诗学很推崇，认为诗美在于“咸酸之外”的“味”。另外还有张戒、杨万里、姜夔、叶梦得、魏庆之、严羽等均提出了丰富“境界”说的相关理论，特别是严羽在《沧浪诗话·诗辨》中提出的“妙悟”说、“兴趣”说更是对诗歌的意境论做了进一步发挥。元揭傒斯（字曼硕）的《诗法正宗》主张作诗要有滋味，是对司空图诗论的延续、发展。明谢榛、胡应麟、袁宏道，清王夫之、叶燮、王士祯等对诗歌的意境论、情景交融论等均做了相关的阐述。其中，王士祯特别推崇严羽、司空图的诗论，他提出的“神韵”说更是直接受司空图“象外之象”“味外之旨”和严羽“兴趣”说的启发。刘畅先生还论述了词论中的“境界”说。张炎、况周颐、王国维等分别从不同角度提出了词的审美特征，特别是王国维在《人间词话》中对词的“境界”问题进行了系统论述，明确提出了“境界”这一术语，且提出了“造境”“写境”“有我之境”“无我之境”等概念，把“境界”作为中国古典诗词最本质的艺术特征，深入剖析了其美学内涵，对中国古代“意境”论、“境界”论的研究做了高度的总结。

蓝华增先生在《意境论》一书中也对意境论在唐以后的发展状况做了阐述[②]。他指出，北宋时期，在绘画领域，“境”“境界”已成为评论绘画的专门术语。在诗歌领域，一些诗词家也主张诗须有意境，如黄庭坚主张作诗要“待境而生”，苏轼主张作诗要“境与意会”。他还重点论述了严羽《沧浪诗话》对意境说的贡献，如描述了诗境想象性的特征，提出了诗的基本审

① 刘畅：《探索“境界”的历程》，参见南开大学中文系古典文学教研室编：《意境纵横探》，第279—295页。
② 蓝华增：《意境论》，第55—62页。

美范畴与从属范畴的关系，提出了“不落言筌”的语言表现原则等。蓝先生还进一步论述了意境论在明清的广泛运用和总结，指出明清时期，意境说广泛运用于包括诗歌在内的一切文学艺术领域中。在诗论、词论中，王世贞主张“神与境和”，并且把“格调”说与“意境”说统一起来。叶燮、沈德潜、纪昀、况周颐等人对诗、词论中的意境论也进行了阐述。清代王士祯的“神韵”说和袁枚的“性灵”说，是意境论的支脉、末流。意境论还广泛运用于戏剧、小说和其他文体。这本书还重点论述了王国维对意境论的贡献，肯定了王国维对中国古典诗词意境说做了历史的美学总结。

其次，韵味说在宋、元、明、清诗论及书、画理论中的延续与发展。宋、元、明、清诗论中还常常以“韵”“味”论“艺”。如诗论中，宋代重平淡、含蓄之“味”；元人讲“趣味”；明代重“全味”“风味”，重诗之“韵”；清代重诗之“厚味”“风味”“神韵”“神味”等。宋、元、明、清的书论同样也很重视“韵味”，书法作品推崇“平淡”、有“余意”，所谓“有余意谓之韵”。画论同样重视“余味”“味外味”“画外之画”“象外”等。这一时期的书论、画论与诗论一样，都很重视“平淡”“含蓄”之美，重视“笔画之外”的精神，注重作品的“虚实相生”。画论在宋元时期讲求“写意”，清代推崇“高逸”“空灵”之作，对“逸品”越加重视。总体看来，宋、元、明、清的艺术理论家非常重视“情真”“含蓄”，推崇“言有尽而意无穷”的韵味，认为作者的精神、真挚的情感与作品的“韵味”是相贯通的。宋、元、明、清的韵味论与意境论又常常相互交融、相互渗透。

关于韵味说在宋、元、明、清诗论及书、画理论中的发展，前人也有不少研究成果。代表性的如陈应鸾先生在《诗味论》中对韵味说在宋、元、明、清诗论中的发展做了较详细的论述[①]。陈先生指出，诗味论发展到宋、元、明、清（清前期和中期）时，达到了最为鼎盛的时期。宋代大都主张平淡含蓄以致味。其中，北宋人侧重强调平淡，如梅尧臣、欧阳修、苏轼等人均持平淡

① 陈应鸾:《诗味论》，第 65—112 页。

有味论。南宋人侧重含蓄有味说，如张戒的“意味”说，杨万里、姜夔、严羽等均提倡含蓄有味说。元代的诗味论也较盛行。如方回以瘦硬枯劲之诗为有味。一些人仍倡导宋人所持之平淡含蓄的诗味论，如杨载、范德机等。另揭傒斯在《诗法正宗》中提出“意外生意”“境外生境”，直接秉承了司空图的“味外之旨”说。元代刘降孙提出的“趣味”说最有创见。在《高绀泉诗序》《如禅集序》等文中，他主张诗要有“禅趣”“情趣”“景趣”“天趣”，从而把趣味作为诗歌的最高审美标准。明代诗味论成果也甚丰。如李东阳强调真情实感而致味。明代最有特色的诗味论，当数谢榛的“全味”（或曰“佳味”）论。在《四溟诗话》中，谢榛提出了获得“全味”的几个基本要点与途径，如主张以凄婉之情感人而致味、以虚而致味、以含蓄浑融而致味、淡而致味、清丽以致味等，可以看出谢榛既总结了前人的诗味论，又有自己的创见。此外，明代陆时雍、朱承爵的诗味论也很有特色，他们均从意境论的角度来论诗味。如陆时雍在《诗镜总论》中，提出“转意象于虚圆之中”“情欲其真，而韵欲其长”“情中有景，景外含情”等理论，论述了诗之“情”与“意象”、“情”与“韵”“风味”、诗之含蓄与“情”“景”之间的密切关系。朱承爵则明确将诗之“意境”与诗之“真味”联系起来，在《存余唐诗话》中，他指出“作诗之妙，全在意境融彻，出音声之外，乃得真味”。可见，他认为诗的意境直接决定了诗的“真味”，意境“出音声之外”，类似于司空图的“韵外之致”。此外，杨慎、王世贞、顾起纶、王世懋、袁宏道、李贽，以及竟陵派等也都对诗味论有一些论述，但创见不大。清代以“味”论诗亦很盛行，但多是对前人研究的总结、融会贯通，创造性的见解不多。代表性的如贺贻孙的“味厚”说，他认为诗之“神”“气”决定诗之“味”，并且他也把诗之意境与诗之味联系起来，认为“其境愈熟，其味愈长”。他的“味厚”说主要表现在诗之“蕴藉”上。持诗应含蓄有味说的还有贺裳等。另外，黄宗羲认为诗应有“余味”，这就要求诗应表现“真性情”。清初最有特色的诗味论当推王夫之的“风味”说。他认为诗、画“同一风味”，指出诗、画都是运用艺术思维去创造美的意境，且它们都讲究“势”。他还认为诗要表现一种力度、气度，反对“轻飘短味”之作。王夫之的这些见解都富有一定的创见性。清代富有集大成性质的诗味论当推王士祯的“神韵说”，他非常推崇司空图提出的“不著一字，尽得风流”之说，以及严羽的“羚羊挂角，无迹可求”与“妙悟”说，侧重从意境的虚与朦胧方面倡导诗的含蓄之美。他还提倡诗的清虚淡远之美，对诗味论进行了很好的总结。清代倡导“性灵”说的袁枚也对诗味论有一定的贡献，他认为诗要有味，就须既有真情，又有生趣。他还提出以神韵而致味等观点。此外，清代的赵翼、潘德舆、沈德潜等人也都曾以“味”论诗，但创见不多。陈应鸾先生还对鸦片战争以后诗味论地位的渐趋衰落，逐渐被西方的美学理论所取代且与之相融合的内容进行了论述。他认为诗味论衰落期的特点表现为，虽然以“味”论诗并未完全消失，但已很少，且无多少新见。这一阶段，何绍基、刘熙载、张之洞、章太炎等人均对诗味论有一些点滴的见解，但与之前丰富的诗味论相比，这只能算是其尾声。

宋、元、明、清时期，韵味说与意境论除了在诗论中广泛运用之外，也渗透到书论、画论中。关于韵味说与意境论在宋、元、明、清书、画理论中的发展，陶礼天先生在《艺味说》中做了甚为详切的论述①。陶先生指出：“六朝以后书法理论批评，就‘意象’化的批评方法而言，开始从重视人格精神的审美表现，转为重视整体‘意境’的审美感受、‘性情’的表现和‘意象’的完整等。——这正是唐以后书法理论批评中的‘韵味’说的新的美学内涵。”② 他进而指出，唐以后特别是宋代的书法理论家普遍崇尚书法作品的“平淡”、有“余意”的境界，推崇“萧散简远”“笔画之外”的“韵味”美，以宋苏轼、黄庭坚、范温等人为代表。可见，这一时期的书画理论与诗论的审美取向是相通的，均提倡“平淡”、含蓄、有“余味”的作品。黄庭坚甚是推崇书法艺术之“韵”，他主张“凡书画当观韵”。范温对书法之“韵”同样很重视，他提出“有余意谓之韵”等重要观点。这一时期的绘

① 陶礼天：《艺味说》（下卷），第 78—133 页。

② 陶礼天：《艺味说》（下卷），第 83 页。

画艺术同样重视“韵”“味”。如明董其昌、莫是龙、陈继儒等人很崇尚画之“南宗”，“明清绘画无论是创作还是批评，受其影响甚大，而‘味外味’论，乃是支撑其学说的一个重要观点，直接反映了其对‘画境’创造原则的要求和审美理想”[①]。画境“味外味”受司空图诗论的影响，同时也受顾恺之“传神写照”、谢赫“气韵生动”的影响，其源头当追溯到道家的“自然之道”、“形神”论上。继谢赫提出“气韵生动”之后，元杨维桢也倡导画之“传神”论。苏轼、黄庭坚在画论中亦崇尚“味外味”。北宋郭熙提出“画之景外意”“画之意外妙”等著名观点。北宋末至南宋邓椿提出画要有“余味”。欧阳修倡导“画意不画形”，董其昌特别重视画要有“味外味”与“天真幽淡为宗”的南宗画审美理想。明清画论家普遍认为绘画应注重“实境”“虚境”的统一，崇尚境界的“空灵”之美。清代的画论家针对元画、宋画过于追求“写意”而不重视“形似”，以及宋人过于重南宗轻北宗提出了批评，如李修易、郑绩、邵梅臣、松年等人均提出了自己的见解，认为准确描绘出“形似”是“传神”“神似”的前提和基础，只有“形似”才能真正运用简逸的笔墨表现出“无笔处有画”的画境和画味。

综上，可看出司空图的诗学思想对宋、元、明、清的文论及书论、画论影响深远，在今天的文学理论、文学批评和文学鉴赏领域还经常被用到，对今天的艺术创作仍有指导意义。这说明了其巨大的魅力与突出贡献，尤其是其善于将儒、道、佛的思想精神融会贯通于诗学中，更说明了其诗学理论的兼容性与博大精深。他崇尚诗歌的审美性与艺术性，说明他抓住了艺术的本质特征。他虽然受儒家思想影响颇深，但在诗学思想上并没有走艺术应为政教服务的传统儒家老路，而是敢于创新、敢于直面艺术本质，将佛、道思想融入文学批评中，这些都是非常难能可贵的。

---

① 陶礼天:《艺味说》(下卷)，第 91 页。

附录　《二十四诗品》及其思想渊源研究平议

由于《二十四诗品》的作者问题到现在还没有定论，所以本书将《二十四诗品》的相关内容作为附录单独进行论述。据目前的研究成果来看，没有确凿的证据能够证明《二十四诗品》是司空图所作或非司空图所作，因此本书还是遵从传统的观点，把《二十四诗品》仍归在司空图名下。因对《二十四诗品》作者的辨伪非本书的写作主旨，所以关于其作者问题不做重点讨论，本书重在对《二十四诗品》及其思想渊源研究进行平议。

学界关于《二十四诗品》研究的述评类、总结性的论文较多，代表性的有张国庆先生的《〈二十四诗品〉百年研究述评》，还有李春桃的博士学位论文《〈二十四诗品〉接受史》。张国庆的《〈二十四诗品〉百年研究述评》[①]，总结论述了《二十四诗品》研究自20世纪二三十年代至2002年近百年的发展历程，并对21世纪《二十四诗品》研究应予关注的问题提出见解。该文资料较翔实，总体脉络清晰，述评较精当。只是由于篇幅所限，评述较简单，台港地区及海外的资料还不够全面，尤其是论文方面的资料更是缺

① 张国庆：《〈二十四诗品〉百年研究述评》，《文学评论》2005年第1期，第178—189页。

乏，这不免是一大缺憾，另外，对 2002 年以来的相关研究成果均未涉及。李春桃的博士学位论文主要从读者接受的角度，系统探讨了《二十四诗品》的接受史。比较全面地论述了《二十四诗品》自明代崇祯年间到 21 世纪初近四百年来进入读者视野并成为经典的基本历程，包括了台港地区及海外对《二十四诗品》的接受①。此篇博士学位论文资料翔实，逻辑清晰，研究甚为深入、系统、细致，为研究者提供了很多有益的文献资料，但对 2005 年以后的研究成果亦未涉及。本书力图在前人研究成果的基础上，对《二十四诗品》及其思想渊源的研究做一些完善与补充，并从思想渊源的角度，对《二十四诗品》与司空图诗学思想是否具有一致性作出简要平议。

第一节 《二十四诗品》研究概况

一、中国大陆地区《二十四诗品》的研究概况

在评述现当代对《二十四诗品》及其思想渊源研究概况之前，先就司空图及《二十四诗品》在古代的研究概况做一简要的述评。自五代以来，司空图一直受到文人的重视，其诗学研究从宋代就很受关注。《新唐书》《旧唐书》均列司空图传，《旧唐书》入文苑传，《新唐书》入卓行传。王禹偁的《五代史阙文》对司空图的人品也给予了很高评价。到了宋、金，司空图的人品、气节及诗文更进一步受到文人的称颂，王安石、陆游、元好问等人的诗文中均有对司空图的人品、节操的赞赏。其诗文更是受到宋代大文豪苏

① 李春桃:《〈二十四诗品〉接受史》，复旦大学博士学位论文，2005 年。

轼的赞许，苏轼在《书黄子思诗集后》《书司空图诗》等文中对图诗甚是赞赏。在《书黄子思诗集后》[①]中，苏轼写道："司空图崎岖兵乱之间，而诗文高雅，犹有承平之遗风……自列其诗之有得于文字之表者二十四韵，恨当时不识其妙，予三复其言而悲之"，认为司空图诗文高雅，有和平盛世之遗风，尤对自己当时不识司空图"自列其诗之有得于文字之表者二十四韵"之妙而懊悔。对"二十四韵"的理解成为20世纪90年代《二十四诗品》作者问题引起争议的一个焦点，"二十四韵"究竟是指《二十四诗品》，还是指司空图的论诗杂文《与李生论诗书》中所列自己的二十四联诗？持司空图不是《二十四诗品》作者观点的一方（以下简称伪托方）认为"二十四韵"即这二十四联诗，并非《二十四诗品》，其立论的一个重要根据就是苏轼此文是明末毛晋等人将《二十四诗品》与司空图联系起来的现有的可以查阅到的唯一证据，而把"二十四韵"理解为《二十四诗品》显然有误，因为苏轼之前尚无文献证明司空图是《二十四诗品》的作者。持司空图是《二十四诗品》作者观点的一方（以下简称赞成方）多认为"二十四韵"即《二十四诗品》。围绕《二十四诗品》作者是否为司空图的争论已持续了20年，至今尚无定论。关于《二十四诗品》的作者问题下文再具体展开，兹不赘述。再回到苏轼对司空图的评价，其在《东坡文集》卷六十七《书司空图诗》中写道：

> 司空表圣自论其诗，以为得味外之味。"绿树连村暗，黄花入麦稀。"此句最善。又云："棋声花院静，幡影石坛高。"吾尝独游五老峰，入白鹤院，松阴满庭，不见一人，惟闻棋声，然后知此句之工也，但恨其寒俭有僧态。若杜子美云："暗飞萤自照，水宿鸟相呼。四更山吐月，残夜水明楼。"则才力富健，去表圣之流远矣[②]。

① （宋）苏轼：《书黄子思诗集后》，参见王云五主编：《丛书集成初编·元丰题跋　东坡题跋》之《东坡题跋》卷二，据《津逮秘书》本影印，第45页。

② （宋）苏轼：《书司空图诗》，参见王云五主编：《丛书集成初编·元丰题跋　东坡题跋》之《东坡题跋》卷二，据《津逮秘书》本影印，第43页。

此文中苏轼首先指出司空图自论其诗之“味外之味”的标准，其次对司空图的两句诗“绿树连村暗，黄花入麦稀”“棋声花院静，幡影石坛高”大加赞赏，认为前一句“最善”，后一句甚“工”，但可惜的是“其寒俭有僧态”，与杜甫的诗比起来，尚有差距。总的看来，苏轼还是很赞赏司空图诗之“高雅”、有“味外味”、既“善”且“工”的，但也流露出对其诗“寒俭”，即才力不富健的遗憾。自苏轼之后，司空图其人其诗渐被宋元人所肯定，宋祁、黄庭坚、王恽、方回等人或在诗文中引用司空图诗，或对司空图的诗文创作给予较高评价。司空图在明代的影响更甚，文人们尤对司空图晚年的隐居地王官谷歌咏甚多，如钱子义、杨士奇、王翰等人均有诗歌咏王官谷及司空图其人及诗。另外司空图在明代的影响越来越大还表现在明人逐渐认识到司空图诗学理论的价值，对其论诗杂文中的重要诗学思想、诗学观念大为推崇，尤其是对司空图《与李生论诗书》《与王驾评诗书》《题柳柳州集后》《诗赋赞》等文中提出的“四外”说、唐诗歌史观等更为赞赏。

明末《二十四诗品》开始受到关注。明末毛晋的《津逮秘书》、郑鄤的《峚阳草堂文集》及费经虞的《雅伦》等始将《二十四诗品》与司空图联系起来，题司空图所著的《二十四诗品》在明末受到广泛的重视。到了清代，司空图及《二十四诗品》的影响更大。清文人对司空图的人品、气节更是给予了高度评价，如顾炎武、李调元、钱谦益、吴雯等人，王士祯、朱彝尊、厉鹗等人均有诗文歌咏司空图隐居地王官谷及司空图作为隐士高洁品性的诗文。同时，司空图诗文及文学理论在清代也得到了高度肯定。他的《与王驾评诗书》《与李生论诗书》等论诗杂著中提出的几个重要诗学命题，如“象外之象”“味外之旨”“韵外之致”及他对唐代几位代表性诗人的精辟评论均被清人所看重。王士祯对司空图尤其赞赏，特别对《诗品·含蓄》中的“不著一字，尽得风流”情有独钟。清代的两位皇帝康熙、乾隆均对《二十四诗品》很欣赏，康熙时编选的《御定全唐诗》将《诗品二十四则》作为附录收入司空图诗集中。乾隆很是喜爱《二十四诗品》，不仅在《御制诗》五集中多次提到题司空图所著的《二十四诗品》，而且常借用《二十四诗品》中的相关品目评论唐宋诗人。《二十四诗品》在清代的广泛影响还表现在一系列的文、赋、词品及续作的相继问世。受《二十四诗品》以品论诗的影响，先出现了袁枚的《续诗品》，继而产生了顾翰的《补诗品》、曾纪泽的《演司空表圣诗品二十四首》、马荣祖的《文颂》、许奉恩的《文品》、郭麐的《词品》、杨伯夔的《续词品》、江顺诒的《补词品》、魏谦升的《二十四赋品》、黄钺的《二十四画品》、杨景曾的《二十四书品》等以品论词、文、赋、书、画的作品，且其中不少品目皆仿《二十四诗品》为二十四品，由此可见《二十四诗品》在清代的巨大影响。另外，明末、清代《二十四诗品》刊刻本渐甚，尤其是清代。司空图作品及《二十四诗品》也受到清代诸多诗话作者的青睐，何文焕将《二十四诗品》作为诗话编入《历代诗话》。清代对《二十四诗品》的笺注也较多，主要有孙联奎的《诗品臆说》、杨廷芝的《廿四诗品浅解》等。

以上简要对司空图及其诗学（包括《二十四诗品》）在古代的研究概况做了介绍。总而言之，自五代至清代，司空图及其诗作、诗论受重视的程度越来越高，特别是明末以来题司空图所作之《二十四诗品》更是受到越来越广泛的关注。

本书绪论中已指出，现当代司空图及其诗学研究，尤其是20世纪80年代以来进入了快速发展的阶段，20世纪90年代初，由于《二十四诗品》作者遭到质疑，《二十四诗品》及司空图的相关诗学研究更是受到了前所未有的普遍关注。以下简要介绍现当代《二十四诗品》的研究概况。

现当代的司空图研究大致经历了两个阶段："辨伪"说之前的研究，包括20世纪初到80年代的初始及曲折发展阶段，20世纪80年代到90年代中期的快速发展阶段。"辨伪"说之后的研究，即20世纪90年代中期到现在，出现了一个新的局面及全面研究阶段。关于题司空图所作《二十四诗品》的研究始终是司空图诗学研究的重心。尤其是20世纪90年代中期以来，随着《二十四诗品》的作者遭质疑，引发了一场规模较大的关于《二十四诗品》的作者是否为司空图的讨论。学者们各抒己见，或从文献资料、考据学、目录学、音韵学的角度，或从隋唐五代的诗文品第、诗格研究、象征批评的大背景，或从中国文学史的整体发展历程，或从《二十四诗品》的佛、道、禅的背景以及《二十四诗品》与司空图诗学的内部联系等各个角度进行论证，或赞成或反对或存疑。这既推动了对司空图诗学的研究，又推动了对中国古代文学理论及文学批评，尤其是隋唐五代、元明时期的诗学内部联系及历史渊源的研究。

（一）“辨伪”说之前的研究

1. 20 世纪初到 80 年代的初始及曲折发展阶段

该阶段关于司空图的研究，从内容上来说，主要以《二十四诗品》为研究中心。其中，20 世纪 20—40 年代关于《二十四诗品》研究的论文很少，只在一些文学批评史中被提到。如陈钟凡先生的《中国文学批评史》（1927 年）、郭绍虞先生的《中国文学批评史》（1934 年）、方孝岳先生的《中国文学批评》（1944 年）、罗根泽先生的《中国文学批评史（二）》（1945 年）、朱东润先生的《中国文学批评史大纲》（1944 年）。其中，郭绍虞先生在《中国文学批评史》中专辟一节论述《司空图之诗品》，认为司空图的诗论“别开生面”，与之前的复古文论迥异，司空图诗论的特点是寻求“味外之旨”，正代表了诗佛王维的诗论。司空图《二十四诗品》用象征批评的方法来评诗，在文学批评史上有一定价值。罗根泽先生《中国文学批评史》之第五章:《诗品与本事诗》，重点论述了司空图的《二十四诗品》，认为“诗品提示的二十四种境界……都充满了逃避意味”[①]。同时认为“这二十四种诗境，同时也就是诗的二十四种风格”[②]，并重点论述了“比喻的品题及其来源”。

朱东润先生的《中国文学批评史大纲》，将《二十四诗品》分为五大类:

① 罗根泽:《中国文学批评史》（二），上海：上海古籍出版社 1984 年版，第 234 页。

② 罗根泽:《中国文学批评史》（二），第 237 页。

论诗人之生活、论诗人之思想、论诗人与自然之关系、论作品、论作法。[①] 20世纪30年代初，朱东润的《司空图诗论综述》[②] 开了先河，作者对司空图诗论给予了很高的评价，认为司空图的诗论与盛唐的殷璠相近，属于"为艺术而艺术"，而与元结、白居易、元稹等人"为人生而艺术"相去甚远，同时认为《二十四诗品》"可谓为诗的哲学论"，还指出"思与境偕"说"直揭表圣论诗真谛"。作者对司空图诗论之特点做了客观的评价。20世纪40年代到60年代研究成果较少，只有几篇文章发表，另外就是在一些文学批评史中被提到。60年代初，司空图诗学研究，具体来说是《二十四诗品》的研究逐渐被学者重视，一些至今仍然有影响的论文、专著诞生。以吴调公、郭绍虞、祖保泉的研究成果最为丰富。吴调公在1962年连续发了四篇文章，主要谈了司空图《二十四诗品》的美学观、诗歌理论与创作实践。

1963年10月，郭绍虞的《诗品集解·续诗品注》出版。郭先生将题唐代司空图《二十四诗品》与清代袁枚的《续诗品》两种不同性质的诗品汇编在一起并加以注解，并且在这两种诗品之后都辑有附录。其中《二十四诗品》附录有四种：司空图几种论诗杂文、序跋提要、题咏及演补。尤其是序跋提要，把清代几种重要的《二十四诗品》研究的序跋均列出来，包括：清无名氏《诗品注释》、杨振纲《诗品续解》、杨廷芝《廿四诗品浅解》、孙联奎《诗品臆说》等序跋，为后人研究提供了宝贵的资料。

1964年，祖保泉先生的《司空图诗品解说》出版。祖先生对《二十四诗品》的每一品均做了详细的注释，并有译文和解说，内容颇为精当。虽然祖先生对《二十四诗品》的总体评价并不高，认为某些诗句令人费解，但就其论诗的意境、风格来说，《二十四诗品》还是有可取之处的。应该说祖先生的评价还是比较客观的。祖先生的研究为后人对《二十四诗品》的进一步研究奠定了深厚的基础。

① 朱东润：《中国文学批评史大纲》，上海：上海古籍出版社2012年版，第103—108页。（1944年初版。）

② 朱东润：《中国文学论集》，第1—22页（据作者本书后记，此文写于1931—1935年间）。

另外，1962年，孙昌熙、刘淦校点的《司空图〈诗品〉解说二种》[①]出版。两位学者将清代孙联奎的《诗品臆说》与杨廷芝的《廿四诗品浅解》汇编在一起，并做了详细的“校点后记”，为后人研究《二十四诗品》提供了重要的资料。孙昌熙、刘淦的另一篇论文《读司空图〈诗品臆说〉》1962年在《文史哲》发表。

但是由于意识形态的影响，学者们大多认为《二十四诗品》是唯心主义的，如祖保泉先生指出，司空图的诗论属于客观唯心主义，在理论上带有神秘色彩，而且《二十四诗品》有些语句让人百思不得其解，并且认为司空图的“世界观、生活道路决定着他认为诗应该超脱现实。这就是他的诗论的严重消极因素”。[②]应该说祖先生的这种说法还是带有一定时代局限性的。

2. 20世纪80年代到90年代中期的快速发展阶段

此阶段《二十四诗品》的研究成果甚丰，学者们出版了多部《二十四诗品》研究专著，包括乔力先生的《二十四诗品探微》[③]，罗仲鼎、吴宗海、蔡乃中的《〈诗品〉今析》[④]，弘征先生的《司空图〈诗品〉今译·简析·附例》[⑤]，祖保泉先生的《司空图的诗歌理论》[⑥]，赵福坛、黄能升的《诗品新释》[⑦]，杜黎均的《二十四诗品译注评析》[⑧]，畅广元的《诗创作心理学：司空图的〈诗品〉臆解》[⑨]，曹冷泉的《诗品通释》[⑩]，陆元炽的《诗的哲学　哲学

① （清）孙联奎、杨廷芝著，孙昌熙、刘淦校点：《司空图〈诗品〉解说二种》，济南：山东人民出版社1962年版（齐鲁书社1980年重版）。

② 祖保泉：《司空图的诗歌理论》，第71—72页。

③ 乔力：《二十四诗品探微》，济南：齐鲁书社1983年版。

④ 罗仲鼎、吴宗海、蔡乃中：《〈诗品〉今析》，南京：江苏人民出版社1983年版。

⑤ 弘征：《司空图〈诗品〉今译·简析·附例》，银川：宁夏人民出版社1984年版。

⑥ 祖保泉：《司空图的诗歌理论》，上海：上海古籍出版社1984年版。

⑦ （唐）司空图原著，赵福坛笺释，黄能升参证：《诗品新释》，广州：花城出版社1986年版。

⑧ 杜黎均：《二十四诗品译注评析》，北京：北京出版社1988年版。

⑨ 畅广元：《诗创作心理学：司空图的〈诗品〉臆解》，西安：陕西师范大学出版社1988年版。

⑩ （唐）司空图著，曹冷泉注释：《诗品通释》，西安：三秦出版社1989年版。

的诗——司空图诗论简介及〈二十四诗品〉浅释》[①]，王济亨、高仲章的《司空图选集注》[②]，刘禹昌的《司空图诗品义证及其它》[③]等。以上诸位先生的著作主要是围绕《二十四诗品》展开的，是关于《二十四诗品》的今译、评析等。此外，还有对司空图的诗歌理论、诗文选注、年谱的研究。其中，祖保泉先生的《司空图的诗歌理论》，这本小书虽然很薄，却是早期研究司空图的一本很有影响的著作，主要突出了司空图诗学的创作论、鉴赏论及《二十四诗品》的体制和渊源。其指出《二十四诗品》在体制上的特点有三个方面：比物取象、不主一格、原无次第。认为《二十四诗品》是着重探索诗的意境、风格问题的专著，且认为《二十四诗品》所表现的主要是老庄的思想。另外，王济亨、高仲章选注的《司空图选集注》，其中第一部分为《二十四诗品》注译，对每一品做了题解、笺注、译诗，非常详细。一些文学批评史中也提到司空图及其诗论，主要有：敏泽先生的《中国文学理论批评史》（1981 年），成复旺、黄葆真、蔡钟翔三位先生合著的《中国文学理论史》（1987 年）。此阶段，大陆关于司空图的研究论文有一百篇左右，涉及内容更广泛，主要研究者除了以上所列，还有发表具有一定影响力论文的研究者，如吴调公、曹顺庆、王运熙、张少康、罗宗强、敏泽、萧驰、詹福瑞等学者。

总体来说，这一阶段关于《二十四诗品》的研究，从内容上来看，主要是关于《二十四诗品》的美学研究、风格研究、分品研究，尤其是对雄浑品的研究，另外还有《二十四诗品》的今译、评析、注释、解析等。关于《二十四诗品》美学研究的成果主要有：皮朝纲先生的《司空图的韵味说及其审美理论》，白贵的《司空图美学思想概观》，罗仲鼎、蔡乃中的《司空图美学思想例释》，曹顺庆的《司空图与康德美学思想比较》，萧驰的《司空图

---

① 陆元炽：《诗的哲学　哲学的诗——司空图诗论简介及〈二十四诗品〉浅释》，北京：北京出版社 1989 年版。

② 王济亨、高仲章选注：《司空图选集注》，太原：山西人民出版社 1989 年版。

③ 刘禹昌：《司空图诗品义证及其它》，武汉：武汉大学出版社 1993 年版。

的诗歌宇宙——论〈二十四诗品〉的可理解性》，王向峰的《论司空图的超越美学》。其中，皮朝纲的《司空图的韵味说及其审美理论》，认为司空图提出韵味说，并通过《二十四诗品》加以论述，对于探讨诗歌的意境及审美理论等都作出了贡献。[①] 白贵先生的《司空图美学思想概观》，主要就《二十四诗品》所体现的美学思想进行了论述，认为司空图在《二十四诗品》中虽然也表现了超脱、闲逸的思想，但并不能因此就否定它的美学价值。[②] 萧驰的《司空图的诗歌宇宙——论〈二十四诗品〉的可理解性》，作者从司空图的思维特征入手，探讨《二十四诗品》的可理解性。作者认为直觉——目击道存是《二十四诗品》的思维方式；继而探讨了《二十四诗品》的内在结构，体现了天人合一的美学观；接着论述了二十四诗品各品之间的内在联系，即以象征道家天道观念的二十四节气为线索，将一系列现象学审美范畴贯串起来。[③] 王向峰的《论司空图的超越美学》，主要就司空图的超越美学理论进行了论述。[④] 关于《二十四诗品》风格研究，如詹福瑞的《诗家之总汇，诗道之筌蹄——司空图〈诗品〉风格论浅识》，作者认为《二十四诗品》是讨论风格问题的专著，"在这篇形式新颖，内容丰富的风格专著中，司空图寓抽象的理论于形象的诗境中，不仅就多种风格的不同特征做了具体的描绘，而且就形成风格的条件、风格的创造等问题，做了多方面有价值的探讨"[⑤]。《二十四诗品》分品研究较多，尤其是雄浑品，主要包括胡晓明先生的《论司空图雄浑、冲淡的美学思想》，曹顺庆先生的《返虚入浑，积健为雄——唐代诗风与司空图的雄浑观念》，张国庆先生的《司空图〈诗品·雄浑〉新探》，王英志先生的《司空图"思与境偕"说与〈诗品·高古〉》。关

---

① 皮朝纲：《司空图的韵味说及其审美理论》，《南充师院学报》（哲学社会科学版）1981 年第 1 期，第 62—68 页。

② 白贵：《司空图美学思想概观》，《内蒙古大学学报》（哲学社会科学版）1982 年第 1 期，第 124—133 页。

③ ［新加坡］萧驰：《司空图的诗歌宇宙——论〈二十四诗品〉的可理解性》，《中国社会科学》1985 年第 6 期，第 149—163 页。

④ 王向峰：《论司空图的超越美学》，《辽宁大学学报》（哲学社会科学版）1990 年第 3 期，第 53—58 页。

⑤ 詹福瑞：《诗家之总汇，诗道之筌蹄——司空图〈诗品〉风格论浅识》，《河北大学学报》（哲学社会科学版）1982 年第 3 期，第 82 页。

于《二十四诗品》的注释、解析及生平、年谱的研究，主要有王济亨先生的《司空图〈诗品〉注译》[①]，高仲章先生的《唐司空图年谱》和王济亨的《司空图的生平和思想》[②]，宁新杰的《王维、司空图籍贯及出生地考证》[③]等。

（二）“辨伪”说之后的研究

1994年，司空图研究出现了一个新的局面。这一年的11月，陈尚君、汪涌豪两位先生在“中国唐代文学学会第七届年会暨唐代文学国际学术讨论会”上提交论文《司空图〈二十四诗品〉辨伪（节要）》，全文正式发表于国家古籍整理出版规划小组主办的《中国古籍研究》第一卷，指出《二十四诗品》不是司空图所作[④]，此结论在学界引起轩然大波。陈、汪两位先生的这一说法也成为之后十几年间《二十四诗品》作者问题被热议的导火索，同时也极大推动了对司空图的全面研究。此阶段主要研究者有：祖保泉、陶礼天、张少康、张健、张国庆、陈尚君、汪涌豪等。

此阶段关于《二十四诗品》的研究成果也甚为丰富。研究《二十四诗品》的专著或主要章节涉及《二十四诗品》的主要有：郭晋稀先生的《白话二十四诗品》[⑤]，祖保泉先生的《司空图诗文研究》[⑥]，张健的《元代诗法校考》[⑦]，王宏印的《〈诗品〉注译与司空图诗学研究》[⑧]，张国庆的《〈二十四诗品〉诗歌美学》[⑨]，王步高的《司空图评传》。其中，祖保泉先生的《司空图诗文研究》第五章到第九章均是论述《二十四诗品》的，其主要特色是对

---

① 王济亨：《司空图〈诗品〉注译》，作者分八篇发表在《山西师院学报》（社会科学版）1983—1984年，最后发表了关于注译的后叙：《中国古典诗歌审美范畴的总龟——司空图〈诗品〉注译后叙》，《山西师大学报》（社会科学版）1986年第1期，第80—82页。

② 王济亨、高仲章的研究成果最终汇集为著作《司空图选集注》。

③ 宁新杰：《王维、司空图籍贯及出生地考证》，《沧桑》1993年第4期，第49—50页。

④ 国家古籍整理出版规划小组主办：《中国古籍研究》第一卷，上海古籍出版社1996年版，第39—74页。

⑤ 郭晋稀注释：《白话二十四诗品》，长沙：岳麓书社1997年版。

⑥ 祖保泉：《司空图诗文研究》，合肥：安徽教育出版社1998年版。

⑦ 张健：《元代诗法校考》，北京：北京大学出版社2001年版。

⑧ 王宏印：《〈诗品〉注译与司空图诗学研究》，北京：北京图书馆出版社2002年版。

⑨ 张国庆：《〈二十四诗品〉诗歌美学》，北京：中央编译出版社2008年版。

《二十四诗品》的作者问题、理论体系等的研究。作者对 1994 年以来关于《二十四诗品》作者问题的质疑予以否定，坚信《二十四诗品》的作者是司空图。祖先生从 20 世纪 60 年代至 21 世纪初，几十年来一直坚持对司空图的研究，且写了大量富有创见、具有奠基性的作品，此种严谨、坚毅的科学态度是后来研究者的楷模。

一些著作中部分章节涉及《二十四诗品》者，如杜晓勤先生的《隋唐五代文学研究》，其中的第十七章“隋唐五代文学理论研究”之第三节“司空图与《二十四诗品》研究”，简要地介绍了 20 世纪对司空图及其诗论研究的概况，尤其是对《二十四诗品》的研究及其作者问题。

另外，此阶段的硕博学位论文中，涉及《二十四诗品》的主要有：谢雪梅的《从现象学看〈二十四诗品〉》①，苏荟敏的《〈二十四诗品〉与宋代山水画及其画论——兼论南宗画论与神韵说》②，刘炜的《〈二十四诗品〉中的天人合一与道艺合一思想》③，李春桃的《〈二十四诗品〉接受史》，陆莹的《司空图〈二十四诗品〉审美趣味观研究》④，宗磊的《〈二十四诗品〉意象批评研究》⑤。

此阶段的研究内容主要有以下几方面。

1. 关于《二十四诗品》的作者问题

1994 年 11 月，陈尚君、汪涌豪两位先生（以下简称陈、汪）指出《二十四诗品》的作者并非我们一直认为的唐代司空图，此事引发了学界关于《二十四诗品》作者问题的大讨论，讨论持续了十几年时间，有支持者、反对者，也有存疑者，但至今未达成一致意见。近几年关于《二十四诗品》的

---

① 谢雪梅：《从现象学看〈二十四诗品〉》，云南大学硕士学位论文，2003 年。

② 苏荟敏：《〈二十四诗品〉与宋代山水画及其画论——兼论南宗画论与神韵说》，云南大学硕士学位论文，2003 年。

③ 刘炜：《〈二十四诗品〉中的天人合一与道艺合一思想》，云南大学硕士学位论文，2003 年。

④ 陆莹：《司空图〈二十四诗品〉审美趣味观研究》，江南大学硕士学位论文，2017 年。

⑤ 宗磊：《〈二十四诗品〉意象批评研究》，重庆师范大学硕士学位论文，2018 年。

作者问题的讨论稍有停歇。陈、汪两位先生认为《二十四诗品》非司空图所作，其主要理由如下。首先，《二十四诗品》与司空图生平思想、论诗杂著及文风取向明显不同。其次，明万历以前未有人见过司空图的《二十四诗品》，后人认为《二十四诗品》为司空图所作，主要依据是苏轼在《书黄子思诗集后》中所提到"二十四韵"，此"二十四韵"被误解为《二十四诗品》。两位先生又进一步指出《二十四诗品》乃明末人据《诗家一指·二十四品》所伪造，《诗家一指》乃明代怀悦所作[①]。陈、汪两位先生的说法可谓一石激起千层浪，对《二十四诗品》的作者是司空图这一学界似乎"根深蒂固"的看法提出了质疑，也引发了学界对《二十四诗品》作者问题做进一步的考证。陈、汪两位先生随后又发表了几篇论文，进一步论证其观点。

在这场争论中，认为《二十四诗品》不是司空图所作的主要有：陈尚君、汪涌豪、张健、王运熙、吕正惠（中国台湾）、周裕锴、陈胜长（中国香港）等专家学者，反对方主要是从外证出发，其主要证据是《二十四诗品》自司空图去世到明代万历年间近七百年时间竟无人提及。认为《二十四诗品》是司空图所作的主要有：祖保泉、李祚唐、王步高、张国庆、古风、刘倩、江照斌、赵福坛、张柏青、萧驰（新加坡）、陈良运、曹顺庆等专家学者。赞成方主要从内证出发，论证《二十四诗品》与司空图思想、诗学等有着内在的联系。另外一些学者保留一定的存疑态度，如张少康、陶礼天等学者。

反对方的主要研究成果有：张健先生 1995 年发表的题为《〈诗家一指〉的产生时代与作者——兼论〈二十四诗品〉作者问题》一文，赞同《二十四诗品》非司空图所作的说法，但认为《诗家一指》非怀悦所作，可能是元代的虞集所作[②]；王运熙先生在《〈二十四诗品〉真伪问题我见》中，赞同陈、

① 陈尚君、汪涌豪：《司空图〈二十四诗品〉辨伪（节要）》，载《唐代文学研究》，桂林：广西师范大学出版社 1996 年版，第 581—588 页。

② 张健：《〈诗家一指〉的产生时代与作者——兼论〈二十四诗品〉作者问题》，《北京大学学报》（哲学社会科学版）1995 年第 5 期，第 34—44 页。

汪两位先生《辨伪》一文的说法，认为二人的论据充分、翔实，因此也赞同《二十四诗品》非司空图所作的说法。[①]

祖保泉、陶礼天两位先生在论文《〈诗家一指〉与〈二十四诗品〉作者问题》中，指出通过将《诗家一指》与《虞侍书诗法》对照，认为《诗家一指》抄摄了《虞侍书诗法》及多种诗话，错误多端。但其中的《二十四诗品》并非抄录《虞侍书诗法》，而是录自“秘本”，值得珍视。苏轼《书黄子思诗集后》中所说的“二十四韵”，指各用一个韵部的字押韵而成的二十四首组诗，实指《二十四诗品》。他们认为在没有可靠证据之前，不能轻易否定司空图是《二十四诗品》的作者[②]。张柏青先生的《从〈二十四诗品〉用韵看它的作者》从用韵角度考察，认为司空图诗文用韵与《二十四诗品》完全一致，主要表现在五个方面：用韵较宽、韵脚分布广、韵例相同、体例相似、韵字多出现，以此认为《二十四诗品》当是司空图所作。[③] 王步高先生也认为，《二十四诗品》用韵的情况与司空图本人诗作的押韵情况有着惊人的相似之处。张少康先生写了三篇关于司空图《二十四诗品》真伪问题的文章：《司空图〈二十四诗品〉真伪问题之我见》《再谈司空图〈二十四诗品〉的真伪——兼论学术讨论中的学风问题》《清代学人论司空图〈诗品〉》[④]。这几篇文章主要从如何理解苏轼《书黄子思诗集后》所说的“二十四韵”、《二十四诗品》真伪问题的内证、《二十四诗品》用语问题，以及清代前期文学家和学者如钱谦益、王夫之等对司空图及《二十四诗品》的论述和评价等展开分析，认为不能武断地否定司空图的著作权。

持伪托说观点的一方主要立论的论据有如下几条。其一，认为苏轼在

---

① 王运熙：《〈二十四诗品〉真伪问题我见》，参见蒋寅、张伯伟主编：《中国诗学》（第五辑），南京大学出版社 1997 年版，第 1—2 页。

② 祖保泉、陶礼天：《〈诗家一指〉与〈二十四诗品〉作者问题》，《安徽师大学报》（哲学社会科学版）1996 年第 1 期，第 89—97 页。

③ 张柏青：《从〈二十四诗品〉用韵看它的作者》，《安徽师大学报》（哲学社会科学版）1996 年第 4 期，第 438—442 页。

④ 这三篇文章分别发表，并收入其著作《司空图及其诗论研究》（北京：学苑出版社 2005 年版）。其中的第五章：司空图《二十四诗品》析论，专门讨论关于《二十四诗品》真伪问题的争论。

《书黄子思诗集后》中所提到的“二十四韵”应理解为司空图在《与李生论诗书》中列出的自己所作的二十四联诗，而不应理解为《二十四诗品》，这也是其中最重要的一条。其二，认为从现有可查阅的文献材料来看，《二十四诗品》在明崇祯之前没人提到过，直至明末毛晋首次将苏轼的《书黄子思诗集后》中提到的“二十四韵”理解为“二十四则”，并署上司空图的名字。但是这种判断并没有得到其好友胡震亨的认可，而胡震亨的《唐音戊签》收司空图诗集，却不收《二十四诗品》，说明胡震亨不认为《二十四诗品》为司空图所作[①]。其三，认为《二十四诗品》与司空图生平思想、论诗杂著及文风取向明显不同。《二十四诗品》以道家思想为主旨，而司空图受儒家思想影响较深。在论诗旨趣上，司空图的论诗杂著重韵味说，《二十四诗品》只是稍有此旨趣。另外还有一些文章认为《二十四诗品》中引用了不少宋人的诗句，由此推断《二十四诗品》当是宋以后才产生。一些研究者还提出《二十四诗品》中不少诗句描写了江南风景，表现了江南“意象”，而司空图是北方人，据此推断《二十四诗品》不应为司空图所作。

赞成方一一加以驳斥，从外证上来说，首先，不能因为目前没有发现明崇祯之前的文献材料记载《二十四诗品》，就否认司空图的著作权。因为司空图的诗文集很多已散佚，自编《一鸣集》三十卷，现存只有十卷，且《二十四诗品》很可能被收入《一鸣集》中，未作单行本出现，所以后人很难单独看到。另外，除了苏轼（1037—1101）在《书黄子思诗集后》一文提及《二十四诗品》外，比苏轼晚约一百年的南宋陈振孙[②]的《直斋书录解题》著录《一鸣集》时说道：“一鸣集一卷（案：《文献通考》作三十卷）……蜀本

---

① 陈尚君、汪涌豪：《司空图〈二十四诗品〉辨伪（节要）》。

② 陈振孙，曾名瑗，字伯玉，号直斋，浙江安吉县梅溪镇人。南宋藏书家、目录学家。嘉定末年，已被提升至江西南城的县官，并开始收藏图书。约1217—1224年间，他做了兴化军通判（在福建莆田），以后又在浙江做了两任地方官，1238年到临安做了国子监的司业，开始了他的《直斋书录解题》编写工作。该著作仿晁公武的《郡斋读书志》，是我国第二部著名的私家藏书提要题解目录。该目原本56卷，创立了书目使用解题和记载版本资料的先例，对古代目录学作出了重大贡献。《直斋书录解题》在流传过程中，未能完整保存下来。清四库馆臣只从《永乐大典》辑出22卷。今上海古籍出版社在此基础上，吸收清人卢文弨的校勘成果，出版了较为实用的点校本。

但有杂著，无诗。自有诗十卷，别行。‘诗格’尤非晚唐诸子所可望也。”[①]此处“诗格”，学界有人认为就是《二十四诗品》。其次，胡震亨虽然没有认可好友毛晋的说法，但也没有明确反对。再次，将“二十四韵”理解为司空图的《与李生论诗书》中列出的二十四联诗，这些诗并非深奥难懂，凭苏轼的学识不至于“恨当时不识其妙”。从内证上来说，认为《二十四诗品》与司空图生平思想、论诗杂著及文风取向明显不同，这一点也是站不住脚的，司空图的思想本身就受儒、道、佛三家的影响。关于二者文风取向是否一致，接下来在本章第二节再重点论述。

关于《二十四诗品》作者的问题，争论了将近十年[②]，也没能达成共识。大概从2006年起关于《二十四诗品》作者问题讨论得较少了，只有少数篇章论述作者问题，更多的学者注重对《二十四诗品》本身的研究。无论怎样，关于《二十四诗品》作者问题所引发的如此长久且大规模的论争，一方面说明了《二十四诗品》的内在价值，另一方面也推动了对《二十四诗品》、司空图诗学及唐代诗学的研究，进而推动了中国古代文学理论及文学批评的研究进程。关于《二十四诗品》的作者究竟是谁，还需研究者们以科学、严谨的态度对更多资料进行挖掘与剖析，从而得出客观的判断。

① （宋）陈振孙撰，徐小蛮、顾美华点校：《直斋书录解题》，上海：上海古籍出版社1987年版，第484—485页。点校者注道：“元抄本，卢校本作‘十卷’。”（第485页）古风先生在其著作《意境探微》（南昌：百花洲文艺出版社2012年版）第81页中提道：李庆先生在复旦大学举行的“20世纪中国古代文论研究的回顾与前瞻”国际学术研讨会上提交的论文《也谈〈二十四诗品〉》中，提供了宋陈振孙《直斋书录解题》对司空图文字的记载，从而从文献学的角度考证《二十四诗品》的作者是司空图。古风先生认同此观点并做了相关论述，参见其书第83—84页。

② 另外还有一些文章相继发表：如赵福坛的《司空图〈二十四诗品〉研究及其作者辨伪综析》[《广州师院学报》（社会科学版）2000年第12期]、《我对司空图〈二十四诗品〉及其体系之点见》[《广州师院学报》（社会科学版）1998年第12期]，姚大勇的《近年〈二十四诗品〉真伪讨论综述》（《云梦学刊》2000年第4期），王步高、庄婷婷的《驳“虞集作〈二十四诗品〉”说》（《中国韵文学刊》2005年第4期），陈尚君、汪涌豪的《〈二十四诗品〉不是司空图所作》（《寻根》1996年第4期），李祚唐的《〈司空图〈二十四诗品〉辨伪〉献疑》（《学术月刊》1997年第10期），祖保泉的《〈二十四诗品〉是明人怀悦所作吗？》[《安徽师大学报》（哲学社会科学版）1999年第1期]、《再论〈二十四诗品〉作者问题》（《江淮论坛》1997年第1期），刘倩的《〈二十四诗品〉“非司空图作”驳议》[《天津师大学报》（社会科学版）1997年第6期]，郁沅的《〈二十四诗品〉作者问题新谈》（《湖北社会科学》2010年第6期），陈尚君的《〈二十四诗品〉伪书说再证——兼答祖保泉、张少康、王步高三教授之质疑》[《上海大学学报》（社会科学版）2011年第6期]等。

2. **从更广阔、更深入的角度研究《二十四诗品》**

第一，关于《二十四诗品》及司空图诗论的理论来源，下文将具体论述，此不赘述。

第二，《二十四诗品》的美学论、意境论，还有整体风格论、理论体系等的研究。其中，《二十四诗品》美学论的研究成果主要有以下几种。吕孝龙的《冲淡与空灵——司空图美学思想论》，指出“司空图的诗歌美学观念开创了封建后期千余年感受型经验型的美学，实现了中国美学史上一大变革”，并且认为，与钟嵘、刘勰的诗论比较起来，“司空图的《二十四诗品》及其论诗书信则更强调文艺的韵味，情趣和意境”，因此，也多了些淡泊空灵的意趣。[①] 何谓感受型经验型美学，作者没有具体论述，但是肯定司空图的诗论对韵味的强调是中肯的。陈良运的《司空图〈诗品〉之美学构架》，认为司空图不仅仅以《二十四诗品》的美学构架沟通了诗与哲学的关系，且以他的“道心”，“体悟并描写了自然之道诗化而至人化的种种诗歌妙境”。[②] 张国庆的《〈二十四诗品〉诗歌美学》认为《二十四诗品》的艺术风格论在中国古代美学史上有独特贡献；其对中国古代文学、艺术、美学中的一系列重要范畴具有巨大的理论创造力、开创性和建设性；并认为《二十四诗品》是中国美学史上体系性著作的杰出代表[③]。关于《二十四诗品》意境论的研究，主要有薛富兴的《意境：中国古典艺术的审美理想》，在论述“意境的发展历程”时，认为“对意境作全面总结的是司空图。他的‘象外’与‘味外’理论从具象与抽象两个方面对意境内涵做了规定，在逻辑思路上表现得更为清晰、全面、成熟”[④]，肯定了司空图对意境范畴所作的贡献。关于《二十四诗品》意象批评的研究，主要有刘天利的《略论〈二十四诗品〉的意象

① 吕孝龙：《冲淡与空灵——司空图美学思想论》，《云南师范大学学报》（哲学社会科学版）1995 年第 1 期，第 30—37 页。

② 陈良运：《司空图〈诗品〉之美学构架》，《文艺研究》1996 年第 1 期，第 51—57 页。

③ 张国庆：《〈二十四诗品〉诗歌美学》，《云南民族大学学报》（哲学社会科学版）2007 年第 4 期，第 133 页。

④ 薛富兴：《意境：中国古典艺术的审美理想》，《文艺研究》1998 年第 1 期，第 25 页。

批评模式》、陈莉的《司空图〈二十四诗品〉中的意象批评模式研究》、宗磊的《〈二十四诗品〉意象批评研究》[①]，以“意象批评”为切入点，对《二十四诗品》的诗学理论及“意象批评”法的特殊价值进行了探讨。关于《二十四诗品》的整体风格论、理论体系的研究主要有张国庆发表的两篇论文。其一,《违俗向道 内在超越——贯穿〈二十四诗品〉的超越精神》，认为“《二十四诗品》有着突出的超越精神。其超越精神的总体指向是‘违俗向道’，……从文化性质看,《二十四诗品》之超越在其主要倾向上体现着中国文化内在超越和注重审美的鲜明特征”[②]；其二,《论〈二十四诗品〉的理论体系》[③]，认为《二十四诗品》从形式结构到内在精神，都对《周易》做了悉心的模仿借鉴，从而构建了自己的诗学理论和诗歌世界。作者对此种说法做了充分论证,《二十四诗品》作者是有意模仿《周易》还是某种巧合，尚待考察。况且，二十四诗品并非每一品都体现了阴阳二气矛盾运动。关于《二十四诗品》的批评风格，李建中、熊均的《品而不论——试论〈二十四诗品〉的论诗特色》[④]，指出《二十四诗品》是一部以品藻作为论诗方式的诗学著作，并将这种论诗方式发展到极致。司空图之所以选择这种论诗方式主要是为了更好地传达自己重感悟和体验的诗学观念，这种论诗方式受传统文化的深刻影响，其中佛教中观思想对其影响不可忽视。

第三,《二十四诗品》分品的研究。除了之前研究较多的雄浑品、冲淡品之外，有更多的分品研究。张国庆有四篇文章发表[⑤]，对悲慨、纤秾、绮

---

① 宗磊:《〈二十四诗品〉意象批评研究》，重庆师范大学硕士学位论文，2018 年。

② 张国庆:《违俗向道 内在超越——贯穿〈二十四诗品〉的超越精神》,《民族艺术研究》2006 年第 4 期，第 4 页。

③ 张国庆:《论〈二十四诗品〉的理论体系》,《文学评论》2007 年第 4 期，第 47 页。

④ 李建中、熊均:《品而不论——试论〈二十四诗品〉的论诗特色》,《湖北民族学院学报》(哲学社会科学版) 2017 年第 1 期，第 106—110 页。

⑤ 张国庆的四篇文章分别是:《中国美学对“雄伟”、“秀丽”的体系式研究——〈二十四诗品〉壮美论、秀美论解析》(《文艺理论研究》2005 年第 3 期),《中国罕见的悲剧型态和悲剧概念——〈二十四诗品·悲慨〉新探》[《安徽师范大学学报》(人文社会科学版) 2006 年第 4 期],《〈二十四诗品〉之纤秾、绮丽及其与王维诗风》[《云南民族大学学报》(哲学社会科学版) 2006 年第 4 期],《〈二十四诗品〉之典雅、清奇及其与孟浩然诗风》(《学术探索》2009 年第 2 期)。

丽等品做了比较深入的研究。此外，杨景生有三篇文章发表[①]，分别对雄浑、冲淡及自然品做了论述。郁沅连续发表了七篇文章，对雄浑与冲淡、纤秾与沉著、高古与典雅、洗练与劲健、绮丽与自然、含蓄与豪放、精神与缜密等十四品做了详细解读并举相关诗例辅助解释，对读者理解《二十四诗品》起了一定作用。另外还有对雄浑、沉著、劲健、自然等品的研究。如刘勉的《〈雄浑〉疏证与阐释》、秦佳妮的《论〈二十四诗品〉之〈沉著〉》、陈颖姮的《关于司空图〈二十四诗品·劲健〉之探究》、高妮妮的《浅谈〈二十四诗品·自然〉的美学特色》。

第四，用西方的文学、美学理论分析《二十四诗品》，如现象学、格式塔心理学、《二十四诗品》的接受史研究等。主要有王敏琴的《接受美学、意象主义与韵味说》，徐岱、谢雪梅的《超越的美学体系——从胡塞尔现象学看〈二十四诗品〉》，张爱民的《〈诗品〉对〈庄子〉的接受》，刘旭光的《"道"的情感现象学——〈二十四诗品〉新探》，顾明栋的《古代的开放诗学：司空图"含蓄"篇的后结构主义解读》，王利红的《格式塔意象再造观照下司空图〈诗品〉模糊美的翻译》。这些文章为我们解读《二十四诗品》提供了新的思路，颇有新意。

另外，近几年关于《二十四诗品》的生态美学研究比较多。主要有陈必欢、李玉炜的《〈二十四诗品〉中的自然生态意识》，认为司空图的《二十四诗品》每篇充满着山水自然的生动描写，表现了诗人崇尚自然、关爱自然的情怀。这种思想是晚唐社会思潮的反映，也是诗人自然生态意识的本能体现。这对当下保护环境具有重要的作用[②]。于年湖的《生态学视野中的〈二十四诗品〉意象批评与意境创造》、闫志强的《从〈二十四诗品〉的生态诗学看现代新闻美学》、李月媛的《〈二十四诗品〉的生态美学探微》、胡泽球的

① 杨景生的三篇文章分别是：《论司空图〈诗品〉"雄浑美"的特征及其哲学文化基础》，《论司空图〈诗品〉"冲淡"境界的审美特征》（《齐鲁学刊》2010 年第 4 期），《论司空图〈诗品〉"自然"境界的审美特征》（《东岳论丛》2010 年第 7 期）。

② 陈必欢、李玉炜：《〈二十四诗品〉中的自然生态意识》，《邢台学院学报》2011 年第 2 期，第 71 页。

《论司空图〈二十四诗品〉之生态哲学观》、周娅的《司空图诗论的生态化思辨》等，这些文章立意新颖，将《二十四诗品》与当今的生态美学结合起来研究。

第五，《二十四诗品》其他方面的研究，主要包括以下几种。

（1）比较研究，与中国古代诗论的比较。主要是与钟嵘、刘勰、皎然、严羽的文学理论的比较。另外，也有与西方理论的比较，如与康德美学理论的比较。具体来说，有以下一些论文：吴瑞霞的《"滋味"与"味外味"辨析》、陶礼天先生的《读司空图〈书屏记〉书后——表圣诗论受〈文心雕龙〉之影响及相关问题》、李嘉娜的《〈诗品〉视野下的济慈诗歌创作——兼论西方济慈诗评》、石朝辉的《略论刘勰　司空图　严羽"尚简"诗学的差异》、赵雪梅的《虚实结合：中国诗学批评的理想言说方式——以钟嵘和司空图的自然观为例》。

其中，吴瑞霞的《"滋味"与"味外味"辨析》[①]，作者将钟嵘"滋味"与司空图"味外味"两种"味"的构成因素、实质、思维方式及各自产生的文化背景四个方面进行了比较。陶礼天先生的《读司空图〈书屏记〉书后——表圣诗论受〈文心雕龙〉之影响及相关问题》，作者由司空图《书屏记》一文，推论司空图以"品"论诗，可能受到刘勰"八体"说之影响，论证理由在于司空图家曾藏有书法家徐浩有关书法的评论，而徐浩的《论书》一文，直接受到刘勰《文心雕龙》的影响。再者，从司空图的《注〈愍征赋〉述》、《注〈愍征赋〉后述》及《诗赋赞》等文章均可看出司空图善于以"品类"来论诗，从内证的角度来论证司空图写出《二十四诗品》是有可能的[②]。李嘉娜的《〈诗品〉视野下的济慈诗歌创作——兼论西方济慈诗评》[③]，作者试图

---

① 吴瑞霞：《"滋味"与"味外味"辨析》，《湖北师范学院学报》（哲学社会科学版）2000 年第 1 期，第 7—10 页。

② 陶礼天：《读司空图〈书屏记〉书后——表圣诗论受〈文心雕龙〉之影响及相关问题》，《安徽师范大学学报》（人文社会科学版）2002 年第 5 期，第 570—573 页。

③ 李嘉娜：《〈诗品〉视野下的济慈诗歌创作——兼论西方济慈诗评》，《中国比较文学》2007 年第 3 期，第 168—180 页。

借《二十四诗品》对济慈诗歌做一种中式阐释。石朝辉的《略论刘勰　司空图　严羽“尚简”诗学的差异》[①]，将刘勰、司空图、严羽三人的“尚简”诗学进行了比较，其中，刘勰看重意义表达的“简约”，司空图、严羽则重视意味和意兴的“简要”。赵雪梅的《虚实结合：中国诗学批评的理想言说方式——以钟嵘和司空图的自然观为例》[②]，从自然观的角度把钟嵘论诗的“实”和司空图论诗的“虚”进行比较，从而把“虚”和“实”结合起来。这些比较研究开拓了司空图研究的新领域，使得司空图研究的视野更开阔。

（2）《二十四诗品》研究的近百年总结。张国庆的《〈二十四诗品〉百年研究述评》，总结论述了《二十四诗品》研究自20世纪二三十年代至2002年近百年的发展历程。

（3）关于《二十四诗品》的英译、《二十四诗品》对国外的影响等。如张智中的《司空图〈诗品〉英译比较研究——以第二十品〈形容〉为例》、琴知雅的《〈二十四诗品〉在朝鲜后期文艺理论史上的地位》等。

二、台、港地区及海外《二十四诗品》的研究概况

晚唐司空图的诗学在中国诗论史乃至中国文论史上都具有重要的地位，学术界对司空图及其诗学研究已经取得了很多重要的成果，这些成果主要是中国大陆学者所取得的。除中国大陆，司空图及其诗学研究主要以中国台湾以及香港为主，取得了不少研究成绩，由于史料难以全面获取等原因，迄今学术界对此尚无较为全面的总结。本节将对近五十年中国台湾、中国香港及海外司空图研究进行比较全面的研究史式的梳理。台、港地区及海外的司空

---

① 石朝辉：《略论刘勰　司空图　严羽“尚简”诗学的差异》，《湖南大学学报》（社会科学版）2007年第3期，第98—100页。

② 赵雪梅：《虚实结合：中国诗学批评的理想言说方式——以钟嵘和司空图的自然观为例》，《长春工业大学学报》（社会科学版）2008年第4期，第87—89页。

图研究起步较晚，约始于 20 世纪 60 年代，截至目前，近六十年时间。大致可分为两个阶段：第一阶段自 1965 年至 1979 年，第二阶段自 1980 年至 2022 年。1994 年，由于部分学者对《二十四诗品》的作者产生怀疑，司空图研究重点也随之发生变化。因此，为使研究细化，第二阶段又分为两个阶段，即 20 世纪 80 年代到 90 年代中期（1994）和 20 世纪 90 年代中期（1994 年后）到现在（2022）。这里需要做几点说明：一是某些阶段的交界年代，只取约数；二是凡以单篇形式发表后又收入著作的论文，不再重复介绍；三是关于作者所在地归属问题，以作者籍贯为准，部分学者因其籍贯与从事科研工作所在地有变化，以其发表论文时所在地归属为准[①]；四是由于早期（主要指 1994 年以前）研究者们把《二十四诗品》归为司空图名下，所以在论述《二十四诗品》的研究概况时难免与司空图诗学的研究概况有交叉的部分；五是本节所搜集的台、港地区及海外司空图研究的资料虽较全面，但亦难免有遗漏，还望学者及专家批评指正。

已有的关于台、港地区及海外司空图研究成果的介绍及述评中，代表性的有中国香港陈国球先生，新加坡王润华先生，大陆张国庆先生、李春桃博士等，以下将分别予以简单介绍。陈国球先生的著作《镜花水月——文学理论批评论文集》，其中在《司空图〈诗品〉——一种后设诗歌》一文后附录了《司空图研究论著目录》[②]，罗列了 1931 年到 1986 年有关司空图研究的中文著述之目录（包括篇名、出版社或期刊名称、出版或发表年代、页码），包括单行专著及单篇论文，甚为详细。台、港地区司空图研究目录 1986 年之前的大多已收录，遗憾的是，作者只罗列了研究目录，并未做任何介绍。王润华先生的著作《司空图新论》之第十二章《司空图研究的发展及其新

① 如黄维樑先生，原籍广东澄海。1969 年毕业于香港中文大学，1976 年获美国俄亥俄州立大学博士学位后，任教于香港中文大学直至 2000 年，后又任中国台湾佛光人文社会学院文学系教授等。由于他论及司空图的著作《中国诗学纵横论》初版发表于 1977 年（第 2 版 1977 年，第 3 版 1982 年），此阶段他从事科研活动的工作地点在香港，因此其归属地为香港。其他作者均以其发表司空图相关论文时所在地归属为准，不一一说明。

② 陈国球：《镜花水月——文学理论批评论文集》，台北：东大图书公司 1987 年版，第 53—70 页。《司空图研究论著目录》还以单篇论文的形式发表于《书目季刊》1987 年 12 月第 20 卷第 3 期，第 93—100 页。

方向》[①]，简要论述了司空图研究从20世纪30年代到80年代的一些特点，如“从文学批评史到专门论著”“从中国诗学到比较文学”“从《二十四诗品》到诗歌研究”“1980年代台湾的司空图研究”“世界各国对司空图的研究”“展望新方向”等，主要论述了司空图研究在这将近五十年中的发展梗概、变化、特点及主要趋势，对除中国之外，世界各国司空图的研究也列了一个目录，个别的做了简要介绍，这是其另一贡献。但总体来看，论述还是过于简单，对其中一些主要的研究著作只是一带而过，并未做必要的评介。

张国庆先生的论文《〈二十四诗品〉百年研究述评》，对自20世纪二三十年代至21世纪初《二十四诗品》的研究做了比较全面的梳理及述评，对台、港地区有关《二十四诗品》的研究亦加以介绍，但是并不全面且只限于《二十四诗品》的研究，2002年之后的研究均未涉及。其关于台、港地区的司空图研究情况，只是对少数论著进行了简要介绍，如王润华、江国贞、萧水顺、陈国球等，另外的研究可能由于篇幅所限或其他原因，要么只是稍带提到作者姓名，要么并未提及，尤其是一些重要的著作、硕博论文及单篇论文，如黄景进先生的著作等均未提及。

李春桃的博士学位论文《〈二十四诗品〉接受史》，专辟第七章《海外〈二十四诗品〉接受简况》，比较详细地论述了台、港地区及海外对《二十四诗品》的接受情况，该章主要论及台港地区及海外对《二十四诗品》作者问题的讨论，如香港陈胜长先生的观点。其中《台港对〈二十四诗品〉接受》一节，主要论述了中国台湾萧水顺、中国香港陈国球，及中国台湾吴彩娥、郑毓瑜、陈炳良、蒋励及新加坡王润华、萧驰等有限的几位研究者的论述，其他并未涉及，且该文也仅限于《二十四诗品》的接受史，司空图诗文集的其他诗论并未涉及，从其正文及参考文献来看，台、港地区的《二十四诗品》研究也只限于20世纪末，21世纪的研究均付阙如。不过可贵的是，作者在论文参考文献中，详列了台、港地区及海外（包括新加坡、日本及西方）

---

① ［新加坡］王润华:《司空图研究的发展及其新方向》，参见《司空图新论》，台北：东大图书公司1989年版，第263—281页。

司空图研究文献目录，对于研究者查阅相关资料甚有帮助。

综上所述，现有的对台、港地区及海外司空图研究之介绍与评介存在比较大的遗漏，或不够详细、完整，或局限于《二十四诗品》，或由于写作年代的限制，近十年来的研究未涉及，因而不能使研究者全面、系统地了解现当代台、港地区及海外司空图的研究史及特点。本节试图在前人研究的基础上做一些完善与补充，按照年代先后顺序，对跨越 20 世纪和 21 世纪的近六十年台、港地区及海外司空图研究进行比较全面的评述，旨在对台、港地区及海外司空图研究做一简要的“研究史论”式的论析，对其主要代表论著及观点加以简介，并探寻其研究的特点、不足与贡献，为司空图诗学研究开辟更为宽广的研究渠道和研究视野。

（一）台、港地区及海外司空图研究的起步阶段（1965—1979）

现代意义上的司空图研究，起步于 20 世纪初[①]，由于意识形态等因素，其研究重心也一度发生变化。其中，1920—1964 年研究重心在中国大陆，1965—1979 年研究重心转到中国台湾。后一阶段，由于十年“文革”，司空图的研究在中国大陆几乎处于停滞状态，而在中国台湾、中国香港及海外却取得了较好成绩。此阶段台、港地区及海外的研究成果主要有王润华的博士论文 Ssu–K’Ung T’U: *The Man and His Theory of Poetry*（《司空图及其诗学研究》，1972 年）[②]，江国贞的《司空表圣研究》[③]，蔡朝锺和萧水顺的硕士学位

① 在 20 世纪初到 20 世纪中期，有三个《二十四诗品》的译本，分别为英国翟里斯的《中国文学史》（伦敦，1901 年），第 179—188 页；苏联汉学家阿列克谢耶夫的《一篇关于中国诗人的长诗：司空图的〈诗品〉翻译和研究》（圣彼得堡，1916 年），第 155 页及第 481 页，他在法文本《中国文学》（巴黎，1937 年）还有专论司空图的篇章及《二十四诗品》的翻译；杨宪益、戴乃迭夫妇也翻译过《二十四诗品》（《中国文学》1963 年第 7 期）。因这些文献较难查阅，此注参考［美］方志彤作，闫月珍译，刘宁校：《〈诗品〉作者考》，《文学遗产》2011 年第 5 期，第 51 页注 1。

② 该论文后来以简化的篇幅出版成 Ssu–K’ung T’u：*A Poet-Critic of the T’Ang*，(《唐朝诗人兼诗评家司空图》)，Wong Yoon Wah，Chinese University of Hong Kong（香港中文大学），1976 年版。

③ 江国贞：《司空表圣研究》，台北：文津出版社 1978 年版（文津出版社 1985 年再版）。

论文《司空图诗集校注》[①]与《司空图诗品研究》[②]，另有单篇论文约15篇。这一时期，《二十四诗品》是研究者们所着重关注的，另外还有少数研究者对司空图的生平、思想、诗歌及其论诗杂文的研究。以下主要介绍围绕《二十四诗品》展开的研究。

《二十四诗品》以富有诗意的象征性语言描述了二十四种诗境，历来为人们所关注。其“以诗论诗”的独特形式及其深刻的内涵又吸引了众多研究者对其进行深入研究。从清代孙联奎的《诗品臆说》、杨廷芝的《廿四诗品浅解》、杨振纲的《诗品续解》，研究者们纷纷从不同角度解析、挖掘《二十四诗品》的内涵。在《二十四诗品》的影响下，中国文坛兴起了一股以品论诗，以品论词、文、赋之风，如袁枚的《续诗品》、马荣祖的《文颂》、许奉恩的《文品》、魏谦升的《赋品》及江顺诒的《补词品》、郭麐的《词品》等。现当代关于《二十四诗品》的研究，郭绍虞、祖保泉两位先生可以说起了奠基性的作用。郭绍虞的《诗品集解·续诗品注》[③]、祖保泉的《司空图诗品解说》[④]为后人研究《二十四诗品》打下了坚实基础。

《二十四诗品》同样也吸引了众多的台、港地区及海外研究者。此阶段，台湾的研究者主要从注释、渊源、体系、特质、风格、影响等方面对《二十四诗品》展开研究。

萧水顺的《司空图诗品研究》，是台湾地区最早对《二十四诗品》进行注释的作品。该文还对相关问题进行了深入分析，指出《二十四诗品》具有形象喻词、风格分类、以禅喻诗等三大特色，并对三大特色之渊源分别进行探讨。陈晓蔷的《司空图与诗品》则是一篇以《二十四诗品》渊源为研究重点的论文，该文认为《二十四诗品》的产生与司空图熟读佛、道经典有关[⑤]。另外，李丰楙的《司空图与佛教的因缘》通过论述司空图生平及交游，认为

---

① 蔡朝锺：《司空图诗集校注》，硕士学位论文，私立中国文化学院，1970年。

② 萧水顺：《司空图诗品研究》，硕士学位论文，台湾师范大学，1972年。

③ 郭绍虞：《诗品集解·续诗品注》，北京：人民文学出版社1963年版。

④ 祖保泉：《司空图诗品解说》（修订本），合肥：安徽人民出版社1980年版（初稿1964年）。

⑤ 陈晓蔷：《司空图与诗品》，《现代学苑》1964年第4期，第21—26页。

司空图“虽集儒释道三家于一身，行事虽儒，而论诗旨趣，则近于释家。诗品是这样，其他也是这样”[①]。这是台湾地区较早论述司空图与佛教关系的文章。两文比较深入地探讨了司空图诗学的佛教渊源，为后人的进一步研究提供了很好的借鉴。

《二十四诗品》的体系问题，也是此时期探讨的重点。对于《二十四诗品》之体系，学界历来众说纷纭，清代杨振纲《诗品续解》认为：“诗品……本属错举，原无次第，然细按之，却有脉络可寻。”[②]祖保泉先生认为：“二十四诗品每品之间本来是没有什么联系的。”[③]萧水顺认为诗品虽无严密体系，却以“思与境偕”一以贯之，且诗品的严谨理论借“禅道之思、韵外之致”这一基本诗观构架而成[④]。江国贞的《司空表圣研究》在第三编“诗品之研究”中，认为二十四诗品的中心意旨在于“思与境偕”[⑤]。单从表象来看，“二十四诗品”是看不出什么联系的。

《二十四诗品》的特质、风格问题也是研究者关注的重点。陈晓蔷认为《二十四诗品》采用了“比喻与联想”的手法。萧水顺先生也指出：司空图诗品的特色，在于形象拟喻，诗品深受儒、释、道的影响，“试图建立超于世俗之境”[⑥]。菊韵认为《二十四诗品》每一品都是对一种诗境的探讨，并引用了郑鄤、刘沄、孙联奎对《二十四诗品》的评价来说明其“摩神取象”的特点[⑦]。对于《二十四诗品》的风格问题，王润华的《司空图〈诗品〉风格说之理论基础》一文论述甚详。该文论述了《二十四诗品》风格说的三大理论基础，并认为中唐末期开始出现“诗格”类作品，是《二十四诗品》风格说

① 李丰楙：《司空图与佛教的因缘》，第 12 页。

② 参见郭绍虞：《诗品集解 · 续诗品注》，北京：人民文学出版社 1963 年版，第 68 页。

③ 祖保泉：《司空图诗品解说》（修订本），第 10 页。

④ 萧水顺：《司空图诗品体系探讨》，台北：《中华文化复兴月刊》1973 年第 6 卷第 8 期，第 43 页。

⑤ 江国贞：《司空表圣研究》，台北：文津出版社 1978 年版（1985 年再版），第 186 页。

⑥ 萧水顺：《司空图诗品特质探讨》，台北：《中华文化复兴月刊》，1973 年第 6 卷第 10 期，第 37 页。

⑦ 菊韵：《司空图的诗论》（二之一），台北：《今日中国》1975 年第 48 期，第 176—180 页。

的前奏。[①]

关于《二十四诗品》的影响，学者们也进行了深入探讨。黄淑慎认为司空图的《二十四诗品》树立了“神韵派”，其诗论重视“韵外之致”“味外之旨”，影响了宋严羽的妙悟说及清王士祯的神韵说[②]。萧水顺指出，受《二十四诗品》以品论诗的影响，相继出现了袁枚的《续诗品》、马荣祖的《文颂》、许奉恩的《文品》、魏谦升的《赋品》、江顺诒的《补词品》、郭麐的《词品》等作品。作者也认为《二十四诗品》影响了后来的严沧浪、王渔洋等重“神韵”的诗论家。围绕《二十四诗品》的研究，有的学者将《二十四诗品》中的诗论与司空图的诗文集联系起来进行考察，如陈晓蔷的《司空图与诗品》；有的学者试图运用西方文论解释司空图诗学，如王润华的《从司空图论诗的基点看他的诗论》。这些都表现出较为鲜明的创新倾向。

总的来说，这一阶段的研究虽然涉及司空图的诗集校注、作品评介、事迹系年等问题，但主要是围绕《二十四诗品》展开的研究，对司空图其他诗论作品很少论及。就《二十四诗品》的研究来说，主要对其注释、渊源、体系、特质、风格、影响等进行了初步的、有益的探索，虽然取得了一些成绩，但有些观点不免偏颇。如关于《二十四诗品》的渊源，研究者们只强调佛学对其影响，没有看到道家的影响。另外，关于《二十四诗品》的影响，只强调其对后来严羽的妙悟说及对王渔洋的神韵说的影响。实际上，《二十四诗品》及司空图的其他诗论对后代的影响远不止此。他对意境论、韵味说所作的贡献均为唐以后的研究者所重视。就贡献来说，首先，弥补了大陆该阶段研究的缺失，使得司空图的研究得以继续。其次，台、港地区及海外学者能够抛开意识形态，比较客观地评价司空图的诗论。因此，总体来说，该阶段的研究领域还比较狭窄，成果相对较少，论述也不是很深入、系统，但作为拓荒之作，这些研究为后来的研究打下了坚实的基础。

---

① ［新加坡］王润华：《司空图〈诗品〉风格说之理论基础》，台北：《大陆杂志》1976 年第 53 卷第 1 期，第 25 页。

② 黄淑慎：《司空图诗品二十四研究》，台北：《学粹》1971 年第 13 卷第 5 期，第 26—27 页。

（二）全面开展研究阶段（1980—2022）

1. 20 世纪 80 年代至 90 年代中期（1994 年）

此阶段，受大陆学术热的影响，台、港地区及国外的司空图研究呈现出新的面貌。在此期间主要研究者有新加坡的王润华、萧驰，中国香港陈国球，中国台湾罗联添，韩国车柱环，以及中国台湾的吕兴昌、江国贞、詹幼馨等。成果有专著约 10 部（其中有 5 部重要章节涉及司空图的著作），论文 22 篇（有两篇为学位论文）。这些成果涉及的内容有如下几方面：一是对司空图论诗杂文的研究；二是对司空图的全面研究，王润华的《司空图新论》是其中的代表；三是对司空图诗学渊源、诗学思想、创作论、风格论及美学观的研究。

此阶段，《二十四诗品》仍然是研究者重点关注的对象。不过，较之前一阶段，此时期的《二十四诗品》研究范围更广，角度也更新颖。詹幼馨的《司空图〈诗品〉衍绎》，“试为按品衍绎，把释词、解说、举例、分析、评论结合起来”，认为《二十四诗品》“别具一格……它用诗的形式来谈论艺术风格和创作经验，把逻辑思维与形象思维冶于一炉……可作论诗看，也可作诗读”。[①] 书后附《司空图诗品漫议》一文对全书加以综述，是台湾地区早期对司空图《二十四诗品》进行全面研究的作品。陈国球的《二十四诗品导读》，“收辑了所有与《二十四诗品》有关的资料，附加解说，前有导读，详论司空图这本书的内容和意义”[②]，为司空图《二十四诗品》的研究提供了丰富的资料。此时期，有些研究者试图运用西方文论来分析《二十四诗品》，如陈国球的《镜花水月——文学理论批评论文集》中的一章《司空图〈诗品〉——一种后设诗歌》，借用西方“后设小说”的说法，认为“《二十四诗品》可说是‘后设诗歌’，因为它既是文学作品，也是关于文学作品的

① 詹幼馨：《司空图〈诗品〉衍绎》，香港：华风书局 1983 年版，前言，第 1 页。
② 陈国球：《二十四诗品导读》，台北：金枫出版社 1987 年版，第 1 页。

理论，二者的界限已是泯灭无存"[①]。并将"后设小说"与"后设诗歌"[②]做了比较，认为《二十四诗品》及其特有的表现方式显示了司空图对诗歌本质的把握。作者的这一说法颇有新意，借用西方的文学理论来理解分析《二十四诗品》。书后还附录了司空图研究论著目录（1931—1986），对后来的研究者颇有帮助。对《二十四诗品》的思维特征、内在结构问题，有研究者也进行了深入探讨。萧驰的《司空图的诗歌宇宙——论〈二十四诗品〉的可理解性》，认为《二十四诗品》的内在结构，体现了天人合一的美学观；并从司空图的思维特征入手，探讨了《二十四诗品》的可理解性，认为直觉——目击道存是《二十四诗品》的思维方式；进而以象征道家天道观念的二十四节气为线索，将一系列现象学审美范畴贯穿起来，论述了二十四诗品各品之间的内在联系。此时期研究者对《二十四诗品》意象批评也进行了分析。如廖栋樑的《试论司空图〈诗品〉的意象批评》，就论述了《二十四诗品》意象批评的背景、司空图诗论与意象批评的关系及《二十四诗品》意象批评的方法等问题，提出了一系列颇有启发意义的观点和看法。除以上几种，在有关《二十四诗品》的研究成果中，较有特色的尚有如下一些：郑毓瑜的《由宗炳论山水画之"畅神"谈司空图诗品的评鉴特色》，对《二十四诗品》的评鉴特色进行深入研究[③]；韩国车柱环的《司空图的〈二十四诗品〉》，对《二十四诗品》的性质及价值进行了论述，认为《二十四诗品》是一种诗美的范

---

① 陈国球:《镜花水月——文学理论批评论文集》，台北：东大图书公司 1987 年版。其中有一章:《司空图〈诗品〉——一种后设诗歌》，第 25 页。另据作者引文，此说法亦参考 Pauline Yu "Ssu-k'ung T'u's Shih-p'in：*Poetic Theory in Poetic Form" Studies in Chinese Poetry and Poetics*，Vol.1，ed. Ronald C. Miao (San Francisco：Chinese Materials Center，1978），esp，pp. 81-84。

② 作者进一步分析了为何《二十四诗品》是一种"后设诗歌"。首先,《二十四诗品》常以叙述者忽然介入的方式来引导读者；其次,《二十四诗品》描述了两个不同层面的世界：其一是诗中世界（符征），其二，叙述者从旁边指点解释，引导读者进入诗景代表的美感经验世界（符旨）；再次，叙述者按语的歧义性等，这些特征都与"后设小说"的表现手法相似（陈国球:《镜花水月——文学理论批评论文集》，台北：东大图书公司 1987 年版，第 25—42 页）。

③ 郑毓瑜:《由宗炳论山水画之"畅神"谈司空图诗品的评鉴特色》,《中外文学》1988 年第 12 期，第 51—67 页。

畴论，并且赞赏了《二十四诗品》是极好的纯粹的“论诗诗”的四言诗；[①]何修仁的《从风格论探讨司空图的雄浑观》，则对《二十四诗品》的个别“品”进行深入探讨[②]。

总体来说，这一阶段是司空图研究的全面展开期。研究者从以下几方面对此领域进行了拓展。从研究范围上，在深化前一阶段研究对象的基础上，将司空图的论诗杂文、诗学思想、创作论、美学观等也纳入了研究领域。从研究深度上，在前期研究的基础上，对司空图的诗学渊源、生平、交友等进行了更深入的研究。从研究方法和视角上，采用多种方法和理论，对各研究对象（尤其是《二十四诗品》）进行全方位审视，令人耳目一新。如借用西方文学理论来研究《二十四诗品》，对《二十四诗品》的思维特征、内在结构、意象批评、评鉴特色等的研究具有一定启发性。在某些领域，也是对司空图今后研究的有益补充。

2. 20 世纪 90 年代中期（1994 年后）到现在（2022 年）

1994 年 11 月，学者陈尚君、汪涌豪发表了论文《司空图〈二十四诗品〉辨伪（节要）》，指出《二十四诗品》的作者并非我们一直认为的唐代司空图，此事引起了国内外学术界的普遍关注，许多学者纷纷加入关于《二十四诗品》作者问题的讨论当中，包括中国香港的学者陈胜长、新加坡的萧驰、中国台湾的吕正惠、美国的宇文所安以及韩国的俞俊英、李锺虎等。从这一年开始，司空图研究进入了一个新的阶段。此阶段研究司空图的学者主要有萧驰、黄景进、蔡瑜、蔡英俊、陈胜长等。此阶段没有司空图研究专著，但相关著作有 4 部，关涉司空图的博士学位论文 1 篇，硕士学位论文 2 篇，单篇论文 21 篇。以下就这一阶段《二十四诗品》的研究做一简要概述。

此阶段司空图研究出现了重大转折，关于《二十四诗品》的作者问题成

---

① ［韩］车柱环：《司空图的〈二十四诗品〉》，载《唐代文学研究》（第三辑），桂林：广西师范大学出版社 1992 年版。

② 何修仁：《从风格论探讨司空图的雄浑观》，苗栗：《联合学报》1994 年第 12 期，第 459—478 页。

为研究的一个重要方面。香港学者陈胜长撰写了《〈二十四诗品〉发隐兼论其作者问题》，认为《二十四诗品》非司空图所作，其观点有三。其一，认为《二十四诗品》皆隐语，其中不少隐宋人诗句，尤其受苏轼影响很大。以此证明《二十四诗品》非唐人所作。其二，推论《二十四诗品》作者并非司空图，而是宋朝戴复古，戴不署名，是因为“隐语或涉时讳，故未敢明署作者爵里姓名”。[①]并且认为作者的姓名隐于“诗品”中、“圣代复元古”中。其三，认为《二十四诗品》早于《诗家一指》。

旅日华人学者大山洁的《对〈二十四诗品〉怀悦说、虞集说的再考察》[②]，根据朝鲜本的《诗家一指》《木天禁语》及日本江户版的《诗法源流》，对张健的观点进行了补充及修正，认为《虞侍书诗法》之标题乃后人伪造，认为虞集非《诗家一指》的作者。

美国著名汉学家、哈佛大学宇文所安教授对《二十四诗品》的作者也提出疑问。在其著作《中国文论：英译与评论》中专辟一章论述司空图《二十四诗品》，文后有两条注释表明他对《二十四诗品》是司空图所作产生怀疑，疑点主要有三。其一，为何这本书这么晚才露面，从 11 至 17 世纪“几乎没有什么有据可查的文字提到该作品”。其二，指出《二十四诗品》所使用的流行的审美术语大多到宋代才出现，并且在注《含蓄》品时，他指出“含蓄”这个复合词在宋代才通用，“既然没有《二十四诗品》被阅读过的明确的证据（除苏轼之外），我们只好作出一个并非不合理的假设:《二十四诗品》在晚唐是一种以口头形式流传的审美交谈。或者，如果我们具有怀疑精神，也可以把它看作《二十四诗品》是伪作的一则证据”。其三，注中还提到，他和一名就读于清华大学哲学系的朝鲜学生方志彤讨论过这个问题，方志彤一直致力于证明“二十四诗品”是伪作，方志彤的观点也使他开始相信《二十四诗品》是伪作。但是宇文所安也承认他无法证明此书不是晚唐

---

① 陈胜长:《〈二十四诗品〉发隐兼论其作者问题》，香港:《中国文化研究所学报》1996 年第 5 期，第 278 页。

② 参见荣新江主编:《唐研究》第 4 卷，北京：北京大学出版社 1999 年版。

之作[①]。

上文提到的方志彤是朝鲜的一名学者[②]，关于《二十四诗品》作者的问题早在20世纪60年代早期他就提出过质疑。暨南大学闫月珍教授在哈佛档案馆找到当年方志彤的《二十四诗品》英文手稿，并将其中的《〈诗品〉作者考》[③]翻译出来，发表于《文学遗产》，据手稿所写，这篇文章写于20世纪60年代早期，但一直未公开发表。在《〈诗品〉作者考》中，方志彤对《二十四诗品》作者为晚唐司空图提出四点质疑。其一，认为司空图作品集中的四言韵文的韵律系统与《二十四诗品》大相径庭。其二，指出明末毛晋（1599—1659）《津逮秘书》书尾跋语有些奇怪，其中最令人迷惑的是将苏轼《书黄子思诗集后》一文中的“二十四韵”改为“二十四则”。其三，他指出直到1634年未有人读过《二十四诗品》，明杨慎（1488—1559）的《升庵先生文集》引用了司空图的《诗赋》全文，却并没有提及或引用《二十四诗品》，这也让人怀疑。其四，清代《二十四诗品》出现了许多注解本，其中最重要的是杨廷芝的版本，此版本有一篇题张之洞所作的序，而这篇序很可能是伪作。根据以上四条，方志彤指出《二十四诗品》的作者当不是司空图。

台湾地区吕正惠先生也认为《二十四诗品》非司空图所作。在《从〈诗家一指〉的原貌论〈二十四诗品〉非司空图撰》一文中，作者以张健先生《元代诗法校考》为底本，并在张健研究的基础上，认同张健之说——《二十四诗品》的文本是从元代诗法《诗家一指》（以下简称《一指》）分离出来的，《一指》是改编本，是从《虞侍书诗法》（以下简称《诗法》）改编而来。并进一步论证了《诗法》是个人撰著，《二十四品》是其有机的一部分，

① ［美］宇文所安：《中国文论：英译与评论》，王柏华、陶庆梅译，上海：上海社会科学院出版社2003年版，第392—394页。

② 方志彤（1910—1995），生于朝鲜，曾在上海就读高中，1932年毕业于清华大学哲学系，1947年到哈佛燕京学社工作，1958年获哈佛大学博士学位，有著作陆机《文赋》英译等。

③ ［美］方志彤作，闫月珍译，刘宁校：《〈诗品〉作者考》，《文学遗产》2011年第5期，第50—64页。

不能抽离出来，归之于司空图[1]。

韩国俞俊英、李锺虎的《郑鄯的〈司空图诗品帖〉研究》，对《二十四诗品》的作者问题持存疑的态度。作者主要从三个方面做了论述。一是概述了韩国诗学发展史及其深受中国诗学之影响。司空图的诗至少在 14 世纪中叶就传到了高丽，自 14—16 世纪朝鲜前期，韩国文坛对司空图都有所论述，但有关《二十四诗品》的问题都无资料提及。二是 1254 年高丽人崔滋的《补闲集》中使用了大量品格用语，崔滋比司空图晚 350 多年，其作品不排除参考司空图《二十四诗品》的可能性，但崔并没有提到司空图及《二十四诗品》。另外，南龙翼（1628—1692）的《壶谷诗话》使用过 74 种风格用语，作者认为这个应该与司空图的《二十四诗品》有一定的关系。三是论述了韩国画家郑鄯（1679—1759）创作于 1749 年的《司空图诗品帖》，以绘画的方式表现了司空图的《二十四诗品》，政治立场不同的三个人（郑鄯、赵荣祏、李匡师）用同一个艺术主题（《二十四诗品》）共同创作了《司空图诗品帖》，是以画评诗的一个例子。作者还将清代画家诸乃方的《诗品画谱大观》与郑鄯的《司空图诗品帖》加以比较。此文虽然没能提供《二十四诗品》作者的确切资料，却提示研究者可以更多关注流传到国外的相关资料，如日、韩、朝等，以进一步证明《二十四诗品》之作者[2]。

另外，萧驰的《玄、禅观念之交接与〈二十四诗品〉》一文，批驳了《二十四诗品》非司空图所作的观点，并进一步论述了《二十四诗品》是以“境”为基点去论诗并发挥到极致的诗学作品，而此正得诸玄、禅交融的思想风气[3]。

由上可以看出《二十四诗品》作者问题受到台、港地区及海外学者的广泛关注。此时期《二十四诗品》研究主要侧重在理论阐释上，研究方法上也

---

① 吕正惠：《从〈诗家一指〉的原貌论〈二十四诗品〉非司空图撰》，台北：《淡江中文学报》2007 年第 16 期。

② ［韩］俞俊英、李锺虎：《郑鄯的〈司空图诗品帖〉研究》，《文艺研究》2001 年第 1 期，第 67—75 页。

③ ［新加坡］萧驰：《玄、禅观念之交接与〈二十四诗品〉》，《中国文哲研究集刊》2004 年第 24 期，第 1—37 页（此篇论文被收入作者的著作《佛法与诗境》之第六章，台北：联经出版公司 2012 年版）。

较有新意，如采用分品研究法、比较研究法等。蔡英俊在《中国古典诗论中“语言”与“意义”的论题——“意在言外”的用言方式与“含蓄”的美典》中，对“含蓄”理论进行深入研究，指出：“关于‘含蓄’美典的界说，历来最受称述的文献资料便是司空图以韵语写定的《二十四诗品》。”[①] 作者还重点论述了《二十四诗品》中的“含蓄”品，指出：“因着‘不著一字，尽得风流’两句的引入，‘意在言外’的用言方式得以与‘含蓄’的美典正式结合，并成为中国古典诗论传统中的一项重要的美学观念。”[②] 这是继黄维樑在《中国诗学纵横论》中对司空图的“言外之意”所作的贡献予以肯定之后，台港学界对《二十四诗品》在中国古典诗论重“含蓄”传统中所起作用的又一次论述。萧驰的论文《中国传统诗学中的超越与本在：〈二十四诗品〉中的一个重要意涵的探讨》[③]，借用西方浪漫主义诗歌中之超越概念，从新的角度论述了司空图的《二十四诗品》。他认为《二十四诗品》以后设反省方式，演呈了魏晋以来中国诗歌所形成的独特的本在式超越精神[④]，其中涵括了游仙和游目骋怀两种境界。此一超越境界，代表了中国古典抒情诗的独特美学传统。郑雪花的《〈诗品·自然〉的美学意蕴》[⑤]、朱丽娟的《司空图“绮丽”观念诠解》[⑥]、王月华的《不著一字，如何风流——司空图〈二十四诗品〉

---

① 蔡英俊：《中国古典诗论中“语言”与“意义”的论题——“意在言外”的用言方式与“含蓄”的美典》，台北：台湾学生书局 2001 年版，第 217 页。

② 蔡英俊：《中国古典诗论中“语言”与“意义”的论题——“意在言外”的用言方式与“含蓄”的美典》，第 222 页。

③ ［新加坡］萧驰：《中国传统诗学中的超越与本在：〈二十四诗品〉中的一个重要意涵的探讨》，台北：《中国文哲研究集刊》1998 年第 12 期，第 167—204 页。

④ 关于“本在式超越精神”，萧驰在论文《中国传统诗学中的超越与本在：〈二十四诗品〉中的一个重要意涵的探讨》中解释道：“……以上学者尽管对中国文化中是否有超越精神持不同看法，他们在强调此一文化重视‘内在性’上，却几乎是一致的。但此处所谓‘内在’（immanence），却包含着两层意思：其一是强调经个人内心之自觉；其二是强调天道固有于此世界现象中，接近以 immanence 描述泛神论和自然神论观念时的意涵。……如果从哲学上，我们将人和此一世界，视作与具形而上意味的天道相对的同一层次事物的话，这两者（‘内在’与‘超越’）当然是相同的。但本文因讨论中国诗学的需要，将上文说到的第二层意涵称作‘本在’，以与第一层意涵‘内在’相区别”（第 169—170 页）。详细解释见萧驰该论文。

⑤ 郑雪花：《〈诗品·自然〉的美学意蕴》，台北：《孔孟月刊》1999 年第 37 卷第 9 期，第 28—37 页。

⑥ 朱丽娟：《司空图“绮丽”观念诠解》，《问学集》1999 年第 9 期，第 22—34 页。

含蓄论》[①]、丁吉茂的《司空图“流动”诗境试析》[②]、程妤琪的《试论〈二十四诗品·含蓄〉》[③]，分别对《二十四诗品》中的自然、绮丽、含蓄、流动等品进行了论述，是此期《二十四诗品》分品研究成果中的代表作。

陈嘉璟的《从现象学观点看司空图〈二十四诗品〉》[④]、陈颖聪的《〈二十四诗品〉的生态学诠释》[⑤]，分别用现象学、生态学来阐释《二十四诗品》，在司空图研究中可谓别具一格。黄金榔的《试论钟嵘诗品对司空图诗论之影响》[⑥]、简淑慧的《皎然与司空图诗论之异同浅探——从神韵诗说建立之观点》[⑦]，则采用比较研究法，分别将钟嵘的《二十四诗品》、皎然的诗论与司空图的诗论进行了比较，时有新见。陈邵为的博士学位论文《缘发性结构：王昌龄、皎然、司空图诗论之作品存在观》，则对司空图诗论的“缘发性结构”进行分析。文章通过对司空图的数篇论诗杂文及《二十四诗品》的分析，挖掘出司空图将艺术作品的存在本源归于道，认为二十四诗品其实就是指二十四种诗歌“作品存在形态风格”，分别散布在“缘发性结构”存在光谱的各个区间，并由此考察出《二十四诗品》在“缘发性结构”存在光谱上的建构[⑧]。

总之，此阶段《二十四诗品》研究有以下特色。首先，《二十四诗品》作者问题是研究的一个焦点，有赞成有反对，但没能达成共识。其次，此阶段关于《二十四诗品》的研究还突出表现为研究方法更多元化。一是比较研究较多，一些学者还借用西方文学理论分析《二十四诗品》。二是分品研

---

① 王月华：《不著一字，如何风流——司空图〈二十四诗品〉含蓄论》，高雄：《文藻学报》2000年第14期，第39—50页。

② 丁吉茂：《司空图“流动”诗境试析》，彰化：《明道通识论丛》2009年第6期，第147—175页。

③ 程妤琪：《试论〈二十四诗品·含蓄〉》，台北：《中国语文》2010年第106卷第5期，第98—102页。

④ 陈嘉璟：《从现象学观点看司空图〈二十四诗品〉》，嘉义：《文学新玥》2006年第4期，第119—145页。

⑤ 陈颖聪：《〈二十四诗品〉的生态学诠释》，嘉义：《中正大学中文学术年刊》2011年第2期，第29—48页。

⑥ 黄金榔：《试论钟嵘诗品对司空图诗论之影响》，台南：《嘉南学报》1998年第24期，第232—237页。

⑦ 简淑慧：《皎然与司空图诗论之异同浅探——从神韵诗说建立之观点》，桃园：《万能学报》2012年第34期，第85—96页。

⑧ 陈邵为：《缘发性结构：王昌龄、皎然、司空图诗论之作品存在观》，博士学位论文，辅仁大学中国文学研究所，2009年。

究比较多。但总的来说，1994年以来，中国台湾、中国香港及海外司空图研究的数量呈下降趋势，这无疑跟《二十四诗品》的作者遭质疑有一定的关系。该阶段学术论文中除了关于《二十四诗品》的作者问题的讨论外，其他有创新的研究较少。关于《二十四诗品》作者问题，笔者仍持存疑的态度，因为目前来说，无论是赞成方还是反对方都没有确凿的证据。因此，还有待研究者进一步的研究、探讨，包括挖掘新的文献资料等。另外，关于司空图的研究思路还应更开阔一些，因为除了《二十四诗品》，司空图的诗文集还有很多值得去深入研究的诗学理论、诗学思想及命题。

总体来看，这近六十年时间里，台、港地区及海外司空图的研究取得了一定成就，尤其是对《二十四诗品》的研究，意境论、"言外之意"说、司空图诗学渊源、司空图生平、思想等的研究上有一些突出的贡献。在一些特定阶段，弥补了大陆研究的空白。从以上的论述可以看出，台、港地区及海外的学者对关于《二十四诗品》的研究，比较注重其渊源、体系、风格、特质、影响、意象批评等方面的研究，且取得了一定成果，如萧水顺、王润华、萧驰、陈国球、闵丙三、廖栋樑等。台、港地区及海外对司空图的研究，从研究视角、研究重点及系统性上，还具有以下几个特点。其一，视野较开阔，善于与西方文论相结合，运用西方文论来分析司空图的诗论，如王润华、萧驰、陈国球等。其二，过于关注《二十四诗品》，忽略了对司空图诗文集，尤其是不少论诗诗和论诗杂著中所体现的诗学思想的研究。其三，对司空图诗学及其思想进行系统、深入研究的学者较少。其中的一些突出成果可供司空图诗学的研究者借鉴、吸收，以利于我们开拓思路，将司空图及其诗学的研究向更宽、更深的方向推进。

纵观近百年的司空图研究历史，《二十四诗品》的研究向来受国内外研究者的广泛关注，这一方面肯定了《二十四诗品》在文学理论、文学批评发展史上的重要地位；另一方面也可以看出学界的研究在某种程度上有失偏颇，过于关注《二十四诗品》，相对忽略了司空图诗文集中其他的诗学思想。司空图的贡献不仅仅在《二十四诗品》（如果《二十四诗品》为司空图所作的话），司空图诗文集中有很多重要的文学理论、文学批评的思想，如意境论、"四外"说，当然这些理论已为学界所重视，研究的成果也较多。此外，司空图论诗杂文中还有一些重要的文学思想：如"诗贯六义""直致所得，以格自奇"，以及司空图的唐诗歌史观等，这些思想都有很重要的研究价值。司空图诗学理论的形成有其特定的思想理论背景，既与唐代当时的诗歌理论、诗歌批评、诗歌发展有关，又与唐代特定的政治、经济、文化背景相关，还与唐朝之前的诗歌理论、文学理论的整体发展相关，当然还与司空图个人的生平、经历有关。文学理论的发展是承前启后的过程，有其特定的规律、基本的发展脉络和深厚的历史渊源。

第二节 《二十四诗品》思想渊源研究及平议

一、中国大陆地区关于《二十四诗品》渊源的研究

关于《二十四诗品》的思想渊源，多数研究者认为起源于道家，主要研究成果如下。早期的如李戏鱼先生在《司空图〈诗品〉与道家思想》[①]一文中即认为《二十四诗品》体现了道家思想，并且从四个方面论述《二十四诗品》与道家思想之间的关系，即"道"、"道"之特点、达到"道"的境界的方法及目的等，将《二十四诗品》中体现道家思想的诗句与老庄等道家著作中相关的论述相印证，从而论证道家思想对诗歌艺术的积极作用。罗仲鼎先生认为老庄哲学对司空图及《二十四诗品》产生了很大影响，既有消极方

① 李戏鱼：《司空图〈诗品〉与道家思想》，《文学集刊》第一辑，北京：北京艺文社 1943 年版。

面，又有积极方面。如老庄哲学中的清静无为、消极避世的思想以及恬淡寡欲、崇尚自然的思想对《二十四诗品》的风格论和技巧论均产生了很大的影响。老庄哲学不仅影响了司空图的世界观和人生观，而且也影响了他的认识方法。《二十四诗品》把掌握各种风格的方法讲得如此玄虚缥缈、恍惚迷离，与老庄哲学中关于"道"的论述有直接关系。老庄哲学中的朴素辩证法思想也影响了司空图的艺术构思、艺术创作[①]。

祖保泉先生的《司空图的诗歌理论》，其中在第三节"《二十四诗品》的体制和渊源"中指出《二十四诗品》在理论和表现形式等方面受前人的相关文学理论的影响，其思想渊源主要是道家。具体来说，首先，《二十四诗品》在理论和表现形式上的渊源主要有：曹丕的《典论·论文》、陆机的《文赋》、刘勰的《文心雕龙》、李峤的《评诗格》、皎然的《诗式·辩体有一十九字》。其次，司空图的意境论主要受盛唐、中唐的诗人、评论家如殷璠、皎然、刘禹锡的影响。再次，《二十四诗品》在表达方式上运用形象化的比喻来说明问题，也受前人影响，如先秦的"立象以尽意"、魏晋的清谈之风、六朝用形象化的比喻来评论诗文、唐人用诗歌来评品诗文等。司空图继承了以诗评诗的传统，撰写了《二十四诗品》。在第四节"《二十四诗品》的玄学思想和诗歌理论"中，作者认为"在《司空表圣文集》《司空表圣诗集》里，就其表现的思想看，是儒、释、道三者兼而有之的"[②]。但到中年以后，司空图信奉了佛教，"便以禅宗思想来抚慰自己隐痛的心灵"[③]。因此，《二十四诗品》所表现的主要是老庄的思想。虽然作者论述得比较简单，但却是早期对《二十四诗品》渊源问题论述得最为全面的，为后人的研究提供了借鉴。

另有一些研究者也持类似的观点，如郁沅的《〈二十四诗品〉：道家艺术哲学》，认为"《二十四诗品》是一部道家艺术哲学著作。……它以道家

① 罗仲鼎：《老庄哲学与司空图的〈诗品〉》，《杭州师范学院学报》（社会科学版）1979 年第 1 期，第 31—37 页。

② 祖保泉：《司空图的诗歌理论》，第 41—46 页。

③ 祖保泉：《司空图的诗歌理论》，第 47 页。

哲学为指导，论述了二十四种诗境风格之美，把诗境创造的理论上升到艺术哲学的高度，认为道家之‘道’是二十四种诗境之美的形成基础，并把道家处世态度、生活情趣、艺术观念等等贯彻于诗境风格之美的理论与意象之中”[①]。又如张松辉的《道家道教与司空图》[②]，依据司空图的诗文及有关史料，认为司空图虽与僧人有许多交往，但他与道家道教的关系也极为密切，特别是他的《二十四诗品》，其中的思想和典故基本上是来自道家道教，而不是佛教。

还有一些论文也对《二十四诗品》的渊源做了论述，如韩文革的《〈二十四诗品〉与老庄哲学》、张华宝的《道家虚静观与〈二十四诗品〉》、葛衍的《论〈二十四诗品〉的道家美学思想》、方婷的《论司空图〈二十四诗品〉中的“道”》和《论〈二十四诗品〉对〈庄子〉审美风格的继承》、刘慧姝的《论〈二十四诗品〉的体道诗境》、闫月珍和李鑫的《〈二十四诗品〉与庄子哲学》等，基本都认为《二十四诗品》与道家思想有着密切联系。

一些研究者认为《二十四诗品》思想起源于佛家，充满了禅意，如周汝昌先生认为“这二十四章‘四言诗’中充满了禅家的质素和气息”[③]。郭绍虞先生认为司空图的《二十四诗品》受时人好用象征批评的影响，论诗的流品，采用比物取象、目击道存的方法，论诗讲求味外之旨，司空图诗论代表了王维诗佛一派[④]。张中行先生持类似的看法，认为《二十四诗品》常以禅意说明诗意，如“超以象外”“不著一字”等[⑤]。张少康、刘三富先生亦认为《二十四诗品》体现了老庄的精神境界与理想人格，同时其超然物外、清静的境界又与佛教哲学相一致[⑥]。

也有研究者认为《二十四诗品》融会了儒、道、佛思想，如朱东润先

---

① 郁沅：《〈二十四诗品〉：道家艺术哲学》，《文学遗产》2011 年第 3 期，第 60 页。

② 张松辉：《道家道教与司空图》，《中国文学研究》1997 年第 3 期，第 31—37 页。

③ 周汝昌：《〈诗词曲赋名作鉴赏大辞典〉序言》，《名作欣赏》1989 年第 1 期，第 15 页。

④ 郭绍虞：《中国文学批评史》（上册），北京：商务印书馆 2010 年版，第 314—326 页。

⑤ 张中行：《禅外说禅》，北京：中国社会科学出版社 1995 年版。

⑥ 张少康、刘三富：《中国文学理论批评发展史》，北京：北京大学出版社 1995 年版。

生的《司空图诗论综述》在论及《二十四诗品》的思想渊源时，先引述了英国著名汉学家翟里斯[①]在其著作《中国文学史》中的观点，翟里斯认为《二十四诗品》为“一篇哲学的诗，包含显然不相联系的二十四篇，这足以表现纯道家主义侵入学者心理的形式”。朱先生不完全认同翟里斯的观点，认为《二十四诗品》“处处可见方外之情”，但又认为司空图的思想主要为儒家思想，同时又受佛、道思想的影响，且常常有矛盾冲突[②]。王岳玮的《融汇儒道禅思想的司空图〈诗品〉及其诗论》，亦认为《二十四诗品》融会了儒道禅的思想，持类似看法的还有杨剑[③]等。绪论部分已提到过成复旺、黄保真、蔡钟翔先生认为司空图的思想中，总体看来儒、道、释三家的成分都有，认为司空图思想中儒家的成分，在其晚期与道家思想形成了尖锐的矛盾，这种矛盾既是他的以儒家为核心的社会观和以道家为核心的自然观的矛盾的表现，也是唐代诗歌哲学赖以形成的基础，并从四个方面归纳了司空图的诗歌哲学思想：即“道、素”“意、象、意象”“韵、味、韵味”“素美、壮美、华美”，且认为司空图的主要成就在于突破了前人以政教目的为指归的传统文学思想，建立了完整的诗歌哲学，推动了以审美为中心的文艺理论[④]。三位先生所指的司空图的诗歌哲学或诗歌美学主要是指题司空图所作《二十四诗品》，兼而谈及其论诗杂文。

二、台、港地区及海外关于《二十四诗品》渊源的研究

除中国大陆之外，中国台湾及新加坡学者对《二十四诗品》渊源也较关

① 翟里斯为英国著名汉学家，在他的《中国文学史》（1923 年，初版 1901 年）中把司空图的《二十四诗品》当作哲理诗，并将二十四首诗翻译出来。

② 朱东润：《中国文学论集》，第 7 页。

③ 杨剑：《司空图：在济世与归隐的夹缝中》，《安徽师大学报》（哲学社会科学版）1992 年第 4 期，第 471—475 页。

④ 成复旺、黄保真、蔡钟翔：《中国文学理论史》（二），北京：中国人民大学出版社 2009 年版，第 163 页。

注，他们从更广阔的角度来分析《二十四诗品》的渊源，如特定时代背景的影响、六朝至唐代普遍推崇风格论及唐代使用意象批评的风气等。

台湾萧水顺先生的《司空图诗品渊源探讨》，指出了《二十四诗品》的三大特色：形象喻词、风格分类、以禅喻诗，并分别探讨了这三大特色之渊源。[①] 萧水顺的另一篇论文《司空图诗品特质探讨》，指出司空图《二十四诗品》的特色，在于形象拟喻，并且认为《二十四诗品》"试图建立超于世俗之境"，深受儒、释、道的影响。[②] 陈晓蔷认为《二十四诗品》的产生与司空图熟读佛、道经典也有关系。[③] 李丰楙通过论述司空图生平及其与僧人的交往，包括从《书屏记》的论述，可得知司空图是常读佛、道经典的。这是台湾地区最早的一篇论述司空图与佛教关系的文章，比较深入地探讨了司空图诗学的佛教渊源，为后人的进一步研究提供了很好的借鉴。

新加坡王润华先生的《司空图〈诗品〉风格说之理论基础》，全文论述了《二十四诗品》风格说的三大理论基础：其一，个人独特的情性与生活形式；其二，语言和表现手法的特性；其三，风格由时代共同的作品特色形成。他认为中唐末期开始就有很多"诗格"之类的作品出现，如虚中的《流类手鉴》、徐寅的《雅道机要》、齐己的《风骚旨格》，还有早于司空图的皎然的《诗式》，以此说明《二十四诗品》的风格论有其深厚的时代背景，与唐朝普遍推崇风格论分不开[④]。把《二十四诗品》放到特定的时代背景下来进行探讨是作者的突出贡献。

王润华先生的另一篇论文《从历代诗论看司空图〈诗品〉的风格论》[⑤]，作者将刘勰、皎然以及与司空图同时代的几位诗论家的一些风格进行比较，认为个性与风格不可分割，《二十四诗品》中的二十四种风格都是唐代末年最被重视的诗歌特色。吕兴昌的《司空图诗论研究》论述了司空图诗论的渊

① 萧水顺：《司空图诗品渊源探讨》，台北：《中华文化复兴月刊》1973 年第 6 卷第 7 期，第 50—55 页。
② 萧水顺：《司空图诗品特质探讨》，第 35—40 页。
③ 陈晓蔷：《司空图与诗品》，第 21—26 页。
④ ［新加坡］王润华：《司空图〈诗品〉风格说之理论基础》，第 25 页。
⑤ ［新加坡］王润华：《从历代诗论看司空图〈诗品〉的风格论》，台北：《大陆杂志》1978 年第 56 卷第 5 期。

源主要有三方面：书画理论的启示，文学观念的激发，佛、道思想的影响。其中，最有创见的是认为中国传统书画理论对司空图诗论的影响。[①] 台湾廖栋樑先生的《试论司空图〈诗品〉的意象批评》[②]，在“《诗品》意象批评的背景”中，作者认为除了唐代普遍使用意象批评的风气、唐代诗歌风格的分类之外，还有书画鉴识的影响。另外，闵丙三的《司空图诗品运用庄子思想之研究》也对司空图诗学与道家的关系进行了深入探讨。此论文旨在“研究司空图《诗品》中的《庄子》成分，阐明司空图《二十四诗品》对于《庄子》思想的运用”[③]，从而进一步促进读者了解《二十四诗品》及其在文学思想史中的地位，也进一步了解《庄子》及其对中国文学思想史的重大影响。论文主要包括以下部分：《二十四诗品》对于《庄子》文字的运用、思想的运用——自然之道及虚静、形神、言意论，比较全面深入地阐述了《庄子》对《二十四诗品》的影响。陈邵为的博士学位论文《缘发性结构：王昌龄、皎然、司空图诗论之作品存在观》[④]，也论述了司空图诗学的渊源。在论文第五章“司空图诗论的作品存在观及对‘缘发性结构’的阐发”中，作者借由司空图的数篇论诗杂文及《二十四诗品》，挖掘出司空图将艺术作品的存在本源归于“道”。另外，前文也提到，英国汉学家翟里斯在其著作《中国文学史》中指出《二十四诗品》为“一篇哲学的诗，包含显然不相联系的二十四篇，这足以表现纯道家主义侵入学者心理的形式”。

三、《二十四诗品》思想渊源研究平议

通过以上对司空图诗学渊源研究的综述可看出大概有四种观点：一是认

① 吕兴昌：《司空图诗论研究》，台南：宏大出版社 1980 年版，第 21—47 页。

② 廖栋樑：《试论司空图〈诗品〉的意象批评》，新北：《辅仁国文学报》1989 年第 5 期，第 205—225 页。

③ 闵丙三：《司空图诗品运用庄子思想之研究》，博士学位论文，台湾师范大学，1991 年，前言。

④ 陈邵为：《缘发性结构：王昌龄、皎然、司空图诗论之作品存在观》，博士学位论文，辅仁大学中国文学研究所，2009 年。

为《二十四诗品》的思想起源于道家，如李戏鱼、罗仲鼎、祖保泉、郁沅、闵丙三、陈邵为等先生；二是认为《二十四诗品》主要受佛教的影响，如周汝昌、郭绍虞、张中行、李丰楙等先生；三是认为《二十四诗品》受佛、道思想的影响，如张少康、刘三富、陈晓蔷、吕兴昌等学者；四是认为儒、佛、道思想是《二十四诗品》共同的思想渊源，但主要是佛、道思想，如朱东润、成复旺、黄保真、蔡钟翔等先生。就笔者个人而言，更倾向于第四种观点，即《二十四诗品》受儒、道、佛思想的共同影响，但主要是道家思想的影响。

前文关于《二十四诗品》作者问题的争议，其中一个争论的焦点，就是从内证的角度看《二十四诗品》与司空图的诗学思想是否一致。以陈尚君、汪涌豪先生为代表的伪托说一方认为《二十四诗品》与司空图生平思想、论诗杂著及文风取向明显不同。他们认为《二十四诗品》以道家思想为主旨，而司空图受儒家思想影响较深。在论诗旨趣上，司空图的论诗杂著重韵味说,《二十四诗品》只是稍有此旨趣。另外还认为司空图的论诗杂文既崇尚澄澹精致之作，又崇尚沉郁遒举、触兴冥搜之作，而《二十四诗品》则崇尚清淡雅逸、自然之作。

陈、汪两位先生的这种观点是非常有价值的，但笔者通过对司空图诗文集中所涵盖的诗学思想的研究，发现不仅司空图的生平思想受儒、道、佛三家的影响，而且其诗学思想也受儒、道、佛三家的影响。上文已做过具体论析，司空图为人处世受儒家思想影响较深，但其诗学思想主要受佛、道的影响。司空图的诗学视野开阔，审美趣味丰富，他坚持辨味批评的审美批评标准，传统儒家政教批评的准则。因此，司空图的儒家思想已经道家化、禅宗化了。其诗学思想中既有儒家的成分，如重讽谕、温雅、豪放、尚奇，又有佛、道的成分，重含蓄、重自然，主张“直致所得”“思与境偕”，强调诗歌应有“象外之象”“味外之旨”“韵外之致”。

首先，从思想渊源看《二十四诗品》与司空图思想的相关度。二十四品中，有雄浑、悲慨、豪放、劲健、实境等品，这些与儒家所提倡的担当道义、自强不息、积极进取、雄健刚毅的精神是相吻合的。雄浑、含蓄、疏野等品提出的“不著一字，尽得风流”“万取一收”“超以象外，得其环中”的境界，与禅宗所提倡的不立文字、直指心源、绕路说禅、超然物外的境界有异曲同工之妙。特别是冲淡、纤秾、绮丽、自然、旷达、超诣、清奇、飘逸等品，又映射出道家所倡导的飘逸洒脱的处世态度，以及对冲淡宁静的自然境界的追求。二十四品中，明确以“道”喻“品”的达八处，分别是“俱道适往，著手成春”（《自然》），“由道返气，处得以狂”（《豪放》），“道不自器，与之圆方”（《委曲》），“忽逢幽人，如见道心”（《实境》），“大道日往，若为雄才”（《悲慨》），“俱似大道，妙契同尘”（《形容》），“少有道契，终与俗违”（《超逸》），“夫岂可道，假体遗愚”（《流动》），这些“道”多指道家之“道”，即“自然”，可见《二十四诗品》深受道家思想的影响。前文多处论及司空图思想受道家的影响，包括其“家训”：“我祖铭座右，嘉谋诒厥孙……众人皆察察，而我独昏昏。取训于老氏，大辩欲讷言”。从其晚年多跟道士相往来，其炼丹，其大量诗文中所表现的对自然、淡泊、宁静、无为等人生境界及诗歌境界的追求，均可看出他受道家思想影响很深。所以，笔者认为《二十四诗品》虽受儒、道、佛思想的共同影响，但主要还是受道家思想的影响。因此，从思想渊源的角度来说，《二十四诗品》与司空图生平思想、论诗杂著的文风取向是基本一致的，与司空图的诗学思想并不矛盾，从思想渊源的角度否定《二十四诗品》非司空图所作是站不住脚的。

其次，从司空图以“品”论诗看《二十四诗品》与司空图思想的相关度。据陶礼天教授的《读司空图〈书屏记〉书后》一文的相关研究，他认为通过司空图的《书屏记》及司空图父子曾得唐代书法家徐浩手书的书屏，且徐浩的《论书》一文直接受到刘勰《文心雕龙》的影响等相关资料，可以推论司空图以“品”论诗，可能受到刘勰“八体”说的影响。又，司空图曾亲自为《愍征赋》作注，并作《注〈愍征赋〉述》《注〈愍征赋〉后述》，而《注〈愍征赋〉述》具有“品而类之”的特点。且司空图的《诗赋赞》也用“品类”来论述“诗赋”的不同品格等，陶礼天教授进行了严谨的推论，即司空图以“品类”论诗可能受到《书品》《画品》等理论著作的影响。另外，司空图以“品类”论诗除受到唐代论诗者的影响外，极有可能受到刘勰的《体性》《风骨》等篇的影响[①]。这个推断是有一定的逻辑可信度的，因此也是非常有价值的。在《二十四诗品》中，作者以诗意的语言描述了二十四种不同“品类”的诗，这与《诗赋赞》中把诗分为“壮美”“优美”等若干类很相似。司空图《诗赋赞》写道：

> 知［道］非诗，诗未为奇。研昏练爽，戛魄凄肌。神而不知，知而难状。挥之八垠，卷之万象。河浑沇清，放恣纵横。涛怒霆蹴，掀鳌倒鲸。镵空擢壁，琤冰掷戟。鼓煦呵春，霞溶露滴。邻女自嬉，补袖而舞。色丝屡空，续以麻絇。鼠革丁丁，焮之则穴。蚁聚汲汲，积而成垤。上有日星，下有风雅。历［诋］自是，非吾心也。

司空图把诗分为“涛怒霆蹴，掀鳌倒鲸”“镵空擢壁，琤冰掷戟”“鼓煦呵春，霞溶露滴”“邻女自嬉，补袖而舞”“色丝屡空，续以麻絇”“鼠革丁丁，焮之则穴”“蚁聚汲汲，积而成垤”等不同类别，这些在《二十四诗品》中均能找到相似的“品”，就此陶礼天教授在其文已有较详细论述，故不赘述。古风先生亦将此文与《二十四诗品》进行了比较，认为二者相似处有：“以赏代论”、“以象言诗”、皆有“河”“春”“星”等自然意象[②]，由此可看出《诗赋赞》的以“品”论诗与《二十四诗品》如出一辙。

再次，从司空图擅长写赞体文看《二十四诗品》与司空图思想的相关度。关于《二十四诗品》的文体问题，学界有过争论，多数学者认为是论诗

---

① 陶礼天：《读司空图〈书屏记〉书后》，参见《中国文论研究丛稿》，北京：学苑出版社 2011 年版，第258—262 页。

② 古风：《意境探微》，南昌：百花洲文艺出版社 2012 年版，第 85 页。

诗，而部分学者认为《二十四诗品》不是诗而是赞，以黄侃先生为代表[①]。从司空图诗文集可看出他擅长写赞体，除了《诗赋赞》，还有《三贤赞》《李翰林写真赞》《观音赞》《香岩长老赞》等近十篇赞体文。笔者赞同黄侃先生的观点，认为《二十四诗品》是赞体文，因此从此点推论，司空图写《二十四诗品》是有一定可能性的。

最后，从司空图擅长象喻批评看《二十四诗品》与司空图诗学思想的相关度。上文论述过的《注〈愍征赋〉述》全篇都贯穿着象喻批评的句子。《注〈愍征赋〉述》：

> 夫垂象著文，炳灵叶爽。擅流宗于笔海，则时仰龟龙；骇揆藻于天庭，则国资云雨。至若金羁角势，锦字争妍，兼吞汉魏之雄，迥跨风骚之域，宏才独振，何氏无奇！
>
> 《愍征》则会昌中进士卢献卿著明所作。华胄间生，冠五百年高视；灵玑在握，照十二乘非珍。驭纵壑以涛惊，竦驱崦而电轶。恳超言象，特映古今。而姤沮扬蛾，妖轻咲凤。惜岁华之易晚，嗟魄桂之僣期。旧国蝉催，萦盈别怨；芳时雁度，浩荡羁愁。愍去郢以抽毫，怅征秦而寓旨。锵洋在听，梗槩可陈。
>
> 观其才情之旖旎也，有若霞阵叠鲜，金缕晴天。鸳塘匣碧，芙蓉曙折。浓艳思芳，琼楼诧妆。烟霏晚媚，鲛绡拂翠。其雅调之清越也，有若缥缈鸾（虹）[鸿]，嘤嘤袅空。瑶簧凄戾，羽磬玲珑。幽人啸月，杂珮敲风。其道逸之壮冠也，则若云鹏迥举，势踏天宇。鳌抃沧溟，蓬瀛倒舞，百万交锋，雄棱一鼓。其寓词之哀怨也，复

① 黄侃先生在《文心雕龙札记·颂赞第九》篇末指出："四言之赞，大抵不过一韵数言而止，惟东方《画赞》稍长，《三国名臣序赞》及《汉书》偶一换韵。至崔子玉《草书势》，蔡伯喈《篆势》、《隶势》，则又似赋矣。唐世司空图《二十四诗品》，造语精警，亦赞之美者也。"（黄侃《文心雕龙札记》，北京：中华书局 2006 年版，第 92 页）另外，陶礼天先生也赞同黄侃先生的看法，认为《二十四诗品》是赞体，在其论文集《中国文论研究丛稿》之《读司空图〈书屏记〉书后——表圣论诗受〈文心雕龙〉之影响及相关问题之推论》一文的篇首"编按"中做了较详细的说明（参见陶礼天：《中国文论研究丛稿》，北京：学苑出版社 2011 年版，第 256 页）。

若血凝蜀魄，猿断巫峰。咽水惊夜，冤□［郁］霭空。日魂惨澹，鬼哭荒丛。其变态之无穷也，则若月吊边秋，旅恨悠悠。湘南地古，清辉处处。花映秦人，玉洞扃春。澄流练直，森然目极。斯盖缘情纷状，触兴冥搜，回景物之盛衰，制人臣之哀乐，穷微尽美，□古排今。

且自体变江南，气凌邺下。胪分工拙，差可抑扬。竞耘寂以搜奇，则思荣飞动；徒牵庸而缀学，则格滞沉埋。唯彼邀能，是称人巧。泛铺轻绮，骑弄纵横。符雅律之未裁，八音叶畅；类非烟之不染，五色相鲜。洞虽绝于长淮，芳镇留于终古。

况愚通家著分，总角忘年。人中则韵仰神仙，席上则价饶鹦鹉。破琴伤逝，无复知音。梦笔摛祥，频惊借彩。伫谈交之可作，叹宝锷之徒悬。犹幸斯文，备存遗迹。□［迹］符增感，涕下何从。昔两汉辨骚，方闻注释。三都待引，即扣贤豪。寄测妙以腾褒，属当仁于命世。岂伊孤陋，合遽讨论。将研旨远之机，已尽汲深之力。附修名而不朽，量璅慧以多惭。粗析指归，难酬顾遇。衒微明于合璧，敢议争英；洞节奏于旋宫，窃期攀响。①

此文是司空图为卢献卿的《愍征赋》作注所写的序，此赋已佚，但从司空图此文可看出他对卢献卿其人其文的高度赞赏，通篇都是象喻批评的表达法，如第一段描写卢献卿此赋的重大意义时，说其文“垂象著文，炳灵叶爽”“擅流宗于笔海，则时仰龟龙；骇掞藻于天庭，则国资云雨”等，以赞其文可以流于后世，恩被子孙。“观其才情之旖旎也”一段，盛赞其文的才情旖旎、音律清越、文风遒举、寓词哀怨、意象多变，均是采取极尽夸张的比喻、象征、铺陈的表达法，且“每一个方面，都写了六句，这种写法，使

① 出自:《司空表圣文集》，参见《四部丛刊集部》，上海涵芬楼藏旧钞本原书页，台湾商务印书馆印行，第57—58页。按：因此引文较长，核对了祖保泉、陶礼天笺校:《司空表圣诗文集笺校》本（第318—320页）与四部丛刊本，有不少文字出入，故此处以四部丛刊本为准。

我们想起他有名的《二十四诗品》”[①]。赞其人气韵非凡、德高望重，则说其“人中则韵仰神仙，席上则价饶鹦鹉”等，的确让人不自觉想起《二十四诗品》通篇的象喻批评表达法。

此外，前文说过持伪托说观点的一些研究者还提出《二十四诗品》不少诗句描写了江南风景，表现了江南“意象”，而司空图是北方人，据此推断《二十四诗品》不应为司空图所作，如陈尚君、汪涌豪两位先生在论文《〈二十四诗品〉不是司空图所作》中指出：“《诗品》中某些描写，应属江南风物，虽非实写，总为作者所熟悉之环境。司空图除曾入宣州幕府外，一生多居北方”[②]，言下之意，司空图身为北方人且多居北方，描写《二十四诗品》中的一些江南风物不合情理，所以司空图不可能写出《二十四诗品》。这里陈、汪两位先生也指出，司空图去过南方宣州，这是指乾符四年到乾符五年（877—878），司空图四十一二岁时随王凝赴宣州任其幕府，此事司空图在《纪恩门王公宣城遗事》《王公行状》等文中均有记载，另，《旧唐书》《新唐书》亦有记载。司空图除此次下江南之外，他在咸通十三年到十四年（872—873），即在其三十六七岁时曾由商州追随王凝去湖南潭州（今长沙），司空图在其诗《松滋渡二首》《涔阳渡》《丑年冬》等诗中均有记载[③]。可见司空图曾两度赴江南，因此他描写一些江南风物当不奇怪。在《与李生论诗书》中，司空图写道：“得于江南，则有：‘戍鼓和潮暗，船灯照岛幽。’又：‘曲塘春尽雨，方响夜深船。’又：‘夜短猿悲减，风和鹊喜灵。’”[④]可见司空图确到过江南，且对江南的风景甚为熟悉。司空图中晚年长期隐居华阴与中条山王官谷，华阴与王官谷的风光均很美丽，尤似江南，从其隐居华阴时所作的一些诗可看出，《歌者十二首》写道：“风霜一夜燕鸿断，唱作江南被褉天”“自怜眼暗难求药，莫恨花繁便有风。桃李更开须强看，明年兼恐

---

① 王济亨、高仲章选注：《司空图选集注·注愍征赋序》，第132页“说明”。

② 陈尚君、汪涌豪：《〈二十四诗品〉不是司空图所作》，《寻根》1996年第4期，第48页。

③ 关于司空图曾两度赴江南，陶礼天先生在《司空表圣年谱新编》中有较详细的论述，参见祖保泉、陶礼天笺校：《司空表圣诗文集笺校》，第347—351页。

④ 祖保泉、陶礼天笺校：《司空表圣诗文集笺校》，第194页。

听歌聋。”《白菊三首》写道:“栽得垂杨更系情”“犹能婀娜傍池台”，繁花、桃李、垂杨、池台均有似江南风光。王官谷的风光亦很美，从《旧唐书》本传载“图有先人别墅在中条山之王官谷，泉石林亭，颇称幽栖之趣”可见一斑。因此,《二十四诗品》不少诗句描写了江南风景，表现了江南“意象”，一种确是江南风景，一种是华阴或王官谷风景亦有可能。所以，据此推断《二十四诗品》不应为司空图所作是不成立的。

综上，可以看出《二十四诗品》受儒、道、佛思想的共同影响，且主要受道家思想的影响，这与司空图生平思想、论诗杂著的文风取向是基本一致的。另外，从司空图以“品”论诗和擅长写赞体文，且擅长象喻批评等可以看出《二十四诗品》与司空图的思想是有一定契合度的。因此，从这些内证的角度看《二十四诗品》与司空图的诗学思想是基本一致的。

当然，司空图是否确为《二十四诗品》的作者，还有待新的文献资料的发现及学界更多的考证，在此之前抱存疑的态度可能更为妥当。另外，从司空图个人的诗学成就来说，就算他不是《二十四诗品》的作者，也不能否定他在中国古代诗学理论、诗学批评上的突出地位，他提出的众多重要的诗学命题、诗学思想对唐以后的文论影响非常深远，可以说开宋严羽、明王士祯神韵派的先河。

小结

本章通过对《二十四诗品》及其思想渊源研究的述评，大概介绍了自唐末以来，特别是近现代以来对《二十四诗品》的研究概况。受政治、意识形态等因素的影响,《二十四诗品》的研究重心、研究特点往往会发生变化或不尽相同，故本章分两条线索进行论述，即中国大陆地区《二十四诗品》及其思想渊源研究与台、港地区及海外《二十四诗品》及其思想渊源研究，这样使《二十四诗品》在不同阶段、不同地区的研究概况及基本特征更清晰地呈现出来。总体来看，近现代以来中国大陆地区《二十四诗品》的研究成果更为丰富，但在特定阶段，如 20 世纪中期其研究重心转到台港地区。另外，海外学者对《二十四诗品》的关注，一方面说明了《二十四诗品》在国际学术领域，尤其是新加坡、美国、日本、韩国、朝鲜等国所引起的重视及其特殊的地位；另一方面海外学者的相关研究在一定程度上提供了更多的相关学术资料，扩大了《二十四诗品》研究的视野，从而与中国大陆、台港地区的研究能够取长补短、相得益彰。

本章在对《二十四诗品》及其思想渊源研究概况进行简要述评之后，从其中的一个内证的角度，即从《二十四诗品》思想渊源的角度对其与司空图诗学思想是否具有一致性进行了平议，通过对相关材料的分析与论证，笔者认为《二十四诗品》与司空图的思想是有一定相关度的。当然在现有文献还不够充分的条件下，这仅仅是从内证的角度进行的一个逻辑推论，究竟《二十四诗品》的作者是否为司空图，还有待新的文献资料的发现与论证，更需学术界的共同努力。

参考文献

古籍

[1]《司空表圣集》,《乾坤正气集》本第40—57卷，泾县潘锡恩校。

[2]《司空表圣诗集》(即《唐音戊签》七十四，明胡震亨辑),《四部丛刊》本。

[3]《司空表圣诗集》,(清)席启寓编印《唐诗百名家全集》本。

[4]《司空表圣诗文集》，据刘氏嘉业堂丛书本影印，北京：文物出版社1982年版。

[5]《司空表圣文集》,《四部丛刊》本。

[6]《司空表圣文集》,《四库全书》本(文渊阁本)。

[7]《司空表圣文集》，据北京图书馆藏宋蜀刻本影印，上海：上海古籍出版社1994年版。

[8]《司空表圣文集》《司空表圣诗集》,《四部丛刊》本，台北：台湾商务印书馆印行。

[9]《司空表圣文集》旧抄本(十卷)，台北：台湾图书馆。

[10]《一鸣集》十卷，抄本(古籍影像检索系统)，台北：台湾图书馆。

[11]《刘梦得文集》卷二三、卷十四,《四部丛刊》集部，影印武进董氏影

宋本。
[12]（清）董诰等编：《全唐文》，北京：中华书局 1983 年影印本。
[13]（宋）洪迈编：《万首唐人绝句》，北京：文学古籍刊行社 1955 年影印明嘉靖洪本。
[14]（明）黄省曾编次：《诗家一指》，明嘉靖二十四年刊《名家诗法》本。
[15]（唐）李肇：《唐国史补》，《四库全书》本。
[16]（宋）李昉等辑：《文苑英华》，北京：中华书局 1966 年影印本。
[17] 王云五主编：《丛书集成初编 · 元丰题跋　东坡题跋》，据《津逮秘书》本影印，北京：商务印书馆 1935—1937 年版。
[18]（明）王廷相：《沈佺期诗集 · 校唐沈詹事诗集序》，明正德王廷相刻《沈佺期诗集》。
[19]（宋）姚铉辑：《唐文粹》，《四部丛刊》本、《四库全书》本。
[20]（唐）元稹：《唐故工部员外郎杜君墓系铭序》，《四部丛刊》影印明嘉靖本《元氏长庆集》卷五十六。

中文专著

[1]（唐）白居易著，顾学颉校点：《白居易集》，北京：中华书局 1999 年版。
[2]（汉）班固：《汉书》，北京：中华书局 1962 年版。
[3] 蔡景康编选：《明代文论选》，北京：人民文学出版社 1993 年版。
[4] 蔡英俊：《比兴物色与情景交融》，台北：大安出版社 1990 年版。
[5] 蔡英俊：《中国古典诗论中“语言”与“意义”的论题——“意在言外”的用言方式与“含蓄”的美典》，台北：台湾学生书局 2001 年版。
[6] 蔡瑜：《唐诗学探索》，台北：里仁书局 1998 年版。
[7] 岑仲勉：《隋唐史》，北京：中华书局 1982 年版。
[8] 畅广元：《诗创作心理学：司空图的〈诗品〉臆解》，西安：陕西师范大学出版社 1988 年版。

[9] 陈伯海:《历代唐诗论评选》，保定：河北大学出版社 2003 年版。

[10] 陈伯海:《唐诗学史稿》，北京：人民出版社 2011 年版。

[11] 陈国球:《镜花水月——文学理论批评论文集》，台北：东大图书公司 1987 年版。

[12] 陈鼓应:《老子注译及评介》(修订增补本)，北京：中华书局 2009 年版。

[13] 陈尚君辑校:《全唐诗补编》，北京：中华书局 1992 年版。

[14] 陈桐生译注:《国语》，北京：中华书局 2013 年版。

[15] 陈寅恪:《隋唐制度渊源略论稿唐代政治史述论稿》，北京：商务印书馆 2011 年版。

[16] 陈应鸾:《诗味论》，成都：巴蜀书社 1996 年版。

[17] 陈允锋:《唐代美学意味》，北京：新华出版社 2000 年版。

[18] 陈允锋:《中唐文论研究》，北京：中国社会科学出版社 2010 年版。

[19] 成复旺、黄保真、蔡钟翔:《中国文学理论史》(二)，北京：中国人民大学出版社 2009 年版。

[20] 党圣元:《返本与开新——中国传统文论的当代阐释》，郑州：河南大学出版社 2011 年版。

[21] 丁福保辑:《历代诗话续编》，北京：中华书局 1983 年版。

[22] 丁福保笺注:《六祖坛经笺注》，北京：国际文化出版公司 2014 年版。

[23](唐)杜甫著，(清)仇兆鳌注:《杜诗详注》，北京：中华书局 1999 年版。

[24](唐)杜牧著，陈允吉校点:《樊川文集》，上海：上海古籍出版社 2020 年版。

[25](元)方回选评，李庆甲集评校点:《瀛奎律髓汇评》，上海：上海古籍出版社 2005 年版。

[26] 冯友兰:《中国哲学史》，北京：中华书局 1961 年版。

[27] 傅璇琮主编:《唐才子传校笺》，北京：中华书局 1987 年版。

[28] 傅璇琮编撰:《唐人选唐诗新编》，西安：陕西人民教育出版社 1996 年版。

[29] 傅璇琮主编:《唐五代文学编年史》，沈阳：辽海出版社 1998 年版。

[30] 甘生统:《皎然诗学渊源考论》，北京：人民出版社 2012 年版。
[31]（明）高棅编选:《唐诗品汇》，上海：上海古籍出版社 1988 年版。
[32]（汉）高诱注:《吕氏春秋注》,《诸子集成》本，上海：上海书店 1986 年版。
[33]（汉）高诱注:《淮南子注》,《诸子集成》本，上海：上海书店 1986 年版。
[34] 古风:《意境探微》，南昌：百花洲文艺出版社 2012 年版。
[35] 郭丹、程小青、李彬源译注:《左传》，北京：中华书局 2012 年版。
[36] 郭晋稀:《白话二十四诗品》，长沙：岳麓书社 1997 年版。
[37]（宋）郭茂倩编选:《乐府诗集》，北京：中华书局 1979 年版。
[38]（清）郭庆藩撰:《庄子集释》,《新编诸子集成》本，北京：中华书局 2012 年版。
[39] 郭绍虞:《诗品集解·续诗品注》，北京：人民文学出版社 1963 年版。
[40] 郭绍虞:《中国文学批评史》，北京：商务印书馆 2010 年版。
[41] 郭绍虞编选:《清诗话续编》，上海：上海古籍出版社 1983 年版。
[42] 郭绍虞校释:《沧浪诗话校释》，北京：人民文学出版社 1983 年版。
[43] 郭绍虞主编，王文生副主编:《中国历代文论选》（四卷本），上海：上海古籍出版社 1979 年版。
[44] 郭绍虞集解、笺释《杜甫戏为六绝句集解　元好问论诗三十首小笺》，北京：人民文学出版社 1978 年版。
[45]（唐）韩愈著，钱仲联、马茂元校点:《韩愈全集》，上海：上海古籍出版社 1997 年版。
[46]（清）何文焕辑:《历代诗话》，北京：中华书局 1981 年版。
[47]（明）胡应麟:《诗薮》，北京：中华书局 1958 年版。
[48]（明）胡震亨:《唐音癸签》，上海：上海古籍出版社 1981 年版。
[49] 华东师范大学古籍整理研究室选编校点:《历代书法论文选》，上海：上海书画出版社 2014 年版。
[50] 黄景进:《意境论的形成——唐代意境论研究》，台北：台湾学生书局

2004 年版。
[51] 黄侃:《文心雕龙札记》，北京：中华书局 2006 年版。
[52] 黄寿祺、张善文撰:《周易译注》，上海：上海古籍出版社 1989 年版。
[53] 黄维樑:《中国诗学纵横论》，台北：洪范书店 1982 年版。
[54]（宋）计有功编撰:《唐诗纪事》，上海：上海古籍出版社 1965 年版。
[55]（清）纪昀总纂:《四库全书总目提要》，石家庄：河北人民出版社 2000 年版。
[56] 贾晋华:《皎然年谱》，厦门：厦门大学出版社 1992 年版。
[57] 蒋寅:《大历诗风》，南京：凤凰出版社 2009 年版。
[58] 蒋寅、张伯伟主编:《中国诗学》（第五辑），南京：南京大学出版社 1997 年版。
[59] 江国贞:《司空表圣研究》，台北：文津出版社 1978 年版。
[60]（唐）皎然著，李壮鹰校注:《诗式校注》，北京：人民文学出版社 2003 年版。
[61] 蓝华增:《意境论》，昆明：云南人民出版社 1996 年版。
[62]（唐）李白著,（清）王琦注:《李太白全集》，北京：中华书局 2011 年版。
[63] 李学勤主编:《十三经注疏・毛诗正义》，北京：北京大学出版社 1999 年版。
[64] 李学勤主编:《十三经注疏・礼记正义》，北京：北京大学出版社 1999 年版。
[65] 李学勤主编:《十三经注疏・孝经注疏》，北京：北京大学出版社 1999 年版。
[66] 李学勤主编:《十三经注疏・周易正义》，北京：北京大学出版社 1999 年版。
[67] 李学勤主编:《十三经注疏・周礼注疏》，北京：北京大学出版社 1999 年版。

[68]（唐）李肇：《唐国史补》，上海：上海古籍出版社1979年版。
[69]李泽厚：《华夏美学·美学四讲》（增订本），北京：生活·读书·新知三联书店2008年版。
[70]（清）厉鹗编撰：《宋诗纪事》，上海：上海古籍出版社2013年版。
[71]廖蔚卿：《六朝文论》，新北：联经出版事业公司1985年版。
[72]（南朝梁）刘勰著，范文澜注：《文心雕龙注》，北京：人民文学出版社2008年版。
[73]（后晋）刘昫等撰：《旧唐书》，北京：中华书局1975年版。
[74]（南朝宋）刘义庆著，（南朝梁）刘孝标注，余嘉锡笺疏：《世说新语笺疏》，北京：中华书局2007年版。
[75]刘禹昌：《司空图诗品义证及其它》，武汉：武汉大学出版社1993年版。
[76]（唐）刘禹锡撰，《刘禹锡集》整理组点校，卞孝萱校订：《刘禹锡集》（全二册），北京：中华书局1990年版。
[77]（唐）柳宗元撰：《柳河东集》，上海：上海人民出版社（原中华书局版）1974年版。
[78]卢盛江：《魏晋玄学与中国文学》，南昌：百花洲文艺出版社2002年版。
[79]逯钦立校辑：《先秦汉魏晋南北朝诗》，北京：中华书局1983年版。
[80]（西晋）陆机著，张少康集释：《文赋集释》，北京：人民文学出版社2002年版。
[81]陆元炽：《诗的哲学　哲学的诗——司空图诗论简介及〈二十四诗品〉浅释》，北京：北京出版社1989年版。
[82]罗根泽：《中国文学批评史》，上海：上海古籍出版社1984年版。
[83]罗联添：《唐代诗文六家年谱·司空图年谱》，高雄：学海出版社1986年版。
[84]罗仲鼎、吴宗海、蔡乃中：《〈诗品〉今析》，南京：江苏人民出版社1983年版。
[85]罗宗强：《唐诗小史》，天津：百花文艺出版社2008年版。

[86] 罗宗强:《隋唐五代文学思想史》，北京：中华书局 2003 年版。
[87] 吕澂:《中国佛学源流略讲》，北京：中华书局 1979 年版。
[88] 吕思勉:《隋唐五代史》，上海：上海古籍出版社 2005 年版。
[89] 吕兴昌:《司空图诗论研究》，台南：宏大出版社 1980 年版。
[90] 孟二冬:《中唐诗歌之开拓与新变》，北京：北京大学出版社 2006 年版。
[91] 南开大学中文系古典文学教研室编:《意境纵横探》，天津：南开大学出版社 1986 年版。
[92]（宋）欧阳修、宋祁撰:《新唐书》，北京：中华书局 1975 年版。
[93] 潘运告主编，云告译注:《初唐书论》，长沙：湖南美术出版社 1997 年版。
[94] 潘运告主编，云告译注:《汉魏六朝书画论》，长沙：湖南美术出版社 1997 年版。
[95] 潘运告主编，云告译注:《唐五代画论》，长沙：湖南美术出版社 1997 年版。
[96]（清）彭定求等编:《全唐诗》，北京：中华书局 1960 年版。
[97] 潘运告主编，潘运告编著:《张怀瓘书论》，长沙：湖南美术出版社 1997 年版。
[98] 潘运告主编，云告译注:《中晚唐五代书论》，长沙：湖南美术出版社 1997 年版。
[99] 皮朝纲:《中国美学沉思录》，成都：四川民族出版社 1997 年版。
[100] 乔力:《二十四诗品探微》，济南：齐鲁书社 1983 年版。
[101] 瞿蜕园、朱金城校注:《李白集校注》，上海：上海古籍出版社 1980 年版。
[102] 任继愈主编:《中国道教史》，上海：上海人民出版社 1990 年版。
[103] 荣新江主编:《唐研究》第 4 卷，北京：北京大学出版社 1999 年版。
[104]（三国魏）阮籍著，陈伯君校注:《阮籍集校注》，北京：中华书局 2012 年版。

[105]（清）沈德潜选注:《唐诗别裁集》，上海：上海古籍出版社1979年版。
[106]（清）沈德潜撰，王宏林笺注:《说诗晬语笺注》，北京：人民文学出版社2013年版。
[107]（唐）沈佺期、宋之问撰，陶敏、易淑琼校注:《沈佺期宋之问集校注》，中华书局2001年版。
[108]（南朝梁）沈约:《宋书》，北京：中华书局1974年版。
[109]施旭升:《艺术创造动力论》，北京：中国广播电视出版社2002年版。
[110]施旭升:《艺术即意象》，北京：人民出版社2013年版。
[111]（南朝梁）释慧皎著，朱恒夫、王学钧、赵益注译:《高僧传》，西安：陕西人民出版社2010年版。
[112]（南朝梁）释僧祐撰，苏晋仁、萧錬子点校:《出三藏记集》，北京：中华书局1995年版。
[113]释印顺:《中国禅宗史》，北京：中华书局2010年版。
[114]（唐）司空图著，陈国球导读:《二十四诗品导读》，台北：金枫出版社1987年版。
[115]（唐）司空图撰，（清）钟宝学课钞:《司空图诗品诗课钞》，台北：广文书局1982年版。
[116]（唐）司空图原著，赵福坛笺释，黄能升参证:《诗品新释》，广州：花城出版社1986年版。
[117]（唐）司空图著，曹冷泉注释:《诗品通释》，西安：三秦出版社1989年版。
[118]（汉）司马迁:《史记》，北京：中华书局1959年版。
[119]（宋）司马光:《资治通鉴》，北京：中华书局1959年版。
[120]孙昌武:《佛教与中国文学》（第2版），上海：上海人民出版社2007年版。
[121]（清）孙联奎、杨廷芝著，孙昌熙、刘淦校点:《司空图〈诗品〉解说二种》，济南：山东人民出版社1962年版（齐鲁书社1980年重版）。

[122] 孙琴安:《唐诗选本提要》，上海：上海书店出版社 2005 年版。
[123]（清）孙星衍撰，陈抗、盛冬铃点校:《尚书今古文注疏》，北京：中华书局 1986 年版。
[124] 唐长孺:《魏晋南北朝史论丛》，北京：商务印书馆 2012 年版。
[125] 汤用彤撰，汤一介等导读:《魏晋玄学论稿》，上海：上海古籍出版社 2001 年版。
[126] 陶礼天:《司空图年谱汇考》，北京：华文出版社 2002 年版。
[127] 陶礼天:《中国文论研究丛稿》，北京：学苑出版社 2011 年版。
[128] 陶礼天:《艺味说》，南昌：百花洲文艺出版社 2009 年版。
[129] 陶秋英编选，虞行校订:《宋金元文论选》，北京：人民文学出版社 1999 年版。
[130]（三国魏）王弼注:《老子道德经》,《诸子集成》本，上海：上海书店 1986 年版。
[131] 王步高:《司空图评传》（上、下），南京：南京大学出版社 2011 年版。
[132] 王重民、孙望、童养年辑录:《全唐诗外编》，北京：中华书局 1982 年版。
[133]（宋）王谠撰，周勋初校证:《唐语林校证》，北京：中华书局 1987 年版。
[134]（清）王夫之等撰:《清诗话》，上海：上海古籍出版社 1983 年版。
[135] 王国维著，徐调孚校注:《人间词话》，北京：中华书局 2009 年版。
[136] 王宏印:《〈诗品〉注译与司空图诗学研究》，北京：北京图书馆出版社 2002 年版。
[137] 王济亨、高仲章选注:《司空图选集注》，太原：山西人民出版社 1989 年版。
[138] 王克让:《河岳英灵集注》，成都：巴蜀书社 2006 年版。
[139] 王利器:《文镜秘府论校注》，北京：中国社会科学出版社 1983 年版。
[140] 王群栗点校:《宣和画谱》，杭州：浙江人民美术出版社 2012 年版。

[141] 王群栗点校:《宣和书谱》，杭州：浙江人民美术出版社 2012 年版。
[142]（清）王士禛原编:《五代诗话》，北京：人民文学出版社 1989 年版。
[143]（清）王士禛:《带经堂诗话》，北京：人民文学出版社 1982 年版。
[144] 王士禛:《清诗话·渔洋诗话》，上海：上海古籍出版社 1978 年版。
[145] 王世襄:《中国画论研究》，北京：生活·读书·新知三联书店 2013 年版。
[146]（唐）王维撰，陈铁民校注:《王维集校注》，北京：中华书局 1997 年版。
[147]（清）王先谦撰，沈啸寰、王星贤点校:《荀子集解》，《新编诸子集成》本，北京：中华书局 1988 年版。
[148]（宋）王禹偁撰，顾薇薇点校:《五代史阙文》，傅璇琮、徐海荣、徐吉军主编:《五代史书汇编》，杭州：杭州出版社 2004 年版。
[149] 王运熙:《中国古代文论管窥》，济南：齐鲁书社 1987 年版。
[150] 王运熙、顾易生主编:《中国文学批评通史》（七卷），上海：上海古籍出版社 2011 年版。
[151] 王仲荦:《魏晋南北朝史》（上、下），北京：中华书局 2007 年版。
[152]（唐）韦应物著，陶敏、王友胜校注:《韦应物集校注》，上海：上海古籍出版社 2011 年版。
[153]（宋）魏庆之著，王仲闻点校:《诗人玉屑》，北京：中华书局 2007 年版。
[154]（唐）魏徵等撰:《隋书》，北京：中华书局 1973 年版。
[155] 文化部文学艺术研究院音乐研究所编:《中国古代乐论选辑》，北京：人民音乐出版社 1981 年版。
[156] 闻一多撰:《唐诗杂论》，上海：上海古籍出版社 2006 年版。
[157] 吴明贤、李天道编著:《唐人的诗歌理论》，成都：巴蜀书社 2006 年版。
[158] 吴调公:《古典文论与审美鉴赏》，济南：齐鲁书社 1985 年版。

[159] 夏传才:《诗经研究史概要》，郑州：中州书画社出版 1982 年版。
[160] 夏静:《礼乐文化与中国古代文论早期形态研究》，北京：中华书局 2007 年版。
[161] [新加坡] 萧驰:《佛法与诗境》，台北：联经出版事业公司 2012 年版。
[162] 萧涤非主编:《杜甫全集校注》，北京：人民文学出版社 2014 年版。
[163]（南朝梁）萧统编选，李善注:《文选》，上海：上海古籍出版社 1986 年版。
[164]（南朝齐）谢赫:《古画品录》，载吴孟复主编《中国画论》，合肥：安徽美术出版社 1995 年版。
[165] 许地山:《许地山学术论著》，上海：上海书店出版社 2011 年版。
[166]（明）许学夷编撰:《诗源辩体》，北京：人民文学出版社 1998 年版。
[167] 徐复观:《中国艺术精神》，上海：华东师范大学出版社 2001 年版。
[168] 薛富兴:《东方神韵：意境论》，北京：人民文学出版社 2000 年版。
[169]（清）严可均辑:《全上古三代秦汉三国六朝文・全晋文》，北京：商务印书馆 1999 年版。
[170]（宋）严羽著，张健校笺:《沧浪诗话校笺》，上海：上海古籍出版社 2012 年版。
[171] 杨伯峻撰:《列子集释》，北京：中华书局 1979 年版。
[172] 杨伯峻译注:《论语译注》，北京：中华书局 2012 年版。
[173] 杨伯峻译注:《孟子译注》，北京：中华书局 2010 年版。
[174]（唐）姚思廉撰:《梁书》，北京：中华书局 1974 年版。
[175] 姚卫群:《佛学概论》，北京：宗教文化出版社 2002 年版。
[176] 叶朗:《中国美学史大纲》，上海：上海人民出版社 1999 年版。
[177] 叶维廉:《中国诗学》，北京：生活・读书・新知三联书店 1992 年版。
[178] 郁沅、张明高编选:《魏晋南北朝文论选》，北京：人民文学出版社 1999 年版。
[179] 俞剑华编著:《中国古代画论类编》（修订本），北京：人民美术出版

社 1998 年版。
[180]（唐）元稹撰，冀勤点校：《元稹集》，北京：中华书局 1982 年版。
[181] 袁济喜：《中国古代文论精神》，太原：山西教育出版社 2005 年版。
[182] 袁济喜：《六朝美学》，北京：北京大学出版社 2000 年版。
[183] 袁行霈、罗宗强主编：《中国文学史》第二卷，北京：高等教育出版社 2014 年版。
[184]（宋）赞宁：《宋高僧传》，北京：中华书局 1987 年版。
[185] 詹幼馨：《司空图〈诗品〉衍绎》，香港：华风书局 1983 年版。
[186]（清）章学诚撰，吕思勉评，李永圻、张耕华导读整理：《文史通义》，上海：上海古籍出版社 2008 年版。
[187] 张伯伟：《全唐五代诗格汇考》，南京：江苏古籍出版社 2002 年版。
[188] 张桂林主编：《传统音乐》，济南：山东友谊出版社 2008 年版。
[189] 张国庆：《〈二十四诗品〉诗歌美学》，北京：中央编译出版社 2008 年版。
[190] 张健校考：《元代诗法校考》，北京：北京大学出版社 2001 年版。
[191] 张利群：《辨味批评论》，桂林：广西师范大学出版社 2000 年版。
[192] 张晶：《禅与唐宋诗学》，北京：新星出版社 2010 年版。
[193]（宋）张君房：《道藏要籍选刊·云笈七签》，上海：上海古籍出版社 1989 年版。
[194] 张清华：《王维年谱》，上海：学林出版社 1988 年版。
[195] 张少康：《司空图及其诗论研究》，北京：学苑出版社 2005 年版。
[196] 张少康：《文心与书画乐论》，北京：北京大学出版社 2006 年版。
[197] 张少康、卢永璘编选：《先秦两汉文论选》，北京：人民文学出版社 1996 年版。
[198]（唐）张彦远编撰：《历代名画记》，杭州：浙江人民美术出版社 2012 年版。
[199]（唐）张彦远编撰：《法书要录》，杭州：浙江人民美术出版社 2012

年版。
[200] 张中行：《禅外说禅》，北京：中国社会科学出版社 1995 年版。
[201]（明）赵宧光、黄习远编定，刘卓英校点：《万首唐人绝句》，北京：书目文献出版社 1983 年版。
[202] 中国唐代文学学会等主编：《唐代文学研究》（第三辑），桂林：广西师范大学出版社 1992 年版。
[203] 中国唐代文学学会等主编：《唐代文学研究》（第六辑），桂林：广西师范大学出版社 1996 年版。
[204]（南朝梁）钟嵘著，曹旭集注：《诗品集注》，上海：上海古籍出版社 2011 年版。
[205] 周振甫：《文心雕龙今译》，北京：中华书局 2011 年版。
[206] 周一良：《魏晋南北朝史论集》，北京：北京大学出版社 2010 年版。
[207] 周祖譔编选：《隋唐五代文论选》，北京：人民文学出版社 1990 年版。
[208] 朱东润：《中国文学论集》，北京：中华书局 1983 年版。
[209] 朱光潜：《诗论》，北京：生活・读书・新知三联书店 2012 年版。
[210] 朱良志：《中国艺术的生命精神》（修订版），合肥：安徽教育出版社 2006 年版。
[211] 朱谦之撰：《老子校释》，《新编诸子集成》本，北京：中华书局 1984 年版。
[212]（宋）朱熹注，赵长征点校：《诗集传》，北京：中华书局 2011 年版。
[213] 朱自清：《诗言志辨　经典常谈》，北京：商务印书馆 2011 年版。
[214] 祖保泉：《司空图诗品解说》（修订本），合肥：安徽人民出版社 1980 年版。
[215] 祖保泉：《司空图的诗歌理论》，上海：上海古籍出版社 1984 年版。
[216] 祖保泉：《司空图诗文研究》，合肥：安徽教育出版社 1998 年版。
[217] 祖保泉：《文心雕龙解说》，合肥：安徽教育出版社 1993 年版。
[218] 祖保泉、陶礼天笺校：《司空表圣诗文集笺校》，合肥：安徽大学出版

社 2002 年版。

翻译 / 外文著作

[1][日]遍照金刚撰，卢盛江校考：《文镜秘府论汇校汇考》，北京：中华书局 2006 年版。
[2][德]黑格尔：《美学》，朱光潜译，北京：商务印书馆 1981 年版。
[3][德]伽达默尔《真理与方法》，洪汉鼎译，上海：上海译文出版社 2004 年版。
[4][德]康德：《判断力批判》，宗白华、韦卓民译，北京：商务印书馆 1964 年版。
[5][德]莱辛：《拉奥孔》，朱光潜译，北京：人民文学出版社 1979 年版。
[6][美]雷·韦勒克、奥·沃伦：《文学理论》，刘象愚、邢培明、陈圣生、李哲明译，北京：生活·读书·新知三联书店 1984 年版。
[7][美]理查德·E. 帕尔默：《诠释学》，潘德荣译，北京：商务印书馆 2012 年版。
[8][美]刘若愚：《中国的文学理论》，田守真、饶曙光译，成都：四川人民出版社 1987 年版。
[9][美]刘若愚：《中国诗学》，杜国清译，台北：幼狮文化公司 1977 年版。
[10][新加坡]王润华：《从司空图到沈从文》，上海：学林出版社 1989 年版。
[11][新加坡]王润华：《司空图新论》，台北：东大图书公司 1989 年版。
[12][古希腊]亚里斯多德：《诗学》，陈中梅译注，北京：商务印书馆 1996 年版。
[13][美]宇文所安：《中国文论：英译与评论》，王柏华、陶庆梅译，上海：上海社会科学院出版社 2003 年版。
[14]（英）翟里斯：《中国文学史》，伦敦：1923 年版（初版 1901 年纽约

D. 阿普尔顿出版公司，1973 年查尔斯 E. 塔特尔公司修订）。（H.A.Giles,A History of Chinese Literature, London:D.,Appleton and Company.）

[15] Wong Yoon Wah，*Ssu-K'Ung T'U: A Poet-Critic of the T'Ang*，Chinese University of Hong Kong，1976

期刊论文

[1] 陈尚君、汪涌豪:《〈二十四诗品〉不是司空图所作》,《寻根》1996 年第 4 期。

[2][美] 方志彤作，闫月珍译，刘宁校:《〈诗品〉作者考》,《文学遗产》2011 年第 5 期。

[3] 郭鹏:《简论司空图的文学理论及其所受道家思想的影响》,《南阳师范学院学报》(社会科学版)，2005 年第 2 期。

[4] 李丰楙:《司空图与佛教的因缘》，台北:《慧炬杂志》1974 年第 128 期。

[5] 吕正惠《从〈诗家一指〉的原貌论〈二十四诗品〉非司空图撰》，台北:《淡江中文学报》2007 年第 16 期。

[6] 马现诚:《司空图诗论及诗歌的佛禅内蕴》,《广西民族学院学报》(哲学社会科学版)，2002 年第 1 期。

[7] 陶礼天:《 "味外之旨" 说——司空图 "诗味" 说新论》,《中国文化研究》2003 年第 4 期。

[8] 陶礼天:《司空图家世、信仰及著述诸问题综考》,《中国诗歌研究》(第 1 辑)，中华书局 2002 年版。

[9][新加坡] 王润华:《司空图〈诗品〉风格说之理论基础》，台北:《大陆杂志》，1976 年第 53 卷第 1 期。

[10] 王运熙:《司空图论唐代作家作品》,《河北师院学报》(社会科学版)，1994 年第 2 期。

[11] 吴调公:《关于古代文论中的意境问题》,《社会科学战线》1981 年第 1 期。

[12] 肖驰：《司空图的诗歌宇宙——论〈二十四诗品〉的可理解性》，《中国社会科学》1985 年第 6 期。
[13] 萧水顺：《司空图诗品特质探讨》，台北：《中华文化复兴月刊》1973 年第 6 卷第 10 期。
[14] 熊碧：《司空图的创作与佛教的关系略说》，《文艺评论》2012 年第 4 期。
[15] 杨芙蓉：《司空图诗论中的"道"意境》，《中南民族学院学报》（哲学社会科学版），1995 年第 3 期。
[16] 郁沅：《〈二十四诗品〉：道家艺术哲学》，《文学遗产》2011 年第 3 期。
[17] 湛芬：《司空图三外说中的佛禅道之内蕴》，《湖北大学学报》（哲学社会科学版），1999 年第 1 期。
[18] 张柏青：《从〈二十四诗品〉用韵看它的作者》，《安徽师大学报》（哲学社会科学版），1996 年第 4 期。
[19] 张国庆：《〈二十四诗品〉百年研究述评》，《文学评论》2005 年第 1 期。
[20] 张健：《〈诗家一指〉的产生时代与作者——兼论〈二十四诗品〉作者问题》，《北京大学学报》（哲学社会科学版），1995 年第 5 期。
[21] 张松辉：《道家道教与司空图》，《中国文学研究》1997 年第 3 期。
[22] 赵德坤：《"韵味说"疏正》，《文艺评论》2013 年第 2 期。
[23] 周汝昌：《〈诗词曲赋名作鉴赏大辞典〉序言》，《名作欣赏》1989 年第 1 期。
[24] 祖保泉、陶礼天：《〈诗家一指〉与〈二十四诗品〉作者问题》，《安徽师大学报》（哲学社会科学版），1996 年第 1 期。

学位论文

[1] 蔡朝锺：《司空图诗集校注》，硕士学位论文，私立中国文化学院，1970 年。
[2] 陈邵为：《缘发性结构：王昌龄、皎然、司空图诗论之作品存在观》，博士学位论文，台湾辅仁大学中国文学研究所，2009 年。

[3] 关龙艳:《司空图的诗世界》，硕士学位论文，黑龙江大学，2002 年。

[4] 李春桃:《〈二十四诗品〉接受史》，博士学位论文，复旦大学，2005 年。

[5] 李锦昌:《国变的阴影——唐末诗人面对世乱国亡之作品试探》，硕士学位论文，东华大学，2008 年。

[6] 李良芳:《司空图诗论研究》，硕士学位论文，南京师范大学，2002 年。

[7] 刘炜:《〈二十四诗品〉中的天人合一与道艺合一思想》，硕士学位论文，云南大学，2003 年。

[8] 吕光华:《今存十种唐人选唐诗考》，硕士学位论文，台湾政治大学中国文学研究所，1984 年。

[9] 闵丙三:《司空图诗品运用庄子思想之研究》，博士学位论文，台湾师范大学中国文学研究所，1991 年。

[10] 苏荟敏:《〈二十四诗品〉与宋代山水画及其画论——兼论南宗画论与神韵说》，硕士学位论文，云南大学，2003 年。

[11] 王淑芬:《唐五代诗格的意境论研究》，硕士学位论文，清华大学，2009 年。

[12] 吴忠华:《司空图诗论研究》，硕士学位论文，文化大学，1986 年。

[13] 萧水顺:《司空图诗品研究》，硕士学位论文，台湾师范大学，1972 年。

[14] 谢雪梅:《从现象学看〈二十四诗品〉》，硕士学位论文，云南大学，2003 年。

[15] 张天莉:《司空图研究》，硕士学位论文，西北大学，2000 年。

后记

距离博士毕业已有将近六年的时间，当年读博和写论文的情形还历历在目。本书是在原博士学位论文的基础上做了较大幅度修改后完成的。其中，研究综述部分主要为2015年之前的司空图诗学渊源及《二十四诗品》的研究成果。由于近几年有关司空图及《二十四诗品》的研究成果相对较少，因此综述未做较大修改，但对2016年至今的一些主要研究进展也做了简要介绍。

书稿得以完成得到了很多人的热情鼓励和帮助。首先要感谢博士论文指导老师首都师范大学文学院的陶礼天教授！陶师严谨的学术态度、饱满的学术热情、宽广的学术视野、包容的学术胸怀，无不深深感染着、激励着我！博士毕业之后，陶师一直敦促我对论文内容持续更新、完善，争取早日出版，并于百忙之中抽空替我检查、修改书稿。书稿能够顺利完成，要感谢陶师一直以来的热情鼓励、支持和帮助！然而弟子不才，书稿的定稿与导师的期许尚有很大差距，还需我在今后的学习、工作中继续努力耕耘！

其次，还要特别感谢台湾政治大学文学院的曾守正教授！曾师为我的博士联合培养导师。我和同门英梅于2013年9月赴台湾政治大学访学数月。在台的日子，曾老师在论文写作上给我们提了很多具体的、宝贵的意见，为我们查阅资料及参加学术活动提供了很多便利的途径和有益的信息，为我们引荐了很多台湾相关研究领域的专家教授。离台后曾师还经常发邮件询问我们论文及科研的进展情况。在此，对曾老师表示衷心的感谢！并希望在今后的学术道路上继续得到曾师的指导！

书稿得以完成，还得到了当年博士论文答辩组及论文评审几位老师——党圣元教授、袁济喜教授、陈允锋教授、白岚玲教授、郭鹏教授、施旭升教授、吴相洲教授、夏静教授等的大力支持和鼓励！我的硕士导师宛小平教授、吴家荣教授也常常关心我科研的进展状况。还有安庆师范大学人文学院的叶当前教授也为书稿的出版提供了很多帮助！老师们严谨、认真的学术态度和对后辈的关爱让我深受感动和鼓舞！

在赴台访学期间，还有幸亲受颜崑阳教授、张双英教授、吕正惠教授、廖栋樑教授、曾春海教授、郑毓瑜教授、曹淑娟教授、游志诚教授、陈秀美教授、赖欣阳教授等老师的指点和帮助，在此一并致以深深的谢意！

书稿得以顺利完成，还要特别感谢东方出版社的张永俊编辑多次耐心提出修改意见，从内容到形式为书稿严格把关！

还要特别感谢我的家人这些年来的默默付出、无私奉献！你们的理解和支持始终是我前行的动力和强大的精神后盾！

未来的学术之路还很长，论文的修改、书稿的成形只是一个开端。通过这些年的教学和科研，也让我对学术研究越来越萌生了敬畏之心！前辈的丰硕学术成果及严谨的学术态度，真可谓“高山仰止”。后辈才疏学浅，自愧汗颜！唯望在未来的学术研究过程中，以前辈为标杆，怀着对学术的崇敬之心及饱满的热情，脚踏实地地继续探索！

郑淑婷

2022 年 10 月 9 日